BASTEI LÜBBE

BASTEI LÜBBE COLIN BATEMAN IM TASCHENBUCH-PROGRAMM:

13 790 Eine Nonne war sie nicht
13 898 Der Engel mit der Rosenschere

COLIN BATEMAN

Nachtwächter im Empire State

Der neue Thriller von Irlands Kultautor

Aus dem Englischen von Karsten Singelmann

BASTEI LÜBBE

BASTEI LÜBBE TASCHENBUCH
Band 13 995

Erste Auflage: August 1998

Deutsche Lizenzausgabe 1998 by
Bastei-Verlag Gustav H. Lübbe GmbH & Co.,
Bergisch Gladbach
Originaltitel: Empire State
Originalverlag: Harper & Collins, London
Lektorat: Stefanie Rahnfeld
Titelbild: Paul Postle
Umschlaggestaltung: QuadroGrafik, Bensberg
Satz: KCS GmbH, Buchholz / Hamburg
Druck und Verarbeitung:
Brodard & Taupin, La Flèche, Frankreich
Printed in France
ISBN 3-404-13995-X

Prolog

Sie waren einfach nur Touristen oder hätten es jedenfalls sein können.

Na gut, draußen an der 34. Straße parkte eine Stretchlimo, aber das war nicht weiter ungewöhnlich, und bei genauerem Hinsehen würde man die Kratzer an der einen Wagenseite bemerkt haben, wo irgendein Betrunkener seine Flasche zerdeppert hatte und anschließend bei dem Versuch gescheitert war, seine Initialen zu verewigen. Auch hätte einem das kaputte Bremslicht auffallen können, oder der Fahrer, der schon den ganzen Tag hinter dem Steuer gesessen hatte und dessen müder Kopf nun langsam nach vorne sackte, dann jäh zurückfuhr, sich dann wieder langsam nach vorn neigte. Eine mittlere Elefantenherde hätte sich anschleichen und einen Ölcheck vornehmen können, ohne daß er davon Notiz genommen hätte. Drinnen stellten sich zwei Männer in die Warteschlange. Es war fast elf Uhr abends. Hinter ihnen zauberte ein Wachmann ein Seil hervor, das er zwischen zwei Plastikständern aufspannte, um alle weiteren Interessenten fernzuhalten: Dies sollte die letzte Führung heute sein.

Hätte jemand die beiden Männer genauer betrachtet, so würde er zwischen ihnen einen Altersunterschied von zwanzig Jahren ausgemacht haben. Der eine: groß, schwarz, Seidenanzug, polierte Oxford-Schuhe, manikürte Fingernägel, Ehering; eine seriöse Erscheinung, selbstbewußt und stattlich. Der andere: weiß, einsachtzig, mager, strohige Haare, die zu einem Pferdeschwanz zusammengebunden waren; er trug ein Batman-Sweatshirt, schwarze Jeans, die an den Knien blaß wurden, und schmutzig-graue Turnschuhe. Seine Gesichtsfarbe spielte ins Bläßliche, was durch den wenig überzeugenden Ansatz von Bartwuchs noch unterstrichen wurde. In Wirklichkeit waren beide gleich alt.

Während sie vor dem Kartenschalter warteten, schnappte sich der Große, Mark Benedict, eines der ausliegenden Infoblätter und begann darin zu lesen. Neben ihm kaute Michael Tate summend auf seinem Kaugummi.

»Hier gibt es genügend Stahl, um eine zweigleisige Bahnstrecke zwischen New York und Saratoga Springs zu bauen, steht hier.«

Tate zuckte die Achseln.

»Es gibt sechstausendfünfhundert Fenster. Zehn Millionen Ziegelsteine wurden verbaut.«

»Aha.«

Sie waren am Schalter angekommen. Obwohl er näher dranstand, wartete Tate darauf, daß sein Begleiter die acht Dollar für die beiden Tickets zückte.

»Wie viele Besucher pro Jahr?« fragte er.

Benedict nahm die Tickets entgegen, und sie folgten den Richtungspfeilen zu den Fahrstühlen. Im Gehen studierte er die Broschüre. »Steht hier nicht. Finde ich aber raus. Auf jeden Fall eine Million, würde ich sagen. Vier Millionen Dollar pro Jahr.«

Tate verdrehte die Augen. »Es geht hier nicht ums Geld, Mark«, sagte er.

Benedict nickte. »Sicher.«

Sie fuhren mit dem Fahrstuhl bis zum 80. Stock. Es dauerte weniger als eine Minute, die Strecke von dreihundertsechzig Metern zurückzulegen. Sie betraten einen zweiten Aufzug und fuhren schweigend zur Aussichtsplattform auf dem 86. Stock.

Während Tate aus dem Fahrstuhl trat, stieg ihm ein Lächeln ins Gesicht. »Davon hab ich geträumt, seit ich ein kleines Kind war.«

»Das hast du noch nie erwähnt.«

»Es gibt vieles, was ich noch nie erwähnt habe.« Er streckte den Kopf in den Wind und saugte die Luft ein. »Schon die bloße Vorstellung hat mir gefallen. Eine amerikanische Ikone. Aber im Unterschied zu Marilyn, Elvis oder Kennedy wird sie nie verblassen. King Kong hat sie nicht kaputtgekriegt. Und auch Trump nicht. Ich bin noch nie hiergewesen. Ich wußte, daß ich es toll finden würde, aber ich haßte den Gedanken, daß mir jemand sagen würde, es sei jetzt mal Zeit, hinzugehen. Mama oder Papa.«

»Es ist mein Spielzeug, und ich spiel damit, wann *ich* will.«

Tate kicherte.

Benedict blieb vor dem Selbstmordgitter stehen und spähte hinaus auf die Lichter von Manhattan. »Vermittelt einen gewissen Eindruck von Höhe, wie?«

Beide lachten.

»Wunderbarer Blick«, sagte Benedict leise.

Neben ihm nickte Tate. »Ein wunderbarer Blick auf eine schreckliche und kranke Gegend.«

»Schade, daß man es nicht einfach nach Venice Beach verschieben kann.«

»Wir könnten uns da selbst eins hinbauen.«

»O ja. Schätze aber, im Rathaus könnte man eventuell was dagegenhaben.«

Sie absolvierten zwei Rundgänge, während derer Tate unablässig grinste und Benedict der Broschüre weitere Informationen entlockte. Dann gingen sie zu einem kleineren Aufzug, der sie zur verglasten Aussichtsplattform auf dem 102. Stock bringen sollte.

Als sie dort ankamen, klatschte Tate in die Hände. »Geil!« rief er aus. Die zweite Plattform bot einen noch imposanteren Panoramablick. »Hier könnte ich ohne weiteres *leben*.«

Benedict, der solche Begeisterungsausbrüche kannte, nickte taktvoll. Ihm war nach der Frische des 86. Stocks hier eher klaustrophobisch zumute. »Ursprünglich«, sagte er, »gab es ganz oben einen lenkbaren Ankermast. Kleinluftschiffe sollten dort andocken und Prominente an Bord nehmen. Sie wurden aber nicht von dem Aufwind getragen, der durch die mit 70 Stundenkilometern gegen das Gebäude klatschenden Winde entsteht. Das längste, was sie jemals beim Andocken geschafft haben, waren drei Minuten. Wären beinahe allesamt dabei umgekommen.«

»Erzähl mir etwas, was ich nicht weiß«, sagte Tate trocken. Er spuckte seinen Kaugummi auf den Boden, holte einen neuen Streifen hervor und steckte ihn in den Mund.

Benedict zuckte die Achseln. »Gibt es denn irgend etwas, was du nicht weißt?«

Tate zog eine Schnute. »Ich weiß nicht, was ich von Präsident Keneally halten soll.«

Benedict hob eine Augenbraue. »Du hast ihn gewählt.«

»Ich weiß nicht, was ich von kostenloser medizinischer Versorgung für alle halten soll.«

»Wenn du arm und geknechtet wärst, würdest du dir dann nicht kostenlose medizinische Versorgung wünschen?«

»Das bin ich aber nicht. Und je mehr Arme und Geknechtete ich sehe, desto weniger wünsche ich mir, daß sie gesund werden.«

»Du bist ein grausamer und herzloser Mensch, Michael.«

Die Aufzugstür hinter ihnen öffnete sich, und ein älterer Wachmann schlurfte heraus. Er schien mindestens so alt zu sein wie das Gebäude selbst.

»Es tut mir leid, meine Herren, aber wir schließen für heute«, sagte er. Seine Stimme war rauh, vom Winde verweht.

Benedict nickte.

»Wir sind noch nicht fertig«, sagte Tate.

»Tut mir leid, Sir. Wir alle haben ein Zuhause, das auf uns wartet.«

Benedict lächelte. »Selbstverständlich.«

»Wie lange arbeiten Sie schon hier, Opa?« fragte Tate.

Bei *Opa* zuckte der Wächter zusammen. »Lange genug«, entgegnete er schroff, dann fügte er, weil er stolz darauf war, hinzu: »Über fünfzig Jahre.«

»Gott«, sagte Tate, »das ist ja eine verdammte Ewigkeit.«

Der Wächter schüttelte sachte den Kopf, dann zeigte er ihnen seine ausgestreckte Hand, die auf den Fahrstuhl wies.

Benedict setzte sich in Bewegung, doch Tate rührte sich

nicht von der Stelle. »Zu Weihnachten ist es rot und grün erleuchtet, stimmt's?«

Der Wachmann nickte. »Sicher.«

»Rot und weiß zu St. Valentin's, grün zu St. Patrick's.«

»Rot, weiß und grün am Columbus Day. Sicher. Also, meine Herren …«

Tate stand inzwischen am Fenster und preßte seine Stirn gegen das Glas. »Und im Jahre 1947 wurde das mächtigste Musikinstrument der Welt installiert, ein gargantueskes Glockenspiel, das Weihnachtslieder auf die Straße runterdröhnen sollte.«

Benedict blätterte ratlos in seiner Broschüre auf der Suche nach dieser Information.

Der Wachmann war unbeeindruckt. »Zu dumm nur, daß man bei dem Straßenlärm nichts hören konnte«, sagte er. »Und außerdem braucht es mehr als Glocken, um am Times Square irgend jemanden in Aufregung zu versetzen. Sie scheinen ja eine Menge über uns zu wissen.«

Tate zuckte die Achseln. »Ich möchte über all das mit Ihnen reden. Ist es nicht *faszinierend*?«

Das fand der alte Mann ja auch, aber es war spät, und er hatte Kopfschmerzen, er war müde, und sein Instinkt sagte ihm, daß er dieses Jüngelchen mit dem Pferdeschwanz und den ungehobelten Manieren nicht mochte. »Ein andermal vielleicht«, sagte er.

»*Jetzt*«, sagte Tate.

»Nein, mein Sohn, es ist Zeit zu gehen.«

Tate blickte Benedict an.

Benedict zückte seine Brieftasche. »Falls es eine Frage der …«

»Es ist eine Frage der Öffnungszeiten. Und jetzt bitte, meine Herren.«

Tates Grinsen war ihm aus dem Gesicht gefallen. Es lag zuckend am Boden.

Einen Moment lang schien Tate ausfallend werden zu wollen, doch dann marschierte er abrupt in Richtung Aufzug. Benedict schenkte dem Wachmann ein resigniertes

Lächeln, dann ging er hinter Tate her. Alle drei fuhren schweigend in den 86. Stock.

Der Wachmann wünschte ihnen eine gute Nacht, als sie zu dem Hochgeschwindigkeitsaufzug hinübergingen, der sie ins Erdgeschoß bringen würde. Benedict bedankte sich. Tate stapfte entschlossen weiter.

Benedict schritt voraus zum Wagen. Tate ging rückwärts, den Blick hoch auf das Gebäude gerichtet.

»Nun«, fragte Bendict, »was hältst du davon?«

»Wovon, dem Präsidenten oder der medizinischen Versorgung?«

»Dem Empire State Building.«

Tate blieb stehen und bog den Kopf so weit zurück wie er konnte. »Oh«, sagte er, und das Grinsen schlich sich zurück auf sein Gesicht, »ich schätze, wir kaufen das Scheißteil.«

ERSTER TEIL

Empire State

1

»Nathan Jones, du warst zu lange weg.«

»O ja, wahnsinnig scheißkomisch.«

Der Polizist lächelte schief, schloß die Tür des Transporters hinter ihm und schlug dann zweimal mit der flachen Hand dagegen. Das Tor wurde geöffnet, und sie fuhren hinaus in die Dunkelheit.

»Täuscht mein Eindruck, oder geht dir das langsam auf die Nerven, Nathan?« fragte Coolidge von der Vorderbank.

»Es ist mir von Anfang an auf die Nerven gegangen«, sagte Nathan, »wie du sehr wohl weißt. Du Arsch.«

Coolidge lachte. Er hob die Hand und gab eins-zwei-drei den Einsatz, worauf sie alle einstimmten, während der Transporter über die Sicherheitsrampe polterte.

Nathan Jones – you never wrote me, you never called.

Nathan Jones – you've been gone too long.

Nathan vergrub sich in seinem Sitz, während der Rest der Crew sich kaputtlachen wollte. Der Geruch der Farbe hing ihm wieder schwer in der Nase. Er war jetzt schon drei Monate in diesem Job, doch noch immer war ihm am Ende des Tages schwindlig. Coolidge meinte, er würde sich daran gewöhnen. »Nach ungefähr zehn Jahren«, sagte er lachend. »Du hast dich dran gewöhnt, was, Tommy?«

Tommy Mateer war fünfundsechzig und rauchte täglich für jedes Lebensjahr je eine Zigarette. Er ließ durchblicken, daß er sich die Sache mit hundert wahrscheinlich abgewöhnen werde. »Wird dann zu teuer«, erklärte er.

Nathan packte seinen Walkman aus und setzte den Kopfhörer auf. Nach wenigen Augenblicken rümpfte Tommy angewidert die Nase. Coolidge lehnte sich zurück und klopfte Nathan aufs Knie. Verärgert zog Nathan einen der Stöpsel aus dem Ohr. »Was ist?« fragte er.

»Ich wette, daß das nicht die Supremes sind.«

»Ach nee«, sagte Nathan mit sarkastischem Lippenkräuseln. Er schob den Stöpsel wieder an Ort und Stelle.

Coolidge berührte erneut sein Bein.

»Wer ist es denn?«

»Sid Vicious.«

»Klingt wie Scheiße«, sagte Coolidge und wandte seine Aufmerksamkeit wieder der vor ihm liegenden Straße zu.

Nathan drehte die Lautstärke hoch und schloß die Augen.

Drei Kilometer von der Polizeifestung entfernt trat Marty Magee kopfschüttelnd auf die Bremse. »Man sollte meinen, daß sie uns inzwischen kennen, oder?«

Coolidge spähte in die Dunkelheit. Vor ihnen, langsam sich drehend, ein rotes Warnlicht.

»Wenn er anfängt zu singen«, sagte Nathan, die Kopfhörer abstreifend und in Richtung Kontrollpunkt spähend, »dann verpaß ich ihm eine, das kann ich euch flüstern.«

Die anderen kicherten. Magee hielt den Transporter an und kurbelte das Fenster herunter. Der Polizeibeamte näherte sich vorsichtig. Coolidge bemerkte das glutäugige Ende einer Zigarette seitlich in einer Hecke. Er nickte in die Richtung. Es flackerte ein wenig und entzog sich dann seinem Blick.

»Guten Abend, Sir«, sagte der Polizist, die Hand auf den Rahmen des offenen Fensters gelegt. Coolidge registrierte die Ärmelstreifen eines Sergeants.

Magee nickte und reichte dem Polizisten seinen Führerschein. Der nahm ihn entgegen und fragte: »Würden Sie mir bitte sagen, woher Sie kommen, Sir?«

»Crossmaheart. Von der Kaserne.«

»Was hatten Sie dort zu tun?«

Magee verdrehte die Augen und deutete mit dem

Daumen auf den Transporter. »Raten Sie mal. Wir sind eine geheime Elitetruppe des SAS, getarnt als Malerbetrieb.«

Der Sergeant nickte und reichte den Führerschein zurück. »Ein Elitemalerbetrieb zur Unterstützung der britischen Kolonialmacht in Irland.«

Es dauerte eine Weile, bis alle kapiert hatten. Dann beugte sich der Sergeant in den Wagen und beleuchtete das Innere mit der Taschenlampe. »Würdet ihr bitte das Fahrzeug verlassen, Jungs?«

Coolidge lehnte sich hinüber. »Wir malen eure verdammten ...«

Er brach ab. Einer der Sergeantstreifen hatte sich gelöst und fiel vom Ärmel. Sein Träger bemerkte es ebenfalls und zischte mißbilligend. Er schüttelte den Kopf. »Man bekommt heutzutage einfach keine anständigen falschen Uniformen mehr«, sagte er und zückte seine Pistole. »Kommt raus. Alle Mann. Sofort.«

Die Tür wurde aufgeschoben, und sie stiegen einer nach dem anderen aus dem Wagen. Zu dem Mann in Uniform gesellten sich jetzt drei weitere in dunklen Overalls und Balaklawamützen. Sie trugen Gewehre. Es war zu dunkel, um zu erkennen, welche Art von Gewehren. Nathans Herz hämmerte. Seine Knie waren plötzlich ganz weich. Marty hielt ihm die Hand hin. »Alles in Ordnung, Junge«, sagte er. »Keine Angst.«

»O Gott«, sagte Tommy.

»Stellt euch dort in einer Reihe auf, Jungs«, sagte der falsche Cop.

Die sieben Angestellten des Malerbetriebs Professional Decorating Company nahmen rasch Aufstellung. Coolidge, Marty, Tommy, Bob Evans, Michael Graham, Peter Adair und Nathan, alle mit verschmierten Overalls, Farbspritzern in den Haaren, die blassen Gesichter weiß leuchtend im winterlichen Frost.

»Und jetzt sagt mir mal eins«, meinte der falsche Sergeant. »Interessiert sich euer Chef überhaupt nicht für die ganzen Warnungen, die wir ihm zukommen lassen?«

Coolidge zuckte die Achseln. »Es ist unser Beruf.«

»Es ist Unterstützung einer Besatzungsarmee, nichts anderes.«

»Das kommt auf den Standpunkt an, würde ich meinen«, sagte Coolidge.

Marty stieß ihm den Ellbogen in die Rippen. »Um Gottes willen, Coolidge, halt deine scheiß Klappe.«

»Glaubt er, daß wir ihn nur veräppeln?« fragte der falsche Sergeant.

»Ich weiß nicht, was er glaubt«, sagte Coolidge. »Er sagt uns einfach, wo wir hingehen sollen.«

»Du bist ziemlich cool für jemanden, der gleich erschossen wird.«

»Herrgott«, sagte Tommy. »Wir sind doch nur Maler und Dekorateure.«

»Tja, vielleicht werdet ihr dann für Tapferkeit unter Beschuß dekoriert.«

»O Gott«, sagte Tommy wieder.

Der falsche Sergeant schritt die Reihe ab. Vor Nathan blieb er stehen. »Wie alt bist du, mein Sohn?« fragte er.

»Sechzehn«, flüsterte Nathan, den Blick starr zu Boden gerichtet.

»Solltest du nicht eigentlich noch zur Schule gehen?«

Nathan nickte.

Der falsche Sergeant lächelte. »Wünschst du dir jetzt, daß du dageblieben wärst?«

Nathan nickte.

Er drückte seine Pistole gegen Nathans Stirn. »Du möchtest eigentlich nicht sterben, oder?«

Nathan schüttelte den Kopf. Tränen liefen ihm übers Gesicht.

»Okay«, sagte der Sergeant, »in Anbetracht der Tatsache, daß ich in überaus großherziger Stimmung bin, lasse ich dich laufen.«

Nathan blickte zur Seite, wo Mickey Graham stand. Mickey zitterte am ganzen Körper. Seine Augen waren fest geschlossen. Nathan beugte sich vor und sah, daß Coolidge trotzig nach vorn starrte.

»Na los. Verzieh dich. Dann kannst du noch viel weinen im Leben.«

Nathan schüttelte langsam den Kopf.

Der falsche Sergeant lachte ihm ins Gesicht. »Nutz deine Chance, Junge«, sagte er.

Nathan schüttelte wieder den Kopf.

Der falsche Sergeant schüttelte nun auch seinen, trat dann ein paar Schritte zurück und sprach in gedämpfter Lautstärke mit seinen Kameraden.

Plötzlich stieß Marty einen kleinen Schrei aus und spurtete die Straße hinunter. Eine der Balaklawamützen setzte ihm nach, hob das Gewehr und entlud einen automatischen Feuerstoß. Marty war zu alt und zu dick. Er sackte in sich zusammen. Er war kaum zehn Meter weit gekommen.

Und dann war Licht zu sehen. Vielleicht eine halbe Meile entfernt auf dem Weg, den sie gekommen waren. Scheinwerfer.

»Scheiße«, sagte der falsche Polizist.

Es war ein Hoffnungsschimmer, der für einen Moment heftig aufflackerte, bis das Gewehrfeuer einsetzte.

Nathan schrie, und die Luft explodierte.

Die Schüsse kamen stetig, einer nach dem anderen. Und ebenso stetig, einer nach dem anderen, fielen die Angestellten der Professional Decorating Company, von Kugeln zerfetzt, zu Boden, fast ohne einen Mucks.

Für einige Augenblicke war Zähneklappern das einzige Geräusch. Nathan, inmitten des Blutbads stehend, hatte keine Kontrolle über seine Kiefer.

Der falsche Sergeant lachte ihm zu. »Jesses«, sagte er, »wir müssen dich verfehlt haben.«

Er wandte sich an die Balaklawamütze an seiner Seite. »Zeit zu verschwinden, Seanie.« Er steckte die Pistole zurück in seine Jacke, dann spähte er in Richtung des sich auf der Straße nähernden Autos. Noch einmal blickte er Nathan an. »He, mein Lieber«, sagte er, »geh zurück in die Schule. Und sag dem Mr. Professional Decorator, daß er noch nicht aus dem Schneider ist. Okay?«

Und dann waren sie verschwunden, von der Dunkelheit verschluckt.

Nathan stand inmitten seiner Freunde. Der Überreste seiner Freunde. Er wußte nicht, was er tun sollte. Alles was er hörte, war das Echo des Gewehrfeuers, das in seinem Kopf vibrierte. Er stand da und sah sie an, Tränenbäche stürzten ihm übers Gesicht. Da lag Tommy, eine Zigarette glühte noch zwischen seinen Lippen, lebendiger als ihr Besitzer. Und da sein Freund Coolidge, aber es war Coolidge ohne Kopf.

Nathan nahm die Kopfhörer und stöpselte sie zurück in die Ohren. Er schaltete die Pistols wieder ein. Er schloß die Augen und begann mitzusingen.

Er hörte nicht, wie das Auto neben ihm hielt, er hörte auch nicht die entsetzten Rufe aus dem Wageninnern. Er hörte nur die Gitarren, den höhnischen Gesang, den treibenden Beat. Nur die Musik …

2

…nur die Musik, aber nicht *diese* Musik, sondern eine sehr viel angenehmere.

Nathan kehrte mit einem Blinzeln in die Gegenwart zurück. Das andere war lange her und weit weg. Aber *so* lange her und *so* weit weg nun auch wieder nicht. Er hatte Kopfschmerzen, er schwitzte plötzlich wie verrückt – er hatte zuviel Alkohol im Blut, das wußte er, und *sie* wußte es auch, ihren Blicken nach zu urteilen. Er stieß sich vom Tisch ab und stand ohne ein Wort auf, mit der Hand wie beschwichtigend ein wenig in der Luft herumfuchtelnd.

Nathan war seit eh und je nicht imstande, in Gegenwart anderer Männer zu pinkeln.

Nicht, daß er zu klein oder zu groß oder zu eingeschüchtert gewesen wäre. Er konnte es einfach nicht. Wenn er schon losgelegt hatte, bevor ein anderer hereinkam, dann war alles in Ordnung, und er brauchte sich von keinem Pisser der Welt etwas vormachen zu lassen. Wenn er beim Betreten der Männertoilette mindestens ein freies Urinal zwischen sich und dem nächsten Pinkler vorfand, war der weitere Ablauf ebenfalls unproblematisch: abdrücken, schütteln, wieder einsammeln. Wenn es freilich nur noch ein einziges freies Urinal gab, dann wurde es bedenklich. Im Regelfall betrat er dann einfach eine der Klokabinen, setzte sich girliemäßig auf die Schüssel und hielt sich bedeckt. In den meisten Pubs aber, das lehrte die Erfahrung, gab es nur eine Kabine, und diese war garantiert in einem von zwei Fällen in Beschlag genommen von Leuten, die dringende Bedürfnisse jenseits des gemeinen Pinkelns hatten, zum Beispiel das, für das die Kabine eigentlich gemacht war; manchmal diente sie aber auch der Entleerung überforderter Mägen, der Einnahme von Drogen oder sexuellen Aktivitäten.

Diesmal schien alles gut zu laufen. Mit einer soliden Blase ausgestattet, hatte er fast eine Stunde lang auf fünf Pints Budweiser gesessen. Und als er die Männertoilette betrat, war sie völlig leer. Nathan marschierte leicht schwankend auf das Urinal zu und öffnete seine Hose. Beziehungsweise er versuchte es. Etwas übermotiviert vielleicht. Sein Hemd, das Übergröße aufwies, verfing sich im Reißverschluß. Einmal, zweimal zerrte er daran und riß es beim dritten Versuch endlich los, nicht ohne dabei allerdings einen Hemdknopf einzubüßen, der in das halbgefüllte Urinal plumpste. Dort sank er langsam hinab und kuschelte sich zwischen die Ananaswürfel. Das waren natürlich in Wirklichkeit gar keine Ananaswürfel, aber in der Schule hatte sie mal einer so genannt, und die Bezeichnung war dann irgendwie hängengeblieben. Er kannte übrigens jemanden, der bewiesen hatte, daß es keine waren. Die treffende Beschreibung ihres Geschmacks ging mehr in Richtung kleiner Seifenwürfel, auf die jemand draufgestrullt hat, aber ungeachtet dessen zog Nathan es weiterhin vor, sie als Ananaswürfel zu betrachten.

Als er seinen Pimmel endlich aus dessen Behausung befreit hatte, öffnete sich die Tür, und ein Mann kam herein. Nathan biß die Zähne zusammen und dachte an Wasserfälle und rauschende Flüsse und dergleichen mehr, dann seufzte er erleichtert auf – ohne sich schon erleichtert zu haben –, als der Mann zur Kabinentür schritt. Besetzt. Nathan schaute sich flüchtig um. In der Tat. Unter dem Türspalt waren zwei Füße, ein Paar weiße Socken und ein zusammengeknautschtes Stück Leinenhose zu sehen. Der Insasse hatte keinen Laut gegeben. Er war vielleicht selbst gerade erst gekommen oder saß dort schon seit Stunden. Vielleicht wollte er mit der entscheidenden Evakuierungsaktion lieber warten, bis Nathans Füße zurück in Michael's Pub verschwunden waren, oder er arbeitete sich langsam, aber sicher durch eine Do-it-yourself-Zeitschrift respektive einen Kurzroman über Lemminge hindurch. Wie auch immer, der Neuankömmling stieß einen kaum verhohlenen Seufzer des Unwillens aus und nahm seinen Platz zu Nathans Linken ein.

Nathan biß erneut die Zähne zusammen und drückte. Das war nicht unbedingt die ratsamste Vorgehensweise, wenn man fünf Pints geladen hatte, aber er ging unbeschadet daraus hervor, wenn auch genauso trocken wie vorher. Er stieß Luft durch die Nase aus. Er klopfte mit dem Fuß auf den Boden. Er schüttelte seinen Schwanz und beschwor unermeßliche Springfluten. Vergebens.

Der Neuankömmling hatte auch noch nicht angefangen. Er war kleiner als Nathan, und auch er blies Luft durch die Nase. Noch ein Trockner.

Das fehlte noch. Aus eigener trauriger Erfahrung wußte Nathan, daß es auf der ganzen Welt nichts Fataleres gab als zwei Trockner nebeneinander. *Ein* schwanzschüttelnder Mann ist schon schlimm genug. Aber *zwei* Männer, die nebeneinanderstehen und ihre Schwänze schütteln, das ist nicht nur ziemlich peinlich, sondern bietet unter Umständen sogar Anlaß zu strafverfolgenden Maßnahmen. Das einzige, was noch schlimmer ist als zwei schwanzschüttelnde Männer in einem öffentlichen Pissoir, ist die Situation, daß die Tür sich öffnet, ein dritter Mann eintritt, locker einen abstrullt und ohne ein Wort zu sagen wieder verschwindet. Aber allen Leuten davon erzählt.

Nathan blickte nach rechts. Die Keramikkacheln waren enttäuschend graffitifrei. Er hatte Graffiti verschiedentlich als Ablenkung benutzt, indem er sie studierte wie eine Speisekarte, sich dadurch in ein Gefühl von Geborgenheit einsponn und dann fröhlich lospinkelte. Doch dieses Glück blieb ihm hier und jetzt versagt.

Der andere Typ stieß einen weiteren kleinen Seufzer aus. Der Augenblick der Entscheidung nahte. *Ein* Seufzer ging ohne weiteres als Ausdruck von Frustration durch, doch der zweite Seufzer konnte zweierlei bedeuten: fortgesetzte Frustration oder selbsterteilte Gratifikation. Jetzt galt es zu entscheiden, ob er die Hose schließen, x-beinig zu Lisa zurückhumpeln und es später noch mal versuchen, dem anderen einen einschüchternden Blick zuwerfen und kontrollieren, ob da irgendwas am Wachsen war, oder einfach warten sollte, bis der andere pinkelte oder sich verpißte.

Nathan schielte nach links. *Jesses,* dachte er.

»Sie sind Woody Allen«, sagte er.

Woody nickte.

Bezogen auf die Größe von New York war es ein Fünfzehn-Millionen-zu-eins-Treffer. Bezogen auf die Größe von Michael's Pub, der sich in den dunklen Schnittpunkt zweier Gebäude in der 55. Straße schmiegte, immerhin noch dreihundert zu eins. Woody blies hier seit zwanzig Jahren fast jeden Montagabend sein Horn. Und an jedem Montagabend des verstrichenen Monats hatte Nathan Jones voller Hochgenuß am Tisch gesessen. Lisa war nicht so begeistert. Sie konnte weder über seine Komik lachen noch etwas mit seinen ernsthaften Sachen anfangen, und schon gar nicht konnte sie einsehen, warum sie sich diesen kleinen dünnhaarigen Mann, der auf einer Klarinette herumblies, mehr als einmal antun sollte. Für das New Orleans Funeral and Ragtime Orchestra war sie einfach nicht gemacht.

»Ich hasse diese Momente«, sagte Nathan und deutete nickend nach unten.

»Mmm«, sagte Woody.

»Trotzdem«, sagte Nathan, »tolle Vorstellung.«

»Danke.«

»Besonders diese alte Nummer von Jimmy Durante. Wie heißt sie noch? Inka Pinka Doo?«

»Inka Dinka Doo.«

»Yeah, klasse. Die ist toll.«

»Danke.«

Sie starrten für ein paar Sekunden schweigend auf die Kacheln, ohne irgendwelche Fortschritte zu machen.

»Ich liebe Musik«, sagte Nathan schließlich.

»Gut.«

»Ich war im Schulorchester. Ich kann die 1812-Ouvertüre auf dem Tamburin spielen.«

Woody nickte. Zog eine Grimasse.

»Und einmal hab ich drei Tage lang in einem Kontrabaß festgesteckt.«

»Ah ja, hm«, sagte Woody.

»Wie fanden Sie denn das Publikum heute?« fragte Nathan.

»Großartig.«

»Die Leute verehren Sie.«

Woody zuckte die Achseln.

Nathan startete einen neuerlichen Versuch. Nicht mal ein Tröpfeln. »Ich hasse diese Momente«, sagte er wieder und dann, fast ohne Pause: »Glauben Sie, daß Sie jemals einen Film über Irland machen werden?«

Woody schüttelte den Kopf. »Ich mache Filme über Manhattan.«

»Sicher. Aber Sie sollten erwägen, Ihr Repertoire zu erweitern. Sie könnten einen Western drehen.«

Woody nickte.

»Hören Sie«, sagte Nathan, »einer von uns beiden sollte

jetzt die Hose zumachen und verschwinden, sonst stehen wir morgen früh noch hier.«

»Glaub ich auch«, sagte Woody, ohne sich zu rühren.

Nathan zog seinen Reißverschluß zu und trat zurück. »Ich würde es als Ehre betrachten, Ihnen beim Pinkeln den Vortritt zu lassen.«

»Danke.«

»Ist es okay, wenn ich hier stehe, oder soll ich zur Tür gehen?«

»Warum nicht durch die Tür?« sagte Woody.

»Ausgezeichnet. Ja, ausgezeichnet. Ich kann noch anhalten. Kein Problem. Hören Sie, wenn Sie nachher noch Zeit haben, kommen Sie doch vorbei und sagen uns hallo. Ich, äh, sitze in der Ecke. Gar nicht zu verfehlen. Als ich kam, hab ich versucht, einen Malibu zu bestellen, aber der Barkeeper hat mich falsch verstanden, und jetzt hab ich den ganzen Abend diesen verdammten Karibu am Hals.«

Woody reagierte nicht. Als Nathan sich durch die Tür verzog, verschwand der Kopf des genialen Schauspieler-Schriftsteller-Regisseur-Komikers in einer Dampfwolke.

3

»Wo warst du?« fragte Lisa, als Nathan, um einiges erleichtert, zu ihrem Tisch zurückkehrte. In einer einzigen fließenden Bewegung kippte sie den Rest ihres Whisky-Cola hinunter und gab dem Kellner das Zeichen für einen neuen.

Nathan zog seinen Stuhl an den Tisch und schaute seiner Freundin in die Augen. Swimmingpoolaugen, so hatte er sie bei ihrer ersten Begegnung bezeichnet.

»Bin pinkeln gewesen mit Woody Allen.«

»Alles klar.«

»Doch, ehrlich. Ich schwör's.«

Er deutete mit dem Kopf zur Männertoilette. Woody kam gerade heraus und schaute sich vorsichtig um.

»Siehste?«

Lisa zuckte die Achseln. »Na gut, und was weiter?«

Auch sie mußte an ihre erste Begegnung denken. Beide dachten sie so oft daran, weil alles so vollkommen gewesen war. Und so lange her. Sie hatte sich nach einer Stunde Bekanntschaft in ihn verliebt, nach zwei Stunden mit ihm geschlafen und ihm im Morgengrauen ewige Treue geschworen. An guten Tagen empfand sie noch immer ziemlich genauso, aber wenn sie niedergeschlagen war, was in den vergangenen Wochen recht häufig vorkam, sah sie ihre Beziehung zu Nathan nur noch als eine Ferienromanze, die sich offensichtlich totgelaufen hatte. Dem hoch am Himmel stehenden Vollmond war es zu verdanken gewesen, dem unablässigen Geschnatter der Chinesen und vor allem dem wundersamen Zufall, daß zwei verlorene Kinder aus Nordirland sich ausgerechnet an Bord einer den Jangtsekiang hinabschippernden ramponierten Fähre über den Weg laufen mußten. Sie waren die einzigen Europäer an Bord gewesen, aber es hätte ihr nichts ausgemacht, ihn zu ignorieren, denn sie trieb sich weiß Gott nicht mitten im verdammten China herum, um andere Europäer kennenzulernen. Aber eine schüchterne Stimme aus der Heimat, ein freches Lächeln und das Angebot, sich mit ihm eine geklaute Flasche Tsantao-Bier zu teilen, hatten sie veranlaßt, ihm praktisch zu Füßen zu liegen. Sie sah auf die Uhr und zischte mißbilligend.

Sie zupfte ihn am Ellbogen. »Nathan, bitte, laß uns nach Hause gehen, ja?«

»Sie sind noch nicht fertig.«

»Ich weiß. Aber ich bin müde. Ich habe doch nur den einen freien Abend. Bitte.«

Nathan nahm einen großen Schluck Bier. »Kannst du nicht einfach mal die Klappe halten?« Er sah, wie sie die Augen niederschlug. Er seufzte. »Tut mir leid. Kannst du dir nicht vorstellen, in New Orleans zu sein?«

»Ich kann mir vorstellen, im Bett zu sein. Mit dir.« Das war zwar gelogen, aber nett gelogen.

»Ist das ein Angebot?«

»Vielleicht.«

Nathan blickte wieder zur Bühne. Das New Orleans Funeral and Ragtime Orchestra war zurückgekehrt und warf sich gerade in die ersten Noten von ›A Shanty in Old Shanty Town‹.

Lisa starrte Nathan an, der das Orchester im allgemeinen und Woody im besonderen dümmlich angrinste. Sie beugte sich über den Tisch, um ihm schreiend zuzuflüstern: »Das ist jetzt die vierte Woche hintereinander, Nathan!«

»Na und? Er hat einfach Klasse.«

»Du magst diese Musik ja gar nicht. Ich kenne dich doch.«

Er wandte kaum den Blick. »Du glaubst, daß du mich kennst«, zischte er aus dem Mundwinkel heraus. »Einen Scheiß kennst du. Und jetzt halt's Maul.«

Lisa ließ sich auf ihren Sitz zurückfallen. Sie stürzte ihren Drink runter. »Arschloch«, fauchte sie.

Mit einem tiefen Seufzer umfaßte und drückte sie den Stiel ihres Glases, als sei es sein Hals. Es war Zeit für sie zu gehen. An der zunehmenden Röte seines Gesichts erkannte sie, daß es Zeit wurde – sie konnte ihn lesen wie eine Benzinuhr: Für den Großteil des Abends war er der Nathan, den sie liebte, witzig, aufmerksam, romantisch; dann, wenn der Alkohol reinhaute, entwickelte sich die Röte an der Kinnspitze und kroch langsam in Richtung Stirn: leer, viertelvoll, halb, dreiviertel; und dann, kurz bevor der Tank voll war, mußte sie verschwinden, nach Hause gehen, der unvermeidlichen Szene entfliehen. Es passierte nicht sehr oft, aber doch oft genug. Das Restaurant in der 52. Straße: zerschlagene Gläser, ein umgestürzter Tisch, und das alles wegen einer kleinen Unstimmigkeit in der Rechnung. Der Rockclub Embassy: die Rangelei mit dem Ober wegen einer mißverstandenen Getränkebestellung. Eine Wut wie nicht von dieser Welt. Dabei wußte er sehr wohl, welche Wirkung das Trinken auf ihn hatte, aber immer erst im nachhinein; dann aber immer mit der Bitte um Verzeihung, mit Blumen und Versprechungen.

Sie schob sich eine Haarsträhne aus der Stirn. *Ich kann ja nicht mal sagen, daß ich ihn liebe,* dachte sie. *Nicht, daß er besonders attraktiv wäre oder einen tollen Job hätte oder jede Menge Geld oder auch nur ein angenehmer Gesellschafter wäre oder ein echter Freund. Er ist …* und sie versuchte, ihn einzuordnen, doch es gelang ihr nicht. Er war halt einfach Nathan.

Sie stand auf. »Kommst du?«

Genervter Gesichtsausdruck. »Sei doch vernünftig und setz dich hin. Sie machen nicht mehr lange.«

»Nathan, ich habe wirklich ziemliche Kopfschmerzen. Paß auf, ich geh schon mal vor. Wir sehen uns zu Hause, wenn du noch bleiben und dich amüsieren willst.«

»Setz dich hin.«

»Du bist ein rücksichtsloser, arroganter Scheißkerl, Nathan Jones.«

»Ja ja, sicher. Und ich war zu lange weg. Setz dich hin, Lisa.«

Lisa setzte sich. Er lächelte. Sie nahm sein Glas und goß es über ihm aus. Dann ging sie. Schon an der Tür verfluchte sie sich dafür, daß *sie* ausgerastet war und nicht er.

Sie blieb fünf Minuten lang draußen stehen und wartete ab, ob er ihr betreten nachgelaufen käme. Aber vergeblich. Nur der gedämpfte Rhythmus der Musik und die Gewalttätigkeit des Montagabendverkehrs drangen zu ihr durch. Sie hielt ein Taxi an und fuhr nach Hause, um dort auf ihn zu warten.

Zwei Minuten später kam ein reuiger Nathan Jones durch die Tür gewankt, um nach ihr zu suchen. Das Küssen und Versöhnen war immer der beste Teil des Abends. Aber sie war nicht da. Er wollte es kaum glauben. Sie wartete doch *immer!* Mein Gott, wenn er jetzt nach Hause ginge, dann würden sie nur bis zum frühen Morgen streiten, nein, sie brauchte ein bißchen Zeit, um sich zu beruhigen. Es war eine schwache Ausrede, wie er wohl wußte. Dennoch kehrte er in den Pub zurück, auf einen letzten Drink. Und noch einen.

Einige Zeit später begab sich Nathan, solide abgefüllt und seitwärts gehend, auf einen irrtümlichen Nachhauseweg und stieß mit dem Kopf gegen eine tückische Bushaltestelle. Als er wieder zu sich kam, hatte jemand seine Brieftasche gestohlen. Und einen seiner Schuhe.

4

»Mr. President? Der Botschafter und seine Begleiter warten.«

Präsident Michael Keneally wandte sich von dem Fenster aus Panzerglas ab, stellte seine Pepsi light aus der Hand und richtete seinen schläfrigen Blick auf Graham Slovenski, den Stabschef des Weißen Hauses. Er seufzte, fuhr sich mit der Hand durch das ergrauende Haar und bedeutete Slovenski, voranzugehen.

Ein vor der Tür stehender Secret-Service-Agent nahm die Hand von seinem Kopfhörer und nickte. »Freie Bahn, Sir«, sagte er.

»Wo ist sie?« fragte der Präsident.

»Bibliothek im Parterre.«

»Sehr gut. Halten Sie mich auf dem laufenden.« Der Präsident trottete in Slovenskis Windschatten in Richtung Oval Office. »Wer ist heute dran, Slo?« fragte er müde. »Slowenien und Kroatien haben wir gestern erledigt, nicht wahr? Oder waren es Armenien und Slowakei?«

»Gestern waren es Slowakei und Slowenien. Vorgestern Kroatien und Albanien. Heute ist es Nordirland.«

»Irlandia. Dublin. Richtig.«

»Falsch. Belfast.«

»Richtig. Wann war denn Armenien?«

»Morgen.«

Der Präsident blieb vor der Tür zum Oval Office stehen. Slovenski wandte sich um und sah ihn prüfend an, dann korrigierte er den Sitz der präsidialen Krawatte.

»So«, sagte er.

»Slo«, sagte der Präsident schleppend, »ist es sehr augenfällig, daß ich kaum Ahnung von dem habe, was in all diesen Ländern vorgeht? Ich meine, für diese Leute?«

»Machen Sie sich keine Sorgen, Sir. Ihre Unkenntnis verliert sich in der Übersetzung.«

»Na, ein Glück, daß ich kein Wort irisch spreche.«

»Die sprechen englisch, Sir.«

»Als erste Fremdsprache.«

»Als Muttersprache, Sir.«

»Herrjemine. Wer spricht denn dann irisch?«

»Ich weiß nicht, Sir.«

»Herrjemine. Nun, lassen Sie es uns herausfinden.«

Slovenski öffnete die Tür und geleitete den Präsidenten hinein. Mit breit angelegtem Lächeln und plötzlich adlerscharfem Blick ging Keneally quer durch den Raum auf eine verschüchtert wirkende irische Delegation zu.

Ohne Zweifel war der Präsident ein gutaussehender Mann. Zwar hatte er das mittlere Alter längst erreicht, konnte aber noch immer eine Andeutung von Babyspeck in die Waagschale werfen. Er sah jung genug aus, um sexy zu wirken, und alt genug, um ernst genommen zu werden. Er hatte eine wunderschöne Frau, die ihm eine Heidenangst einjagte.

Präsident Keneally war gewählt worden, weil er versprochen hatte, die Steuern zu senken, und er schickte sich tatsächlich an, sein Versprechen zu halten. Sein Alphabetisierungsprogramm war allgemein als Durchbruch im Bildungswesen gefeiert und weltweit als politisches Modell übernommen worden. Er hatte Maßnahmen zur Bekämpfung von ethnischer, geschlechtlicher und politischer Diskriminierung vorgestellt, die ungeteilten Beifall fanden. Er war der tatkräftigste Präsident in der Geschichte der Vereinigten Staaten. Wenig überraschend daher, daß er die ungünstigsten Erste-Hundert-Tage-Umfrageergebnisse seit Erfindung dieser Umfrage erzielt hatte und bereits Ziel von drei Mordanschlägen gewesen war. »Popularität schafft Neider«, lautete Slos Kommentar dazu.

Die tragende Rolle beim ersten Anschlag hatte ein Ultraleichtflugzeug gespielt, das von Marcus Fielding gesteuert wurde, einem verbitterten Ex-Black-Panther-Aktivisten, der im fortschreitenden Alter feststellen mußte, daß seine spezielle Art der Militanz völlig aus der Mode gekommen war. Er hatte sich zwei mit tschechischem Semtex-Sprengstoff vollgestopfte Taschen an den Leib gebunden und dann die Wohnräume des Präsidenten anvisiert. Tragischerweise war er bereits zu alt, als daß er von des Präsidenten Alphabetisierungsprogramm hätte profitieren können, und so hatte er den kostenlosen Touristenplan des Weißen Hauses fehlinterpretiert. Nachdem er das ultraausgefuchste Sicherheitssystem des Secret Service erfolgreich überwunden hatte, gelang es ihm, im öffentlichen Empfangsbereich aufzutreffen und dabei sich selbst sowie einen Sicherheitsbeamten und ein drei Jahre altes Lama zu Tode zu bringen, das der Übergabe an den Präsidenten als Geschenk des peruanischen Amtskollegen harrte. Erheblich mehr Menschen wären getötet worden – allerdings nicht der Präsident, der gerade zum Golfen in Maine weilte –, wenn das Semtex explodiert wäre. Das war jedoch nicht der Fall gewesen, da Fielding seine dreitausend Dollar in acht Kilogramm Modelliermasse investiert hatte. Der Secret Service schickte einen neuen Beamten. Der peruanische Präsident schickte ein neues Lama.

Der zweite Anschlag fand statt, als der Präsident Dallas besuchte, um in einem Konflikt zwischen Ölbaronen und Umweltschützern zu vermitteln. Eine geistig verwirrte Frau, von *einem* Präsidenten in die Gemeinschaft entlassen und von dem nächsten aufgefordert, darüber sehr wütend zu sein, hatte beschlossen, es dem dritten heimzuzahlen, und stach ihm mit einer gebrauchten Spritze in den Arm, als er eine der Verhandlungspausen zum Besuch einer ambulanten Pflegestation nutzte. Es war keine schwerwiegende Verletzung. Es gab nur den üblichen Aufschrei über die Leistungsfähigkeit des Secret Service und des FBI.

Der dritte Anschlag hatte sich an diesem Morgen in den Wohnräumen des Präsidenten ereignet, und zwar im Zusammenhang mit seinem Versuch, der First Lady zu erklären, warum ihre Bewerbung um das Amt einer um die Welt reisenden Goodwill-Botschafterin für die Vereinten Nationen abschlägig beschieden worden war.

Die offizielle Begründung war, daß die First Lady, ihres Zeichens nicht nur eine große Schönheit, sondern auch eine urteilsfreudige Intellektuelle, erst kürzlich im Weißen Haus Quartier bezogen hatte und daher noch nicht über genügend internationale Erfahrung verfügte, um eine derart anspruchsvolle Aufgabe zu übernehmen. Der inoffizielle Grund war, daß jedes Land unter der Sonne die Vereinigten Staaten dafür haßte, daß sie zu mächtig waren, zu reich und zu herablassend. Der Präsident, der in diesem Fall nicht auf sein bewährtes Team von Redenschreibern zurückgreifen konnte, tat sich mit der Erklärung sehr schwer, so daß sich der vielbeschworene Goodwill der First Lady urplötzlich in Luft auflöste.

Die First Lady hatte ihr Frühstücksei gern hartgekocht. Glücklicherweise war der Assistent des Assistenten des Küchenchefs im Weißen Haus ein siebzehnjähriger rehabilitierter Drogendealer namens Mario Finelli. Mario war auf das genaueste über die Zubereitung der Eier für die First Lady instruiert worden, doch obwohl er einer der ersten Nutznießer des präsidialen Alphabetisierungsprogramms war, wies er gewisse Defizite beim Umgang mit Zahlen auf, und so hatte er das Ei um volle zwei Minuten zu kurz gekocht. Hätte das Ei die gewünschte Konsistenz gehabt, als es, bei einer geschätzten Geschwindigkeit von etwa hundert Stundenkilometern, auf die Schläfe des Präsidenten traf, so hätte die First Lady ohne weiteres die Erste Witwe unter Mordanklage werden können.

So aber war das Ei nur über sein Gesicht gespritzt und

dann, Schaden lediglich an seinem Ego anrichtend, in seinen Schoß getropft. Der Präsident hatte es den ganzen Morgen über peinlichst vermieden, ihr zu begegnen, und war auf Schleichwegen durchs Weiße Haus gestreift, geführt von Secret-Service-Agenten, die ihn über jede ihrer Bewegungen informierten. Irgendwann, das wußte er, würde sie ihn dennoch aufspüren.

Der Botschafter, ein Mann mit kräftiger Gesichtsfarbe und aufrichtigem Lächeln, vermittelte dem Präsidenten einen Einblick in die delikate Natur seines neuen Staates und wies auf die Notwendigkeit hin, dessen erste Schritte in Richtung Demokratie zu unterstützen, ebenso wie auf die Gefahr des Rückfalls in konfessionelle Zwietracht. Einer seiner Begleiter zog eine Karte des Landes aus seiner angestoßenen Kunstledermappe und breitete sie auf dem Tisch aus. Mit einem Kugelschreiber wies der Botschafter auf verschiedene Einfärbungen hin. »Unser Bestreben, Mr. President, ist es, Investoren in diejenigen Teile unseres Landes zu locken, die am meisten unter den Geißeln des Konfessionskrieges und der Arbeitslosigkeit gelitten haben. Wenn es Hoffnung geben soll, dann müssen wir dafür sorgen, daß die Menschen künftig zusammenarbeiten.« Er deutete auf Regionen um die beiden Städte Belfast und Londonderry und zog dann eine Linie entlang der Grenze zur Republik Irland. »Die in Grün gefaßten Gebiete markieren eine katholische Bevölkerungsmehrheit, das heißt eine generelle Befürwortung eines vereinten Irlands. Die in Orange gehaltenen Gebiete stehen für eine protestantische Mehrheit, das heißt eine generelle Befürwortung enger Bindungen an Großbritannien.«

Präsident Keneally nickte nachdenklich. »Und das blaue Gebiet in der Mitte, wofür steht das?«

»Das ist der Lough Neagh, Mr. President.«

»Selbstverständlich. Gutes Angelgebiet, wie?«

»Sehr zu empfehlen. Wie wär's mit einem Besuch, um sich davon zu überzeugen?«

Der Präsident drehte sich zu Slovenski um. »Wie sieht's aus, Slo, liegt in den nächsten Monaten ein Irlandbesuch drin?«

Slovenski schüttelte den Kopf. »Unwahrscheinlich, Sir. Es sind so viele Gesetzesvorlagen durchzukämpfen ... dann steht noch die Südamerikareise an. Argentinien, Venezuela, Brasilien, Peru ... es sei denn, Sie würden in Betracht ziehen, sich von der First Lady vertreten zu lassen?«

Die Augen des Botschafters leuchteten auf. »Das wäre wunderbar«, strahlte er.

Der Präsident kräuselte die Lippen. »Kein schlechter Gedanke.«

»Soll ich ihr den Vorschlag unterbreiten, Sir?« fragte Slovenski.

»Ja, tun Sie das.« Der Präsident drehte den Kopf leicht in Richtung Stabschef und zwinkerte ihm zu, um sich dann abrupt wieder dem Botschafter und seinen Begleitern zuzuwenden. Er stellte den Charmeschalter auf »Aus«. »Nun, meine Herren, was können wir noch für Sie tun? Es scheint, daß die Zeit drängt. Wie Sie wissen, ist es eines der vornehmsten Ziele Amerikas, junge Demokratien zu unterstützen, aber auch unser Geldsack hat einen Boden. Ich glaube, wir haben schon einiges an Mitteln in Ihre Richtung fließen lassen, nicht wahr?«

Der Botschafter schlug die Hände zusammen. »Jawohl, Mr. President, die Vereinigten Staaten haben sich äußerst hilfsbereit gezeigt, aber unser Weg ist noch lang, er ist schwer, und er ist kostspielig.« Der Botschafter saugte an seiner Lippe. »Und wir möchten Sie um einen Gefallen bitten.«

»Bitten Sie.«

»Ich habe gehört, daß Sie nächste Woche ein Treffen mit Michael Tate haben.«

Der Präsident nickte ernst. Tate, Aufsichtsratsvorsitzender des Computersoftware-Giganten Magiform, gehörte nicht gerade zu seinen Lieblingsmitmenschen, aber er hatte sich trotzdem verpflichtet gefühlt, dessen Einladung zu einem Empfang anzunehmen, bei dem der 50-Millionen-Dollar-Kauf des Empire State Building feierlich begangen und der anstehende Angriff auf unterentwickelte Überseemärkte eingeläutet und lanciert werden sollte. Die *New York Times* hatte prophezeit, daß Tate der erste Computer-Nerd im Weißen Haus werden würde. Die *Washington Post* hatte daraufhin festgestellt, daß er es bereits sei – so groß wäre der Einfluß des reichsten Mannes der Welt in den Fluren der Macht. Der Präsident wollte gern Präsident bleiben, daher hatte er nichts dagegen, mitzuspielen und eine Rede zu halten, allerdings würde er entschieden ablehnen, sollte er aufgefordert werden, Getränke zu servieren.

Präsident Keneally rieb sich gedankenverloren die Schläfenpartie, an der das Hundert-Stundenkilometer-Ei zerschellt war, dann nickte er dem Botschafter zu. »Und Sie hätten gern eine Magiform-Fabrik im Hinterhof.«

»Wir dachten, ein Wort des …«

»Die Iren haben Amerika mit aufgebaut, nicht wahr, Herr Botschafter?«

»Allerdings.«

»Und die Keneallys sind aus gutem irischem Schrot und Korn, nicht wahr, Herr Botschafter?«

»So sagt man, Mr. President.«

»Nun, dann wär's doch sehr nachlässig von uns, wenn wir nicht ein gutes Wort für Sie einlegen würden, was?«

»Dafür wären wir äußerst dankbar.«

Der Präsident dämpfte sein Grinsen und seine Stimme. »Tatsächlich?« sagte er, sein Gesicht auf den Botschafter zuschiebend. »Wie dankbar denn?«

»Äh, nun ja, Sir …«, stotterte der Botschafter.

»Geld vielleicht? Anteile? Grundbesitz, Herr Botschafter …?«

»Nun, Sir, ich …«

Der Präsident brach in brüllendes Gelächter aus. »Sie sollten mal Ihr Gesicht sehen!«

Der Botschafter rang sich ein erstickendes Lachen ab. Seine Begleiter kicherten nervös mit. Schon an der Tür lehnend, schüttelte Slovenski den Kopf, dann stieß er sich ab und klopfte auf seine Armbanduhr. »Mr. President?«

Präsident Keneally nickte. »Diese Stelle des Tonbands löschen wir wohl lieber, was, Slo?« Slovenski grinste. Der Präsident schüttelte dem Botschafter und auch dessen Begleitern die Hand, dankte ihnen aufrichtig für ihren Besuch und versprach, alles in seiner Macht Stehende zu tun, um die Erholung ihres schwergeprüften Landes zu fördern. Ganz wie er es auch gegenüber den albanischen, slowakischen, slowenischen und kroatischen Botschaftern in den vergangenen Tagen getan hatte und es zweifellos auch gegenüber dem armenischen Vertreter am nächsten Tag tun würde. Warum auch sollte er ablehnend auftreten? Das konnte er den niederen Chargen überlassen.

Im Flur wurden der Präsident und Slovenski von dem Secret-Service-Mann in Empfang genommen, der sie eilig in Richtung Küche bugsierte, wo sie Zuflucht suchten, bis die First Lady einen weiteren Rundgang abgeschlossen hatte und sie sich wieder in das private Arbeitszimmer des Präsidenten zurückziehen konnten.

Slovenski zog sich einen Stuhl heran und setzte sich, die Füße in Ruhestellung auf der Tischkante. »Wenn man sie schickt, könnte man damit einigen Schaden beheben.«

»Bei denen?«

»Bei uns. Sie würde außerdem ein bißchen Goodwill-Erfahrung sammeln können.«

Der Präsident nickte mehrmals nachdenklich. »Okay«, sagte er schließlich, »Sie besorgen das Geschenkpapier, ich suche nach dem Tesafilm.«

5

Er lief und lief. Die trockene Katerübelkeit setzte mit dem Morgengrauen ein, aber er stapfte unerbittlich weiter, obwohl der schuhlose Fuß immer mehr schmerzte. Mit dem wenigen Kleingeld, das er noch zusammenkratzen konnte, erwarb er einen Egg McMuffin in einem McDonald's, verschlang ihn an Ort und Stelle und übergab sich bald darauf gegen das Fenster eines Juweliergeschäfts an der Fifth Avenue. *Frühstück auf Tiffany's.*

Er humpelte weiter, unablässig probend. Er würde um Verzeihung bitten. Er würde mit Blumen um Verzeihung bitten – ach nein, kein Geld. Er würde sich entschuldigen und Besserung auf ganzer Linie beteuern. Nein, das kannte sie schon. Er würde schwören, dem Alkohol zu entsagen. Ach Mist, schon mal versucht, nicht geklappt. Er würde mit Selbstmord drohen. Mord. Selbstverstümmelung. Was kann man noch versprechen, wenn man schon alle Versprechen gegeben hat? Sie würde, wenn er durch die Tür käme, nur einen Blick auf ihn, den durch und durch Zerlumpten, werfen und ihn aus ihrem Leben streichen. Und anstatt zu versuchen, sie doch noch zu überreden, würde er die Beherrschung verlieren, sie würden um die Wette schreien, und ruckzuck würde er dann mit einem weiteren schweren Ausfall ihrer Beziehung den letzten Rest geben, obwohl er doch eigentlich nichts anderes wollte, als ihr seine Liebe zu erklären. *Genau wie bei Sid und Nancy, Streit, Streit, Streit, Liebe, Liebe, Liebe. Mit Ausnahme der Drogen. Es sei denn, Liebe wäre die Droge.*

Als er den Madison Square Park erreichte, setzte er sich auf eine Bank und zog die Füße hoch, um ihnen ein wenig Ruhe zu gewähren.

Er überließ sich einem kleinen Nickerchen und bereute es augenblicklich. Es war der vertraute Alptraum: die Dunkelheit, der Schrecken des Gewehrfeuers, das plötzlich genüßlich in Sid Vicious' Hinschlachtung von *My Way* überging und alles ausschaltete: Er fühlte keinen Schmerz, wußte von keinem Blutbad; er stand nicht mehr weinend auf dem einsamen Schlachthof und wartete auf Rettung. Er war bei Sid. Und solange er bei Sid war, mußte er nicht von Coolidge und seinem explodierenden Kopf träumen. In seinem Traum war Sid ein ziemlich aufgeweckter Bursche, mit dem man sich toll unterhalten konnte. Das war nett, denn im wirklichen Leben war Sid, wie man wußte, ein ziemlicher Hohlkopf gewesen.

Nathan kam schaudernd wieder zu Bewußtsein. Er sah auf seine Uhr. Kurz vor acht. Es wurde jetzt langsam belebt. Sein Blick fiel auf einen rundlichen Typen im Trenchcoat, der mit vor Anstrengung gerötetem Gesicht durch den Park eilte, in der einen Hand einen Pappbecher, in der anderen einen halbverspeisten Donut. Er war ohne Begleitung, aber nicht allein. Zwei Männer kamen von beiden Seiten auf ihn zu. Junge Männer. Staubig wie Nathan, vom Leben unter verschärften Bedingungen. Einer der beiden stellte dem rundlichen Typen ein Bein und ließ ihn stolpern, der Kaffee segelte durch die Luft, der Donut hinterher. Ein Raub nach Charlie-Chaplin-Art. Er landete heftig japsend auf dem Bauch, rollte sich dann auf den Rücken. Einer der Typen setzte ihm einen Fuß auf die Kehle, der andere machte sich daran, seine Taschen zu durchwühlen. Es sah nicht so aus, als ob sie irgendeine Waffe trügen. Passanten passierten ringsum.

Nathan humpelte herbei. Es dauerte ein Weilchen, bis sie ihn bemerkten. Zuerst der eine, dann, von seinem Partner angestoßen, auch der andere. Sie wechselten einen Blick, sahen dann wieder ihn an.

»Morgen«, sagte Nathan.

Ihre Augen verrieten nichts als verschwommene, drogeninspirierte Neugier. Sie waren nicht im geringsten besorgt. »Was willst du, Alter?« fragte der eine. »Er gehört uns.«

Das Gesicht des rundlichen Typen war purpurrot angelaufen. Er jammerte ein ersticktes »Aaaaaaoooh« hervor, aus seiner Nase traten Blasen.

Nathan zuckte die Achseln und wandte sich ab. Dann

drehte er sich wieder um und trat, auf seinem Sockenfuß kreiselnd, dem ihm nächsten Junkie ins Gesicht, gerade, als dieser die Brieftasche des Mannes an sich nahm. Er taumelte zurück und ließ seine Beute fallen. Der andere stürzte sich auf die Brieftasche. Bekam sie auch in die Finger, doch plötzlich waren es gebrochene Finger, als Nathans Schuh gewaltig darauf herniederfuhr. Und dann stürmten sie davon, und der rundliche Mann wälzte sich schweratmend auf den Bauch.

Nathan hob die Brieftasche auf. Untersuchte den Inhalt. Ungefähr zweihundert Dollar. Führerschein ausgestellt auf Leonard Maltman. Nathan kniete nieder und faßte den armen Leonard an der Schulter. »Alles in Ordnung, Mister?« fragte er.

Leonard schnaufte immer noch schwer, bekam aber schon eine gesündere Gesichtsfarbe. Er rieb sich den Hals und deutete gleichzeitig ein Nicken an. Nathan hielt seine Hand in die Höhe. »Hier ist Ihre Brieftasche. Ich glaube nicht, daß die irgendwas rausgenommen haben.«

Er half Leonard, sich aufzusetzen, und übergab ihm dann die Brieftasche. Leonard hustete zweimal, spuckte aus. »Jesses!« sagte er. »Hab die nicht gesehen! Jesses!« Er schüttelte heftig den Kopf, um ihn wieder klar zu kriegen, was angesichts der Umstände wohl schwerlich die beste Medizin war, dann sah er sich Nathan genauer an. »Was zum Teufel sind Sie denn für einer? Undercover?«

Nathan lächelte, schüttelte den Kopf und unternahm einen Versuch, sich abzuklopfen. »Nee, ich bin selbst letzte Nacht ausgeraubt worden, daher weiß ich, wie Ihnen zumute ist. Ich war nur grad auf dem Nachhauseweg.«

»Na, Gott sei Dank ...« Leonard inspizierte seine Brieftasche, schlug dann den braunen Lederbeutel auf die flache Hand. »Und sie haben keinen müden Cent bekommen!« Er öffnete die Brieftasche wieder. »Lassen Sie mich Ihnen etwas geben«, sagte er.

Nathan schüttelte den Kopf. »Nicht nötig«, sagte er.

»Doch, unbedingt. Sie haben meine Haut gerettet, mein

Sohn, es ist das mindeste … was zum Geier ist denn mit Ihrem Schuh passiert?«

»Wie ich schon sagte. Ich bin ausgeraubt worden. Man hat mir den Schuh geklaut.«

»Ihre Brieftasche auch?«

Nathan berührte seine Jackentasche. »Tja, nun.«

Leonard bot noch einmal sein Geld an. »Kommen Sie, nehmen Sie, es ist nur …«

Nathan gebot Einhalt. »Ich habe jede Menge Geld zu Hause.«

Er half Leonard auf die Füße, was ein nicht ganz einfaches Unterfangen war.

»Dann lassen Sie mich Ihnen wenigsten einen Kaffee ausgeben«, sagte Leonard, vorsichtig erst den einen, dann den anderen Fuß belastend. Er zuckte ein wenig zusammen. »Und einen Donut.«

Nathan zuckte die Achseln. »Ich bin kein Penner«, sagte er. »Ich habe wirklich Geld zu Hause.«

Leonard klopfte ihm mit fleischiger Hand auf die Schulter. »Junge, von mir aus kannst du Michael Tate sein, ist mir scheißegal, ich kauf dir einen Donut.«

Was er auch tat. Plus ein Paar Schuhe. Und als Nathan sich wieder auf seinen verschlungenen Heimweg nach Greenwich Village machte, hatte ihm Leonard Maltman, Sicherheitschef im Empire State Building, einen Job angeboten.

6

Lisa war schon zur Arbeit gegangen, als er zu Hause ankam. Nirgendwo eine Nachricht. Das war ein schlechtes Zeichen. Gewöhnlich hing irgend etwas am Kühlschrank. Etwas Lustiges. Die Fundamente einer Brücke über aufgewühltem Wasser oder so. Nathan streifte seine blutverschmierten Sachen ab und stopfte sie in die Waschmaschine. Dann duschte und rasierte er sich und zog anschließend seine Leinenjeans, seinen schwarzen Pullover mit dem V-Ausschnitt und die uralte Jeansjacke an, um solchermaßen aufgemöbelt vor die Tür ins Village zu treten. Er kaufte sich einen Pappbecher Kaffee, ein Sandwich und eine *New York Times* und wanderte zum Washington Square. Er fand eine Bank, die ausnahmsweise nicht von Obdachlosen besetzt war. Er mußte eine Stunde Zeit totschlagen. Jetzt, wo all die Bürohengste ihre Erektionen mit in die Mittagspause nahmen, würde es in Lisas Laden hoch hergehen.

Seine Gedanken wanderten, zum hundertsten Mal seit gestern nacht, zu Lisa. Sie war eine so selbständige Person, und er eine so unselbständige. Sie hatte sich auf New York gestürzt, als sei es ihr Zuhause; ihm machte die Stadt angst. Manchmal, wenn sie sich verabredet hatten, aber aus verschiedenen Ecken der Stadt kamen, wunderte sie sich, wieso er sich immer und ewig verspätete. Sie hatte es als Faulheit, Gleichgültigkeit, Nachlässigkeit aufgefaßt. Sie wußte nicht, daß es daran lag, daß er mit dem U-Bahn-System nicht zurechtkam und auch niemanden um Auskunft bitten mochte. Als sie sich in China kennengelernt hatten, war ein halbes Dutzend Männer lüstern um sie herumgeschwirrt, weil sie eine so geniale Plaudertasche war, von einer Unbeschwertheit, die alle ansteckte. Sie wußte nicht, daß er, der in den letzten Jahren vier Kontinente bereist hatte, während der ganzen Zeit kaum mehr als ein halbes Dutzend nüchterne Unterhaltungen geführt hatte. Sie dachte, daß sein Verhalten eine Art Entspanntheit, Coolness, wohl auch eine gewisse Mißmutigkeit ausdrückte. Manchmal hatte er den verzweifelten Wunsch, ihr etwas mitzuteilen, konnte es aber nicht, fand keine Worte dafür, und wenn er es doch versuchte, klangen sie völlig falsch, kamen als dunkles Kauderwelsch oder als Sarkasmus daher. Er sprach nie von seinen toten Freunden. Sie wußte nicht, daß er sie liebte.

Er kam kurz vor drei im Star World an, ignorierte die Videoregale und Sexspielzeuge und marschierte direkt die Treppe hoch in den rammelvollen ersten Stock. Slim Dharkin hockte wie immer eingezwängt hinter seinem Schalter. In dem pseudopsychedelischen, vierfarbigen Discolicht wirkte er ein bißchen wie ein riesiger Geist, der im Hals einer trüben Flasche festklemmte.

»Fünf Dollar, fünf Marken, Trinkgeld extra«, leierte Dharkin seinen unendlich oft wiederholten Spruch herunter, als Nathan sein Geld auf den Tresen legte. »Für nicht gebrauchte Marken gibt's Geld zurück.«

»Das weiß ich bereits, Slim«, sagte Nathan und nahm die Marken an sich. Seit Lisa diesen Job angetreten hatte, war er jeden Tag hier gewesen. Eines Abends, nach Ende ihrer Schicht, hatte sie sie sogar bekanntgemacht.

Slim sah auf. »Oh. Okay. Hi«, sagte er ohne Überzeugung. »Klar.«

»Wo ist Lisa heute?«

Slim kratzte sich kurz den Kopf, dann nickte er sachte. »Käfig drei«, sagte er und zeigte den Flur entlang.

Nathan setzte sich in Bewegung.

»Trinkgeld extra«, rief Dharkin ihm hinterher.

Am Käfig angekommen, öffnete Nathan die Tür zur mittigst gelegenen Kabine, dann steckte er eine der Marken in den Schlitz. Das war seine übliche Vorgehensweise, nachdem er beim ersten Mal den Fehler gemacht hatte, alle fünf Marken auf einmal zu verausgaben, und dann die folgenden fünf Minuten mit ansehen mußte, wie die Brüste seiner Freundin von einem rothaarigen Teenager auf der anderen Seite des Käfigs ausführlich betatscht wurden. Anschließend war er dem Teenager vierzehn Blocks weit nachgegangen und hatte mit sich gerungen, ob er ihn zu Tode prügeln sollte oder nicht. Schließlich war er zu dem Schluß gekommen, daß das unpraktisch sei. Wenn er jeden umbrächte, der Lisas Brüste berührte, würde er als größter Massenmörder aller Zeiten in die Geschichte eingehen.

Lisas Entschluß, im Star World zu arbeiten, war leichtfertig gefaßt worden. Das jedenfalls war Nathans Eindruck. Sie hatte zuvor in einer Reihe von Fast-Food-Restaurants gearbeitet und dabei kaum ausreichend verdient, um eine Person, geschweige denn zwei, über die Runden zu bringen. Dann hatte sie beim Tischabwischen Cindy kennengelernt, und sie waren ins Plaudern geraten. Cindy war eine gewaltige und auch gewaltig laute schwarze Tussi, die so verführerisch aussah wie ein Stück Toast, aber keine Probleme damit hatte, jedem zu erzählen, wo und womit sie ihr Geld verdiente. Lisa war natürlich empört.

»Und die …«, fragte Lisa mit offenem Mund. »Also die stecken …?«

»Voll rein. Manchmal die ganze Faust.«

»Und ist das nicht …«

»Sicher ist es das. Aber zu Hause ist es auch unangenehm, und *der* zahlt mir keine zwölfhundert pro Woche.«

»*Zwölfhundert Dollar*?«

»Klar. Viele einsame Typen da draußen. Sieh dich an, Mädchen, du bist schlank, hast oben rum was zu bieten. Du könntest dreimal mehr kriegen als 'ne alte fette Schlampe wie ich.«

Lisa hatte darüber gelacht, und zwar genau bis zu dem Zeitpunkt, als irgendein Verrückter, während sie gerade das Männerklo putzte, sich wie aus dem Nichts auf sie gestürzt und versucht hatte, sie zu erwürgen. Da hatte sie entschieden, daß sie nicht genug Geld bekam, um sich dergleichen weiter bieten zu lassen.

Sie hatte die Angelegenheit auf vernünftige Weise mit Nathan besprechen wollen, indem sie ihm darlegte, daß die Berührung ihrer Brüste ihr seit jeher keine sexuelle Lust verschafft habe. »Also warum soll ich dann nicht ein Vermögen damit verdienen, daß ich einsame Männer mal anfassen lasse? Die könnten mir genausogut an den Ellbogen fassen, was die Lust angeht. Ich schwöre bei Gott, daß ich nicht weitergehen werde.«

»Es ist abstoßend«, lautete Nathans Widerrede. »Der nächste Schritt ist Prostitution.«

»Ich habe nicht die Absicht, eine Prostituierte zu werden. Wir brauchen Geld, Nathan, und du verdienst nichts.«

»Es gibt andere Wege des Geldverdienens, Lisa. Dies hier ist doch … krank.«

»Sicher gibt es andere Wege. Ich könnte weiter bei McDonald's für'n Appel und 'n Ei arbeiten, bis sie rausfinden, daß ich keine Green Card habe, und mich auf die Straße setzen. Ich will nicht zurück nach Irland, Nathan, ich fühl mich hier wohl. Cindy sagt, daß sie achthundert die Woche verdient – zwölfhundert sogar, wenn es gut läuft.«

Nathan verzog angewidert das Gesicht. »Cindy ist eine Schlampe. Sie bekommt so viel Geld, weil sie sich von den Männern den Finger in die Fotze stecken läßt, entschuldige den Ausdruck.«

»Nun, ich habe nicht die Absicht, das zu tun.«

»Ja, und Hitler hatte auch nicht die Absicht, den Nichtangriffspakt zwischen Nazis und Sowjets zu brechen.«

»Wie bitte?«

»Ich will sagen, eins führt zum anderen.«

»Nicht in diesem Fall.«

»Ja ja. Ich nehme seit zwanzig Jahren Drogen und bin immer noch nicht abhängig.«

»Was?«

»Du wirst nicht mehr aufhören können, Lisa, verstehst du das nicht? Du wirst gutes Geld verdienen, aber es wird nicht reichen. Irgendein Arsch wird dir dreißig Dollar bieten, damit du ihn mal den Finger reinstecken läßt, und du denkst, na ja, das eine Mal, schadet doch nichts. Und dann passiert's noch mal und noch mal, und du gewöhnst dich dran. Und dann kommt der nächste Arsch und bietet dir das Doppelte für irgendwas anderes, und dann noch ein bißchen mehr, und bevor du dich versiehst, bist du 'ne HIV-Nutte, brauchst dreihundert Dollar pro Tag für Crack und hast einen Zuhälter mit Riesenafro und Schlaghosen, der dich grün und blau prügelt, wenn du nicht alle seine Freunde fickst und die Hauptrolle in einem Snuff-Film übernimmst. Und das alles, weil du dir in einem schmierigen Schuppen von schmierigen Typen die Titten hast begrapschen lassen. Mein Gott, Lisa, was würde deine Mama dazu sagen?«

»Ich werde trotzdem weiter mit dir schlafen wollen.«

»Schlafen ist der richtige Ausdruck. Du wirst so die Nase voll haben von Sex, daß du mich nicht mal mehr angucken willst. Und ich dich wahrscheinlich auch nicht.«

»Ah, es geht also in Wirklichkeit gar nicht um mein Wohl, sondern du bist eifersüchtig.«

»Natürlich bin ich eifersüchtig. Und um dein Wohl besorgt. Wie soll ich mich denn deiner Ansicht nach fühlen? Belohnt? Stolz? Erwartest du Lob von mir für deine ausgezeichnete Berufswahl?«

»Dein Sarkasmus ist fehl am Platz.«

»Ja, ja, ist er. Recht am Platz wäre ein großer Holzhammer, mit dem man dir auf den Kopf haut, damit du wieder klar siehst.«

»Ich sehe nicht, daß du dir einen Job besorgst. Ich sehe nicht, daß du irgendwas beiträgst.«

»Ich könnte ja im Laden nebenan anfangen. Mir für zwanzig Dollar von Männern an den Schwanz fassen lassen.«

»Nun ja, das könntest du.«

»Ja ja, sicher. Ich besorge mir einen Job, wenn ich den richtigen finde.«

»O ja, der Herr mit der großen Verantwortung. Trifft seine Entscheidung mit Sorgfalt, während wir hier verhungern.«

Er schnaufte mißbilligend. Wie sollte er ihr die Sache mit seinem letzten Job erklären, die Sache mit Coolidges Kopf? »Scheiße, wir sind doch nicht am Verhungern.«

»*Dir* haben wir das nicht zu verdanken.«

»Du verstehst das nicht, Lisa.«

»Doch, doch. Du bist dir zu gut für einen Job.«

»Ich bin mir zu gut für einen Scheißjob.«

Daß sie sich in dieser Angelegenheit würden einigen können, stand nicht zu erwarten, doch schließlich schlossen sie den Kompromiß, eine Probezeit von einer Woche anzusetzen. Lisa verpflichtete sich, wieder auszusteigen, falls sie am Ende dieser Woche weniger als achthundert Dollar verdient hätte. Nathan bedingte sich das Recht aus, ihr jederzeit hinterherzuspionieren, damit er sicher sein könne, daß sie nicht gegen die Abmachung verstoße. Nach Ablauf von drei Wochen, in denen Lisa jeweils dreizehnhundert Dollar verdient und sich an die Abmachung gehalten hatte, hatte Nathan nun endlich selbst einen Coup gelandet.

Die Tür glitt hoch, und Nathan spähte hindurch. Lisa erhob sich von ihrem Platz, sagte etwas zu dem Mädchen neben ihr, gähnte und löste dann das Oberteil ihres Bikinis, hielt es aber mit einer Hand fest, während sie die andre nach dem Trinkgeld ausstreckte.

Nathan streckte ihr ein Hühnersalatvollkornsandwich entgegen.

Sie bückte sich, um durch die kleine rechteckige Öffnung zu schauen. »Oh«, sagte sie, »du bist es.«

»Ich hab dir was zum Lunch mitgebracht.«

»Danke, ich hab eigentlich keinen Hunger.«

»Okay. Okay.« Er zog das Sandwich zurück. »Es tut mir leid wegen letzter Nacht. Wirklich echt leid.«

»Uhnh.«

»Ich hab einen Job. Ich fang Montag an. Das Empire State Building bewachen. Es kommt alles in Ordnung. Ich möchte, daß du hier aufhörst.«

Langes Schweigen. Dann sagte sie: »Ach, Nathan.«

»Was ist?«

»Ach, Nathan«, wiederholte sie und sah ihn an, den Tränen nahe. Sie beugte sich hinunter, nahm sein Gesicht in die Hände und küßte ihn fest auf die Lippen. Ihre Zungenspitze schoß in seinen Mund, zog sich gleich darauf wieder zurück. Jetzt lief auch wirklich eine Träne über ihr Gesicht. »Ich liebe dich so sehr. Aber diese Sache macht mich wahnsinnig.«

»Ich weiß. Hör auf.«

»Ich spreche nicht hiervon. Ich meine das ewige Streiten. Das muß aufhören.«

»Ich weiß«, sagte er. «Ich weiß.«

Dann glitt eine Tür auf der anderen Seite des Käfigs nach oben, und sie wandte sich schnell von ihm ab. »Geh bitte, Nathan, ich muß arbeiten. Wir haben nachher noch richtig Zeit füreinander, okay?«

»Okay.«

Das Trinkgeld wurde übergeben, die Brüste wurden freigelegt, und seine Tür glitt hinunter.

7

Wenn der Präsident nicht schlafen konnte, was recht häufig der Fall war, widmete er sich seinem Computer. In dieser Nacht, da seine Frau ihm zwei kalte und sommersprossige Schultern zeigte, suchte er Trost bei seiner elektronischen Post.

Im Zuge seines Wahlkampfes hatte er damit begonnen, willkürlich ausgewählte Fragen ohne viel Theater und Publicity zu beantworten, und damit natürlich viel Theater und Publicity ausgelöst. Ein Farmer aus Iowa, ein Versicherungsangestellter aus Wyoming, ein Crackdealer aus der Bronx, alle hatten sie seine Weisheiten empfangen und waren damit auf der Stelle zur nächsten Lokalzeitung oder zum nächsten Fernsehsender gelaufen. Die Nachricht hatte sich schnell verbreitet, und binnen kurzem waren jeden Tag dreißigtausend Fragen per E-Mail in seinem Wahlkampfhauptquartier eingelaufen, und diese Zahl war auch nach seinem Einzug ins Weiße Haus konstant geblieben. Er hatte inzwischen drei Mitglieder seines Stabs dafür abgestellt, einige dieser Fragen in seinem Namen zu beantworten. Da es sich dabei nicht um einen offiziell angekündigten Service handelte, konnte auch niemand enttäuscht sein, wenn er keine Antwort bekam.

Im allgemeinen ignorierte er die langweiligen Fragen und hielt Ausschau nach dem Ungewöhnlichen. Die über tausend Anfragen hinsichtlich des Haushaltsdefizits konnten ohne weiteres von seinem Stab erledigt werden. Ebenso die dreitausendsechshundert Fragen nach der Einkommenssteuer. Selbst die ewige Debatte um den freien Waffenverkauf konnte ihn nicht aus der Reserve locken. Ihm machten die persönlichen Probleme Spaß. Da konnte er Dr. Sommer spielen, mit dem Unterschied, daß er sich nicht auf väterliche Ratschläge beschränken mußte, sondern wirklich etwas bewirken konnte. Gebete erfüllen. Gott spielen.

Mr. President: Mein Name ist Toni Lopez. Ich besitze eine Buchhandlung in Des Moines. Ich habe Ihnen meine Stimme gegeben. Ich verliere ein Vermögen, weil die Leute ständig meine Bücher stehlen. Wo gibt's denn so was, daß jetzt schon die Buchhandlungen ausgeraubt werden? Ich habe mich an die Polizei gewandt, aber die unternimmt nichts. Können Sie mir helfen?

Lieber Toni: Mea culpa. Ich hatte ja keine Ahnung, daß mein Alphabetisierungsprogramm derart erfolgreich ist.

Ich werde den Polizeichef anrufen und dafür sorgen, daß er persönlich ein Auge auf Ihren Laden hat.

Michael Keneally (Präsident).

Die Klammern gefielen ihm besonders gut. Sie gaben dem Ganzen etwas Beiläufiges. Mein Freund, der Präsident. Bis zum Mittag würde jeder potentielle Kunde in Des Moines davon gehört haben. Eines Tages, hatte Michael Tate ihm erklärt, würden die Wahlen über das Internet ablaufen. Die Demokratie würde ein Computer sein. Wer keinen Zugang hätte, hätte keine Demokratie. Die wahre Unterklasse. Tate war ein fröhlicher Hundsfott.

Er fischte weiter: Verarmte in Nashville; ein ehemaliger Vietnamkämpfer in Tulsa; ein Aidsopfer in Los Angeles;

ein illegaler Einwanderer in Dallas. Das war schnell erledigt: eine Goodwill-Überweisung von fünfhundert Dollar nach Nash; Anerkennung seines Heldentums bei dem alten Kämpfer; tiefe Sorge und Anteilnahme für das Aidsopfer; ein rascher Anruf bei den zuständigen Behörden, und der Mex würde noch vor Morgengrauen wieder über die Grenze geschafft. Illegale Ausländer waren nicht wahlberechtigt.

Ein leises Klopfen ließ den Präsidenten aufblicken, dann erschien ein zerzauster Haarschopf in der Türöffnung.

»Dachte, ich hätte Licht gesehen«, sagte Slovenski. »Alles in Ordnung?«

Der Präsident lächelte seinem Günstling zu. »Sie sind ein verdammter Lügner, Slo. Wir wissen beide, daß die Tür kein Licht durchläßt. Sie schnüffeln doch nur wieder herum.« Mit einer Handbewegung lud er Slovenski ein, sich zu setzen, doch dieser rührte sich nicht. »Bei Ihnen alles in Ordnung?«

Slovenski schüttelte den Kopf. »Ja, sicher.«

»Warum gehen Sie dann nicht nach Hause?«

»Wollte ich gerade. Ich habe an ein paar Reden gearbeitet.«

»Ach ja? Was sage ich denn so zur Zeit?«

Slovenski zuckte die Achseln. »Nur die üblichen Mitteilungen über äußerst erfreuliche Entwicklungen.«

Der Präsident nickte bedächtig. »Diese Gesundheitsdienstsache macht Sie echt fertig, was, Slo?«

Diese *Sache* mit der Gesundheit lag dem Präsidenten sehr am Herzen. Die von ihm vorgelegten Reformen sollten erstmals in der Geschichte des Landes erstklassige medizinische Versorgung für *jedermann* zugänglich machen. Natürlich gefährdeten diese Reformen die Geschäfte der Versicherungsbranche. Die Versicherungsgesellschaften, wer wollte es ihnen verdenken, waren ganz und gar nicht erfreut und hatten den halben Senat gekauft, auf daß er für ihre Interessen einstehe. Michael Tate schien sich in der Angelegenheit nicht engagieren zu wollen, doch würde er sehr wohl in der Lage sein, die benötigten Sitze bereitzustellen, wenn er nur wollte. Und ihm schien es Spaß zu machen, den Präsidenten ein wenig im ungewissen zu lassen.

Slovenski zuckte die Achseln. »Ich kann mich eben nicht mit der Vorstellung anfreunden, bei Tate betteln zu gehen. Und doch ist es die einzige Möglichkeit.«

»Hochmut kommt vor dem Fall, und was es an blöden Klischees noch gibt. Urteilen Sie über Tate nicht zu streng. Er ist noch frisch, das Spiel macht ihm Spaß. Betrachten Sie ihn einfach als Rockefeller mit Pferdeschwanz.«

»Aha. Wenn ich mich richtig entsinne, war Rockefeller auch ein rechter Hurensohn. Ich sage nur Iowa, wissen Sie noch?«

Der Präsident nickte. Tate hatte den Aufschwung nach Iowa gebracht. Zehntausend Arbeitsplätze, zwanzigtausend weitere in der Zulieferindustrie, sogar ein Haus hatte er sich gebaut in einem gottverlassenen kleinen Nest am Arsch der Welt, wo er den Kontakt mit der Natur pflegen wollte. Doch schon bald war das Haus zu klein geworden, und er wollte es vergrößern, allein, der Bürgermeister des gottverlassenen kleinen Nests hatte den Ausbau untersagt. Hatte darauf bestanden, daß Tate einer Ratssitzung beiwohne, um sein Anliegen persönlich vorzutragen, und ihn in aller Öffentlichkeit gedemütigt. Tate aber hatte nur lächelnd die Achseln gezuckt, seine Fabriken und Arbeitsplätze umgehend nach Colorado verlegt und die ganze iowanische Wirtschaft zusammenbrechen lassen. Tates Wohltaten waren Legion, doch seine Rache konnte vernichtend sein, und jeder Senator, jeder Abgeordnete ging ihm entweder aus dem Weg oder für ihn ins Rennen. »Sie hätten das gleiche getan, Slo.«

»Ich wäre nicht nach Iowa gegangen.« Er rollte die Augen. »Na, vielleicht. Mir gefällt nur die Art nicht, wie er Druck ausübt auf …«

»Mir macht der Druck nichts aus. Bis zu einem gewissen Punkt jedenfalls, und wenn Mr. Tate den überschreitet, wird er feststellen, daß auch ich mit harten Bandagen kämpfen kann.«

Slovenski lächelte. »Darauf freue ich mich schon.« Er öffnete die Tür wieder. »Gute Nacht, Mr. President.«

»Nacht, Slo.«

»Sie sollten sehen, daß Sie ein bißchen Schlaf kriegen.«

Der Präsident grinste. »Der Drachen raucht noch, Slo. Ich will ihr noch eine Stunde geben.«

Slo grinste ebenfalls und schloß sorgfältig die Tür hinter sich.

Der Drachen rauchte tatsächlich. Tara kauerte auf dem oberen Treppenabsatz, als Slo aus dem Oval Office kam. Die First Lady hatte im Zuge einer zeit- und nervenraubenden Versuchsreihe herausgefunden, daß dies der einzige Ort im altehrwürdigen Weißen Haus war, an dem sie sich einer Marlboro widmen konnte, ohne den gottverdammten Feueralarm auszulösen.

Auf der dritten Treppenstufe hielt Slo jäh inne. »Oh, Entschuldigung. Ich habe Sie gar nicht bemerkt.«

»Haben Sie doch, sonst wären Sie ja nicht stehengeblieben.«

»Das war nur eine Redensart.«

Tara hob die Augenbrauen. »Immer noch bei der Arbeit?«

»Nein, ich bin ein Hologramm.«

Tara lächelte; sie lächelten beide. »Eins zu null für Sie.«

Slo nickte. Er blickte nervös zum Oval Office zurück. »Er hat sein Bestes getan, was die Sache mit den Vereinten ...«

Tara hob die Hand. »Nicht. Ich will es nicht hören.«

»Im Ernst, Tara, er hat alles get-«

»Slo!« Er war ruhig. »Möchten Sie eine Zigarette?«

»Nein. Nein danke.«

Sie sahen sich an.

»Slo«, sagte Tara, »hat Ihnen schon mal jemand gesagt, daß Ihre Augenbrauen praktisch unsichtbar sind?«

Slos Augenbrauen waren wirklich fast unsichtbar, wenn auch nicht annähernd so unsichtbar wie Michael Tates Schnurrbart. Der fiel mit Ach und Krach unter die Kategorie *Flaum*. Sein Besitzer hatte es schon mit zweimal Rasieren pro Tag versucht, in der Hoffnung, daß er dann stärker wachsen und härter werden würde. Aber er wurde statt dessen nur noch flaumiger. Tate beherrschte die Welt, doch seine eigene Gesichtsbehaarung entzog sich seiner Kontrolle.

»Da kann man schon ein bißchen nachdenklich werden, was, Mark?« sagte er, während er seinen Flaum einer genauen Inspektion im Spiegel unterzog. Sie befanden sich im Hauptquartier der Firma Magiform in Venice Beach.

Mark Benedict grunzte und konzentrierte sich weiterhin auf die Weltkarte, die ihm der Computermonitor zeigte. Ein kleiner roter Punkt markierte die Länder, in denen Magiform-Software marktführend war. Alle westlichen Länder hatten einen roten Punkt. Mit wenigen Ausnahmen auch alle östlichen. Auf dem afrikanischen Kontinent gab es ein paar unschöne Lücken, aber das bereitete Tate kein Kopfzerbrechen. »Wie kann man von einem Burschen in Ruanda erwarten, daß er sich für Software interessiert, wenn er alle Hände voll damit zu tun hat, seinen Nachbarn in Stücke zu hacken?« lachte er. Er stand hinter seinem alten Kumpel. »Mark, manchmal kann man richtig Angst bekommen, wenn man sieht, wieviel von der Welt wir kontrollieren, nicht wahr?«

»Wir? *Du*. Aber es stimmt. Man kann Angst bekommen.«

»Besonders, wenn man sich vorstellt, daß ich jederzeit, wann immer ich Lust habe, einen Virus in die Welt hinausschicken und die ganze Zivilisation zerstören könnte.«

»Das würdest du nicht tun. Das weiß ich genau, weil du in der realen Welt gar nicht überleben könntest.«

»Ein berechtigter Einwand. Aber falls mir jemals der Sinn nach Selbstmord stehen sollte, wäre das die angemessene Methode.«

Benedict nickte nachdenklich. Nach einer Weile sagte er: »Ich glaube, du mußt mal zum Psychiater.«
»Niemals«, sagte Tate.

Dear Mr. President: Sie sind ein mieser Schwanzlutscher. Sie haben Ihre Rasse verraten, indem Sie vor den machtgeilen schwarzen Bastards kapitulierten. Schauen Sie sich an, was Sie mit unseren Städten gemacht haben: Nutten und Drogendealer, wohin man sieht. Je schneller Sie Gesetze erlassen, die es uns erlauben, die Nigger abzuknallen, desto besser. Das gleiche mit Juden und Koreanern. Sagen Sie was dazu, Sie Schwulenarschlecker.
George Burley.

Lieber George: Danke für Ihre freundlichen Ausführungen zu den schweren Problemen unseres Landes. Ich habe Ihre Ansichten zur Kenntnis genommen, fürchte aber, daß ich sie nicht in vollem Ausmaß teilen kann. Darf ich Ihnen einen guten Rat gebe, George? Heute früh, am 24. Juli, Punkt 1 Uhr 35 habe ich ein Sonderkommando des FBI davon in Kenntnis gesetzt, daß Sie der Hohepriester einer fundamentalistischen, pseudochristlichen Sekte sind und Waffen für einen Angriff auf die örtliche Moschee horten. Das Sonderkommando ist per Militärhubschrauber auf dem Weg zu Ihnen. Es hat Anweisung, alle nötige Feuerkraft zu entfalten. Verschwinden Sie aus dem Haus, George! Alles Gute wünscht Ihnen Ihr Präsident, Michael Keneally.

Präsident Keneally lehnte sich lachend zurück. Er schickte die Botschaft ab, rief in der Telefonzentrale an und ließ sich George Burleys Telefonnummer in Birmingham, Alabama geben. Er tippte die Nummer und ließ das Telefon ein paar Minuten klingeln. Schließlich meldete sich eine schroffe, schlaftrunkene Stimme.
»He, George?«
»Uuuuuh, ja?«

»George Burley?«

»Ja. Ja. Was zum ...«

»Du kennst mich nicht, George.«

»Nun ... wie spät zum Teufel ist es?«

»Nach eins, George. Ich hätte da eine interessante Neuigkeit für dich.«

»Um ein Uhr morgens interessier ich mich für'n Scheiß, Mister, und nun gehen Sie aus der Scheiß ...«

»Halt's Maul, George. Ich tue dir einen Gefallen. Häng mich echt rein für dich. Hör gut zu ... wir müssen alle zusammenhalten. Du hast Haßkappenpost an den Präsidenten geschickt.«

»Hab ich nicht ...«

»Erzähl mir keinen Scheiß, George. Der Präsident hat sie gesehen, gelesen, und er kocht vor Wut. Ich habe läuten hören, daß er dir jemanden zu Besuch schickt. Ich weiß nicht wen, George, aber es wird todsicher nicht Bugs Bunny sein, darauf kannst du einen lassen. Check mal deine E-Mail, George. Sofort. Mach dir Sorgen. Große Sorgen.«

Der Präsident legte den Hörer auf und hätte sich sehr gewünscht, jetzt in Birmingham, Alabama, zu sein.

Als er wieder aufsah, stand die First Lady, die frühere Tara Holmes-Boyce, gähnend in der Tür. Der Anflug eines Lächelns huschte über ihr Gesicht.

»Oh«, sagte der Präsident.

»Kann man so sagen«, sagte die First Lady, indem sie mit der Hand durch ihre schlafzerzauste, aber monströs teure Frisur der Woche fuhr. »Willst du nicht ins Bett kommen?«

»Ist das eine Einladung?«

»Das ist eine Frage.«

»Ich dachte, du sprichst nicht mit mir.«

»Ich spreche mit dir. Ich bin nur nicht dein Freund.«

Mit einem Ausdruck der Mißbilligung wandte sich der Präsident wieder seinem Bildschirm zu. Tara blieb in der Tür stehen. »Ich hab getan, was ich konnte in der UN-Sache, weißt du?«

»Ich will darüber jetzt nicht diskutieren, Michael.« Sie wandte sich zum Gehen, hielt dann inne. »Abgesehen davon, daß du der mächtigste Mann der Welt bist, aber keinen Finger krumm machst, um deiner gelangweilten Frau einen anständigen Job zu verschaffen.« Als er den Mund zur Erwiderung öffnete, legte sie ihren Zeigefinger vor die Lippen und hieß ihn schweigen. »Komm jetzt ins Bett«, sagte sie. »Mir ist kalt.«

Mit einem dramatischen Rauschen ihres Morgenrocks war sie verschwunden. Der Präsident schaltete eilig den Computer ab und lief ihr nach. Er holte sie ein, als sie eben das Schlafzimmer betrat. Sie drehte sich um, löste ihren Gürtel und stand plötzlich nackt – und überaus verführerisch – vor ihm. Sie sahen sich in die Augen. Der Präsident blinzelte als erster. Sie bedachte ihn mit einem weiteren angedeuteten Lächeln, stieg dann ins Bett und wickelte sich in die Bettdecke ein, so fest wie eine ägyptische Mumie.

Der Präsident setzte sich auf die Bettkante. »Es tut mir leid«, sagte er. »Ich hab mein Bestes getan.«

»Michael, du hast den Krieg im Nahen Osten beendet. Du hast ein Friedensabkommen in Peru vermittelt. Allein dank deiner Führungsqualitäten erfreut sich die Welt eines Wirtschaftsbooms. Und dann kriegst du es nicht mal gebacken, daß ich ohne Bezahlung Bonbons an die Bedürftigen verteilen darf? Das mußt du mir erklären.«

»So einfach ist das eben nicht.«

»Doch, Michael. Du gönnst es mir nur nicht.«

»Ich gönne dir alles, Tara. Ich habe dir alles gegeben, was ich konnte. Ich werde dir auch den UN-Job geben … aber manchmal lassen sich diese Dinge halt nicht übers Knie brechen. Mein Gott, du hast dir diese Geschichte doch erst letzte Woche ausgedacht, und ich kann die Vereinten Nationen nicht nach deinen Launen umorganisieren …«

Tara schoß hoch. »Das ist keine verdammte Laune!«

»Ich weiß, tut mir leid, ich …«

»Ich habe den ganzen Wahlkampf an deiner Seite

durchgestanden, Michael. Hast du überhaupt eine Ahnung, wie viele Reden, wie viele Veranstaltungen …«

»Ich dachte, das hätte dir Spaß gemacht.«

»Es hat mir deinetwegen Spaß gemacht, Michael … aber es muß mehr im Leben geben, als an deiner Seite zu lächeln! Ich möchte selbst etwas machen! Großer Gott, Michael, sieh dir doch an, wer alles als Goodwill-Botschafter durch die Welt gurkt. Michael am Arsch Jackson!«

»Ich weiß, ich weiß … was soll ich sagen …«

»Sag gar nichts, tu etwas.«

»Hat Slo dir von Irland erzählt?«

»Ich bitte um die Welt, und du gibst mir Irland. Und dann noch nicht mal ganz Irland, sondern nur das zerfranste obere Ende, um das sich alle streiten.«

»Immerhin ein Anfang.«

»Ein Ende, Michael, wenn du nichts Besseres zustandebringst.«

»Soll heißen, du willst nicht hinfahren.«

»O doch, ich werd schon fahren. Aber vielleicht komm ich nicht wieder.«

Er schloß die Augen und sprach mit stiller Verzweiflung. »Was zum Teufel soll ich denn tun, Tara?«

Sie durchbohrte ihn mit dem langen, kühlen, professionellen Blick des geborenen Politikers. »Mehr«, sagte sie.

Überraschenderweise kam es anschließend noch zum Geschlechtsverkehr. In der entspannten, kuscheligen Variante, die aus großer Vertrautheit erwächst. Geflüsterte Liebesschwüre und Versprechungen. Der Präsident dachte, um nicht zu früh zu kommen, an einen schmierigen, fetten George Burley, der in engen Trainingshosen durch die Straßen von Birmingham lief, jedem Schatten ausweichend. Die First Lady dachte, um zu kommen, an den Stabschef Graham Slovenski.

8

Am 16. September 1963 legte George Burley sen., ein führendes Klan-Mitglied, mit einigen Komplizen in der 16th Street Baptist Church in Birmingham, Alabama, eine Bombe, die vier schwarze Mädchen während der Bibelstunde tötete. Die Kirche beherbergt seither einen kleinen Schrein für die ermordeten Mädchen, der ein- bis zweimal im Jahr von Burleys Sohn, George Burley jun., rituell entweiht wird.

Der inzwischen längst verstorbene Vater, dessen Lungen durch die jahrelange Schinderei am Hochofen in der Roheisenproduktion ruiniert worden waren, hatte seine Familie an langen Abenden mit Erzählungen von besagtem Bombenanschlag und anderen lustigen Klan-Streichen bearbeitet, so daß es nicht verfehlt wäre, eine gewisse erbliche Vorbelastung am Werk zu sehen in dem, was George Burley zuwege brachte in den wenigen Minuten zwischen der Warnung und seiner Flucht aus dem Bundesstaat.

Der Sprengstoff war im ganzen Haus versteckt, und es dauerte mehrere lange Minuten, um ihn einzusammeln und scharfzumachen, und dann mußte er, während er die Falle stellte, auch noch angestrengt auf das Dröhnen der Hubschrauber achten. George war vierzig, schlank, aber muskulös. Sein von Natur aus gelocktes Haar war kurzgeschnitten. Sein Gesicht wäre von einem Mann vielleicht als hübsch bezeichnet worden, während einer aufmerksamen Frau sicherlich der inwendige Dünkel und die nach außen gekehrte Eitelkeit, die sein Aussehen schmälerten, aufgefallen wären. Es war das klassische, von Freud erstmals beschriebene Detracta-Attracta-Gesicht. Er hatte schwarze Jeans an, ein himmelblaues Baumwollhemd und Trainingsschuhe von Nike. Obwohl er in Scheidung lebte, trug er noch seinen Ehering.

George schnallte seinen Revolver unter der schwarzen Sportjacke fest; dem doppelten Boden einer Kiste in der

Garage entnahm er sein AK-47-Sturmgewehr und setzte es in achtunddreißig Sekunden zusammen. Aus den Pflanzentöpfen, die die Terrasse säumten, wühlte er in rasender Geschwindigkeit sechzehn Handgranaten hervor, sorgfältig und einzeln verpackt in selbstklebenden Sandwichtüten. Das Gewehr und die Granaten verstaute er hinten in seinem Jeep neben dem immer griffbereiten Überlebensbeutel. Von der Warnung bis zum Verlassen des Hauses vergingen zwölf Minuten. Er hatte den Vorgang bereits zweimal geprobt: Einmal hatte er bei fünfzehn, das zweite Mal bei zehn Minuten gelegen. Er war recht zufrieden. Übung und Ernstfall waren schließlich zwei ganz verschiedene Paar Schuhe. Genau wie in 'Nam.

Natürlich war er selbst nicht mehr in 'Nam gewesen, aber dafür war er ein großer Fan von *Platoon, Full Metal Jacket, Apocalypse Now* und der ersten Hälfte von *Geboren am 4. Juli* und wußte daher, worum es ging. Immerhin war George ein ehemaliger Green Beret. Genauer gesagt hatte er einen von den Green Berets veranstalteten zweiwöchigen Lehrgang besucht und kannte somit alle Tricks. Das war typisch für George: die ›Dohlen‹-Mentalität. Er konnte sich jedes beliebige Wissensgebiet vornehmen und genau das herauspicken, was er brauchte, den Rest schmiß er über Bord. Hauptberuflich war er als Computer-Programmierer am Birminghamer Flughafen, nur vier Meilen von seinem Haus entfernt, tätig und konnte seine Arbeit mit geschlossenen Augen verrichten, was er übrigens auch manchmal tat, doch in seiner Freizeit ließ George seinem Geist freien Lauf. So wollte er zum Beispiel eines Tages mehr über Gott wissen, absolvierte zu diesem Zweck einen Fernkurs beim Theologischen Seminar ›Pioneer‹ in Rockford, Illinois, und empfing nach einer Studienzeit von sage und schreibe sechs Wochen einen Grad als Bakkalaureus der Theologischen Fakultät, und das alles für nur fünfundzwanzig Dollar. Innerhalb von drei Monaten legte er mit einem Magisterabschluß am Burton College and Seminary in Manitou Springs, Colorado, (sechsundvierzig Dollar) nach. Mit einer zusätzlichen Investition von sechs Monaten und ein paar hundert Dollar hätte George ohne weiteres Bischof von New York werden können. Er war Theologe und konnte es per Urkunde beweisen. Er wußte genau, was in der *gottverschissenen* Bibel über die Nigger stand und darüber, daß Keneally der Antichrist war. Er konnte besser als jeder andere zwischen den *gottverschissenen* Zeilen lesen.

George verließ Birmingham in gemessenem Tempo, sorgfältig darauf bedacht, keine Aufmerksamkeit zu erregen. Zu dieser späten Stunde waren die Straßen extrem übersichtlich, und so konnte er ziemlich sicher sein, daß er nicht verfolgt wurde. Sich von den Hauptverkehrsadern fernhaltend, durchfuhr er die Nebenstraßen der Stadt mit ausgesuchter Gelassenheit, bevor er auf den Highway traf und sich nordöstlich in Richtung Atlanta hielt. Nach einer Stunde Fahrt bog er ab und quartierte sich gegen Barzahlung in einem Motel ein. Er nahm drei Granaten und die AK-47 mit aufs Zimmer und legte sie neben sich aufs Bett. Er nahm sich viel Zeit für eine engagierte Zwiesprache mit Gott, dann streckte er sich aus und versuchte sich den Schauplatz der Zerstörung vorzustellen, den er in Birmingham zurückgelassen hatte.

Um sieben Uhr wachte er auf, schaute sich die Morgennachrichten an und wartete vergeblich auf eine Meldung über die Operation zu seiner Verhaftung. Dann widmete er sich seiner Top Ten. Seit seiner Kindheit führte er eine Top-Ten-Liste ›Leute, Die Ich Töten Will‹. Jetzt blätterte er sich auf seinem Apple PowerBook zunächst durch die Listen der vergangenen Jahre; es hatte ihn fast ein Jahr gekostet, die wöchentlichen Listen in den Computer einzugeben, doch es hatte sich gelohnt, denn nun war er in der Lage, seine Entwicklung genau zu verfolgen. Manchmal wand er sich vor Verlegenheit bei den frühen Eintragungen. Die Unschuld der Jugend! Die Modetorheiten des Heranwachsenden! Die Schrecken der Bürgerrechte! Bei einer Hitparade aus den späten Sechzigern hielt er inne: Cassius

Clay, Stevie Wonder, Martin Luther King und Malcolm X. Lächelnd schüttelte er den Kopf. Wie erfrischend, daß sie alle inzwischen tot oder behindert waren. Schon damals war er offenbar ein fähiger Sterblichkeitsprognostiker gewesen. Wie sich wohl seine derzeitige Liste in den kommenden Monaten ausnehmen würde, zumal jetzt, wo er beschlossen hatte, den Präsidenten zu töten!

1 Oprah Winfrey (fette Version)
2 Oprah Winfrey (Diätversion)
3 Michael Keneally (Schwanzlutscher)
4 ›Magic‹ Jordan
5 Spike Lee
6 Tom Hanks für den Philadelphia-Mann (Schwuchtel) und für Forrest Gump (Beleidigung unserer Intelligenz)
7 Woody Allen (Jude)
8 Myron Linklater (Computer Supervisor, Birmingham Airport)
9 Jesse Jackson
10 Rap-Musik

Rap-Musik war, zugegeben, keine Person, doch wenn er all die häßlichen schwarzen Rapper, die er so verabscheute, einzeln aufführen wollte, dann müßte er eine Top Hundert aufstellen, aber mindestens.

Nur ein einziges Mal hatte er seine Liste einer anderen Person gezeigt. Mrs. Burley war die Tochter eines angesehenen Klan-Mitglieds und mußte gewußt haben, was sie da heiratete, doch selbst sie war ein wenig schockiert über seine Top Ten. Ein wenig schockiert war sie auch über das Erlebnis, das ihr zuteil wurde, als sie Zwiebeln in die Töpfe an der Terrasse pflanzen wollte (es war ein ziemlich glücklicher Zufall, daß George an dem Tag nicht zur Arbeit gegangen war und daher Gelegenheit hatte, den Sicherheitszapfen der Handgranate wieder an Ort und Stelle zu plazieren, bevor sie explodierte), und er sah sich zu einigen kostspieligen Konzessionen gezwungen, damit sie darauf verzichtete, die Granaten dem Gericht gegenüber zu erwähnen, als sie die Scheidung einreichte.

Während er doch ein bißchen mehr Loyalität von seiten Mrs. Burleys erwartet hätte, waren seine Erwartungen durch die Reaktion seines High-School-Lehrers in keiner Weise enttäuscht worden, als dieser die aktuelle Version seiner Top Ten in den hinteren Seiten seines Aufgabenheftes fand. George wurde aus dem Klassenzimmer geschleift. Sein Lehrer Errol McCrae (schwarz) machte im Büro des Direktors Mark Goodyear (weiß) seiner Empörung lautstark Luft, bevor George hineingerufen wurde.

Mr. Goodyear nahm sich Zeit, um die dicht beschriebenen Listen durchzublättern, wobei er auf seiner Unterlippe kaute und von Zeit zu Zeit eine Augenbraue hob, wenn er auf einen unerwarteten Namen stieß.

George rutschte mit seinem schweißnassen Hintern auf dem heißen Plastikstuhl hin und her und studierte die Adern auf Mr. Goodyears gesenktem Kopf. Sie erinnerten ihn an das südamerikanische Flußsystem, das ihm erst unlängst im Erdkundeunterricht begegnet war. Ein bißchen jedenfalls.

Schließlich blickte der Direktor von dem Heft auf und studierte eingehend Georges Gesicht. George starrte entschlossen zurück. Dann erhob sich der Direktor, ging zum Aktenschrank und blätterte in mehreren Ordnern, bis er den hatte, den er suchte. Diesen brachte er mit zurück zum Schreibtisch. George konnte erkennen, daß es sich um den Ordner seiner Klasse handelte. Mr. Goodyear blätterte darin, bis er auf eine Kopie von Georges letztem Zeugnis stieß, ließ seinen Finger darüber hinweghuschen und nickte befriedigt.

Als er damit fertig war, schloß Mr. Goodyear den Zeugnisordner und stellte ihn an seinen Platz zurück. Noch einmal blätterte er in den Top Tens, klappte das Heft dann zu und gab es George über den Tisch hinweg zurück.

»Nun«, sagte er, »deine Handschrift ist ja wirklich besser geworden, George.«

George nickte. »Danke, Sir«, sagte er.

»Aber eins will ich dir sagen: Du mußt einfach mehr auf deine Rechtschreibung achten. Nigger wird z. B. mit zwei g geschrieben, und Cassius mit zwei s.«

»Tut mir leid, Sir.«

Mr. Goodyear saugte an seiner Unterlippe. »Du hast nicht viel übrig für unsere farbigen Freunde, was, George?«

»Nein, Sir.«

»Gibt's einen Grund dafür, George?«

»Daddy hat mir beigebracht, daß die Nigger die Hunde der Erde sind. Daß sie Glück hatten, Sklaven sein zu dürfen. Daß sie es gar nicht verdient hatten, so gut wie Sklaven behandelt zu werden. Von den Bäumen gesprungene Affen, Sir, das hat mein Daddy gesagt.«

»Und du glaubst alles, was dein Daddy dir erzählt?«

»Ja, Sir. Natürlich, Sir.«

Mr. Goodyear faltete die Hände. »Ich kann dir gar nicht sagen, mein Junge, wie erfrischend es ist, einen jungen Mann kennenzulernen, der an den alten Werten festhält. Hat dich gut erzogen, der alte George. Wie geht's ihm denn eigentlich?«

»Nicht so gut, Sir. Er hat eine schlimme Lunge.«

»Ach ja. Nun, grüß ihn schön von mir.« Mr. Goodyear erhob sich und reichte seine Hand über den Tisch. George ergriff sie zögernd. Es war sein erster Handschlag. »Geh jetzt zurück, George, und tu so, als hätte ich dir ordentlich was aufs Dach gegeben.«

George lächelte und wandte sich zur Tür. Als er sie öffnen wollte, rief Mr. Goodyear ihn noch einmal zurück. »Ich würde an deiner Stelle dieses Heft nicht mehr in die Schule mitbringen, hm, mein Sohn?«

George nickte.

»Und kümmere dich um die Rechtschreibung. Du kannst die Nigger nicht besiegen, wenn du nicht genauso schlau bist wie sie. Wir haben 1972, mein Junge, die Welt ändert sich. Sie schleichen sich überall ein. Bald sind sie auch hinter meinem Job her. Kümmer dich um eine vernünftige Ausbildung, Junge, damit du dir von keinem Nigger was sagen lassen mußt.«

Und George hatte eine Ausbildung gemacht, aber trotzdem bekam er Anweisungen von einem Nigger. Myron Linklater. Dieser fette scheiß Niggercomputersupervisor beim Flughafen. *Das hätte ich tun sollen: rüberfahren zu Myrons scheiß Haus, ihm eine Granate in den schwarzen Arsch schieben und ihn dann fragen, ob er mir nicht mal wieder sagen möchte, wie ich meine Arbeit zu tun habe.* Er war dann aber doch nicht zu Myron gegangen, denn schließlich hatte er größere Fische in seiner Top Ten. Niemand würde sich an den Mann erinnern, der Myron *scheiß* Linklaters Kopf weggeblasen hatte. Bei den anderen Namen aber, nun, da war es etwas anderes. Sehr gut würde man sich an ihn erinnern, wenn er auch nur einen einzigen von denen beseitigte. Und wenn es ihm gelänge, alle zehn auszulöschen, wäre er der berühmteste Mann aller Zeiten. Eines Tages würde dann allerdings auch Myron dran sein.

Es war nützlich für George, Myron auf der Liste zu lassen. Es half ihm, auf dem Boden zu bleiben.

George duschte und rasierte sich, zog sich seine Klerikerklamotten an und packte das Waffenarsenal in seine Sporttasche um. Er zahlte seine Rechnung, dann fuhr er ein paar hundert Meter den Highway entlang, bevor er in einen McDonald's abbog, um zu frühstücken. Um zehn war er wieder auf dem Highway, und um zwölf war er bereits wieder in einem Vorortsmotel in Atlanta abgestiegen. Er schaltete sich durch die Fernsehsender, aber es gab immer noch keine Meldung über den Versuch, ihn zu verhaften. Er konnte sich das nicht anders erklären, als daß das FBI einen Mantel des Schweigens über die ganze Operation gelegt hatte, daß sie verzweifelt versuchten, sich bedeckt zu halten und Zeit zu gewinnen, um eine halbwegs überzeugende Erklärung dafür zu finden, daß so viele ihrer Männer bei einer ganz normalen Operation draufgegangen waren.

»Aber dieser George Burley war doch nur ein einfacher Com-

puterprogrammierer, wie konnte er eine solche Falle stellen? Sechzehn tote FBI-Agenten liegen da draußen, und ein Hubschrauber ist völlig zerstört.«

»Eins ist sicher, er ist kein Computerprogrammierer. Das ist ein Krieger, eine hochgezüchtete Kampfmaschine. Wir haben keine Chance gegen ihn!«

Allerdings ließ sich der Gedanke nicht ganz von der Hand weisen, daß das FBI über sein Sprengstoffarsenal möglicherweise Bescheid gewußt und beim Betreten des Hauses Vorsicht hatte walten lassen. Die Zeit der ehrenhaften Waffenhändler war vorbei. Zwar war Genty Morrison seit vielen Jahren ein Freund der Familie und Quartiermeister des White Amerikan Resistance, doch man konnte nicht wissen, welchem Druck er ausgesetzt war.

George verließ das Motel und ging durch die Straßen, bis er einen Münzfernsprecher fand. Er rief die Noch-Mrs. Burley in ihrem Büro in Birmingham an. Sie arbeitete als Empfangsdame und Telefonistin in der Anwaltskanzlei Saunders & McKee, und zwar seit der Zeit, da diese die Scheidung der im Streit liegenden Burleys übernommen hatten. Man war von ihrer trotz aller Attacken unerschütterlichen Coolness im Zeugenstand beeindruckt gewesen, obwohl die, wie George genau wußte, mehr auf das Valium und den Alkohol als auf irgendwelche innere Stärke zurückzuführen gewesen war.

Er wurde sofort aus dem Konzept gebracht. Er hatte erwartet, ihre wohlklingende Stimme zu hören, diesen ausgebufften Südstaatensound, Vornehmheit mit einem Schuß Hochmut, aber dies hier war anders, dumpfer, breiter, womöglich gar *schwarz*. »Guten Morgen, Anwaltsbüro Saunders & McKee, Rose Parker am Apparat, was kann ich für Sie tun?«

»Ich möchte gern mit Grace sprechen, bitte.«

»Tut mir leid, Grace ist heute morgen nicht im Büro, kann ich etwas für Sie tun?«

»Kommt sie später?«

»Nein, Sir, Grace wird heute nicht im Büro sein.«

»Dann ist sie krank?«

»Nein, Sir, Grace ist nicht krank. Aber sie ist heute nicht hier. Es gibt einen Trauerfall in der Familie. Kann ich Ihnen helfen? Darf ich fragen, mit wem ich spreche? Soll ich ihr eine Nachricht hinterlassen? Oder möchten Sie sich an einen der Herren Anwälte wenden?«

»Was für ein Trauerfall?«

»Nun, Sir, ich fürchte, das kann ich …«

»Hier spricht Reverend Sam Clarke, Grace' Cousin aus Walnut Grove. Also, was hat es mit diesem Trauerfall auf sich? Ich hab überhaupt nichts davon gehört, reden Sie, Mädchen!«

»Oh, tut mir leid, Reverend, ich hatte ja keine Ahnung … es hat wohl heute morgen eine Art Explosion bei ihrem Ex-Mann zu Hause gegeben. Das ganze Haus ist zerstört, und ein Postbote ist getötet worden, und Grace ist jetzt da, weil man noch nach ihrem Mann sucht. Es ist eine schreckliche Sache, Sir, Grace ist ganz außer sich. Möchten Sie ihr eine Nachricht hinterlassen, Sir? Ich bin sicher, daß wir sie weiterleiten können … Sir?«

George legte auf und marschierte eilig zum Motel zurück, sein Herz poch-poch-pochte wie ein Dampfhammer. Er verriegelte die Tür hinter sich und setzte sich aufs Bett, die AK-47 auf dem Schoß.

Scheißescheißescheißescheißescheißescheiße, dachte er.

9

Am Montag morgen begab sich Nathan ins Empire State Building, teilte sich eine Donut-Mahlzeit mit Leonard Maltman und bekam dann eine Uniform angepaßt. Die Aufmachung gefiel ihm recht gut, aber er war ein wenig enttäuscht, daß keine Waffe dabei war. Fast alle Wachmänner, die er in der Stadt gesehen hatte, trugen Waffen, und obwohl er Leonard demonstriert hatte, daß er sich in einem Kampf mit zwei nicht gerade todesmutigen

Crackheads behaupten konnte, war er alles andere als ein Kung-Fu-Meister.

Leonard beruhigte ihn: »He, Nathan, wir geben dir nicht einfach eine Uniform und überlassen dich dann deinem Schicksal! Training ist die oberste Devise heutzutage!«

»Ich brauch doch irgendwas ...«

»Wir bringen dir alles bei, was du können mußt. Selbstverteidigung! Die Geschichte des Empire! Wie man mit schwierigen Besuchern umgeht! Personenkontrolle! Techniken der Wiederbelebung! Und alles an einem Tag! Du wirst da nicht nackt in die Kälte geschickt, Nathan, wir sind jetzt deine Familie!«

Nathan lächelte. »Ja, sicher.«

»Sozusagen. In den ersten Wochen wirst du deine Rundgänge zusammen mit erfahrenen Kollegen machen. Bobby Tangetta vielleicht, oder mit dem alten Sam McClintock oder ... na egal, du verstehst schon.«

Um ihm ein Gefühl für seinen neuen Arbeitsplatz zu vermitteln, nahm Leonard Nathan mit hoch in den 86. Stock. Es war ein schöner, heißer Manhattanmorgen, und die Plattform war gut besucht. Nathan fand es sehr angenehm, so herumzupatrouillieren. Er zog ein paar bewundernde Mädchenblicke auf sich. Leonard verströmte ein ruhiges Selbstbewußtsein, aber er hatte nichts von der Großspurigkeit, die man bei Polizisten häufig antrifft. Vielleicht lag es daran, daß er keine Waffe trug. Vielleicht lag es aber auch einfach an Leonard.

Während Leonard eine Angelegenheit über Funk zu klären hatte, patrouillierte Nathan die Plattform auf eigene Faust. Er linste ein bißchen durch eins der Hochleistungsferngläser und ließ dann einen kleinen Jungen die letzten Sekunden umsonst durchgucken. Nathan, der Wohltäter! Er zog es vor, die Stadt aus einer gewissen Distanz zu betrachten. Er liebte die Wolkenfetzen; man konnte fast hinauflangen und sie berühren, wie ein Spielzeug, ein riesiges, wunderschönes Spielzeug. Er konnte seine Hand hochhalten und den Central Park verdecken.

Seine Faust erheben und die Vereinten Nationen zertrümmern. Der Liberty zum Abschied zuwinken. Vom Empire State aus gefiel ihm New York schon sehr viel besser.

Der Junge trat vom Fernglaspodest herunter. Er zerrte an Nathans Arm. »He, Mister, woraus ist das Empire State Building eigentlich gemacht?«

»Schimmelkäse«, sagte Nathan. »Gehärteter Schimmelkäse.«

»Gar nicht wahr.«

»Aber wohl. Zehn Millionen Kühe mußten sechs Monate lang Milch produzieren, bevor der Fermentierungsprozeß beginnen konnte.«

»Sie reden Scheiß, Mister.«

Nathan spreizte die Hände auseinander. »Wie du meinst.«

Der Junge schlug mit der Hand auf die Sicherheitsabsperrung. »Niemand kann hier durch. Wozu zum Teufel müssen Sie dann noch Wache halten?«

»Wegen der Mäuse«, sagte Nathan und schickte sich an, auf Leonard zuzugehen, der kopfschüttelnd dastand und wenig erfreut wirkte. »Ich hab nur ...«

Leonard schnitt ihm das Wort ab. »Ich hab eine Besprechung, Junge, muß mich beeilen. Bleib du hier, ich schick jemanden rauf, der dich weiter einweist, okay?«

»Okay.«

Das neue Management im Empire State brauchte ein paar Tage, bis es sich häuslich eingerichtet hatte. Trumps Leute ließen es beim Ausziehen langsam angehen, und es mußte jede Menge Leder- und Goldmobiliar ausrangiert werden, bevor das neue Team mit seiner neuen Umgebung zufrieden war. Dann aber kam man zur Sache: Mieteranalyse, Angestelltenpolitik, Mietanpassungen, Erstellung eines Betriebsplans. Michael Tates Instruktionen zielten darauf ab, den Mietern klarzumachen, daß das Empire State Building *sexy* sei. Natürlich würde Magiform als Hauptmieter auftreten, aber Tate hatte weitergehende Vorstellungen: Er wollte mehr Fernsehgesellschaften, weniger Knopfmacher, mehr Plattenfirmen und Aufnahmestudios, weniger Kurzwarenhändler. Das Empire sollte jung und dynamisch sein und das inoffizielle Magiform-Ethos widerspiegeln: schnell leben, jung sterben, ein attraktives Hologramm hinterlassen. Warhols oder Wilsons Factory. Lucas' Light and Magic. Jacksons Neverland ohne den Kindersexmakel. Und so hatte das Management einiges vor sich: nämlich 650 Mietparteien, die meisten davon popelige Betriebe aus dem Umkreis der Bekleidungsbranche.

Walter Ievers, der Teamchef, machte sich keine Illusionen über die Schwere der Aufgabe, aber die Herausforderung bereitete ihm Freude. Wenigstens brauchte er sich auf dem Sicherheitssektor keine Sorgen zu machen. Leonard sah nach dem aus, was er war, dem, was Sicherheitschefs fast immer sind: etwas heruntergekommene Ex-Cops. Das hieß, er hatte die Sache im Griff. Es hatte seit geraumer Zeit keine größeren Einbrüche oder Gewaltakte gegeben; keine schlechte Bilanz, wenn man berücksichtigte, daß ungefähr fünfzehntausend Menschen pro Tag das Gebäude aus beruflichen Gründen betraten. Obwohl im Jahr zweieinhalb Millionen Besucher durchgeschleust wurden, waren derzeit keine größeren Versicherungsansprüche wegen Personenschäden anhängig.

Ievers deutete, während er durch sein sich lichtendes rötliches Haar fuhr, auf den Sitz vor seinem Schreibtisch, als Maltman mit einem nervösen Lächeln ins Zimmer humpelte.

»Was ist denn mit Ihrem Bein passiert, Leonard?« fragte Ievers, obwohl er dem Blick des Sicherheitschefs auf die vor ihm liegende Dunkin-Tüte entnehmen zu dürfen glaubte, daß es sich um die Die-Donuts-drücken-aufs-Kniegelenk-Krankheit des fetten Ex-Cops handelte: »Schußwunde?«

»Yeah. Paar Ganoven in der Bronx. Jahre her.«

»Kaffee, Leonard?«

»Gern. Danke.«

»Donut, Leonard?«

»Aber immer.«

Eins zu null für Sherlock. Ievers reichte dem Sicherheitschef die Tüte. Er wartete, bis dieser in ein Stück mit Erdbeerglasur gebissen hatte, und sagte dann: »Ich habe mir die Leistungen Ihrer Abteilung einmal angesehen, Leonard.« Es lag keinerlei Drohung in seinen Worten, doch genügend kühle Autorität, um den Kauprozeß plötzlich einzufrieren und jedes Genusses zu berauben. »Ich bin sehr angetan davon, wie alles läuft.«

Leonard kaute rasch weiter, schluckte den Bissen hinunter und schlürfte hastig etwas Kaffee hinterher. Er setzte den Pappbecher wieder ab und hielt die Überreste des Donuts linkisch in der Hand. Kleine rosa Krümel tanzten beim Sprechen in seinem Mundwinkel: »Ich habe ein hervorragendes Team von Mitarbeitern, Mr. Ievers.«

»So sieht's aus.«

»Obwohl wir uns alle ein bißchen Sorgen machen … nun ja, Sie wissen, wie es ist; wenn ein neuer Eigentümer kommt, fragen sich alle, was wohl aus ihrem Job wird. Das ist ganz natürlich.«

»Natürlich, das verstehe ich sehr gut, und das ist auch ein Grund, warum ich diese Besprechung anberaumt habe. Ich kann Ihnen versichern, daß Mr. Tate – Magiform – in absehbarer Zukunft nicht die Absicht hat, Entlassungen vorzunehmen. Im Gegenteil, er hat vor, weiterhin Geld in das Empire State Building zu investieren und, ich sage mal, eine finanzkräftigere Mieterbasis aufzubauen, die ja dann eher noch größere Sicherheitsanforderungen stellt. Daher glaube ich, daß es nicht voreilig wäre zu sagen, daß verbesserte Sicherheit auch verbesserte Gehälter nach sich ziehen wird, obwohl das vorerst noch unter uns bleiben sollte.«

»Sicher, selbstverständlich. Klingt großartig.«

»Ja. Ist es auch.«

»Und der Haken?«

»Welcher Haken?«

»Es gibt immer einen Haken.«

»Nicht bei Magiform, Leonard, nicht bei Magiform.

Michael Tate ist eine Ausnahmeerscheinung, er besitzt mehr Geld als andere *und* mehr Vernunft. Behandelt seine Leute anständig, ist die Großzügigkeit in Person – und erwartet als Gegenleistung absolute Loyalität. Nun, ich werde das konkrete Beschäftigungspaket zu einem späteren Zeitpunkt mit Ihnen durchgehen, Leonard – wir haben uns weiß Gott erst mal um tausend weitaus kompliziertere Dinge zu kümmern –, es gibt nur ein, zwei Sachen, die ich sofort mit Ihnen besprechen möchte.«

Ievers sah auf sein Blatt und lächelte. »Nur Erfreuliches, Leonard, harte Arbeit, aber erfreulich. Michael Tate wird nächste Woche hier eine große Party geben, einmal, um den Kauf des Gebäudes zu feiern, und zum anderen, um eine weitere bedeutende Expansion seines Computerimperiums anzukündigen.«

»Großartig«, sagte Leonard. »Ein Imperium für das Empire.«

Ievers ließ die auf seinen Unterlagen ruhenden grauen Augen für einen Moment hochschnellen. Leonard war entsprechend peinlich berührt. »In der Tat. Also, wir werden eine Anzahl von bedeutenden Gästen haben, einer davon ist der Präsident.«

»Keneally?«

»Ja, der Präsident hat freundlicherweise zugesagt.«

»Alle Wetter.«

»Damit ist logischerweise Sicherheitsstufe eins angesagt. Der Präsident hat natürlich seine eigenen Leute, aber für uns ist es trotzdem wichtig, Präsenz zu zeigen. Mr. Tate plant derzeit, einen Empfang für den Präsidenten hier in unseren eigenen Büroräumen zu geben und ihn dann eine Ansprache auf der Aussichtsplattform im 86. Stock halten zu lassen. Selbstverständlich werden wir Ihre detaillierten Ratschläge abwägen, aber grundsätzlich haben wir es uns so vorgestellt, daß der Großteil der Sicherheitsmaßnahmen, die Personenüberprüfung etwa, unten vorgenommen wird, damit die Gäste dann ohne allzu große Ungelegenheiten mit dem Fahrstuhl in den 86. Stock gelangen können. Von uns müßten dann vielleicht nur noch die üblichen beiden Diensthabenden oben mit dabei sein. Klingt das vernünftig?«

»Das klingt sehr vernünftig, Mr. Ievers.«

»Ausgezeichnet. Sie werden auch vor Ort sein wollen, nehme ich an?«

»O ja.«

Er machte eine Notiz. »Der Secret Service wünscht eine Liste all Ihrer Leute, nur um sicherzugehen, daß kein faules Ei darunter ist.«

»Ich kann für jeden einzelnen bürgen.«

»Da bin ich sicher, Leonard, aber der Secret Service glaubt halt gern, daß er alles besser weiß. Können Sie mir die Liste heute noch zukommen lassen?«

»Klar.« Leonard bemerkte erst jetzt, als er behaglich über sein Gesicht strich, die Krümel und entfernte sie eiligst. Er hüstelte. »Im Falle von hohem Besuch haben wir eine bewährte Praxis entwickelt. Ein Name wird aus dem Topf gezogen, der andere versteht sich von selbst – Sam McClintock. Gehört zum Empire praktisch seit es gebaut wurde. Bestimmt fünfzig Jahre. Er hat in der Zeit alle amerikanischen Präsidenten da oben getroffen … und außerdem die Präsidenten von so ziemlich allen anderen Ländern unter der Sonne. Hat der Queen die Hand geschüttelt. Fidel Castro hat ihm eine Zigarre geschenkt.«

Ievers blätterte sich durch einen Stapel von Notizen, der vor ihm auf dem Schreibtisch lag. Er zog ein Blatt heraus, las es durch, nickte, blickte auf. »Sam McClintock. Dachte doch, daß der Name mir bekannt vorkommt.«

Leonard beugte sich vor, um einen Blick auf die handgeschriebene Notiz zu erhaschen. »Was hat Sam denn angestellt?«

Ievers zuckte die Achseln. »Keine Ahnung. Aber dies hier stammt von Mr. Tate persönlich und enthält die Anweisung, daß McClintocks Anstellung zu kündigen sei.«

»Jesses«, sagte Leonard. »Warum will er so etwas tun?«

Ievers schüttelte sacht den Kopf. »Das ist exakt die Sorte Frage, die man Michael Tate nicht stellt. Wie auch immer, ich gehe davon aus, daß Sie Mr. McClintock so schnell wie möglich seine Papiere aushändigen.«

»Aber er ist seit einem halben Jahrhundert bei uns, er ist eine Institution, er ist …«

Ievers erhob sich und streckte seine Hand aus. »Das wäre dann alles, Leonard. Sie verschaffen mir diese Namensliste bis heute nachmittag, ja?«

»Natürlich, Mr. Ievers.«

Am Ende der Nachmittagsschicht rief Leonard alle verfügbaren Mitglieder seines Stabes zusammen und malte ihnen die sich ankündigende goldene Zukunft unter Michael Tate aus. *Zu schön, um wahr zu sein* war der meistgestammelte Satz. Nathan saß im hinteren Teil der Kantine und nahm das Ganze mit stillem Genuß zur Kenntnis – er fühlte sich bereits als Teil des Teams. Dann erzählte Leonard ihnen vom Besuch des Präsidenten. Nach einem kurzen Moment ungläubiger Stille brachen sie in freudigen Beifall aus. Erregte Pfiffe. Sam McClintock saß ziemlich weit vorne, weder klatschend noch pfeifend, doch mit einem sanften, wissenden Lächeln im Gesicht.

Leonard hob die Hände, um Ruhe einkehren zu lassen. »Also, Leute, wie wollen wir jetzt vorgehen? Wir ziehen zwei Namen aus dem Hut, richtig?«

Bobby Tangetta rief von hinten: »Auf jeden Fall kriegt Sam den Präsidenten zu sehen. Das ist die Regel.«

Leonard sah auf. Ließ seine Stimme so freundlich wie möglich klingen. »Das *war* die Regel bisher, Bobby. Vielleicht möchte Sam den Präsidenten gar nicht treffen. Vielleicht möchte er einem von euch jungen Burschen, die noch nie einem Präsidenten gegenüber gestanden haben, die Chance geben.«

»Vielleicht kannst du ihn einfach mal selber fragen?« Bobby erhob sich. »He, Methusalem, was sagst du? Willst du den Präsidenten treffen?«

Sam zuckte ein wenig die Achseln, legte den Kopf etwas schräg und blickte verlegen zu Leonard hoch.

»Nun, es wäre vielleicht ganz nett«, sagte er. Er saugte kurz an seiner Unterlippe, dann sprach er wehmütig: »Ich will niemandem im Wege stehen, aber ich schätze, ich werde nicht mehr viele Gelegenheiten haben, bedeutende Leute zu treffen. Und es gibt nicht allzu viele, die ich nicht getroffen habe, wißt ihr. Ich erinnere mich beispielsweise ...«

»He, Sam, von einer Geschichtsstunde war verdammt noch mal nicht die Rede!«

Die anderen brachen in schallendes Gelächter aus. Leonard mußte sich nicht sehr anstrengen, um seinen Lachreiz zu unterdrücken. Er griff in den Beutel und rührte mit den Fingern in den Namenszetteln. Sams Name war nicht dabei. Er zog einen Zettel heraus. »Holla, Brian Houston, du wirst den Präsidenten kennenlernen!«

Brian lief rot an. Er war erst seit acht Wochen beim Empire.

»Okay, Brian ist der eine. Was jetzt?« Leonard hielt den Beutel hoch. »Sollen wir einen zweiten Namen ziehen, nach allen demokratischen Gepflogenheiten dieser großen Nation, oder soll Sam die Tradition fortsetzen, daß, äh ... Sam alle wichtigen Persönlichkeiten trifft?«

Minto schrie mit erhobener Hand: »Alle, die dafür sind, daß Sam the Man den Präsi trifft, Hände hoch!«

Alle Hände gingen nach oben. Auch Nathans. Und am Ende auch Leonards.

10

Auf dem Nachhauseweg kehrte Nathan noch kurz auf ein paar Bierchen ein, wirklich nur ein paar, und auch nur, um seinen Beinen ein bißchen Ruhe nach dem langen Weg zu gönnen und sich Gelegenheit zu verschaffen, das Merkblatt zu studieren, das Leonard ihm mitgegeben hatte. Das Ganze war nicht weiter wild. Es ging im wesentlichen darum, sich mit dem Gebäude, den Fahrstühlen und den Mietern vertraut zu machen, Störenfriede rechtzeitig auszumachen, Touristen bei Problemen behilflich zu sein. Eigentlich alles eine Frage des gesunden Menschenverstandes. Interessanter war da schon die kurzgefaßte Geschichte im Vorspann: der Abriß des Hotels Waldorf-Astoria durch den General Motors-Vizepräsidenten John Jacob Raskob und seine Partner, um Platz zu schaffen für ihren Wolkenkratzer, dann die Verpflichtung des Architekten William Lamb. Dieser hatte alle Beteiligten bei der ersten Besprechung dadurch schockiert, daß er als Prototyp des zu errichtenden Gebäudes einen Kinderbleistift vorführte. Daraufhin hatten sie ihn schockiert, indem sie ihm mitteilten, daß er vom Beginn der Konstruktionszeichnungen bis zum Zerschneiden der Schleifen exakt achtzehn Monate Zeit zur Verfügung habe.

Nathan versuchte sich auszumalen, wie erregend diese Herausforderung gewesen sein mußte, und wie groß der Stolz, es rechtzeitig geschafft und das Budget sogar unterschritten zu haben. Er fand es schon spannend, darüber nur zu lesen – wie erst mußte sich der alte Sam fühlen, der sein Leben lang dabeigewesen war? Während der letzten halben Stunde hatte Nathan nur noch an einer Cola light genippt, um die Wirkung des Alkohols zu dämpfen. Er war so glücklich wie schon lange nicht mehr, glücklicher, als er es seit seiner Ankunft in Amerika je gewesen war. Der Job schien einfach ideal. Er hatte sich auf der Stelle in das Empire verliebt. Die Bezahlung war nicht gerade umwerfend, aber es gab Anzeichen dafür, daß sie bald bessert werden würde, und immerhin war es sauberes Geld, das nicht nach Sex roch. Vielleicht würde es sogar dazu reichen, daß Lisa ihre Schichten im Sexkäfig aufgeben konnte.

Kurz nach vier machte er sich wieder auf den Weg. Wie immer genoß er den Augenblick, wo er ins Sonnenlicht hineinblinzeln konnte, es war, als würde ihm der Übergang von der Nacht zum Tag als persönliches Geschenk verehrt. Im Gehen pfiff er sogar ein wenig vor sich hin. Zu

Hause angekommen, rief er, schon während er den Schlüssel in die Wohnungstür steckte, nach Lisa.

Sie war im Schlafzimmer und packte.

Er schaute ihr einen Moment lang verwirrt zu. Schließlich sagte er: »Wo gehst du hin?«

Sie richtete sich auf. »Ich gehe nirgends hin, Nathan. Du gehst. Ich packe deine Sachen. Ich will dich hier raushaben.«

»Okay«, sagte er und ging in die Küche. Er öffnete den Kühlschrank und holte eine Flasche Bier heraus, machte sie auf und lehnte sich dann gegen die Spüle. Mit einem Zug leerte er die halbe Falsche, schüttelte den Kopf und stapfte dann zurück ins Schlafzimmer. »Wie bitte?«

»Du hast gehört, was ich gesagt habe, Nathan.«

»Ich glaube, ich habe mich verhört.«

»Hast du nicht. Ich will, daß du gehst.«

»Irgendwas willst du mir sagen.«

»Nathan, es ist aus. Wir müssen Schluß machen. Bitte mach es nicht noch schwerer, als es schon ist.«

»Einfach so. *Es ist aus.*«

»So ist es am besten.«

»Du bist nicht der Ansicht, daß es angemessen wäre, mir wenigstens irgendeine Erklärung zu geben?«

»Was für Erklärungen brauchst du noch? Du weißt doch selber, wie es gelaufen ist.«

»Ja, wie denn? Sicher, wir haben unsere Höhen und Tiefen gehabt, die hat doch jeder, oder nicht?«

»Nein, Nathan, wir haben unsere Tiefen. An die letzte Höhe kann ich mich nicht mehr erinnern.«

»Das ist nicht fair.«

»Nenn mir eine. Eine einzige Höhe. Ich zähl dir im Gegenzug sechsundzwanzig Tiefen auf. Es macht keinen Spaß mehr, Nathan! Ich bin mir nicht mal sicher, ob es überhaupt jemals Spaß gemacht hat.«

»Oh, vielen Dank.«

»Tut mir leid, aber es ist wahr.«

»Du hast mir gesagt, daß du mich liebst.«

»Das war einmal.«

»Mehr als ein Mal braucht es nicht.«

»Ach komm, hör auf.«

»Du schmeißt mich also aus meiner scheiß Wohnung raus!«

»Es ist nicht deine scheiß Wohnung. Ich bezahle sie! Du tust einen Scheiß, Nathan!«

»Ich hab mir einen scheiß Job besorgt, oder? Das war es doch, was du immer wolltest, und jetzt, wo ich einen habe, läßt du mich fallen, verdammt.«

Lisa machte den Reißverschluß der Segeltuchtasche zu, zog sie vom Bett und stellte sie ihm vor die Füße. »Da«, sagte sie, »all deine irdischen Güter.«

»Das kannst du tun, einfach so? Hier ist deine Tasche, Nathan, und tschüs?«

Sie schüttelte heftig den Kopf. »Verstehst du denn nicht, daß ich es nur so tun kann?« Und dann brach ihre Stimme, und die Tränen begannen zu fließen. »Es funktioniert einfach nicht!« rief sie.

Er ging auf sie zu, versuchte den Arm um sie zu legen, doch sie stieß ihn weg, stieß heftig, er stolperte über die Tasche und fiel auf den Rücken. Schnell war er wieder auf den Füßen, wie ein Boxer, der sich nicht anzählen lassen will. Sie setzte sich aufs Bett und blickte mit tränenfeuchten Augen zu ihm hinüber. Die Sanftheit, die sie in seinen Augen gesehen hatte, als er zu ihr kam, und die sie hatte abwehren müssen, um nicht für immer gefangen zu sein, sie war verschwunden, spurlos, und seine Augen hatten jetzt einen düsteren, gehetzten Ausdruck. Seine Stimme war mehr ein Knurren: »Ich hätte angenommen, daß ein anderer Mann dahintersteckt, aber inzwischen müssen es ja wohl Tausende sein.«

»Nathan ...«

»Du bist eine hinterhältige, kleine Hure. Scheiße, du konntest nicht mal ehrlich sein. Du siehst nur das schnelle Geld und willst mich aus dem Weg haben, damit du deine Kunden hierherbringen und dich ficken lassen kannst.«

»Nein, ich ...«

»Leck mich doch!« Er drehte sich um und trat mit aller

Kraft gegen die Schlafzimmertür. Die war nicht wesentlich stabiler als Balsaholz, so daß sein Fuß glatt hindurchschoß. Lisa stieß einen kleinen Schrei aus. Er versuchte, seinen Fuß zurückzuziehen, blieb aber mit dem Stiefel stecken. Er zerrte heftig, ohne jedoch entscheidende Wirkung zu erzielen, geriet wieder aus dem Gleichgewicht und fiel erneut zu Boden. Voller Wut sprang er auf und deckte die Tür mit Tritten ein, links rechts, links rechts, links rechts, bis sie ein Dutzend Löcher hatte. Sein Gesicht war rot vor Anstrengung. Lisa kauerte sich auf dem Bett zusammen. Er drehte sich zu ihr um. Sie zog die Knie hoch unter das Kinn. Er ging auf sie zu, hielt inne, schleuderte dann seinen Arm in die Luft und fegte eine Reihe Taschenbücher vom Regal. Sie prasselten auf Lisa hernieder, die schützend die Arme über den Kopf hielt. Er verpaßte der Nachttischlampe einen rechten Aufwärtshaken, kickte den Radiowecker auf den Fußboden. Er streckte die Hand nach dem gerahmten Foto ihrer Mutter aus. Sie entrollte sich blitzschnell und kam ihm zuvor, drückte das Foto an ihre Brust. Seine Hände schossen heraus, krallten sich um die Ecken, sie rangen kurz, aber er war stärker und riß es ihr aus den Händen. Er drehte sich um, hielt das Foto am ausgestreckten Arm, während sie erneut danach packte. Als er den Arm zurückstieß, um dagegenzuschlagen, rammte er seinen Ellbogen gegen ihre Nase. Mit einem Aufschrei taumelte sie zurück, das Blut strömte bereits.

Nathan ließ das Foto fallen. »O Gott«, sagte er.

Sie hielt sich den Handrücken an die Nase, betrachtete ihn dann. »Ich blute«, flüsterte sie.

Sie hatte ein Papiertaschentuch im Ärmel stecken. Versuchte damit die Blutung zu stillen. Nathan kam auf sie zu. »Bleib mir vom Leib!« schrie sie.

Nathan blieb stehen, kreidebleich. »Das wollte ich nicht.«

Noch immer kam Blut. Verdünnt, mit Tränen vermischt. »Diese Unbeherrschtheit wird noch mal dein Verderben sein, Nathan Jones.«

»Er nickte. »Kann ich irgendwas für dich tun?« fragte er.

»Du kannst verschwinden.«

»Es tut mir leid, Lisa, wirklich ...«

»Raus!«

Sie konnte die Tränen in seinen Augen erkennen. Sie schaute weg.

»Ich liebe dich«, sagte Nathan.

»Dafür ist es zu spät, Nathan. Bitte geh. Laß mich in Ruhe.«

Sein Blick irrte von ihr weg. Er betrachtete eingehend seine Handflächen. Dann führte er sie an seine Lippen, wie im Gebet. Ein leichtes Kopfschütteln, dann bückte er sich, um seine Tasche aufzuheben, drehte sich um und ging aus dem Zimmer, ohne sie noch einmal anzusehen. Einen Augenblick später wurde die Haustür zugeknallt.

Sie blieb eine Weile reglos sitzen, versuchte die plötzliche Stille zu genießen, doch es war eine rein äußerliche Stille – ihr Herz schlug wie eine Dampframme. Sie richtete sich langsam auf, ihr Gesicht mit dem blutgetränkten Tuch betupfend. Dann geriet sie plötzlich in Panik. Was hatte sie getan! Er war weg! Er war wirklich weg! Sie hatte ihn fortgejagt! Niemals würde er in dieser Stadt alleine überleben! Sie hatte ihn umgebracht!

Kaum wissend, was sie tat, rannte sie zur Tür, weinte, rief: »Nathan!«

Und er kam ihr im Flur entgegen. »Siehst du«, sagte er, »es ist dir doch nicht egal.«

11

Während George Burley in Atlanta auf seinen Lippen kaute, forderte die Polizei von Birmingham für die Untersuchung der Explosion in seinem Haus Amtshilfe des FBI an. Ein verantwortlicher Sonderbeamter und zwölf Spezialagenten wurden binnen kurzem am Ort des Geschehens aktiv. Sie brauchten nicht lange, um auf Georges Verbindungen zum White American Resistance, den Aryan Nations und anderen rechtsextremistischen Organisationen zu stoßen. Georges Name fand sich in der Online-Datenbank des FBI, dem Terrorist Information System. Er stand nicht allein da. Dort waren mehr als zweihunderttausend Einzelpersonen und über dreitausend Organisationen erfaßt. George war nie angeklagt, aber immerhin wiederholt befragt worden im Zusammenhang mit terrorismusähnlichen Aktivitäten.

Bald stand fest, daß die Explosion kein Unfall gewesen war, sondern daß jemand Sprengstoff gelegt hatte. Wie immer in solchen Fällen hatte die Geschichte einen tragischen Aspekt. Der Postbote, der in tausend Stücke gerissen worden war, hatte sich an seinem letzten Arbeitstag nach fünfunddreißig Jahren Dienst bei der Birminghamer Post bereit erklärt, in Vertretung eines kranken Kollegen eine ihm unvertraute Route zu übernehmen. Das primäre Interesse des FBI war nun auf die Frage gerichtet, warum jemand George Burley umbringen wollte.

Nach einigen Stunden der Suche nach Teilen von George erklärten die Gerichtsmediziner, daß sich kein weiterer Körper im Haus befinde, sehr zur Erleichterung von Mrs. Burley, die nur mit Mühe davon hatte abgehalten werden können, sich an der Durchsuchung der glimmenden Trümmer zu beteiligen. George wäre über die Tiefe ihrer Gefühle für ihn überrascht gewesen. Sie hatte einst ihrer Schwester gegenüber bemerkt, daß das einzige, was sie daran hindere, ihn zu lieben, die Tatsache sei, *daß er alle umbringen wolle.* Erste Anzeichen dafür, daß ihrer Ehe kein ungetrübtes Glück beschieden sein mochte, hatte Mrs. Burley am Tage der Hochzeit registriert, als George angedroht hatte, den die Trauung vornehmenden Geistlichen umzubringen, wenn dieser nicht einen schwarzen Chorjungen aus der Kirche entferne. Mrs. Burley hatte diesen Vorfall auf übergroße Nervosität zurückgeführt. Der Pfarrer aber, der gleichzeitig das Birminghamer Heim für

Schwere Seelische Störungen betreute, kannte sich mit Wahnsinn und seinen möglichen Folgen aus und ließ den Chorknaben entfernen.

Es sollte vierundzwanzig Stunden dauern, bis das FBI zu dem Schluß gelangte, daß niemand George Burley hatte umbringen wollen, dieser vielmehr die Explosion selbst verursacht hatte. Noch einmal achtundvierzig Stunden brauchten sie, um sich durch Georges Disketten und Computerausdrucke, die das Inferno in einem feuersicheren Container überlebt hatten, hindurchzuarbeiten. Sie wußten bereits, daß George ein Irrer war, doch stellten sie dankbar fest, daß er auch ein überaus penibler Irrer war: Alles war peinlich genau dokumentiert, jede Organisation, jeder faschistische, niggerhassende Hühnerstall zwischen Alabama und Louisiana war aufgelistet, darunter über ein Dutzend, von denen das FBI noch nie gehört hatte. Mit seinem vermeintlichen militärischen Schlag gegen die US-Regierung hatte George in Wirklichkeit zwanzig Jahre geheimer Untergrundarbeit zum Zwecke eines rechten Umsturzes zunichte gemacht. Armer George, der sich da mit neuem Projekt auf dem Highway in Richtung Washington quälte und in keinster Weise ahnte, daß im FBI-Hauptquartier soeben eine ganze Reihe von Razzien und Verhaftungen vorbereitet wurde, die den sprießenden Untergrund vernichten sollten. Georges eigene E-Mail-Botschaft an den Präsidenten, seine letzte belegte Handlung vor der Zerstörung des Hauses, bereitete dem FBI ein bißchen Sorge, doch nicht so sehr, daß es ihn auf der Liste der meistgesuchten Personen höher als bis auf Platz 87 katapultiert hätte.

Mit dieser 87 wäre George, der sich für einen weitaus dickeren Fisch erachtete, nicht einverstanden gewesen. Er hatte beschlossen, sich von Atlanta aus ab sofort mehr denn je seinem höchsten Ziel zu widmen, allerdings nicht ohne sich noch eine kleine Auszeit zu gewähren, um seine Top Ten zu aktualisieren. Zwar gab es keine Neueinsteiger, doch sowohl die fette als auch die gewichtsreduzierte Version von Oprah Winfrey rutschten jeweils einen Platz nach unten und mußten Präsident Keneally den Vortritt lassen. George hatte Keneally schon vorher gehaßt, nun aber haßte er ihn *richtig. Keneally hat den Krieg erklärt, jetzt wird er dafür bezahlen,* gelobte George, als er in seinem Wagen auf Washington zujagte.

Jagen allerdings tat er nur in Gedanken, denn George wollte die vorgeschriebene Höchstgeschwindigkeit nicht überschreiten und Gefahr laufen, den Zorn des Gesetzes auf sich zu ziehen. Natürlich wäre er imstande, sich aus jeder denkbaren Gefahrensituation herauszuschießen, aber es hatte wenig Sinn, die Aufmerksamkeit schon jetzt auf sich zu lenken. Wer würde sich schon an George Burley erinnern, den *Verkehrscopkiller*? Es war schwer genug, die Peinlichkeit von *George Burley, dem Postbotenkiller*, zu verarbeiten. So konnte man doch keine Reputation aufbauen.

Ein Dutzend Meilen hinter Richmond, Virginia, bog George vom Interstate ab, da ihm die Temperaturanzeige des Jeeps etwas Sorge machte. Im nächstgelegenen Ort wurde er bei einer Kfz-Werkstatt vorstellig, doch nach einigem trägen Herumstochern hier und da tat der Mechaniker nicht mehr, als Wasser nachzufüllen und den Wagen für ansonsten voll fahrtüchtig zu erklären, bevor er George für seine Mühen dreißig Dollar abknöpfte. George haßte es, von weißem Gesindel übers Ohr gehauen zu werden, aber wenigstens war es *weißes* Gesindel. Er hielt sich mit ausgesucht ruppigem Gebaren halbwegs schadlos und röhrte wütend von dannen. Kurzzeitig erwog er, den Kfz-Mechaniker in seine Top Ten aufzunehmen, befand dann aber, daß dies eine vielleicht doch allzu kleinliche Reaktion sei, und diese Bestätigung seiner eigenen Rationalität beruhigte ihn schließlich wieder. Er legte seine Lieblings-Countrykassette ein und tuckerte erst einmal ganz entspannt über die Nebenstraßen, in der Erwägung, daß er, falls sich die Polizei bereits an seine Fersen geheftet hatte, auf den weniger befahrenen Straßen besser aufgehoben sei.

Fünf Meilen später kam der Jeep unter heftiger Dampfabsonderung zum Stehen, und George mußte erkennen, daß diese Straße in der Tat recht wenig befahren war. Nirgendwo war eine Farm in Sicht, und er würde ums Verrecken nicht den Jeep, waffenbeladen wie er war, aus den Augen lassen. Er fummelte eine Weile im Motorraum herum, doch obwohl er persönlich eine Kampfmaschine der Spitzenklasse sein mochte, so konnte er doch einen Keilriemen nicht von einer Kurbelwelle unterscheiden. Nach einer halben Stunde in der sengenden Sonne nahm George Zuflucht zu seinen Notrationen, die er angelegt hatte, um eine nukleare Katastrophe überdauern zu können. Gerade tat er sich an einer warmen Coke und einem Hershey-Schokoriegel gütlich, da hielt ein gealterter Traktor neben ihm.

»Autopanne, Herr Pastor?« sprach es aus einem kohlrabenschwarzen Gesicht hinter dem Steuer.

Er wollte sagen *Nein, das ist eine scheiß Dampfmaschine*, doch er nickte lediglich und klopfte auf die Kühlerhaube.

»Hab den Rauch oben von der Farm aus gesehen.«

George spähte nach hinten die Straße entlang, aber er konnte immer noch keine Farm sehen. »Ich fürchte, ich verstehe nicht viel von Motoren«, sagte er und warf mit gespielter Verlegenheit die Arme in die Luft.

Der Farmer lächelte breit und stellte seinen Motor ab. »Wenn Sie wollen, kann ich mir das mal angucken, Herr Pastor.«

»Sicher«, sagte George, »das wäre nett von Ihnen.«

»Heiße Luther Madison.« Der Mann stieg zu George hinunter. Er war schätzungsweise Mitte Fünfzig. Das zurückweichende Haar war grau, der Körper von der Arbeit drahtig, die Jeans vom Alter blaugrau. Er streckte die Hand aus.

George hielt ihm seine zögernd hin und zog sie so schnell wie möglich zurück. Er deutete auf den Jeep. »Dummkopf von Mechaniker fünf Meilen weiter hinten meinte, er wäre in Ordnung.«

Luther grinste. »Das wird Rikkie Metcalf gewesen sein. Ist Mechaniker wie sein Daddy früher. Daddy hatte auch keine Ahnung von Autos. Konnten davon ganz gut leben, bis der Interstate gebaut wurde.«

Luther linste unter die Kühlerhaube. Nickte. »Yeah«, sagte er nach einer Weile, »schätze, das kann ich reparieren. Sie lassen sich einfach bis zur Farm von mir abschleppen, und da kann ich mich dann dransetzen. Vielleicht können Sie vor Anbruch der Dunkelheit schon wieder los.«

Ein schmerzlicher Ausdruck huschte über Georges Gesicht. »Wo genau liegt das Problem?« fragte er.

»Sie haben da ein Dampfproblem«, sagte Luther und holte ein Abschleppseil aus seinem Traktor.

Während Luther an dem Jeep werkelte, hockte sich George auf einen Zaun und begutachtete Luther Madisons Farm. Besonders riesig war sie nicht. Sie schmiegte sich allerliebst in eine Bodenfalte, und das in langen Jahren moosbewachsene Hausdach harmonierte aufs trefflichste mit dem grünen Hintergrund der Bäume.

»Jawohl, Herr Pastor, meine Familie bebaut dieses Land seit dem Bürgerkrieg. War natürlich nicht immer unser Land. Mußten es uns erst erarbeiten.«

Luthers Frau Rosie kam mit einem Krug selbstgemachter Limonade heran, die sie George als Erfrischung anbot. Nachdem er es unauffällig auf Ungeziefer untersucht hatte, stürzte er das Getränk hinunter. »Ich mach bald Abendbrot, Herr Pastor«, sagte Rosie. »Würd mich mächtig freuen, wenn Sie noch dableiben und mit uns essen könnten. Wir haben nicht viel, aber was wir haben, täten wir gerne mit Ihnen teilen.«

Georges erste Reaktion war eher gemischt. *In was für eine Scheiße bin ich denn hier reingeraten? Ist ja wie in Vom Winde verweht, verdammt!* Seine zweite Reaktion war bedachter. Immerhin waren sie ihm behilflich. Und wenn er ihnen das halbe Essen wegfraß und dadurch ihren Lebensstandard weiter senkte, dann war dagegen im Grunde ja wohl nichts einzuwenden, oder? »Das wäre mir ein Vergnügen«, sagte George. »Es tut mir nur leid, daß ich keine große Hilfe für Luther bin. Ich bin handwerklich gar nicht geschickt.«

»Bestimmt bringen Sie dafür viele andere Dinge in Ordnung, Herr Pastor«, sagte Rosie.

Das Essen sah gar nicht mal so übel aus. Huhn war klar. Kartoffelmus. Grüne Bohnen. Mais. Geeiste Milch. George bemühte sich, nicht zu feixen. Die klassische Negernahrung. *Die wissen gar nicht, wie so ein gottverdammtes Steak überhaupt aussieht.*

»Wollen Sie, Herr Pastor?«

»Will ich was?«

Luther deutete auf das Essen. Es dauerte ein bißchen, bis George kapiert hatte. »Natürlich«, sagte er, »wo hatte ich nur meine Gedanken? Gott segne diese Mahlzeit. Gott segne diese Nation. Gott segne uns alle. Amen.«

Während George die Zähne in eine Hühnerkeule schlug, deutete er mit einem Kopfnicken auf einen kleinen Tisch in der Zimmerecke. Drei gerahmte Fotos von jungen Männern in Uniform standen dort. »Ihre Jungens?« fragte er.

Rosie nickte. Ihr Blick verweilte auf den Bildern. Sie fuhr fort zu kauen, doch ihre Gedanken waren plötzlich weit weg.

»Sie sind bestimmt stolz auf sie«, sagte George.

»Das waren wir«, sagte Luther. »Sind es noch, natürlich. Nur eben anders. Sie sind tot, Herr Pastor, alle drei.«

»Oh«, sagte George und nahm noch einen Bissen. »Das tut mir leid zu hören. Wie kam das?«

»Wir haben immer unserem Land gedient, Herr Pastor. Mein Pa, der war im Zweiten Weltkrieg bei der Marine, hat auf der *USS Mason* gedient, dem einzigen schwarzen Schiff in der ganzen Marine. Hat auch einen Orden gekriegt. Ich hab zwei Einsätze in Vietnam gehabt. Bin zweimal verwundet worden. Wär fast nicht durchgekommen. Dann kamen meine Jungens, sind alle Soldaten geworden, Josh, den Ältesten, hat es in Beirut erwischt. 'ne Autobombe hat ihr Quartier zerstört, Hunderte sind umgekommen. Anthony war der Mittlere, er ist am Golf gestorben, ist ins Feuer der eigenen Leute reingeraten. Billy war erst siebzehn, ihn hat's in Somalia erwischt, ist von einer Bande umzingelt worden, mit Macheten in Stücke gehauen. Alle drei sind sie von uns, einfach so. Es waren gute Jungens, Herr Pastor; ich hab sie so aufgezogen, daß sie an die Fahne glaubten und an ihr Land, und sie haben ihrem Land gedient bis zum letzten Atemzug. Ja, ich bin verdammt noch mal stolz auf sie.«

George legte Messer und Gabel nieder. »Sie empfinden überhaupt keine Bitterkeit darüber, daß Sie alle Ihre Söhne verloren haben, nicht wahr, Luther?«

»Warum sollte ich? Sie waren Soldaten, sie wußten, was sie taten. Sie glaubten an Amerika, Herr Pastor.«

»Aber am Ende stehen Sie alleine da und haben anscheinend niemanden, dem Sie die Farm hinterlassen können. Würden Sie nicht sagen, das hat sich nicht gelohnt?«

»Seinem Land zu dienen lohnt sich immer. Seine Freiheit zu verteidigen lohnt sich immer. Was ist schon eine Farm? Nichts als Schufterei in der Sonne und Hoffen auf die nächste Welt. Macht keinen Unterschied, ob Kinder darauf warten oder nicht. Nein, sie haben ihrem Land gedient und haben ihrem Gott gedient. Mehr kann man von einem Menschen nicht verlangen.«

»Das ist eine wunderbare, christliche Einstellung.«

»Tja, danke sehr, Herr Pastor.«

»Keine Ursache, mein Junge«, sagte George. Er aß weiter, den Blick auf seinen Teller gerichtet, spürte ihre Überraschung und genoß sie. Nach einer Weile blickte er auf. »Ist irgendwas?« fragte er.

Luther warf Rosie einen Blick zu. Sie zuckte die Achseln.

»Nein, Sir«, sagte er.

»Jemals vom Klan belästigt worden, Luther?«

»Nein, Herr Pastor, kann man nicht sagen.«

»Aber Opfer rassischer Diskriminierung sind Sie gewesen. Als Sie jünger waren.«

»Nun, Herr Pastor, das waren wir wohl irgendwie alle, wir Farbigen, meine ich.«

»Das muß doch ziemlich schwer zu ertragen gewesen sein.«

Luther zuckte die Achseln. »Man lernt, damit zu leben. So schlimm war's nicht.«

»Leute, die euch das Wort ›Nigger‹ ins Gesicht gespuckt haben. Euch nicht aus demselben Brunnen haben trinken lassen. Euch lynchen wollten.«

»Das eine oder andere davon vielleicht.«

»Was ich nicht verstehe, Luther«, George zeigte mit der Gabel auf den Farmer, »ist, wieso eure Familie überhaupt in der Armee dienen wollte, nachdem ihr so behandelt worden seid.«

Rosie setzte Messer und Gabel ab. »Meine Jungs waren gute Amerikaner. Sie sind für ihr Land gestorben.«

»Allerdings!« sagte George, mit der Gabel nunmehr in ihre Richtung fuchtelnd. »Sie sind für ein Land gestorben, das sie ausgebeutet hat. Das sie an die Front geschickt hat, während weiße Jungs ins College gehen konnten.«

»Nun«, sagte Luther, »darüber weiß ich nichts.« Er blickte vorsichtig zu dem Geistlichen, dann unsicher zu Rosie hinüber. Sie nickte leicht, worauf er seinen Stuhl zurückrückte. »Danke fürs Abendessen, Schatz. Herr Pastor, wollen wir mal sehen, ob wir den Jeep in Gang kriegen?«

George konnte es sich nicht verkneifen, ein wenig zu kichern. Dann zog er eine Pistole aus der Innentasche seiner Jacke und richtete sie auf Luthers Unterleib. »Setz deinen schwarzen Arsch schön wieder auf den Stuhl«, sagte er mit nunmehr erhobener Stimme.

Luther ließ sich vorsichtig nieder. »Herr Pastor?« sagte er.

»Herrpasser«, äffte George nach, und seine Oberlippe faltete sich zu einem höhnischen Grinsen auseinander, das augenblicklich den ohnehin etwas wackligen, aber während des Essens halbwegs aufrechterhaltenen Schein der Frömmigkeit verschwinden ließ. Das alte Attracta-

Detracta-Gesicht. Es schien seine Gastgeber noch mehr zu erschrecken als die Waffe.

»Jessesmaria«, sagte Rosie.

George schwenkte die Pistole in ihre Richtung. »Die werden dir nicht helfen können, du schwarze Fettsau. Genausowenig wie dein Hühnercowboy hier.«

»Wir wollen keinen Ärger, Herr Pastor«, sagte Luther.

»Wir wollen keinen Ärger, Massa«, gab George zurück. Er kicherte. »Was ich nicht fasse«, bellte er, »was ich echt nicht fassen kann, ist, wie bescheuert ihr seid, wie sagenhaft scheißbescheuert. Schaut euch an. Ihr habt eure ganze Familie an die guten alten Vereinigten Staaten verloren, wir haben euch eure Jungs genommen und sie sauber verheizt, und ihr seid noch nicht mal sauer. Nicht die verschissene Bohne! Ihr seid stolz auf sie! Wir haben sie euch weggenommen und sie umgebracht!«

»Sie sind freiwillig gegangen, Herr Pastor, sie wollten kämpfen.«

»Das ist mir scheißegal! Sie standen an vorderster Linie, weil das der Ort ist, wo wir die Nigger hinstecken! Und ihr seid noch stolz auf sie!«

»Ja, Sir, das sind wir.«

»Jassir, dassinwir. Du scheißbescheuerter Niggerarsch.« George richtete die Pistole auf den Punkt zwischen Luthers Augen. »Ich will, daß du mir die Wahrheit sagst, mein Junge. Ich will, daß du mir sagst, was du wirklich denkst ganz tief da drinnen in deinem Blödschädel. Du haßt den alten Uncle Sam, nicht wahr? Du haßt uns alle, nicht wahr, uns Weiße, weil wir deine Söhne umgebracht haben. Du willst uns töten, stimmt's? Du willst uns unsere Frauen wegnehmen und sie ficken und ihnen dann die Kehle durchschneiden. Das ist es doch, was du willst, Luther, nicht wahr? Du willst aus dieser beschissenen Staubwüste von Farm raus und unsere Frauen ficken und ihnen die Kehle aufschneiden. Sag es mir, Luther. Sag mir die Wahrheit!«

Luthers Jeanshemd war klatschnaß. »Das ist nicht wahr, Herr Pastor«, flüsterte er.

»Wie war das, Junge? Sprich lauter.«

Zorn blitzte auf in Luthers Augen. »Das ist nicht wahr.«

»Werd nicht kiebig, Junge!« fuhr George ihn an.

Plötzlich brach Rosie in Tränen aus. »Bitte, Herr Pastor, töten Sie uns nicht!« heulte sie.

Luther legte ihr beruhigend eine Hand auf den zitternden Arm. »Es kommt alles in Ordnung«, sagte er.

»Kommt es nicht, Luther«, sagte George und drückte den Abzug.

George hatte noch nie jemanden getötet. Da war er jetzt doch recht zufrieden mit sich. Man konnte das Töten *üben*, und das hatte er auch ausgiebig getan, aber dies war das erste Mal, daß er tatsächlich jemanden *exekutiert* hatte, mit echten Patronen. Er war mit dem Auto an *Brothers* vorbeigefahren und hatte mit Platzpatronen geschossen, er hatte mehr als einmal Brandsätze in Kirchen geworfen und dabei Menschen *verwundet*. Aber dies war das erste Mal, daß er richtig *getötet* hatte. Die Pistole hatte ganz ruhig in der Hand gelegen, die Kugeln waren mitten in die Stirn eingedrungen, und die beiden waren ohne einen Laut zusammengebrochen.

Er begrub sie hinter dem Haus. Er suchte sich eine schattige Stelle, wo der Boden nicht von der Sonne hartgebacken war, und schaufelte ihnen ein flaches Grab. Dann hielt er den Trauergottesdienst ab, kurz und auf den Punkt gebracht. Er sprach von der harten Feldarbeit, die sie geleistet, und dem Leben ihrer Söhne, das sie den Vereinigten Staaten zum Opfer gebracht hatten. Er dankte dem Herrn, daß er ihn zu dieser einsamen Farm geführt und ihn auf eine erste Bewährungsprobe für die kommende Schlacht gestellt hatte. Mit den Madisons selbst befaßte er sich nicht allzu lange. Sie schienen ein durchaus ehrenwertes Leben geführt zu haben und würden daher wahrscheinlich in den Himmel kommen, wenn auch – das verstand sich von selbst – in die mietschwache Gettoabteilung des Himmels, die für Nigger reserviert war.

12

Dem alten Sam McClintock steckte ein Teil eines B-52-Bombers im Schädel. Nur ein kleiner Teil, aber der tat manchmal so weh, als wäre das ganze verdammte Flugzeug da drinnen zugange. Seit dreiundfünfzig Jahren lebte er nun schon damit, und das hatte er Oberstleutnant William Smith, einem hochdekorierten Kampfpiloten, zu verdanken.

Sams Vater Matthew hatte das Empire State Building mitgebaut. Er war Stahlarbeiter in buchstäblich gehobener Position gewesen, einer der kühnen Männer, die dreihundert Meter über der Fifth Avenue den eiskalten Nordwinden, dem Regen und dem Nebel getrotzt hatten, um das seinerzeit höchste Gebäude der Welt fertigzustellen. Am Ende besiegte ihn das Wetter, und er mußte sein pneumatisch betriebenes Werkzeug, den Preßlufthammer, gegen eine Pneumonie, eine Lungenentzündung, eintauschen, aber als am 1. Mai 1931 das Gebäude offiziell und feierlich eingeweiht wurde, da war Matt McClintock als Ehrengast geladen. Als sich später herausstellte, daß seine Lunge der Stahlwerkerei nicht mehr gewachsen war, bot ihm John Jacob Raskob höchstpersönlich einen Job als Wachmann an.

Sams erste deutliche Erinnerung betraf das Empire State, sie beschwor das pure Vergnügen, mit dem er sich von seinem Dad um die Aussichtsplattform im 86. Stock hatte jagen lassen, immer unter dem Eindruck, es handele sich um einen ummauerten Hof, bis er dann plötzlich an den Jackenaufschlägen emporgerissen und dem Ausblick ausgesetzt worden war, diesem größten aller Ausblicke, und er zuerst vor Schrecken aufgeschrien hatte, dann vor Erstaunen und dann vor freudigem Lachen. Und dieses letztere Gefühl war ihm erhalten geblieben. Selbst an diesem Tag, da seine eigene Brust ihm zu schaffen machte und er sich hustend eine Erläuterung für einen schnatternden Haufen Japaner abrang, schimmerte seine Liebe zum Empire durch.

»Die treten anscheinend nur in Rudeln auf«, flüsterte Nathan an seiner Schulter.

Sam lächelte und setzte seine Ausführungen fort. Er zeigte nach Norden auf das Yankee Stadium – die Japsen liebten Baseball –, nach Süden auf die Statue, nach Osten auf die Vereinten Nationen – he, wir sind doch jetzt alle Freunde – und nach Westen auf den Madison Square Garden, wo er noch Cassius in dessen Blüte gesehen hatte. Das erzählte er ihnen natürlich nicht. Es war im Grunde nicht seine Aufgabe, überhaupt irgend etwas zu erzählen, er stand ja lediglich als Wachmann hier, und nicht einmal das sehr häufig. Meistens betrieb er einen Aufzug, in der Regel den für den letzten Sprung nach oben zur eingefriedeten Plattform im 102. Stock, wo ihm die Luft, wie man annahm, besser bekommen würde. Man hatte ihn schon oft überreden wollen, in Rente zu gehen oder, als alles Zureden vergeblich war, wenigstens irgendwo unten zu arbeiten, aber auch davon wollte er nichts wissen. Das Empire State gehörte zu ihm. Der Gipfel der Welt. Und ihm war es egal, wer ihn dazu befragte. Seit einem halben Jahrhundert war er der Empire Man.

»Die halten ja nie die Klappe«, lachte Nathan, als sich die Japsen verzogen.

»Wozu auch? Es ist ein wunderbares Gebäude, ein wunderbarer Blick.«

Nathan hatte etwas übrig für die Nummer des alten Weisen, die Sam da gab, denn eine Nummer war es. Bobby Tangetta hatte ihm alles erzählt über den alten Knaben: über die Pokerrunden am Mittwoch abend, darüber, wie er einem Flashdancer auf dem Times Square hinterhergejagt war. Er war ungefähr so weise wie ein Stück Seife.

Sam lächelte und wandte sich nach links, mit der Hand über das Sicherheitsgitter streichend. Nathan fragte ihn, ob er irgendwelche Selbstmorde miterlebt habe. Das hatte Sam durchaus, aber der beste war der von Elvira gewesen, weil er nämlich nicht ganz nach Plan verlaufen war. Sie war eine nette Frau gewesen, eine nette Frau mit einem Problem. Manchmal fragte er sich, was wohl aus ihr geworden sei. Sie war eines eiskalten Dezemberabends vor fast zwanzig Jahren aus dem 86. Stock gesprungen, von einem heftigen Windstoß zurückgetrieben worden und auf einem schmalen Vorsprung im 85. Stock gelandet. Jemand hatte seine Hand über sie gehalten. Zwar hatte sie sich bei der Aktion die Hüfte gebrochen, doch das änderte nichts daran, daß sie der größte Glückspilz aller Zeiten war. Wenn das kein Grund war weiterzuleben, dann wußte er nicht, was zum Teufel es sonst sein sollte.

An der nächsten Ecke trafen sie auf Bobby Tangetta, der in seiner blauen Reißverschlußjacke schwitzte wie ein Weltmeister. Er rieb sich den Nacken mit einem Taschentuch. »Mann, ist das heiß«, sagte er.

Sie stießen die Glastür auf und näherten sich dem Verkaufsstand, dem Empire State Deli. Bobby bestellte einen Hotdog mit Cola, Nathan nahm das gleiche, Sam bekam eine Cola. Marilu winkte ab, als Sam ihr sein Geld hinhielt.

»Ist irgendwas mit seinem Geld nicht in Ordnung, im Gegensatz zu meinem?« fragte Bobby.

»So ungefähr, Bobby T«, grinste Marilu. Sie hatte mal was mit Bobby T gehabt und war von ihm nicht gut behandelt worden.

Zum Essen kehrten sie zu ihrem Wachgitter zurück. Sam starrte nach draußen in Richtung Battery. Er schloß für einen Moment die Augen und legte seinen Kopf zurück, um sich die Brise in die Nase wehen zu lassen. Er hatte keine Ahnung, warum das seinem Kopf so guttat – Auffrischung des Gehirns schien als Erklärung doch etwas simpel –, aber es war halt so. Das Pochen ließ nach, kehrte aber gleich wieder, als Bobby ihn am Ellbogen stieß.

»He, was hältst du von Michael Tate? Guter Mann, Sam? Minto meint, die neuen Typen da unten seien eine ganz knallharte Truppe, ey.«

Sam schüttelte den Kopf. »Eins ist auf jeden Fall sicher: Jeder neue Besitzer holt erst mal den Besen raus und fegt gründlich durch. Ob er der reichste Mann der Welt ist oder nicht. Von uns ist hier keiner sicher.«

Sam leerte seine Coladose und warf sie in den Papierkorb. Er schaute auf die Uhr und ging dann, Nathan nach wie vor im Schlepptau, zum Fahrstuhl, der zur oberen Aussichtsplattform fuhr. Es war Mittag vorbei, und es wurde allmählich richtig voll. Sie konnten nur acht Leute pro Fahrt mit in den 102. Stock nehmen, und das in einem klapprigen alten Aufzug, der seit Sams Kindheit nicht ausgetauscht worden war. Sam zog die Sperre zurück, bat die ersten acht hinein und wies sie an, sich von der Tür fernzuhalten. Dann ging es los. Es dauerte nur eine halbe Minute.

Er lehnte sich mit dem Rücken an die Wand und rieb an seiner Schläfe. Manchmal, bei besonders schlimmen Kopfschmerzen, war er bereit zu schwören, daß er die Metallspitze fühlten konnte, daß sie ihn piekste wie ein schlechtes Gewissen. An anderen Tagen war ihm, als rieche er beim Einatmen den beißenden Rauch, das verbrennende Fleisch.

»Ist dir nicht gut?« fragte Nathan.

»Doch, doch«, sagte Sam, behielt die Augen aber geschlossen. Seine Gedanken wanderten, wie so oft, zu Oberstleutnant William Smith, Held des Zweiten Weltkriegs, der mehr als 500 Stunden Gefechtseinsatz vorweisen, die Strecke von Boston nach Newark aber nicht bewältigen konnte, ohne in das Empire State Building hineinzukrachen.

Es war sein dreizehnter Geburtstag. Zwar war das Geld wie immer knapp, doch sein Dad hatte ihm erlaubt, seinen Samstagsjob ausnahmsweise ausfallen zu lassen und den Tag mit ihm auf Patrouille im Empire zu verbringen. Im Büro der Sicherheitskräfte hatte es deswegen ein großes Hallo gegeben, sie hatten ihn in eine viel zu große Uniform gesteckt und ihm einen Hut aufgesetzt, der ihm bis über die Ohren rutschte, aber mein Gott, warum auch nicht, was zum Teufel gab es denn schon zu bewachen im Empire State?

Zugegeben, die Sicht war schlecht an dem Tag. Schlimm für den Piloten, gut am Ende für die Touristen, denn es waren unter diesen Umständen erst gar nicht viele nach oben gekommen. Oberstleutnant Smith mochte eine Menge von Luftgefechten in niedriger Höhe verstehen, aber die Schluchten von Midtown waren etwas anderes als die grünen Felder von Frankreich.

Wenn man eins von Sam sagen konnte, dann daß er gründlich war – seit jeher. Jede Tür, die sein Dad checkte, wurde von ihm gleich noch einmal überprüft. In jedes Büro, in das sein Dad seinen Kopf hineinsteckte, steckte Sam auch den seinen. Und da die wenigen Frauen, die an diesem Samstag arbeiten mußten, so sehr von ihm und seiner zu großen Uniform begeistert waren, daß sie ihn von allen Seiten mit Schokoladeangeboten überhäuften, blieb er bald ein ganzes Stück hinter seinem Vater zurück. Und das war vielleicht ganz gut so.

Um 9 Uhr 50 krachte der Zwölf-Tonnen-Bomber in den 79. Stock. Zehn Menschen starben auf der Stelle, als die Benzintanks explodierten. Splitter regneten in den Flur, einer davon erwischte Sam seitlich am Kopf und schleuderte ihn in einen der Büroeingänge zurück. Das ganze Gebäude, sechzigtausend Tonnen Stahl, wurde zweimal durchgeschüttelt. Sam war nur für wenige Momente bewußtlos, das Schreien brachte ihn zur Besinnung. Er konnte sich gerade noch wegrollen, bevor ein brennender Treibstoffstrom an der offenen Tür vorbeitoste. Kopf und Hände waren blutverschmiert. Er versuchte seinen Vater zu finden, doch es war nichts zu sehen außer schwarzem, beißendem Rauch, und das einzige, was er wahrnahm, war der Geruch von brutzelndem Fleisch. Dann packte ihn jemand am Arm – eine Frau, mit glühenden Haaren –, und sie rannten los, folgten anderen auf die Gebäudeseite zur 33. Straße hin. Dort blieben sie und beteten, binnen kurzem von Flammen umzingelt. Es schien wie eine Ewigkeit, oder die Ewigkeit schien auf sie zu warten, doch sie klammerten sich aneinander und versuchten sich mit dem unvermeidlichen Tod abzufinden. Und dann brachen Feuerwehrleute zu ihnen durch und brachten sie in Sicherheit.

Sam schüttelte sich, als Nathan das Sicherheitsgitter aufzog. »Geben Sie acht, Herrschaften«, sagte Nathan. Er zog die Schultern zurück und sagte seinen gründlich geprobten Spruch auf. »Willkommen auf der Aussichtsplattform im 102. Stock – Sie befinden sich in dreihundertachtzig Meter Höhe. An klaren Tagen können Sie hundertdreißig Kilometer weit in jede Richtung sehen.« Es war nicht gerade *Hamlet,* aber immerhin ein Anfang.

Ein kleiner Junge rannte über die Plattform und preßte sein Gesicht gegen das Fenster. »Mann«, quiekte er, »wär's nicht toll, hier zu wohnen?«

»Wenn du genau hinguckst«, rief Sam vom Aufzug herüber, »dann kannst du King Kongs Fußabdrücke noch an der Gebäudewand sehen.« Er zwinkerte dem Vater des Jungen zu, dann bat er acht auf den Abstieg wartende Personen in den Aufzug. Nathan sicherte das Gitter und lehnte sich wieder gegen die Wand. Dreißig Fahrten noch, vielleicht fünfunddreißig, dann würde das Tagewerk vollbracht sein.

Fünf Minuten später kehrten sie mit acht neuen Passagieren in den 102. zurück. Die Leute von der letzten Fahrt mußten nicht erst lange zur Runterfahrt überredet werden. Sie standen bereits sichtlich gelangweilt in Fahrstuhlnähe herum. Es überraschte Sam immer wieder, wie die Leute in so kurzer Zeit das Interesse verlieren konnten. Sie standen ganz oben im berühmtesten Gebäude der Welt, und dann saugten sie die Aussicht in sich auf und spieen sie innerhalb von wenigen Minuten wieder aus. Das Fernsehen war schuld. Kurze Aufmerksamkeitsspanne. Ihn hatte man als Jungen hier jedesmal rausschleifen müssen.

Der kleine Junge war als erstes im Aufzug. »Mister«, fauchte er, als Nathan das Gitter schloß, »da sind keine Fußabdrücke. Und King Kong gibt es gar nicht.«

»Wer hat dir das denn erzählt?« fragte Nathan mit großen Augen.

»Mein Dad.«

Nathan blickte auf. Schnurrbart. Kurzgeschnittenes

Haar. Um die Augen blaß vom Sonnenbrillentragen. Der Mann zuckte leicht mit den Achseln.

Sam zerzauste dem Jungen gutmütig die Haare. »Glaub das nicht, mein Junge«, sagte er. »Ich war hier in der Nacht, als King Kong angegriffen hat. Das war die gruseligste Geschichte, die ich je erlebt habe.«

Der Unterkiefer des Jungen klappte eine Winzigkeit herunter, seine Augen schossen einmal kurz zwischen seinem Vater und Sam hin und her. Dann hob er den Arm und schlug Sams Hand weg. »Lassen Sie die Finger von mir, Sie Perversling«, sagte er.

13

Stabschef Graham Slovenskis Ehefrau Miranda war eine reizende Person. Da waren sich alle einig. Seine Ehe war schon fast zu gut, um wahr zu sein. Der Präsident hatte Miranda überprüfen lassen, weil ihre Großeltern mütterlicherseits aus Rußland kamen und man da ja nie wissen konnte, und auch weil Tara wahnsinnig eifersüchtig auf sie war. Aber der Bericht war ganz unzweideutig in seiner Lobpreisung. *Sie ist ein reiner Engel,* hieß es da. Was zum Teufel hat eine solche Formulierung eigentlich in einem Geheimdienstbericht zu suchen, bitte sehr? Tara hatte geschäumt vor Wut. *Nicht mal 'ne scheiß Abtreibung? Nie mit Dope erwischt worden? Hör doch auf! Sieh sie dir an! Ihr Gesicht ist schon so oft geliftet worden, daß sie Höcker hinter den Ohren hat!*

Tara war auf Streifzug. Ihr Verstand arbeitete fieberhaft. Ihr Magen war von Schuldgefühlen verknotet. Ihr Plan war folgender: Slo aufspüren, Süßholz raspeln, ihn ins Bett kriegen, mit ihm schlafen, geschwängert werden, *ein Baby bekommen.*

Sie wußte, daß das ein verrückter Plan war, aber in der Weltrangliste der verrückten Ideen würde er, so vermutete sie, keinen Spitzenplatz einnehmen. Ihr Problem mit dem Präsidenten bestand nicht nur darin, daß er ihr keinen Goodwill-Posten bei den Vereinten Nationen verschaffen konnte, sondern vor allem auch darin, daß er ihr kein Kind verschaffen konnte. Sie wollte unbedingt ein Baby haben, ein eigenes Kind, nicht adoptiert, nicht in Pflege genommen, sondern ihr eigen Fleisch und Blut. Verdammt noch mal, das war ihr gutes Recht als Frau! Aber der Präsident kam irgendwie nicht rüber damit. Der Sex, ja gut, der Sex war in Ordnung, aber es kam einfach nichts dabei raus. *Sie* hatte sich untersuchen lassen, bei *ihr* funktionierte alles hundertprozentig. Aber *er*, er wollte nicht gehen. *Er* wollte die einschlägigen Tests nicht machen lassen, denn für diese Tests benötigte man Sperma, und um dieses Sperma bereitzustellen, würde er in eine Klinik gehen, in einem kleinen Kabuff mit Pornoheften sitzen und masturbieren müssen und, nun ja, als Präsident der Vereinigten Staaten holte man sich unter *keinen* Umständen in kleinen Kabuffs einen runter. Das wäre politischer Selbstmord. Der *Wichser* im Weißen Haus. Es gab andere Möglichkeiten der Samengewinnung, aber auch darauf wollte er sich nicht einlassen. Er war nicht gewillt, irgendwelche verdammten Wissenschaftler mit seinem Samen hantieren zu lassen, denn es war doch klar, daß der dann irgendwie auf dem offenen Markt landen würde. Eines Nachts würde er im Internet stöbern und plötzlich auf das Angebot stoßen: Präsidentensamen zu verkaufen! *Wenn Gott will, daß wir ein Baby bekommen, dann wird er dafür sorgen, daß wir es bekommen.* Doch Gott war anderweitig beschäftigt und Tara mit ihrer Wut allein. Er ließ nicht mit sich reden, nicht die Bohne. Über den Goodwill-Posten, okay, *darüber* schon, aber nicht über diese Sache. Punkt.

Slos Frau fast jede Woche sehen zu müssen, war auch keine große Hilfe. *Sie* hatte sechs Kinder, das siebte war unterwegs, sie war Mutter Natur persönlich. Wahrscheinlich mußte Slo nur das Zimmer betreten, in dem sie sich befand, um sie zu schwängern. Ihr ging auf, daß Slo wahrscheinlich der fruchtbarste Mann in ganz Washington war. Wenn nicht in Amerika.

Ein kleines Zwischenspiel nur, eine kleine Nummer, niemand braucht etwas davon zu erfahren.

Und dann ein Baby.

Der Präsident war auf dem Sprung, mit der Air Force One nach Philadelphia zu fliegen, anschließend nach Chicago und Detroit, bevor er gegen Ende der Woche den Bogen zurück nach New York schlagen würde. Alles lief normal. Bevor er das Weiße Haus verließ, schüttelte er Graham Slovenski fest die Hand und bat ihn, das Fort gut zu bewachen. »Sorgen Sie dafür, daß die Hunde gefüttert werden. Daß das Lama auch schön seinen Hafer kriegt. Und wenn Sie schon mal dabei sind, geben Sie der First Lady einen kleinen Klaps, damit sie aufwacht und sich den Realitäten stellt.«

»In dieser Reihenfolge, Mr. Präsident?«

»In jeder verdammten Reihenfolge, die Ihnen zusagt, Slo.«

Slo war mitunter nicht sehr erbaut darüber, daß der Präsident ihn mehr wie einen Hausangestellten denn wie einen Stabschef behandelte, aber das war immer noch entschieden angenehmer als wie ein Haustier behandelt zu werden. Manchmal schien die First Lady die Tatsache, daß er kein Cockerspaniel war, schlicht nicht zur Kenntnis zu nehmen. Manchmal war sie so entspannt und ungezwungen in seiner Gegenwart, daß sie ihm beim Daherplaudern praktisch den Kopf kraulte. Dankenswerterweise kam derartiges meist nur in der Zurückgezogenheit der präsidialen Gemächer vor und damit niemandem sonst zu Ohren, doch das war vermutlich mehr auf Glück denn auf Voraussicht zurückzuführen. Auch war er nicht sicher, was ihn mehr störte: die Notwendigkeit, sich mit voller Konzentration als wohlerzogener Schoßhund zu erweisen, auf daß er keinen Ständer bekäme und ihr Bein durchrammele, oder ihre völlige Mißachtung der Tatsache, daß er ein Mann war. Er malte sich häufig aus, was wohl passieren würde, wenn er das Szenario nur einen winzigen Schritt weitertriebe, sich auszöge, auf den Rücken rollte und hechelnd daläge wie ein Hund, der den Bauch gekrault haben will. Er war davon überzeugt, daß sie genau das tun würde.

Schon oft hatte er versucht, seine Gefühle für die First Lady zu analysieren, zu bestimmen, wie sie sich von denen für seine Frau unterschieden. Aber er bekam sie nicht zu fassen. Er *liebte* seine Frau. Er *liebte* seine Kinder – manche mehr als andere, zugegeben, je nach ihrem Betragen und seinem Erschöpfungsgrad, aber lieben tat er sie alle. Zum Teil hatte es sicherlich auch damit zu tun, soviel war ihm klar, daß er kaum jemals mit Miranda schlafen konnte, weil sie sich entweder gerade von einer Geburt erholte oder sich auf eine neue vorbereitete. Er hatte seit jeher einen starken Sexualtrieb gehabt, war aber bereit gewesen, diesen im Sinne der von beiden gewollten Familienpflege zu bändigen. Nun bändigte er aber bereits im sechsten Jahr, und wie oft konnte ein Mann denn masturbieren? Und es war ja nicht so, daß er *irgendeine* andere Frau gewollt oder sich allgemein aufs Fremdgehen kapriziert hätte – die einzige Frau, die er begehrte, war Tara. Nicht weil sie schön und komisch und seltsam und die First Lady war – nun ja, sicher, das alles auch –, sondern weil es schon bei ihrer ersten Begegnung bei ihm geklickt hatte. Was er auch getan hatte seit jenem Tag, immer hatte er an sie denken müssen, jede einzelne Minute: bei Besprechungen auf höchster Ebene, beim Geschlechtsverkehr mit seiner Frau, beim Windelnwechseln. Es war Liebe der reinsten Art, so meinte er, und es gab sie nur einmal im Leben. Amerika auf klaren Kurs zu bringen war leicht, Klarheit in seinem Kopf zu schaffen war erheblich schwieriger.

Slovenski verbrachte den Morgen am Capitol Hill, von einer Besprechung zur nächsten hetzend. Als er ins Weiße Haus zurückkehrte, hatten sich die Kopfschmerzen, die im Morgengrauen schüchtern vorstellig geworden waren, wie Lava in seinem Schädel ausgebreitet. Er warf ein paar Tabletten ein, legte sich auf die Couch in seinem Büro und glitt in einen traumähnlichen Zustand, in dem ihm die Air Force One mit dem gesamten Kabinett an Bord erschien und auf der Erde zerschellte, nachdem sie von irgendwelchen Südstaaten-Rednecks mittels einer Boden-Luft-Rakete abgeschossen worden war. Er malte sich die nationale Trauer aus und die internationale Empörung. Das riesige Staatsbegräbnis. In Gegenwart der Führer sämtlicher Staaten der Welt. Den höchst feierlichen Kommentar von Walter Conkite. *Und nun spricht Graham Slovenski, der die Nation durch diese überaus schwierige Zeit steuert, der Witwe des Präsidenten Trost zu. Sie lächelt tapfer und greift in ihre Tasche, sie gibt ihm ein paar Schokobonbons. Braver Junge, Graham! sagt sie.*

Plötzlich wachte er auf, schweißgebadet, und zunächst dachte er, daß er gar nicht wach sei, sondern einen dieser Dämmerzustände erlebe, aus dem Schlaf gefallen und doch wie im Traum. Tara stand in seinem Büro und wirkte besorgt. Sie sagte etwas, doch er war zu benebelt, um es aufzunehmen. Als er hastig aufspringen wollte, knickte er mit dem Fuß um. Er stieß einen kleinen Schrei aus und fiel auf die Couch zurück.

»Jesses!« Er griff nach seinem Fuß, um ihn zu massieren.

»O Slo, entschuldigen Sie, ich wollte Sie nicht erschrecken.« Sie kam durchs Zimmer geschwebt.

»Aber nein ... natürlich nicht«, stammelte er, »tut mir leid ... bin wohl nur etwas nervös nach all den Anschlägen auf den Präsidenten ... ich habe Sie nicht gehört ...«

»Tut mir leid, Slo, ich hätte klopfen sollen ... ist was damit passiert?«

Sie kniete sich vor ihm hin und begann seinen Knöchel sanft zu reiben.

Sofort bekam er einen neuen Schweißausbruch. »Nein ... es geht ...«, sagte er schweratmend.

»Soll ich etwas Eis holen?«

»Nein, nein, das … es geht schon.«

Sie lächelte ihm von unten zu. O Gott, dachte er. Sie war schlicht und einfach die schönste Frau, die er je gesehen hatte. Und er wußte, daß sie schwierig war. Und er wußte, daß sie ein zu Wutanfällen neigendes kleines Fräulein war. Aber er verehrte sie dafür.

Sie hob vorsichtig sein Bein an, schnürte seinen Schuh auf und zog ihn elegant vom Fuß. Dann plazierte sie seine Fußsohle auf ihrer Brust und begann den Knöchel zu massieren. »So besser?« fragte sie.

Und er nickte und lächelte und gab sich alle Mühe, einen Nippel zu entdecken.

Aber falls da einer war, war er nicht aufgerichtet. Oder zu gut abgepolstert. *Gleich wird sie mir den Kopf tätscheln.*

Nach einer Weile ließ sie den Fuß sanft von ihrer Brust gleiten, hielt ihn mit beiden Händen und setzte ihn vorsichtig auf dem Fußboden ab. »So«, sagte sie, »wieder besser?«

Behutsam belastete er den Fuß. Es fühlte sich gut an. »Das ist ja großartig«, strahlte er. »Sie hätten Tierärztin werden sollen, äh, Ärztin, meine ich.«

Sie lachte. »Ja, vielleicht.«

Slo beobachtete mit Wohlgefallen, wie sie ihren Körper langsam streckte und dann aufgerichtet vor ihm stand. Für einen Moment starrte er direkt auf ihren Unterleib. *Aufgerichtet.* Dann stieß er sich von der Couch hoch und ging zögernd zum Schreibtisch. »Großartig«, sagte er. »Wie neu.«

Er setzte sich hinter seinen Schreibtisch, nahm einen Stapel Papiere zur Hand und richtete die Blätter ordentlich aus. »Also, was führt Sie denn eigentlich zu diesem einsamen Außenposten? Ich werde alles tun, was in meiner Macht steht, wenn Sie dem Präsidenten nicht verraten, daß Sie mich beim Schlafen während der Arbeitszeit erwischt haben.«

Sie lächelte. »Wirklich?«

Sie sah ihm in die Augen, bis es *ungemütlich* wurde. »Soweit es im Rahmen bleibt«, sagte er in milder Panik.

»Ich habe über Irland nachgedacht.« Sie ließ träge einen Finger über die Tischplatte gleiten und untersuchte den sehr feinen Staubrückstand.

»Nordirland.«

»Wie auch immer. Sie halten es für eine gute Idee, da hinzufahren?«

»Ich halte es für keine schlechte Idee. Haben Sie es sich doch anders überlegt?«

»Ach, ich weiß nicht. Es ist ein bißchen hinterwäldlerisch, oder? Was müßte ich denn machen, Slo, Nahrungsmittel oder Traktoren verschenken, oder was?«

»Ich glaube nicht, daß es ihnen *so* schlecht geht.«

»Was brauchen sie denn dann?«

»Zuspruch, Bestätigung.«

»Ich weiß nicht, ob ich das bieten kann.«

»Das ist es, worum es bei Goodwill geht. Sie machen das bestimmt ganz großartig. Das liegt Ihnen im Blut.«

»Ach, Slo, manchmal können Sie richtig süß sein.«

Nun, wenn ich so verdammt süß bin, dann reiß dir doch die Kleider vom Leib und vernasch mich hier auf dem Teppich! Er errötete ein wenig. »Ach wo«, sagte er mit forcierter Koketterie.

»O Slo«, lachte sie schwermütig. Das Lachen war natürlich gar kein Lachen, sondern eigentlich ein Stöhnen, und das einzig Schwermütige daran war, daß sie ganz schwer den Mut fand, Slo ins Bett zu zerren. *Wie macht man das? Und was ist, wenn er mich abweist?* Sie wußte, daß er sie anziehend fand, das konnte jeder sehen, aber er war ein Gentleman, er liebte Miranda; er mochte begehren und träumen, aber würde er es auch tatsächlich tun, wenn er die Möglichkeit geboten bekäme?

Tara wandte sich abrupt zur Tür. *Gott, nein, nicht hier, nicht jetzt.* Sie mußten beide betrunken sein. Das wäre eine gute Entschuldigung. Ein Moment trunkener Leidenschaft, der nie wieder Erwähnung fände. *Nur ein Mal.* Sie würde ihren Arzt anrufen und sich genau sagen lassen, an welchem Tag ihre Empfängnisbereitschaft am größten war. Und dann würde sie dafür sorgen, daß sie allein wären. Sie würden langsam betrunken werden. Und dann hätte sie ihn am Wickel.

»Okay«, sagte sie, »ich werd's tun. Wird nett sein, Dublin mal zu sehen.«

»Belfast«, sagte Slo.

»Belfast.« Der Präsident machte es sich auf seinem Sitz in der Air Force One bequem. »Vielleicht wird sie da in die Luft gejagt.«

Fred Troy, ein altgedienter FBI-Spezialagent, der nach den jüngsten Anschlägen dem Sicherheitsstab des Präsidenten zugeteilt worden war, schüttelte den Kopf. »Es hat seit Monaten keine Bombenanschläge gegeben. Die Lage hat sich wirklich beruhigt.«

»Tatsächlich?« Der Präsident wirkte für einen Moment etwas perplex. »Sollte ich das nicht wissen?«

Troy nickte unbestimmt und blätterte dann eilig einige Faxe durch, die auf seinem Aktenbrett festgeklemmt waren. Als er gefunden hatte, was er suchte, fuhr er mit dem Zeigefinger über das Papier. »Mr. President, ich wollte Sie über eine Verhaftung informieren, die heute morgen in Richmond vorgenommen wurde. Unsere Filiale am Ort hat einen Mann festgenommen, der es offensichtlich auf Sie abgesehen hatte ... er hatte genügend Waffen in seinem Fahrzeug, um das Weiße Haus plattzumachen, mindestens.«

Der Präsident gähnte. »Entschuldigung. Troy, gibt's irgendeinen Grund, diesen Typen ernster zu nehmen als all die anderen Irren, die da draußen rumlaufen?«

»Schwer zu sagen, Sir. Er war in einem schlechten Zustand, als er gefunden wurde. Zur Zeit prüft man die Theorie, ob er sich mit einem Komplizen zerstritten haben könnte.«

»Dann gibt es also vielleicht noch mal so einen da draußen?«

»Das ist im Moment nur Theorie.«

Keneally lächelte. Er stupste mit dem Kopf gegen die

Rückenlehne. »Wenn das schon als Theorie durchgeht, was wäre dann eine bloße Vermutung?«

»Es wird vernommen, soweit seine Verletzungen es zulassen.«

»Verletzungen es zulassen!« rief der Präsident voller Überdruß. »Troy, wenn es nach mir geht, kriegt er Nadeln in die Augen gepiekt, bis er redet. Vielleicht sollte ich das zum Bestandteil meiner Gesetzesvorlage zur Verbrechensverhütung machen, wie? Unser unveräußerbares Recht, Verdächtigen, die nicht reden wollen, Nadeln in die Augen zu stechen.«

»Ja, Sir.«

»Was hat er denn gesagt? Was hat er zu bieten, das den anderen Klapskallis noch nicht eingefallen ist?«

»Wir haben Software in seinem Fahrzeug sichergestellt. In einer der Dateien steht Ihr Name an der Spitze einer Todesliste.«

»Ausgezeichnet.« Der Präsident rieb sich ein bißchen das Kinn. »Wer steht unter mir auf der Liste? Man weiß doch immer gerne, in welcher Gesellschaft man ist.«

Troy kniff die Augen zusammen; die Faxqualität war nicht die beste. »Ähm ... Sie ganz oben, natürlich, und ... Oprah Winfrey auf Platz zwei ... und drei ... oh, ach ja, fette und schlanke Version. Hat der 'n Hau weg oder was, Mr. President?«

Der Präsident schloß die Augen. »Vielleicht auch nur ein beängstigendes Wissen darüber, wo die wirkliche Macht in diesem Lande liegt.«

»Sein Name ist George Burley. Heimatadresse ist Birmingham, Alabama.«

Ein präsidiales Auge öffnete sich blinzelnd. »Birmingham, eh?«

14

Nathan wartete im Auto, fummelte am Sendersuchlauf, während Sam langsam auf das Pflegeheim Cedar Nursing Home zuging. Es war ein sehr eindrucksvolles Gebäude für überhaupt nicht mehr eindrucksvoll wirkende Menschen, dunkel und dräuend wie der Tod selbst. Was durchaus passend war.

Nathan suchte nach etwas, das wenigstens annähernd nach Punk klang, hatte aber kein Glück. Er kurbelte die Fenster herunter, trommelte mit den Fingern auf die Wagentür und wartete – und wartete. Nach zwei Stunden fing er an zu bereuen, daß er sich freiwillig gemeldet hatte, den alten Mann hier rauszufahren, um seine Frau zu besuchen.

Sam trat die Reise zum Cedar Home seit fast fünf Jahren dreimal die Woche an. Früher war es ihm möglich gewesen, mit dem Auto mal eben in zwanzig Minuten hinzubrausen, aber seit seine Augen ihn mehr und mehr im Stich ließen, hatte er das Autofahren aufgegeben und war gezwungen, auf eine komplizierte Busverbindung zurückzugreifen, was er als überaus anstrengend empfand. Irgendwie war er beim Lunch auf das Thema zu sprechen gekommen, und da hatte Nathan, der eh Zeit zu überbrücken hatte, bis Lisas Schicht zu Ende war, seine Dienste angeboten. Er hatte zu Hause unmittelbar vor seiner Fahrprüfung gestanden, als *diese Sache* passiert war, und wenn er jetzt seine Fahrkünste etwas auffrischte, wäre das auch ein Hinweis für Lisa, daß er einen Sinn für Verantwortung entwickelte. Aber mein Gott, war das *langweilig.*

Zwei oder drei Stunden sind eine verdammt lange Zeit, wenn du sie damit verbringst, auf eine Person einzureden, die deine Anwesenheit gar nicht zur Kenntnis nimmt, deren Blick auf dem Fernsehschirm klebt, obwohl der Ton ausgeschaltet ist, und deren einzige Bewegung darin besteht, ihre zerfurchte Hand in eine Süßigkeitentüte zu stecken, die du mitgebracht hast, und dann auf den Köstlichkeiten herumzulutschen, die sie ihr entnommen hat. Manchmal machte es ihn echt fertig, dann verdrückte er sich schnell wieder, und die Tränen liefen ihm übers Gesicht, aber meistens kam er damit klar und plapperte unverdrossen drauflos, erzählte von seinem Leben im Empire. Sie hatte doch immer gern zugehört, wenn er von seiner Arbeit erzählte. Manchmal, an guten Tagen, ließ sie ihn ihre Hand halten.

Heute war ein guter Tag. Eine Hand lag in seiner, die andere suchte nach einer Weingummimaus. Ihre Augen folgten einer Wiederholung von *Moonlighting – Schwarzarbeit,* aber als er den Sender wechselte, zeigte sie keine Reaktion. Er schaltete weiter durch.

»Habe ich dir schon von meinem neuen Boß erzählt, Mary?« Sam rieb ihr den Handrücken. »Ein großer Computerheini. Mehr Geld als Verstand.« Er lachte. »Das ist vielleicht nicht fair. Er muß schon schlau sein, bei dem, was er erreicht hat.«

Ein vertrautes Gesicht erschien auf dem Bildschirm. Die abstehenden Ohren. Die Marineuniform. Das Empire State im Hintergrund. Sam sah seine Frau an, hoffte auf ein Zeichen des Wiedererkennens, aber da rührte sich nichts.

Er schüttelte den Kopf, eine Träne bahnte sich ihren Weg. »O Mary«, flüsterte er und berührte sanft ihr Haar.

Sinatra.

Wie alt war er damals gewesen? Sechzehn? Nicht mehr als drei oder vier Jahre, nachdem sein Vater bei dem Unglück gestorben war. Er ging eigentlich noch zur Schule, verbrachte aber die meiste Zeit im Empire State. Er war Teilzeitwachmann. Eine Geste des Wohlwollens von seiten des Managements. Die Uniform wirkte immer noch ein bißchen lächerlich an ihm, doch er begann sie langsam auszufüllen, wuchs in sie hinein. Er rasierte sich zweimal die Woche. Er hatte auch schon drei oder vier Freundinnen gehabt und hatte sie zu Tode gelangweilt mit seinem ewigen Geplapper über das Empire. Es störte ihn nicht. Die hatten ja keine Ahnung, was ihnen entging. Außerdem hatten sie ihn auch zu Tode gelangweilt mit *ihrem* ewigen Geplapper. Sie interessierten sich für nichts anderes als das Kino. Die Stars. Alle wollten sie Schauspielerin werden. Alle wollten sie nach Hollywood. *Was ist los, Sammy, willst du dein ganzes Leben lang Wachmann sein?*

Ja klar, so wie du nach Hollywood willst.

Sam lächelte. Hollywood war zu ihm gekommen. Am Ende kommt eben jeder ins Empire State. In jenem Sommer 1949 kam Frank Sinatra. Und Gene Kelly. Und all die hübschen Jungs und Mädels aus Hollywood. Angekündigt hatte sich das Ganze an einem kalten Februarabend, als sie sich anschickten, das Empire zuzumachen, und nur noch ein einzelner Besucher im 86. Stock verweilte. Sie kamen ins Gespräch. Schließlich packte der Mann aus: Er sei Filmregisseur. Sam hatte noch nie von Stanley Donen gehört, aber von Gene Kelly schon und von Frank Sinatra erst recht, er hatte zu Hause ein ganzes Regal voll mit Platten von ihm. Mr. Donen war dabei, Schauplätze auszukundschaften für seinen nächsten Film, ein Musical mit dem Titel *On The Town – Heut gehn wir bummeln.*

Sam hatte die Sache schon längst wieder vergessen gehabt, als sechs Monate später – er war inzwischen Vollzeitwachmann – sein Chef verkündete, daß die Aussichtsplattformen für zwei Tage geschlossen werden müßten, da sie eine Filmcrew zu beherbergen hätten. Sicherheitschef Dean Crawley war ein dicker Mann mit dichten schwarzen Locken und einem ins Gesicht gewachsenen spöttischen Grinsen. Ihr haltet die Fans draußen, die Stars und die Crew drinnen. Sorgt dafür, daß sie ungestört arbeiten können. Steht ihnen nicht im Weg rum. Laßt sie einfach machen, Jungs«, sagte er mit seiner verschmitzt-kratzigen Stimme. »Paßt auch auf, daß sie ihre bekloppten Ärsche nicht seitlich über das Gitter schmeißen. Und laßt Sinatra in Ruhe. Ihre Leute haben unseren Leuten erzählt, daß er ein reizbares Arschloch ist, bleibt ihm also aus den Haaren, zumindest aus denen, die er noch hat. Keine Autogramme, solange er nicht von sich aus damit kommt. Und das wird er tun.«

Sinatra war damals immer noch eine große Nummer, wenn er auch allmählich etwas an Boden verlor, jedenfalls bei den damaligen Teenies, den Bobbysoxers, die neuere, jüngere, besser aussehende Sänger bevorzugten. Frankie Laine war die Nummer eins. Mel Tormé schoß in den Hitparaden nach oben. Selbst der alte Bing verkaufte mehr Platten.

Sam mußte warten, bis er an die Reihe kam, es war einer dieser hektischen Scheißtage, aber schließlich durfte auch er einmal nach oben. Sah sie alle in voller Aktion. Sinatra und Kelly und dieser andere, dessen Namen er sich nie merken konnte. Munchkin, oder so ähnlich.

»Mein Gott, Mary, erinnerst du dich noch an den Tag? Da habe ich dich zum ersten Mal gesehen, als du in den Aufzug gestiegen bist. Meinen Aufzug. Du warst so klein und hübsch, und zuerst dachte ich, du hättest dich unten heimlich durchgeschlichen, um Sinatra zu sehen und vor ihm dahinschmelzen zu können. Du warst gar nicht begeistert, als ich deinen Ausweis sehen wollte, nicht wahr, Liebling? Und als ich mich bei dir entschuldigen wollte, hast du mir die kalte Schulter gezeigt!« Sam stieß ein etwas meckerndes Lachen aus. Er blickte sich um, doch niemand beachtete ihn auch nur im geringsten. Er hätte vermutlich eine Granate zum Explodieren bringen können, ohne daß irgend jemand mit der Wimper gezuckt hätte.

Marys Job war es gewesen, Sinatras Ohren festzukleben.

Sinatra gefiel das nicht so gut. Nicht viel besser gefiel ihm, daß man ihm hinten Polster in seine US-Marineuniform stopfte, damit es so aussah, als habe er einen Hintern. Und so hatte er eine Spitzenlaune und schnauzte jeden an, der ihm über den Weg lief.

»Er ist ein hohlköpfiger kleiner Scheißer«, hatte Dean Crawley Sam ins Ohr geflüstert, und dieser hatte dazu genickt, und dennoch jedesmal ein flaues Gefühl im Magen bekommen, wenn Sinatra an ihm vorbeigegrummelt war. Frank Sinatra. Hier vor ihm. Richtig zum Anfassen – theoretisch. Aus Fleisch und Blut jedenfalls. Ein richtiger Mensch. Eitel. Aber warum auch nicht? Dann hatte er Mary gesehen, wie sie hinter ihm herlief, ihn bat, stillzuhalten – ein Ohr flatterte durch die Gegend –, und da war das mulmige Gefühl verflogen und ersetzt worden durch etwas, das vielleicht noch erschreckender war. Es war wie ein Trommeln auf seinem Herzen. Wie das Flüstern eines warmen Windes im tiefsten Winter. Wie er-wußte-zum-Teufel-nicht-was-genau, aber er konnte die Augen nicht mehr von ihr lassen.

Sinatra hatte sich gerade an Gene Kelly gewandt, der bei den Tanzszenen des Films Regie führte. Mary trat von hinten an ihn heran und griff nach dem flatternden Ohr, um es ruhigzustellen. Sinatra hüpfte wie angestochen nach vorn und wirbelte dann, das Gesicht purpurrot vor Wut, herum. Er riß den Arm zurück, als wolle er sie schlagen, hielt sich dann aber zurück und fuchtelte statt dessen mit dem Zeigefinger in ihre Richtung. Mary kauerte sich zusammen, mit vor Schreck geweiteten Augen, wie ein Kaninchen im Scheinwerferlicht.

»Laß bloß die Hände von mir!« brüllte Sinatra.

Marys Kinnlade fiel herab, ihre Augen wurden noch größer, Tränen tropften heraus, und dann drehte sie sich mit einem unterdrückten Schrei um und rannte in Richtung Aufzug weg.

Sinatra schaute ihr hinterher. Genau wie die gesamte Crew. Stille legte sich über die Aussichtsplattform, so daß man nur noch das rasche Klack-Klack der sich entfernenden Absätze auf dem Fußboden hören konnte. Sinatra schüttelte den Kopf, dann rief er halbherzig hinter ihr her. »Komm sofort wieder her, verdammt!« Aber sie war schon weg, und so richtete sich die Aufmerksamkeit der gesamten Crew auf ihn. Er klebte sich das Ohr eigenhändig fest und wandte sich wieder an Kelly, der den Zwischenfall mit kaum verhohlenem Widerwillen beobachtet hatte. Als

Sinatra eben den Mund aufmachen wollte, drehte sich Kelly schroff von ihm weg. Er ging auf den Regieassistenten zu, und sie beugten sich gemeinsam über einige Notizen, die Kelly auf einem Klemmbrett festgehalten hatte. Sinatra schaute sich verzweifelt um. »Was zum Teufel gibt's da zu glotzen?« rief er, und plötzlich glotzte dann keiner mehr.

Sam hielt Mary die Tüte hin. Ihre langen, knochigen Finger wühlen darin herum, kennerhaft nach ihren Lieblingsstücken suchend, während ihre Augen nicht einen Moment von der Mattscheibe wichen. »Wenn ich damals gewußt hätte, was ich heute weiß, ob ich mich dann wohl genauso verhalten hätte, Mary, was meinst du?«

Sie schob das nächste Bonbon in den Mund. Erst in den folgenden Jahren hatte er dann so manches gelesen über Sinatras Mafiaverbindungen und darüber, was mit Leuten passierte, die ihn verärgert hatten. Er drückte ihre Hand. »Natürlich hätt ich das«, sagte er.

Da war also der zierliche kleine Sam McClintock mit seinem Kindergesicht auf Sinatra zumarschiert, hatte beide Hände gegen die weiße Marineuniform erhoben und ihn so heftig zurückgestoßen, daß er gegen den Sicherheitszaun prallte. Sam war selbst schockiert. Und dann noch schockierter, als er die Hand ausstreckte und den Sänger bei der Kehle packte und sein Kinn hochdrückte und ihm ins festgeklebte Ohr rief: »So behandelt man keine Lady, Mister«, als sei er in irgendeinem billigen Gangsterfilm; als hätte er irgendeine Vorstellung davon, wie man eine Lady behandelt.

Dann wurde er von Mitgliedern der Crew zurückgerissen und zu den Fahrstühlen gezerrt, aber nicht, ehe er den schockierten Ausdruck auf Sinatras Gesicht gesehen hatte, gerade als sei es das erste Mal gewesen, daß jemand gewagt hatte, ihn so zu behandeln.

Die Crew übergab ihn in Dean Crawleys Obhut. Dean riß ihn am Hemdkragen mit sich, schleuderte ihn gegen die Fahrstuhltüren und begann auf ihn einzuschlagen.

»Was zum Teufel denkst du dir eigentlich?« schrie er. »Was zum Teufel glaubst du, wer du bist?« Sam duckte sich unter den Schlägen und suchte verzweifelt nach Worten, die ihn aus der Bredouille bringen könnten. Aber es war hoffnungslos. Er hatte sich alles versaut. Crawley riß ihn am Kragen hoch. »Du läufst jetzt sofort die scheiß Treppe runter, McClintock! Ich will dich hier nicht mehr sehen!«

Krawallmann Crawley war just im Begriff, ihm einen neuerlichen Schlag zu verpassen, da fiel ihm jemand in den Arm. Ärgerlich drehte er sich um und riß Sam dabei mit sich.

»Lassen Sie ihn.«

Crawley ließ ihn los. Sam blickte auf. Sinatra.

Ein Ausdruck, der irgendwo zwischen Unterwürfigkeit und Furcht lag, kroch über Crawleys Gesicht. »Ich hab diesen irischen Magerarsch schneller auf der Straße als …«

Sinatra zeigte mit dem Daumen hinter sich. »Gehen Sie wieder nach hinten, Mister. Lassen Sie ihn mir.«

»Na ja, ich …«

»Na los.«

Crawley sah Sam wütend an und machte sich dann schnell von dannen. Sam lehnte sich mit dem Rücken gegen die Fahrstuhltür. Er rieb sich kurz den Hinterkopf. Als Sinatra einen Schritt nach vorn machte, zuckte er zusammen. Der Sänger bückte sich, um Sams Mütze aufzuheben. Er bürstete einmal mit der Hand darüber und gab sie ihm zurück.

Sam nahm sie vorsichtig entgegen, und dann standen sie sich gegenüber und blickten einander in die Augen. Schließlich zeigte Sinatra den Ansatz eines Lächelns. »Du bist ein großspuriger kleiner Scheißer, was?«

Und wieder überraschte Sam sich selbst. Der Ärger war noch nicht verraucht. »Das hätten Sie nicht tun dürfen …«

Sinatra hob entschuldigend die Hände. »Ist ja gut. Ich weiß, was ich nicht hätte tun dürfen.« Er griff sich hinters Ohr und riß ein Stück Klebeband ab, besah es für einen Moment und warf es dann weg. »Ich hab einen schlechten Tag. Ich tanz da hinten rum wie 'ne Zehndollarnutte. Tut mir leid. Ich hätte nicht so gemein zu deiner Freundin sein dürfen.«

»Sie ist nicht meine Freundin.«

»Na, jedenfalls hätte ich nicht so gemein zu ihr sein sollen. Wo ist sie überhaupt hin?«

Sam zuckte die Achseln.

»Du hast 'ne Menge Schneid, Junge. Dann werd ich sie mal suchen. Mich entschuldigen, was?«

»Und das hat er auch getan, nicht wahr, Liebes?« Mary nickte. Nickte der Mattscheibe zu. Er streckte die Hand aus und berührte ihr Gesicht. Es war immer noch schön. »Und wo wären wir ohne ihn?«

Sinatra hatte sie natürlich aufgespürt. Hatte sie zur Aussichtsplattform zurückgebracht und sich vor versammelter Mannschaft bei ihr entschuldigt. Sie war erneut in Tränen ausgebrochen, und er hatte sie ganz groß in den Arm genommen. Und dann hatte er nach Sam gerufen und darauf bestanden, daß sie beide irgendwie in die nächste Szene hineingequetscht wurden. Sie hatten beide weglaufen wollen, waren aber eingefangen und ausstaffiert worden, um daraufhin in einer in zehn Takes gedrehten Szene zehnmal zu versuchen, nicht allzu hölzern auszusehen, während sie Arm in Arm vor Sinatra, Kelly und Munchkin vorbeimarschierten, kurz bevor diese zu einer weiteren großen Tanznummer ansetzten. Natürlich war dann die ganze verdammte Szene aus dem fertigen Film herausgeschnitten worden, aber das machte nichts: Sie hatten einander richtig kennengelernt, und das war die Hauptsache.

Seinen Job behielt Sam auch. Sinatra sprach ein paar Takte mit Crawley, und der Vorfall wurde nie wieder erwähnt. Statt dessen wechselte Crawley nach wenigen Wochen seinen Job. Sam hatte nie herausbekommen, ob das eine mit dem anderen irgendwas zu tun gehabt hatte. Irgendwie hoffte er, daß es so war.

Auf dem Weg nach draußen bekam er von der Empfangsdame einen Umschlag gereicht. »Ich wollte das in die Post stecken«, sagte sie, »aber so ist es ja wohl praktischer. Wie geht's ihr heute?«

»Ganz gut, Rosemary, ganz gut.«

Er öffnete den Umschlag nicht, ehe er im Auto war. Nathan saß schlafend auf dem Fahrersitz und wachte erst auf, als Sam die Beifahrertür zuknallte. Nathan stieß einen Schrei aus und richtete sich starr auf. »Was ist? Was ist passiert?« keuchte er und sah sich panisch um.

Sam lächelte ihm zu. »Nichts, mein Sohn.«

Während Nathan den Wagen anließ und sich in den Verkehr einfädelte, las Sam den Brief. Er bot keine große Überraschung. Das Cedar Nursing Home erhöhte wieder einmal seine Pflegesätze. Sam zerknüllte den Brief und warf ihn aus dem Fenster.

15

George wußte nicht, wo er war. Seine Rippen taten weh, sein Kopf dröhnte, und seine Hand schmerzte von einer Infusionsnadel, aber er war ein Krieger, aus Kriegermaterial gemacht. *Jeder andere wäre längst untergegangen,* dachte er, stramm auf dem Rücken liegend, die Augen wegen des hellen Neonlichts halb geschlossen.

Der FBI-Agent, der an seinem Bett saß, hieß John Smith. Er hatte George vom ersten Augenblick an mißfallen. Er verbreitete ein robustes Selbstbewußtsein, wie er da saß mit seiner New York Times und seinen flinken, wachsamen Augen und die Schwestern mit einem Geplapper traktierte, das man mit viel gutem Willen als charmante Form von Aggressivität bezeichnen konnte. Und selbstverständlich war er schwarz. Daß man einen Schwarzen auf seinen Fall angesetzt hatte, hatte ihn, als er aus seiner Bewußtlosigkeit erwacht war, kaum noch schockiert. Das war ihm eh klar gewesen. Das war Bestandteil ihrer Ausbildung. Sollte ihn aus dem Gleichgewicht bringen. Sollte ihn richtig wütend machen. Dann würde der weiße Typ reinkommen und die Sache übernehmen, und George wäre so dankbar dafür, daß er ihm gleich alles erzählen würde. *Klar doch.* In Wirklichkeit hatte John Smith nur den Dienst von Bernard Manso übernommen, der seit Georges Einlieferung an seinem Bett gesessen hatte, dann aber wegen Magenkrämpfen hatte nach Hause gehen müssen.

»Wo …?« krächzte George.

Smith lächelte und wedelte mit seinem Ausweis. »Mackenzie General Hospital in Richmond, George. Wie fühlst du dich?«

George ignorierte die Frage. »Wie bin ich …?«

»Die Verkehrspolizei hat dich aus den Trümmern gezogen. Ich weiß ja nicht, wer sich um dein Auto kümmert, George, aber das verdammte Teil ist praktisch unter deinem Hintern explodiert. Hast Glück gehabt, daß du noch lebst.«

George nickte unbestimmt.

»Du hättest Glück gehabt, genauer gesagt, wenn sie nicht die ganzen Waffen gefunden hätten. Und dann uns gerufen hätten. Tja, und wer hätte das gedacht, unser George Burley hier erweist sich als ein gar nicht mal ganz Unbekannter.«

George blinzelte unschuldig. Er hatte völlig richtig gehandelt. Der gottverdammte Nigger war nicht mal in der Lage gewesen, einen Motor zu reparieren, ohne alles noch zehnmal schlimmer zu machen. Jawohl, George hatte der Menschheit sogar einen Gefallen damit getan, ihm den Kopf wegzublasen. Oder hatte mehr dahinter gesteckt? Hatte der Nigger den Wagen absichtlich sabotiert, damit er in noch einsamerer Gegend liegenbleiben würde, während er in sicherer Entfernung folgte? Im Glauben, daß George ein wehrloser Geistlicher sei, dem er aus dem Hinterhalt mit einem Hammer den Kopf einschlagen würde, um ihn erst zu massakrieren, danach zu begraben, das Auto für zehntausend Eier zu verkaufen und sich dann die Hucke vollzusaufen? Oder steckte er mit dem weißen Mechaniker-Gesindel aus dem Ort davor unter einer Decke? Ja, das war's, der Tacofresser hatte den Wagen so präpariert, daß er gleich wieder liegenbleiben würde, und dann den Nigger ins Spiel gebracht. Der Nigger war angekommen, hatte einen auf freundlich gemacht und nur auf seine Chance gewartet, George mit einem Zaunpfahl den Schädel zu zertrümmern. *Ich hab die Gefahr gespürt, ich hab den Feind vernichtet.*

»Habt ihr meinen Computer gefunden?« fragte George, den Kopf Smith zuwendend, der sich auf seinem Stuhl lümmelte. Sein Jackett stand offen, so daß George gerade noch ein einladendes Stück Halfter sehen konnte.

Smith warf dem Patienten ein strahlendes Lächeln zu und schnipste einen nicht existenten Krümel von seinem linken Knie. »Von einem Computer weiß ich nichts, George. Handgranaten und Sturmgewehre sind gefunden worden. An einen Computer kann ich mich nicht erinnern.«

George schloß die Augen.

»Wie fühlst du dich inzwischen, George? Kann ich dir irgendwas holen?«

George machte die Augen wieder auf. Er seufzte, schüttelte dann langsam den Kopf.

»Kaffee? Wie wär's mit 'ner Zeitschrift?«

»Nein.«

»Oder eine Cola? Ein paar Kekse?«

Okay, wenn er unbedingt den guten, rechtschaffenen FBI-Mann spielen wollte, dann würde George eben den Redneck geben. »Warum nicht eins von meinen Gewehren, damit ich dir deinen scheiß Schädel wegblasen kann?«

Smith lachte. »Na, George, das ist aber nicht nett. Weswegen willst du mich denn erschießen?«

Georges Augen wurden schmal. »Weil du existierst.«

Smith hielt, demonstrativ schockiert, die Luft an. »George, du bist mir vielleicht 'ne Marke.«

»Und du kannst dir deinen herablassenden Scheiß an den Hut schmieren, Quotenjunge.«

»Also, George …« Smith faltete die Zeitung zusammen und legte sie neben seinen Stuhl. Er nahm den rechten Arm über seinen Bauch, stellte den linken Ellbogen auf dem Handgelenk ab und plazierte sein Kinn auf die linke Hand. Nachdenklich, professoral.

»Schau mal auf den Fußboden, Quotenjunge.«

Smith sah auf die blauen Fliesen. Er zuckte leicht die Achseln.

»Tropf, tropf, tropf. Das ist deine Arroganz in einer großen blauen Pfütze, und du sitzt mitten drin. Sie tropft von dir runter, Quotenjunge, tropft runter wie Schweiß, weil sie dort nämlich überhaupt nichts zu suchen hat.«

Mit leichtem Kopfschütteln lehnte Smith sich zurück. »Sag mal, George«, sagte er, »wo kann man sich diese irren Drogen eigentlich besorgen? Hätte nicht gedacht, daß ein weißer Bursche wie du so was überhaupt anfaßt.«

»Tropf, tropf, tropf.«

Smith lächelte. »Du jagst mir Angst ein, George, echte Angst.« Er ließ die Hand vom Kinn fallen. »Nur gut, daß du ins Gefängnis kommst. Ich glaube, ich hätte keine ruhige Nacht mehr, wenn du frei herumlaufen würdest.« Er machte eine Pause, sah George kühl an. »Wie ich höre, hast du's auf Präsident Keneally abgesehen, George, stimmt das?«

George wandte langsam den Kopf. »Na Mensch, woher solltet ihr das wissen, wenn ihr meinen Computer nicht gefunden habt?«

»Ich hab's nur gehört, George. Ich hab nicht gesagt, daß da kein Computer gewesen wäre, ich hab nur gesagt, daß ich nichts darüber weiß.«

»Ah, wie du mit den Worten spielst. Man könnte fast denken, du wärst zur Schule gegangen, Quotenjunge.«

Für einen Moment, einen winzigen Moment nur, sah George die Wut in den Augen des Agenten aufblitzen. Er hielt allerdings an sich. Knapp. Für eine Weile schwieg er.

»Im Grunde ist es verblüffend, wie ähnlich unser beider Werdegang ist«, sagte Smith.

»Das glaube ich kaum.«

»Oho, George, du wärst echt überrascht. Wir kommen beide aus ärmlichen Südstaatenverhältnissen. Beide hatten wir Eltern, die sich für uns krumm geschuftet haben. Wir sind beide auf ein gutes College gegangen. Haben beide einen guten Job. Sind beide verheiratet.«

Trotz seiner Schmerzen gelang es George, dem Agenten seinen Zeigefinger entgegenzustrecken. »Du und ich, Quotenjunge, wir haben nichts gemeinsam, gar nichts.«

»Oh, ich würde sagen, wir sind völlig gleich, George, nur daß unser Charakter sich an irgendeinem Punkt unterschiedlich entwickelt hat. Ich hab mich dafür entschieden, der Gemeinschaft zu dienen, und du hast die Irrenlaufbahn gewählt.«

»Du hältst dich für furchtbar schlau, was?«

»Nicht schlauer als andere, George, von dir abgesehen.«

»Sitzt da in seinem billigen Anzug mit seinem billigen Eff-Bee-Eye-Abzeichen.« George legte den Kopf schief, plötzlich drang ihm die erdrückend antiseptische Luft in die Nase. »Ich kann die Plantage noch riechen, Quotenjunge, die Baumwolle. Du glaubst wohl, du könntest sie mit deinem billigen Aftershave überdecken, wie? Wie nennen sie das, Eau da-do-dah? Ich hatte mal einen Lehrer wie dich, der meinte, er könnte mich rumkommandieren. Weißt du, was ich mit dem gemacht hab, Quotenjunge?«

»Seine Leber gegessen, und dazu 'ne Flasche Gatorade und einen Hershey-Riegel?«

Smith hatte anscheinend dieselben Filme gesehen. Er stimmte ein schallendes Glächter an und schlug sich auf die Schenkel. »Du bist echt unglaublich, George, ehrlich!«

George schloß die Augen. Er hatte plötzlich keine Lust mehr, den Redneck zu spielen. »Ich möchte jetzt schlafen«, sagte er.

»Ach komm, gerade wo es anfängt, mir Spaß zu machen. Erzähl mir, was du mit deinem Lehrer gemacht hast.«

Schweigen.

»Erzähl mir noch mal von dem billigen Anzug. Und die Sache mit dem Eau da-do-dah.«

Schweigen.

»Erzähl mir wenigstens von der Quote, George, komm, laß mich nicht hängen.«

George sagte nichts.

Smith zischte mißbilligend.

»Schläfst du, George?«

George sagte nichts.

»Du meinst doch wohl nicht etwa, daß das FBI gezwungen sei, jedes Jahr eine bestimmte Quote von Afroamerikanern aufzunehmen, oder?«

George sagte nichts.

»Ich glaube fast, daß du das denkst, George.«

George sagte nichts.

»Um die Wahrheit zu sagen, ich weiß nicht, ob es eine Quote gibt. Es ist mir auch egal. Warum sollte ich mich über Quoten beschweren, wenn ich dadurch die Möglichkeit habe, an einem schönen Sommertag an einem solchen Ort zu sitzen und weißem Gesindel wie dir eine Kanone unter die Nase zu halten? Ist doch total geil, George, hörst du?«

Innerlich grinste George. Er hatte ihn erwischt.

16

George sah sich gern als eine Art Renaissance-Menschen. Er las viel, er lernte fleißig, er hatte sich Dutzende von Fertigkeiten angeeignet. Wenn das Ende der Zivilisation gekommen war, dann würde George überleben – nein, nicht nur überleben, verdammt, er würde groß rauskommen, er würde ein Führer sein.

In Wirklichkeit war George natürlich eher Piltdown- als Renaissance-Mensch, ein gefälschter Universalgelehrter. Er konnte Informationen aufsaugen wie ein Schwamm, insofern war er tatsächlich ein Genie, allerdings eins mit gewissen Macken; denn obwohl er die Fähigkeit hatte, *alles* zu verstehen, nahm er nur das auf, was er für seine eigenen geheimen Zwecke nutzen konnte, alles andere betrachtete er als überflüssig. Wenn irgend etwas für die Zeit nach der Apokalypse nützlich erschien, war George Feuer und Flamme. Nahkampf ohne Waffen. Tiere schlachten. Bauen, Bewässern, Ackerbau und Viehzucht. Er besuchte sogar Strickkurse, das heißt, er nahm an drei von zehn Sitzungen teil; zwar war es unmöglich, das von ihm Gestrickte zu tragen, wenn man nicht die Modepolizei auf den Plan rufen wollte, aber immerhin hielt es warm. George erfaßte schnell den theoretischen Kern aller Themen und verließ dann sofort den jeweils gerade erst begonnenen Kurs, weil er sich bei der praktischen Umsetzung lieber auf seine überlegenen geistigen Fähigkeiten verließ, als sich von dilettantischen Kurskameraden behindern zu lassen.

Anders betrachtet war George ein Psychotiker mit kurzer Aufmerksamkeitsspanne. Mit derselben rücksichtslosen Begeisterung hatte er auch seine Frau umworben. Es war Mrs. Burleys Unglück gewesen, dies als romantische Leidenschaft fehlzuinterpretieren. Am dritten Abend ihrer Hochzeitsreise nach Barbados fand sie sich dann weinend inmitten eines regennassen Waldes wieder, umgeben von riesigen Fröschen, unsanft umhergezerrt von ihrem frischgebackenen Ehemann, und fragte sich, wie das alles so schnell hatte schiefgehen können. Georges Fehler war es, sie zu behandeln wie eins seiner Lernprojekte. Er langweilte sich schnell, weil er nach wenigen, exklusiv mit ihr verbrachten Tagen das Gefühl hatte, sie in- und auswendig zu kennen. Natürlich hatte er nicht die Absicht, sie sitzenzulassen, so etwas tut ein Südstaatengentleman nicht. Er würde sich um sie kümmern, wie es sich gehörte, aber sie war nichts weiter als eine Trophäe, und sie bedeutete ihm genausoviel wie die gerahmten Urkunden der theologischen Fakultäten, die an der Wand seines Arbeitszimmers hingen; sie hatte nur etwas mehr gekostet, das war der ganze Unterschied. Mrs. Burleys Abgang war daher für ihn ein ausgesprochener Schock, der kaum gewaltiger hätte ausfallen können, wenn der riesige Elchkopf, den er seinerzeit auf dem Kanadatrip mit dem White Aryan Resistance per Maschinengewehr erjagt hatte, plötzlich von der Wand geklettert und aus der Tür herausgaloppiert wäre.

George war nicht in bester Stimmung. Sein Anwalt hatte ihn aus Birmingham angerufen und erklärt, daß er vor übermorgen nicht kommen könne, ihm aber angeraten, in der Zwischenzeit nichts zu sagen. *Na, vielen Dank.* Er hatte vorgeschlagen, sich zwischenzeitlich einen Anwalt aus Richmond zu nehmen, aber daran war George nicht interessiert.

Smiths Schicht war um vier zu Ende. Ein anderer Agent nahm seinen Platz ein, den George aber nie richtig zu sehen kriegte. Er kam nicht ins Zimmer. Er saß auf einem Stuhl vor der Tür, die er einen Spalt weit offen ließ, damit er George im Auge behalten konnte. Ein Weißer. *Sollte mir die Hand schütteln.* Nach einer Weile schlief er ein. Als er wieder aufwachte, gegen acht, war auch Smith wieder da.

»Wie geht's denn inzwischen, George? Alles klar?«

George antwortete mit einem leichten Nicken.

»Kann ich dir irgendwas besorgen, George? Eine Cola? Kaffee? Zeitschrift oder so was?«

»Wie wär's mit ein bißchen Baumwolle? Die könnte ich mir in die Ohren stopfen, damit ich mir nicht die ganze Zeit dein scheiß Geblöke anhören muß.«

»Oh, wie unartig. Ich ziehe das Angebot zurück. Du brichst mir das Herz, George, ganz ehrlich. Ich dachte, du wärst inzwischen etwas heller geworden.«

»Im Gegensatz zu dir brauch ich nicht hell zu werden.«

»Oje, mecker, nörgel, keif.«

George streckte sich mühsam, versuchte mit der linken Hand das rechte Schulterblatt zu kratzen. Die einzige Möglichkeit, da seine rechte Hand an den Bettpfosten gekettet war. Halbwegs zufriedengestellt ließ er sich wieder aufs Kissen sinken. Draußen war es dunkel, drinnen hell; still war's auf beiden Seiten.

»Ich muß mal pissen«, sagte er plötzlich.

»Wie meinen, George?«

»Du hast mich schon verstanden. Ich muß pinkeln.«

»Tu dir keinen Zwang an.« Smith sah sich nach einem Topf um. Fand ein Pappgefäß neben dem Schrank und gab es George.

»Okay, ich will nicht pinkeln, ich will scheißen.«

Smith untersuchte das Pappgefäß, sah dann George an. Beide schüttelten den Kopf. »Wie machst du es denn normalerweise, George?«

»Normalerweise mache ich es nicht so. Ich weiß ja nicht, wie's bei euch in der Familie zugeht, aber ich bin meistens nicht am Bettpfosten angekettet.«

Smith stand auf. »Ich hol eine Krankenschwester.«

»Und was zum Kuckuck soll die machen?«

»Nun, ich denke, sie ...«

»Würdest du mich bitte einfach losketten und mir zur Toilette helfen?«

»Ich weiß nicht, ob ich das darf, George.«

»Was könnte ich denn tun, weglaufen?« Er lachte sarkastisch. »Guck mich an.«

Auch Smith lachte. George sah schon ziemlich jämmerlich aus mit seinem gestreiften Krankenhauspyjama, seinem zerbeulten Gesicht und der Infusionsnadel im Arm.

»Hol deine Knarre raus. Halt mich in Schach. Erschieß mich, wenn ich über den Flur sprinte wie Jesse Owens.«

Smith dachte ungefähr fünf Sekunden lang nach. Er schüttelte noch einmal den Kopf, dann beugte er sich über das Bett und machte George los.

»Danke.« George schlug die Bettdecke zurück. Er schwenkte die Beine herum und stellte behutsam die Füße auf den Boden. Dann richtete er sich auf, stand etwas wackelig und stöhnte ob der Schmerzen in seinen Rippen.

»Bist du sicher, daß das das Richtige für dich ist, George?«

»Wenn man muß, dann muß man.«

»Vielleicht sollte ich doch lieber eine Schwester holen.«

George machte schlurfend ein paar Schritte. »Geht schon.«

»Sieht nicht nach Gehen aus.«

»Vielleicht könntest du ...« George deutete auf den Infusionsständer. Smith nickte und trat hinter ihn. Er hob den Ständer an und folgte George, der in Richtung Flur schlurfte und dann weiter zur Männertoilette.

Es gab drei Kabinen. Smith wies George an, für einen Moment an der Tür zu warten, während er mit gezogener Pistole jede der Kabinen auf Insassen und versteckte Waffen überprüfte. Erst dann ließ er George rein.

George wählte die mittlere Kabine.

Smith schüttelte den Ständer. »Willst du den mit reinhaben, George?«

»Was glaubst du denn?« zischte George und stieß die Tür so weit zu, daß Smith ausgesperrt war, der zu seinem Handgelenk führende Schlauch aber noch hindurchpaßte.

Er ließ sich auf dem Toilettensitz nieder.

Smith zog sich zu den Urinalen zurück, steckte die Pistole ein und zückte dafür ein anderes Teil. Er setzte zum Pinkeln an, ließ aber darüber die Unterhaltung nicht einschlafen. »He, George, ich hab mir mal deine Top Ten angesehen, als ich im Büro war. Faszinierendes Zeug. Die Psychologen glauben, sie seien auf 'ne Goldader gestoßen. Aber sag mal, was hat denn Oprah Winfrey eigentlich getan, daß du so sauer auf sie bist? Und was soll die Geschichte mit der dicken und der dünnen Version? Wär doch gar nicht so verkehrt, eine Frau zu haben, die je nach Jahreszeit zulegen und dann wieder abspecken kann. Als ob man jeden Herbst ein neues Modell bekäme. Na ja, ihre Show kann einem manchmal schon reichlich auf den Sack gehen, aber sie deshalb gleich zweimal in deine Top Ten zu nehmen, also ... was steckt dahinter, George?«

Keine Reaktion.

»George?«

Keine Reaktion. Smith machte die Hose zu und ging

auf die Kabinentür zu. »Alles in Ordnung bei dir, George?« Er ging etwas in die Knie. Georges nackte Füße waren immer noch da. »Irgendwas steckengeblieben, Georgie-Boy? Da werd ich dir nicht helfen können, das sag ich dir gleich.«

Immer noch nichts. Smith schüttelte langsam den Kopf, dann zog er seine Waffe. Er hielt sie nach vorn gerichtet, während er mit der anderen Hand vorsichtig die Tür aufstieß. Georges Kopf war nach vorn auf die Brust gesunken. »Gottogott.« Smith steckte die Pistole wieder ein. Er betrat die Kabine. Mit zwei Fingern hob er sachte Georges Kinn an. »Alles klar, Mann?« fragte er.

Georges Augen öffneten sich. »Sicher«, sagte er und stieß dem Agenten die Infusionsnadel ins Herz.

Er war sofort tot.

Ohne auch nur ein letztes Stöhnen ausstoßen zu können, brach er über George zusammen, den Mund im Schock weit aufgerissen. George, der vor Schmerzen fast spucken mußte, hielt Smith aufrecht, bis er sich unter ihm herauswinden konnte, dann ließ er ihn fallen. Smiths Kopf landete in der Toilettenschüssel.

Sich die Hand an der Stelle reibend, an der die Nadel gesteckt hatte, lief George durch die Herrentoilette, zog sanft die Tür zu und schloß sie ab. Dann machte er sich daran, in die Kleider des Toten zu schlüpfen.

17

Seit vierzig Jahren war Sam Stammgast in Pat Murphys Bar am Broadway. Meiner Treu, praktisch hatte er dort sogar geheiratet! Dabei gefiel es ihm inzwischen eigentlich gar nicht mehr so gut, es war doch eine rechte Touristenfalle geworden. Trotzdem kehrte er fast jeden Tag auf den einen oder anderen Schluck ein, meistens auf dem Weg zu Mary nach Cedar Wood oder, wie heute, um die Zeit zu überbrücken, bis Bobby Tangettas Party anfing. Bobby brauchte keine besonderen Anlässe, um alle naslang eine Party zu schmeißen; heute sollte es Nathan Jones zu Ehren sein, dem neuen Mitglied in der Sicherheitstruppe. Seine Frau brauchte auch nie lange überredet zu werden. Sie hatten beide viel Durst und löschten ihn halt am liebsten in Gesellschaft.

Mit den Fingern klopfte Sam den Takt zu den gelegentlich aus der Jukebox ertönenden irischen Jigs. Er kümmerte sich nicht groß um das Personal – in der Hauptsache frisch eingeflogene Grünschnäbel aus Kerry oder Cork –, aber wenn er ein bißchen was weggetrunken hatte, dann unterhielt er sich ganz gern mit dem einen oder anderen Touristen. Es machte ihm Spaß, über die Stadt zu plaudern und natürlich über das Empire, und todsicher tauchten seine Gesprächspartner dann auch am nächsten Tag im 86. Stock auf, wenngleich er heutzutage so seine Schwierigkeiten hatte, sie wiederzuerkennen.

Sam unterbrach seine Lektüre des Sportteils, als sich eine massive Gestalt neben ihn schob.

»Hallo, Sam, wie geht's?«

Wegen des Sonnenlichts, das durch das Deckenfenster drang, mußte Sam die Augen zusammenkneifen. »Na, das ist ja mal ein vertrautes Gesicht«, sagte er und fühlte sich sofort unbehaglich.

Soweit er sich erinnern konnte, hatte er mit Leonard Maltman noch nie privat einen getrunken. Bei irgendeiner Weihnachtsfeier vielleicht, womöglich einer Hochzeit, aber noch nie einfach so. Er hatte nichts gegen Leonard. Er war nur noch nie auf die Idee gekommen, näher mit ihm zu verkehren.

»Hab gehört, daß dies deine Stammkneipe ist, Sam. Echt nett. Dacht, ich erwisch dich am besten vor der Party. Du weißt ja, wie es ist, man kommt nie vernünftig zum Reden, wenn Bobby die Zügel in der Hand hat. Na jedenfalls, wie lange kommst du denn schon hierher?«

»Ungefähr hundertvierzig Jahre.«

Leonard lachte nervös und machte sich beim Barkeeper

bemerkbar. »Hast du, was du brauchst?« fragte er, auf Sams frisches Pint deutend.

»Ich würde noch einen Kurzen nehmen, falls du das meinst.«

»Das meinte ich.« Er nickte dem Barkeeper zu. »Was soll's sein, ein Bushmills?«

Sam nickte. Finton schenkte ein. Schweigend süffelten sie eine Weile vor sich hin.

»Toller Tag heute, wie?« meinte Leonard.

»Wenn man in meinem Alter ist, sind alle Tage toll.«

Leonard nickte. »Hoffentlich bin ich auch mal in deinem Alter.«

»Tu's nicht«, sagte Sam. »Es ist ein einziges Elend. Alles, was ich im Leben noch habe, ist mein Job.«

Leonard mußte schlucken und verfluchte Sam im stillen. *Er weiß, warum ich hier bin.* Er hatte die ganze Nacht und den ganzen Tag darüber nachgedacht, aber er wußte noch immer nicht, wie er es anfangen sollte. Leonard trank noch einen Schluck Bier. Sein Blick wanderte über die hinter der Bar aufgereihten Flaschen, dann weiter zu den irischen Wimpeln und den vergilbten Zeitungsfotos von maskierten Männern mit Gewehren. Ein Stück höher hingen gerahmte Fotos von Prominenten, die die Bar im Laufe der Jahre besucht hatten. Eins davon erregte seine Aufmerksamkeit. Es zeigte nicht die übliche Pose mit falschem Lächeln, wie man sie in vielen Bars der Stadt finden konnte; hier schien wirklich jemand seinen Spaß gehabt zu haben.

»He, Sam«, sagte er, den Finger nach oben gerichtet, »das ist doch Sinatra, oder?«

Sam sah hoch, dann wieder runter. »Klar.«

»Das war'n Typ. Das muß ja wohl vor, na, dreißig, vierzig Jahren aufgenommen worden sein, was? Möchte wetten, daß der gewußt hat, wie man einen draufmacht.«

»Tja, das hat er wirklich.«

Leonard lachte. »Klingt ja, als hättest du mal zu seinem Bekanntenkreis gehört, Sam.«

Sam vertiefte sich kopfschüttelnd in sein Pintglas. »Guck dir das Foto mal genauer an, Leonard«, sagte er.

»Hmm?« Leonard spähte mit gefurchter Stirn nach oben. »Das *ist* doch Sinatra, oder?«

»Ja sicher. Guck mal neben ihn.«

»Das ist ... tut mir leid, Sam, meine Augen sind nicht mehr so gut ...«

Sam klopfte auf die Theke. »He, Finton, gib mir doch mal das Sinatra-Foto runter, ja?«

Finton kam herübergeschlendert, nahm das Bild vom Haken und reichte es Sam. »Mal wieder auf *dem* Trip, Sammy Boy?« lachte er und verzog sich wieder.

Sam wischte mit dem Hemdärmel den Staub vom Glas, dann zeigte er Leonard das Bild. »Na, wer ist das?« Er zeigte auf Sinatras linke Seite.

»Ava Gardner!« Leonard blickte auf und sah sich kopfschüttelnd für einen Moment in der Bar um. »Mensch, die war auch hier. Guck sich einer die beiden an. Amüsieren sich wie Bolle.«

»Und was hältst du von der Braut?«

Leonard nahm ihm das Foto aus der Hand und hielt es sich vor die Augen. Ein Teenager in einem schlichten Hochzeitskleid. Helle Augen. Klasse Figur. »Sie sieht toll aus. Auch 'ne Schauspielerin?«

Sam schnalzte mit der Zunge. »Das ist meine Frau.« Er spürte die vertraute tiefe Wärme, als er die Worte aussprach.

»Jesses«, sagte Leonard, »ich meine, Entschuldigung, aber das ist deine ...« Er hielt das Bild etwas mehr ins Licht. »Das heißt ...«

»Yeah, die Pfeife da rechts, das bin ich.«

»Jesses.« Leonard blickte ein paarmal zwischen Sam und dem Foto hin und her, um zu prüfen, ob das mit rechten Dingen zuging. Schließlich nickte er befriedigt. »Sam McClintock und Frank Sinatra – feiern zusammen, was das Zeug hält. Mensch, Sam, wie hast du das hingekriegt? Ich meine, Sinatra und Ava Gardner bei deiner Hochzeit. Waren sie besoffen in der Bar oder was, und du hast sie überredet ...«

Sam schüttelte den Kopf. Er nahm Leonard das Foto

wieder ab und legte es auf den Tresen. »Frank und ich. Kumpels aus alten Zeiten. Wir hatten unseren Empfang hier oben im ersten Stock, und Sinatra ist gekommen und hat gesungen. Tauchte einfach so auf. Denkwürdiger Abend, Leonard.«

Eine Weile lang sagte Leonard gar nichts, schüttelte nur ungläubig den Kopf. »Scheiße«, meinte er schließlich, »als ich und Vera geheiratet haben, da hatten wir Ralph aus dem Diner mit seinem Banjo.«

Sam zuckte kurz die Achseln, dann wechselte er abrupt das Thema. »Also, was führt dich hierher, Leonard?«

Leonard setzte sein Glas ab. Schüttelte noch mal fast resigniert den Kopf. »Ach Scheiße, Sam, du weißt doch, warum ich hier bin.«

»Ich kann es mir vorstellen.«

»Hab ich mir schon gedacht. Tut mir leid, Sam, ich stell mich bei solchen Sachen nicht sehr geschickt an.«

Sam kippte einen der Kurzen. »Das ist nicht die schlechteste Eigenschaft, die man haben kann, Leonard. Du bist jemand, der sich Gedanken macht um seine Mitmenschen. Davon gibt's heutzutage nicht mehr viele.« Er legte sacht eine Hand auf Leonards fleischigen Arm. »Nimm's locker! Diese Magiform-Truppe, das ist eine junge, dynamische, nach vorn orientierte Firma, die wollen nicht, daß ein alter Narr wie ich auf den Präsidenten aufpaßt. Was haben sie denn gesagt, glauben sie, daß ich Keneally zu Tode langweilen werde mit meinen alten Geschichten?«

»Es geht nicht …«

»Ha! Würde ich wahrscheinlich, Leonard, sehr wahrscheinlich würd ich das. Nein, hör zu. Das macht mir nichts aus. Es steht ja nicht in Stein gemeißelt, daß ich, nur weil ich alle anderen Präsidenten seit dem Krieg gesehen hab, diesen jetzt auch noch kennenlernen muß. Du brauchst dich gar nicht so aufzuregen. Ist mir ganz recht so. Ich bleib im Hintergrund. Ich bleibe in der Kantine, wenn du willst. Ich kann mir an dem Tag auch freinehmen, wenn es sie so sehr stört.«

Der zweite Kurze ging den Weg des ersten. Sam gab das Zeichen für zwei weitere. Und einen für Leonard.

»Sam, es geht nicht darum, einen Tag freizunehmen ...«

Sam saugte etwas Bier an, legte dann das Gebiß zu einem ironischen Lächeln frei. »Na gut, dann lungere ich halt ein bißchen im Büro herum ...«

»Sam, um Gottes willen ... du hättest schon vor Jahren in Rente gehen sollen.«

»Ich gehe nicht in Rente, Leonard. Ich hab meine Arbeitszeit schon weiter zurückschrauben lassen, als ich wollte.«

»Du solltest dich schonen.«

»Warum?«

»Das macht man so in deinem Alter.«

»Und innerhalb von einer Woche beguckt man sich dann die Radieschen von unten. Nichts da. Nicht mit mir!« Sam schlug auf den Tresen.

Finton schwirrte vorbei. »Jawohl, Sam, zeig's ihnen!« krähte er.

»Und du kannst mich auch mal, Finton«, knurrte Sam, dann wandte er sich mit finsterem Blick wieder Leonard zu, der einigermaßen betroffen war über den Stimmungsumschwung des Alten. »Sie wollen also nicht, daß ich den Präsidenten treffe. Okay. Der Auftrag wäre erledigt. Was willst du mir sonst noch sagen, Leonard, daß ich in Rente gehen soll, oder bist du einfach zu feige, mich rauszuschmeißen?«

»Sam ...«

»Sprich dich aus, verdammt noch mal!«

»Ich finde nicht, daß du in Rente gehen sollst, Sam. Wenn es nach mir ginge, könntest du Tag und Nacht da oben bleiben, so lange, bis du umfällst. Aber es geht nicht nach mir, Sam. Die Anweisung kam vor kurzem. Du mußt gehen. Ich weiß nicht, warum. Tut mir leid, aber ich weiß es wirklich nicht. Die haben nur gesagt, du mußt weg.«

»Und du hast dich nicht für mich eingesetzt?«

»Natürlich habe ich mich für dich eingesetzt. Aber Chef ist Chef.«

»Du bist mein Chef, Leonard.«

»Und ich habe einen Chef, und der hat auch einen Chef, und dessen Chef hat noch einen Chef, und ungefähr hundert Chefs weiter, da sitzt Michael Tate, und er ist der ganz große Boß. Und die Anweisung kam anscheinend von ganz oben. Dagegen kann ich nicht anstinken, Sam. Ich hab mir gedacht, ich komm hierher, um es dir selbst zu sagen. Persönlich sozusagen.«

»Du meinst, weil die anderen mich unterstützen könnten. Du meinst, weil sie dir vielleicht dein scheiß Fell über die Ohren gezogen hätten, wenn du es in ihrer Gegenwart versucht hättest.«

Leonard schüttelte den Kopf. »Hätten sie vielleicht wirklich. Mein Gott, Sam, du bist der verdammte Mr. Empire State. Du bräuchtest es nur zu sagen, und sie würden schneller in den Streik treten, als ich Mucks sagen könnte. Aber ich bitte dich, mir das nicht anzutun, Sam, und ihnen auch nicht. In Kürze sollen sie neue Arbeitsverträge angeboten kriegen, mit kräftigen Gehaltserhöhungen, allen möglichen Zusatzleistungen. Aber wenn es jetzt Arbeitskämpfe gibt, vor allem, wo der Besuch des Präsidenten ansteht – Jesses, Sam, ich weiß doch, wie so eine Firma wie Magiform funktioniert. Die schmeißen uns alle raus und fangen bei Null wieder an.«

»Das würden sie nicht wagen …«

»Natürlich würden sie das. Aber immer. Geld spielt keine Rolle für die, Sam, das wächst da auf den Bäumen in Silicon Valley oder wo zum Teufel die herkommen. Denen kommt es auf Loyalität und Gehorsam an. Schmeiß ihnen einen Knüppel zwischen die Beine, wenn der Präsident kommt, und du erlebst ein Massaker.«

Sam leerte sein Bierglas in einem Zug. Sorgfältig stellte er es ab. »Was soll ich also tun, Leonard?«

»Gehen, ohne Aufhebens.«

Für einen langen Moment sah er Leonard in die Augen, dann rutschte er von seinem Barhocker und ging ohne ein weiteres Wort zur Tür.

Draußen, ungefähr nach hundert Metern, begannen die Tränen zu fließen und sein ganzer Körper zu zittern. Er suchte Halt an einer Wand. *Was soll ich bloß Mary sagen?* war sein einziger Gedanke.

Ein junges Paar, beide blond, offenbar Dänen oder Schweden, erkundigte sich, ob alles in Ordnung sei. Er schneuzte sich in sein Taschentuch, nickte abwiegelnd. Sie lächelten freundlich, wollten sich schon abwenden, drehten sich dann aber noch einmal zu ihm um. »Sir, können Sie uns sagen, wie man von hier aus zu Ihrem Empire State Building kommt?«

18

»Miss Winfrey wird in einer Minute für Sie da sein, Mr. President.«

Präsident Keneally, der auf dem schwarzen Make-up-Ledersessel lag, nickte und verzog gleichzeitig mißbilligend den Mund. Das hatte er jetzt zum dritten Mal in zwanzig Minuten gehört. Nach zehn Minuten hatte er sich beschwert und war mit einem kühlen *Miss Winfrey ist wirklich sehr beschäftigt* beschieden worden. Er wandte leicht den Kopf, was nun wiederum das Mädchen mit dem Gesichtspuder mit deutlicher Mißbilligung quittierte. »Fred, holen Sie mir bitte Slo ans Telefon, ja?«

Fred Troy wählte die entsprechende Nummer, dann reichte er dem Präsidenten das Telefon. Nach einigen Augenblicken des Wartens vernahm der Präsident die vertraute Stimme. »Hallo, Slo! Wie spielt das Leben?«

»Gut, Mr. President. Sehr gut.«

»Wie geht's Tara?«

Kleine Pause. »Haben Sie nicht mit ihr gesprochen?«

»Sie nimmt meine Anrufe grad nicht entgegen.«

»Oh, das tut mir leid. Gibt es irgend etwas, das ich …?«

»Ja, in der Tat, Slo, wenn es Ihnen nichts ausmacht. Sie

ist doch nach wie vor auf diese Irland-Sache eingestellt, oder?«

»Ja, Sir. Nordirland.«

»Slo, ich möchte, daß Sie mit ihr gehen.«

»Mr. President, ich kann hier nicht alles stehen- und liegenlassen und …«

»Doch.«

»Mr. President, ich bin der Stabschef des Weißen Hauses.«

»Mr. Slovenski, ich bin der Präsident der Vereinigten Staaten von Amerika. Außerdem könnten Sie eine kleine Abwechslung vertragen.«

Pause. »Ist das ein Befehl, Mr. President?«

»Ach, kommen Sie, Slo. Ich hasse es, wenn Sie so *beleidigt* sind. Bitte tun Sie das für mich. Sie sind der einzige, dem ich vertraue, Slo, das wissen Sie doch, nicht wahr? Also, wollen sie das für mich tun?«

Slovenski hielt sieben Sekunden lang die Luft an. Dann nickte er. Dann sprach er. »Okay, Mr. President, wenn Sie darauf bestehen.«

Er war schier *aus dem Häuschen.*

Die Widersacher des Senators Michael Keneally im Rennen um die Präsidentschaft hatten ihm vorgeworfen, er trete lieber in landesweit übertragenen Talkshows auf als in politischen Diskussionssendungen. »Dadurch wird die Wahl zu einer Schönheitskonkurrenz herabgewürdigt!« hatte sich Senator Bob Broole beklagt, ein bereits weit zurückliegender Kandidat. Keneally hatte brillant gekontert und seine beste Ali-Imitation aus der Trickkiste gezogen. »Er ist einfach nicht so hübsch wie ich!« hatte er auf einer Pressekonferenz posaunt und anschließend eine vernichtende Abrechnung mit Brooles außenpolitischem Konzept geliefert, die den alten Texaner praktisch aus dem Rennen geworfen hatte.

Und die Talkshowtour hatte sich weiß Gott ausgezahlt. Wen interessiert es schon im nachhinein, wie du zu deinem Amt gekommen bist, solange du es aus den richtigen Gründen bekommen hast und der richtige Mann für den Job bist? Schon damals hatte man auf Oprah als Beispiel verwiesen. Die Zahlen sprachen eine deutliche Sprache: beste Sendezeit, leichtgewichtig, gutaussehend. Man verkaufe einen Präsidentschaftskandidaten wie einen Filmstar, und die Stimmzettel strömen herein.

Zwanzig Minuten später wurde der Präsident in Oprahs Garderobe geführt. Er war nicht im geringsten überrascht zu sehen, daß sie mindestens dreimal so groß war wie seine.

Sie saß in ihrem Stuhl, umsorgt von vier Assistentinnen. Sie nickte ihm im Spiegel zu. »Michael, wie geht's?«

»Gut«, sagte der Präsident mit ausgestreckter Hand, »und Sie sehen wunderbar aus.«

Sie enthielt ihm ihre Hand vor, ließ nur die Finger flattern. »Sie entschuldigen«, sagte sie, »frisch angemalt.«

»Selbstverständlich.« Er faltete die Hände hinter dem Rücken und lächelte sie verlegen an. Es gab keine weiteren Sitzgelegenheiten.

»Was macht Tara, Michael, geht's ihr gut?«

Der Präsident nickte. »Ja. Großartig. Fährt bald nach Irland.«

»Tatsächlich? Wer veranstaltet denn die Party?«

»Keine Party. Nur ein Goodwill-Besuch.«

»Äh, wir sprechen noch immer von Tara, richtig?«

Als sie fertig war, glitt sie vom Stuhl und erlaubte Keneally, ihren Arm zu nehmen, während sie ihn zum Studio führte. Zweimal fragte er sie, was für ein Konzept sie für die anstehende Sendung vorgesehen hatte, doch ihre Antwort war jedesmal so verwickelt, daß er immer noch kein Stück schlauer war, als sie ihn dort zurückließ, wo er auf das grüne Licht zu warten hatte. »Keine Sorge, Michael«, strahlte sie, »Sie werden großartig sein.«

Sie besaß eine Art schüchterne Selbstsicherheit, die der Präsident sehr attraktiv fand. Eine Verletzlichkeit, die so gar nicht zu ihrem Status als mächtigster Frau Amerikas paßte. Er hatte sie live im Fernsehen weinen sehen: Keiner anderen prominenten Figur hätte er so etwas abgenommen. Meistens stand sie mitten im Publikum, eine von ihnen, immer auf ihrer Seite. In diesem Fall aber saß sie ihm gegenüber. Ihr Stuhl war vielleicht vier Zentimeter höher als seiner. Er sah zu ihr auf, wenn auch nur ganz leicht. Es störte ihn nicht. Sie hielt eine feurige Vorstellungsrede, er lächelte sein strahlendes Lächeln, und die Studiomenge klatschte und johlte.

»Präsident Keneally …«

»Ach, nennen Sie mich doch einfach … Mr. President.«

Beifall und Gejohle.

Anschließend fragte Oprah ihn ein bißchen über Taras Reise nach Irland aus; er sprach kenntnisreich über die Probleme der Großstädte; er erinnerte sich an seine Kindheit im ländlichen Maine. Dann nahm er Fragen aus dem Publikum entgegen, die er mit der Souveränität eines großen Tenniscoachs beantwortete, der die Schläge eines ganz jungen Schützlings retourniert: hart genug, um seine Ernsthaftigkeit spüren zu lassen, doch auch weich genug, um motivierend zu wirken.

Beifall und Gejohle ohne Unterlaß.

Troy beobachtete den Präsidenten mit tiefer Bewunderung. Vor drei Wochen, nach der letzten Welle von Morddrohungen, hatte er seinen Sonderdienst bei Keneally angetreten, und seine Achtung vor dem Mann war von Tag zu Tag gestiegen. Bei manchen Präsidenten war alles Öffentliche reine Show; hinter verschlossenen Türen sah es dann ganz anders aus. Keneally war immer gleich. Ehrlich, witzig, unterm Pantoffel stehend, besorgt, verwirrt, temperamentvoll, reuevoll, engagiert, auf guten Eindruck bedacht. Ein Mann wie du und ich.

Der letzte, der Troy derartig beeindruckt hatte, war J. Edgar Hoover gewesen, obwohl er ihn nie persönlich kennengelernt hatte, jedenfalls nicht als Lebenden. Troy war als einziger des Quantico-Jahrgangs '72 auserwählt worden, dem Begräbnis Hoovers in Washington beizuwohnen, auserwählt als ein Repräsentant der Zukunft, der am Kopfe des Sargs in der Rotunda stehen durfte. Es war für ihn der Wendepunkt schlechthin gewesen: Seine nach dem Zufallsprinzip erfolgte Wahl hatte in ihm, dem immer am Rande des alles Hinschmeißens lavierenden Trainee, den Willen zum Erfolg wiedererweckt. Umgeben von Mitgliedern des Obersten Gerichtshofes und des Kabinetts, von Senatoren, Abgeordneten des Repräsentantenhauses und hohen Beamten des FBI, während Hoover vor ihm auf Abraham Lincolns schwarzem Holzkatafalk lag. Die Erinnerung an diese Bilder ließ Troy lächeln, und er schaute auf seine Armbanduhr, dann wieder auf die Zuschauer. Alle waren beim Betreten des Studios durchsucht worden. Beamte des Secret Service saßen unter ihnen.

»Mr. President«, sagte Oprah, »seit wir angekündigt haben, daß man Ihnen über Telefon Fragen stellen könne – das war vor etwa einer Stunde –, sind über fünfundzwanzigtausend Anrufe eingegangen.«

Beifall und Gejohle.

»Sind Sie sicher, daß die Leute sich nicht verwählt haben, Oprah?«

Beifall und Gejohle.

»Nun, natürlich können Sie nicht alle Fragen beantworten, aber wir werden unser Bestes tun, Leute. Der erste Anrufer ist ... Joe Mantiveri aus Middlebury, Vermont ... Joe ... hi ... wie lautet Ihre Frage an Präsident Keneally?«

Joe stotterte ins Telefon. »Zuerst ... ähm, äh ... lassen Sie mich sagen, was für eine Ehre es für mich ist, mit Ihnen sprechen zu dürfen, Sir. Ich hab von Anfang an für Sie gestimmt ...«

»Na, danke sehr, Joe ...«

»Und dann, Sir, ich bin, ähm, Lehrer an der High-School hier im großartigen Staate Vermont, und wir stehen alle hundertprozentig hinter Ihren Bildungsreformen, das ist das tollste ...«

Oprah unterbrach. »Wie lautet Ihre Frage, Joe?«

»Ähm, äh, ich habe eigentlich keine Frage, Oprah, außer, wo zum Teufel Präsident Keneally eigentlich die ganze Zeit gesteckt hat, wir hätten ihn vor zehn Jahren schon gut gebrauchen können!«

Beifall und Gejohle.

Oprah lächelte in die Kamera. »Noch mal zur Erinnerung für die Zuschauer an den Bildschirmen: Der Präsident weiß nicht, was für Fragen ihm heute abend vorgelegt werden … nächste Anruferin ist Ruth O'Mara aus Indianapolis. Wie lautet Ihre Frage, Ruth …?«

Mit schriller Stimme: »Mr. President, ich verstehe nicht so furchtbar viel von Politik, aber ich bin ein großer Fan von Ihnen und Ihrer Frau … Ich wollte mal fragen, ob ich Ihnen eine Frage über sie … Mrs. Keneally … stellen dürfte?«

»Ja, natürlich, Ruth …«

»Ja, sehen Sie, Mr. President, wie sie nämlich ihr Haar trägt … das ist einfach toll … aber was mich interessiert, benutzt sie eigentlich irgendein Tönungsmittel oder ist das ein ganz natürliches … Goldbraun?«

Der Präsident lehnte sich verschwörerisch nach vorn und hielt eine hohle Hand vor den Mund. »Um die Wahrheit zu sagen, Ruth, Taras Haare haben haargenau dieselbe Farbe wie am Tage ihrer Geburt. Im Gegensatz dazu«, fuhr er fort und strich sich mit übertriebener Geste durch den eigenen Schopf, »wird mein Haar seit einigen Jahren zunehmend grauer, daher nehme ich von Zeit zu Zeit Wella Color Compound …«

Beifall und Gejohle.

»Okay, und jetzt haben wir einen Anruf aus Washington von jemandem, der, wie er sagt, ein alter Freund von Ihnen ist. Sind Sie dran, George Burley?«

Es dauerte eine Sekunde, bis es beim Präsidenten klickte, dann schaute er zu Troy hinüber, der aufgeschreckt hinter der Kamera Nummer eins stand. Es war wahrscheinlich ein Zufall, aber es konnte nichts schaden, es zu überprüfen. Troy nickte und bewegte sich augenblicklich auf den Kontrollraum zu.

»Ja, Oprah, ich bin dran.«

»George, woher kennen Sie den Präsidenten?«

»Der Präsident und ich haben schon mal telefoniert. Ich hatte ein Problem und habe deswegen an den Präsidenten geschrieben, dann hat er mich angerufen und hat das Problem gelöst.«

»Okay, George, was für ein Problem war das?«

»Ich hatte ein Problem im Zusammenhang mit, na ja, Oprah, mit Rassismus.«

»Und der Präsident hat Ihnen geholfen? Wie war das? Was für eine Art von Problem hatten Sie?«

»Nun ja, Oprah, wir sind davon umgeben. Wo wir auch hingehen, was wir auch tun, wir können nicht davor weglaufen.«

»Sie sprechen jetzt von Washington?«

»Von überall.«

»Aber es betrifft Sie speziell in Washington?«

»Ja, Oprah.«

»Und welche Form nimmt dieser Rassismus an?«

»Sie sind einfach überall.«

»Wer?«

»Die Nigger, Oprah.«

Noch nie hatte der Präsident sie schockiert erlebt, und er hatte sie fürwahr schon häufig erlebt. Ein mächtiges *Whoooaah* wogte durch die Zuschauer. Oprah warf einen Blick auf ihre Produzentin, die mit einer Hand die Halsabschneidebewegung ausführte. Oprah schüttelte einmal für sich den Kopf und dann noch einmal für die Kamera. »Oh … ich verstehe, George Burley … dieser Rassismus, den Sie beklagen, ist in Wirklichkeit Ihr eigener Rassismus.«

»Richtig.«

»Und in welcher Weise hat der Präsident Ihnen dabei helfen können?«

Keneally setzte zum Sprechen an, aber Oprah gebot ihm mit erhobenem Zeigefinger Einhalt, und er lehnte sich, leicht nickend, wieder zurück. Er wußte, was sie vorhatte. Es nützte nichts, sich auf ein Beschimpfungsduell mit George einzulassen. Das würde diesem nur zur Legitimation dienen. Statt dessen sollte er sich selbst in den Abgrund reden.

»Er verhalf mir zu dem Entschluß, endlich meinen Arsch hochzukriegen und was zu unternehmen gegen euch Affen.«

»Wie hat er das fertiggebracht, *George*?«

»Er hat mich angerufen und gesagt, ich sei ein krankes Arschloch und er würde mich vom Angesicht der Erde fegen lassen.«

Oprah wandte sich dem Präsidenten zu. »Stimmt das, Mr. President?«

Der Präsident zuckte die Achseln. »Kann schon sein, daß ich irgendwas in die Richtung gesagt habe, Oprah.«

Beifall und Gejohle.

Oprah schaute in die Kamera. »Nun, dann erzählen Sie uns doch mal, George, was genau Sie unternehmen wollen gegen *uns Affen?*«

George kicherte ein wenig. Es war ein bewußtes Kichern, das ihn als Verrückten erscheinen lassen, ihm aber beweisen sollte, daß er nicht verrückt war. »He-he-he. Zum Glück sind Sie im Moment nicht meine Nummer eins, Oprah. Dieses Privileg habe ich dem Präsidenten zugedacht. Auf ihn habe ich es abgesehen.«

»Abgesehen?«

»Ich werde ihm den Kopf wegblasen, Oprah. Glatt wegblasen.«

Oprah nickte ein paarmal, dann wandte sie sich ans Publikum. »Das nenn ich mal einen kranken Hurensohn, meine Damen und Herren.«

Sie brüllten ihre Zustimmung heraus, und Oprah winkte sie in die Werbepause hinein. Der Präsident konzentrierte seine Aufmerksamkeit auf die ihm nächste Kamera, starrte in sie hinein, als starre er George Burley persönlich an in einem Zweikampf darum, wer als erster blinzeln muß. Nach einer Weile blinzelte sein Gegenüber, schaltete von Grün auf Rot um, und der Präsident lächelte. Ein kleiner Triumph.

Während der Präsident zum Kontrollraum eilte, klebte Fred Troy dort bereits an der Decke. »Wie zum Teufel ist er überhaupt durchgekommen? Gibt es bei euch kein Durchchecksystem? Mein Gott, ich dachte, so was hättet ihr schon vor Jahren eingeführt.«

Der Regisseur schüttelte den schweißtriefenden Kopf. »Man kann nur bis zu einem bestimmten Punkt checken. Wir haben seine Identität bei dem Hotel, von dem er angerufen hat, überprüft. Er hat uns genau erzählt, was er sagen wollte. Wir sind nicht dafür verantwortlich, wenn er im letzten Moment davon abweicht. Das ist halt Redefreiheit.«

»Man nennt es auch Aufhetzung …«

»Er sagte, daß er den Präsidenten kennt.«

»Und Sie sind nicht auf die Idee gekommen, beim Präsidenten nachzufragen?«

»Wir dachten, es wäre eine hübsche Überraschung.«

»Das war es.«

Oprah machte vom Eingang her beschwichtigende Handbewegungen. »Regt euch ab, Leute, das war Fernsehen vom Feinsten!«

Der Präsident lockerte seine Krawatte. Ein dünner Schweißfilm glänzte auf seiner Stirn. »Jesses«, sagte er kopfschüttelnd. »Hab ich mich richtig verhalten? Hätte ich nicht irgendwas sagen müssen?«

»Überhaupt nicht«, sagte Troy. »Sie haben die Situation hervorragend gemeistert – schlimm genug, daß Sie es überhaupt mußten.«

»Troy – ich dachte, George Burley wäre eingesperrt worden, wo war das noch? Richmond, oder wo?«

»Richmond, ja. War das letzte, was ich gehört habe.«

Oprah kam zu ihm geeilt. »Michael, tut mir leid, daß das passiert ist …«

»Mir auch«, sagte der Präsident kühl. Oprahs Mundwinkel sackten etwas herab. »Entschuldigung«, fügte er rasch hinzu, »ich weiß, daß es nicht Ihre Schuld war, verdammt. Wie groß ist überhaupt die Chance für so einen Irren, hier durchzukommen? Was sagten Sie, wie viele Anrufe waren das?«

»Bis zum Ende der Sendung ungefähr fünfzigtausend. Drei kamen auf Sendung.«

»Gottverdammter Glückspilz.«

Troy, der sich allmählich beruhigte, nickte. »So was kann vorkommen, Mr. President. Denken Sie an Lee Harvey Oswald, der hat drei Leute erschossen – mit einer Kugel.«

»Ach ja, machen Sie mir Mut, Troy, machen Sie mir nur ordentlich Mut.«

19

Lisa hatte Angst vor der Party.

Sie hatte Nathan gesagt, daß sie nicht hingehen wolle, aber er hatte daraufhin den zutiefst Verletzten raushängen lassen, und wenn er so war, konnte sie ihm nicht widerstehen. Sie probierte die übliche Vermeidungstaktik.

»Aber ich kenne doch niemanden!«

»Genau, und wenn du dir mal die Mühe gemacht hättest, mich bei der Arbeit zu besuchen, dann würdest du inzwischen jemanden kennen, und es wäre nicht mehr so eine Hürde. Du bist doch diejenige, die gerne Leute kennenlernt, Herrgott noch mal.«

Damit hatte er sie im Klammergriff. Sie zuckte die Achseln.

»Lisa, komm schon, alle bringen ihre Partner mit. Wir müssen ja nicht lange bleiben.«

»*Partner.*« Sie bedachte ihn mit dem gewissen Blick: *Aber sicher doch*, Nathan.

»Und du wirst dein bestes Benehmen auflegen?«

Er lächelte. »Klar. Tu ich das nicht immer?«

»Ich will keinen Streit mehr zwischen uns. Nie mehr.«

»Dann komm mit zur Party. Ich werde der reinste Engel sein.«

»Ein abstinenter Engel?«

»Ach, Lisa, ein bißchen was trinken müssen wir doch. Aber nur ein paar Drinks. Das verspreche ich. Es wird bestimmt lustig, das ist ein netter Haufen.«

Sie sah ihn zweifelnd an, sagte dann aber doch zu. So viel Engagement sollte sie dann wohl doch zeigen, trotz des Plans, der langsam in ihrem Innern reifte.

In ihrer Mittagspause zog Lisa los, um sich etwas zum Anziehen zu kaufen. Cindy kam auch mit, war aber mehr Hindernis als Hilfe. Ihre Vorstellung von Mode hatte sehr wenig mit dem Konzept des *Understatements* zu tun.

»Hast du Probleme, Mädchen?« fragte Cindy, als Lisa ihrem Unwillen über das dreizehnte Kleid, das sie in einem der Läden anprobierte, deutlichen Ausdruck gab.

»Tut mir leid, ja, sicher.«

»Nämlich?«

Lisa verdrehte die Augen. »Was soll ich denn bloß sagen? Wenn sie mich fragen, was ich arbeite?«

Cindy lächelte mitfühlend. »Ich sage die Wahrheit, dann biete ich eine private Audienz in einem der Schlafzimmer an.«

»Du …?«

»Natürlich nicht! Wofür hältst du mich, Mädchen? Ich sage, daß ich als Kellnerin arbeite.«

»Und wenn sie fragen, wo?«

»Erfinde was. Glaubst du, daß die das nachprüfen? Es gibt zehn Millionen Kellnerinnen in dieser Stadt.«

»Aber was ist, wenn sie sagen, he, vielleicht komme ich mal vorbei und sag hallo, oder …«

»Dann sagst du einfach, daß du Teil eines Fliegenden Kellnerinnen-Services bist. Sag ihnen, du hättest Vierundzwanzig-Stunden-Bereitschaftsdienst, um überall in der Welt bei Serviernotfällen loszufliegen und einzuspringen.«

Lisa lachte. Sie streifte sich den dreizehnten Fehlversuch vom Leib und ließ ihn auf den Boden der Umkleidekabine fallen. »Es ist sinnlos. Ich kriege ja doch nichts Vernünftiges.«

»Das ist keine Einstellung, Lisa. Du mußt folgendes tun: Du fragst dich, was will ich mit diesem Kleid sagen?« Sie pflückte den Textilhaufen vom Boden und hielt ihn an ihren Körper. »Will ich sagen: *He, seht mich an, die kleine Miss Sexy?* Will ich sagen: *Spröde, in sich verschlossen, aber innen drin lauert eine Sexbombe, die ins Freie will?* Will ich sagen: *Ich bin mit meinem Partner da, also Hände weg?* Oder: *Ich bin mit einem Partner da, bin aber offen für Angebote?*«

»Ich will sagen, ich bin nur aus Versehen hier, und kann ich bitte nach Hause gehen.«

»Okay, dann also Nonnentracht.«

Sie lachten beide noch ein bißchen und ignorierten Cindys Ratschlag. Acht Läden weiter kaufte Lisa etwas. Schlicht, knielang, aber, wie sie einhellig feststellten, extrem sexy.

Auf dem Rückweg zum Star World fragte Cindy: »Was willst du denn nun sagen, Lisa?«

Lisa zuckte die Achseln. »Ich weiß nicht. Ich weiß es wirklich nicht.«

Es war eine nette Wohnung. Zweimal so groß wie ihre. Ausgebauter Dachboden. Schön hell.

»Gott«, sagte Lisa, »wie könnt ihr ...«

»Euch das mit dem Gehalt eines Wachmannes leisten?«

Lisa starrte verlegen auf ihre Zehen. »Tut mir leid, ich meinte nicht ...«

Bobby Tangetta drückte ihren Arm. »Scheiße, Lisa, wir könnten uns das nicht mal mit drei Wachmännergehältern leisten. Shona hat ein bißchen Geld von einem verrückten Onkel aus Boston geerbt. Sonst wären wir unter Garantie nicht hier.«

»Es ist wunderbar«, sagte Lisa. »Ich will auch einen verrückten Onkel haben.«

Nathan hatte recht. Sie waren alle gar nicht so übel. Es gab ein bißchen Machogehabe hier und da, aber Lisa hatte längst gelernt, dergleichen zu ignorieren; sie hatte genügend Männer, *Hunderte* inzwischen, von ihrer ungeschütztesten Seite erlebt; sie wußte, was mit ihnen los war. Bobby war freundlich, Minto war rauh, aber herzlich, Leonard zurückhaltend, besorgt wirkend, und Nathan war sorgsam darauf bedacht, möglichst wenig Wein schlecht werden zu lassen.

Sie versuchte ihm zu verstehen zu geben, ganz unauffällig, ohne eine Szene zu machen, daß er sich doch vielleicht etwas zurückhalten sollte, aber er warf ihr nur einen *Hab alles unter Kontrolle*-Blick zu. Und obwohl sie wußte, daß das Gegenteil zutraf, zwang sie sich, nicht mit ihm zu schimpfen. Sie rief sich in Erinnerung, daß dies *sein* Abend war, mit *seinen* Freunden, und wenn er sich betrinken wollte, okay, sollte er. Bleib ruhig, bleib nett, bring die Sache mit Anstand zu Ende.

Als Lisa im Bad war, um ihr Make-up in Ordnung zu bringen – es brauchte nicht in Ordnung gebracht zu werden, aber das dauerte immerhin zwanzig Minuten, und das waren weitere zwanzig Minuten näher an zu Hause –, kam Shona herein. Sie entschuldigte sich dafür, einfach hineingeplatzt zu sein, aber dann kamen sie doch ins Gespräch. Sie war ein ganz annehmbares Mädel, und sehr verliebt; Lisa konnte das daran erkennen, daß ihre großen braunen Augen buchstäblich *glühten*, während sie Bobby durch die Wohnung folgten.

»Also, wie hast du Nathan kennengelernt?« Shona quetschte sich neben Lisa ans Waschbecken und begutachtete ihr Spiegelbild. »Hoffe, es stört dich nicht, wenn ich das sage, aber er ist echt süß. Ihr kennt euch aus Irland, stimmt's?«

Lisa lächelte. »Überhaupt nicht. Ja, ist er. Aber nein. Wir haben uns in China kennengelernt. Ist 'ne lange Geschichte.«

»China? Mensch, klasse. Was hast du denn da gemacht?«

Gekellnert. Beinahe hätte sie's gesagt. Nathan war schon angewiesen, die unvermeidliche Frage entsprechend zu beantworten. »Ach, einfach so durch die Gegend gereist.«

»China. Wow. Wollt ihr heiraten?«

Lisa schüttelte den Kopf. »Nein.« Dann lachte sie. »Er hat mich noch nicht gefragt.«

»Oh, darauf darfst du nicht warten. Geh hin und kauf dir selber einen Ring. Dann *sag du* es ihm. Anders geht es nicht.«

»So hast du es gemacht?«

»Nee. Hätt ich aber, wenn Bobby nicht so fix gewesen wär.«

Brian Houston war eingetroffen und hatte veranlaßt, den Fernseher auf einen Sportkanal zu schalten, und jetzt standen die Männer vor dem Gerät und feuerten diesen oder jenen Boxer an. Shona, Lisa, Mintos Freundin Marlene und drei oder vier weitere Frauen, deren Namen Lisa vergessen hatte, standen bei sehr kleinem Smalltalk zusammen und versuchten, ihre Teller mit dem Chili, das Shona gekocht hatte, unfallfrei zu balancieren. Lisa lächelte wacker, sagte aber nicht viel. *Hier bin ich also auf einer Party, bei freien Getränken, freiem Essen, in netter Gesellschaft, mit dem Mann, den ich liebe, und die Alternative wäre, in einem Käfig am Times Square zu stehen und mir von irgendwelchen Bekloppten die Titten massieren zu lassen – und trotzdem kotzt es mich an.*

Mit enttäuschtem Gegröle wandten sich die Männer alle gleichzeitig vom Fernseher ab und stürzten sich aufs Essen.

Nathan gesellte sich zu Lisa. Die Röte in seinem Gesicht reichte bereits bis zu den Augenbrauen. Er hielt ihr seinen Teller, auf dem sich das Chili hoch auftürmte, vor die Nase. »Guter Fraß?«

Lisa lächelte. »Lecker.«

Nathan drehte sich um. »Scheiße, wo ist eigentlich Sam, ey?« fragte er.

Lisa schüttelte den Kopf. Sein sprachliches Niveau sank immer proportional zu der konsumierten Alkoholmenge. Es machte sie so scheißwütend.

Leonard Maltman stellte seinen Teller auf dem Tisch ab.

»Ich hab ihn vorhin noch gesehen«, sagte er. »Hat sich nicht besonders wohl gefühlt. Er meinte, daß er es wohl nicht mehr schaffen würde.«

Das war gelogen. Leonard dachte, daß er wahrscheinlich tot umfallen würde, falls Sam auf einmal hereinspaziert käme und eine Szene machte.

»Der alte Knabe baut echt ab«, sagte Bobby T.

»Müßte doch eigentlich bald reif für die Rente sein, oder, Leonard?« sagte Minto.

Leonard hob die Augenbrauen und seinen Teller. »Hängt nicht von mir ab«, sagte er.

»Also, Lisa«, sagte Bobby T, »wie kommt's, daß du uns noch nicht im Empire besucht hast? Dein Verehrer hier würde so gern mal ein bißchen angeben.«

»Ich weiß, ich hätt's längst machen sollen«, sagte Lisa. »Ich war immer sehr beschäftigt.«

»Womit?« Das war nicht Bobby T. Es war Nathan.

»Nathan ...«

»He, Lis, erzähl den Jungs doch mal, womit du so beschäftigt warst.«

»Nathan, laß das bitte.« Sie spürte, wie sie langsam im Teppich versank.

»Nicht so schüchtern, Liebling. Es ist doch nichts, weswegen man sich schämen müßte, oder?«

Sie sah ihn an. »Nathan, halt die Schnauze.«

Betretenes Schweigen legte sich über die Party.

»Lisa arbeitet in einem Sexclub am Times Square. Wenn einer von euch ihr zehn Dollar gibt, kann er ihr an die Titten fassen.«

Lisa schleuderte ihm ihr Chili ins Gesicht und lief zur Tür. Nathan, obwohl völlig eingesaut, lachte. Shona eilte hinter Lisa her.

»Lisa, bitte ...« und griff nach ihrem Arm.

Lisa schüttelte sie ab. »Laß mich. Es ist okay. Ich gehe.«

»Aber er wollte doch nicht ...«

»Laß mich!«

Shona schreckte zurück. »Kann ich dir deinen Mantel holen?«

Lisa verharrte in der offenen Tür. »Ja«, bellte sie.

Shona lief zur Garderobe.

»Ach komm, Lisa«, rief Nathan vom Wohnzimmer her, »ist doch besser, wenn es endlich raus ist, oder?«

»Du Scheißkerl!« schrie Lisa und stürmte ohne Mantel davon.

Sie lief und lief, sie fiel hin, verlor einen Absatz, haute sich ein Loch ins Knie. Dann kamen langsam die Tränen, aber erst, als sie sicher war, daß er ihr nicht folgte. Es nieselte. *Meine Handtasche. Verdammt.* Sie hatte alles dagelassen. Hier stand sie nun im Kleidchen und mit hohen Absätzen – einem hohen Absatz –, und naß war sie auch. Trampen wollte sie nicht, zum Laufen war es zu weit, und es war unwahrscheinlich, daß sie für gutes Zureden statt für Geld ein Taxi kriegen würde.

Sie stand in einem Ladeneingang. *Haltung bewahren, Mädchen.*

Nie wieder würde er ihr so etwas antun.

Dreißig Minuten nach ihrem Abgang war Lisa auf dem Rückweg zu Bobby Tangettas Wohnung. Sie würde ihnen allen in die Augen sehen und ihnen haargenau erzählen, was sie machte und warum. Es war nämlich *ihr Körper,* und sie konnte damit machen, was sie wollte; und wenn sie zufällig ein Heidengeld damit verdienen wollte, dann war das ganz allein ihre Entscheidung; sie schadete niemandem damit, und sie würde auch keine lebensbedrohliche Krankheit bekommen und andere Leute auf netten Partys damit anstecken; sie hatte auch volles Verständnis dafür, daß Nathan deswegen sauer war. *Also bitte.*

Es dauerte eine Weile, bis sie herausgefunden hatte, welches die richtige Wohnung war. Sie stellte sich vors Haus, schaute in eine ihr vielversprechend erscheinende Richtung und machte drei oder vier noch erleuchtete Appartements aus, doch nur bei einem zeichnete sich ein Dutzend Gestalten hinter den Vorhängen ab.

Beim Aufstieg in den ersten Stock traf sie unverhofft auf Nathan. Er hatte einen üblen Fleck auf dem Hemd, so als sei er in einem üblen Western übel angeschossen worden. Und er hatte ein übel geschwollenes linkes Auge, so als hätte ihm jemand, der es gut mit ihr meinte, eine verpaßt.

Nathan lächelte bedauernd.

Lisa funkelte ihn böse an.

»Du hast deinen Mantel vergessen«, sagte Nathan. Er hing über seinem Arm. Ebenso ihre Tasche.

»Wer hat dich geschlagen?«

»Sie haben abgestimmt und sich für Minto entschieden.« Er zuckte die Achseln. Nüchternheit legte sich unbarmherzig über ihn, und mit ihr die übliche Zerknirschtheit. »Ist schon okay«, sagte er, und es war ernst gemeint, »ich hab's verdient.«

Sie nickte. »Ich schäme mich nicht für das, was ich tue.«

»Warum rennst du dann weg?«

»Ich schäme mich für das, was du mir anzutun versuchst wegen dem, was ich tue. Das ist es, wovon ich die Schnauze voll habe.«

»Es ist mir so herausgerutscht. Und *ich* schäme mich für das, was du tust.«

Lisa zuckte die Achseln. »Tja«, sagte sie.

»Was willst du denn jetzt machen?«

»Mit meinem Leben oder mit der Party?«

»Mit beidem. Oder mit keinem von beidem. Wie auch immer.«

»Bring mich nach Hause, Nathan.«

»Okay.«

20

Irgendwie stießen sie einfach zusammen mitten in der Nacht, Fremde in einem Bett, entschuldigten sich, entschuldigten sich noch mal, küßten und versöhnten sich, küßten und streichelten und umarmten sich und schliefen miteinander. Sie lagen sich in den Armen. Als er seinen Arm unter ihr wegzog, merkte er, daß er feucht war. Sie hatte geweint.

»Was ist mit dir?« fragte Nathan sanft.

»Nichts, ich bin nur ein bißchen albern.«

»Sag's mir ruhig. Du weißt doch, daß du mir alles auf der Welt sagen kannst.«

Sie schüttelte im Dunkeln den Kopf. »Ich schlaf so gerne mit dir, Nathan. Ich laß mich so gerne von dir halten.«

»Danke gleichfalls, nein, vielmehrfalls.«

Sie kicherte. *Großes* Kichern. Immer und ewig.

Am nächsten Morgen duschten sie zusammen, nachdem sie noch einmal miteinander geschlafen hatten, und gingen dann Hand in Hand zu einem Coffeeshop drei Straßen weiter. Sie redeten nicht viel, lächelten dafür um so mehr. Sie gab ihm einen ausgiebigen Abschiedskuß, und dann ging er zur Arbeit. Das zärtliche Gefühl hielt sich noch den größten Teil des Rückwegs zur Wohnung. Dann fing sie wieder an zu weinen. Sie ging von Zimmer zu Zimmer und konnte die Tränen nicht aufhalten. Sie rief Cindy an. Sie heulte ins Telefon.

»Mädchen, du mußt dich zusammenreißen«, sagte Cindy.

»Na danke, du bist eine große Hilfe«, gurgelte Lisa, und sie mußten beide lachen, und dann schniefte Lisa so viele Tränen weg, wie sie konnte. »Tut mir leid, ich habe sonst niemanden, mit dem …«

»Hat er dich wieder geschlagen?«

»Er schlägt mich nie. Jedenfalls nicht mit Absicht.«

»Er schlägt dich aus Versehen, Lisa?«

»Ich weiß, das klingt komisch, aber …«

»Das klingt nach Blödsinn. Aber egal. Ich mach dir keine Vorwürfe. Mein Alter schlägt mich einmal die Woche, und ich bin immer noch bei ihm.«

»Cindy, er schlägt mich nicht. Er hat nur … er verliert die Beherrschung. Es ist wie ein roter Nebel … eben war er noch die Liebenswürdigkeit in Person, und plötzlich …«

»Was ist sein Problem, Lisa? Wie kommt es, daß er …«

Sie erzählte ihr von der Party. »Er wird so, wenn er betrunken ist. Sehr betrunken. Aber es ist nicht der Alkohol. Und im Gegensatz zu dem, was er behauptet, ist es auch nicht das, womit ich mein Geld verdiene. Verstehst du, was ich meine?«

»Nein.«

»Ich weiß, es klingt …«

»Was wirst du in der Sache unternehmen, Kindchen?«

»Ich weiß nicht …«

»Entweder machst du damit Schluß, meine Liebe, oder du läßt das Jammern, hörst du?«

Manchmal hatte Lisa ihre Zweifel, ob Cindy die geeignete Person war, sie moralisch zu unterstützen.

Nathans Begeisterung für das Empire war am Ende seiner ersten Woche noch kein bißchen abgeklungen, was er einigermaßen erstaunlich fand. *Ein verdammtes Wunder.* Er wünschte sich, daß Lisa kommen und ihm zusehen würde. Wie er die Aufzüge bediente. Über die Flure patrouillierte. Oben auf den Aussichtsplattformen. Rat gebend. Beschreibend. Helfend. Aber Lisas Schichtdienst ließ es nicht zu. Sie versprach es immer wieder. Aber dann arbeitete sie noch härter, länger. Er prophezeite ihr, daß es nicht mehr lange dauern würde. Sein erster Gehaltsscheck war nur noch ein paar Wochen entfernt, danach würden sie besser zurechtkommen. Sie stünden dann auf gleicher

Stufe. Sie könnte ihre Arbeitsstunden reduzieren. Vielleicht einen anderen Job finden. Einen besseren Job. Einen Job, der nicht bedeutete, sich die Brüste von fremden Männern betatschen zu lassen. Nathan hatte sich weiterhin in die Kabinen geschlichen und sie kontrolliert, und nun konnte er immerhin in einer Beziehung zufrieden sein: Das war wirklich alles, was sie machte. *Nur die Brüste. Klar. Das ist in Ordnung. Das ist okay. Komm her, komm ran, komm her, verdammt.*

Die anderen Mitglieder der Crew waren auch soweit ganz nett. Brian Houston, seit Jahren der erste, den er mehr oder weniger als Freund bezeichnen konnte, hatte sich sofort um ihn bemüht, aber da auch er ein eher ruhiger Vertreter war, waren sie zunächst nicht recht zu Potte gekommen. Er war ein großer Bursche mit Brille und schon deutlich dünner werdenden Haaren, und er wollte anscheinend über nichts anderes reden als über Boxkämpfe. *Boxen.* Und dann seit neuestem noch über das ungeahnte Problem, den Präsidenten zu treffen.

Nathan konnte kein Problem erkennen. »Warum sollte er überhaupt mit dir reden wollen?« lachte er. »Mach dir bloß keine Gedanken. Einfach nicken und lächeln. Er wird dich schließlich nicht auffordern, eine Analyse der amerikanischen Interessen gegenüber China abzugeben, oder?«

»Das kann man nicht wissen.«

»Doch, das kann man wissen. Ach, überlaß einfach Sam das Reden. Nicke und lächle und laß Sam drauflosplappern.«

Sam und *Plappern* machten allerdings nicht den Eindruck, als stünden sie auf vertrautem Fuß miteinander. Als Nathan ihn während der Mittagspause in der Kantine erspähte, setzte er sich neben ihn und lächelte ein gewinnendes Hallo. Sam sah ihn nur denkbar kurz und denkbar mürrisch an und fuhr dann fort, trübe in sein Essen zu starren. Nathan war schwerlich als ein Virtuose der Gesprächseröffnung zu bezeichnen, sofern er nicht gepflegt einen sitzen hatte, und so nickte er nur verlegen und stocherte in seinem Essen, bis Brian sich zu ihnen setzte und begann, sich über das Thema Boxen auszulassen.

Sam schien darüber ebenso verärgert wie Nathan. Er schob seinen Teller weg und stand auf. Er schien im Begriff, etwas zu Brian zu sagen, schüttelte dann aber nur leicht den Kopf und schlurfte davon.

»Was ist denn mit unserem Greis los?« fragte Brian, vertiefte sich jedoch, ohne eine Antwort abzuwarten, sofort wieder in sein Thema. Nach einigen Minuten aber brach er ab und sah Nathan neugierig an. »Alles klar bei dir?« fragte er.

Nathan nickte unbestimmt. »Ich hatte nur grad einen Gedanken.«

»Ist das eine neue Erfahrung für dich?«

»Ich werde sie bitten, mich zu heiraten.«

»Wen? Jemand, den ich von hier aus sehen kann?«

Nathan stand auf. »Ich werde es gleich tun. Jetzt sofort. Ich geh nach Hause.«

»Nathan, du bist bei der Arbeit, mach es später. Es wird noch ein bißchen anhalten.«

Nathan schüttelte den Kopf. »Nein. Ich gehe jetzt.«

Er drehte sich um und stürmte aus der Kantine.

»Was erzähl ich …?« setzte Brian an, doch zu spät. Nathan war schon weg.

Ein gigantisches Lächeln stand ihm im Gesicht. Er klatschte in die Hände, während er über den Bürgersteig stürmte. Es hatte zu regnen begonnen, aber das kümmerte ihn nicht, er schwebte über derlei Banalitäten. Er schaute auf seine Uhr. In einer halben Stunde mußte sie ihre Schicht antreten. Er erwog den Erwerb eines Blumenstraußes. Eines Ringes. *Gott, ja, ein Ring.* Er inspizierte seine Brieftasche: Siebzig Dollar. Geld, das sie ihm gegeben hatte. Sie war nicht so furchtbar scharf auf Schmuck, aber gleichwohl – ein Ring! Er fand ein Juweliergeschäft. Die Ringe sahen alle gleich aus, kosteten aber trotzdem unterschiedlich viel. Er verlangte einen für neunundsechzig neunundneunzig, betrachtete das entsprechende Auslagekästchen und wählte einen, der nicht allzu schäbig aussah. Er nahm ihn gleich so mit, wartete gar nicht aufs Wechselgeld. Es kam nicht auf den Ring an, sondern auf das, was er repräsentierte. Daß er sie liebte.

Und Lisa liebte ihn auch, allerdings nicht genug. Sie legte den Briefumschlag auf den Tisch. Eine beschissene Methode, aber es war die einzig mögliche.

Draußen rief sie sich ein Taxi.

Nathan kam triefend durch die Tür gerauscht. »Lisa?« rief er.

Er bekam keine Antwort. Was für eine Antiklimax, wenn sie gerade einkaufen gegangen wäre! Er lachte. Er überlegte, wie er es am besten anstellen konnte: ihr die Einkaufstüten aus der Hand nehmen, auf ein Knie sinken, um ihre Hand bitten. Oder sie überreden, ihre Schicht ausfallen zu lassen, und sie dann zum Essen ausführen; den Ring hervorzaubern, das ganze Restaurant würde Beifall klatschen. Ein Geiger würde kommen und ein Ständchen für sie spielen. Sie würden nicht mal die Rechnung begleichen müssen.

Irgendwie … *leer.*

Er ging ins Schlafzimmer. Er registrierte sein Bild im Spiegel, ging weiter zum Badezimmer … und kehrte zum Spiegelbild zurück … irgendwas war merkwürdig daran. Und plötzlich erkannte er, daß es die Tatsache war, daß er überhaupt ein Spiegelbild sah. Normalerweise stand ihre Kommode so voller Make-up-Utensilien, Parfüms und Sprays, daß man praktisch nichts erkennen konnte. Aber jetzt waren sie verschwunden. Allesamt.

Er stand einen Moment da, außer Atem, und versuchte einen Gedanken zu fassen. Er fuhr mit der Hand durch seine feuchten Haare. *O nein.*

Er stürzte zum Schrank, riß die Türen auf. Alle ihre Sachen waren weg. Alle *seine* Sachen waren weg.

O Gott, bitte nicht!

Er rannte von Zimmer zu Zimmer, verzweifelt nach einem Hinweis suchend, daß einer von ihnen beiden noch in dieser Wohnung wohnte: eine vollgestopfte Waschmaschine, ihre zum Trocknen auf der Heizung liegende Unterwäsche, seine Zahnbürste … nichts. Er kratzte sich am Kopf. *Scheiße, das gibt's doch nicht …?*

Unten im Haus wurde eine Tür zugeknallt. Er lief in den Hausflur und spähte übers Geländer. »Lisa!« rief er.

Aber nein. Es war Miles Flerscent, ihr Nachbar, der gerade nach Hause kam. Sein vielwangiges Gesicht war aufwärts gerichtet. »Nathan, kann ich dich mal sprechen?«

Von Panik erfaßt, trat Nathan vom Geländer zurück. Er lief wieder in die Wohnung. Und dann sah er ihn, flach auf dem Tisch liegend. Er nahm den Umschlag in die Hand. Sein Name stand darauf: NATHAN JONES. Ein kleiner Schauer durchlief ihn. So kalt. So unpersönlich. Als würde sie Hunderte von Nathans kennen.

Nur ein paar Zeilen.

Lieber Nathan: Es ist furchtbar, so etwas zu tun, aber ich muß es. Ich kann es dir nicht ins Gesicht sagen, weil es mir das Herz brechen würde. Ich muß weggehen. Ich habe etwas Geld gespart. Ich weiß nicht, wohin ich gehen werde. Aber gehen muß ich. Bitte vergib mir. Lisa.

Ja, Scheiße.

Nathan knüllte den Brief in seine Tasche. Tränen traten ihm in die Augen; wütend wischte er sie mit dem Hemdärmel weg.

Er rannte aus der Wohnung, ohne die Tür hinter sich zu schließen. Er trampelte die Treppe hinunter und hämmerte gegen Miles' Wohnungstür. Sie war offen. Miles stand vor einem Bücherregal, er wirkte betreten.

»Tut mir leid, Nathan«, sagte er nur und zeigte auf die schlichte, grüne Segeltuchtasche zu seinen Füßen.

»Oh«, meinte Nathan.

Er durchquerte das Zimmer und hob die Tasche auf. Sie hatte ihn von Irland aus um die ganze Welt begleitet.

Allerdings war er nicht der Typ, der Reisetaschen mit Souvenirs verziert.

»Wann ist sie weg?«

»Nathan ...«

»Wann ist sie weg, verdammt!«

»Nachmittags.«

»Wann!«

»Vor 'ner halben Stunde ungefähr.«

»Meine Fresse! Wo – wohin ist sie?«

»Das weiß ich nicht.«

Nathan ließ die Tasche fallen und krallte beide Hände in Miles' Pullover. »Du weißt es. Sag es mir. Sag mir verfickt noch mal, wo sie hin ist.«

»Nathan, bitte ...«

»Sag es mir!«

»Ich weiß es doch nicht!«

»Ich wollte sie heiraten!« heulte er. »In Gottes Namen, sag mir, wo sie hin ist.«

»Es tut mir leid – ich weiß nur, daß sie deine Sachen hier gelassen hat, sie meinte, sie wolle weg. Wohin, hat sie nicht gesagt. Nur, daß sie den Bus nehmen und nicht zurückkommen wolle.«

Nathan schnappte nach Luft. »Bus. Bus. Das heißt Port Authority, oder? Sie ist zum Port Authority?«

Miles nickte. Nathan griff sich die Tasche und lief zur Tür.

»Nathan ... kannst du deinen Schlüssel dalassen?«

Nathan blieb stehen, drehte sich um, zog den Schlüssel aus seiner Hosentasche und warf ihn in Miles' Richtung. »Hier hast du deinen scheiß Schlüssel, blöder Fettsack!«

Lisa kaufte ihr Ticket. Vor Wochen, als der Plan sich erstmals in ihrem Inneren geregt hatte, hatte sie noch vorgehabt, nach Westen zu fliegen, nach L.A., und dort noch mal von vorn anzufangen. Aber dann waren ihr Mut und ihre Entschlossenheit zunehmend geschrumpft, und mit ihnen der Drang in die Ferne: Zunächst hatte sie ihn auf den Mittelwesten zurückgeschraubt, dann auf irgendeinen südlicheren Abschnitt der Ostküste, dann auf einen anderen Teil von New York ... sie wußte wohl, daß sie, wenn sie nicht bald verschwände, am Ende wieder im selben Block landen würde, wenn nicht gar in derselben Wohnung, und dann wäre sie plötzlich wieder bei Nathan im Bett.

Lustlos durchforschte Lisa den Zeitschriftenstand. Nichts konnte ihr Interesse wecken. Nathan arbeitete fröhlich im Empire State; *o Gott, wenn er wüßte* Sie kaufte sich ein paar Süßigkeiten, schaute dann auf die Uhr. Weniger Zeit noch, als sie gedacht hatte: fünf Minuten. Fünf Minuten, um ihren Abfahrtssteig zu finden. Sie sah auf ihrem Ticket nach. Ausgang 57.

Er rannte, als ob sein Leben davon abhinge. Tat es ja auch.

Immer durch den Regen, der inzwischen von einem schwarzen Himmel herabschüttete. Durch den dichten Verkehr. Durch Milliarden von Passanten. Der Regen überdeckte seine Tränen. Die Tasche stieß die ganze Zeit gegen seinen klatschnassen Rücken. Es war nicht viel weiter als eine Meile, doch es war die längste Meile der Welt. Sie erstreckte sich vom mörderischen Irland über China nach Amerika bis zu einem Sexclub und bis zur Spitze des Empire State Building, und er kämpfte sich über jeden einzelnen scheiß Zentimeter.

Tief im Innern wußte sie, was sie tat. *Du gehst zu langsam.* Wenn sie den Bus verpassen würde, dann wäre das ein Zeichen dafür, daß es ihr nicht bestimmt war, wegzugehen.

Nathan platzte durch die Türen des Busbahnhofs Port Authority, und in seinem Ungestüm sprengte er eine Traube von Nachwuchsganoven aus New Jersey, die einen Tagesausflug in die Stadt zum Zwecke der Ladendiebstahlsfortbildung unternommen hatten. Sie blickten ihm wütend nach, aber er war schon weit weg, raste durch die Eingangshalle, verzweifelte Blicke in alle Richtungen werfend. Er kam aus einer Stadt, in der der Busbahnhof eine einfache Haltestelle war. Wo es *einen* Bus gab. Hier gab es Hunderte. Jeden Tag, in alle Richtungen. Er bekam kaum noch Luft. Er rannte weiter. Eine endlose Reihe von Fahrkartenschaltern, die Bestimmungsorte oben drüber angezeigt. Norden, Süden, Osten, Westen … *Herrgott!*

Die Fahrkarten waren nicht das Entscheidende … sondern die Busse. Er sprang auf eine Rolltreppe, drängte sich durch die Reisenden. Die Ausgänge … einer hinter dem anderen, so weit das Auge reichte …

Sie war ganz überrascht, sich am Ausgang 57 wiederzufinden. Sie hatte erwartet, noch etliche Minuten weitergehen zu müssen … sich dabei zu verlaufen, ziellos umherzuirren und dann nach Hause zurückzukehren. Aber da war der Bussteig, und da war auch schon der Fahrer, der Gepäckstücke in den Laderaum hievte. Sie blieb stehen, wie angewurzelt, schaute zurück, aus Gott weiß was für Gründen.

»Ma'am?« fragte der Fahrer, »wollen Sie hier mit?«

Lisa starrte ihn an.

»Wir fahren jetzt los, Ma'am.«

Sie nickte. Er kam heran und hob ihre Taschen auf. »Steigen Sie schon mal ein. Ich kümmer mich gleich um Ihre Fahrkarte.«

Sie nickte noch mal.

So scheiß viele Nummern!

»Lisa!«

Er schrie. Er schrie noch mal. Hunderte von Reisenden drehten sich um.

»Lisa!«

Zu seiner Rechten sprang ein Bus an. Er stürzte rein. »Lisa!« schrie er den Gang hinunter. Nein. Nein!

Er sprang wieder ab, schrie weiter.

»Lisa!«

Eine halbe Stunde später saß er erschöpft am Fußende einer Rolltreppe. Sie war weg. Und jedesmal, wenn er endlich aufbrechen wollte, hielt er doch inne und gab ihr noch einmal zehn Minuten, nur für den Fall, daß sie plötzlich auftauchen würde, um ihn zu überraschen und ihm zu sagen, daß das alles nur ein Mißverständnis gewesen sei.

Es dauerte lange, sehr lange, bis ihm klar wurde, daß sie wirklich weg war.

21

Auf der Karte in ihrem *USA Rough Guide*-Reiseführer war Cape Cod nur zwei, drei Zentimeter von New York entfernt gewesen. Aber daraus wurde eine achtstündige Fahrt, inklusive eines Aufenthalts an einer Busstation kurz vor Providence, Rhode Island, wo sie einen halbgaren Hot dog erwarb. Die ersten paar Stunden weinte sie stramm durch, aber es war ein durchaus verschwommenes Weinen, eher ein plätschernder Gebirgsbach der Gefühle denn ein über alle Ufer tretender Mississippi. Die nächsten paar Stunden schlief sie. Den Rest der Zeit verbrachte sie schwitzend und gelangweilt, das einzige Angebot an Ablenkung war ein *National Enquirer,* den jemand liegengelassen hatte. Sie sprach mit niemandem, niemand sprach mit ihr. Still wie ein Mäuschen oder ein Nathan …

Sobald sie festen Boden unter den Füßen hätte, eine Basis, ein *Heim, verdammt noch mal,* würde sie ihm richtig schreiben, wie es sich gehörte, ihm ihre Gefühle erklären. Natürlich würde sie sich erst einmal selbst über ihre

Gefühle klar werden müssen. Sie haßte ihn, und sie liebte ihn, schlicht und ergreifend. Sie konnte seine Anwesenheit nicht ertragen, aber jetzt, von der Busmüdigkeit gepackt, würde sie sich gerne bei ihm ankuscheln. Schließlich sank sie in einen tiefen Schlaf, den *National Enquirer* zerfetzt im Schoß haltend.

Der Bus erreichte Provincetown – am Knöchel von Cape Cod – in der Dunkelheit. Lisa stieg als letzte aus, streckte sich erst einmal und atmete die Seeluft ein, nach der Schwüle von New York ganz überrascht, wie angenehm der Sommer hier oben war. Die Hafengegend wimmelte von Touristen, die am MacMillan Wharf mit den letzten Walfangbooten des Tages eingelaufen waren; die Luft vibrierte vom Geschnatter der Kinder und Möwen, vom Geruch nach Burgern und Pizzen. Sie warf sich die Tasche über die Schulter und entfernte sich vom Hafen, um beschwingten Schrittes in die Commercial Street einzubiegen. Plötzlich spürte sie wieder ihren Drang nach Unabhängigkeit; er war ihr immer eigen gewesen und hatte sie auf diverse Reisen um die Welt geführt, doch dann hatte sie zugelassen, daß er von Nathan unterdrückt wurde. *Ach nein, das ist nicht fair.* Sie hatte ihn gar nicht verlassen wollen.

Lisa bummelte eine halbe Stunde lang durch die Souvenirläden, bis der Durst sie packte. Sie fand einen Pub namens Governor Bradford. Lisa pflanzte sich auf einen Hocker und bestellte ein Bier. Eine Frau mit gelockten Haaren, ohne Make-up, schenkte ihr mit freundlichem Lächeln ein. »Grade angekommen?« fragte sie.

Lisa nickte. »Aye. Mit dem Bus.«

»Zum ersten Mal?«

»Mmm? Hier?«

»Ja, wie auch immer.«

»Klar.«

»Ist der richtige Ort. Fürs erste Mal.«

Lisa nickte unbestimmt und bezahlte ihr Bier. Die Barfrau entfernte sich, während Lisa das halbe Glas mit einem Zug leerte. Im Fernsehen wurde Baseball gezeigt, und sie verbrachte zwanzig Minuten damit, auf die Mattscheibe zu starren, ohne viel wahrzunehmen. Sie konnte sich gar nicht mehr erinnern, wann sie zum letzten Mal ohne Begleitung in einem Pub gesessen und sich weder allein noch eingeschüchtert gefühlt hatte. Allein, weil *er* nicht dabei war, eingeschüchtert, weil sie immer Angst hatte, daß irgendein Typ ihr Dekolleté wiedererkennen würde. Hier und jetzt war sie entspannt; sie lächelte in keine bestimmte Richtung, doch die Barfrau bemerkte es und näherte sich. Lisa tippte an ihr Glas. »Ich suche nach einer Bleibe«, sagte sie.

Die Frau nickte, schenkte erst mal nach und ging dann zu dem Regal mit den harten Getränken, um zwei Karten von einem metallenen Kartenspieß zu ziehen.

»Diese hier«, sagte die Barfrau, »ist von Intown Reservations, die hauptsächlich Betten für Schwule und Lesben anbieten, und die hier vom Provincetown Reservation Service ist für all die anderen armen und unwissenden Seelen.«

Lisa wollte die Intown-Karte schon zurückgeben, dachte dann aber: *Scheiß drauf, im Moment kann ich wirklich keine Nerverei mit Männern gebrauchen.* Sie behielt sie also, und die Barfrau reichte ihr über die Bar hinweg lächelnd die Hand. »Hi«, sagte sie, »ich bin Mona.«

Lisa schüttelte zurück. Der Händedruck erschien ihr etwas reichlich ausgedehnt, aber es war ihr peinlich, ihre Hand zurückzufordern. »Lisa«, sagte sie.

»Machst du Urlaub, Lisa, oder suchst du einen Job?«

Lisa zuckte die Achseln. »Irgendwie beides, schätze ich. Wie sind denn die Jobaussichten?«

»Um diese Jahreszeit gut. Kellnern hauptsächlich, falls du nicht auf einem der Boote arbeiten willst.«

Lisa schüttelte den Kopf. »Kellnern klingt akzeptabel.«

»Es gibt gutes Trinkgeld und wenig Anmache, es sei denn, du forderst sie heraus. Was hast du denn vorher gemacht?«

Lisa sah Mona für einen Moment etwas unschlüssig an. Dann zuckte sie halt nochmals die Achseln. »Die letzten drei Monate habe ich mir in einem Sexclub in der Nähe der 42. Straße in New York gegen Trinkgeld von Männern die Titten abgrabschen lassen.«

Ein Mann, der drei Hocker weiter saß, drehte sich um und sah sie prüfend an, dann ihre Titten.

Mona nickte bedächtig. »Und du hast beschlossen, daß das nicht die richtige Karriere für dich ist.«

Lisa nickte.

»Und du bist hier raufgekommen, um das alles hinter dir zu lassen, und obwohl du weißt, daß dies hier eine der Homohauptstädte von Amerika ist, bist du selber kein bißchen homo. Ist das ungefähr korrekt?«

Lisa nickte. Sie mußte lachen. »Wie bist du in meinen Kopf reingekommen, Mona?«

»Ich bin nirgends reingekommen. Man kann dir alles von der Nasenspitze ablesen. Außerdem höre ich solche Geschichten jeden Abend, es ist eben diese Sorte Bar – und diese Sorte Stadt.«

»Du meinst, so eine Art Rick's Café für die sexuell Verwirrten?« Mona nickte. »Und was passiert mit diesen Leuten?«

»Meistens sind sie konvertiert, bevor die erste Woche um ist.«

»Echt?«

»Echt. Das Unterbewußtsein ist eine wunderbare Sache, Lisa. Glaubst du, die Leute kommen aus Versehen oder zufällig hierher, obwohl sie zweiundfünfzig Bundesstaaten zur Auswahl haben? Überleg mal.«

Lisa zuppelte an ihrer Unterlippe. »Aber es ist doch ein Ferienort. Mit schönen Stränden.«

Mona runzelte die Stirn. »He, Lisa, so toll sind die Strände auch wieder nicht. *Du weißt schon, warum du hier bist.*«

Lisa öffnete ihre Handtasche, um das zweite Bier zu bezahlen. Mona hob abwehrend die Hand.

»Geht aufs Haus.«

»Nein, wirklich, ich …«

»Geht aufs Haus. Oder aber du kommst, sobald du dich

ein bißchen eingerichtet hast, nachher noch ins Atlantic House. Das ist der Laden, wo sich die *Mädels* treffen.«

Eine vierzehnköpfige Familie bahnte sich den Weg durch die Schwingtüren, und Mona schickte sich unter mißbilligendem Gemurmel an, ihnen aufzuwarten. Lisa nippte stetig an ihrem Bier, dabei rieb sie nachdenklich die beiden Karten aneinander. Schließlich stand sie auf und ging zum Telefon. Wieder an ihrem Platz, leerte sie ihr Glas und nahm ihre Tasche. Die beiden Karten legte sie auf den Tresen. Mona kam zu ihr zurück.

»Na, gab's noch ein Zimmer?«

»Klar.«

»Gut.« Mona lächelte. »Bei welcher hast du angerufen?«

Schwungvoll schulterte Lisa ihre Tasche. »Weiß nicht mehr«, sagte sie. »Ich glaube, ich bin ein bißchen verwirrt.«

22

Lisa bezog ein Zimmer für drei Nächte im Elephant Strides By Inn, ein paar Ecken von der Hauptstraße entfernt. Es war eine freundliche, geräumige Pension mit einer hübschen Veranda. Sie ging hoch in ihr Zimmer und legte sich im Dunkeln hin. Sie dachte an den Strand und daran, sich morgen ein bißchen auf die faule Haut zu legen. Gerade war sie dabei, einzudösen, als ein Klopfen an der Tür sie jäh aufschreckte, und für einen Moment hatte sie Angst – nicht vor der Dunkelheit oder dem Bauschen des Netzvorhangs in der salzigen Brise, sondern vor dem Gedanken, daß es Nathan sein könnte. *Angst? Was war er denn – ein Monster?* Sie schüttelte sich, um wach zu werden, brachte ein halb ersticktes *Moment* zustande, während sie nach dem Lichtschalter suchte, und näherte sich dann vorsichtig der Tür.

Für einen Augenblick verschlug es ihr die Sprache. Das hätte es nicht müssen, denn in den drei Monaten im Star World hatte sie eigentlich alles gesehen, was es in dieser Hinsicht zu sehen gibt. Der Mann vor der Tür, und es war definitiv ein Mann, trug eine atemberaubende schulterlange Perücke, eine silbrig schimmernde Bluse, einen knielangen Rock, schwarze Lederstiefel und ein entwaffnendes Lächeln.

»Tut mir leid, wenn ich dich störe, Liebes, aber du hast nicht zufällig irgendeinen Nagellack griffbereit, oder?«

Sie erkannte jetzt, was es war, das sie schockierte. Er paßte nicht hierher. Das Neonlicht fehlte. Der Lärm der tausend Taxis. Er hielt eine leere Flasche Mary Quant Wild Cherry hoch.

Lisa schüttelte den Kopf. »Tut mir leid, ich ...«

»Ich mein, es muß nicht unbedingt diese Farbe sein. Ich nehme alles, na ja, fast alles.«

»Tut mir leid, ich benutze keinen Nagellack.«

Bevor sie sich rühren konnte, hatte er sich ihre Hand gegriffen und hielt sie hoch. Er untersuchte ihre Fingernägel, beziehungsweise das, was sie dafür ausgab. »Auweia«, sagte er, »da haben wir aber ein Problem.«

»Sie waren schon immer kurz«, sagte Lisa und wunderte sich über ihren entschuldigenden Ton.

Er warf den Kopf zurück. »Welche zum Aufstecken müssen her. Dringend!«

Lisa mußte lachen. »Du kommst aus Liverpool.«

»Ich komm aus Blackburn, aber den Unterschied kennen die hier eh nicht.« Er hielt ihr seine eigene, wunderschön manikürte Hand hin. »Alex Maskey«, sagte er, »tagsüber, Alexis Mascara nachtsüber.«

»Lisa ... Alexis Masc ...«

»Soll das heißen, du hast meine Show noch nicht gesehen? Ts, ts. Ich bin jeden Dienstag und Donnerstag im Crown and Anchor. Die beste Show in der Stadt.«

»Na ja, ich bin gerade erst angekommen ...«

»Heute ist der große Abend!«

»Ich bin ein bißchen müde ...«

»Scheiß auf die Müdigkeit, Liebes! Man ist nur einmal jung!« Er trat einen Schritt vor, achtete aber darauf, nicht die Türschwelle zu überschreiten. Er sah ihr prüfend ins Gesicht. »Wo kommst du denn her, Dublin oder?«

»Aus dem Norden.«

»Oh, aye? Dann sind wir ja praktisch Nachbarn. Im Ernst, du solltest kommen und dir die Show ansehen. Niemand sollte durchs Leben gehen, ohne mein ›Hello Dolly‹ gehört zu haben! Du mußt einfach kommen!« Plötzlich warf er den Kopf zurück und grölte: »Aber ich brauch unbedingt Nagellack!«

Er drehte sich um und stapfte über den Flur zu seinem Zimmer zurück. »Bis dann!« rief er, die Tür mit dem Stiefelabsatz hinter sich zuschlagend.

Lisa lachte laut, während sie ihre Tür schloß.

Sie nahm ein Bad. Eine Stunde lang. Seit einem Jahr hatte sie in keiner Badewanne mehr gesessen. In der alten Wohnung hatte es nur eine Dusche gegeben; davor war sie gereist, schnell und billig, und Bäder waren ein seltener Luxus gewesen.

Erfrischt und nackt versuchte sie, während der Wind weiterhin mit dem Vorhang spielte, irgend etwas aus ihrer Reisetasche zu bergen, das nicht gebügelt werden mußte. Sie entschied sich für einen rosa Rock und einen weißen Pullover mit Knöpfen. Sie legte gerade letzte Hand an ihr Make-up, als die Tür gegenüber zugeschlagen wurde und kurz darauf das schnelle und scharfe Klacken von Stiletto-Absätzen auf dem Holzfußboden dröhnte.

Fünfzehn Minuten später trat Lisa auf die Straße hinaus und machte sich auf den wenige hundert Meter langen Weg zur Commercial Street. Sie ging langsam, genoß die kühle Seeluft, die um ihre Knöchel fächelte. Sie fühlte sich wohl: *irgendwie beschwingt.* Sie hatte es sich verdient, sich einen schönen Abend zu machen, sich vielleicht zu betrinken, Leute kennenzulernen, falls sie wollte, einfach entspannt abzuhängen, sich keine Gedanken machen zu müssen über irgendwelche Säcke, die ihr einen zerknitterten Fünf-Dollar-Schein zusteckten und dafür an ihren Nippeln nuckeln wollten.

Sie ließ beim Gehen ihre linke Hand locker schwingen, aber irgendwie fühlte es sich falsch an. Nicht taub oder so, als wenn sie einen Schlaganfall gehabt hätte, aber irgendwie anders, seltsam ... Sie versuchte herauszufinden, was es war, aber sie kam nicht recht drauf. Sie hielt die Hand steif an die Hüfte. Legte sie dann auf den Rücken. Ließ sie anschließend in der Rocktasche verschwinden, aber das war alles immer noch nicht das Richtige, und so ließ sie die Hand einfach wieder frei schwingen, zufrieden mit dem Gedanken, daß es so in Ordnung sei, gleichzeitig aber verwirrt, weil es sich immer noch komisch anfühlte.

Erst als sie die Türen des Crown and Anchor aufstieß, wußte sie plötzlich, was es war. Ihre Hand hatte nicht in der von Nathan gelegen.

23

Nathan verbrachte den Großteil des Abends in der Bar. Dreimal zerknüllte er den Brief und warf ihn in den Aschenbecher. Dreimal überlegte er es sich anders, glättete ihn wieder, streifte die Asche ab und las ihn ein weiteres Mal.

Scheiße.

Er zitterte. Er fluchte leise vor sich hin, verfluchte sich anschließend selbst. Er sah sein Bild im Spiegel hinter der Bar und schüttelte den Kopf. *Guck dir den an. Guck dir bloß mal den an. Sitzt hier in seiner kleinen blauen Uniform. Mister Wichtig. Mister scheiß Wichtig, aber sie ist weg, einfach so.* Die Stunden vergingen, und die Bar begann sich zu füllen, es wurde immer lauter. Er brauchte Platz zum Denken. Er gab sich einen Ruck, solange er noch laufen konnte. In der Männertoilette zog er sich um, legte seine Jeans und ein schwarzes Sweatshirt an. Dann trat er auf die Straße und stapfte los, versuchte nachzudenken, nachzudenken über das Warum und Wozu, kam aber zu keinerlei Ergebnis, weil alles noch viel zu frisch war und irgendwie völlig logisch schien, gleichzeitig aber auch völlig unlogisch. Es war vollkommen egal, was er dachte oder tat, denn die Entscheidung, die getroffen worden war, war von *ihr* getroffen worden, und es gab nichts, was er daran ändern konnte. Die Endgültigkeit war es, die ihn fertig machte. Richtig fertig. Daß sie ihm einfach so gekündigt hatte, dann sich aus der Beziehung gestohlen und ihn aus der Wohnung geschmissen hatte. Und der größte Witz war, daß sie wahrscheinlich abgehauen war, weil er sich geweigert hatte, ihre Beziehung ernst zu nehmen, und sie keine Ahnung davon hatte, daß er ihr eben einen Antrag hatte machen wollen.

Um Mitternacht taten ihm die Füße vom Laufen weh und der Kopf vom Denken. Er war blind drauflos gelaufen, mehr oder weniger im Kreis, die Tasche mit seinen Sachen schwer auf den Schultern lastend. Er spürte jede einzelne Faser seines Körpers. Er konnte nirgendwo hin und hatte niemanden, mit dem er reden konnte. In ganz Amerika hatte er nicht *einen* Freund. Ein einziges Mal in seinem bisherigen Leben hatte er sich so allein gefühlt, so jämmerlich und magenumdrehend hilflos. Nathan schloß die Augen, aber das konnte die Tränen auch nicht mehr aufhalten.

Zu Hause hätte seine Mutter ihm geraten, sich an Gott zu wenden und um Hilfe zu bitten. Doch auf dem einsamen Weg, den er beschritten hatte, hatte er kein einziges Mal an Gott gedacht. Jetzt öffnete er die Augen und blickte zum Himmel. Da war kein Gott, aber *irgendwas* war da. Nur einen kurzen Augenblick: eine Silhouette, die sich vor den Sternen abzeichnete, etwas mit Flügeln, *riesig*, lautlos, geisterhaft. *Gott, ich bin am Durchdrehen.*

Er kniff wieder die Augen zusammen. Zählte schwankend bis dreißig, und als er die Augen wieder aufmachte, war die Erscheinung verschwunden. Er schüttelte den

Kopf, wandte sich nach links und stand plötzlich vor dem dunklen Klotz des Chelsea Hotels.

Es war ein Zeichen. Schon einmal hatte er in einer Krisensituation einfach die Augen zugemacht, und da war Sid gekommen und hatte ihn gerettet, hatte den Schmerz zum Verschwinden gebracht. Und jetzt wieder. Gottes geflügelter Bote hatte ihn dorthin geführt, wo sein musikalischer Erlöser gewohnt hatte; es war der Ort, an dem Sid *seine* Krise erlebt hatte, wo er seine Freundin Nancy erstochen hatte. *Es war vorherbestimmt.*

Dies war der Ort, den in Schwierigkeiten geratene Künstler aufsuchten, um sich wieder aufzurappeln. Er war auf seinen Fußmärschen nach Greenwich Village schon viele Male hier vorbeigekommen und hatte sich jedesmal vorgenommen, eines Tages mal hineinzuspazieren und sich nach Sid zu erkundigen.

Nathan ging in die Eingangshalle und stellte seine Tasche ab. Er war augenblicklich enttäuscht. Der Laden hatte etwas Verdrießliches an sich. Er roch *gut.* Er hätte erwartet, daß es nach Leichenhalle riechen würde. Nach Alkohol und Kotze. Er war auf Schäbigkeit eingestellt gewesen, aber das hier war Designer-Rock. Er hatte sich vorgestellt, daß der Boden mit Spritzen übersät sei, daß ein Haufen von düster dreinblickenden Rock'n'Roll-Opfern an der Rezeption rumhängen würde. Der Glatzkopf am Empfang blickte auf. »Ja?« sagte er. Es klang italienisch.

»Ich möchte ein Zimmer.«

Der Mann nickte. Das Plastikschild auf dem Tresen gab bekannt, daß es sich um Silvan Rozzi, den stellvertretenden Geschäftsführer, handelte. »Okay«, sagte er und lehnte sich zum Computer rüber.

»Zimmer einhundert, wenn's geht.«

Silvan sah auf. »Die Sid-Vicious-Suite?« sagte er. Nathan nickte. Silvan wandte den Kopf nach links. Nathan folgte seinem Blick. »Da müssen Sie sich hinten anstellen.«

In einer mit roten Plastikstühlen bestückten Lounge saß

ein halbes Dutzend junger Männer in verschiedenen Stadien des Punk: drei von ihnen trugen weiße Dinnerjackets und Bondage-Lederhosen, die Haare hochgestachelt. Die anderen drei trugen Kombinationen aus Leder, kariertem Stoff und Fahrradketten.

»Die wollen alle …?«

»Das wollen sie immer alle. Werden lange warten müssen. Zimmer einhundert war die letzten sechs Monate ununterbrochen belegt. Sie leben von der Hoffnung. Also, wollen Sie sich diesen Verlierern anschließen, oder kann ich Ihnen was anderes anbieten?«

Nathan schüttelte den Kopf. »Was haben Sie denn sonst so?«

Silvan schaute auf den Monitor. »Tja, mal sehen … das Leonard-Cohen-Zimmer ist frei. Ein bißchen düster, aber ganz angenehme Atmosphäre. Das Zimmer ist auch nicht übel.«

Nathan schüttelte erneut den Kopf. »Nein, ich …«

»Sie sind doch Ire, oder? Wie wär's dann mit dem Dylan-Thomas-Zimmer?«

»Der war … ich bin eigentlich nicht auf Prominente fixiert …«

»Nicht?« Silvan schaute zweifelnd. »Wie erfrischend. Also dann, da hätten wir …«

»Was ist mit neunundneunzig?«

»Neunundneunzig?«

»Neunundneunzig.«

Silvan suchte auf dem Bildschirm. Schüttelte den Kopf. Dann: »Sechsundneunzig?«

»Das tut es auch.«

Nathan machte seine Angaben. Zahlte bar für eine Nacht. Er ging hinauf zu seinem Zimmer. Legte sich aufs Bett. Er mußte mal anständig ausschlafen, sich ausruhen und bis morgen früh nicht mehr an sie denken. Sie war weg, es war nicht zu ändern. Doch er konnte ihr einfach nicht entkommen, und der Schlaf war eine Million Schafe weit weg.

Er ging noch mal hinaus in die Nacht. Fand ein Deli und

kaufte so viele Biere, wie er tragen konnte. Dann ging er zurück ins Chelsea und trank so viele davon, wie er schlucken konnte, bevor er dann doch einschlief.

Im Traum stand Lisa am Fußende des Bettes und verhöhnte ihn wegen sexueller Unzulänglichkeit. Dann jagte sie ihn irgendwelche Stufen hinauf. Die Treppe im Empire. Seine Beine waren aus Blei; sie schien es nicht zu bemerken; von Stockwerk zu Stockwerk holte sie auf, schließlich packte sie ihn am Hemdkragen, als er die Plattform im 86. Stock erreichte. Sie wirbelte ihn herum und küßte ihn, und plötzlich war die Welt vollkommen in Ordnung. Und dann stieß sie ihm ihr Jagdmesser in den Bauch und warf ihn über die Brüstung. Hände streckten sich nach ihm aus, während er an all den Stockwerken vorbei nach unten fiel, doch es war ihm zu peinlich, sie zu ergreifen, und zu schreien traute er sich erst recht nicht.

Er wachte auf, immer noch betrunken, sein Kopf dröhnte, sein Mund war trocken, ihm war schlecht. Er rollte sich aus dem Bett, stieß die leeren Budweiser-Flaschen um. Sein Sweatshirt klebte am Körper, die Haare am Hinterkopf. Er setzte sich auf die Bettkante und schlug die Arme um den Leib. Ihm war *so kalt.* Es war das Zimmer; durch den Nebel hindurch erkannte er jetzt, daß der Geschäftsführer mit ihm gespielt hatte; er hatte ihm Sids Zimmer geben wollen, konnte es aber nicht, weil die ganzen Punks in der Nähe herumlungerten. Er brauchte jetzt nur über den Flur zu schleichen bis zu …

Nathan schlüpfte halb in seine Schuhe und stakste zur Tür. Er vergewisserte sich, daß er seinen Schlüssel dabei hatte, dann zog er die Tür hinter sich zu. Er bewältigte die paar Meter bis zum Zimmer 100. Er suchte Halt am Türrahmen, machte sich gerade und klopfte dann dreimal kräftig an die Tür.

Die Kette wurde gelöst, die Tür jäh aufgerissen.

Ihr Haar war blond und stachelig. Die Lippen scharlachrot. Die Beine schwarzbestrumpft.

»Nancy?« sagte er.

Sie lächelte. »Komm rein«, schnurrte sie, »ich hab dich schon erwartet.«

24

Mary saß in ihrem Stuhl und blickte auf den Fernseher. Für Sam sah es so aus, als hätte sie sich seit gestern nicht vom Fleck gerührt. Er beugte sich zu ihr runter und küßte sie auf die Stirn. Sie roch nach Seife, und es war auch eine Spur des Parfüms auszumachen, das er ihr zu Weihnachten geschenkt hatte. Die Schwestern waren hier in jedem Fall auf Zack – natürlich nur gegen Bezahlung. Max Fleischer, der Leiter des Cedar Home, bat Sam in sein Büro und teilte ihm mit, daß sich die Sätze erhöht hätten.

»Ach ja?« meinte Sam. Er suchte sich einen Stuhl in dem ziemlich unübersichtlichen Zimmer.

»Ja, ach ja. Ich hab Ihnen letzte Woche einen Brief mitgegeben. Hab mir schon gedacht, daß Sie ihn gar nicht aufmachen würden.«

»Hab mir gedacht, daß Sie es mir schon persönlich sagen würden, wenn Sie die Preise runterschrauben.«

»Sam, Sie wissen, wie es ist.«

»Max, ich habe keine Ahnung, wie es ist.«

Max schüttelte, eine Selbstgedrehte im Mundwinkel, den haarlosen Kopf und überreichte Sam eine Kopie des Briefs. »So viel ist es nicht.«

»Wenn es nicht so viel wäre, würden Sie es mir selber sagen, Max. Wieviel?«

»Nicht so viel.«

»Was heißt das, ein paar hundert?«

»Yeah, so ungefähr.«

»Wie viele hundert?«

»Fünfzehn.«

Sam nickte langsam. »Und Mary kriegt fünfzehnhundert-Dollar-bessere Versorgung dafür.«

»Sam, kommen Sie, Sie wissen genau, daß sie das beste kriegt, was es gibt. Es gibt nichts, was wir sonst noch tun könnten.«

»Wofür dann die fünfzehn …«

»Sam, das wissen Sie auch. Verwaltung, Inflation.«

»Gewinn.«

»Sam, wir sind keine Wohlfahrtseinrichtung.«

»Sollten Sie aber sein.«

»Nun, das mag ja sein.« Max drehte sich eine neue Zigarette. »Wenn es nach mir ginge, wären wir es vielleicht. Aber ich muß hier das machen, was mir gesagt wird. Sam, manchmal muß man einfach akzeptieren, was einem von höherer Stelle vorgegeben wird.«

Sam lachte. »Ja, sicher.« Er erhob sich. Er hielt Max die Hand zum Schütteln hin.

Max' Stirn legte sich angesichts dieser ungewohnten Geste in Falten. Er ließ die Zigarette fallen. Erhob sich seinerseits ein bißchen und nahm die Hand. »Sie werden ja noch richtig zivilisiert im Alter, Sam«, sagte er.

Sam drückte Max' Finger. Sehr fest.

»Sam?«

Sam drückte noch fester, bis er fühlte, wie sich die Knochen bogen. Max jaulte kurz auf und wand seine Hand aus der Umklammerung. »Hat noch keinen Rost angesetzt, das alte Eisen«, sagte Sam und wandte sich zur Tür.

Max schüttelte seine Finger zwecks Wiederbelebung und sank in seinen Stuhl zurück. »Wofür zum Teufel war das?« rief er dem alten Mann hinterher.

»Das gab's ganz umsonst«, bellte Sam zurück. »Ich bin nämlich eine scheiß Wohlfahrtseinrichtung.«

Mary sah sich *Oprah* an. Der Präsident wurde gerade interviewt. Sam zog sich einen Stuhl heran, nahm ihre Hand und schaute sich die Sendung mit an. Er mochte Präsident

Keneally. Der machte einen warmherzigen Eindruck. Sein Lächeln war sicher auch kalkuliert, aber nicht so, daß einem gleich schlecht davon wurde. Sam war fünfzig Jahre lang im Empire gewesen und hatte alle Großkopfeten kennengelernt, die es gab; was aufgesetzte Gesichtsausdrücke anging, wußte er Bescheid. Er sah sich um, betrachtete die traurigen alten Menschenwracks in ihren Betten, die Zitterer, die Nicker, die Sabberer und die Vor-sich-hin-Starrer – und Mary, die wunderschöne Mary.

Er legte seinen Kopf auf ihren Arm. Er schloß die Augen. Dachte zurück. Die Flitterwochen in Florida. Hand in Hand am Strand spaziert. Nein, nicht spaziert, zuerst jedenfalls nicht, sondern gerannt – der Sand war viel zu heiß –, vor Lachen geschrien. Spaziergänge – später dann, klar – in der kühlen Abendluft, die plätschernden Wellen, der Mond am Himmel, Küsse, Sex. Selbst da redeten sie noch, in der Stille der Nacht, darüber, wie sie den Rest ihres Lebens, eines glücklichen Lebens, miteinander verbringen und wie sie dann einen glücklichen Lebensabend genießen würden, an einem Ort, wo es so sein würde wie in Florida. Key West vielleicht. Sie hatte von einem kleinen Cottage geträumt, mit Veranda, zwei Schaukelstühlen, Sonnenuntergang, Abendessen, Kindern, Enkeln. Sam hatte den Traum mehr oder weniger geteilt, nur daß er nie so recht wußte, wie er das Empire darin unterbringen sollte.

Er sah sie an und begann zu weinen.

»Kannst du dir mich als Rentner vorstellen, Mary?« flüsterte er. »Willst du, daß ich dich wieder nach Hause bringe und selbst für dich sorge? Ich könnte dich waschen und saubermachen und mit dir reden, und du könntest dich hinsetzen und fernsehen, solange du willst, und ich könnte den ganzen Tag neben dir sitzen, und ... na ja irgendwann, wenn du soweit bist und wenn wir fleißig daran arbeiten, dann könntest du mir vielleicht antworten, nur ein Wort, ein Nicken, irgendwas ...«

Er schüttelte den Kopf und rieb sich mit dem Ärmel übers Gesicht. Er würde nichts von alldem für sie tun können. Ihm war klar, daß das Wahnsinn wäre. »Fünfzig Jahre. Fünfzig. Und dann einen Tritt in den Arsch. Einfach so. Nach fünfzig Jahren, verdammt.« Er rieb einen ihrer faltigen Knöchel. »Siehst du den Präsidenten, Mary? Ich hätte ihm nächste Woche begegnen sollen. Ihm die Hand schütteln.«

Mary starrte teilnahmslos auf den Bildschirm. Sam zuckte zusammen. Die Kopfschmerzen wurden stärker. Er hatte ein paar Aspirin genommen, aber die hatten eine halbe Stunde gebraucht, bis sie angeschlagen hatten, und nach zwanzig Minuten hatten sie schon wieder ausgeschlagen. Vielleicht gehörten Bomberteile nicht zu den Dingen, auf die die Hersteller die Wirkung getestet hatten.

Sam wußte, daß es egal war, was er machte. Am Ende käme doch das gleiche dabei heraus. Wenn du fünfzig Jahre lang immer im selben Trott gelaufen bist und ihn dann plötzlich änderst, dann bist du geliefert. Er hatte es ein dutzendmal erlebt, bei Freunden, Kollegen. Mort Grenswhitz hatte vorzeitig Abschied vom Empire genommen, war nach Florida gegangen zum Golfspielen; innerhalb von drei Tagen war er tot, war nicht mal bis zum ersten Abschlag gekommen, beim Schuhezubinden im Klubhaus zusammengesackt. Amy Smithson, sie hatte dreißig Jahre den Verkaufsstand betrieben. Sie hatten ihr eine Überraschungsabschiedsparty im 87. Stock gegeben; Tränen der Rührung noch und noch, aber innerhalb von zehn Minuten war sie schon wieder am Servieren; es lag ihr im Blut, aber da lag dann auch noch was anderes, das sie von innen auffraß, und nach drei Monaten mußten sie sie beerdigen. Und was war mit Mo Fienstein? War noch keine drei Tage weg gewesen und hatte schon gebettelt, wiederkommen zu dürfen. Landete dann als Putzmann im Port Authority. Nach acht Wochen hatte ihm irgendein Crackdealer die Kehle aufgeschlitzt, ohne besonderen Anlaß.

Er stieß einen Seufzer durch die Nase und drückte ihre Hand. »Ich weiß, was du denkst«, sagte er mit einer Stimme, in der sich Weinen und Lachen mischten, »du denkst, wieso hat der alte Spinner mir heute keine Süßigkeiten mitgebracht, stimmt's?«

Er langte in seine Tasche und zog eine Tüte heraus. Die stellte er auf die Armlehne ihres Sessels und öffnete sie für sie. Ein paar Minuten lang ignorierte Mary die Tüte, dann kroch ihre Hand langsam hinein, und er konnte beobachten, wie ihre Finger die Formen und Größen des Inhalts erkundeten. Es sah aus, als sei eine riesige Spinne bei der Arbeit.

In der folgenden Nacht träumte er von einer Riesenspinne. So groß wie ein Oldsmobile. Eine haarige Riesenspinne von der Größe eines Oldsmobiles, die auf ihrem Netz herumturnte, auf ihn zukam und ihn gerade packen wollte ... er wußte gar nicht, ob Spinnen auf dem Zähnesektor was zu bieten hatten oder ob sie einen totsaugten ... als plötzlich ein B-52-Bomber in das Biest hineinkrachte, und er schrie, versuchte von den Flammen wegzukommen, aber sein Kopf brannte, und er steckte fest, und dann war da plötzlich eine Hand, die sich ihm entgegenstreckte, und er ergriff sie und wurde in Sicherheit gezogen. Er stand auf dem Bürgersteig, und alle Menschen rannten in blinder Panik durch die Gegend, alle, nur sein Dad nicht, der ein großes kariertes Handtuch aus seinem Mantel zog und es über Sams Kopf warf, um die Flammen zu ersticken. Plötzlich war der Schmerz weg, und Sam nahm das Handtuch ab, aber da war es gar nicht sein Dad, sondern der Präsident; der Präsident hielt ihm die Hand hin und sagte: »Danke, Sam, ohne Sie hätte ich es nie geschafft.«

Er erwachte schweißgebadet. Es war noch dunkel. Kurz nach drei. Er stand auf und nahm noch ein paar Aspirin. Er machte sich einen vernünftigen Drink, baute sich aus dem wenigen, das der Kühlschrank hergab, ein noch ganz beachtliches Sandwich zusammen und setzte sich damit vor den Fernseher. Er schaltete durch. Er aß. Es gab nichts Gescheites. Er holte sich noch was zu trinken. Hörte ein bißchen Sinatra, ein bißchen Louis Armstrong, und dann sogar noch ein bißchen zerkratzten Al Jolson.

Um sieben wachte er im Sessel auf. Das Trinken hatte die Schmerzen im Kopf vorübergehend gelindert, doch jetzt pochten sie um so schlimmer. Er warf noch eine Ladung Aspirin nach. Nahm einen großen Schluck Milch. Lange Zeit starrte er aus dem Fenster, dann nahm er das Familienfoto vom Fernseher. Er küßte Mary. Anschließend rief er in Florida an.

Beim vierten Klingeln wurde abgenommen.

»Hi. Hallo.«

Er sagte nichts. Er wollte, öffnete den Mund, aber es blieb stecken.

»Hallo, hallo, ist jemand dran?«

Er schniefte. Diese Zwitscherstimme.

Ein verärgertes Zischen, und dann: »Dad?«

Er schniefte noch einmal.

»Bist du das, Dad?«

Er nickte. Sehr sinnvoll. Schließlich brachte er ein rauhes »Hi, Stacy« zustande.

»O Dad, es ist ... ist alles in Ordnung?«

»Ja. Ja, sicher.«

»Dad?«

»Alles bestens. Wie geht's ...«

»Geht's Mum gut?«

»Ja. Natürlich.«

»Bist du sicher?«

»Ja, bin ich. Es ist nur ...« Sie bemerkte das Zittern in seiner Stimme. »Stace, sie fehlt mir so sehr.«

»O Dad ...«

»Es ist albern, ich weiß ...«

»Es ist nicht albern, Dad.«

Er schniefte noch einmal durch. »Wie geht's den Kindern?«

»Großartig. Du könntest dich davon überzeugen, weißt du, du könntest mal runterkommen.«

»Ich weiß. Demnächst vielleicht.«

»Dad, letztes Jahr war es schon ›demnächst vielleicht‹.

Wir haben hier unten auch Krankenhäuser. Wir haben auch Pflegeheime. Du könntest Mum hierherbringen.«

»Ich weiß. Das werde ich auch. Sobald hier alles geregelt ist. Ich war ziemlich beschäftigt, weißt du, Arbeit und so.«

»Hängst du immer noch auf diesem verdammten Turm herum? Seit zehn Jahren versprichst du mir, daß du damit aufhörst. Wann wirst du endlich lernen, lockerzulassen? Entspann dich. Nimm deinen Abschied. Mach es dir schön. Du weißt, daß wir dich gerne bei uns aufnehmen.«

»Stace, ich ...«

»Ich will jetzt keine Ausreden mehr hören.«

»Ich werde den Präsidenten treffen, Stace.«

»Den ... Keneally?«

»Keneally. Klar. Nächste Woche.«

»Oh, Dad, Mensch. Das ist ja toll.«

»Er besucht das Empire. Sie wollen, daß ich ihm die Hand schüttle.«

»Mannomann, Dad, wenn ich das den Jungens erzähle, die werden aus dem Häuschen sein. Ich nehme an, es hat gar keinen Zweck zu fragen ...?«

Er lachte. »Nicht den geringsten.«

»Nicht mal ein klitzekleines ...«

»Stace, ich bitte nicht um Autogramme. Das weißt du.«

»Aber wenn es doch der Präsident ist und ...«

»Nein, Stace.«

»Aaaach ... manchmal bist du wirklich zum ... he, hör mal, Dad, nach all den Jahren, vielleicht bittet er dich um deins. Was machst du dann?«

Er kicherte ein bißchen. »Nun ja«, sagte er, »darüber müßte ich nachdenken.«

Sie hatte es für ihn entschieden. Er würde den Präsidenten treffen, auf welche Weise auch immer.

ZWEITER TEIL

Eskalation

1

Nathan kam wieder zu Bewußtsein, als Nancy ihre Stilettos auf seine Brust setzte.

Für ein paar, ganz von Leder erfüllte Augenblicke war er einfach zu schockiert, um Laut zu geben, dann, als das Blut zu tropfen begann, jaulte er auf. Sie grinste und stieg von ihm runter aufs Bett. Gleich darauf aber nahm sie ihn sich wieder vor, bohrte in ihm herum und ließ einen großen, glänzenden Absatz über seinen Weichteilen schweben. Sie wiegte den Kopf hin und her. »Soll ich?« gurrte sie mit Vampirsex in der Stimme.

»Bitte nicht«, flehte Nathan.

Sie kratzte seinen Penis. Er jaulte auf. Sie lachte und sprang vom Bett. Nathan zerrte an seinen Handschellen.

»Das ist nicht komisch!«

Sie lachte lauthals. »Soll es auch nicht sein!«

»Bitte, ich ...«

»Wen liebst du?« fauchte sie.

»Was?«

»Wen liebst du?«

Jäh einsetzende Katergefühle stiegen ihm in den Mund. Sein Kopf schwamm. »Ich liebe ...«

Sie zwickte ihn, heftig, schraubte ihre Nägel in sein Bein. »Wen liebst du?« fragte sie drohend.

»Lisa.«

Sie kam ans Kopfende hochgekrochen, gab ihm eine gepfefferte Ohrfeige. »Wen liebst du?«

»Li ...«

Sie schlug erneut zu. Sie packte seine Wangen und zwirbelte sie. »Wen liebst du?«

»Dich.«

Nathans Hose hing traurig um seine Füße. Das T-Shirt lag in Fetzen zu beiden Seiten seiner Brustwarzen. Auf letztere waren Heftklammern gezweckt.

Sie ging zu einer Frisierkommode am anderen Ende des Zimmers. Aus einer Schublade holte sie eine Peitsche. Sie kehrte zu ihm zurück, den Lederriemen durch die Hände ziehend. Sie lächelte. »Nicht mal 'ne Erektion. Was willst du von mir, Baby?«

Während sie sprach, streifte sie langsam ihr schwarzes Höschen ab. Sie war vollkommen glattrasiert. Eine Weile lang beobachtete sie seinen Penis, um eine Reaktion abzuwarten. Es gab keine. Sie steckte ihre Nase in das Höschen und atmete tief ein, dann hob sie die Peitsche und schlug sie heftig über seine Beine. Als er den Mund zum Schreien öffnete, rammte sie ihm das Höschen hinein.

Er schrie trotzdem, aber es kam nur eine klägliche Mischung aus Fusseln und Gewürge heraus.

Sie strich ums Bett herum, die Peitsche über seinen schweißglänzenden Körper ziehend. »So magst du's doch, oder? Du kommst hier angeschlichen und be-bebettelst danach, dann kriegst du's, und alles was du bringst, ist dazuliegen und zu schreien. Wo bleibt der scheiß Ständer?« Sie nahm seinen schlaffen Penis und rollte ihn zwischen Daumen und Zeigefinger. »Wie streng soll ich denn noch zu dir sein?« Er schüttelte den Kopf. Sie drückte zu. Seine Augen verdrehten sich. Sie drückte noch ein bißchen mehr. Er bäumte sich auf, um sich aus dem Bett zu katapultieren, doch die Handschellen und Fußfesseln hielten ihn fest am Platz. Dann zwirbelte sie die Heftklammern, und er schrie, bis ihm Tränen in die Augen schossen und ein bißchen Blut aus seiner Nase tropfte.

Sie stand kopfschüttelnd neben dem Bett. »Also, eins muß ich zugeben«, sagte sie, »du bist eine echte Herausforderung. Die meisten kommen schon, bevor ich überhaupt die Handschellen angelegt habe.«

Nathan versuchte, sich zu erklären. Heraus kam: Chhwlltnicks norrml Tzammrgckn.

Sie rieb sich die Stirn, ging dann zu einem Minikühlschrank und holte eine Dose Cola heraus. Sie nahm einen langen Zug, dann goß sie ein wenig über seine Wunden. Es war nicht ganz das gleiche wie Essig auf dem Kalvarienberg, aber fast.

»Ich bin auch erschöpft.« Ihre Stimme wechselte plötzlich von androgyner Tiefe zu mädchenhafter Höhe. Sie schenkte ihm ein kleines Lächeln und hob den Zeigefinger. »Aber keine Sorge, gleich mach ich da weiter, wo du es am liebsten hast. Ich muß nur wieder ein bißchen zu Atem kommen.« Am Fußende des Bettes niederkauernd, ließ Nancy einen Finger an seinen Zehenspitzen entlanggleiten. Bei jeder anderen Gelegenheit hätte er sich gegen das Kitzelgefühl aufgebäumt, doch im Moment war er völlig betäubt. »Eines Tages werde ich ein Buch über diese Sachen schreiben«, sagte sie. »Ich könnte jetzt schon eine Seminararbeit draus machen, aber ich fürchte, sie würde nicht so ohne weiteres angenommen werden!« Sie lachte meckernd und zwickte seinen kleinen Zeh. Kräftig, aber nicht zu sehr. »Ich studiere nämlich Psychologie, weißt du … ich sag dir nicht, wo, sonst würdest du wahrscheinlich ankommen und verlangen, daß ich's dir zwischen zwei Seminaren besorge. Ts, ts. All diese … Typen … weißt du, all ihr Typen mit eurer Sid-Kiste, das find ich echt faszinierend. Ich mein, die Musik ist es doch wohl nicht, oder? Die Hälfte der Typen hier will, daß ich die ganze Zeit ›My Way‹ spiele – Gottogott, das ist für mich genauso grausam wie das, was ich mit ihnen mache. Der jault doch nur! Kann keinen Ton richtig singen!«

Nathan versuchte das durchweichte Höschen auszuspucken. Als er es halb geschafft hatte, stellte sie ihre Coladose ab und stopfte es wieder zurück.

»Also, was mach ich denn mal, um deinen kleinen Mann da in Schwung zu bringen?« Sie stellte ein Bein aufs Bett, legte so ihre Vagina frei. Sie strich mit einem Finger dran entlang. »Etwas in dieser Richtung?«

Sie blickte erwartungsvoll auf seinen moribunden

Penis. Nathan schüttelte den Kopf. Sie nahm ihr Bein wieder runter, beugte sich über ihn und stülpte ihren Mund über seine Männlichkeit. Er schloß die Augen. Er spürte ihre Zunge an der Eichel reiben. Sie machte ein paar Minuten so weiter, mit untadeligem Engagement, sabberte ihn völlig ein. Sie zog ihre Beine beim Lutschen aufs Bett und drehte sich so, daß er genau auf Hintern und Vagina starrte. Auf beiden Hinterbacken war je ein Pickel zu sehen. Die Vagina war angeschwollen. Es sah aus, als würde ein glatzköpfiger Mann, dem eine Rugbypille im Munde steckte, auf seiner Brust sitzen.

Noch ein bißchen hingebungsvolles Saugen, dann gab sie auf. Mit tropfendem Mund wandte sie sich ihm zu. »Was willst du denn nun, Schätzchen?«

Er schüttelte den Kopf.

»Es ist das Messer, nicht wahr?«

Er schüttelte den Kopf.

Sie rollte sich vom Bett und trottete wieder zur Frisierkommode, um aus derselben Schublade wie vorhin ein langgriffiges Messer zu ziehen. Sie hielt es in die Höhe; es glitzerte im Licht. Er mußte schwer schlucken, während er gleichzeitig versuchte, nichts zu verschlucken.

»Sehr oft benutze ich das nicht«, sagte sie, »obwohl die meisten Typen das eigentlich wollen. Ist ein bißchen gefährlich, schätze ich. Ich hab ungefähr acht von den Dingern da drin. Die lassen sich total fallen, sind betrunken oder völlig zugeknallt, ficken drauflos und plötzlich, aus dem Nichts, kommt das scheiß Riesenmesser und sie wollen die ganze Show! Die wollen mich damit erstechen! Sie haben ihre Nancy gefunden und wollen das gleiche Ding durchziehen! Nicht mit mir, Baby! Als allererstes werden deshalb immer die Handschellen angelegt, dann wird durchsucht, und dann wird konfisziert. Sie stellen sich natürlich furchtbar an und machen mir die Hölle heiß, aber dann gibt's 'n bißchen Lutschi, 'n bißchen Fickificki, und schon sind sie fromm wie die Lämmer, und wenn sie dann wieder rausschleichen, haben sie meistens ihr gottverdammtes Messer vergessen.« Sie drehte die Klinge noch einmal im Licht, studierte für einen Moment ihr eigenes Spiegelbild darin. »Aber du, Mister, du bist ein ganz schweres Kaliber.«

Sie ging aufs Bett zu. »Mich selbst schneiden, das läuft bei mir nicht, aber dich schneide ich überall, wo du willst. Soll ich an deinem Schwanz schnippeln? Willst du eine Beschneidung? Ist es das?«

Er schüttelte den Kopf.

Sie warf einen erneuten Blick auf seinen Penis. »Da ist einfach kein Leben drin, was?«

Sie setzte sich wieder auf ihn, wandte ihm diesmal das Gesicht zu. Sie legte die Messerspitze genau unter seinen linken Nippel. »Soll ich einfach ein bißchen rumexperimentieren und sehen, was dich antörnt?«

Nathan schüttelte den Kopf.

Nancy fing an zu schnitzen.

Nathan fiel wieder in Ohnmacht, und dann war er in einem anderen Alptraum, weit weg und vor langer Zeit. Er war zu Haus.

Er wachte von Klopfgeräuschen auf. Es dauerte einen Augenblick, bis er klarsah. Nancy war auf dem Weg zur Tür. Er sah hinunter auf seine Brust. Ein einziger Brei aus Blut und Hautfetzen. Er stöhnte.

Nancy warf ihm einen Blick zu. »Still jetzt, Schätzchen. Du willst doch nicht, daß ich hier rausfliege, oder?«

Nathans Kopf sank aufs Kissen zurück.

Sie machte die Tür ein paar Zentimeter weit auf. »Was?« fauchte sie.

Jemand sagte etwas. »Was?« fauchte sie noch einmal.

Der Jemand sagte noch mal etwas. »Was?« fauchte sie erneut.

Sie warf einen Blick auf Nathan, dann wieder durch den Türspalt. »Einen Moment«, sagte sie und schloß die Tür. Sie kam auf ihn zu, stand drohend über ihm. »Wie heißt du?«

Nathan blubberte ins Höschen hinein. Mit einem Ausdruck der Mißbilligung zog sie es ihm aus dem Mund und warf es zur Seite. Er hustete trocken.

»Ich hab gefragt, wie du heißt, Mann!«

»Nathan«, krächzte er.

»Was für eine Nummer ziehst du hier ab, Mister?«

»Ich ...«

Nancy lief zur Kommode. Nathan verkrampfte sich in der Befürchtung, sie zaubere eine weitere Waffe aus ihrem Arsenal hervor. Sie kam mit einem Notizbuch in der Hand zu ihm zurück.

Sie blätterte sich durch ein halbes Dutzend Seiten, hielt inne und stieß dann einen Finger auf die aufgeschlagene Seite. »Ich hab einen Sid um elf. Ich hab einen Sid um 11 Uhr 30. Ich hab einen Johnny um Mitternacht. Ich hab einen Johnny Thunders um eins. Einen Mr. Smith um zwei. Noch einen Mr. Smith um drei. Dumm nur, daß Mr. Drei-Uhr-Smith gerade vor der Tür steht und sich vielmals entschuldigt, daß er so spät dran ist, weil er nicht von seiner scheiß Frau wegkommen konnte. Also, wer zum Teufelsarsch bist du?«

»Nathan ...«, krächzte er. »Ich wollte nur Sids Zimmer sehen.«

»*Schätzchen*, ich habe dir eine halbe Stunde lang das beste gegeben, was ich draufhabe.« Sie sah auf seine blutige Brust. »Du hast mich dafür bezahlt.«

»Du hast mich gefesselt! Und das Geld einfach genommen!«

»Ich dachte, du wolltest es so!«

»Du hast mich nicht gefragt!«

»Ich frage nie! Das ist es, was sie alle wollen! Geschlagen werden und gefickt werden!«

»Ich wollte nur sehen ...«

»Was für eine Sorte Perverser bist du eigentlich?«

»Bitte ... laß mich gehen.«

Nancy schüttelte den Kopf. »Wie kann ich dich jetzt gehen lassen? Jesses, ich hab dich total in Fetzen geschnitten.«

Mr. Drei-Uhr-Smith hämmerte wieder gegen die Tür.

Nancy sah Nathan kläglich an. »Du wirst mich anzeigen, nicht wahr?«

Nathan schüttelte den Kopf. »Laß mich einfach gehen.«

»Und ich kann dann Millionen blechen.«

»Bitte, ich …«

»All die Jahre, für nichts. Selbst wenn ich gewinne, wird alles für die Anwaltskosten draufgehen.« Sie hob das Messer. »Du wolltest eine Sid-Session. Schließen wir das Ganze doch wie eine Sid-Session ab. Aber mit vertauschten Rollen. Du bist völlig ausgerastet. Bist mit dem Messer auf mich los. Ich konnte dich wegstoßen. Du bist ins Messer gefallen. Verblutet. Tut mir leid.«

Nathan zerrte an seinen Fesseln. »Nancy, bitte, laß mich einfach gehen. Ich zeige dich nicht an. Ich schwöre bei Gott, daß ich dich nicht anzeigen werde. Wenn du mich nur freiläßt.«

»Ich hab dich gerade aufgeschnitten, und du willst aus der Tür spazieren, ohne darüber ein Wort zu sagen?« Sie setzte sich auf die Bettkante. »Warum bist du nicht gekommen? Wenn du gekommen wärst, wäre ich aus dem Schneider. Dann gäbe es einen Beweis. Daß du es genossen hast. Hast du aber nicht. Warum bist du nicht gekommen? Bin ich nicht attraktiv genug?«

Drei-Uhr-Smith trommelte gegen die Tür.

»Nancy, bitte, ich brauch einen Arzt.«

»Du brauchst einen scheiß Psychiater! Dich müßte man einsperren! Du bist doch krank!«

»Nancy, bitte, ich glaube, ich verblute.«

»Laß dich nicht aufhalten.«

Nathan bäumte sich plötzlich auf. »HOL DIE POLIZEI!« brüllte er, »HOL DIE POLIZEI!«

Nancys Kinnlade fiel herunter. Drei-Uhr-Smith stieß die Tür auf, linste hinein, preßte ein *Jesses* hervor, drehte sich um und verschwand eilig im Flur.

»Der holt die Bullen nicht«, sagte Nancy.

Sie bog den Arm zurück und stieß dann mit dem Messer zu. Nathan schnellte zur Seite. Sie erstach die Matratze. Dicke schwarze Tränen kullerten über ihr Gesicht. Sie stach noch einmal zu, wieder knapp daneben. »Verdammt! Halt still!«

»HOLT DIE POLIZEI!«

Nancy stand auf. »Du Arsch!« Sie rannte zur Kommode. Sie zog eine Tasche darunter hervor, öffnete die Schubladen und entleerte sie eilig ihres Inhalts. Lederklamotten, Messer, Peitschen, Dildos, Vibratoren. »Du Schwein. Seit sechs Monaten habe ich diesen Job! Jetzt muß ich wieder von vorn anfangen. Du hast mich ruiniert, du perverse Sau!«

»Tut mir leid«, sagte Nathan.

»Scheiß auf Leid«, sagte Nancy. Sie eilte zur Tür, spähte in den Korridor. Dann war sie verschwunden.

Nathan sank aufs Bett zurück, die Schnitte in seiner Brust ließen ihn bei jeder Bewegung zusammenzucken.

2

George hatte großen Spaß an der *Oprah*-Sendung gehabt, obwohl er eigentlich noch viel lieber im Publikum gesessen hätte – mit einer Bazooka unter der Jacke.

Er wußte, daß sie ihn in wenigen Minuten aufgespürt haben würden, daher nahm er einen eiligen Abschied vom Hotel Montrose und verbrachte den frühen Abend mit einem netten Einkaufsbummel in Georgetown. Er brauchte neue Kleider und genügend handliche Waffen, um einen militärischen Coup in Angriff nehmen zu können. All dies ließ sich relativ problemlos erledigen – John Smiths Kreditkarte erwies sich bei der Neueinkleidung als ausgesprochenes Gottesgeschenk, und ein kurzes Zücken seines goldenen FBI-Abzeichens war genau das richtige Mittel, um diejenigen Waffenverkäufer, die sich ein wenig zögerlich gaben, dazu zu veranlassen, all das rauszurücken, was er benötigte. Den Abschluß bildeten ein Besuch in der Tierhandlung »Reptiles R Us«, wo er für hundert Dollar eine nigerianische Slipperschlange erstand, und ein Abstecher bei McDonald's, wo er sich eine große Cola light kaufte.

Derart neu ausgerüstet, nutzte George den angebrochenen Abend, um sich in einem recht schmierigen Zimmer im Motel Ambassador in Washington mit seinem neuen Waffenarsenal vertraut zu machen. Die Schlange hatte er bereits erwürgt. Mit Hilfe eines Schweizer Armeemessers zog er das Gift heraus. Um Mitternacht dann, als alles zusammengepackt und fertig für den Aufbruch nach New York war, schlenderte er zur Rezeption und teilte mit, daß sein Zimmertelefon nicht funktioniere. Er benutzte das Haustelefon, um seine Frau in Birmingham anzurufen. Dabei behielt er seine Uhr genau im Auge. Er nahm an, daß der Anruf zurückverfolgt werden würde, aber er wollte nur schnell auf Wiedersehen sagen, und außerdem war er ja ein solcher Meister der Tarnung, ein solch leichtfüßiger Krieger und Spitzenstratege, daß das Risiko, von den Sicherheitskräften aufgespürt zu werden, so minimal war, daß er es ohne weiteres vernachlässigen konnte.

Mrs. Burley war reichlich angesäuselt, als sie den Anruf entgegennahm. Sie war mehrere Tage lang auf einem seelischen Tiefpunkt gewesen, dann aber hatte ihre Schwester Claudette sie dadurch aufzuheitern versucht, daß sie sie zur allwöchentlichen Singles-Night in einer Bar am Ort mitnahm. Das Unternehmen war kein durchschlagender Erfolg gewesen. Claudette war als Stammgast bei überlaufenen Singles-Treffs an die spannungsgeladenen verbalen Schlagabtausche gewöhnt, aber Mrs. Burley war darin ziemlich aus der Übung. Angeheizt durch großzügig bemessene Mengen unverdünnten Gins war sie in eine Auseinandersetzung mit einem einbeinigen Rodeoreiter (im Ruhestand) geraten, die darin endete, daß sie ihn mit ein paar Schlägen über die Bar beförderte.

Inzwischen hing sie zu Hause im Sessel vor dem Fernseher – ihr gegenüber die schlafende Claudette – und brauchte eine halbe Minute, bis sie in ihrem Dunst das Telefon gefunden hatte. Sie meldete sich mit diesem typischen ginfeuchten Südstaatenton, der einen immer an einen Esel, der Sprechunterricht nimmt, denken läßt. »Yeahaa, a-wer issen daa?«

Im ersten Moment irritiert, sagte George: »Ist Mrs. Burley da?«

»Hiiar is Missus Burrrleigh, a-wer is-a …«

»Jesses! Ich bin's. George!«

Mrs. Burley schielte durch den Alkoholnebel. »Gee-orge?«

»Ja, um Gottes willen, ich bin's. Ich ruf nur an, äh … ich ruf nur an, um zu sagen … Herrgott, ich liebe dich, Grace, und werde es immer tun.«

»Awwww, Gee-orge, das iss soo süüß!«

»Und ich will dir sagen, daß ich das alles für dich tue.«

»Awwww, Gee-orge, was alles füa miich?«

»Grace, hast du getrunken?«

»Iich?«

»Herrgott, Grace, kaum laß ich dich mal fünf Minuten allein, fällst du schon auseinander. Wie in drei Teufels Namen sollen wir denn die Nigger kleinkriegen, wenn du bei jeder kleinen Krise gleich zusammenklappst?«

»Gee-orge … was für Niegga?«

George holte tief Luft. Er zählte bis sieben. Dann sagte er, ganz ruhig: »Grace, ich möchte, daß du daran denkst – daß ich dies für dich getan habe, und für Amerika. Gute Nacht, Grace. Leb wohl. Ich werde nicht wieder anrufen.«

Mit dem Greyhound fuhr George bis Philadelphia. Es war eine ungemütliche Reise. Er hatte sowieso noch Schmerzen am ganzen Körper, und die wurden auch nicht gerade weniger durch die drei Pistolen, vier Granaten und hundert Schuß Extramunition, die er am Leib trug. Er hatte seine Lektion gelernt: Es war tollkühn, sich von seinen Waffen zu trennen, wie kurzfristig und in wie geringer Entfernung auch immer. Unmittelbarer Zugriff auf die Pistolen war unverzichtbar. Dafür würde er auch vorübergehende Unbequemlichkeiten in Kauf nehmen.

Der Anruf in der Pressestelle des Weißen Hauses hatte ihn zunächst etwas aus der Fassung gebracht. Die *Oprah*-Gelegenheit verpaßt zu haben war schlimm genug, doch die Nachricht, daß die Reiseroute des Präsidenten diesen in der kommenden Woche aus dem Hundert-Meilen-Umkreis der Hauptstadt fernhalten würde, zwang George, seine Pläne ernsthaft zu überdenken. Er wollte den Job erledigen und so schnell wie möglich wieder ein normales Leben aufnehmen. Dieses Vorhaben wurde nicht dadurch gefördert, daß er dem Präsidenten durch das ganze Land nachreiste, wenngleich ihn dies immerhin in dem Gefühl bestärken könnte, den Mann auf der Flucht vor sich herzutreiben.

Natürlich dachte George nicht daran, nach Birmingham zurückzukehren oder seinen Platz im Kontrollturm am Flughafen wieder einzunehmen. Das wäre ein sicheres Anzeichen von Wahnsinn gewesen. Notfalls war er bereit zuzugeben, daß er es als keine ganz üble Vorstellung empfand, irgendwo in der Nähe von Birmingham zu leben, nachts in die Stadt zu schleichen, um Mrs. Burley zu besuchen; doch er war klug genug einzusehen, daß das vorerst wohl nicht möglich sein würde, jedenfalls so lange nicht, bis etwas Gras über die Ermordung des Präsidenten gewachsen sein würde. Ein Jahr höchstens. Aber nein, in Wirklichkeit wußte George genau, daß das alte Leben vorbei war, und das war ja auch nicht das Schlechteste. Nicht viele Menschen bekamen die Gelegenheit, noch einmal von vorn anzufangen, den ganzen Plunder aus vier Lebensjahrzehnten einfach hinter sich zu lassen. George besaß eine falsche Sozialversicherungsnummer. Einen gefälschten Paß. Gefälschte Arbeitszeugnisse. Er könnte gehen, wohin er wollte. Tun, was er wollte. Er könnte sich sogar von seiner Top Ten verabschieden. Er hätte genug Zeit, daraus eine Top 100 zu machen. Probleme, diese vollzukriegen, sah er nicht auf sich zukommen.

Nach Kenntnisnahme der präsidialen Reiseroute beschloß er, daß New York der geeignete Platz sei, zuzuschlagen. Der Große Faulige Apfel. Wenn es irgendeinen

Ort gab, der den Verfall des modernen Amerika repräsentierte, dann war es New York. Der Schmelztiegel. Ein guter Ort für George Burley, die Hitze hochzudrehen. Es war, wie er registrierte, ein umfangreiches Besuchsprogramm für New York vorgesehen, der ideale Schauplatz für die Hinrichtung aber drängte sich ihm, als er die Liste durchging, geradezu auf. Das Empire State Building. Das Symbol für alles, was krank war an Amerika, an einem Ort zu töten, der ein Symbol war für alles, was großartig war an Amerika. Welch vollkommene Logik! Und außerdem: welch eine Herausforderung, einen Präsidenten an einem so eng begrenzten Ort umzubringen! All die hühnerschissigen Anschläge auf frühere Präsidenten waren dagegen ein Klacks. George notierte im Geiste eine neue Top Five.

1. Oswald – erschoß Kennedy über halb Dallas hinweg und wurde trotzdem gefaßt. Trottel.
2. Hinkley – erschoß Reagan (beinahe) auf einem von Menschen wimmelnden Bürgersteig. Schwachkopf.
3. John Wilkes Booth – erschoß Abe Lincoln in einem vollbesetzten Theater. Wurde gefaßt. Die alten Zeiten – sie wußten's noch nicht besser.
4. Harvey – weißes Kaninchen, griff Jimmy Carter während eines Wildwasserausflugs an. Entkam. (George war sich in diesem Punkt nicht ganz sicher, meinte aber, etwas in der Richtung gelesen zu haben.)
5. Alle bisherigen minderwertigen Anschläge auf diese Nutte Keneally.

Bei ihm würde es anders sein, ganz anders. Die erste Herausforderung war, überhaupt ins Empire hineinzukommen. Daß es knallharte Sicherheitskontrollen geben würde, war arschklar. Das zweite war, die Aufmerksamkeit des Präsidenten zu erlangen, ihm zu erklären, was er falsch gemacht hatte. Das dritte war, das Arschgesicht umzunieten.

George döste vor sich hin, während der halbleere Bus in Richtung Philly gondelte. Nach zwei Stunden Fahrt neigte sich ein Schwarzer, der ihm gegenüber saß, zu ihm hin. Instinktiv versteifte sich George.

»Kann ich Ihnen ein Sandwich anbieten, Sir?«

George schüttelte sich die Benommenheit aus dem Kopf. »Was?«

»Kann ich Ihnen ein Sandwich anbieten?«

»Ähm, nein. Nein. Ich habe kein Geld.«

»Ich will es Ihnen nicht verkaufen, Sir. Ich habe mehr als genug.« Er hielt George eine Alupackung hin.

George schüttelte den Kopf. »Nein danke, wirklich.« Er konnte ein dreieckiges Weißbrot erkennen sowie andeutungsweise einen Belag von unbestimmbarer Natur. Aber er wußte, worin der Trick bestand. Er wußte, wofür Silberfolie benutzt wurde. Nämlich, um Crack zu rauchen. *Heute nimmst du ein Sandwich an, und morgen bettelst du auf der Straße für dein nächstes Stück Crack.* George lächelte höflich und schloß wieder die Augen. Eines Tages, das wußte er, würden die Zeitungen aus ihm einen wahnsinnigen Rassisten machen. *Wenn die mich jetzt sehen könnten, wie ich am Plaudern bin, als wäre ich einer von den Brothers, dann würden sie die Wahrheit erkennen. Würden erkennen, daß das, was ich mache, nichts mit einzelnen Individuen zu tun hat, sondern mit Amerika. Eines Tages, nicht morgen, nicht in einem Jahr, vielleicht nicht mal in einem Jahrzehnt, werden sie mich als Helden ansehen. Sankt George. Es wird einen neuen Nationalfeiertag geben. Und zwar nicht den scheiß Martin Luther King Day. Sondern den George Burley Day. Vielleicht ein ganzes Wochenende.*

Zwanzig Minuten vor Philly zog George den McDonald's-Strohhalm aus seiner Jackentasche. Seiner Brieftasche entnahm er vorsichtig ein verschweißtes Plastiktütchen. Daraus fischte er äußerst behutsam einen spitzen braunen Rosendorn. Diesen plazierte er im einen Ende des Strohhalms. Ein paar Minuten lang saß er still da mit dem Strohhalm im Mund, bis er sicher war, daß niemand auf ihn achtete. Dann visierte er sein Ziel an.

Der Dorn traf den schwarzen Typen mit den Sandwiches im Hals. Im Busfenster beobachtete George, wie dessen Spiegelbild herumfuhr und sich auf den Hals schlug. Der Mann untersuchte seine Hand.

»Verdammt«, sagte er, »eine Biene hat mich gestochen.«

George nickte mitfühlend hinüber. »Hab sie nicht gesehen«, sagte er.

»Verdammt.« Der Mann wandte sich wieder ab, noch immer seinen Hals reibend.

George schlenderte lässig durch den Gang, als der Bus in die Station in Philly einfuhr. Mit Befriedigung hatte er registriert, daß der Kopf des Sandwichmannes am Fenster lehnte, mit leblos starrenden Augen.

3

Silvan Rozzi schüttelte den Kopf, verschränkte die Arme, trat einen Schritt vor, einen wieder zurück, verzog das Gesicht. Noch einmal trat der Geschäftsführer heran und verrenkte sich den Hals, um das Kopfteil nach Kratzern abzusuchen. »Alles klar«, sagte er, »Polizei und Sanitäter sind unterwegs.«

»Ich will keine …«

»Ich aber.« Rozzi verzog erneut das Gesicht. »Selbst Rock'n'Roll-Hotels haben gewisse Maßstäbe, wissen Sie«, fuhr er fort.

Nathan stöhnte halb, halb heulte er. Sein Kopf dröhnte. Seine Brust war wie zugeschnürt. »Ich will nur hier raus.« Er schüttelte müde den Kopf, blickte auf den gerinnenden Brei auf seiner Brust. »Das war alles nicht meine Schuld«, sagte er schwach.

Rozzi war ungerührt. »Es ist wichtig, daß diese Dinge korrekt abgewickelt werden«, sagte er feierlich.

Nathan zerrte wieder an den Handschellen. Etwas getrocknetes Blut fiel aufs Kissen. »Tut mir leid«, sagte er, »ich wollte nicht auf das Laken bluten. Ich bin nicht mit Absicht hier. Alles was ich möchte, ist, daß Sie mich freilassen. Ich geh wieder in mein Zimmer. Ich kaufe Ihnen ein neues Laken, falls das das Problem ist.«

»Es geht hier nicht um Laken. Es geht darum, wo der Schlüssel für die Handschellen ist. Es geht um die Frage, wer versuchen soll, Sie zu befreien, ohne sich mit HIV anzustecken. Es geht um die Frage Ihrer ärztlichen Behandlung. Die Polizei wird alles wissen wollen. Ich kann nichts dazu sagen, jedenfalls nicht ohne meinen Anwalt. Tut mir leid, aber ich kann Ihnen nicht helfen.«

»Könnten Sie mir wenigstens einen Schluck Wasser geben?«

Rozzi schüttelte bedauernd den Kopf. »Tut mir leid«, sagte er, »es ist besser, sich in nichts einzumischen.« Er wandte sich abrupt zur Tür. »Ich will aber mal sehen, ob sie schon da sind.«

Nathan ließ den Kopf aufs Kissen sinken. Er schluckte trocken. Er fiel in Ohnmacht. Nur für ein paar Augenblicke, oder ein paar Tage, er konnte es nicht unterscheiden. Als er sich in die Welt zurückgeblinzelt hatte, stand jemand am Fenster.

Nathan krächzte ein Hallo heraus. Die Gestalt am Fenster wandte sich halb um, als sei sie nicht sicher, richtig gehört zu haben, oder unwillens, sich von der Aussicht loszureißen. Es war ein großer Mann, sehr mager unter der schwarzen Lederjacke und dem roten T-Shirt, die Haare waren lange schwarze Spikes.

»O Gott«, stöhnte Nathan.

»Was?«

»Hast ja nicht viel Zeit vergeudet. Ich glaub nicht, daß die Sid-Vicious-Suite schon wieder neu belegt werden kann.«

»Du … was?«

Nathan seufzte tief durch. »O Gott, steh mir bei«, sagte er.

»Was?«

»Nichts. Nichts. Verfickt noch mal, nichts.«

Die Gestalt löste sich jetzt vom Fenster und stellte sich ans Fußende des Bettes. Mit zusammengekniffenen Augen, halb auf Nathans Brust geheftet, begann er auf seinen Fußballen hin- und herzuschaukeln. »Oi«, sagte er nach einer Weile, »was für'n Scheißspiel treibst du denn da?«

Nathan schloß die Augen. »Es ist kein Spiel«, sagte er schlicht. Er machte die Augen wieder auf und zerrte einmal mehr an den Handschellen. »Verdammt, es ist kein scheiß Spiel!«

Spike schien ein bißchen betroffen. Er zuckte die Achseln. »Ist nicht meine Schuld, Alter«, sagte er wie entschuldigend und nahm die Handschellen in Augenschein. »Hast den scheiß Schlüssel nicht, oder was, Alter?«

Nathan schüttelte zähnefletschend den Kopf. »Logisch hab ich den scheiß Schlüssel, hab mich in Streifen geschnitten, hab die Bullen gerufen und mich dann ans Bett geschlossen. Logisch hab ich den gottverfickten Schlüssel!«

Spike schaukelte ein bißchen zu weit nach hinten, kam ins Straucheln, fing sich aber wieder. »Bist ziemlich sarkastisch, wie?« sagte er. »Genau wie John. John war sehr sarkastisch.« Er lehnte sich vor, wieder ein bißchen zu weit. Er stieß sich vom Bettgestell ab. »Du kennst doch den Spruch dazu, oder?«

Nathan schüttelte den Kopf.

»Man sagt, Sarkasmus sei die niedrigste Form des Witzes.«

»Sagt man das.«

»Jau. Hab ich John auch gesagt. Weißt du, was er gesagt hat?«

Nathan schüttelte den Kopf.

»Er sagte: Sid, verpiß dich und bring dich um. Was kein besonders stichhaltiges Argument war, fand ich.« Er stand plötzlich gerade, mit wachsamen Augen, aufgestellten Ohren. »Was?«

»Ich hab nichts …«

»Nancy?« rief er. »Wo zum Teufelsscheiß bist du?«

Er runzelte die Stirn. Drehte sich um, schielte in Richtung Badezimmer. »Nance?« rief er sanft.

Nathan verdrehte die Augen. »Sie ist weg! Ist abgehauen! Und jetzt, bitte, mach ...«

Spike schien ihn nicht zu hören. Er bewegte sich vorsichtig, fast etwas verstohlen, auf das Badezimmer zu. »Nancy, Liebes, alles in Ordnung, Schatz?«

»He, Scheiße noch mal«, rief Nathan, »nimm mir bitte diese Scheißdinger ab ...«

Der Typ stieß die Badezimmertür auf. »Nance ...?«

Und dann schrie er. Stürzte vorwärts. Erschrocken mühte sich Nathan zu sehen, was los war, aber der Bursche war seinem Blick entschwunden. Für einen Augenblick war kein einziger Laut zu hören, selbst das dumpfe Rauschen des Verkehrs schien ausgeblendet, aber dann drang langsam ein Geräusch in Nathan ein, das er erst einmal im Leben gehört hatte, und da auch nur in seinem eigenen Kopf, damals in einer kalten Nacht in Crossmaheart, eine Art tierhaftes Wimmern.

»He«, rief Nathan, »alles klar da drin ...?«

Eine leidende Stimme. »O Nancy ... o Nancy ... o nein ... Nancy.«

»He Scheiße – guck dir das an!«

Mit einem Ruck wandte Nathan den Kopf zur Tür. Bullen. »Aaah!« schrie er auf und warf den Kopf zurück ins Kissen. »Das ist einfach nicht mein Tag!« rief er in Richtung Zimmerdecke.

Zwei Blaue standen in der Tür. Der eine, klein, Lateinamerikaner, schob sich die Mütze aus der Stirn. »Mensch«, sagte er, »und ich dachte, ich wüßte, wie man sich amüsiert.«

Sein Partner nickte bedächtig und schob sich vorsichtig ins Zimmer, die eine Hand am Pistolenhalfter.

Nathan klirrte mit den Handschellen, rasselte mit den Fußfesseln. »Können Sie mir diese Dinger bitte abmachen? Und Sie sollten vielleicht mal das Bad kontrollieren. Ich glaube, da hat es irgendeinen Unfall gegeben.«

Der Latino nickte seinem Partner zu. »Kümmer du dich um den da. Ich seh im Klo nach.«

Der andere Polizist zwinkerte und kam ans Fußende des Bettes. Er blies ein bißchen die Backen auf. »Ihr jungen Leute heutzutage«, sagte er.

Der Latino zog seine Waffe und bewegte sich vorsichtig auf das Badezimmer zu. Er hielt die Pistole am ausgestreckten Arm und stieß mit dem Fuß langsam die Tür auf. Er trat einen Schritt vor. Dann straffte er sich, drehte sich um und steckte die Waffe ins Halfter. »Was soll das bedeuten, du Arschloch? Da ist keiner drinnen.«

Fünfzehn Minuten, nachdem die Sanitäter ihn für halbwegs fit, wenn auch ziemlich blutig erklärt hatten, traf die Feuerwehr ein, um Nathan von seinen Handschellen loszuschneiden. Als die Aktivitäten ihrem Höhepunkt zustrebten, drängen sich vier Polizisten, drei Hotelangestellte, drei Sanitäter und acht Feuerwehrleute in Zimmer 100. Drei Lokalreporter hingen im Flur herum und riefen abwechselnd Fragen durch die Tür. Es war eine ungewöhnlich ruhige Nacht für diese Stadt.

»Ey Mann, für diesen Scheiß hast du bezahlt?« sagte einer der Sanitäter, der, mit weißen Handschuhen ausgerüstet, ein Antiseptikum auf seine Brust tupfte.

»Ich hab für gar nichts bezahlt«, krächzte Nathan. Er nahm einen Schluck Wasser und ein Beruhigungsmittel entgegen, verschluckte sich dann fast daran.

»Hast es umsonst bekommen, ja? Glück der Iren.« Er gackerte.

Einer der Polizisten erschien, in Nathans Brieftasche stöbernd, in der Tür. Über und zwischen die Beine der liegenden Feuerwehrleute steigend, näherte er sich dem Bett.

»Dauert nicht mehr lange«, sagte einer.

Der Polizist hielt die Brieftasche so, daß Nathan sie sehen konnte. »Nathan Jones. Ire. Nicht sehr gut getroffen auf dem Paßfoto. Das Touristenvisum ist abgelaufen, mein Sohn, und ich sehe keine Green Card.«

Nathan schloß die Augen. »Was gibt's dazu zu sagen?«

»Nicht viel. Wollen Sie noch Anzeige gegen irgend jemanden erstatten, bevor wir Sie abschieben? Wer war denn das, Freundin, Freund …?«

Silvan Rozzi, der sich ebenfalls noch im Zimmer herumtrieb, hüstelte und flüsterte dem Cop etwas ins Ohr.

»Oder Nutte. Oder alles drei, heutzutage kann man nie wissen. Aber egal, so schnell werden Sie die nicht vergessen, was?«

Nathan schüttelte den Kopf.

Von den Handschellen befreit, zog Nathan sich als erstes die Hosen hoch, allerdings nicht bevor einer der draußen stehenden Fotografen seine Kamera durch die Tür gehalten und einmal schnell abgedrückt hatte. Einer der Cops schrie ihn an, aber da war der Schaden schon angerichtet. Nathan beugte die Beine, streckte sich und zuckte zusammen, als seine Wunden gegen den leichten Verband scheuerten, den die Sanitäter angelegt hatten. *O Gott*, dachte er.

Die Feuerwehrmänner verabschiedeten sich und wünschten ihm alles Gute. Auch die Sanitäter machten sich recht gutgelaunt davon. Rozzi blickte ihn finster an, zog das blutige und inzwischen auch mit Gleitmittel verschmierte und angebrannte Bettzeug ab und eilte aus dem Zimmer. Einen Augenblick später war er wieder da und kippte Nathans übriggebliebene Habseligkeiten vor die Tür. Drei der Polizisten traten jetzt ebenfalls den Rückzug an, so daß Nathan mit den beiden ersten Cops allein zurückblieb.

»Okay, mein Freund«, sagte der Latino, »gehen wir mal runter zum Streifenwagen.«

Nathan sah die Polizisten hilflos an. Seine Unterlippe begann zu zittern.

»Tut mir leid«, sagte der andere Cop, »wir haben keine andere Wahl. Ist ganz allein Ihre eigene Schuld. Wer keine Green Card hat, sollte sich nicht mit Nutten einlassen.«

»Ich hab nicht …«

»Bist'n geiler kleiner Lümmel, mein Freund«, sagte der Latino.

Barfuß, mit nacktem Oberkörper, führten sie ihn zum Fahrstuhl. Der Latino trug seine Sachen. Sein Partner sagte: »Falls Sie sich wundern, normalerweise hätten wir Ihnen jetzt Handschellen angelegt, aber das schien uns im Moment nicht ganz passend.«

Nathan rang sich ein dünnes Lächeln ab. »Danke«, sagte er.

»Keine Ursache. Aber wenn Sie versuchen abzuhauen, knall ich Sie ab.«

»Seh ich so aus, als könnte ich irgendwohin abhauen?«

Der Cop musterte ihn von oben bis unten. »Auch wieder wahr«, sagte er.

Es ging durch die Empfangshalle. Die Sid-Konferenz warf bedeutungsschwere Blicke. Nathan warf einen forschenden zurück. Rozzi saß hinter dem Tresen. Er blickte nicht auf.

Tageslicht begann sich über die Stadt zu legen, konnte aber in der 23. Straße noch nicht viel ausrichten; das Chelsea lag düster in ihrem Rücken, ein schwarzes Loch, begierig, einen weiteren amerikanischen Traum zu verschlucken.

Nathan stieß sich den Zeh an der Tür. Er zischte ein *Scheiße* und begann auf einem Bein zu hüpfen, während die Cops sich beölen wollten. Irgendwelche knackenden Geräusche kamen aus ihren Funkgeräten. Nathan bückte sich, um seinen Zeh zu umklammern. Er zählte bis fünf, der Schmerz ließ langsam nach. Als er aus seiner gebückten Haltung hochkam, schlug er dem nächststehenden Cop voll in die Eier.

Der stöhnte auf und krümmte sich. Der Latino griff aufgescheucht nach seinem Schlagstock, doch Nathan straffte sich, rammte ihm seine Faust in die Kehle und rannte die Straße hinunter, so schnell seine Füße ihn trugen.

Der Latino würgte, saugte ein paarmal tief Luft an, schüttelte sich und zog seine Pistole. Legte an. Zielte. Die

Wut ließ seine Hand zittern. »Verfluchte Scheiße!« rief er und ließ die Waffe sinken. »Dieser Mistkerl.«

Sein Partner lag auf der Treppe des Chelsea und rollte sich hin und her, die Hände zwischen den Beinen, das Gesicht schmerzverzerrt.

»Alles in Ordnung bei dir?« Der Latino kniete sich vor ihn.

»Ganz hervorragend«, preßte sein Partner hervor, während die Tränen in Stereo tropften.

4

Nathan verbrachte die frühen Morgenstunden des Dienstags damit, den Blumen in Strawberry Fields die Köpfe abzutreten.

Er wußte nicht mehr, wie er hier gelandet war. Er war nur gelaufen, gelaufen und noch mal gelaufen. Früher hatte er mal in nüchternem Zustand versucht, den Garten zu finden, und sich dabei hoffnungslos verlaufen; jetzt aber war er hier, tretend, tretend und noch mal tretend. Nach einer Weile hatte er aber genug und ließ sich ins Gras fallen. Er drückte die letzte der drei Dosen an sich, die er von den paar noch in seiner Hosentasche aufgefundenen Münzen hatte kaufen können. Im Deli hatten sie ihn kaum eines zweiten Blickes gewürdigt: nackt von der Hüfte aufwärts, aufwendiger Verband, barfuß – typischer New Yorker Durchschnittskunde.

Nathan haßte Orte wie Strawberry Fields. Lennon war genauso Anarchist gewesen wie Sid. Eigentlich noch mehr. Er war klug und witzig gewesen, während Sid nur ein Schläger mit asozialen Tendenzen gewesen war, und überhaupt ein hoffnungsloser Fall. Es gab keine Denkmäler für Sid – in zwanzig Jahren würde sich niemand mehr an ihn erinnern. Nathan bewunderte Lennon, aber wie kann man jemandes mit einem *Garten* gedenken?

Und wie würde er sich an Lisa erinnern? Erst hatten sie so schön miteinander geschlafen, und dann war sie abgehauen. Wenn er nur mit ihr reden könnte, ihr den Ring zeigen … der Ring! O Gott, den hatten die Bullen ja auch.

»Love, love me do«, sang Nathan leise den toten Blumen zu seinen Füßen vor.

»Wie lieb«, antworteten die Blumen. Oder nein. Nicht die Blumen. Nathan schaute auf. Die Morgendämmerung drang durch die Bäume, und dasselbe tat eine kleine Frau im Schaffellmantel. Als sie näherkam, sah Nathan, daß sie fernöstlicher Herkunft war, daß sie die vom Leben gezeichnete Haut des mittleren Alters hatte und Augen, wie vom Weinen gerötet.

»Tut mir leid«, sagte Nathan, »ich werde mit fortschreitendem Alter sentimental.«

Die Frau zuckte andeutungsweise die Achseln und lächelte etwas förmlich, aber freundlich. »Der Garten ist für Gefühle da. Viele Menschen kommen in meinen Garten, um ein paar Tränen zu vergießen.«

Nathan musterte sie eingehend. Sie schaute sich um. Er folgte ihrem Blick zu einem Gebüsch, hinter dem die Umrisse von drei, vielleicht auch vier Personen sichtbar wurden. Großen Personen.

Sie bemerkte, daß er sie gesehen hatte. »Tut mir leid«, sagte sie, »aber die sind immer bei mir, seit … na ja, du weißt schon.«

»Yoko«, sagte Nathan.

Sie sah scheu zur Seite. »Ich würde gern öfter hierher kommen, aber tagsüber sind immer so viele Leute da.«

Nathan hielt ihr einladend seine Dose hin.

Sie schüttelte den Kopf. »Nichts für mich. Danke.«

»Ich weiß, wie es ist, einen Freund zu verlieren. Durch Gewehrkugeln.«

Sie nickte.

»Man wird es nie los«, sagte Nathan.

»Er ist immer bei mir. Immer.«

Nathan nickte mehrmals. »Dein Englisch ist sehr gut«, sagte er nach einer Weile.

»Deins auch.«

Er lächelte. »Tut mir leid. Das klang bestimmt überheblich.«

Sie zuckte die Achseln. »Ich bin daran gewöhnt. Ich lebe seit dreißig Jahren hier. Die Leute reden immer noch mit mir wie mit einer geistig Behinderten.«

Nathan legte seine Dose trocken und schickte sich an, sie in die Gegend zu schleudern, besann sich aber eines Besseren. Seine schwarzen Füße stachen ihm ins Auge. »Du kannst mir nicht zufällig ein Paar Schuhe leihen?«

Mit einem Ausdruck der Mißbilligung trat Yoko einen Schritt von ihm weg. »Mußt du alles verderben.«

Nathan runzelte die Stirn.

»Wieso, ich meinte ...«

»Du bettelst mich um Geld an.«

»Ich wollte nur ...«

»Ihr seid alle gleich.«

»Das war doch nur ein Scherz. Ich schätze nicht, daß du irgendwelche Schuhe dabei hast.«

»Ich hasse Unehrlichkeit. Du willst keine Schuhe. Du willst Geld für mehr Alkohol. Oder Crack.«

»Was redest du da, verdammt? Ich habe nur um ein bißchen Hilfe gebeten, um nach Hause zu kommen.« Er haßte *Mutmaßungen*. Sie hatte ja keine Ahnung, was für einer Hölle er gerade entkommen war. Er schleuderte ihr seinen Zeigefinger entgegen. »Du kannst dir dein Geld von mir aus sonstwohin stecken.« Er trat auf ein paar Blütenköpfe ein. »Und scheiß auf deinen Garten. Scheiß auf John Lennon. Und vielen Dank, daß du die Beatles auseinandergebracht hast, du japanische Schlampe. Deine Platten sind ein einziger Schrott. Hoffentlich wirst du auch bald erschossen.«

Nathan atmete tief durch. Ein Blick in die Büsche verriet ihm, daß sich die massigen Gestalten näher herangeschoben hatten. Er spuckte ins Gras.

Yoko, die sich noch einen Schritt weiter von ihm entfernt hatte, schüttelte bedauernd den Kopf. »Du hast so viel Wut in dir.«

Nathan kickte einen weiteren Blütenkopf vom Stengel. »Ja, logisch«, fauchte er und dann, etwas ruhiger: »Ich wollte nur nett sein, und du hältst mich für einen Drogenabhängigen.«

»Schau dich an. Was würdest du an meiner Stelle denken?«

Für einen Augenblick, einen sehr kurzen Augenblick, schwebte das Bild von Coolidge und den anderen Kollegen, die tot auf jener einsamen nordirischen Straße lagen, vor Nathans innerem Auge. Mein Gott, wieso mußte er es auf einen Streit mit ausgerechnet Yoko Ono anlegen? Er atmete nochmals tief ein, versuchte seinen Kopf durchzulüften, die Wut zu vertreiben. Er bückte sich nach einer der geköpften Blüten und warf sie ins Gebüsch. »Du hast dafür bezahlt, daß du die Beatles auseinandergebracht hast«, sagte er leise.

»Ich habe die Beatles nicht auseinandergebracht.«

Yoko stampfte mit dem Fuß auf, dann verschwanden ihre Hände suchend in den Taschen ihres Schaffellmantels und tauchten mit einer Schachtel Zigaretten wieder auf. Mit den Lippen fischte sie eine heraus, steckte die Schachtel wieder weg. Nochmals gingen die Hände auf Suche, um gleich darauf ein beim vierten Versuch aufflammendes Feuerzeug ans dämmernde Licht zu befördern. Als sie sich zu der flackernden Flamme hinabbeugte, sah Nathan, daß ihr Gesicht nicht nur fernöstlich dunkel, sondern vor allem schmutzig dunkel war. Die ums Feuerzeug geschlungenen Finger waren verdreckt, die langen, aber geschnittenen Nägel schwarz.

Er schüttelte den Kopf. Er wußte, was sie durchgemacht hatte, aber immerhin besaß sie eine Milliarde Dollar, die ihr hätten helfen können, den Schicksalsschlag abzufedern; zumindestens das Gesicht hätte sie sich ja wohl mal waschen können. Nathan hatte fast seine gesamten hunderttausend Pfund Ausgleichsgeld innerhalb von gut drei Jahren verjubelt. Aber sein Gesicht war dabei immer sauber gewesen, abgesehen von dem Blut jetzt gerade, und er hatte sich immer sehen lassen können, abgesehen von den derzeitigen Wunden und den fehlenden Schuhen.

Sie musterten einander für ein paar stumme Augenblicke. Yoko zog lustvoll an ihrer Zigarette und blies den Rauch durch die Nase.

»Ich schätze, ich sollte mal wieder los«, sagte Nathan. Er nickte ihr grüßend zu, dann sagte er noch: »Wenigstens Woody Allen war nett zu mir.«

Yoko lachte sarkastisch. »Du willst Woody kennen?«

»Ja, und?«

»Nun, ich kann ihn ja mal eben anrufen und fragen.«

Yoko wühlte abermals in ihren Taschen und brachte ein Mobiltelefon zum Vorschein. Sie wandte sich ab, damit er nicht sehen konnte, welche Tasten sie drückte. Dann vergrub sie sich in ihrem Schaffellmantel und begann leise zu sprechen.

Nathan schüttelte traurig den Kopf. Sah auf seine Uhr. Langsam setzte Nüchternheit ein. Hunger ebenfalls. Natürlich würde Woody sich nicht an ihn erinnern. Wie denn auch, er hatte ihm ja nicht einmal seinen Namen gesagt.

Nathan warf einen letzten Blick auf die gekrümmte Gestalt der Rockwitwe. Jetzt bemerkte er, daß ihr Schaffellmantel am Rücken ziemlich zerrissen war. Und ihr Haar verfilzt. Und daß sie zwei verschiedene Schuhe trug. Er verdrehte die Augen. Ärgerte sich über sich selbst. Rasch lief er die paar Schritte über den Rasen auf sie zu, packte sie bei den Schultern und wirbelte sie herum. Sie versuchte sich loszureißen, doch er hielt sie fest, und dann, mit einer blitzartigen Bewegung, entriß er ihr das Telefon. Schreiend griff sie danach, doch er löste sich von ihr und hielt es ans Ohr.

»Woody?« sagte er.

Keine Antwort … keine Elektrostatik … nichts. Er wog den Apparat in der Hand, während Yoko ihn erneut zu packen suchte. Hielt ihn an die Nase. Dann biß er ein Stück ab.

Schokolade.

Schokolade, die ein bißchen nach Schweiß und Sand schmeckte. Er spuckte sie aus.

Yoko gackerte los. Ihre Zähne – soweit vorhanden – waren schwarz.

»Oh, um Gottes willen«, sagte Nathan und schleuderte das Schokotelefon zu Boden. Sie stürzte sich augenblicklich darauf.

Nathan drehte sich um und schickte sich an, Strawberry Fields zu verlassen, wütend auf sich selbst, daß er sich so hatte verladen lassen. Erst ein sich in Luft auflösender Sid und jetzt eine Pennerin als Yoko-Ono-Double. Er mußte sich zusammenreißen. Die Wirklichkeit wieder in den Griff kriegen. *Überleben. Es zu etwas bringen.* Er überhörte die Schritte bis ganz zuletzt. Für eine Verrückte konnte sie sich mit tückischer Lautlosigkeit bewegen. Das Schokotelefon krachte auf seinen Hinterkopf, so daß er vornüber taumelte. Für einen Augenblick, ganz kurz nur, war er weg, dann rollte er sich auf den Rücken, sein Blick wurde wieder klar, und er wollte gerade wieder aufstehen, als es erneut losgackerte und eine Reihe dunkler Gestalten auf ihn einstürmte und ihn am Boden festhielt. Yokos Leibwächter, klar. Ihre Ausdünstungen nahmen ihm fast den Atem. Es waren fünf Personen, schwer keuchend – vermutlich von Lungenentzündungen –, deren Hände jede Stelle seines Körpers begrabbelten, an der etwas hätte versteckt sein können ... Nathan schrie und rastete aus. Er trat mit voller Wucht um sich, ein schmerzerfülltes Aufstöhnen, ein Bein war frei, er trat noch einmal, der Zusammenprall seiner nackten Zehe mit Zahnschmelz ließ ihn zusammenzucken. Die Hebelwirkung des einen Beines nutzend, wand er sich und teilte einen weiteren Tritt aus, diesmal nach links, und dann waren beide Beine befreit, und er bog den Körper zurück und trat noch einmal um sich, da waren auch seine Arme frei, und vier seiner Angreifer lagen auf dem Boden, einer stand noch, zog sich aber bereits in Richtung Gebüsch zurück; die falsche Yoko stand, das Schokotelefon fest an sich geklammert, wie gebannt am Fleck.

Es war, als würde man auf der Sterbestation ausgeraubt

werden. Er sprang auf die Füße, bereit, den Kampf fortzusetzen, doch seine Angreifer blieben im feuchten Gras liegen, schnappten nach Luft, wanden sich und hielten sich die schmerzenden Körperteile. Nathan trat den Rückzug aus Strawberry Fields an, immer auf der Hut vor etwaigen Schokoladentelefonen.

5

Brian Houston war dabei, ein Omelett zuzubereiten und seiner Schwester die Bedeutung des Kampfes Tyson gegen Douglas zu erklären, der am 11. Februar 1990 im Tokyo Dome stattgefunden hatte. Ihre Wohnung befand sich im dritten Stock eines Brownstone-Hauses in Brooklyn.

»Verstehst du, bis dahin war Tyson unschlagbar.«

»Unsagbar – was, blöd?«

»Laß das. Er hatte alles weggefegt. Er war der beste Schwergewichtler aller Zeiten. Der jüngste, härteste, schnellste – na gut, vielleicht nicht so schnell wie Ali, aber auf jeden Fall der schnellste seitdem. Er war genau das, was die Gewichtsklasse brauchte, jemand, der sie vereinigen konnte, ein absoluter Star. Ich mein, sicher, Larry Holmes war soweit ganz okay, aber er hatte das Charisma einer Holzbank.«

»He, nichts gegen Holz.« Sie schob ihn sanft von der Pfanne weg. »Geh und schau dir den Kampf noch mal an. Ich schau solange aufs Omelett.«

»Im Ernst?«

Sie ließ die Wimpern flattern.

»Danke«, sagte er. »Du bist ein Schatz.«

»Für dich immer.«

Er kehrte ins Wohnzimmer und vors Videogerät zurück. Sie wandte sich den Eiern zu. »Wenn ich noch ein Wort übers Boxen höre«, sagte sie, »schlag ich ihm den Kopf mit einem Ziegelstein ein.«

»Was meinst du?« rief Brian.

»Ich sagte, Tyson sieht aus, als hätte er was mit einem Ziegelstein verpaßt bekommen.«

»Kannst du laut sagen.«

Da er die aufgeregten Kommentatoren auf volle Lautstärke gedreht hatte, hörte er die Türklingel zunächst nicht. Erst als er den Recorder das Video ausspucken ließ, um es durch *Champions Forever* zu ersetzen, drang das Läuten zu ihm. Lucy erschien in der Küchentür, als er auf die Wohnungstür zuschlurfte.

Brian zuckte die Achseln und spähte durch den Spion nach draußen. Überrascht trat er einen Schritt zurück, dann sah er noch einmal nach. Schließlich machte er die Tür auf.

»Nathan?« sagte er.

»Hi. Wie geht's?«

»Gut«, sagte Brian. »Äh, und dir?«

Nathan lächelte. »Ging schon mal besser.«

»Ah. Willst du reinkommen?«

Nathan nickte schwächlich. »Ich hätte nichts dagegen.«

Brian führte Nathan in die Wohnung, bot ihm einen Stuhl an.

Lucy stand immer noch in der Küchentür. Sie musterte Nathan eingehend. Nahm das verfilzte Haar, die verschorfte Brust und die schwarzen Füße zur Kenntnis. Bevor sie sich wieder umdrehte, warf sie Brian einen Blick zu, der besagte: *Was macht dieser Wilde aus Borneo in unserem Wohnzimmer?*

»Gott, Nathan, hab mich schon gewundert, warum du heute nicht bei der Arbeit warst. Du siehst aus, als wärst du über sechs Runden mit Tyson gegangen.«

Nathan schüttelte den Kopf. »Das wäre um einiges angenehmer gewesen.«

Lucy tauchte wieder in der Küchentür auf. »Das Omelett brennt an«, sagte sie.

»Dann verteil es auf drei Teller, Schwesterherz.«

Ihre Augen verengten sich, doch dann ging sie ohne Widerspruch zurück in die Küche.

»Nathan, was zum Teufel ist passiert? Als ich dich zuletzt gesehen hab, wolltest du ziemlich überstürzt heiraten. Ich darf wohl annehmen, daß sie nicht ›ja‹ gesagt hat, wie?«

Nathan schüttelte kläglich den Kopf. Lucy stand schon wieder in der Tür. »Das will ich auch hören«, sagte sie.

Nathan nickte. Schloß die Augen, atmete tief durch. »Sie hat mich verlassen. Ist abgehauen.«

»Das tut mir leid«, sagte Brian. »Und?«

»Dann hat mich eine Frau, die ich nicht kenne, mit Handschellen ans Bett gefesselt und mich aufgeschlitzt.«

»In deiner Wohnung? Jesses!«

»Nein. Im Chelsea-Hotel.«

»Im ...«, setzte Lucy an.

»Ich war betrunken. Ich wollte nur mal das Zimmer ... ach, ist ja scheißegal. Jedenfalls hat die Frau mich aufgeschnitten, und als sie weg war, hat der Geist von Sid Vicious auf ein Schwätzchen reingeschaut. Dann ist halb New York gekommen, um mich loszuschneiden, und die Bullen haben mich verhaftet, weil ich keine Green Card habe. Ich bin entkommen. Den Rest der Nacht habe ich damit verbracht, mich in Strawberry Fields mit einer Person zu unterhalten, die ich für Yoko Ono hielt, und den Tag über hab ich mich in einem Möbelgeschäft am Washington Square in einem Luxuskleiderschrank versteckt.«

»In einem Luxuskleiderschrank?« sagte Lucy.

»Klar.«

»Und wie war das?«

»Beengt.«

»Mensch«, sagte Brian. Er sah Lucy an. Beide nickten.

»Acid«, sagten sie gleichzeitig.

»Nein, ehrlich, sowas nehme ich nicht.« Er seufzte; es klang, als käme es von ganz tief unten, von den Füßen. »Tut mir leid«, sagte Nathan, »ich bin nur so furchtbar müde. Ich kenne dich kaum, aber immer noch besser als sonst jemanden in New York. Ich hab nichts zum Anziehen, ich hab kein Geld. Ich hab den ganzen Tag nichts gegessen. Ich will sterben. Ich wollte es erst bei Sam versuchen, aber ich hab gehört, daß es ihm nicht so gut geht. Bei meinem derzeitigen Glück wäre er wahrscheinlich vor meinen Augen gestorben, wenn ich so zu ihm gekommen wäre. Und dann würden sie mich auch noch wegen Mord drankriegen.«

Er sah aus, als würde er gleich anfangen zu weinen. Lucy reckte ihm den Zeigefinger entgegen.

»Dann verpiß dich und laß uns in Ruhe.«

Nathan starrte sie einen Moment lang an. Dann mußten sie alle drei lachen.

Er blieb so lange unter der Dusche stehen, wie das Wasser heiß war. Er rasierte sich; die Klinge war ziemlich stumpf, gehörte wohl der Schwester. Er seifte sich ein, kratzte dann, immer wieder zusammenzuckend, am weichen Schorf auf seiner Brust. Er schrubbte sich den Dreck von den Füßen. Seine Haare wusch er dreimal. Ohne sie abzutrocknen, schlüpfte er in einen scharlachroten Wollbademantel. Das Bad dampfte, und der Spiegel war zu beschlagen, als daß er sich eingehend darin hätte mustern können; mit dem Handrücken wischte er ihn immerhin so weit frei, daß er prüfen konnte, ob sein Gesicht sauber war. Wie er so dastand – durchgewärmt, sauber, nach Shampoo, Seife und Zahnpasta riechend –, konnte er fast glauben, daß das alles gar nicht passiert war. Dann aber scheuerte die Wolle an dem sich neubildenden Schorf, er mußte vorsichtig ein Stück abpulen und an dem Blut und dem Eiter herumtupfen, und schon war alles wieder höchst real.

6

Am späten Abend verharrte Lucy in der Nähe ihrer Zimmertür, bis sie sicher war, daß Nathan, der sich vor dem Fernseher ausgestreckt hatte, eingeschlafen war. Dann lief sie in Brians Zimmer. »Bist du noch wach, Bruderherz?« flüsterte sie.

Brian murmelte etwas im Dunkeln. Lucy schlüpfte mit unter die Decke.

Sie schmiegte sich von hinten an ihren Bruder, schob ihre rechte Hand unter seinem Arm hindurch und ließ sie auf seiner Brust liegen.

Er rückte etwas zurück, bis sie wie zwei Löffel aneinanderlagen. »Du hast schon wieder nichts an«, sagte er.

»Tschuldigung«, sagte sie.

»Die Leute werden reden.«

»Das werden sie.« Sie streichelte seine Brust. »Erzähl mir von Nathan Jones. Seid ihr Freunde oder was?«

Brian zuckte leicht die Achseln. »Ich kenn ihn kaum. Scheint aber ganz in Ordnung zu sein.«

»Du hast ihm unsere Adresse gegeben.«

»Ich habe allen unsere Adresse gegeben. Für den Kampf nächste Woche.«

»Ach Gott, das hab ich ganz vergessen. Da muß ich ja zusehen, daß ich rechtzeitig außer Landes komme.«

»Wag es nicht. Du wirst kochen, meine Liebe. Oder du landest mit deinem hübschen Arsch auf der Straße.«

Sie kniff ihn mit der freien Hand in den Hintern. Er wand sich von ihr weg.

»Zurück zum Thema«, sagte sie. »Nathan Jones. Was willst du mit ihm machen?«

Er zuckte wieder die Achseln. »Ihm helfen, schätze ich. Ich meine, er will ja nicht viel. Ein paar T-Shirts, ein paar Dollar, meine Ersatzuniform – so lange, bis er eine neue bekommt. Er hat einen Riesenhaufen Pech gehabt, das mindeste, was ich tun kann, ist, ihm bis zum nächsten Zahltag auszuhelfen.«

»Er hat keine Green Card. Wird er nicht sowieso bald rausgeschmissen werden?«

»Möcht ich bezweifeln. Wenn er schwarz wäre oder Mexikaner, dann vielleicht, aber er ist Ire, er hat eine Lebensstellung, solange er nur ruhig bleibt.«

»Du hast ein goldenes Herz, kleiner Bruder.«

Lucy ließ ihre Hand in seine Hose gleiten.

»Lucy, ich hab dich gewarnt!«

»Ts, ts, es schadet doch niemandem.«

»Luce.«

»Zu spät, Brüderchen. Da regt sich was.«

»Luce!«

»Tut mir leid, Brüderchen, viel zu spät.«

»Scheiße«, sagte Brian.

Nathan konnte vor lauter Schmerzen kaum schlafen: Abgesehen von seinen Wunden schmerzten auch der Kopf und das Herz; das Ziepen des Schorfes an der Brust erinnerte ihn nur noch mehr an den Verlust, den er erlitten hatte.

Als er dann doch wegdöste, sah er das Massaker von Crossmaheart, nur daß es keine maskierten Terroristen waren, die seine Kollegen niedermähten, sondern Lisa. *Bitte, Lisa, tu das nicht, es tut mir leid, ich werde alles wieder gutmachen ...* aber sie lächelte nur ihr gewinnendes Lächeln und drückte den Abzug.

Kurz vor fünf schlich sich Lucy aus Brians Zimmer und prallte mit Nathan zusammen. Er war groggy, desorientiert, fiel fast hintenüber, fing sich dann aber, stolperte vorwärts, streckte, um sich irgendwo abzustützen, einen Arm vor und hatte plötzlich ihre linke Brust in der Hand.

Sie schrie leise auf und lief dann an ihm vorbei zu ihrem Zimmer.

Er murmelte ihr ein »Wollt nur aufs Klo« hinterher,

dann blieb er stehen und versuchte sich zu besinnen. Hatte er wirklich …? Er nahm eine leichte Bewegung in der Dunkelheit wahr, als sie ihre Tür öffnete und hinter sich schloß. Was machte sie …?

7

»Name?«

»Was?«

»Name.«

»Sie kennen meinen Namen. Sie haben mich gerade reingerufen.«

»Name.«

»Brian.«

»Vollständiger Name.«

»Brian Houston.«

»Tätigkeit.«

»Ich bin WBA-Weltmeister im Weltergewicht.«

»Tätigkeit.«

»Wachmann. Empire State. New York.«

»Seit wann arbeiten Sie hier, Brian?«

»Seit sechs Jahren. Sechs Jahre im Oktober.«

»Wo haben Sie vorher gearbeitet?«

»In einem Comic-Buchladen in Denver.«

»Warum sind Sie dort weggegangen?«

»Meine Schwester ist in den Osten gezogen.«

»Und?«

»Und ich bin mit ihr nach New York gegangen.«

»Was ist mit Ihren Eltern?«

»Was soll mit ihnen sein?«

»Leben sie noch?«

»Das will ich nicht hoffen. Wir haben sie begraben.«

»Sie glauben wohl, daß wir das hier nur so zum Spaß machen, Brian?«

»Stimmt das gar nicht?«

»Wissen Sie, wie viele Mordanschläge auf den Präsidenten es seit seinem Amtsantritt gegeben hat?«

»Nein.«

»Dreizehn.«

»Könnte eine Glückszahl sein.«

»Sie werden daher einsehen, daß wir die Verhältnisse aller Personen untersuchen müssen, die mit dem Präsidenten in Berührung kommen werden.«

»Klar.«

»Also hören Sie auf, den Klugscheißer zu spielen. Was ist mit Ihren Eltern passiert?«

»Beide an Krebs gestorben. Innerhalb von sechs Monaten.«

»Was macht Ihre Schwester?«

»Lehrt.«

»Lehrt was?«

»Kreatives Schreiben an der NYU.«

»Sind Sie jemals eines Verbrechens für schuldig befunden worden?«

»Für schuldig?«

»Sind Sie jemals eines Verbrechens für schuldig befunden worden?«

»Nein.«

»Ihre Schwester?«

»Nicht, daß ich wüßte.«

»Sind Sie oder waren Sie jemals Mitglied der Kommunistischen Partei?«

»Nein. Das gleiche gilt für meine …«

»Haben Sie jemals von einer Schußwaffe Gebrauch gemacht, Brian?«

»Nein.«

»Eine Bombe scharf gemacht?«

»Nein.«

»Wenn ich Ihre Schwester kidnappen und Ihnen befehlen würde, den Präsidenten zu erschießen, würden Sie's tun?«

»Nein.«

»Was würden Sie denn tun?«

»Ich würde *Sie* erschießen.«

»Aber Sie haben noch nie eine Schußwaffe benutzt.«

»Ich könnte es lernen.«

»Wer könnte es Ihnen beibringen?«

»Ich würd's mir selber beibringen.«

»Sind Sie oder waren Sie jemals Mitglied der Aryan Nations oder einer vergleichbaren rechtsradikalen Organisation oder Miliz?«

»Nein.«

»Lieblingscomic?«

»Dick und Doof.«

»Comic, nicht Komiker.«

»Ach so. *Erstaunliche Abenteuer 18: Krieg der Welten.*«

»Von wem?«

»Das Buch war von H.G. Wells. Aber der Comic hatte damit relativ wenig zu tun.«

»Von wem war der Comic?«

»Weiß ich nicht mehr.«

»Sie können sich nicht erinnern, obwohl es Ihr Lieblingscomic ist?«

»Ist lange her.«

»Trotzdem.«

»Ich hab mit Comiclesen aufgehört, als ich in den Osten kam.

»Warum?«

»Man verliert irgendwie das Interesse, wenn man beruflich damit zu tun hat. Ich hab dann mit Boxen angefangen.«

»Sie boxen?«

»Nein, ich interessier mich fürs Boxen.«

»Warum?«

»Was soll ich sagen? Warum interessiert man sich für Sachen? Es macht mir Spaß.«

»Würden Sie sagen, daß Sie eine latente Neigung zur Gewalt haben?«

»Nein, würde ich nicht sagen.«

»Wie erklären Sie sich dann Ihre Begeisterung fürs Boxen?«

»Das brauch ich mir nicht zu erklären.«

»Könnte man sagen, daß Sie eine obsessive Persönlichkeit sind?«

»Finde ich nicht.«

»Welches ist Ihr Lieblingskampf?«

»Leonard gegen Hagler.«

»Warum?«

»Ich weiß nicht. Hat die hochgeschürtesten Erwartungen übertroffen. Ein Genie kommt aus dem Ruhestand und ist genausogut wie früher.«

»Wann fand der Kampf Joe Louis gegen Max Schmeling im Yankee Stadium statt?«

»22. Juni 1938.«

»Sicher?«

»Sicher. Aber Sie wissen nicht, ob ich recht habe oder nicht, stimmt's?«

»Werd ich aber, bevor der Präsident eintrifft.«

»Und wenn ich unrecht habe?«

»Wer weiß? Diese Sache und die Tatsache, daß Sie nicht wissen, wer der Verfasser von *Erstaunliche Abenteuer 18* war, könnte zusammen irgendwas für Ihr psychologisches Profil ergeben.«

»Ach, darum geht es hier? Ich dachte, das sei ein Intelligenztest. Ich dachte, ich müßte ihn bestehen.«

»Sehr komisch.«

»Ich hoffe, Sie ziehen in Betracht, daß ich vielleicht einfach nur gern ein bißchen Scheiß daherrede.«

»Ich ziehe sehr vieles in Betracht.«

»Da bin ich sicher. War's das?«

»Fürs erste.«

»Soll das heißen, es kommt noch mehr?«

»Ich melde mich wieder bei Ihnen.«

In der Kantine besorgte sich Brian erst mal einen Kaffee. Die Kollegen der ersten Schicht trudelten gerade ein. Als müßte er irgendwas beweisen, war der alte Sam als erster gekommen, hatte bereits den zweiten Pappbecher vor sich stehen und war mit dem Sportteil der *Times* beschäftigt.

Brian setzte sich neben ihn auf die Bank. Sam sah kurz auf, blinzelte, schaute wieder in die Zeitung. Keine unbedingt überschwengliche Begrüßung, aber scheiß drauf, das war halt der alte Sam, man konnte sich schon glücklich schätzen, überhaupt ein Blinzeln gewährt zu bekommen; das war Sams Version einer stürmischen Umarmung.

»Wie läuft's?« fragte Brian.

Sam zog vorsorglich die Zeitung näher zu sich heran. »Ganz gut. Und bevor du fragst, nein, ich bin noch nicht beim Boxteil, und ich habe auch vor, mir Zeit zu lassen.«

Brian zuckte die Achseln. »Warst du schon zur Inquisition?«

»Was?«

»Der Typ vom Secret Service hat mich gerade ausgequetscht. Du weißt schon, wegen Keneally. Ausgequetscht bis auf den letzten Tropfen, sag ich dir.«

Sam faltete die Zeitung zusammen. Er schaute sich in der Kantine um. Die meisten Kollegen saßen ruhig und mit verschlafenen Gesichtern da. »Ich werde nicht ausgequetscht.«

»Na ja, bei dir tut's auch nicht nötig. Du bist ja über alle Zweifel erhaben. Außerdem hättest du wahrscheinlich gar nicht die Kraft, eine Schußwaffe zu heben.«

»Ich werde den Präsidenten nicht treffen. Sie schmeißen mich raus, einen Tag, bevor er kommt.«

»Schmeißen ...?«

»Lizenz entzogen. Soll ich's mit Blut an die Wand schreiben?«

»Wissen die anderen das schon?«

Leonard Maltman, der mit dem Rücken zu ihnen am vorderen Ende der Kantine saß und ihre Unterhaltung angestrengt verfolgt hatte, warf einen Blick über die Schulter und bekam gerade noch mit, wie Sam sein Armes-kleines Waisenkind-Gesicht aufsetzte.

»Warum sollten die sich um einen alten Kerl wie mich kümmern?« sagte Sam.

Jetzt geht's los, dachte Leonard.

Bobby Tangetta stieß Leonard einen Finger in die Brust. »Kommt überhaupt nicht in Frage, verdammt!«

Leonard trat einen Schritt zurück. »Komm, Bobby, beruhige dich. Alles halb so wild.«

Bobby drehte sich zu den anderen um. »*Alles halb so wild!* Schwachsinn! Schwachsinn! Schwachsinn!«

Sam saß mit gesenktem Kopf da. Er hatte seine Entscheidung gefällt, seine Mitteilung gemacht, jetzt ließ er den Dingen ihren Lauf. Was immer daraus werden würde, es war sehr befriedigend zu sehen, wie die Jungs zu ihm hielten.

»Ich sehe die Sache so«, sagte Minto, der sich am hinteren Ende der Kantine langsam erhob. »Wenn wir in dieser Angelegenheit kuschen, dann sind alle unsere Arbeitsplätze zum Abschuß freigegeben. Die Geschäftsleitung kann sich dann jeden von uns herauspicken und sagen: »Tschüß, das war's. Wir müssen uns hinter Sam stellen.«

Leonard schüttelte den Kopf. »Männer – das ist ein Mißverständnis. Es geht nicht darum, daß jemand herausgepickt wird. Wir haben eine neue Leitung, und die hat eben andere, neue Methoden. Sam hat sich sehr verdient gemacht um das Empire, das wissen sie, und sie werden ihm dafür eine anständige Rente zahlen, aber er ist eben auch schon lange im Rentenalter. Er hätte schon vor Jahren Schluß machen sollen – das weiß er selbst. Nicht wahr, Sam, das weißt du auch?«

»Was weiß ich?« sagte Sam achselzuckend.

Jetzt läßt er den Juden raushängen. »Er weiß es. Es geht nicht darum, ob er die Arbeit noch bewältigen kann. Es geht um Alter, um Versicherung ...« Er warf die Hände in die Luft. »So ist das Leben! Sowas passiert jeden Tag, Leute!«

»Dir nicht, du fettes Arschloch!« rief Bobby.

Leonard zog es vor, ihn einfach zu ignorieren.

»Aber ausgerechnet am Tag, bevor er den Präsidenten treffen soll!« Bobby fuchtelte wieder mit seinem Finger herum. Wenn er ihm privat so gekommen wäre, hätte Leonard ihn umgehauen. Sich auf ihn gesetzt, bis er geplatzt wäre. »Er hat alle Präsidenten der Geschichte gesehen. Alle Prominenten, die du dir nur vorstellen kannst … von Elvis bis … *weiß der Geier* … und ihr schmeißt ihn einfach raus wie … wie …«

»Wie ich die Sache sehe«, warf Minto ein, »stehen uns drei verschiedene Handlungsmöglichkeiten offen.«

»Wir brauchen hier nicht über *Handlungs*möglichkeiten zu reden«, sagte Leonard.

»Die erste wäre, Sam gehen zu lassen und keinen Aufstand deswegen zu machen. Danke für die fünfzig Jahre, Sam. Auf diese Weise würden wir den dienstältesten Angestellten des Empire und einen treuen Freund verraten, würden uns präsentieren als ein Haufen von Weicheiern, und die Geschäftsleitung könnte uns bis in alle Ewigkeit herumschubsen, wie es ihr paßt. Andererseits könnten wir uns so natürlich bei dem neuen *Jungen* einschmeicheln, und zweifellos wären unsere Arbeitsplätze dann erst einmal bombensicher, bis zum nächsten Mal, wenn ihm irgendeine von unseren Nasen nicht mehr paßt.«

»Mach mal halblang«, fauchte Leonard, der langsam ein wenig die Fassung verlor.

»Die zweite wäre, eine Resolution gegen die Entscheidung zu verabschieden, keine weiteren Maßnahmen zu ergreifen, aber Brian zu bitten, unseren Unwillen dem Präsidenten mitzuteilen, wenn er ihn trifft.«

Brian wurde blaß. »Also, ich weiß nicht …«

»Die dritte wäre, sofort in Streik zu treten.«

Leonard hob beschwörend die Hände. »Um Gottes willen, Leute, kommt schon. Wir brauchen deswegen doch nicht zu streiken. Das soll eine ganz große Woche für uns werden. Wir sollten uns nicht mit diesen Leuten anlegen. Wir wollen hier schließlich arbeiten.«

»Wenn du denen in den Arsch kriechen willst, Leonard«, rief Bobby Tangetta, »dann geh doch und mach dich schon mal klein!«

»Sam – du willst doch keinen Streik, oder? Überleg mal, was das für das Image des Empire bedeuten würde. Was würde der Präsident davon halten, Sam?«

»Ich werde ihn fragen, wenn ich ihn sehe, Leonard«, sagte Sam.

8

Die Wellen schwappten auf den Strand wie Hunderte von kleinen Katzenzungen. Der Vollmond und die wolkenlose, windstille Nacht boten das ideale Ambiente zum Spazierengehen. Sie schlurften, Arm in Arm, durch den Sand.

Alexis Mascara hatte Lisa eingeladen, hinter die Bühne mit in ihre, wie sie es nannte, persönliche Toilette zu kommen, hatte dann, in ungebrochener Amüsierwut, darauf verzichtet, sich umzuziehen, und Lisa durch die Bars von Provincetown gezerrt.

Jetzt kam sie, die hochhackigen Schuhe in der Hand tragend, zur Sache. »Vor wem läufst du weg, Liebes?« fragte sie. Unter den riesigen falschen Locken hatte sie große, flehende Augen, die Lisa unwiderstehlich fand.

Lisa schüttelte den trunkenen Kopf. »Ich lauf vor niemandem weg.«

»Ach, hör auf. Schau dich an. Du hast Augen wie Stiele. Das kann nur einen Grund haben. Guck dir meine an, ich habe mehr Säckchen als Marks & Spencer.«

»Du hast schöne Augen.«

»Unsinn.«

»Hast du auch ein gebrochenes Herz?«

»Haben wir das nicht alle?«

»Ich weiß nicht.« Lisa starrte, den Tränen nahe, in diese

Augen. Es wurde Zeit, die Aufmerksamkeit auf ihr Gegenüber zu lenken. »Hast du ihn geliebt?« fragte sie.

»Ihn?«

»Deinen Freund.«

»Welchen Freund?«

»Du sagtest, du hättest ein gebrochenes ...«

»Hab ich auch.« Er blieb stehen, entzog ihr seinen Arm. »Hör zu, mein Schatz, ich trage vielleicht Strumpf- und Büstenhalter, stülpe mir eine blonde Perücke über und hab mehr Make-up aufgetragen als Ivana Trump, aber trotzdem bin ich ein hundertprozentiger Mann, und ich wäre nur zu gerne bereit, es dir zu beweisen.«

Lisa biß sich auf die Lippe. »Oh, tut mir leid, ich dachte ...«

»Tja nun, denken heißt irren, weißt du.« Grinsend nahm er eine Fotopose ein. »Ich kann mir schon vorstellen, wie dein falscher Eindruck entstanden ist.« Er knuffte sie sanft gegen den Arm. »Im Grunde bin ich ein gemeiner Entertainer. Natürlich gehöre ich auf den Broadway, ich bin für die großen Shows geboren, aber vorerst verdiene ich mir den Lebensunterhalt damit, für einen Haufen von sauertöpfischen Lesben die Sau rauszulassen.«

Lisa lachte. Das erwähnte Publikum war ziemlich hart drauf gewesen. »Wissen die, daß du nicht schwul bist?«

Er zwinkerte. »Na ja, ein paar von ihnen schon.«

»Du ...?«

»Ich muß zu meiner Schande gestehen, daß ich die schwule Karte manchmal bis zu dem Punkt ausspiele, wo ich ihnen die Höschen runterziehe.« Er zog demonstrativ an seiner Lippe. »Schockiert?«

»Überhaupt nicht.«

Sie liefen noch zehn Minuten am Strand entlang, dann ließen sie sich in den Sand fallen. Alexis zog ein Viererpack Budweiser aus einer nach Lisas Eindruck bodenlosen Handtasche, und sie tranken still vor sich hin, sich dem sanften Puls der Bucht überlassend.

Alexis sagte leise: »Schön hier, was?«

»Wunderbar.«

Er begann mit dem Finger Figuren in den Sand zu zeichnen. »Bestimmt wünschst du dir, daß er jetzt hier bei dir wäre.«

Lisa schüttelte langsam den Kopf. »Nein, eigentlich nicht.« Sie mußte lachen. »Ist das nicht albern? Man verläßt jemanden nicht, weil alles gut läuft. Man verläßt ihn, weil man ihn zu hassen gelernt hat. Und dann wünscht man sich, daß er dieses Erlebnis von … Schönheit mit einem teilt.«

»Die Grenze zwischen Liebe und Haß ist sehr schmal, mein liebes Mädchen.«

Lisa starrte in den Sand. Alexis hatte ein Herz gezeichnet. Im Mondschein, in seiner vollen Bühnenaufmachung, erschien er ihr als die schönste Frau, die sie je gesehen hatte. Plötzlich überlief es Lisa kalt. Vielleicht hatte diese Mona, die Barfrau, ja doch recht gehabt; vielleicht war sie, Lisa, wirklich nach Provincetown gekommen, um ihre wahre Sexualität zu entdecken. Und der Witz dabei: Sie würde beschließen, daß sie lesbisch sei und sich dann in eine wunderschöne Frau verlieben, die in Wirklichkeit ein Mann war.

»Was war er denn für einer«, fragte Alexis, »dein Typ, bevor er zum Objekt deiner Haßliebe wurde?«

»Ich weiß nicht, wie ich das ausdrücken soll. Er war … seltsam.«

»Nun ja, wir sind alle ein bißchen seltsam. Wie haben wir uns das vorzustellen, hatte er einen Buckel, ein kurzes Bein, ein langes Bein oder einen Bart, der ihm aus dem Arsch wuchs?«

Lisa mußte kichern. »Nein …!«

»Oder war er geistig gestört? Balla balla?«

»Hmm. Da bin ich mir nicht so ganz sicher. Er war eben … Nathan.« Sie legte sich auf den Rücken, die Hände hinterm Kopf verschränkt, und starrte zu den Sternen hinauf. »Er war sehr still. Und manchmal sehr laut. Er nahm absolut keine Rücksicht auf mich … abgesehen von den Tagen, an denen er der rücksichtsvollste Mensch der Welt war. Manchmal war er das Licht am Ende des Tunnels –

weit entfernt, aber Hoffnung machend; manchmal war er der Tunnel, etwas, durch das man sich durchkämpfen muß, bis man schließlich ans Licht gelangt. Er war lustig und traurig zugleich; er war sehr besitzergreifend, sehr eifersüchtig – aber nicht aus Liebe zu mir, glaube ich, sondern weil er in der Vergangenheit irgendeinen Verlust erlitten hatte und fürchtete, daß ihm das gleiche wieder passieren würde. Immer wenn ich unterwegs war, hatte er große Angst, daß ich draußen in der Welt jemand anderen kennenlernen und nicht zu ihm zurückkommen würde. Er war so schüchtern anderen Leuten gegenüber, so hilflos im praktischen Leben; ich weiß nicht, ob er auf sich allein gestellt überhaupt überleben würde. Vielleicht habe ich deswegen solche Schuldgefühle. Aber ich mußte einfach weg. Unbedingt. Und jetzt fehlt er mir halt. Schon nach einem Tag vermisse ich ihn – wie eine Mutter, die ihr Kind vermißt.«

Alexis nickte ihr ein paarmal zu. »Jesses«, sagte er schließlich, »war das gerade eine Passage aus *Hamlet* oder was?«

»Entschuldige ...«

»Nein, nein! Das war toll! Ich hab keine Ahnung, worum es ging, aber ich bin zu Tränen gerührt.«

»Genauso hat Nathan mich drangekriegt. Mir war immer zum Weinen zumute. Zuerst, weil ich ihn liebte; dann, weil ich mich eingesperrt fühlte; und jetzt, weil ich mich schuldig fühle, ihn verlassen zu haben. Ach Gott, ich hoffe nur, daß es ihm gut geht.«

»Der kommt schon zurecht, Liebes. Wir sind alle ganz gut in der Lage, für uns selbst zu sorgen. Er mag etwas ungeschickt sein, aber das heißt nichts. Ich schätze, dein Nathan wird schon bald fest auf eigenen Füßen stehen. Es ist wie bei jemandem, der lange im Bett gelegen hat und dann erst mal nicht richtig gehen kann, weil er seine Muskeln nicht betätigt hat. Aber wenn man ihn aus dem Bett rausschmeißt, dann wird er es bald wieder lernen. Zuerst langsam. Ein bißchen unter Schmerzen. Aber schließlich doch zu seinem Besten. Dein Nathan schafft das auch.«

»Glaubst du wirklich?«

»Ich weiß es.«

»Hoffentlich hast du recht.« Lisa leerte ihre Dose und schaufelte ihr ein Grab in den Sand. »Ein Teil von mir hofft es jedenfalls. Der andere Teil hofft, daß er nicht zurechtkommt.«

»Damit du schnell zurücklaufen und ihn bemuttern kannst.«

»Tja … äh.«

Alexis reichte ihr eine neue Dose.

»Na gut.« Lisa öffnete sie und zuckte vor den Spritzern zurück. »Genug von meinen Problemen. Kommen wir zu deinen. Wer hat dir das Herz gebrochen?«

»Das geht dich gar nichts an.«

Sie jagte ihn über den Strand.

Um vier Uhr schlug der Alkohol zu. Sie erwachte, alles drehte sich in ihrem Kopf, das Zimmer kreiste, und sie übergab sich neben dem Bett. Dann noch mal. Und noch einmal. Sie war noch nie in ihrem Leben so betrunken gewesen, daß ihr davon schlecht geworden wäre, und es machte ihr Angst; die Sauerei neben dem Bett machte ihr sogar noch mehr Angst. In ihrem immer noch betrunkenen Zustand versuchte sie sie mit der Hand aufzuwischen. Das Zeug glitt ihr durch die Hände wie, nun ja, Kotze. Dann lehnte sie sich auch noch zu weit aus dem Bett, rutschte ab und landete mit einem lauten Platsch auf dem Fußboden.

Im Zimmer gegenüber hatte Alex, der mit auf der Kommode abgelegten Füßen Wodka trank und Buddy Holly hörte, mitbekommen, daß ihr schlecht war, jedoch beschlossen, nicht einzugreifen. Die Perücke behauptete entschieden ihren Platz. Als er es aber plumpsen hörte, sprang er auf und lief über den Flur. Er klopfte leise an Lisas Tür, dann, als keine Antwort kam, etwas lauter. Er legte das Ohr an die Tür und rief leise ihren Namen. Nach einer Weile vernahm er so gerade eben einen denkbar schwachen Laut: das Schluchzen eines kleinen Mädchens. Er drückte die Klinke runter. Nicht abgeschlossen. Er schlüpfte ins Zimmer, schloß die Tür hinter sich und machte das Licht an. Das arme Mädel saß schwer in der Patsche, nämlich halbnackt in einer Pfütze aus Erbrochenem, und schaute zu ihm auf wie ein kleines Hündchen, das weiß, daß es etwas Verbotenes getan hat und aber gar nichts dagegen machen kann. Er konnte sich ein leichtes Grinsen nicht verkneifen. »Du armes Ding!« sagte er und beugte sich zu ihr runter.

»Entschuldige«, sagte Lisa.

»Keine Sorge, Mädchen, das wird gleich wieder.«

Er hob sie hoch, nahm sie unter den Arm und trug sie wie eine Teppichrolle unter die Dusche, obgleich er keine große Erfahrung damit hatte, Teppichrollen unter die Dusche zu tragen. Auf dem Weg dorthin griff er sich mit der freien Hand den vor der Anrichte stehenden Holzhocker, den er in der Duschkabine abstellte, um anschließend Lisa darauf zu plazieren.

»Entschuldige«, sagte sie.

Er drehte das Wasser auf, nicht zu heiß, nicht zu kalt. Er streifte das bißchen Nachthemd ab, das noch an ihr klebte. Dann steckte er ihr einen Finger in den Hals, immer wieder, so daß sie sich mehrmals übergeben mußte; zuerst versuchte sie sich zu wehren, doch dann überließ sie sich ihm einfach.

»Davon wird es besser«, flüsterte Alex immer wieder.

»Entschuldige«, sagte Lisa.

Er gab ihr einen Kuß auf den Scheitel und ließ sie fünf Minuten lang im Dampf sitzen. Den Kopf in die Hände gestützt, ließ sie sich das heiße Wasser auf den Rücken prasseln. Schließlich wickelte er sie in ein großes rosafarbenes Badetuch und rieb sie trocken. Dann geleitete er sie langsam zum Bett. Sie war wieder klar genug im Kopf, um zu bemerken, daß die Bettwäsche gewechselt worden war. Das Erbrochene war ebenfalls verschwunden. Der Teppich fühlte sich dort, wo sie es deponiert hatte, warm und seifig an. »Entschuldige«, sagte sie.

»Nicht der Rede wert, Liebes«, sagte er und half ihr, ins Bett zu steigen.

Er schlüpfte aus dem Zimmer, kehrte aber nach wenigen Augenblicken mit zwei Halblitergläsern voll Eiswasser zurück.

»Hier«, sagte er, »sieh zu, daß du das hinunterbekommst. Man sagt, daß Kaffee in solchen Fällen die beste Medizin sei, aber ich persönlich halte das für Schwachsinn.«

Lisa schüttelte den Kopf, versuchte das Glas wegzuschieben, doch Alex blieb hartnäckig – und er hatte recht; es tat wirklich gut.

Als sie den ersten halben Liter weitgehend bewältigt hatte, entfuhr ihr ein satter Rülpser. Sie lachte. »Entschuldige«, sagte sie.

Alex legte einen Finger auf ihre Lippen. »Mädchen, wenn du dich noch einmal entschuldigst, muß ich dir leider eine scheuern.«

Lisa lächelte ergeben. Er setzte sich neben sie aufs Bett, und sie kuschelte sich in seine Arme. Inzwischen hatte er immerhin die überdimensionalen, aufblasbaren Brüste abgelegt. Er strich ihr übers Haar. Nach wenigen Minuten war sie eingeschlafen.

Irgendwann waren sie plötzlich dabei, sich zu küssen. Als Lisa einen Seitenblick in den Spiegel warf, sah sie zwei aneinandergeschmiegte Mädchenköpfe, und das machte ihr im ersten Moment etwas Angst, doch nicht so sehr, daß sie zurückgeschreckt wäre. Dann begannen seine Hände über ihren Körper zu wandern. Und schließlich geschah es, daß er zwischen ihren Beinen lag.

Alex wußte, daß sie an Nathan denken würde.

Lisa wußte, daß Alex es wußte.

Keinem von beiden machte es etwas aus.

Er verschärfte allmählich das Tempo. Drang tiefer ein. Er nuckelte an ihrem Ohr.

»Oh«, sagte sie, dann schlang sie die Arme um ihn. Flüsternd fragte sie: »Sagtest du nicht, dein Herz sei gebrochen?«

»Ja, mein Herz«, antwortete er, »aber mein Schwanz ist in tadellosem Zustand.«

9

Das Schöne an Georges Top Ten und der Grund dafür, daß er in all den Jahren – in der Schule, im College und im Beruf – nie das Interesse an ihr verloren hatte, war die Tatsache, daß sie sich ständig im Wandel befand. Wenn stets dieselben Namen auf der Liste gestanden hätten, wäre es sicherlich langweilig geworden und er hätte sie in den Müll geschmissen, doch statt dessen hatte sie ein wunderbares Eigenleben entwickelt, sich verändert mit jeder neuen erniedrigenden Ohrfeige aus der sich beständig einschwärzenden Hand der Nation. Jede Woche brachte einen neuen Übergriff mit sich, das Auftreten eines rechthaberischen Schauspielers, Politikers oder Sportlers; es gab keine Nachrichtensendung, in der nicht jederzeit mit einem Affront gegen sein feines Zartgefühl zu rechnen war, der eine sofortige Umgruppierung seiner Hitliste nach sich ziehen mußte. Myron Linklater, sein Vorgesetzter am Flughafen, war in der letzten Woche noch höchster Neueinsteiger auf Platz 8 gewesen, würde sich aber kaum sehr lange in den Top Ten halten können. Myrons Fehler hatte darin bestanden, George für eine falsche Eingabe am Luftverkehrskontrollmonitor zu rügen. George war stinksauer gewesen. Sicher, er hatte einen Fehler gemacht, aber das hieß noch lange nicht, daß er bereit war, sich von jemandem wie Myron Linklater zur Sau machen zu lassen. Myron konnte von Glück sagen. Ein normaler Irrer hätte sich an ihn herangemacht und die Sache mit dem Tranchiermesser geregelt, doch George blieb ganz ruhig. Er hatte Größeres im Auge.

Eine halbe Stunde, nachdem er im Montrose International Hotel eingecheckt hatte, steckte das Modem in der Steckdose, war die richtige Software runtergeladen, die gefälschte Kreditkarteninformation eingegeben, und George surfte munter im Web auf der Suche nach den Informationen, die er brauchte; was dort nicht aufzutreiben gewesen war, konnte er durch ein bißchen elementares Hacken lokalisieren, so daß er bis zum frühen Abend alles Gewünschte beisammen hatte. Er verfügte nunmehr über die detaillierte Route des Präsidentenbesuches in New York mit einem bis auf die Sekunde genauen Zeitplan; er besaß eine Liste der geladenen Gäste, Namen und Adressen aller Wachhabenden, inklusive der beiden, die dem Präsidenten die Hand schütteln durften, und eine Übersicht der anwesenden Pressevertreter. Die Presseliste war recht kurz – sie umfaßte einen einzigen Namen. Die Firma Magiform war sehr darauf bedacht, ihre Darstellung in der Öffentlichkeit zu kontrollieren, und daher erhielten in der Regel nur absolut vertrauenswürdige und wohlgesonnene Medienvertreter Zugang zu derartigen Veranstaltungen. In diesem Fall fiel es Magiform nicht einmal schwer, den Ausschluß des größten Teils der New Yorker, der nationalen und der internationalen Presse mit dem Hinweis auf die beengten Verhältnisse auf der Aussichtsplattform, den überwiegend privaten Charakter des Besuchs und die Anzahl der zuletzt erfolgten Anschläge auf den Präsidenten zu rechtfertigen. Selbstverständlich würde man das Ereignis von einem eigenen Kamerateam auf Video aufzeichnen lassen und das entsprechende Bildmaterial in den interessantesten Ausschnitten umgehend veröffentlichen. Clark Fuller, ein Korrespondent der Agentur Reuters, der unlängst ein schmeichelhaftes Porträt von Michael Tate in der *Newsweek* gezeichnet hatte, war unter allen Kandidaten »auserwählt« worden.

George legte sich kurz aufs Ohr, anschließend duschte er und warf sich dann in schwarze Jeans, einen Pullover mit Polokragen und eine pflaumenfarbene Bomberjacke.

Es wurde Zeit, New York mal ein bißchen auf den Zahn zu fühlen. Er war recht zufrieden mit seiner Einstellung: Wie bequem wäre es gewesen, das gängige Bild von New York im allgemeinen und Manhattan im besonderen als Jauchegrube der Welt, als stinkendem schwarzem Loch des Verbrechens, der Korruption und Krankheit, unbesehen zu übernehmen! Er jedoch wollte sich selbst einen Eindruck machen. Die meisten Leute ließen sich viel zu leicht blenden durch das, was sie irgendwo gelesen hatten. Und so verließ George, nachdem er sich noch ein wenig Inspiration im Neuen Testament geholt hatte, das Hotel mit festem Schritt und seiner ureigenen Version von Aufgeschlossenheit.

Dreißig Minuten später war George körperlich und seelisch ausgepumpt. Alles was er gehört hatte, traf zu. Es war die reine Hölle. Seit er den Niggerschrein in der 16. Straße in Birmingham zertrümmert hatte, hatte er nicht mehr einen solchen Ekel verspürt. Es war nicht allein die Tatsache, daß sie allgegenwärtig waren und das ganz selbstverständlich fanden. Es war, als spürten sie seinen ganzen Horror. Wo immer er sich hinwandte, schienen sie aus dem Boden zu schießen, ihn einzuhüllen in ihren Schweiß, ihren widerlichen Gettogestank, der ihn würgen machte. Sie starrten ihn mit ihren blitzenden Augen an und schlurften mit ihren gierigen Mündern an ihm vorbei. Seine Augen waren müde vom ständigen Aufpassen auf eventuelle Angriffe, der Nacken tat ihm weh vom abrupten Kopfschwenken, da er gezwungen gewesen war, beim Gehen die Augen immer gleichzeitig vorne und hinten zu haben. Er sah sich umstellt und in die Enge getrieben und mußte schwer an sich halten, um nicht seine Uzi-Maschinenpistole aus der Jacke zu ziehen und sie alle auszulöschen; nur der Gedanke, daß er dann nicht mehr das freche Grinsen aus Keneallys Gesicht würde wischen können, hielt ihn davon ab.

Zum Luftschöpfen an ein Schaufenster der Buchladenkette Barnes and Noble gelehnt, ging er mit sich zu Rate, ob er sofort ins Hotel zurückkehren und seine Wut konservieren oder aber weitergehen sollte. Ein Rückzug zu diesem Zeitpunkt, so schien ihm, wäre soviel wie ein Abfall vom Glauben; wenn er sich aber weiter durchschlüge, würde ihn das in gewisser Weise auf eine Stufe heben mit den großen Menschenfreunden der Geschichte wie Kolumbus und Cortez, die es auf sich genommen hatten, Gottes Wort zu den verstockten Heiden zu tragen.

Er atmete tief durch und machte sich auf in Richtung Times Square, der vor ihm in der Dunkelheit leuchtete wie ein Hinweisschild zur Hölle. Georges Oberlippe kräuselte sich vor Widerwillen, ganz ohne sein Zutun, während er auf dem von Rissen zerfurchten Bürgersteig einherschritt; seine Hände, tief in den Jackentaschen vergraben, streichelten die Umrisse der Uzi. Neonsex zwinkerte ihm aus jeder zweiten Tür entgegen. An jeder Ecke boten hinkende, schwarzbärtige *Fotzen* flüsternd ihr Drogenangebot feil. Cops mit glänzenden Schlagstöcken und ausladenden Bäuchen tranken Kaffee aus Pappbechern und scherzten miteinander, ohne von dem ganzen Dreck Notiz zu nehmen.

An der Ecke zur 42. Straße vernahm George von Ferne das vertraute Dröhnen einer megaphonverstärkten Rede. Er war dereinst selbst ein Meister dieses Genres gewesen. Du lieber Himmel, dachte er, irgendein tapferer, aber irregeleiteter Trottel glaubt anscheinend, daß diese nichtsnutzigen Seelen der Rettung wert seien.

Eilig schob er sich durch den Mitternachtsverkehr auf die Quelle des Dröhnens zu. Bald erblickte er eine Gruppe von vielleicht zwanzig oder dreißig Negern, die sich in der Form eines Halbmondes versammelt hatten.

»Nehmt Gott in euer Herz auf! Nehmt Gott in euer Heim auf! Denn Er ist ein weißer Gott und liebt alle seine weißen Kinder!«

George drängte sich durch die Menge, plötzlich entschlossen, diesem gewaltigen Prediger zu applaudieren, den dunklen Horden in ihrer Hochburg die Stirn zu bieten. Als er zur vordersten Reihe gelangte, rief er: »Preiset den Herrn!«

Seine Kinnlade plumpste herab.

General Hastings Bandana, Anführer der Moravian Army of Christ und schwarz wie die afrikanische Nacht, stand dort hochaufgerichtet in vollem Wichs. Er sah eindrucksvoll aus, hätte es mit jedem Zirkusdirektor aufnehmen können. Mehr Orden als Audie Murphy, mehr Streifen als ein Zebra. In der einen Hand hielt er einen hölzernen Stock, den er auf das Pflaster knallte, um jeden Satz, den er in das mit der anderen Hand gehaltene Megaphon brüllte, zu unterstreichen. Er blinzelte für einen Moment etwas verwirrt in Georges Richtung, dann nahm er den Kampf wieder auf.

»Meine Kinder, er ist kein weißer Gott, wie die weißen Teufel uns weismachen wollen! Wo war denn der Garten Eden? Na, er war in Afrika. Welche Farbe hat dann der liebe Gott? Na, er ist auch Afrikaner. Glaubt dem weißen Mann kein Wort, Brüder, denn er weiß nicht, was er redet. Er hat so lange seine Peitsche knallen lassen, daß er ganz vergessen hat, was wahr ist und was falsch. Hat er jemals ein Foto vom lieben Gott gesehen? Woher will er dann wissen, daß er weiß ist? Nehmt Gott in euer Herz auf, bevor der weiße Teufel ihn euch wegnimmt! Er will eure Mütter morden, er will eure Väter morden! Er will euch Crack verkaufen! Er will euch ins Getto stecken!«

George versuchte, wieder in der Menge zu verschwinden, aber die Reihen hinter ihm hatten sich geschlossen. Er spürte heißen Atem im Nacken. Absolut keine verlorenen Seelen, sondern hingebungsvolle Gläubige. Als er einen hingebungsvollen Schlag auf den Hinterkopf bekam, tauchte George nach vorn ab.

General Bandana reckte ihm seinen Stock entgegen. »Der weiße Teufel ist unter uns!« schrie er.

»Der Teufel persönlich!« grölte die Menge.

Ein Stein traf George seitlich im Gesicht, und sofort war ihm klar, daß sie ihm an den Kragen wollten. Es gab keine Steine in diesem Teil von Manhattan. Es war ein dreckiges, stinkendes Loch, aber es lagen, anders als auf dem Land, keine Steine herum. Der Stein, der ihn getroffen hatte, war von jemandem mitgebracht worden, der geplant hatte, ihn zu werfen, der ins Zentrum der Stadt gekommen war, um jemandem im Namen des Herrn den Kopf einzuschmeißen.

George wirbelte herum, fuhr sich mit der Hand über sein Gesicht und spürte Blut an den Fingern. Ein paar Augenblicke lang starrten sie ihn in stiller Wut an, offenbar wartete jeder darauf, daß sein Nebenmann den nächsten Schritt tun würde. Der General, darauf bedacht, bei den zu erwartenden Steinwürfen nicht in der Flugrichtung zu stehen, trat auf die Straße zurück. Ein Taxi konnte ihm mit quietschenden Reifen gerade noch ausweichen und fuhr laut hupend weiter. Erschrocken ließ der General das Megaphon fallen. Ein kollektives Geschrei entrang sich der Menge, und sie setzte sich in Bewegung.

Er hatte ihnen nichts getan, und doch waren sie gewillt, ihn umzubringen.

George zog die Uzi aus der Jacke. Er hielt sie ein Stück über ihre Köpfe und drückte ab.

Heilloses Durcheinander.

Lange bevor das Gewehrfeuer aufgehört hatte, hatte sich die Menge bereits in kreischender Panik aufgelöst; Autos waren ineinander gekracht, Neonlichter zersplittert, Angstschreie mischten sich mit Schmerzensschreien, als George nach der ersten Runde von Warnschüssen fast unwillkürlich die Uzi auf Hüfthöhe senkte, und der wütende Ausdruck auf seinem Gesicht wich einem Lächeln, als er die Langsamsten der Davonlaufenden zu Boden stürzen sah, mit hübschen kleinen Löchern in den Beinen, aus denen Blut spritzte.

Aber dies war nicht die Gelegenheit für ein *richtiges* Blutbad. Wichtigere Aufgaben standen bevor. Er steckte die Waffe in die Jacke zurück und sprintete los. An der nächsten Ecke schon hatte er seine Jacke umgekrempelt – das weiße Futter nach außen gekehrt – und den Kragen eingeschlagen, er war um Ecken gebogen, durch enge Straßen gelaufen und hatte sich in der Menge der vergnügungssüchtigen Touristen verloren. Er hörte die Sirenen, aber es war ausgeschlossen, daß sie ihn schnappten. Er war ein Chamäleon. Er war Mr. Tarnung persönlich. Er hatte den Bürgerkrieg noch einmal gefochten, und diesmal hatten die Konföderierten gesiegt.

Welch ein Triumph!

Dann machte er etwas, das er schon lange nicht mehr gemacht hatte: Er ging in eine Bar.

Georges Frau hatte es nicht gefallen, wenn er trank, weil er dann immer schlechte Laune bekam.

10

George blieb knapp drei Stunden in Pat Murphys Bar am Broadway sitzen. Er trank Bier. Von Schnaps wurde ihm schwindlig. Er trank in energischen Zügen, so als würde er mit Vampirzähnen Blut saugen. Nach einer Weile bemerkte er, daß er sich die Fingernägel bis aufs Fleisch abgekaut hatte; gleich darauf mußte er zur Kenntnis nehmen, daß sein rechtes Bein weh tat, weil er damit ständig gegen das Tischbein gezuckt war. Stadt der Adrenalinstöße. Er hatte sein zweites Gefecht mit Glanz und Gloria geschlagen: Nicht genug damit, daß er den Feind auseinandergetrieben hatte, es war ihm auch gelungen, sich unversehrt und unentdeckt zurückzuziehen. Er war ein gewaltiger Krieger, fürwahr! Er tätschelte einmal mehr seine Uzi. Saugte Bier an und grinste. Eine Frau, die auf dem Weg zur Damentoilette war, lächelte zurück. George nickte etwas verlegen. Er mußte an seine Frau denken. Daran, wie sie morgens manchmal ausgesehen hatte, wenn sie aus der Dusche kam, mit schweren Brüsten, schweren Hüften und schweren Händen, die ihn zurückstießen, wenn er versuchte, sie zu betatschen. Was würde er jetzt dafür geben, seine Hände auf diese Brüste legen zu können. Zu ihr unter die Dusche zu schlüpfen und sie zu nehmen mit aller animalischen Leidenschaft, derer er fähig war. George fragte sich, und zwar nicht zum ersten Mal, wie es wohl wäre, mit einer schwarzen Frau ins Bett zu gehen. Nicht auf die romantische Art. Nicht im Rahmen einer Beziehung oder auch nur eines Verhältnisses. Reiner Sex. Sie einfach nehmen. Mit Gewalt. Ob so eine anders wäre? Hemmungslos? Würde sie sich wehren oder einfach daliegen und ihn gewähren lassen?

Es war Zeit zu gehen. Er war offensichtlich nicht mehr ganz klar im Kopf: an schwarze Frauen auch nur zu denken! Er wartete noch ein paar Minuten und spielte mit seinem leeren Glas, während seine Erektion abklang.

Auf den Straßen war es etwas leerer geworden; die Stadt, die niemals schläft, wurde doch langsam müde, das grelle Neon des Times Square – eine elektrische Sirene – aber erleuchtete nach wie vor die Nacht. Wieder fühlte er sich magisch angezogen, nur daß er es diesmal nicht mehr so unheimlich fand. Seine Angst vor dem Ort war überwunden, nachdem er dessen fürchterliche Bewohner in offener Schlacht zersprengt hatte, und nun konnte er mit der Ungerührtheit eines Eroberers hindurchspazieren.

Jemand bot ihm Gras an. George schlug zu. Der Mann purzelte in den nächsten Gully. *Yeah!*

George brüllte vor Lachen, aber dann verhedderten sich seine Füße irgendwie, und er geriet ins Straucheln, konnte sich gerade noch an einer Neonreklame abstützen. Er blickte auf. *Star World! Nackte Models! Live!* leuchtete ihm entgegen. Er strich mit der Zunge über seine obere Zahnreihe. *Wieso eigentlich nicht?* George erklomm die Stufen mit Bedacht; er wußte, daß er betrunken war – und warum auch nicht? Das war Teil einer glorreichen Tradition: Große Krieger gingen nach geschlagener Schlacht immer in den Puff. *Die Besiegten ficken.* Nicht, daß er vorhatte zu *ficken*, das war zu gefährlich heutzutage, aber er würde dem verfickt nahekommen. George mußte kichern. Am Ende der Treppe erwartete ihn, hinter einen Tisch gezwängt, ein großer Dicker, der ihm für fünf Dollar fünf Marken überreichte.

»Irgendwelche schwarzen Mädels?« fragte George.

Slim Dharkin zeigte mit dem Daumen in den schmalen Korridor. »Die meisten«, sagte er.

George nickte und wandte sich den Kabinen zu.

»Trinkgeld extra«, rief Dharkin ihm nach.

George schlüpfte in eine Kabine und schloß die Tür hinter sich. Es stank nach Ammoniak und Milliarden von vergeudeten Spermien.

Er ließ die Marken fallen. Bückte sich, um sie aufzuheben, zählte nach, eins, zwei, drei, vier – verdammt, Nummer fünf klebte bereits am Boden. Er klaubte sie auf. *Die Welt ist wirklich voll von Abschaum,* dachte er.

Er steckte die Marken in den Schlitz. Die Kabine verdunkelte sich, und eine kleine Tür etwa in Augenhöhe schob sich nach oben, so daß er in den Käfig hineinsehen konnte. Zu seiner Linken lagerten fünf oder sechs Frauen auf Stühlen. Zwei weitere standen jeweils vor einem Fenster auf der anderen Seite und bedienten ihre Kunden. Eine kräftige weiße Frau mit großem Busen erhob sich lustlos und kam auf sein Fenster zu. George schüttelte den Kopf, zeigte auf die anderen Stühle. Die Weiße verzog das Gesicht und machte kehrt. Eine Schwarze erhob sich, ebenso lustlos wie die andere, und trottete auf hohen Hacken zum Fenster. Prompt war die Erektion in Georges Hose wieder da.

Sie trug einen gelben Bikini. Ihr Bauch wölbte sich über den Rand der Hose. Die Haare waren lang und glatt, eindeutig eine Perücke. Ihre Brüste waren *verdammt riesig.* George ging etwas in die Knie, um ihr ins Gesicht sehen zu können. »Hi«, sagte er. Sie hatte blutroten Lippenstift aufgetragen.

»Hallo«, sagte die Frau, ich bin Cindy.« Sie lächelte schief und streckte die Hand aus. Er streckte seinerseits die Hand aus, um ihre zu schütteln, zog sie aber zurück, als er ihr Stirnrunzeln sah. »Zehn Dollar«, sagte sie.

»Oh«, sagte George. »Entschuldigung.«

»Macht nichts.«

»Was krieg ich dafür?« fragte er nervös.

»Was du willst, mein Schatz.«

Sie schnippte mit den Fingern. George zog die Brieftasche aus der Hose. Fingerte einen Schein heraus – zwanzig Dollar. Händigte ihn aus. Er war überrascht und ein bißchen aufgeregt; er fragte sich, wer hier das Tempo diktierte – die Frau oder seine Erektion. Sie nahm den Schein und stopfte ihn in eine kleine Tasche, die sie irgendwie an einem Gürtel trug und gleich wieder in den Rücken schob.

»Also, was darf's sein, mein Schatz?«

George holte tief Luft. »Ich wollte schon immer mal an einer Niggertitte nuckeln. Sehen, ob die irgendwie anders schmecken.«

Sie löste ihr Bikinioberteil. »Kein Problem«, gurrte sie, offenbar damit rechnend, daß George schon gar nicht mehr zuhörte. »Ich wollt mich ja schon immer mal von einem weißen Trottel abnuckeln lassen.«

Das war er natürlich. *Ganz schön frech,* dachte er trotzdem. George griff vorsichtig durchs Fenster und legte seine Finger um ihre linke Brust. Er wog sie in der Hand. Er wog die andere Brust. Er wog sie beide gleichzeitig. Das überraschte sie ein wenig. Das meiste, was sie hier erlebte, wurde einhändig abgewickelt.

Er drückte ihre Nippel. Sie waren lang und braun, so wie lange und braune Nippel meistens sind. Sie verzog etwas das Gesicht dabei, obwohl sie daran weiß Gott gewöhnt war.

George hob die linke Brust an und schob sie sich in den Mund.

»Vorsicht mit den Zähnen, Schätzchen.« Sie tätschelte ihm den Kopf.

George war ein bißchen schwindlig. Mit der Zunge folgte er den Umrissen des Nippels; er umfing ihn mit seinen Lippen und saugte ihn sich tief in den Mund hinein. So groß und doch so weich. *Verdammt noch mal.*

Er ließ die Titte aus dem Mund fallen. Trat einen Schritt zurück. Spuckte aus. Sein Gesichtsausdruck hatte sich verändert: nicht mehr betrunken schlaff, sondern entschlossen fies. »Du bist eine häßliche alte Schlampe.«

Die Frau zuckte die Achseln. »Du bist derjenige, der an meinen Möpsen saugen wollte, mein Schatz.«

»Ich bin nicht dein *Schatz*, Metze.«

»Ganz wie du meinst.«

Unverhohlener Spott. George strich sich mit der Hand über die Stirn. Schweißgebadet. »Schau dich an«, fauchte er, »du bist fett, du bist häßlich, und deine Titten reichen von hier bis nach Alabama, weil du Dutzende von unehelichen Bälgern daran hast saugen lassen. Sag, daß ich recht habe.«

»Der Kunde hat immer recht.«

»O ja, immer das richtige Wort auf den Lippen, reden kann sie, die Niggerschlampe.«

»Ich hab nichts dagegen, zu reden, Schatz, davon geht die Nacht genausoschnell rum, als wenn jemand an meinen Titten saugt.«

»Hast du einen Mann zu Hause?«

»Hast du eine Frau zu Hause?«

»He. Ich bin derjenige, der bezahlt hat.«

»Beschwer dich beim Geschäftsführer, Schatz.« Sie legte eine Hand auf die Hüfte. Dann hob sie das eine Bein und zog die Bikinihose im Schritt nach innen, damit er die dunkle Linie darunter sehen konnte. Seine Augen folgten der Bewegung. »Eins wollen wir klarstellen.« George sah wieder hoch. »Ich hab nichts dagegen, wenn du mir deinen halben Arm in die Möse steckst, es ist mir auch egal, ob du mich von oben bis unten vollspritzt, aber du brauchst nicht eine Sekunde lang zu glauben, daß ich mit einem billigen Scheißheini wie dir über persönliche Dinge rede.«

»Geschenkt«, sagte George.

»Es sei denn, du willst mir noch dreißig Dollar mehr geben, dann erzähl ich dir, was mein Typ mit seinem großen, starken Schwanz macht.«

»Wie kommst du darauf, daß ich mich für den Schwanz von jemandem interessiere?«

Die Frau zuckte die Achseln. »Weiß nicht. War nur so ein Eindruck.«

»Soll heißen?«

»Nichts.« Sie blickte zur Wand über dem Fenster hoch. Garantiert hing dort eine Uhr.

»Nein, ich will wissen, wie du das meinst. Versuchst du anzudeuten, daß ich schwul sein könnte?«

»Versuchen?« lachte sie. »Andeuten? Schatz, es ist mir völlig egal, wierum du bist, du hast bezahlt, also kannst du tun, was immer du willst. Ich will nur sagen, daß ich ohne weiteres von mir behaupten kann, daß es in den letzten drei Jahren keinen Mann gegeben hat, der nicht abgespritzt hat, wenn er bei mir war. Bei dir sehe ich aber, daß du noch nicht mal die Hose aufgemacht hast. Weißt du, es gibt weiter hinten auch Kabinen nur mit Männern. Vielleicht willst du ...«

»Ich bin keine gottverdammte Scheißschwuchtel, du dreckschleudernde Hure!«

»Ja, nur keine Hemmungen, Baby. Sag mir, was du wirklich willst. Deine Zeit läuft ab.«

George packte mit beiden Händen die Kante der Fensteröffnung. »Ich will dich durchficken, bis du blutest.«

»Können wir da drinnen nicht machen, Schatz. Was sonst noch?«

»Ich will ihn dir in den Mund stoßen, bis du würgen mußt.«

»Das geht auch nicht, Schatz. Tut sich schon was da unten, Baby?«

Da unten tat sich schon ganz gut was. George hatte blankgezogen. An der Seitenwand der Kabine gab es ein dumpfes, sich wiederholendes Geräusch. »Du mußt den Herrn in dein Leben lassen, Mädchen«, keuchte George.

»Ich fühle ihn bereits in mir, Schatz.«

»Du brauchst den Herrn in deinem Leben, Mädchen!«

»Ich fühle ihn!«

»Du brauchst Jesus Christus, den Retter deiner Seele!«

»Ja, ich brauche ihn!«

»Du brauchst das Auflegen der Hände!«

»Ich will sie haben, Schatz, gib sie mir!«

»Lieber Herr Jesus!«

»So ist's gut, Baby!«

»Gib mir die Titte!«

»Hier ist sie, Baby!«

Sie drückte ihre Brust durchs Fenster. George saugte gierig. *Ja. Ja. Ja.*

Als er zu ejakulieren begann, biß George zu. Kräftig.

Die Frau schrie.

Er ließ nicht ab.

Noch fester.

Er schmeckte Blut.

Sie schlug auf ihn ein. Schreiend. Er zog. Er riß.

Er ejakulierte zu Ende. Die anderen Frauen kamen zum Fenster gelaufen, versuchten ihn zu schlagen.

Mit einem gewaltigen Ruck biß er ihr den Nippel von der Brust.

Sie fiel in Ohnmacht.

Er zog seinen Reißverschluß zu. Er kaute. Er öffnete die Kabinentür. Slim Dharkin kam durch den Korridor gerannt, prüfte jede Kabine, um festzustellen, woher die Schreie kamen. Kunden traten ängstlich oder neugierig aus ihren Kabinen. Slim, der den mutmaßlichen Täter festnageln wollte, empfing sie mit vorsorglichen Schlägen. Sie duckten sich und flüchteten.

George ging auf Slim zu. Slim blieb stehen. George ließ seine Jacke offenstehen, damit die Uzi zu sehen war. »Haben Sie ein Problem?« fragte George. Er schluckte den Nippel hinunter.

Bei dem trüben Licht konnte Slim zwar nicht erkennen, daß es sich um eine Uzi handelte, aber daß es irgendeine Waffe war, registrierte er sofort und rechnete sich auch aus, daß sie von größerem Kaliber war als seine fetten Fäuste. »Nein, kein Problem«, sagte er. Er sah Blut aus Georges Mund sickern. Über die Discomusik hinweg hörte er eine der Frauen schreien. *»Holt die Sanitäter! Ruft einen Krankenwagen! Gott!«*

George marschierte an ihm vorbei und eilte die Stufen hinunter. In Null Komma nichts war er wieder draußen auf dem Platz. Zügig ging er zu seinem Hotel zurück. Inzwischen war er wieder etwas nüchterner geworden, etwas vorsichtiger auch. Wie immer nach sexuellen Erlebnissen empfand er eine Mischung aus Leere und Schuld. Ein Teil von ihm war der Ansicht, daß er die rassischen Überzeugungen verraten habe, die seinen innersten Wesenskern ausmachten; ein anderer Teil widersprach dem mit dem Argument, daß es sich doch nur um bedeutungslosen Sex mit einer schwarzen Hure gehandelt habe, einzig zu dem Zweck, herauszufinden, wie sich das anfühlte; er sei jetzt immerhin in der Lage, seinen Glauben auf eigene Erfahrung zu stützen. Ihm war klar, daß er deswegen von den Hardlinern in den Reihen seiner Gesinnungsgenossen vom White Aryan Resistance verspottet werden würde, wenn sie es denn je herausfänden; sie würden ihm unterstellen, daß er eine geheime Leidenschaft für schwarze Frauen pflege. George nickte sich beim Gehen selbst zu. Die konnten sagen, was sie wollten, er wußte, was seine Leidenschaften waren, und die Tatsache, daß er einen Teil von ihr gegessen hatte, war doch sicherlich ausreichender Beweis dafür, daß sein Frauengeschmack nach wie vor auf der korrekten Seite der Mason-Dixon-Linie angesiedelt war.

11

Präsident Keneally schlug auf dem Boden auf. Sein Herz schien explodieren zu wollen. Er grapschte nach dem Teppich, grub die Fingernägel hinein, um sich festzuhalten. Es war zwecklos. Er rutschte weg.

Tara ging barfuß auf Graham Slovenskis Zimmer zu. Es waren nur hundert Meter und eine Treppe, doch ihr kam jeder Schritt wie eine Meile vor, aus Angst, gesehen zu werden, und aus Angst vor dem, was sie vorhatte. Sie umarmte die Schatten, umarmte sich selbst. Zweimal war sie fast soweit, umzukehren, doch dann trieb sie das verzehrende Gefühl in der Lendengegend wieder voran. Es war keineswegs Wollust, wie sie sich selbst versicherte, sondern Pflichtgefühl. Sie mußte es tun. Für sich. Für ihren Mann. Für Amerika.

»Ich hatte einen Traum.«

»Nein, Mr. President«, sagte Slo. »*Ich habe* einen Traum.«

»Was reden Sie da?«

»Martin Luther King. *Ich habe einen Traum.*«

»Slo, ich rede davon, daß ich geträumt habe.« Der Präsident, der in gestreiften Boxershorts auf dem Kingsize-Bett im Bostoner Hotel Four Seasons lagerte, wickelte sich die Telefonschnur um die Hand und langte dann etwas mühsam hinüber zum Nachttisch nach einer Dose Pepsi light. Er schlürfte einen Schluck, verschüttete ein wenig und rülpste. »Tschuldigung«, sagte er, »wo war ich?«

»Sie hatten einen Traum, Mr. President.«

»Richtig, ja. Slo?«

»Ja, Mr. President?«

»Es macht Ihnen doch nichts aus, wenn ich Sie um diese Uhrzeit anrufe, oder?«

»Nein, Sir. Ich habe sowieso nichts anderes zu tun.«

»Höre ich da Sarkasmus?«

»Keineswegs, Sir. Was sollte ich im Ernst sonst tun?«

»Sie haben Familie.«

»Sie auch, Sir.«

»Berechtigter Hinweis. Und welche Freude sie uns doch bereitet. Wie schade, daß wir beide zur Zeit auf sie verzichten müssen. Wie geht's Miranda?«

»Recht gut, danke.«

»Es verärgert Sie nicht, daß ich so daherschwadroniere?«

»Nein, Sir, wenn es Ihnen hilft, soll es mir recht sein.«

»Alle Welt geht zum Analytiker. Was wäre wohl an der Wall Street los, wenn herauskäme, daß der Präsident sich auf die Couch legt?«

»Es wäre der Lage der Nation nicht unbedingt zuträglich.«

»Ein komisches Wort.«

»Äh, welches? Nation oder zuträglich?«

»Analytiker.«

»Sir?«

»*Analytiker.* Ob es irgendwie von *anal* kommt, was meinen Sie?«

»Weiß ich nicht, Sir. Darüber habe ich noch nicht nachgedacht.«

»Ich wette, ja. Der Anal-ytiker. Er fickt dich von hinten ins Gehirn. Meinen Sie, daß ich eine Analyse brauche, Slo?«

»Nein, Sir. Sie brauchen einen Freund.«

»Auch gut. Können sie mir einen empfehlen?«

»Sehr witzig, Mr. President.«

»Ich hatte, wie gesagt, einen merkwürdigen Traum. Ich wurde von einem gigantischen Vogel durch die Lüfte getragen. Ein riesiger Vogel, skelettartig ... vielleicht war es eine Echse. Mit Flügeln jedenfalls. Und mit Klauen, die sich in mich eingruben, ich blutete, und wir stiegen immer höher. Wir waren hoch über New York ... ich sah die Freiheitsstatue, sie winkte mir zu ... und dann drehte dieses Echsenwesen sich um und hatte auf einmal gar keinen Echsenkopf ... es war Tara, und sie hatte ein echt grausames Lächeln im Gesicht und sagte: »Danke für die Kokosnüsse«, dann ließ sie mich fallen, und ich fiel tiefer und immer tiefer ... und dann wachte ich auf dem Fußboden auf.«

»Es geht Ihnen aber gut?«

»Ja, sicher. Aber ich hab da diese Kokosnüsse im Zimmer liegen und weiß nicht, wo sie herkommen.«

»Sir?«

»Ach was, Slo, natürlich nicht. Aber das war ein komischer Traum, oder? Was würde ein Analytiker wohl daraus machen?«

»Ungefähr fünfhundert Dollar, Mr. President.«

»Auch wieder wahr.«

»Sie sollten sehen, daß Sie ein bißchen Schlaf kriegen. Ihnen steht ein arbeitsreicher Tag bevor.«

»Alle Tage sind arbeitsreich, Slo. Aber sicher, ich weiß, wer die Hitze nicht verträgt … Ich vermisse Tara, wissen Sie.«

»Das weiß ich.«

»Wann fliegt ihr nach Dublin?«

»Sie meinen Belfast.«

»Belfast. Ja.«

»Morgen, Sir. Gegen elf.«

»Passen Sie auf sie auf, Slo. Sagen Sie ihr, daß ich sie liebe.«

»Das sollten Sie ihr selbst sagen.«

»Hab ich versucht. Sie nimmt keine Anrufe entgegen. Von mir jedenfalls nicht.«

»Ich werd's ihr sagen. Keine Sorge. Das wird schon.«

»Okay, Slo, danke. Bye.«

»Good bye, Mr. President.«

Slo legte den Hörer auf. Er sah Tara an, die am Fußende des Bettes saß. Sie hatte sich das Haar aus dem Gesicht gekämmt. Ihr Nachthemd war rosa und bei günstigen Lichtverhältnissen durchsichtig. Sie hielt eine Flasche Wein in der Hand.

»Tut mir leid«, sagte Tara, »das muß peinlich für Sie gewesen sein.«

»Hab schon angenehmere Situationen erlebt«, sagte Slo. Sie war betrunken. Sein Schlafanzug klebte auf der Haut.

»Trinken Sie einen Schluck mit mir, Slo.«

Zum dritten Mal sagte er: »Nein, Tara. Dafür ist es zu spät. Oder zu früh.«

Sie verzog das Gesicht. Vielleicht hatte sie sich getäuscht. Vielleicht fand er sie gar nicht attraktiv.

»Sie sollten Ihre Tür abschließen.«

»Wir sind hier im Weißen Haus.«

»Trotzdem.«

Slovenski verrückte unter erheblichen Schwierigkeiten seine Beine ein Stückchen. Taras Sitzposition auf seiner Decke ließ ihm nur wenige Zentimeter Spielraum.

»Hat Sie jemand hier hereinkommen sehen?«

»Kümmert Sie das?«

»Es sollte uns beide kümmern.«

»Ist es der First Lady nicht erlaubt, den Stabschef zu konsultieren?«

»Nicht in einem durchsichtigen Negligé morgens um halb sieben.«

»Slo?«

»Hmm?«

»Woher wissen Sie, daß es durchsichtig ist?«

»Ich bin ja nicht blind.«

»Ein anständiger Mann hätte es vermieden, überhaupt hinzusehen. Aber nun, da es einmal passiert ist, was halten Sie davon?«

»Ich meine, daß Sie nicht hier sein sollten.«

»Was halten Sie von dem, was Sie gesehen haben?«

»Tara, das ist nicht fair.«

»Trotzdem.«

»Tara. Bitte. Sie sollten gehen.«

Sie bedachte ihn mit einem ausgedehnten Blick. *Jetzt, jetzt, jetzt. Tu es! Leg dich neben ihn! Zieh ihn aus! Vögel ihn! Zwillinge sind praktisch unterwegs!* Tara erhob sich langsam. Das Licht der Nachttischlampe fing sie ein, und zum ersten Mal konnte er sie richtig sehen. Ein paar Augenblicke lang war er wie gebannt – ein vom Scheinwerferlicht erfaßtes Kaninchen.

Sie sah, daß er sie sah. Er wußte, daß es Absicht von ihr war.

Tara kam auf ihn zu. »Tut mir leid«, sagte sie sanft. »Ich brauchte einfach jemanden zum Reden. Sie haben recht.

Es ist ein ungünstiger Augenblick. Wir unterhalten uns dann in Irland, okay?«

»Okay«, flüsterte er.

Sie beugte sich übers Bett. Ihre Lippen streiften seine Wange. Er roch Parfüm und Wein. Eine Brust, eine Brustwarze, an dünnen Stoff gepreßt, berührte ihn am Arm.

Dann schwebte sie durch das Zimmer und verschwand.

Sie brachte es nicht fertig. Nicht hier, nicht im Weißen Haus. Nicht in *ihrem Zuhause*. In Irland. Ja genau, in Irland. Wo ein ganzer Ozean zwischen ihr und dem Präsidenten lag. Dort würde sie ihn sich vornehmen.

Tara verharrte für einen Moment an der Tür, überzeugte sich, daß die Luft rein war, dann schlüpfte sie hinaus. Sie rannte durch den Flur, die Treppe hinauf und kümmerte sich kein bißchen um Schatten und Sicherheit. *So dicht dran, so verdammt dicht!*

Slovenski sank aufs Kissen zurück. Er blies die Backen auf. Stieß die Luft heraus. Sein Herz raste. Er war schweißgebadet. Er warf die Decke zurück. Schüttelte heftig und ausdauernd den Kopf.

Das war ein Traum gewesen. Ein Hirngespinst. Er schlug auf das Kissen ein.

Slovenski wälzte sich aus dem Bett. Er atmete tief durch. Während er in Richtung Bad taumelte, knöpfte er seine Schlafanzugjacke auf. Er machte Licht und fuhr sich beim Pinkeln durch die klatschnassen Haare. Er spülte und wusch sich die Hände. Als er sein erschöpftes Gesicht im Spiegel betrachtete, war auf der linken Wange ganz deutlich Lippenstift auszumachen.

12

Anal-ytiker?

Obwohl ein ganzer Kontinent zwischen ihm und dem Präsidenten lag, bewegte Michael Tate der gleiche Gedanke, als er in das Büro von John Smedlin, seinem Psychoanalytiker, schlenderte. Der Milliardär trug sein Batman-Sweatshirt. Seine Jeans waren an den Knien durchgescheuert. Smedlin deutete auf einen Ledersessel. *Aber wenn es Analverkehr ist,* dachte Tate, *wie kommt es dann, daß es mir soviel Spaß macht?*

Smedlin lächelte gütig und mußte dann niesen.

»Entschuldigung«, sagte er, »seit einem Monat versuche ich diese Erkältung loszuwerden.«

Tate nickte. »Das ist mein nächstes Projekt. Ein Heilmittel gegen den gemeinen Schnupfen.«

»Kann ich daran Anteile kaufen?«

»Nein.«

Smedlin nickte, dann blickte er in die Akte, die er im Schoß liegen hatte.

»Also«, sagte er, »wie ist es uns denn so ergangen?«

»*Uns?*«

Müde hob er eine Augenbraue. »Aha«, sagte er, »so einen Tag haben wir also mal wieder erwischt. Was ist los, Michael?«

Tate zuckte die Achseln. »Ich fühl mich … *unbehaglich.*«

»Unbehaglich wegen des Sessels oder wegen Ihres Hierseins?«

»Hauptsächlich wegen des Sessels.«

»Der hat mich tausend Eier gekostet. Was haben Sie daran auszusetzen?«

»Er ist so hart. *Groovt* irgendwie nicht.«

»Das ist alles?«

»Und mich stört der Gedanke an all die Irren, die da womöglich draufgesabbert haben.«

»Sie bezeichnen meine Patienten als Irre.«

»Sind sie das nicht?«

»Einige vielleicht. Aber was sind Sie denn dann?«

»Ich glaube nicht, daß ich irre bin. Sie?«

»Kommt darauf an, wie man ›Irrer‹ definiert. Wie würden Sie es definieren? Abgesehen vom Sabbern?«

»Jemand, der in einer Tour vor sich hinbrabbelt. Sich nicht wäscht. Der zwei und zwei zusammenzählt und auf Pferdeäpfel kommt.«

»Aber nicht jemand, der glaubt, er könne die Welt beherrschen?«

»Aber *ich kann* die Welt beherrschen, das ist es doch.«

»Ist Geld scheffeln und die Welt beherrschen dasselbe? Müssen nicht auch Weltherrscher gewählt werden?«

»Unter Umständen.«

»Unter Umständen? Was schwebt Ihnen vor, Michael? Die Macht an sich zu reißen?«

»Nicht reißen.«

»Sogar Hitler wurde ins Amt gewählt.«

»Wollen Sie mich mit Hitler vergleichen?«

»Würden Sie sich über einen solchen Vergleich ärgern?«

»Ich weiß nicht. Ich meine, natürlich, wegen der Kriege und der Lager und allem, aber man muß den Mann auf einer organisatorischen Ebene auch bewundern. Ich mein, er hatte nicht mal eine Floppy.«

»Aha.« Smedlin machte sich eine Notiz. »*Bewundert Hitler*.«

»Es wäre mir lieber, wenn Sie das nicht aufschreiben würden.«

»Das kann ich mir vorstellen.«

»Hören Sie mal, wer bezahlt hier die Rechnungen?«

»Sie, Michael.« Er zuckte erneut den Kugelschreiber. »*Will es aber nicht zugeben*. Zufrieden?«

»Nein.«

»Wie lange konsultieren Sie mich schon, Michael?«

»In Erdenjahren?«

»Ja, Erdenjahre.«

»Sechzehn.«

»Sechzehn Jahre. Genau. Und wieso kommen Sie erst

jetzt, nach all der Zeit, die Sie in diesem Sessel gesessen haben, auf die Idee, *meine* Irren zu erwähnen?«

»Ich wollte Sie erst näher kennenlernen.«

»Was ist es, das Ihnen an denen nicht gefällt?«

»Unberechenbarkeit.«

»Nennen Sie mir einen Irren.«

»Was, aus der Geschichte?«

»Nein, einen, den Sie kennen.«

Tate lehnte sich erstmals zurück. Sein Blick schien sich kurzzeitig in weiter Ferne zu verlieren, doch blinzelte er sich rasch in die Wirklichkeit zurück.

»Möchte ich lieber nicht.«

»Michael.«

»Ich weiß, worauf Sie hinauswollen. Ich soll mal wieder *darüber* sprechen.«

»Da es das prägende Erlebnis Ihrer Teenagerjahre war, tut es Ihnen meiner Ansicht nach gut, darüber zu sprechen.«

»Ich glaube, Sie fahren darauf ab.«

»Michael, offensichtlich sind auch Sie der Ansicht, daß es Ihnen guttut. Sonst würden Sie doch nicht immer wiederkommen.«

»Vielleicht gefällt mir einfach Ihre Gesellschaft.«

»Die meisten Gesellschaften, die Ihnen gefallen, kaufen Sie. Ich stehe nicht zum Verkauf.«

Tate nickte.

»Sie waren im Park«, begann Smedlin, »und …«

»Ein paar Typen haben mich in die Büsche gezerrt und mich mißbraucht. Aber denen gebe ich nicht die Schuld, ich gebe meinem Vater die Schuld, weil er mich im Park allein gelassen hat, um sich ein Bier zu besorgen. Und von diesem Tage an wurde ich ein introvertierter Sonderling, lebte nur durch meine Computer, wurde ein beschissenes Computergenie, gründete eine Firma im Hinterhof, wurde Millionär, dann Milliardär, und jetzt bin ich der mächtigste Mann der Welt, beinahe. Ich sollte meinem Papa also eigentlich dankbar sein, daß er mich im Park allein gelassen hat, und diesen Irren, daß sie mir einen abgewichst haben, denn sonst würde ich jetzt im nächsten Supermarkt die Regale auffüllen.« Tate gähnte theatralisch. »Da haben Sie's.«

»Kurz und knapp. Aber das mit dem Abwichsen hatten Sie noch nie erwähnt.«

»Aber sicher.«

»Nein, im Ernst. Aber keine Sorge, das ist sehr hilfreich.«

»Hilfreich?«

»Es wirft ein Licht auf die andere Geschichte.«

»Welche andere Geschichte?«

»Den Kauf des Empire State Building.«

»Entschuldigung, aber wo kommt das denn auf einmal her?«

»Sehen Sie die Verbindung nicht? Na, kommen Sie, Michael. Sie haben gerade eben zum ersten Mal zugegeben, daß Ihnen in den Büschen einer abgewichst wurde – mit anderen Worten, Sie hatten eine Erektion. Und jetzt kompensieren Sie das, indem Sie das Empire State Building kaufen, welches die größte Erektion darstellt, die für Geld zu haben ist. Das ist doch deutlich, oder?«

Tate zog an seiner Unterlippe. »Noch mal langsam. Der Grund, warum ich das Empire State Building gekauft habe, ist nicht, daß es gerade zu einem extrem günstigen Preis zu haben war oder daß es mir für meine Geschäfte nützlich ist oder daß es eines der großen Wunder dieser Erde ist, sondern daß ich von irgendwelchen Irren so manipuliert worden bin, daß ich eine Erektion bekommen habe?«

»Genau.«

Für ein paar lange Momente saßen sie sich schweigend und Auge in Auge gegenüber. Dann sagte Tate: »Und für diesen Dünnschiß bezahle ich Sie?«

13

Gewisse Dinge führte der Präsident auf Reisen stets mit sich. Den Secret Service, um sich zu schützen. Fred Troy, um sich auch ganz bestimmt sicher zu fühlen. Direkten Zugriff auf ein breites Spektrum von Atomwaffen, um die Demokratie und die amerikanische Lebensart zu schützen. Häufig auch seine Frau. Und fast immer einen aufblasbaren Globus.

Das größte Problem dabei war, wie er fand, einen aufblasbaren Globus aufzutreiben, der auch wirklich up to date war. Andauernd fielen irgendwelche Nationen auseinander, so daß jeder Globus binnen kurzem schon wieder hoffnungslos veraltet war. Er hatte sich bereits verschiedentlich vorgenommen, sein Problem der Vereinigung der Amerikanischen Hersteller von Aufblasbaren Globen vorzulegen, wenn eine solche denn existierte. Wenn er unterwegs war, manchmal aber auch im Weißen Haus, dann aber nur, wenn er, obwohl Tara ihn auslachte und auch er kichern mußte, genügend Luft übrig hatte, war es das letzte Vergnügen des Tages, den Globus aufzublasen und zu studieren. Er war, daran bestand kein Zweifel, der mächtigste Mann der Welt. Und es war seine Aufgabe, diese Welt mit so viel heißer Luft zu füllen, wie er irgend aufbringen konnte.

Der Präsident, immer noch in Boxershorts, ließ den Globus in seinen Händen wirbeln. Er warf ihn hoch und hielt ihn mit sanften Boxhieben in der Luft.

»Weißrußland«, sang er. »Unabhängige Volksrepublik Mähren. Baskische Republik.«

Langsam begann er es etwas zu bereuen, daß er Slo nicht mitgenommen hatte. Ihm fehlte seine Gesellschaft, ihm fehlte auch sein guter Rat. Die anderen waren doch alle Jasager und Dummschwätzer. Politikberater, Kommunikationsexperten, Redenschreiber, Demoskopen, Medienberater – alles Firlefanz! Slo hatte ein bißchen merkwürdig geklungen am Telefon: vielleicht überlastet, möglicherweise etwas eingeschnappt. Vielleicht war er ein wenig zu weit gegangen, indem er ihn gezwungen hatte, mit Tara nach Dublin zu reisen. Er würde ihm demnächst mal freigeben. Ihn in Urlaub schicken. Richtigen Urlaub. Vielleicht könnte er gleich ein bißchen länger in Irland bleiben. Er würde dafür sorgen, daß Slos Frau und Kinder nachkommen könnten. Als er den Globus ein weiteres Mal nach oben boxte, gab dieser einen zischenden Laut von sich und schoß im Zickzack durchs Zimmer.

Der Präsident rief Fred Troy an. »Troy. Wie ist's?«

»Wachsam wie immer.«

»Das ist sehr beruhigend.«

»Danke, Mr. President.«

»Schlafen Sie im Stehen, Troy?«

»Nein, Sir. Ich brauche nicht viel Schlaf. Ich habe eine hervorragende Konstitution, genau wie Amerika.«

»Sie sind ein steter Quell der Verläßlichkeit, Troy. Ich sollte Sie befördern.«

»Danke, Sir.«

»Mir ist eingefallen, daß ich überhaupt nichts über den Attentäter erfahren habe. Das letzte, was ich hörte, war, daß er entkommen und hinter mir her sei, und dann tauchte er plötzlich bei *Oprah* auf. Hat man ihn schon gefaßt?«

»Nein, Sir, er ist mehr oder weniger untergetaucht, Mr. President. Aber er wird wieder auftauchen. Das tun sie immer.«

»Eben das macht mir Sorge, Troy. Ich möchte nicht, daß er genau vor meinen Augen auftaucht. Denken Sie an Jitzhak Rabin.«

»Das ist völlig ausgeschlossen, Sir.«

»Sagen Sie mir, daß er nur ein blöder Redneck ist und ich mir keine Sorgen zu machen brauche.«

»Sir, ich könnte Ihnen so etwas sagen, aber ich möchte nicht lügen. Wenn er clever genug ist, sich aus großer Entfernung in Oprahs Telefonleitung einzuschmuggeln und sich dabei an fünfzigtausend anderen Anrufen vorbeizudrängeln, dann ist er clever genug, um sich Gedanken zu machen.«

»Nun, das ist nicht sehr beruhigend. Aber offen. Klären Sie mich über New York auf.«

»Was die Vereinten Nationen angeht, sehe ich keine Probleme. Ich bin in engem Kontakt mit James Morton aus unserem New Yorker Büro. Dagegen stellt das Empire State Building, wie Sie aus meinem Bericht wissen, Sir, ein ernstes Sicherheitsrisiko dar.«

»Hmm«, sagte der Präsident.

»Wie Sie sich erinnern werden«, hakte Troy nach, »bin ich darüber überhaupt nicht glücklich. Wenn da oben etwas passiert, kommt man nicht weg. Es gibt keinen Fluchtweg.«

»Aber Troy, Ihnen obliegt es, dafür zu sorgen, daß erst gar nichts passiert.«

»Ja, Sir. Das weiß ich, Sir. Aber bei diesem Spiel kommt es auf die Ausschaltung möglichst aller Risiken an.«

»Sie halten es für ein Spiel, Troy?«

»Nein, Sir! Ein Euphemismus, Sir!«

»Okay. Nur keine Aufregung. Ich bin sicher, daß Sie auf alle Eventualitäten vorbereitet sind.«

»Ich tue mein Bestes, Sir. Übrigens werde ich heute vormittag nach New York fliegen, um persönlich alles zu überprüfen.«

»Sie meinen, Sie wollen mich hier schutzlos zurücklassen?«

»Sie sind in sicheren Händen, Mr. President.«

»Das hat Jitzhak auch gedacht.« Er legte den Hörer auf. Dann nahm er ihn wieder ab und rief Tara an. Er fühlte sich einsam. Er brauchte Zuspruch.

Das Telefon klingelte und klingelte.

14

Sams Plan war, sich auf die faule Haut zu legen. Der ganze Trubel bei der Arbeit, die Abstimmung über den Streik, die Konfrontation, die Kapitulation der neuen Eigentümer, das alles würde jeden in die Seile geworfen haben, wieviel mehr also erst einen alten Recken wie ihn! Er hatte seinen freien Tag und gedachte, bis mittags im Bett liegenzubleiben und fernzusehen und dann am Nachmittag eventuell damit fortzufahren. Bis es Zeit für den Besuch im Cedar Home war.

Es war einer von den feuchten Manhattaner Alptraumtagen, und seinem Kopf ging es schlecht. Er schlürfte Cola, schluckte eine ganze Handvoll Aspirin. Zum Teil lag es am Wetter, und auch der Überrest der B-52 machte die Sache nicht besser, doch die Hauptrolle spielte wohl die Aufregung am Arbeitsplatz. Eigentlich hätte er in Triumphgefühlen schwelgen sollen: Die Jungs hatten voll hinter ihm gestanden, und er durfte den Präsidenten treffen; das Management hatte nicht einmal mehr ein weiteres Wort über seinen Ruhestand verloren. Leonard war mit breitem Lächeln zu ihnen zurückgekehrt. *Okay, Jungs, alles klar. Ich hab mit Mr. Ievers gesprochen. Er ist damit einverstanden, daß Sam den Präsidenten trifft, alle anderen Angelegenheiten werden nach dem Besuch geklärt.* So einfach war das. Aber so einfach war es nicht, das war Sam klar; er hatte ein ungutes Gefühl bei der Streikandrohung gehabt, hatte sich schuldig gefühlt, die Arbeitsplätze der anderen gefährdet zu haben; jetzt hatte er ungute Vorahnungen. Er war alt genug und klug genug zu wissen, daß das noch nicht alles gewesen war, daß kein Management, auch nicht ein vermeintlich aufgeklärtes wie das von Magiform, so einfach einlenkte. Alles, was nach Rosen hätte duften sollen, roch nach Scheiße.

Das Telefon klingelte um kurz nach neun. Sam hatte einen Apparat neben dem Bett stehen, aber trotzdem dauerte es eine ganze Weile, sich an den Hörer zu bemühen.

Eine warme Stimme. »Oh, hallo, Mr. McClintock. Mein Name ist Clark Fuller, ich arbeite für Reuters – Ihnen ist Reuters ein Begriff?«

»Sicher«, sagte Sam.

»Gut. Ich berichte über den Präsidentenbesuch im Empire State Building am Freitag, und mir wurde gesagt, daß Sie einer der Angestellten seien, die sich um ihn kümmern werden.«

Sam lachte in die Sprechmuschel hinein. »Ja, klar.«

»Ich schreibe einen Sonderbericht über den Besuch, der landesweit erscheinen wird, und ich hätte gern ein paar Hintergrundinformationen zu Ihrer Person. Zum Beispiel, wie lange Sie schon dort arbeiten, was für Erlebnisse Sie so gehabt haben – in der Richtung etwa.«

»Klar. Woher haben Sie meine Nummer?«

»Äh – wie heißt er gleich, Walter Ievers? Vom Empire. Er meinte, Sie seien der richtige Ansprechpartner für Hintergrundinformationen. Reicher Erfahrungsschatz, hat er gesagt, Mr. Empire persönlich. Sie haben doch nichts dagegen, daß ich Sie anrufe?«

»Nein, ich fühle mich nur ein bißchen …«

»Walter Ievers hat erwähnt, daß Ihre Frau seit einiger Zeit im Krankenhaus ist.«

»Hat er das.«

»Und daß Sie die Firma um ein Darlehen gebeten haben, um steigende Arztrechnungen begleichen zu können?«

»Das hat er erzählt? Das war ja nett von ihm.«

»Entschuldigen Sie. Er hat natürlich die Vertraulichkeit der Sache betont, aber er glaubte, daß Sie … er konnte sich vorstellen, daß ich – oder Reuters – uns für ein Interview an den Arztkosten würden beteiligen wollen.«

»Um was für einen Betrag würde es sich denn da handeln?«

»Da müßte ich mich erkundigen. Ein paar tausend vielleicht, für die nordamerikanischen Rechte jedenfalls. Bei internationaler Verbreitung entsprechend mehr. Mir würde vorschweben, daß ich Ihre Geschichte jetzt gleich, über Telefon, aufnehme und daß wir am Freitag, wenn ich den Präsidentenbesuch verfolge, letzte Details klären könnten. Wäre Ihnen das recht?«

Natürlich war es ihm recht. Man mußte Sam nicht bezahlen, damit er die alten Tage im Empire wiederaufleben ließ, aber ein Anreiz war es schon. Mit Fuller zu reden war auch kein Problem; er schien ehrlich interessiert an dem, was Sam zu erzählen hatte, und das war auch mal eine nette Abwechslung.

Eine Stunde später legte George Burley im Montrose International Hotel den Hörer wieder auf. Die Dinge nahmen eine höchst vielversprechende Entwicklung.

15

Lisa hatte die Taschen gepackt und war wieder auf Achse. Versuchte es jedenfalls zu sein. Sie saß am Hafen in der Sonne und wartete auf die Fähre nach Boston. Ein paar Stunden die Küste hinauf, und schon wäre sie wieder in der Großstadt. Neuer Job. Neue Wohnung. Neues Leben. Sie hatte rasende Kopfschmerzen – vom Kater, vom Ausgetrocknetsein, von Schuldgefühlen. Sie wollte Nathan anrufen und sich bei ihm entschuldigen; nicht dafür, daß sie weggelaufen war, auch nicht dafür, daß sie mit einem anderen geschlafen *und* daran Spaß gehabt hatte. Nicht weiter erwähnen würde sie wahrscheinlich die Tatsache, daß dieser andere ein aufreizendes Cocktailkleid und eine blonde Perücke getragen hatte.

Sie hatte es tun müssen. Nur indem sie mit einem anderen schlief, konnte sie die Bande lösen, die sie an Nathan fesselten. Jetzt war der Bann gebrochen. Sie konnte wieder in die Welt hinausgehen und das Leben genießen. Sie würde sich einen Mann suchen, der ihr erlaubte, sie selbst zu sein. Der sie nicht einsperrte. Sie konnte sich einen Mann *wählen*, der nicht trank, der nicht jähzornig war, der sie niemals in aller Öffentlichkeit demütigen würde. Sie konnte sich auch für eine Frau entscheiden, wenn sie wollte. So frei war sie nämlich. Nichts und niemand würde jemals wieder ihr Leben bestimmen können.

Eine Stunde war noch herumzubringen. Sie hatte sich ein Thunfischsandwich gekauft, war aber nicht fähig, es zu essen. Sie riß einzelne Streifen davon ab und warf sie den Möwen zu. Touristen, die an den Walschautouren teilnehmen wollten, begannen sich bereits zu versammeln. Das Gekreische der aufgeregten Kinder und das genervte Fauchen der mit Kameras beladenen Eltern tat ihrem Kopf auch nicht übermäßig gut. Sie nuckelte an einer Flasche Evian-Mineralwasser und schloß halb die Augen vor der Sonne. Sie zählte sich alle Gründe auf, aus denen sie Nathan haßte. Bei dreiundzwanzig brach sie ab. Dann rechnete sie alle Gründe zusammen, aus denen sie ihn liebte. Es war nur einer. *Er ist Nathan*. Und sie hatte noch die Beule – aus Versehen zugefügt, zugegeben –, um es zu beweisen.

Sie rückte ein wenig zur Seite, als ein Mann sich neben sie setzte. Sie nickte ihm andeutungsweise zu, doch er beachtete sie nicht. Er schlug einen *Boston Globe* auf und vertiefte sich in die erste Seite. Lisa schaute auf ihre Uhr. Noch eine dreiviertel Stunde, bis das Besteigen der Fähre überhaupt beginnen würde. Sie schaute über den Hafen hinweg aufs Meer: Es wirkte nicht besonders wild, aber bei ihrem Zustand tat das auch gar nicht nötig. Beim ersten Klatschen höherer Wellen gegen das Schiff bestanden gute Aussichten, daß sie sich die Seele aus dem Leib kotzen würde. Sie schleuderte den Rest des Thunfischsandwiches in einem Stück von sich. Die Möwen ließen sich begeistert darauf nieder.

Der Mann neben ihr ließ die Zeitung sinken. »Das ist aber eine ziemliche Verschwendung, meine Liebe«, sagte er.

Lisa muckte auf. »Ich kann meine Sachen wegschmeißen, wie ich verdammt noch mal … oh.« Sie senkte den zornigen Blick. »Alexis. Alex«, sagte sie schwach.

Er sah sie an. Sein Blick war kühl, emotionslos.

»Du … du bist es doch, oder?« wagte sie sich vor.

Sie musterte sein Gesicht – um sich zu vergewissern, daß er es war, und um eine Reaktion zu provozieren. Kantiges Kinn mit dunklen Stoppeln, tiefblaue Augen, kurze glatte Haare, hohe Wangenknochen. Er war wirklich bemerkenswert hübsch.

Er nickte kaum merklich. »Hast mich ohne Kleid nicht erkannt.«

»Gott«, sagte Lisa.

Alex zuckte die Achseln. »Wo ich herkomme, hält man es für höflich, auf Wiedersehen zu sagen.«

Lisa biß sich auf die Lippen. Ihre Hand fiel auf sein Knie. »Es tut mir so leid«, sagte sie. »Ich hab einfach Panik bekommen. Es liegt nicht an dir … ach Gott, in meinem Kopf geht's ziemlich hoch her.«

»Und vor allem in deinem Bett.«

»O Gott … wie furchtbar von mir. Tut mir leid. Du mußt dich ja fühlen wie … ich weiß nicht, wie du dich fühlen mußt. Wie fühlst du dich?«

»Verkatert, Kumpel, vor allem verkatert.« Er nahm ihre Hand. »Hör zu, Mädchen, ich bin ja auch nicht von gestern. Ich muß mich nicht aufregen, wenn mir eine Frau die Hacken zeigt. Ich hatte einen Mordsspaß. Du hattest zwei. Für Beschwerden besteht kein Anlaß.«

Lisa atmete tief durch. Sie lächelte ihm ins Gesicht. »Du bist so nett.«

»Was soll ich sagen? Du bist auch nicht übel.«

Sie grinsten sich an.

»Du bist auf dem Weg nach Boston?«

Lisa nickte. »So sieht's aus.«

»Wieviel Zeit hast du noch, Liebes?«

Sie zuckte die Achseln. »Vierzig, fünfundvierzig Minuten.«

»Gut.« Er stand auf, zog sie auf die Füße. »Ich weiß, wo wir den perfekten Katerkiller kriegen. Los, komm.«

Sie leistete nur ein paar Schritte lang Widerstand. Dann bückte sie sich, hob ihre Tasche auf und erlaubte ihm, sie hinter sich her zu schleifen.

Sie saßen an einem Tisch im Governor Bradford. »Von hier aus kannst du sehen, ob die Fähre bald ablegt«, sagte Alex. »Falls du Röntgenaugen hast.«

Lisa hob ihr Glas und sah es zweifelnd an. »Wird einem davon nicht erst richtig schlecht?«

»Nein, nein, das ist doch der Trick. Man muß Gleiches mit Gleichem vergelten. Das steht schon in der Bibel oder so. Auf dein Wohl, Kindchen.«

Alex leerte sein Glas in einem Zug. Lisa folgte seinem Beispiel. Fast hätte sie es gleich wieder von sich gegeben. »Meine Güte«, keuchte sie, »was ist denn da drin?«

»Frag lieber nicht, Kindchen«, stöhnte Alex.

War es Einbildung oder objektive Wirkung, eine halbe Stunde später fühlte sie sich jedenfalls tatsächlich besser. Sie bestellten sich ein paar richtige Drinks. Sie ... Jesses, *er* begann ihr von seinem unsteten Leben als aufstrebender junger Künstler zu erzählen, immer die britischen Autobahnen rauf und runter, eine deprimierende und hungerleidende Existenz wie aus dem Bilderbuch. Dann der Aufbruch nach Amerika und die deprimierende und hungerleidende Existenz auf den hiesigen Highways. Er zeichnete ein idyllisches Bild von Sommern in Provincetown und harten Wintern in New York, den Versuchen, auf dem Broadway zu reüssieren. Aber er sorgte dafür, daß sie die ganze Zeit etwas zu lachen hatte, und ehe sie sich's versah, waren zwei Stunden vergangen, sie war wieder halb betrunken, die Fähre längst weg, und sie mochte eigentlich gar nicht auf seine Gesellschaft verzichten.

Er trug ihre Tasche zum Elephant Strides zurück, wo sie wieder ihr altes Zimmer bekam. Er sah ihr beim Auspacken zu. Dann zog er sie aus und ins Bett. Sie stürzten wild aufeinander. Als ihr Orgasmus im Anmarsch war, öffnete sie die Augen, drehte ihren Kopf nach links und sah seinem Liebesspiel im Spiegel zu. Doch als sie dann kam, ihre Nägel in seinen Rücken grub und ihre Beine fest um ihn schlang, da war es nicht sein Name, den sie ausrief.

Alex legte sich schweratmend auf den Rücken. Sie schloß die Augen.

»Entschuldige«, sagte sie.

»Du verbringst dein halbes Leben damit, dich bei mir zu entschuldigen.«

»Ich weiß. Was bin ich für ein Miststück.«

»Er muß absolut sensationell im Bett sein.«

Lisa schüttelte den Kopf. »Nein, gar nicht. *Du* bist sensationell.«

»Ich brauch mich also nur in Nathan umzubenennen, dann läuft es mit uns wie geschmiert.«

»O Gott, ich weiß nicht, was über mich gekommen ist.«

Darüber mußten sie beide lachen.

»Falls ich jetzt einschlafe«, meinte Alex, nachdem sie eine Weile geschwiegen hatten, »wirst du dann noch da sein, wenn ich aufwache?«

Lisa nickte. »Ich geh nicht weg. Nicht in nächster Zeit.«

16

Sie hatten Mitleid mit Nathan, aber das war es nicht allein. Man kann Mitleid mit Durchgeknallten, Alkoholikern oder Langweilern haben, ohne daß man sie deshalb unbedingt gleich bei sich zu Hause wohnen haben wollte. Sie hatten kurz darüber diskutiert.

»Wir könnten ihn einfach vor die Tür setzen«, sagte Lucy.

»Ihm sagen, daß er jemand anders auf die Nerven gehen soll.«

»Ihm sagen, daß er sein elendiges Gesicht nehmen und in die Toilette stopfen soll.«

»Aber wir tun es nicht.«

»Natürlich nicht.«

»Weil er ein Kollege ist, vielleicht sogar ein Freund, weil es ihm schlecht geht und er Hilfe braucht.«

»Er braucht Freunde. Man hat ihn fallen lassen, und zwar aus großer Höhe. Wir kümmern uns um ihn, bis er wieder auf die Beine gekommen ist. Wir kaufen ihm sogar neue Beine.«

»So sind wir eben.«

»Mitfühlende Menschen.«

Lucy schob sich eine Haarsträhne aus dem Gesicht. »Er hat mich letzte Nacht aus deinem Zimmer kommen sehen.«

»Oh.«

»Nackt wie am Tag meiner Geburt.«

»Oh.«

»Er hat nichts gesagt beim Frühstück.«

»Was hätte er sagen sollen? ›Geile Titten‹?«

»Er machte einen etwas verlegenen Eindruck.«

»Er macht immer einen etwas verlegenen Eindruck. Überhaupt, was kann er denn wissen – du könntest dir irgendwas geborgt haben.«

Lucy nickte, wenn auch nicht überzeugend. »Behalten wir ihn also hier«, sagte sie.

»Für eine Weile.«

Nathan bekam eine neue Uniform, Brian lieh ihm ein paar von seinen Sachen, Lucy kaufte ihm Unterwäsche und brachte aus einem Billigkaufhaus Dinge des täglichen Bedarfs mit, die voll und ganz das ersetzten, was er verloren hatte. Außerdem kratzten sie noch ein paar hundert Dollar Bargeld zusammen, damit er sie nicht alle halbe Stunde um Taschengeld angehen mußte.

Während sie ihrem Bruder in der Küche ein neues Gericht zum Probieren vorsetzte, sagte Lucy mit Blick auf den auf der Couch dösenden Nathan: »Er ist richtig lieb, nicht wahr?«

»Er ist schon okay.«

»Und so hilflos. Als wenn man ein kleines Hündchen zu versorgen hätte.«

Brian lachte. »Ist das nicht komisch? Wir dürfen keine Tiere in der Wohnung halten, aber wir dürften ohne weiteres Charlie Manson hier beherbergen und würden nichts zu hören kriegen, solange er nicht seine Katze mitbringt.«

Später machte Lucy noch einen Salat, während Brian und Nathan schnell zum Deli hinunterliefen, um ein paar Beilagen zu besorgen. Sie kehrten mit vier Flaschen Wein zurück. Der Salat wurde zügig verschlungen, für den Wein ließ man sich mehr Zeit. Es war richtig brunzgemütlich.

»Weißt du«, sagte Nathan, »ich bin ziemlich neidisch auf dich.« Er sah Brian an, aber Lucy befürchtete für einen Moment, daß er von ihr reden würde. Sie hatte schon mehrere bewundernde Blicke von ihm aufgefangen. Aufgefangen, jongliert und mit Aplomb zurückgeworfen. »Daß du den Präsidenten kennenlernst.«

»*Kennenlernen* ist wohl kaum der richtige Ausdruck. Ich stehe im Hintergrund und halte nach Heckenschützen Ausschau.«

»Auf jeden Fall ist es doch etwas, was man später seinen Kindern erzählen kann, oder?«

»Ich fände es auch toll«, sagte Lucy, »so nahe an ihm dran zu sein. Einfach die Hand ausstrecken und ihn berühren zu können.«

»Wozu soll das denn gut sein?« fragte Brian.

Lucy zuckte die Achseln. »Ich finde ihn reizend.«

»Die würden dich glatt verhaften dafür«, sagte Brian. »Ich hab heute ein paar von diesen Jungs da unten gesehen. Wie Orang-Utans in Anzügen. Sobald du auch nur den Arm ausstreckst, liegst du auf dem Boden und der Arm ist gebrochen.

»Nun, es käme halt aufs Timing an«, sagte Lucy lachend.

»Wenn er mich begrüßt«, sagte Brian, »grüß ich zurück. Das Reden überlasse ich Sam.«

»Wer ist dieser Sam?« fragte Lucy.

»Ich glaube, der hat das Empire sogar mitgebaut«, sagte Brian. »Er hat sein ganzes Leben da gearbeitet. Du müßtest ihn mal sehen, wenn er die Straße runtergeht; er hat diesen schlingernden Gang, den man kriegt, wenn man zu lange im Fahrstuhl war.«

»Das kommt vom Alter«, sagte Nathan.

»Vom Alter und vom Fahrstuhl.« Brian schenkte noch eine Runde ein. »Sam ist soweit in Ordnung. Er ist halt so ein typischer mürrischer Alter, der schon so lange da ist, daß er glaubt, ihm gehöre das Ganze. Keiner mag ihm irgendwas sagen, aus Angst, daß er dann tot umfallen könnte. Und genau das wird passieren. Er wird sagen »Guten Morgen, Mr. President«, und dann zusammensacken. Dann wird der Secret Service ihn nach nicht explodierten Bomben absuchen. Bevor er über die Brüstung geworfen wird.«

»Ach, er ist okay«, sagte Nathan. »Ich wäre auch mürrisch, wenn ich dem Tod in die Augen sehen würde.«

»Du *hast* doch dem Tod in die Augen gesehen«, sagte Lucy. »Erzähl mal, wir wollen alles über *sie* hören.«

Nathan errötete. »Lieber nicht.«

»Blödsinn!« lachte Lucy. »Wir können dreckige Geschichten vertragen.«

Nathan nahm einen ausgiebigen Schluck Wein. »Es gibt ein paar Dinge in meinem Leben, die ich gerne vergessen würde. Dies gehört dazu.«

»Hat es dich kein bißchen angemacht?«

»Lucy!« sagte Brian.

»Nichts Lucy – hattest du eine Erektion?«

Nathan hielt ihrem Blick stand. »Es war das am wenigsten sexuelle Erlebnis, das ich seit langem gehabt habe.«

Irgendwann war Brian dermaßen voll, daß sie ihn ins Bett schaffen mußten. Er sank mit dem Gesicht voran auf die Decke, als wäre er von hinten erschossen worden.

Lucy und Nathan blieben noch ein bißchen in der Tür stehen.

Lucy sagte: »Er trinkt normalerweise nicht.«

Nathan lächelte. »Für einen Amateur hat er sich ganz gut geschlagen. Wie sieht's bei dir aus?«

»Es kommt immer aufs richtige Tempo an«, sagte Lucy.

Nathan drehte sich um und ging ins Wohnzimmer zurück. Er setzte sich auf das dreisitzige Sofa, das seit ein paar Tagen sein Bett war. Lucy folgte ihm, hob leicht schwankend die TV-Fernbedienung vom Boden auf und schaltete von ESPN auf MTV um. Dann setzte sie sich vor ihm auf den Fußboden, das Gesicht zum Fernseher gewandt; als sie sich zurücklehnte, machte Nathan die Beine breit, so daß sie sich zwischen ihnen gegen das Sofa stützen konnte.

»Du interessierst dich nicht so sehr fürs Boxen wie Brian, oder?« meinte Nathan.

»Tut das irgend jemand?«

»Ich hab den Eindruck, daß er nicht sehr viel rausgeht«, sagte Nathan.

»Ach, es geht so.«

»Keine Freundin?«

»Im Moment nicht. Ähnlich wie bei dir.«

»Ohne Freundin ist man in New York ziemlich einsam.«

»Ist das eine Anmache?«

»Nein.« Nathan war froh, daß sie nicht sehen konnte, wie er rot wurde. »Eine Feststellung.«

Sie drehte sich um, sah die Verlegenheit. »Und, warum ist es keine Anmache?«

»Nun ...«

Sie lehnte ihre Ellbogen auf seine Knie, legte die Arme zusammen und das Kinn obenauf. Er roch zum ersten Mal ihr Parfüm. Sehr dezent, aber eindeutig Gio. Lisa trug Gio. Vielleicht nahm die halbe Menschheit Gio, auf jeden Fall aber Lisa. Sie war hübscher als Lisa, ein ganz klein bißchen; auch ein ganz klein bißchen schlauer vielleicht. Eigentlich waren sie sich erstaunlich ähnlich. Fast so, daß er die Augen schließen und so tun könnte als ob.

»Willst du mir erzählen, daß du von Frauen die Schnauze voll hast?«

»Nein.«

»Weil du von deiner Freundin in herzlosester Weise sitzengelassen wurdest?«

»Nein, nein.«

»Weil du ans Bett gefesselt und ausgepeitscht wurdest?«

»Nein.«

»Nun denn, warum war es dann keine Anmache?«

Nathan zuckte die Achseln. Der Gedanke war ihm allerdings gekommen, jedoch nur in der träumerisch ehrgeizlosen Weise, wie sie Männern eigen ist, denen es an Selbstbewußtsein fehlt. Er gähnte.

»Oh, vielen Dank«, sagte Lucy.

»Entschuldige. Nimm es nicht persönlich.«

Sie lächelte, legte selbst ein gespieltes Gähnen auf. »Ich weiß. Es ist spät. Du mußt morgen zur Arbeit. Ich auch.«

Sie stieß sich von Nathans Knie ab, wollte aufstehen, hielt dann inne. Sie ließ den Kopf sinken und schaute dann neckisch durch ihre Ponyfransen zu ihm empor. »Du hast mir noch gar nicht gesagt, was du gedacht hast in der Nacht. Als du mich nackt gesehen hast. Und meine Brust berührt hast.«

»Na ja«, sagte Nathan. »Was soll ich sagen?«

»Was du willst.«

»Ich fand dich sehr nett.«

»Nett?«

Er biß sich auf die Lippe. »Tut mir leid. Das ist wohl nicht das richtige Wort.«

Sie lächelte. »Du bist genauso schlimm wie Brian. Ihr sagt nie, was ihr wirklich denkt.«

Nathan zuckte die Achseln. »Ich bin, wie ich bin.«

»Ich weiß. Vielleicht liegt's ja an mir. Ich bin sehr offen. Immer gewesen. Ich sage, was ich fühle. Ich fühle, was ich sage.«

»Nun ... das ist bewundernswert.«

»Ist es das wirklich? Es läßt den Feinheiten des Lebens nicht sehr viel Raum. Ich könnte dir jetzt zum Beispiel sagen, daß ich dich ausgesprochen attraktiv finde. Das wäre offen und ehrlich, würde dich aber wahrscheinlich zu Tode erschrecken. Auf der anderen Seite könnte es, so zurückhaltend, wie du bist, sechs Monate dauern, bis du merkst, was los ist, und du könntest mir dann immer noch einen Korb geben. Ich sitze also in der Klemme.«

»So schlimm bin ich auch wieder nicht.«

»Nicht?«

»Mach ich so einen Eindruck?«

Lucy nickte.

»Darüber hab ich nie nachgedacht«, sagte Nathan.

»Solltest du vielleicht.«

»Man kann die eigene Person nicht umkrempeln.«

»Doch, kann man, guck dir Cher an.«

»Das ist körperlich; ich spreche vom Charakter.«

»Charakter auch, sie hat sich ganz neu erfunden. Hast du nicht *What's Love Got to Do with It* gesehen?«

»Das war Tina Turner.«

»Das gleiche in Grün.«

»Das Entscheidende ist«, sagte Nathan, »ich glaube nicht, daß du mich gut genug kennst, um mir dazu raten zu können, meine ganze Lebenseinstellung zu ändern.«

Sie erhob sich. »Ich glaube, doch.«

»Dann bist du eine extrem gute Menschenkennerin.«

»Eins meiner vielen Talente.«

Und da war ein Funkeln in ihren Augen, das ihn an Lisa erinnerte. *Nicht sehr beruhigend.* »Welches sind die anderen?«

Sie legte einen Finger an die Lippen und dachte kurz nach. »Also, ich kann teuflische Steaks zubereiten. Ich kann die Nationalhymne rückwärts singen. Ich bin eine hervorragende Bläserin.«

Sie starrten einander in die Augen.

»Du mußt mir irgendwann mal ein Steak braten.«

»Vielleicht sing ich dir sogar mal was vor.«

Sie grinsten. Nathan nickte sacht. »Woher weißt du?«

»Woher weiß ich was?«

»Daß du so gut blasen kannst.«

Sie zuckte leicht die Achseln. »Es hat sich noch keiner beschwert.«

»Ich will deine Fähigkeiten nicht anzweifeln, aber, ich mein, kein Mann würde so etwas sagen, nachdem er einen geblasen bekommen hat … so wie: Vielen Dank, aber das war scheiße, nicht wahr. Er wird immer sagen: Das war klasse, ob es stimmt oder nicht.«

»Man kann es erkennen.«

»Wie denn? An der Ejakulation?«

Lucy zuckte die Achseln. »Man merkt es eben.«

»Das bezweifle ich.«

»Du wirkst wirklich wahre Wunder für das Selbstwertgefühl einer Frau; zuerst bin ich *nett*, jetzt taugen meine Blaskünste nichts. Wie nennt man das, Deflatio?«

Nathan lächelte. »*Du* bist die Englischlehrerin.«

»Ich nehme an, für die Steaks gilt das gleiche. Möglicherweise sind sie scheiße, aber keiner traut es sich zu sagen.«

»Denkbar.«

»Allerdings habe ich die Steaks selbst probiert. Ich weiß, daß sie gut sind.«

Nathan zuckte die Achseln. »Na, schade, daß du dir nicht selbst einen blasen kannst.«

»Hatte ich vorhin gesagt, du seist zurückhaltend? Das nehm ich zurück.«

Sie grinsten sich einige ausgedehnte Augenblicke lang an. Die Luft war geschwängert von … etwas, das er nicht benennen konnte … Lust oder Schweiß eines Wettstreits. Sie ging in Richtung Tür.

»Tja«, sagte sie, »da bleibt wohl nur noch, dir die Nationalhymne rückwärts vorzusingen.«

»Oder auch nicht, je nachdem.«

Sie blieb in der Tür stehen. »Der Fisch, der nicht anbeißen wollte«, sagte sie leise.

»Der …?« setzte Nathan an.

»Gute Nacht, Nathan.« Lucy ging in ihr Zimmer und machte die Tür zu.

»Gute Nacht«, sagte Nathan.

Eine Stunde später, die MTV-Schatten tanzten noch im Zimmer umher, roch er, halb schon im trunkenen Nebel des Schlafes versunken, das Gio von ganz nahe. Er war nackt unter der Extradecke, doch nicht allein. Es steckte ein Kopf mit da unten. Langsam zog er die Steppdecke beiseite. Sie sah zu ihm hoch, fing an …

»Sprich bloß nicht mit vollem Mund«, sagte er und setzte hinzu: »Das fühlt sich wunderbar an.«

Er war überrascht, gerührt, erregt, ein kleines bißchen ängstlich und ein großes bißchen schuldbewußt.

17

An einem ruhigeren Tag hätte die Polizei ihn vielleicht zur Befragung eingesackt oder ihm im Vorbeigehen eins mit dem Gummiknüppel übergezogen, aber an diesem Nachmittag war einfach zuviel los, und so schüttelten sie nur amüsiert den Kopf über diesen großen Typen mit dem Panamahut, der vor einem Schaufenster stand und sich überhaupt nicht einkriegen konnte vor Lachen.

Nach ein paar Minuten hatte George sich wieder halbwegs unter Kontrolle, aber nur vorübergehend. Alle paar Schritte brach es wieder aus ihm heraus. *Es war Schicksal! Es waren die unergründlichen Wege des Herrn! Der Herr wollte ihn prüfen!* Er kaufte sich einen Hot-dog, den er sich gleich in den Mund stopfte, als könnte er damit das Lachen ersticken, aber natürlich bewirkte es nichts anderes, als daß er selbst fast daran erstickt wäre. Und darüber mußte er dann auch wieder lachen.

Nicht, daß die Sache derart komisch gewesen wäre. Oder überhaupt komisch.

George traf, wie verabredet, um Punkt 15 Uhr 15 im Reuters-Gebäude ein. Außer dem Panamahut trug er noch einen weißen Anzug. Im *Alabama Gentleman's Quarterly* hatte er einmal einen Mann abgebildet gesehen, der haargenau so gekleidet gewesen war, und er hatte sich damals geschworen, daß er sich eines Tages, sofern die entsprechenden Umstände gegeben wären, ähnlich ausstaffieren würde. Was ihn daran ansprach, waren der Stil, die Qualität, der Charme und die Eleganz des Alten Südens, das Flair des Plantagenbesitzers. In Wirklichkeit freilich war der Mann aus der Hochglanzzeitschrift mitnichten ein Südstaatengentleman gewesen, sondern niemand anderes als Tom Wolfe, der geckenhafte Pionier des *New Journalism,* der mit dem Alten Süden soviel zu tun hatte wie eine beliebige Neuheit aus dem Norden. Hätte er Tom Wolfe persönlich gekannt oder von dessen literarischen Verdiensten gewußt, George hätte ihn auf der Stelle in seine Top Ten aufgenommen und ihn dann mit einem Fischmesser ausgeweidet.

Er saß zwanzig Minuten lang in einem karg eingerichteten Wartezimmer, las im *Time Magazine* und schüttelte den Kopf über den Zustand der Welt. Er schätzte es gar nicht, wenn man ihn warten ließ, doch er bewahrte Ruhe, indem er sich auf die bevorstehende Aufgabe konzentrierte. Keinem Beobachter wäre aufgefallen, daß seine Beine vor Aufregung kribbelten, daß sein Herz vor Adrenalin fast platzte. Mit jedem Tag, mit jeder Stunde kam er seinem Ziel etwas näher, und die Welt würde dann nicht mehr dieselbe sein.

Endlich trat ein großer, schlanker Schwarzer auf ihn zu und streckte ihm seine Hand hin. George blieb sitzen und bequemte sich zu einem schlaffen Händedruck.

»Wollen Sie bitte hier entlang kommen?« sagte der Mann.

George nickte. Er erhob sich und folgte dem Mann durch einen Flur mit ein paar Abzweigungen nach rechts bis in ein kleines Büro. Ein Stuhl wurde herangerückt. George setzte sich. Der Mann nahm hinter einem Schreibtisch Platz. Auf dem Schreibtisch stand ein PowerBook von Apple. Daneben lagen ein gelbes Kollegheft und zwei rote Filzstifte. Eine unbehagliche Pause entstand, in der sie einander anblickten. Die Männer, nicht die Filzstifte.

Dann sagte George: »Dauert es noch lange bei Mr. Fuller? Ich bin nur auf Besuch in der Stadt und habe noch ein ziemlich volles Programm.«

Der Mann lächelte. »Ich bin Mr. Fuller.«

»Aber …«, setzte George an, besann sich aber gerade noch rechtzeitig, »natürlich. Tut mir leid. Seltsam, wie man sich am Telefon so völlig falsche Vorstellungen von jemandem machen kann.«

Fuller lächelte. »Wie haben Sie mich denn erwartet, älter, jünger? Dicker, dünner?«

Weißer, dachte George. »Sie wirken recht jung.«

»Ist das ein Problem?« fragte Fuller mit leichten Anzeichen von Ungeduld.

George lachte laut. »Überhaupt nicht. Ich finde es ziemlich erfrischend! Man fühlt sich gleich wie zu Hause – um die Wahrheit zu sagen, ich hatte vorher einige Bedenken – ich hatte eher einen naßforschen, arroganten, zackigen New Yorker erwartet. Aber Sie sind wohl mehr der Gentleman-Typ.«

»Nicht immer«, sagte Fuller, »aber nett, daß Sie das so sehen. Also, diese Zeitschrift, die Sie machen …«

»*Computer Generations*.«

»Richtig. Sie deuteten an, daß Sie etwas Ausführlicheres haben wollten als das, was vermutlich über die Sender laufen wird. Ich berichte über den Präsidentenbesuch für eine Reihe von Zeitschriften und anderen Medien, aber die Wahrscheinlichkeit, daß ich noch Zeit finde, eine spezielle Sache für eine Comp …«

»Wir sind eine monatlich erscheinende Zeitschrift, Mr.

Fuller, Sie hätten ungefähr eine Woche Spielraum. Wir zahlen Tophonorare.«

»Wie top sind Tophonorare?«

»Fünftausend Topdollar. Wir zahlen gut, Mr. Fuller.«

»Nun gut.« Fuller nickte langsam und abwägend. George konnte sehen, daß er versuchte, seine Überraschung über die Höhe der in Aussicht gestellten Entlohnung zu verbergen. »Keine Recherche, keine Hintergründe?«

»Die Hintergründe haben wir selbst. Wir würden halt gern einige Fragen von Michael Tate beantwortet bekommen, wobei natürlich nicht vorauszusehen ist, ob er auch mitspielt. Ich möchte Ihnen einfach eine Liste dieser Fragen mitgeben. Versuchen Sie die Antworten zu bekommen. Wenn nicht, brauchen Sie sich auch keine Gedanken zu machen.«

Fuller trommelte ein bißchen mit den Fingern auf die Tischplatte. Er ließ sich irgend etwas auf seinem PowerBook anzeigen. Dann nickte er, sah George an und lächelte. »Okay. Ich würde sagen: abgemacht.« Er streckte seine Hand über den Tisch.

»Ausgezeichnet«, sagte George. Er rüttelte ein bißchen an den dargebotenen Fingern. »Alsdann, eine Sache noch. Was das Geld betrifft.«

»Dreißig Tage nach Veröffentlichung.«

»Nun, eigentlich halten wir es so, daß wir für diese Art von Sonderartikeln im voraus bezahlen. Mr. Fuller, darf ich ganz offen sein?«

»Natürlich.«

»Danke sehr. Wie Sie und Ihre Leute sicherlich wissen, machen wir alles ein bißchen anders da unten im Süden.«

»*Meine* Leute?«

»Reuters.«

»Entschuldigung. Ja, natürlich.«

»Wir ziehen es manchmal vor, diese Art von Transaktionen nicht über unsere Bücher laufen zu lassen. Sie verstehen?«

»Ja. Natürlich. Diese Transaktion hat mit Reuters nichts zu tun, daher können Sie zahlen, wie es Ihnen beliebt.«

»Darf ich dann vorschlagen, daß ich Ihnen am Morgen des Präsidentenbesuches das Geld persönlich übergebe, in bar?«

»Ich wüßte nicht, was dagegen spräche. Allerdings bin ich nicht sicher, ob ich überhaupt noch ins Büro gehe, bevor ich mich zum Empire …«

»Es wäre mir ohnehin lieber, wenn ich Ihnen das Geld außerhalb Ihres Büros überreichen könnte, irgendwo, wo es keine neugierigen Augen gibt. Vielleicht könnte ich es einfach bei Ihnen zu Hause vorbeibringen?«

Fuller dachte eine Weile darüber nach, Privatsphäre und Profit gegeneinander abwägend. George sah seine Augen sich drehen wie die Anzeige eines Spielautomaten, und was am Ende stehenblieb, war das Dollarzeichen. »Selbstverständlich.«

18

George liebte Herausforderungen, und dies war nun weiß Gott eine!

Eine Herausforderung und eine Lektion. Er sollte mittlerweile eigentlich klug genug sein, nicht alles auf *eine* Karte zu setzen. Er hätte einfach mit der Möglichkeit rechnen müssen, daß Fuller nicht angelsächsischer Herkunft war.

Die Lösung war unglaublich und für einen Normalsterblichen auch unmöglich. Doch George hatte immerhin sieben von vierzehn Abendschulsitzungen zum Thema Maskenbildnerei an der University of Alabama absolviert. Er war davon überzeugt, mit den entsprechenden Materialien in der Lage zu sein, jeden beliebigen Mann – und nicht wenige Frauen – nachzubilden. *Ha, wenn ich damit fertig bin und dann zufällig in den Spiegel gucke, würde ich mich glatt selbst erschießen wollen.* Was das Darstellerische betraf, so hatte er einst die Hauptrolle in einer *Pygmalion*-Aufführung der Birminghamer Theatergruppe gespielt, wenn auch lediglich an sieben von achtzehn Abenden (er hatte erklärt, daß er die Rolle so vervollkommnet habe, daß es sinnlos sei, damit fortzufahren). Kurz gesagt, er war ein wandelndes (und sprechendes) Chamäleon, Lord Olivier in Schlangenhaut.

Die Tatsache, daß Fuller schwarz war, bot sogar einen enormen Vorteil. Sobald er seine Mission erfüllt hätte, würde er seine Hautfarbe wieder wechseln und in die Anonymität zurückschlüpfen können. Und die schwarze Bewegung für Freiheit und Gleichberechtigung wäre um hundert Jahre zurückgeworfen! Das war gewaltig! Mehr, als er je zu träumen gewagt hätte!

George ließ sich von einem Taxi zu Meril Steiner's Review bringen, einem an ein verfallenes Kino angrenzenden Laden für Theaterbedarf in der Nähe vom Columbus Circle. Er erzählte Meril, daß er für die Hauptrolle in einer Off-Off-Broadway-Aufführung des *Othello* vorsprechen wolle. Der Besitzer, gleichzeitig Geschäftsführer und einziger Angestellter, sah aus wie Nosferatu – alt, glatzköpfig, blaß, Pferdegebiß –, erwies sich aber als überaus hilfreich und wollte ihn gar nicht wieder weglassen.

»Wir haben hier früher viele Gesichtsschwärzungen gemacht«, sagte er, indem er sein Lotionen- und Puderarsenal durchsah, »aber die Zeiten haben sich geändert.«

»Ja, es ist eben nicht gerade p.c., nicht wahr?« sagte George.

»Also, das Geheimnis ist, daß man nicht wie ein Weißer mit schwarzem Gesicht aussieht, sondern wie ein Schwarzer mit schwarzem Gesicht.« Er musterte Georges Gesicht, seine Augen huschten von Ohr zu Ohr und über alle Punkte dazwischen. »Sie machen Ihr Make-up selbst?«

George nickte.

»Ich hab dreißig Jahre lang Maske am Broadway gemacht, bevor ich diesen Laden aufgemacht hab. Ich erinnere mich … na ja, ich erinnere mich zuviel und manchmal auch nicht genug. Möchten Sie, daß ich Ihnen zeige, wie man das hier auflegt, damit Sie heute nacht, wenn Sie wollen, in Harlem tanzen gehen können?«

George lächelte. »Wenn es Ihnen nichts ausmacht?«

»Es wäre mir ein Vergnügen!« Meril Steiner grinste und dirigierte George hinter den Tresen und dann in ein Hinterzimmer. »Und ein Vergnügen für Sie wird es sein, einem Künstler bei der Arbeit zuzusehen!«

George nahm Platz, der Alte legte ihm einen Umhang an. »Es wird gar nicht mal so lange dauern, Ihr Gesicht hat ganz ähnliche Konturen wie das eines Schwarzen.«

George zog eine Grimasse und erklärte dann bis ins einzelne, wie er aussehen wollte. Er hatte Fuller eingehend studiert, *und er hatte es nicht mal gemerkt.*

Meril nickte, während die Details hervorpurzelten. »Okay«, sagte er, »wie es aussieht, wird die Nase Ihr Problem sein, das ist klar. Wenn Sie Bobby De Niro wären, wär's leicht: Wir würden Ihnen die Nase brechen und dann einfach flacher und breiter hinkneten. Aber Sie sind nicht De Niro, sonst würden Sie garantiert nicht hier aufkreuzen und Rat suchen. Wie streng wird denn der Blick sein, dem Sie sich aussetzen müssen? Diese Bühne da, ist die dicht am Publikum dran?«

»Sehr dicht.«

Meril grinste. »Na gut, dann wollen wir mal sehen, was wir für Sie tun können.«

Er arbeitete eifrig und exklusiv. Andere Kunden wurden ignoriert. Sie klingelten, schlugen auf den Tresen, doch Meril knurrte ihnen nur zu, daß er beschäftigt sei und sie später wiederkommen sollten. George saß mit geschlossenen Augen da und entspannte sich, während Meril alles, was er machte, genau erklärte. George wußte natürlich schon weitgehend Bescheid, und so lehnte er sich einfach zurück, freute sich über die Gratisbedienung und versuchte, sich als *Schwarzen* zu imaginieren.

Als er schließlich mal einen Blick auf die Uhr warf,

stellte er überrascht fest, daß zwei Stunden vergangen waren. Meril trat einen Schritt zurück, straffte sich etwas mühsam und stieß einen anerkennenden Seufzer aus. »Also, das nenne ich Genius!«

Die Perücke war aufgesetzt. Die Nase war dick. Die Haut milchig-braun. Meril holte einen Spiegel, und bei drei durfte George die Augen aufmachen. Er fiel fast vom Stuhl. *Ich bin Mandingo!* Beziehungsweise genauer gesagt; *Ich bin Clark Fuller!*

»Ausgezeichnet. Ausgezeichnet!« rief er. »Ich bin Hamlet!«

Meril lachte. »Nein, Sie sind Othello. Wenn Sie Hamlet wollen, mach ich Ihnen Hamlet.«

George schluckte. »Natürlich! Aber großartig! Wunderbar! Das ist wirklich genau das, was ich brauche.«

Meril rieb sich die Hände. »So, dann bleiben Sie mal noch eine Weile sitzen, bis alles richtig getrocknet ist, und dann können wir auch noch etwas übertünchen, falls irgendwelche Risse entstehen. Aber ich muß schon sagen: Sie sehen gut aus.«

George lächelte dankbar. »Was schulde ich Ihnen?«

»Sie schulden mir alles!« Meril klopfte George auf die Schulter. »Aber ein großer Auftritt würde reichen! Trocknen Sie erstmal, mein Lieber, und machen Sie sich keine Gedanken über Geld. Es war mir ein Vergnügen. Jetzt muß ich mal eben nach oben und dies hier wechseln …« Meril zog einen Kolostomie-Beutel unter seiner Schürze hervor. »Bin gleich zurück und mach Sie dann fertig.«

Meril wieselte durch eine Tür. George nahm den Spiegel und musterte sich noch einmal. *Ausgezeichnet!* Er brauchte nicht mehr fertiggemacht zu werden.

George nahm den Umhang ab, stand auf und streckte sich. Er schnüffelte noch ein wenig im Büro herum. Fand eine Umhängetasche aus Leder. Er kippte den Inhalt auf den Fußboden. Dann stopfte er die Schminkutensilien hinein, die Meril an ihm zum Einsatz gebracht hatte.

Er ging zurück in den Laden. Nahm sich die Kasse vor. Es war nicht viel drin, etwa siebzig Dollar in Scheinen und ein paar Münzen, aber es war immerhin Geld. Er legte die Scheine in seine Brieftasche und bildete aus den Münzen ein paar Haufen, die er sich als Wechselgeld in die Taschen stecken wollte.

Eine Gestalt erschien in der Tür. »Geh von meiner Kasse weg, du schwarzer Mistkerl!« schrie Meril mit erhobenem Besenstiel.

George lächelte.

Meril schrie erneut und schlurfte hastig auf ihn zu.

George ließ ihn herankommen und verpaßte ihm dann einen Schlag auf den Mund. Meril knickte ein.

Als er auf dem Fußboden angekommen war, trat George ihm ins Gesicht. Dann noch einmal in die Rippen. Dann schnappte er sich die Umhängetasche und verließ den Laden.

19

»Ich hatte einen unglaublichen Traum letzte Nacht«, sagte Nathan beim Frühstück, in der Hoffnung, daß es Lucy peinlich wäre. Harmlos-neckische Peinlichkeit, keine übellaunige Erniedrigung. Brian war noch nicht aufgetaucht.

Sie servierte ihm Rühreier mit Toast und einem dünnen Schinkenstreifen. »Echt?« sagte sie, brachte die Pfanne in die Küche zurück und setzte sich dann ihm gegenüber auf die Kiefernholzbank. »Worum ging's denn?«

Jetzt war Nathan peinlich berührt. Einen panikerfüllten Moment lang befürchtete er, es wirklich nur geträumt zu haben, doch dann dachte er an die dort unten stattgefundene Zärtlichkeit und wußte, daß sie Wirklichkeit gewesen war. »Na, was glaubst du?« fragte er und gab sich alle Mühe, dabei ein freches Grinsen aufzusetzen.

Sie zuckte die Achseln.

Es war nicht unbedingt Kälte. Gleichgültigkeit vielleicht. Kater wahrscheinlich. Alkohol wirkt bei jedem anders. Bei den einen bringt er die Libido in Wallung, bei den anderen schaltet er sie aus. Bei ihr hatte er wohl vorübergehend die Hemmungen verschwinden lassen. Jetzt versuchte sie so zu tun, als sei nichts gewesen. Ihre Begegnung war ganz unromantisch gewesen: keine Küsse, keine Süßholzraspelei; sie war aus dem Nichts aufgetaucht, der orale Sexakt hatte seinen Lauf genommen, dann war sie stumm wieder verschwunden. Und jetzt aß sie mit gutem Appetit. Ein bleicher Glanz umgab Nathan; von ihr ging ein pulsierendes, rosafrisches Glühen aus. Sehr attraktiv übrigens.

»Es war eine nette Art aufzuwachen.« Nathan studierte seine Eier, stach mit der Gabel hinein. »Letzte Nacht. Mit dir.«

Sie nickte kauend.

»Nun ja«, sagte Nathan. »Ich fand, es war … na, jedenfalls danke.« Er schaufelte sich eine Gabel voll in den Mund, während er angestrengt überlegte, was er sagen könnte. Er kaute nervös, schluckte geräuschvoll. »Du warst sehr gut zu mir«, blubberte er.

Lucy lächelte. »Ja, ich weiß. Ich hab dir Geld gegeben. Einen Platz zum Schlafen. Was anzuziehen. Hab dir den Schwanz gelutscht. Und alles umsonst, wie es in dem einen Song heißt.«

»Ich meinte nicht … ich meine … ich weiß nicht, was ich meine. Ich mein, ich bin es nicht gewohnt, daß mir sowas passiert. Spontan. Ich … ich finde es schön, daß es passiert ist. Du bist sehr schön, Lucy. Bist du. Äh, und jetzt halt ich den Mund.«

Lucy legte ihre Gabel nieder. »Das ist ein nettes Kompliment.«

»Es ist ernst gemeint. Du bist reizend. Vielleicht könnten wir …«

Lucy hob die Hand. »Wow, ey. Nun übertreib mal nicht.«

»Kino oder Essen gehen …«

»Nathan?«

»Musical?«

»Ich steh auf oralen Sex.«

»Okay.«

»Ist gut für meine Haut.«

»Pardon?«

»Sperma. Ist gut für meinen Teint. Ich versuch, so viel davon zu kriegen, wie ich kann.«

»Oh.«

»So sehr ich auch meinen Spaß hatte letzte Nacht, es diente nicht nur der Lust, sondern vor allem der Schönheitspflege.«

»Oh«, sagte Nathan.

Lucy lachte. »Du müßtest dich mal sehen! Du siehst aus, als hätte ich gerade deinen Lieblingsluftballon zum Platzen gebracht.«

»Du hast mich nur benutzt für …«, stammelte Nathan verwirrt.

»Nathan, wir haben uns gegenseitig benutzt. Laß uns mal nichts durcheinanderbringen. *Du* bist derjenige, der einen Orgasmus hatte.«

»Du hast mir ja keine Gelegenheit gegeben.«

»Ich *wollte* keinen Orgasmus.«

»Ich weiß«, fauchte er, »du wolltest Sperma.« Er biß sich auf die Lippen, zwang sich zur Ruhe. Und sprach dann gemessenerer Tones. »Gehe ich recht in der Annahme, daß du mit Sex überhaupt nichts am Hut hättest, wenn du statt dessen in eine Drogerie gehen und einen halben Liter von dem Zeug kaufen könntest?«

»Möglich.«

Nathan schob seinen Teller von sich. Er hatte seine Meinung geändert. Diese Lucy war überhaupt nicht schön. Sondern doch kalt. Berechnend. Er hatte einen Fehler gemacht. Er hatte sich schon naiven Phantasien hingegeben, in denen sie die große Lücke ausfüllte, die Lisa hinterlassen hatte, aber sie hatte bei weitem nicht das Format von Lisa. Eine eitle Eisjungfer war sie, von ihrer eigenen Schönheit besessen. Er fing schon wieder an zu kochen. Er war mißbraucht worden. Ausgesaugt, um das wahnsinnige Verlangen dieser abartigen Frau nach ewiger Jugend zu stillen.

Er fuchtelte mit der Gabel. »Wozu brauchst du einen tollen Teint, wenn du gar keinen Spaß am Sex hast?«

»Wer sagt denn, daß ich keinen Spaß am Sex hätte?«

»Du hast *angedeutet,* daß du keinen Spaß am Sex hättest.«

»Nein, ich habe nur angedeutet, daß ich keinen Sex mit dir wollte.«

»Du wolltest mir nur mein Sperma abzapfen.«

»Du warst da, du warst verfügbar, du warst willig. Ich sehe nicht, wo das Problem liegt.«

»Ich fühl mich …«

Diesmal fauchte sie und hob warnend den Finger. »Wage nicht zu behaupten, daß du dich vergewaltigt fühlst. Ans Bett gefesselt und verprügelt zu werden, ja, das ist Vergewaltigung. Du machst mir hier Vorwürfe, nur weil ich mich nicht in dich verliebt habe.«

»Red nicht so einen absoluten …«

»Bei dir hab ich den Eindruck, daß du ganz versessen darauf bist, dich zu verlieben. Anscheinend ist keine Frau, die auch nur ein bißchen nett zu dir ist, vor dir sicher.«

Nathan schüttelte den Kopf. »Bin ich schon wach, oder ist das alles noch Traum?«

»Du bist wach. Du bist allein. Wir sind deine einzigen Freunde in New York. Reg dich ab.«

Lucy stand auf, räumte die Teller ab und brachte sie in die Küche. Brian tauchte gähnend in seiner Zimmertür auf. »Gott«, sagte er, »fühl ich mich beschissen.«

»Du siehst auch beschissen aus, Schatz«, sagte Lucy, ohne hinzusehen. »Sieh zu, daß du unter die Dusche kommst, sonst kommst du zu spät zur Arbeit.«

»Frühstück?«

»Zu spät, Schätzchen.«

Brian nickte Nathan zu. »Du siehst auch aus, als wärst du mit dem falschen Fuß aufgestanden, Nath – ist dir schlecht?«

»Nee, eigentlich nicht.« Nathan blickte ostentativ in

Richtung Küche. »Wir haben uns nur gerade über das Leben unterhalten, was für'n Scheiß das alles ist und so.«

Brian hielt sich grimassierend den Kopf. »Das kannst du laut sagen«, sagte er.

Auf dem Weg zur Arbeit sagte Brian: »Dieses Mädchen da, deine Ex, die fehlt dir wirklich, was?«

Nathan nickte. Es war bereits glühendheiß. Seine Uniform war zu klein. Er hatte Kopfschmerzen. Seine Kehle war knochentrocken.

»Wie ich die Sache sehe«, fuhr Brian fort, »hast du zwei Möglichkeiten.«

Nathan blickte trübe geradeaus. »Keine Ratschläge, bitte. Ich brauch keine Tips.«

Brian warf einen Arm um Nathans Schulter, drückte ihn spielerisch. »Hör mich doch erst mal an! Was kann das schon schaden?«

Nathan schüttelte den Arm ab. »Ich will einfach im Moment nicht daran denken.«

»Aber genau das tust du doch die ganze Zeit!«

»Ich weiß! Aber ich *versuche*, es nicht zu tun!«

»Ach, jetzt hör schon zu!«

Nathan verdrehte die Augen. »Ich werde es mir anhören müssen, ob ich will oder nicht, richtig? Na gut, dann schieß los, Don Juan de Marco.«

Brian lächelte triumphierend und klatschte in die Hände. Er ging vornübergebeugt, auf den Zehen tänzelnd, wie ein Boxer auf dem Weg zum Ring. »Okay, entweder – oder. Entweder du schlägst sie dir ganz aus dem Kopf und beschließt, daß dieser Teil deines Lebens Vergangenheit ist. Ist nicht leicht, klar, aber es wäre ein Versuch.«

»Bisher«, sagte Nathan, »hab ich noch nichts Originelles gehört.«

»Moment. Wenn du sie nicht vergessen kannst, mußt du den umgekehrten Weg gehen. Sie in dein Leben zurückholen. Tu alles, was in deiner Macht steht, um sie zurückzugewinnen. Beweis ihr, daß deine Liebe die größte Liebe der Welt ist.«

»Das war's?«

»Das war's! Hol sie zurück!«

»Jesses, bin ich froh, daß ich dafür kein Geld bezahlt habe! Also erstens, Brian, hab ich keinen blassen Schimmer, wo im ganzen scheiß Amerika sie sich aufhält. Ich kann sie nicht zurückgewinnen, wenn ich nicht weiß, wo sie ist. Im Telefonbuch finde ich sie höchstwahrscheinlich nicht.«

»Das weiß ich. Ist mir klar, daß sie wer weiß wo sein könnte. Aber gerade das meine ich damit, daß du ihr deine wahre Liebe beweisen sollst. Du mußt etwas Spektakuläres tun, um sie zurückzugewinnen.«

»Ah ja, Brian, sicher.«

»Ist mein voller Ernst. Ich hab darüber nachgedacht, und ich weiß, wie du es anstellen mußt.«

Nathan lachte. »Ich glaube es einfach nicht.«

»Hör doch zu, was hast du denn zu verlieren?«

Er zuckte die Achseln. »Alles. Ich bin ein Illegaler, weißt du noch?«

»Ach was, legal, illegal, scheißegal. Die Liebe überwindet alle Probleme.« Er schnipste mit den Fingern. »Hast du *Schlaflos in Seattle* gesehen?«

»Tom Hanks?«

»Yeah. Tom Hanks. Sein Sohn ruft bei einer Radio-Show an und sucht öffentlich nach einer Frau für seinen verwitweten Vater.«

Nathan ließ ein zweifelndes »Uhnh« hören.

»Du tust das gleiche, außer daß du logischerweise nach deiner verlorenen Liebe suchst.«

»Brian …«

»Natürlich interessiert sich heute kein Schwein mehr für das gute alte Radio. Du gehst ins Fernsehen. Du machst es bei *Oprah*.«

»*Oprah?*

»*Oprah*. Du rufst da an, erzählst ihnen deine Geschichte. Die werden voll drauf einsteigen. Die bestreiten eine ganze Sendung mit dir. Und du kriegst sie wieder, das sag ich dir.«

»Brian, du hast sie nicht mehr alle.«

»Ich sag's dir. Jede Frau in Amerika guckt sich die Sendung an. Dein Mädchen hat sie auch geguckt, wetten?«

Nathan zuckte die Achseln. »Okay, ab und an mal, kann sein … aber Herrgott noch mal, Brian, die machen doch nicht gleich 'ne Sendung mit jedem, der Probleme mit seiner Freundin hat.«

»Warum nicht, zum Teufel? Guck dir doch den Schrott an, aus dem sie Sendungen machen. Und überhaupt, es wär doch auf jeden Fall einen Versuch wert!«

»Brian, ich dachte, *ich* wäre naiv, aber ich schätze, du schlägst alles.«

»Nathan, du hast nichts zu verlieren. Und warum? Weil du nichts hast. Schlag was Besseres vor.«

»Brian, bei uns zu Hause gibt es einen bestimmten Ausdruck für Leute wie dich.«

»Eh?«

»Du bist völlig durchgeknallt.«

20

Und wie es in solchen Fällen eben geschieht, ergriff die Idee im Laufe des Tages von ihm Besitz. Lisa *war* irgendwo da draußen im riesigen Amerika. Er kannte die genaue Zahl nicht, aber das Land mußte so ungefähr dreihundert Millionen Einwohner haben. Sie würde ihm nie im Leben zufällig über den Weg laufen. Und selbst wenn, dann wäre er garantiert zu gebrechlich, um aus seinem Rollstuhl zu klettern und sie zu küssen.

Ihre Trennung war schlimmer als der Tod, denn wenn jemand gestorben ist, dann gibt es immerhin noch ein Grab, das man besuchen kann, Asche, die zu verstreuen ist, und die grimmige Gewißheit, daß man sich nie wiedersehen wird. Bei ihm und Lisa war es eher wie bei einer Kinovorstellung, aus der man ihn wegen lärmigen Betragens rausgeschmissen hatte. Irgendwo lief der Film immer noch, und er mußte unbedingt wissen, wie er ausging.

Er hatte *Oprah* selbst häufig gesehen. Eigentlich sogar häufiger als Lisa, die sich ja meistens die Brüste hatte abnuckeln lassen, während er keinen Job und nichts zu tun gehabt hatte. Er hatte Tag für Tag vor dem Fernseher gesessen mit seinem Bier und seiner Pizza. Oprah war ein mitfühlender Mensch. Wenn sie seine Geschichte hörte, wäre sie vielleicht wirklich tiefbewegt und würde ihn nach Chicago einfliegen lassen, um sein Liebesflehen landesweit zu übertragen.

Ich weiß nur, daß ich dich liebe, Lisa. Ich habe Fehler gemacht, aber ich werde mich ändern, das versprech ich dir.

Und was für Fehler waren das, Nathan?

Ich hab ihr eins auf die Nase gehauen. Ich hab mich von ihr aushalten lassen. Sie mußte als Prostituierte arbeiten, damit wir was zu essen hatten.

Aber Sie lieben sie sehr? Sie haben sich geändert?

Ich hab alles geändert, Ma'am, und ich würde alles geben, damit sie wieder zu mir zurückkommt.

Und dann käme die große Überraschung, Lisa würde wie aus dem Nichts plötzlich auftauchen, sie würden sich küssen und versöhnen, und Oprah würde die Sendung mit einer Träne im Auge beschließen.

Beim Mittagessen saß Nathan schweigend neben Sam. Beide waren tief in Gedanken versunken, bis Brian sich grinsend dazusetzte und Nathan einen Zettel zusteckte. »Die Nummer, die du haben wolltest«, sagte er.

»Nummer?« erwiderte Nathan verwirrt.

»*Oprah.*«

»*Oprah?*«

»*Oprah.*«

»*Oprah.*«

Sam nickte ihnen zu. »Hab ich euch eigentlich schon mal erzählt, wie ich Maria Callas kennengelernt hab, Jungs?«

»Nein.« Brian erhob sich vom Tisch. Er drückte Nathans Schulter. »Ruf an«, sagte er.

Er nahm das zerknitterte Papier an diesem Nachmittag bestimmt ein halbes Dutzend Mal aus der Tasche. Er schlenderte beflissen um die Hauptaussichtsplattform herum, gab hier eine Auskunft, wies dort den Weg, machte sich ununterbrochen nützlich und war in Gedanken doch immer bei Lisa. Mehr als einmal war er kurz davor, die Nummer über die Brüstung segeln zu lassen; beim fünften Mal tat er es auch tatsächlich, doch dann wurde der Zettel von einem Windstoß erfaßt und zurückgeweht. Er landete ein Stückchen neben seinem Standort, und Nathan mußte eine äußerst massiv gebaute Dame bitten, ein Stück beiseite zu treten, um nicht gezwungen zu sein, zwischen ihren Beinen herumzustochern und Gefahr zu laufen, verhaftet zu werden. Es war ein Zeichen.

In Gedanken versunken, nahm Nathan keine Notiz von den beiden FBI-Männern. Es bestand eigentlich auch kein Anlaß dafür, denn es war ihnen nicht anzusehen, daß sie damit beschäftigt waren, die amerikanische Lebensart zu beschützen. Sie wirkten wie zwei Touristen.

Fred Troy gähnte, dann umfaßte er mit beiden Händen das Sicherheitsgitter. »Die meisten Leute schauen auf die Aussicht«, sagte er müde, »ich schau da raus und sehe Kampfhubschrauber im Sturzflug, die den Präsidenten in tausend Stücke schießen wollen. Was siehst du?«

James Morton, Leiter des New Yorker FBI-Büros, lächelte seinem alten Freund zu. »Ich sehe unsere Hubschrauber, die deren Hubschrauber vom Himmel fegen, ehe sie auch nur einen Mucks machen können. Entspann dich, Fred, es ist alles unter Kontrolle.« Plötzlich legte sich seine Stirn in Falten, und er preßte sein Gesicht eng an den Zaun. »Nein, warte ... o Gott ... ich sehe ... ich sehe ein großes, saftiges Steak, eine Portion Pommes, ein kühles Bier ... Herr im Himmel, Fred, sie kommen direkt auf uns zu ...«

Fred stieß sich vom Zaun ab. »Okay. Ist ja gut. Aber mir gefällt dieser Ort trotzdem nicht.«

»Fred, ich kenne dich. Wenn du einmal eine Abneigung gegen irgend etwas entwickelt hast, dann läßt du dich davon nicht mehr abbringen. Wann warst du das letzte Mal in Dallas?«

»Dallas? Soviel ich weiß, war ich noch nie in Dallas.«

»Aber du hättest die Gelegenheit gehabt, dort zu arbeiten?«

»Klar, haben wir die nicht alle?«

»Eben, genau. Es wird einem zur zweiten Natur. Irgendwas in deinem Inneren hält dich von Orten fern, die dem Präsidenten gefährlich werden könnten. Trotzdem kommst du immer nach New York, um mich zu ärgern.«

Fred lächelte. »Es ist nicht New York, James, es ist *hier*.«

Sie gingen zu den Fahrstühlen zurück. Der Altersunterschied zwischen ihnen betrug fünfundzwanzig Jahre, man sah es an den Haaren, an der Haut, auch an der Kleidung;

dennoch verband sie etwas, das über und jenseits des bloßen Vergehens von Zeit stand. Genau wie J. Edgar, wenn auch aus dem Grab heraus, Fred aus einem anonymen Haufen herausgepickt hatte, um ihn mit dem wahren Geist des FBI zu erfüllen, so hatte Fred in Quantico James Morton auserwählt, um ihn zum führenden Agenten seiner Generation auszubilden. Fred war sich ziemlich sicher, daß Morton eines Tages Chef des FBI sein würde.

»Denkst du daran, in den Ruhestand zu gehen, alter Mann?« fragte Morton, als sie wieder auf die Fifth Avenue hinaustraten.

»Nein«, sagte Troy.

Es war nicht seine Art, vierhundert Worte zu gebrauchen, wo auch eins reichte.

Nathan wollte es nicht irgendwo tun, wo ihn ein Kollege womöglich belauschen könnte, daher fuhr er, als er am Spätnachmittag noch einmal Pause hatte, mit dem Fahrstuhl nach unten und verließ das Gebäude. Die Straßen waren wie immer brechend voll. Er wühlte sich mit vor Nervosität schlingerndem Magen bis zu Pat Murphys Broadway Bar durch. Zu seiner Freude war sie fast leer. Er stellte sich neben dem Münzfernsprecher auf. Einen Haufen von Vierteldollarmünzen hatte er griffbereit. Er wartete, bis der Barkeeper einige Geräte in Türnähe zu versorgen hatte, dann wählte er.

Und so fing alles an, Lisa.

Ein paar Tage noch, höchstens, und er würde im landesweiten Fernsehen auftreten. Ihre Liebe würde berühmt werden. Sie selbst natürlich auch. Irgendein Spinner aus Hollywood würde ihnen eine Million Dollar zahlen, um ihre Lebensgeschichte verfilmen zu können. Eine Mischung aus *Green Card, Love Story* und *Schlaflos in Seattle.*

Nachdem er fünf Minuten in der Warteschleife ausgeharrt hatte, wurde Nathan schließlich zum Produktionsbüro von *Oprah* durchgestellt. Er war mit den Nerven am

Ende, hatte seine Stimme aber noch gut im Griff. Er erläuterte der sanftstimmigen Frau am anderen Ende seine Situation – nicht die ganze natürlich: die Gewalt, das Trinken, seine Rüpelhaftigkeit, ihren Job, das alles ließ er weg. Nur die guten Sachen.

»Sie war das Wichtigste, was ich auf der Welt hatte. Ich will sie zurück.« Seine Stimme bebte vor Ergriffenheit, Tränen traten ihm in die Augen. »Ich brauche sie«, stammelte er.

»Ich glaube nicht«, sagte die Frau.

Alle Emotion wich aus seiner Stimme. »Was?«

»Ich sagte, ich glaube nicht.«

»Aber warum nicht?«

»Verlorene Liebe hatten wir leider schon letztes Jahr, Sir. Und wenn mich nicht alles täuscht, auch schon zwei Jahre vorher.«

»Aber ...«

»Miss Winfrey bedauert sehr, aber ...«

»Aber es ist scheißwichtig für mich.«

»Das glaube ich gern, Sir.«

»Ich muß sie wiederhaben!«

»Sir, ich ...«

»Ich will mit Oprah selbst sprechen.«

»Tut mir leid, Sir, aber ...«

»Geben Sie sie mir!«

Auf der anderen Seite wurde kurz Luft geholt. »Vielen Dank für Ihren Anruf bei *Oprah*. Bitte melden Sie sich wieder.«

Klick.

Nathan ließ den Hörer ein paar Augenblicke lang in seinem Schoß ruhen. Dann fing er an, damit gegen den Münzkasten zu schlagen.

21

Sam war vergleichsweise fröhlich, als er beim Cedar Nursing Home eintraf. Das Geld kam ihm *äußerst* zupaß. Scheiße, dabei hätte er die ganze Geschichte auch für umsonst erzählt oder für ein paar Drinks.

Die Lage war gar nicht so schlecht.

Er war zeit seines Lebens ein Kämpfer gewesen. Nicht viele Kinder in seinem Alter hätten ein derartiges Flugzeugunglück so gut überstanden wie er. Nicht viele Jungspunde hätten sich mit einem wie Sinatra angelegt und wären auch noch unbeschadet daraus hervorgegangen. Niemand auf der Welt hatte mehr berühmte Menschen kennengelernt als er. Und er hatte fünfzig Jahre mit der besten Frau der Welt verlebt, einer schönen, charmanten, intelligenten und lebhaften Frau, die praktisch jeden hätte haben können, die aber ihn erwählt hatte, ihn, einen kleinen Wachmann. Sie hätte Geld ohne Ende haben können, ein Leben in Saus und Braus, alle möglichen Annehmlichkeiten, aber sie hatte *ihn* genommen und war damit zufrieden gewesen. Er hatte eine wunderbare Tochter in Florida, Enkelkinder. Seine Gesundheit war so gut, wie man es bei einem Mann seines Alters nur erwarten durfte, und wenn sein Kopf eine ständige Erinnerung an die Sterblichkeit war, dann war es eben so. Er konnte immerhin noch gehen und denken und sprechen und hören. Er hatte noch immer Respekt – zu geben und zu empfangen. Da war noch ein Leben auszuleben; zwei Leben.

Wie geht's Ihnen, Sam?

Ausgezeichnet, Mr. President.

Wie ich höre, sind Sie seit fünfzig Jahren hier?

Jawohl, Mr. President.

Sam, kann ich ein Autogramm von Ihnen haben?

Selbstverständlich, Mr. President.

Rasch sprang er die Treppe zum Eingang hinauf. Er hatte Mary eine Menge zu erzählen.

Mary war nicht an ihrem üblichen Platz vor dem Fernseher. Auch nicht in ihrem Bett; in diesem lag eine andere Frau und schlief. Er überprüfte sicherheitshalber ihr Diagramm, nur für den Fall, daß er Halluzinationen hätte; dann suchte er die Station ab. Er ging ins Bad, um zu sehen, ob sie dort vielleicht von einer der Schwestern versorgt würde. Nichts.

Er blieb unentschlossen mitten im Flur stehen und fingerte, ohne es zu merken, an der Bonbontüte in seiner Tasche; er befürchtete das Schlimmste, wußte aber gleichzeitig, daß es wahrscheinlich eine ganz simple Erklärung geben würde. Er brauchte ja nur zu fragen, doch er war irgendwie gelähmt, genauso hilflos wie die armen Kreaturen, die rings um ihn dalagen.

Nach einigen Minuten bemerkte er, daß am anderen Ende der Station eine Schwester aufgetaucht war und sich an einem leeren Bett zu schaffen machte. Sie zog ein neues Laken auf. Er beobachtete sie gebannt.

Mary ist gestorben, und sie haben vergessen, es mir mitzuteilen.

Jemand zog ihn am Ärmel. Er drehte sich langsam um.

»Sam?« Max Fleischer stand neben ihm, etwas besorgt wirkend. »Alles in Ordnung mit Ihnen?«

Sam nickte.

»Ich hab Sie unten vorbeischlüpfen sehen. Ich wollte Sie eigentlich erwischen, bevor Sie nach oben kommen.«

Sam nickte erneut, und mit einem Rundblick auf die Station sagte er: »Wo ist sie?«

Max faßte ihn am Ellbogen. »Kommen Sie mit runter ins Büro, Sam, wir haben was zu besprechen.«

Sam zog seinen Ellbogen zurück. »Was ist los?«

»Nichts ist los, ich muß mich nur mit Ihnen unterhalten. Also bitte, kommen Sie! Es ist alles in Ordnung.«

»Wo ist dann meine Frau?«

»Sam, wir haben sie verlegt. Aber es geht ihr gut.«

»Hatte sie einen Anfall? Sie sollten mich doch anrufen. Sie haben nicht angerufen.«

»Ihr geht's gut.«

»Warum hat niemand angerufen?«

Max versuchte es noch einmal mit dem Ellbogen. »Sam, kommen Sie, wir haben sie in ein anderes Stockwerk verlegt, das ist alles. Würden Sie jetzt bitte mit in mein Büro kommen?«

»Welches Stockwerk?«

»Das Erdgeschoß.«

»Das Sterbegeschoß.«

»Reden Sie bitte keinen Unsinn! Das ist kein Sterbegeschoß, Sam, das wissen Sie genau.«

»Ich weiß gar nichts. Ich weiß nur, daß Sie meine Frau verlegt haben.« Sam nickte in Richtung des Bettes ihm gegenüber. »Die haben meine Frau weggebracht«, sagte er zu der Insassin, die mit leerem Blick zurückstarrte, »und haben nicht mal angerufen.«

»Es gab keinen Anlaß zum Anrufen!«

»Können mir, um den einen Groschen zu sparen, nicht mal sagen, daß sie weg ist.«

»Sie ist nicht weg!«

»Weg ins Erdgeschoß.« Er nickte der Frau erneut zu. »Und sie lassen mich nicht mal zu ihr.«

»Ich versuch doch die ganze Zeit, Sie nach unten zu holen, damit Sie zu ihr können!«

Sam setzte sich urplötzlich in Bewegung und ließ einen verblüfften Max zurück.

Dessen Mißfallen war bis zum anderen Ende der Station zu hören. »Sam ...!« rief er, während er versuchte, hinter ihm herzulaufen und gleichzeitig seine Würde zu bewahren, was kein anspruchsloses Unterfangen war. Am Flurende packte er Sams Schulter. »Warum nehmen Sie nicht den Fahrstuhl?«

»Nehmen *Sie* doch den Fahrstuhl!« bellte Sam zurück und lief, zwei Stufen auf einmal nehmend, die Treppe hinunter.

Max nahm immer nur eine Stufe auf einmal, dafür aber schneller, so daß er kurz vor Sam unten ankam. Dort drehte er sich auf dem Absatz um, fuhr eine Hand aus und legte sie dem alten Mann energisch auf die Brust. »Sam, wir müssen uns unterhalten, und zwar sofort. Jetzt hören Sie mir zu, Ihrer Frau geht es gut, an ihrem Zustand hat sich nichts geändert. Kommen Sie, Sam, Sie kennen mich lange genug, um zu wissen, daß ich Sie nicht anlüge.«

Sam erwiderte seinen Blick eine gute halbe Minute lang. Max lächelte ihm aufmunternd zu. Das war vermutlich ein Fehler.

»Bringen Sie mich jetzt zu meiner Frau«, sagte Sam, »sonst mach ich Sie kalt.«

»Also, das tut doch nicht nötig, Sam.«

Sam schlug die Hand von seiner Brust weg und schob den Pflegeheimleiter beiseite. Er lief durch den Flur auf die Station zu.

Max sah ihm für einen Moment hinterher, dann schüttelte er müde den Kopf und ging in sein Büro zurück. Er setzte sich an seinen Computer und öffnete willkürlich eine Datei. Einige Minuten lang starrte er auf den Bildschirm und versuchte die darauf zu lesenden Informationen aufzunehmen, aber es ging nicht. Er schaltete den Computer aus und lehnte sich mit hinter dem Kopf verschränkten Händen in seinem Drehsessel zurück. Er wartete.

Nach fünfzehn Minuten tauchte Sam in der Tür auf. Mit einem Gesicht wie Blitz und Donner. »Warum?« fragte er nur.

Max faltete die Arme auseinander und deutete auf einen Stuhl. Sam reagierte nicht darauf. »Sam, kommen Sie, es geht ihr gut.«

»Sicher. *Klar*. Sie liegt im Bett. Starrt in die Luft.«

»Sie starrt immer in die Luft.«

»Sie sieht fern.«

»Sie guckt. Sehen tut sie nichts. Das wissen wir.«

»*Wir* wissen gar nichts. Ich weiß, was ich weiß. Sie sieht fern. Sie hört, was um sie herum vorgeht. Aber nicht da unten. Da gibt's kein Licht. Ein einziges Fenster. Alle anderen Patienten hängen an lebenserhaltenden Apparaten. Sie haben sie in die Todeszelle gesteckt.«

»Das ist keine Todeszelle.«

»Tja, einen halben Atemzug davon entfernt.«

Sie starrten einander an, endlos lange; die einzigen Geräusche kamen von der Uhr an der Bürowand und von den quietschenden Sohlen eines Besuchers auf dem Linoleumfußboden. Zum ersten Mal klang Sams Stimme so, als würde sie gleich brechen. »Um Gottes willen, Mann, sie wollte nicht mal ihre Süßigkeiten haben.«

Max lehnte sich zurück, rieb sich mit der flachen Hand die gefurchte Stirn. »Sam, wissen Sie, ich habe auch einen Chef. Es ist nicht so, daß das hier mein Haus wäre.« Er brach plötzlich ab und schlug mit der Faust auf den Tisch. »Um Himmels willen, Sam, jetzt setzen Sie sich doch endlich hin!«

Sam blieb entschlossen neben der Tür stehen. »Wieso sind Sie so besessen vom Hinsetzen? Glauben Sie, daß schlechte Nachrichten davon besser werden? Hat man Ihnen das im Seminar ›Wie geht man mit Kranken um?‹ beigebracht, oder haben Sie das lieber gleich geschwänzt? Ich denke, das mindeste, was man hätte erwarten dürfen, wäre ein Anruf gewesen.«

Max erhob sich aus seinem Sessel. Er ging um den Schreibtisch herum und setzte sich vorn auf die Kante. »Sam, wir sind hier kein öffentlicher Dienstleistungsbetrieb, wir sind ein privates Pflegeheim. Man bezahlt, um hier aufgenommen zu werden.«

»Das ist mir bekannt. Ich zahle dafür, daß meine Frau die beste Behandlung bekommt. Statt dessen wird sie in die Sterbestation abgeschoben.«

»Sam, kommen Sie, sie ist nirgendwohin abgeschoben worden. Tatsache ist, daß Sie genausoviel dazu können wie ich. Sie müssen Ihre Rechnungen bezahlen, Sam.«

»Ich bezahle meine Rechnungen.«

»Einige, Sam, nicht alle.«

»Ich hab Ihnen letzte Woche einen Scheck geschickt.«

»Über den falschen Betrag. Ich hab Ihnen gesagt, daß die Pflegekosten gestiegen sind, Sam, ich habe Ihnen die Mitteilung persönlich übergeben. Warum also der Scheck über die alte Summe?«

»Ich hab's vergessen, okay?«

»Nicht vergessen, Sam, ich kenne Sie. Was Mary betrifft, nehmen Sie alles extrem genau, seit eh und je.«

»Hab ich mich also bei der Summe getäuscht. Bin ein paar Tage zu spät dran. Was macht das schon, verdammt?«

»Es macht einiges. Die Zeiten haben sich geändert. Mein Chef macht eine knallharte Buchführung. Wo Mary bisher war, das ist Spitzenkategorie. Wer nicht zahlt, wird runtergestuft. Das ist seine Entscheidung. Tut mir leid, Sam, aber so läuft es eben. Letzte Woche hat er ein paar alte Damen einfach auf die Straße gesetzt. So einer ist das.«

Sam schüttelte den Kopf. »Wie heißt der Typ, Joe Stalin?«

Auch Max schüttelte den Kopf. »Er ist Buchhalter, Sam. Er hat keinen Namen. Er hat ein Budget.«

Sam stieß sich vom Türrahmen ab. »Okay«, sagte er, »verlegen Sie sie zurück, und ich schick Ihnen das übrige Geld.«

»Schicken Sie mir das Geld, und ich verlege sie zurück.«

»So weit sind wir also, ja?«

»Ich fürchte ja.«

»Morgen hab ich das Geld.«

»Dann verleg ich sie morgen.«

»Sie stirbt darin, das wissen Sie. Mit all den Toten da.«

»Ihr geht es gut, Sam. Sie wird ständig kontrolliert, wie Sie wissen. Durch die Verlegung hat sich gar nichts geändert.«

»Ich schätze, ich weiß das besser als irgend so ein scheiß Arzt, Max.«

»Okay.«

Sam wandte sich zum Gehen. Dann hielt er inne und drohte Max mit dem Finger. »Das wird einen tollen Eindruck machen morgen.«

»Was wird Eindruck machen?« fragte Max müde. »Was ist morgen?«

»Die Verlegung meiner Frau auf die Sterbestation. Morgen treffe ich den Präsidenten.«

Max lächelte. »Klar, Sam. Sie treffen ihn bestimmt alle naslang.«

»Lachen Sie ruhig. Aber es ist wahr. Er kommt nämlich ins Empire. Alle Präsidenten kommen irgendwann ins Empire.«

»Das überrascht mich nicht. Sie sind offensichtlich ein wahrer Präsidentenmagnet.«

»Das Problem mit euch Jungen ist«, fauchte Sam, »daß ihr keinen Respekt habt.« Der drohende Finger versteifte sich.

Sam drehte sich in Richtung Flur, um noch einmal zu seiner Frau zu gehen. Er kaute auf seiner Unterlippe. Das Schlimme war, daß Max recht hatte. Sie starrte auf irgendeine Wand, aber es hätte genausogut auch *Oprah* sein können.

22

Brian machte sich Sorgen um Nathan. Seit er von seiner Nachmittagspause zurückgekommen war, hatte er nichts anderes getan, als verdrießlich auf Manhattan hinauszustarren, die verschränkten Arme auf die Mauer und den Kopf auf die Arme gestützt. Touristen zwängten sich vorsichtig an ihm vorbei.

»Komm schon, Nathan, so schlimm ist die Lage nicht.« Brian legte ihm einen Arm um die Schulter und drückte ihn leicht. »Du müßtest dich jetzt sehen. Wir sind hier oben dazu da, die Leute vom Runterspringen abzuhalten. Aber wer dein Gesicht sieht, wird sofort über die Brüstung hüpfen wollen, auch wenn er der zufriedenste Zeitgenosse der Welt ist. Also komm. Alles halb so wild.«

Nathan schüttelte den Kopf. »Hör zu«, sagte er mit tiefmatschiger Stimme, »geh patrouillieren oder was. Mir geht's gut.«

»Okay, *Oprah* ist also nicht drauf angesprungen. Es gibt noch jede Menge andere Talk-Shows.«

»Es war von Anfang an eine absolute Kackidee.«

»Kann ja sein, aber es war einen Versuch wert, oder nicht?«

»War's das? Du machst mich erst ganz heiß, dann krieg ich eins übergebraten, und jetzt bin ich noch viel schlimmer dran als vorher.«

»Willst du dich vom ersten kleinen Rückschlag fertigmachen lassen?«

»Ja.«

»Wo ist dein Unternehmungsgeist geblieben, Mann?«

»Abgehauen. Er wollte mal was unternehmen.«

»Du willst also die Suche nach Lisa aufgeben, einfach so?«

Nathan schüttelte den Kopf. »Nein, ich geb es nur auf, auf blöde Arschgeigen wie dich zu hören, einfach so.«

Brian drückte noch mal ein bißchen. »Also gut, die eine Idee hat nicht hingehauen. Ich hab aber noch eine.«

»Bitte nicht.«

»Hör zu, wenn wir mit der Arbeit fertig sind, werfen wir uns in unsere Straßenklamotten, und dann ziehen wir los und knallen uns die Birne zu.«

»Und dann?«

»Nichts und dann. Das war's. Vielleicht fällt uns dabei ja was Geniales ein. Vielleicht auch nicht. Auf jeden Fall sollten wir versuchen, ein bißchen Spaß zu haben.«

Nathan rang sich die Andeutung eines Lächelns ab. »Bist du ein zwanghafter Optimist oder was?«

»Oder was. Denk dran, der Präsident kommt morgen, und ich habe das zweifelhafte Vergnügen, ihn zu eskortieren. Ich möchte diese Aufgabe in Angriff nehmen, ohne mit irgendwelchen zusammenhängenden Gedanken belastet zu sein. Ich werde mich in großem Stil besaufen und dann mit dem schwersten Kater der Welt durch den morgigen Tag stolpern.«

»Ob das klug ist?«

»Natürlich nicht. Aber es wird lustig. Ich werd dir sogar

erlauben, stundenlang von deiner Tussi zu reden, solange du dir nicht die Pulsadern aufschlitzt.«

Nathan richtete sich auf, streckte sich, nahm seine Mütze ab und fuhr sich mit der Hand durchs Haar. »Du bist sehr gut zu mir, weißt du«, sagte er. »Ich weiß das echt zu schätzen.«

Brian zuckte die Achseln. »Wozu hat man Freunde?«

»Damit sie einen verraten«, sagte Nathan.

Brian boxte ihn in den Arm und zog los, seine Runde zu machen. Nathan lehnte sich wieder gegen die Brüstung und starrte auf die Stadt hinaus. Sein Magen war in einem soliden Zustand der Verkrampfung. Er ahnte, daß irgendwo da draußen, weit jenseits der endlosen Aussicht, sein Mädchen mit einem anderen Mann schlief, und es machte ihn krank.

Sie betranken sich. Nach Strich und Faden. Nathan wußte bereits, daß Brian kein begnadeter Trinker war, doch es stellte sich heraus, daß letzterer wild entschlossen war, mangelndes Talent durch erhöhte Einsatzbereitschaft wettzumachen: Wie ein glückloser, aber beherzter Boxer wußte er nie, wann er aufhören mußte, wann es ratsam war, vorerst liegenzubleiben. Nathan nahm sich seiner an wie ein Trainer, jederzeit bereit, für ihn das Handtuch zu schmeißen, falls die Sache allzu aussichtslos und schmerzhaft werden würde.

Sie beschränkten sich weitgehend auf die irischen Bars. Nathan versank in seinen Grübeleien, während Brian zunehmend zusammenhangloser vor sich hinbrabbelte, hauptsächlich übers Boxen, über Kampfgeist, Selbstdisziplin, Abstinenz und den Tunnelblick. Nathan sagte ein paarmal *Klar, Richtig, Genau,* aber seine Gedanken waren bei Lisa. Sie sah sich selbst als Großstadtmädchen, als Frau der neunziger Jahre, aber er hatte sie mehrmals einsam weinen sehen, er hatte sie hilflos erlebt.

Am Ende landeten sie in einem Rock-Schuppen. Eine englische Band versuchte, Amerika von einem kleinen, hippen Club aus zu erobern. Vorerst reichte es nur dazu, einen kleinen, hippen Club zu erobern, aber schlecht waren sie nicht; laute Gitarren, treibender Beat. Nathan ging zur Bühne und tanzte ein bißchen für sich. Brian wollte ihm folgen, sackte aber nach einem Schritt auf die Knie nieder. Es dauerte mehrere Minuten, bis er sich wieder auf seinen Stuhl hochgezogen hatte. *Scheiße,* murmelte er in sein Bier, goß sich etwas in den Mund, versuchte zu schlucken, konnte aber nicht und spuckte das Bier ins Glas zurück. Diese Prozedur wiederholte er mehrmals. Dann stieß er das Glas um, das natürlich vom Tisch rollte und auf dem Betonfußboden zerschellte. Die Band hatte gerade einen Song beendet, es gab einen kleinen und hippen Applaus, die Rausschmeißer hörten das Glas splittern und eilten gleich herbei. Sie zogen Brian an den Haaren hoch und schickten sich an, ihn nach draußen zu befördern. Nathan kam angelaufen und schrie sie an. Sie packten auch ihn, und gleich darauf landeten sie beide mit ihren Ärschen auf dem Bürgersteig, schreiend und die Rausschmeißer beschimpfend, die sie freilich hinter den verschlossenen Stahltüren nicht mehr hören konnten; dann brachen sie in hysterisches Gelächter aus und rollten kreischend auf der Erde herum, während Theaterbesucher in schicker Garderobe sich an ihnen vorbeizuschlängeln versuchten.

Nathan schloß die Augen auf dem Pflaster vor dem Rock-Club und öffnete sie wieder auf dem behelfsmäßigen Bett in Brians Wohnung, und dabei war er nur halb so besoffen wie der.

Der Lärm, der ihn weckte, wurde von Brian verursacht, der in der Küche nach etwas suchte, das seinen aufrührerischen Magen beruhigen könnte. Nach einer Weile tauchte er in der Tür auf und zeigte Nathan etwas, das aussah wie eine von zwei Brotkanten umgebene Schicht Asphalt. Nathan lehnte dankend ab beziehungsweise bedeutete ihm, er möge sich verpissen. Es war im selben

Moment vergessen, da es ausgesprochen ward, und als der erste Bissen Brians Speiseröhre erreichte, war Nathan schon wieder eingeschlafen.

Stunden später träumte er intensiv von Sex mit Lisa, richtig gut abgehendem Sex, wie sie ihn nur sehr gelegentlich gehabt hatten. Bei ihnen war es im Bett eher getragen und romantisch zugegangen, und damit seiner Ansicht nach nur um so erotischer, aber dieser Traum handelte von Dynamik und animalischem Schweiß, er sah sich mit wenig Rücksicht auf ihr Vergnügen zustoßen und sie sich ohne Rücksicht auf seins aufbäumen: Es war die reine sexuelle Lust. Und doch … er wurde langsam in den Wachzustand zurückgelockt, jene schwertrunkene Wachheit, die immer an der Grenze zur Bewußtlosigkeit entlangtaumelt … da war irgendein Parfüm .. .vertraut … warm … beruhigend … Nathan drückte den Kopf ins Kissen, seine Hand näherte sich langsam, wie automatisch, der Lendengegend, berührte ihr Haar. Er atmete tief, und für einen Moment war er zufrieden und glücklich und überzeugt, daß es Lisa war. Dann meldete sich ganz langsam die Erinnerung daran, wer dieses Parfüm noch benutzte, die Erinnerung an seine Empörung darüber, wie sie seinen Körper gebraucht und mißbraucht hatte, aber das spielte jetzt keine Rolle; dies war keine nüchterne Betrachtung im kalten Licht des Tages. Seine Finger wühlen sich in Lucys Haare und drückten ihren Kopf noch fester auf seine Männlichkeit, feuerten sie an in der Dunkelheit, gaben den Rhythmus vor und verschärften das Tempo, während er ihr seine Hüften entgegenstieß; sie verschluckte sich fast, lockerte jedoch nicht für einen Moment ihren Griff. Der halbvergessene Streit drängte sich erneut durch das Vergnügen und mit ihm der Gedanke an die kalte, geradezu calvinistische Methode des Spermienabzapfens, das Fehlen von Liebe, Lust oder auch nur Achtung. Aber das war doch jetzt uninteressant, die Lustschleusen waren weit geöffnet, und nun war es ihm auch egal, wer da unten zugange war. Darauf kam es nicht an. Worauf es ankam, war der Orgasmus.

Er kam.

Als er sich, lachend, stöhnend vor Lust, zurückfallen ließ, ging plötzlich das Licht an. Er öffnete blinzelnd die Augen.

An der Tür stand Lucy und sagte: »Was macht ihr Jungs denn da?«

Brian ließ Nathans Penis aus dem Mund flutschen und schluckte vernehmlich. Er wischte sich mit der Hand den Mund ab. »Tschuldigung«, sagte er mit trunkener Verlegenheit.

Nathan schnellte rückwärts, als sei er von einer Schlange gebissen worden. Seine Hände umschlossen seinen Schoß. Er starrte Brian an, dann Lucy, wollte nicht wahrhaben, was gespielt wurde, und versuchte, aus dem bösen Traum zu erwachen. Aber es war kein Traum, und Lucy lachte von der Tür herüber.

Mit einem Achselzucken sagte sie: »Der Wunsch nach schöner Haut liegt bei uns in der Familie, Nathan.« Dann ging sie in ihr Zimmer zurück.

Brian spürte, daß etwas in der Luft lag, und kauerte sich zusammen. Nathan, der sich so weit erholt hatte, daß er seinem Instinkt freien Lauf lassen konnte, stieß Brian seinen bloßen Fuß ins Gesicht und brach ihm die Nase. Blut schoß hervor, und Brian schrie vor Schmerz auf. Die Hände vors Gesicht geschlagen, rollte er sich auf den Rücken. Zornentbrannt sprang Nathan auf und war über ihm, hielt aber noch einmal kurz inne, um sich seine Unterhose überzustreifen. Lucy kam wieder aus ihrem Zimmer. Nathan trat Brian ins Gesicht, diesmal mit dem anderen Fuß.

»Hör auf!« schrie Lucy.

Nathan packte Brian an den Haaren und riß ihn hoch. Brians Hände fuhren hoch, um seinen Skalp zu schützen, aber es war nichts zu machen. Nathan begann ihn durchs Zimmer zu schleifen.

»Laß ihn los!« Lucy kam auf ihn zugestürmt.

Während er Brian mit einer Hand über den Boden schleifte, schlug er ihm mit der anderen ins Gesicht.

Lucy verpaßte Nathan eins über den Hinterkopf.

Von seinem Rückhandschlag getroffen, taumelte sie zurück und hielt sich die aufgeplatzte Lippe. Nathan fing an, Brians Kopf gegen die Wand zu hämmern.

Plötzlich saß Lucy auf seinem Rücken, die Beine um ihn gewickelt, und schlug auf sein Gesicht ein. Ihre Finger versuchten sich in seine Haut zu graben, aber sie hatte sich die Nägel völlig aufgekaut und ging infolgedessen dazu über, ihm die Finger in die Augen zu drücken. Nathan bückte sich ruckartig, so daß Lucy über seine Schulter geworfen wurde und gegen die Wand krachte. Sie blieb reglos liegen. Neben ihrem Bruder. Der sich ebenfalls nicht regte.

Nathan stand zitternd über ihnen.

»O Gott«, sagte er laut. Er ließ sich auf ein Knie nieder, um zu sehen, was mit den beiden war, richtete sich aber angewidert sofort wieder auf. Er zog die Unterhose etwas herunter und untersuchte seinen Penis nach Zeichen von … irgendwas. »O Gott«, sagte er noch einmal.

Er lief ins Bad. Stellte sich unter die Dusche und schrubbte und schrubbte und schrubbte.

Als er aus der Dusche stieg, stand Lucy in der Badezimmertür. Das erste, was er von ihr sah, war das Küchenmesser, das sie in der Hand hielt. Dann den Riß, der ihre Augenbraue entlanglief, und das Blut, das ihr seitlich übers Gesicht tropfte.

»Er hat mich vergewaltigt«, sagte Nathan.

»Ich glaube, er ist tot«, sagte Lucy.

»Gut«, sagte Nathan.

»Du dachtest, ich wäre es, stimmt's?«

»Du warst es aber nicht.«

»Was spielt das für eine Rolle? Wenn ich das Licht nicht angemacht hätte, hätte er es dir besorgt, ohne daß du was gemerkt hättest. Vergewaltigung ist es also nur, weil er ein Mann ist.«

Nathan schüttelte sich bei dem bloßen Gedanken.

Sie betastete die Wunde über ihrer Augenbraue. »Du hast meinen Bruder umgebracht. Wir haben dich von der

Straße geholt, haben dir ein Zuhause gegeben, Geld, unsere Zuneigung …«

»Die Zuneigung hab ich gern entgegengenommen. Der orale Sex war eindeutig ein Verstoß gegen die Etikette.«

Nathan ging auf Lucy zu. Sie wich zurück und hielt ihm das Messer entgegen. Er drückte sich langsam an ihr vorbei, die Messerspitze zwei Zentimeter von seinem Bauch entfernt.

Brian lag noch immer an der Wohnzimmerwand, hatte sich aber zusammengerollt und stöhnte leise vor sich hin. Seine Augen blinzelten. Er hatte eine beträchtliche Menge Blut im und ums Gesicht. Nathan kniete neben ihm nieder.

»Alles in Ordnung?« fragte er.

»Klar«, sagte Brian.

»Verdammt«, sagte Nathan und gab ihm noch eins auf die Nase.

Lucy stieß einen Schrei aus und kam durch das Zimmer gehechtet, das Messer in der Hand, den Arm zum Schwungholen zurückgebogen. Nathan wich blitzschnell nach links aus und stellte ihr, als sie, vom Schwung getragen, auf gleicher Höhe war, ein Bein; sie stürzte nach vorn und knallte erneut gegen die Wand, um dann wie eine Zeichentrickfigur an ihr herabzurutschen.

Brian wandte leicht den Kopf. »Du wirst doch niemandem bei der Arbeit was erzählen, oder?« flüsterte er gurgelnd.

Nathan schüttelte angewidert den Kopf. »Wem denn?« zischte er.

23

John Smedlin gönnte sich einen letzten großen Sniff, dann wischte er sich die Nase ab und drückte den Knopf, um Michael Tate hereinzubitten.

»Michael«, sagte er, »wie schön, Sie zu sehen.«

Tate schlurfte durchs Büro, zog ein zerknittertes Tempo aus der Tasche seines Trainingsanzuges und wischte den Ledersessel ab. Alsdann knüllte er das Taschentuch zu einer Kugel zusammen, die er über die Schulter warf. Dann setzte er sich.

»Ich erspare mir jeden Kommentar«, sagte Smedlin.

Tate zuckte die Achseln. Es folgten zwanzig Minuten Small talk. Über Sport. Das Geschäft. Tate sprach über seine Pläne mit dem Empire und seine Pläne bezüglich Osteuropas. Smedlin machte sich ein paar Notizen. Schließlich sagte Tate: »Okay, geben Sie's mir.«

»Was soll ich Ihnen geben?«

»Die tiefschürfende Analyse für heute.«

»Ah ja. Ihre Zusammenkünfte mit Senator Broole ...«

Tate hob die Hand. »Lassen Sie mich raten. Es hat nichts damit zu tun, daß Broole zunehmend auf meine politische Linie einschwenkt, nichts damit, daß er die Notwendigkeit erkennt, den derzeitigen Status quo im Gesundheitswesen zu wahren, sondern es kommt alles daher, daß ich ihn als Vaterersatz betrachte.«

Smedlin schüttelte den Kopf. »Wieso glauben Sie, daß auch ich alles auf diese Kategorien reduzieren muß?«

»Er ist es also nicht, wollen Sie damit sagen?«

»*Er* nicht. Broole ist etwas, das ich als Ihre Onkelfigur bezeichnen würde. Ein Onkel ist nicht darauf aus, mit Ihnen zu schimpfen, Sie zu disziplinieren; er will Ihr Freund sein, er stimmt allem zu, was Sie sagen, er sagt Ihnen das, was Sie seiner Ansicht nach hören wollen, er versucht Sie zu beeindrucken, er toleriert Ihre Macken.«

»Und warum würde mein Onkel so etwas tun wollen?«

»Weil er sich auf diese Weise eine Machtposition erschleichen möchte. Er will Ihren Vater aus dessen eigenem Haus verdrängen, indem er den Eindruck erzeugt, daß dieser in gewisser Weise nicht fähig ist, auf Sie aufzupassen. Und das kann er nur durch Sie tun. Indem er Sie sozusagen abwirbt und sich immerzu lieb Kind macht.«

»Und wenn ich Ihrem Gedankengang folge, dann

wollen Sie andeuten, daß ich zwar eine Vaterfigur habe, o ja, aber es ist gar nicht Senator Broole, sondern es ist …«

»Präsident Keneally. Genau.«

»Aber er ist … ein Arschloch.«

Smedlin hob eine Augenbraue. »Das zu beurteilen, muß ich wohl einem Experten überlassen, Michael.«

Tate grinste. »Mein Dad, der Präsident.«

»Überlegen Sie, was es heißt, Vater zu sein, Michael. Ein Vater erzieht. Er diszipliniert. Schimpft. Das ist alles zunächst nicht sehr angenehm, aber am Ende ist man dadurch ein besserer Mensch, eine stärkere Persönlichkeit geworden, und man erkennt, daß der Vater einen wirklich liebt.«

»Ah. Das bedeuten also die Blicke, die er mir immer zuwirft. Ich dachte immer, es sei Verachtung, aber offenbar ist es Liebe.« Eine Weile lang saß er mit an die Brust geschmiegtem Kinn da. Smedlin konnte erkennen, daß Tates Augen unter den gesenkten Lidern hin und her zuckten, her und hin, hin und her, her und hin. Als er schließlich den Kopf hob, war das Grinsen verschwunden, und die Augen blickten kalt. »Die haben Sie eingefangen, stimmt's?«

»Was?«

»Keneallys Leute. Haben Sie gekauft. Damit Sie mich dazu bringen, ihn zu unterstützen.«

»Machen Sie sich nicht lächerlich.«

»Machen *Sie* sich nicht lächerlich. Sie haben ein Vermögen damit verdient, Irre zu behandeln, und jetzt wollen Sie das alles in den Wind schießen, indem Sie's umsonst machen?«

»Das ist es nicht, was er vorschlägt. Sondern diejenigen, die es sich nicht leisten können, sollen …«

»Diejenigen, die es sich nicht leisten können, sollen verrecken.« Tate war aufgesprungen. Seine Augen blitzten. »Sie haben keine Ahnung, wie die Welt sich verändert, John. Alles verschwindet. Die blöden Pandas gehen mir voll am Arsch vorbei, aber nicht das Überleben der menschlichen Rasse. Ich will Ihnen eins sagen, in zwanzig Jahren wird es nicht mehr genug Nahrung für alle geben, nicht mehr genug Benzin, nicht mehr genug irgendwas. *Ich* entwickele Pläne, die uns helfen können, zu überleben. *Er* entwickelt Pläne, die uns ins Verderben stürzen. Ich will weniger medizinische Vorsorge, ich will weniger Menschen. Er will mehr medizinische Vorsorge. Mehr Menschen. Das funktioniert nicht.«

»Das sind ziemlich unorthodoxe Ansichten, Michael. Wenn Sie damit an die Öffentlichkeit gehen ...«

»Ich habe nicht die Absicht, damit an die Öffentlichkeit zu gehen, ich bin ja nicht bescheuert.«

»Trotzdem, im Grunde sagen Sie: *Tötet alle Armen in Amerika.*«

»Nein, das stimmt nicht, ich würde es nicht auf Amerika beschränken. Hören Sie, ich erlaube mir nur, einmal vom Alltagsgewusel abzusehen und geschichtlich zu denken; ich sehe die Zukunft der Welt. Es gibt nicht genug Platz, es gibt nicht genug Ressourcen. Wir brauchen Lebensraum, und wir müssen Energie sparen. Keneally soll der wichtigste Mann auf dem Planeten sein, aber er vertritt das genaue Gegenteil von dem, was ich glaube.«

»Sie werden also mit Broole stimmen.«

Tate zuckte die Achseln. »*Alle* werden mit Broole stimmen.«

»Sie glauben nicht, daß es wenigstens ein paar Senatoren gibt, die den Schneid haben werden, Ihnen standzuhalten?«

»Erinnern Sie sich an Iowa?«

»Was wollen Sie tun, Michael, ganz Amerika den Saft abdrehen?«

Tate nickte. Zutzelte an seiner Unterlippe. »Ich hab darüber nachgedacht«, sagte er. »Sie wissen genausogut wie ich, daß ich die Macht habe, jeden einzelnen Computer in Amerika zu zerstören. Ein Wort von mir, und alles kracht zusammen. *Ich bin* das höchste Wesen.«

»Dazu kann ich nur eins sagen, Michael.«

»Und das wäre?« fauchte Tate.

»Sie brauchen einen neuen Termin. Wäre Montag recht?«

»Montag ist in Ordnung.«

24

George Burley stand früh auf, machte seine Morgengymnastik, rasierte sich, badete. Er zog schwarze Leinenjeans an, ein weißes Hemd, eine Krawatte mit gelb getigertem Aufdruck und eine mattrote Reißverschlußjacke. Er nahm sich etwas mehr Zeit als gewöhnlich, um sein Haar in Form zu bringen. An diesem Tag der Tage wollte er sich von seiner besten Seite zeigen. Dann verbrachte er zehn Minuten damit, möglichst alle Oberflächen abzuwischen, die Träger seiner Fingerabdrücke sein könnten. Nachdem auch dies zu seiner Zufriedenheit erledigt war, packte er seine wenigen Habseligkeiten in einen Koffer, den er neben die Tür stellte, um ihn bei seiner Rückkehr einfach aufsammeln zu können. Dann schnappte er sich Schminktasche, Pistole und Computer und verließ das Hotel.

Er wollte sein Frühstück weder beim Zimmerservice bestellen noch in dem auf vornehm getrimmten Restaurant einnehmen, sondern zog die Anonymität eines gutbesuchten Diners vor. Er aß Rühreier mit Schinken und Bratkartoffeln und trank dazu dicken schwarzen Kaffee, vorzugsweise durch die linke Seite seines Mundes. Er war kein bißchen nervös. Er sah sich in dem vollen Restaurant um. Die meisten Gäste hatten keine Zeit, sich zum Essen hinzusetzen; sie bestellten ihre Bagels und aßen sie im Stehen. Viele derjenigen, die es sich immerhin erlaubten, ihr Essen mit an einen Tisch zu nehmen, schlangen es hinunter wie, nun ja, eine Schlange. Während George geruhsam seinen Kaffee schlürfte, fragte er sich, wie viele Leute sich an ihn, der so gelassen und überaus selbstsicher dasaß, erinnern würden, wenn man sie in den kommenden Jahren fragte, wo sie gewesen seien, als Keneally erschossen wurde. Sie würden natürlich keinen Grund haben, sich ausgerechnet an ihn zu erinnern, denn George hatte durchaus die Absicht, die Tat zu begehen und anschließend ins normale Leben zurückzukehren, aber falls er zufällig gefaßt und sein Bild verbreitet werden würde, wie viele würden sich an ihn erinnern, an seine Mahlzeit, sein ruhiges Verhalten, seine Höflichkeit Gästen und Personal gegenüber, an seinen Dollar Trinkgeld? Wie konnten sie ahnen, daß er im Begriff war, Geschichte zu machen? Er lächelte bei dem Gedanken und nickte, als der Ober fragte, ob er ihm Kaffee nachschenken solle. Bevor er das Trinkgeld, vier Vierteldollar, auf den Tisch legte, musterte er noch kurz die Münzen: Eines Tages könnte sein Gesicht darauf abgebildet sein. Vielleicht würde es im nächsten Jahrhundert keine Dimes und Quarters mehr geben, sondern Burleys. *Ey, Kumpel, hassu mal'n Burley? Für eine Handvoll Burleys mehr.* Georges Schultern zitterten, während er sich anstrengte, das Lachen zu unterdrücken.

Als er den Columbus Circle überquerte, um am Central Park entlangzugehen, rasten geschmeidige, in Lycra gezwängte junge Dinger auf Roller-Blades an ihm vorbei. Er nahm kaum Notiz von ihnen. Er war voll auf Clark Fuller konzentriert. Auf seine Mission.

Fuller wohnte in der Central Park West. Offenbar erfreute sich der Reuters-Mann eines gewissen Reichtums. Dafür verabscheute George ihn gleich noch ein bißchen mehr. Letzte Nacht hatte er noch mal seine Top Ten überdacht: Fuller war es tatsächlich gelungen, den zehnten Platz zu erobern und damit die Rap-Musik knapp zu verdrängen. Aber das war ja nur vorübergehend.

Ein in pseudoedwardianischer Uniform aufgetakelter Wachmann ließ ihn ins Gebäude und klingelte bei Fuller an. George stieg im siebten Stock aus und begab sich zu Appartment 3D. Während auf der anderen Seite der Tür die Sicherheitskette zurückgelegt wurde, tätschelte

George die Pistole in seiner Jacke. Der Schalldämpfer würde der Angelegenheit sehr förderlich sein.

Ein Mädchen, sieben oder acht, mit Pferdeschwanz und breitem Lächeln, sah zu ihm auf. »Hallo«, sagte sie, »sind Sie Daddys Freund?«

George lächelte. »Ja, Ma'am«, sagte er.

Sie nickte, dann trat sie einen Schritt zurück. »Daddy hat gesagt, Sie sollen schon mal reinkommen, er kommt dann gleich.«

George betrat die Wohnung. Sie war hell und luftig, es gab einen riesigen Fernseher, die Teppiche rochen neu, an der Wand hing ein Foto des frischgebackenen College-Absolventen Fuller und eins, auf dem er eine Auszeichnung entgegennahm. Ein paar Gemälde gab es auch: modern, aber nicht so modern, daß man nichts erkennen konnte. Die Möbel waren dunkel, eine Mischung aus Leder und Mahagoni, aber durchaus einladend, weich, ohne scharfe Kanten, kinderfreundlich. Alles an dieser Wohnung bezeugte Wert und Qualität, Herz und Seele. Georges erster Gedanke war, das Ganze mit Benzin zu übergießen und anzuzünden.

»Möchten Sie Kaffee?« fragte das Mädchen.

»O ja, danke sehr«, sagte George, »das wäre nett.«

»Kein Problem. Wie möchten Sie ihn?«

»Weiß«, sagte George.

Sie drehte sich um, wirbelte dann zurück und streckte ihre kleine Hand aus. »Ich heiße Annie.«

»Little Orphan Annie?« fragte George und drückte die kleinen schwarzen Finger.

Annie kicherte. »'türlich nicht«, sagte sie und sprang davon.

»'türlich nicht«, wiederholte George.

Clark Fuller trat aus einem der Zimmer, mit dem Binden seiner Krawatte beschäftigt. Er nickte George mit denkbar dünnem Lächeln zu. »Entschuldigen Sie«, sagte er, »ich bin ein bißchen spät dran.«

»Sehr verständlich«, sagte George, »ich wußte gar nicht, daß Sie ein Kind haben.«

»Wozu auch?«

George zuckte die Achseln. »Gibt es eine Mrs. Fuller?«

»Gab es.«

»Geschieden?«

»Gestorben.«

»Das tut mir leid.«

»Mir auch.«

»Was ist passiert, wenn Sie die Frage gestatten?«

»Krebs.«

»Oh, das ist furchtbar.«

»Ja.«

George schüttelte ein paarmal den Kopf. »Tut mir wirklich leid«, sagte er.

»Tja, danke.«

»Sie ziehen das Mädchen ganz allein auf?«

»Ich tu mein Bestes.« Fuller, der noch immer nicht mit dem Sitz seiner Krawatte zufrieden war, stellte sich vor den Spiegel. »Haben Sie, äh, das Geld mit?«

»Ja, natürlich.« George zog einen Umschlag aus seiner Jacke. Er klopfte damit gegen seine Finger. »Ich wollte noch kurz mit Ihnen ein paar Fragen durchsprechen, die ich Sie gerne dem Präsidenten stellen lassen würde.«

»Falls sich die Gelegenheit dazu ergibt.«

»Ja, sicher.«

Fuller nahm den Umschlag und steckte ihn in seine hintere Hosentasche, ohne den Inhalt in Augenschein zu nehmen. George gefiel das – dieses Vertrauen. Daß der Reporter es somit verpaßte, die hübsche Sammlung von Zeitungsausschnitten in Dollargröße gebührend zu würdigen, bewirkte nur, sein bevorstehendes Ableben um ein weniges zu verzögern.

»Das müssen wir dann aber im Eildurchgang machen«, sagte Fuller. »Ich bin spät dran, und ich muß Annie noch zur Schule bringen, bevor ich zum Empire State fahre.«

»Selbstverständlich.« George rieb sich die Hände, zog dann eine Augenbraue hoch. »Fahren Sie mit dem Auto? Vielleicht könnten wir es auf dem Weg besprechen. Ich muß sowieso nach Downtown.«

Ein Ausdruck des Widerwillens huschte über Fullers Gesicht. Er begegnete Georges Blick im Spiegel.

»Entschuldigen Sie«, sagte George, »sicherlich möchten Sie Ihrer Tochter lieber allein auf Wiedersehen sagen.«

Fuller schüttelte den Kopf. »Nein, das ist schon okay.«

Annie kam mit einer Tasse Kaffee in der Hand aus der Küche. Sie reichte sie George, der sich artig bedankte. Er nahm einen schnellen Schluck. »Wow!« sagte er, »so guten hatte ich noch nie.«

Sie rannte kichernd in die Küche zurück. Gleich darauf erschien sie mit ihrem Ranzen. »Fertig«, sagte sie.

Fuller lächelte ihr vom Spiegel her zu. »Okay, Kindchen«, sagte er, »dann wollen wir mal.«

George stellte die dreiviertelvolle Tasse ab. Der Kaffee war *wirklich* gut.

Während sie mit dem Fahrstuhl in die Tiefgarage fuhren, sagte George: »Schöne Wohnung. Ich wußte gar nicht, daß Reuters so gut bezahlen.«

»Tun sie auch nicht. Ich arbeite hart.«

Der Wagen war auch nicht schlecht, ein großer schwarzer Sedan. George stieg hinten neben Annie ein. Er half ihr beim Anschnallen.

»Das ist jetzt komisch«, sagte George, während sie in den Verkehr einfädelten. »Jeder, der an uns vorbeikommt, wird denken, daß Sie mein Fahrer sind.«

Ihre Blicke trafen sich erneut im Spiegel. »Sicher«, sagte Fuller.

George zuckte die Achseln. »So ist es halt, schätze ich.«

Annie zwitscherte die nächsten fünf Minuten recht zufrieden vor sich hin, bis Fuller vor einem mattgrauen, von exklusiven Modegeschäften flankierten Gebäude anhielt. Eltern mit Kindern drängten sich vor dem Eingang. George entzifferte ein Messingtürschild: The Petard School.

Annie beugte sich, gegen den Sitzgurt zerrend, zu George hinüber und gab ihm einen kleinen Abschiedskuß. Er drehte leicht den Kopf, damit sie nicht seine Lippen erwischte. Fuller stieg aus und öffnete Annies Tür. Er löste ihren Gurt, und sie nahm die Arme hoch, um sich von ihm herausheben zu lassen. Er schüttelte den Kopf. Naserümpfend rutschte sie seitlich über den Sitz, bis ihre Beine aus dem Wagen hingen, dann landete sie mit einem kleinen Hüpfer auf dem Bürgersteig. Fuller ging neben ihr in die Hocke.

»Er stinkt aus dem Mund«, flüsterte ihm Annie ins Ohr.

»Psst«, sagte Fuller. »Kriegt Daddy einen Kuß?«

Ihre Augen waren bereits auf die anderen Kinder geheftet. Sie wischte mit den Lippen über seine Wange und lief los. »Byeeee!« rief sie.

Fuller lächelte ihr für einen Moment glücklich hinterher, dann ging er ums Auto herum und setzte sich wieder hinters Steuer. »Wollen Sie nach vorne kommen«, fragte er, »oder sind Sie zufrieden damit, den Eindruck zu erwecken, daß ich Ihr Fahrer sei?«

»Ich sitze ganz gut hier hinten, danke«, sagte George.

Fuller fädelte den Wagen wieder in den Verkehr ein.

»Macht man ihr irgendwelche Probleme? Dem Kind«, fragte George unvermittelt.

»Was für Probleme?«

»Na ja, wegen ihrer Hautfarbe. Das scheint eine ziemlich teure Schule zu sein. Ich kann mir vorstellen, daß die meisten Schüler Weiße sind.«

Fullers Stimme wurde etwas frostig. George amüsierte sich. *Langsam wird er sauer.* »Ich habe den Eindruck«, sagte Fuller, während er den Kopf hin und her ruckte, um nach Lücken im Verkehr zu spähen, »daß Sie aus einer gesellschaftlichen Umgebung kommen, in der man sich Schwarze in Positionen von Reichtum und Macht nicht gut vorstellen kann. Es macht Sie vielleicht ein bißchen unsicher.«

»Herrje, nein«, sagte George. »Nicht unsicher. Deprimiert vielleicht.«

»Wie bitte?«

»Ich sagte, der Zustand der Gesellschaft deprimiert mich. Ihnen muß es doch auch so gehen.«

»Manchmal«, sagte Fuller nach kurzem Überlegen. Er

ließ eine Hand am Steuer, während er mit der anderen seine Tasche abklopfte, dann eine Schachtel Zigaretten hervorzog. Geübt fischte er mit den Fingern derselben Hand eine heraus und steckte sie sich in den Mund. Er wedelte mit der Schachtel in Georges Richtung.

»Nein danke.«

Fuller warf die Schachtel auf den Beifahrersitz und zog den Zigarettenanzünder aus dem Armaturenbrett.

George beugte sich vor. »Sie fahren direkt zum Empire?«

Fuller nickte paffend.

»Sie sind bestimmt ziemlich stolz, als einziger Reporter eingeladen zu sein.«

Fuller zuckte die Achseln.

»Haben Sie irgendeinen Ausweis oder so, oder reicht Ihr Gesicht als Ausweis?«

Der Reporter schüttelte den Kopf. »Nicht in der heutigen Zeit. Macht ihr das so im Süden?« Er griff in seine Brusttasche und zog einen Fotoausweis hervor. Seine Augen schossen kurz von der Straße auf die Plastikkarte, die er gleich wieder einsteckte.

»Manchmal.«

Fuller warf einen Blick auf seine Uhr. »Wird etwas knapp«, sagte er. »Wo kann ich Sie absetzen?«

George machte eine unbestimmte Handbewegung. »Ach, irgendwo hier in der Gegend. Sie haben meine Fragen nicht vergessen?«

Unbewegte Miene. »Wie könnte ich?« Fuller visierte eine Lücke an und kam, begleitet von wüstem Gehupe, auch hinein. Mit einem flüchtigen Blick nach hinten sagte er: »Dann schießen Sie mal los.«

George mußte lächeln. »Also gut«, sagte er. »Ich möchte, daß Sie Keneallys politischen Konzepten zur Rassenfrage auf den Grund gehen. Ich möchte wissen, was er gegen die Gewalt in den Innenstädten unternehmen will, gegen die seuchenartige Ausbreitung von Crack, Heroin und anderen Rauschgiften in der schwarzen Unterklasse, ich will wissen, was er in Sachen Einwanderung tun will.

Ich will wissen, wie er die Reinheit der Rasse bewahren will.«

Fuller riß den Wagen, ungeachtet eines neuerlichen Hupkonzerts, scharf nach links und bog rasant auf einen Parkplatz am Straßenrand. Er drehte den Zündschlüssel, trommelte eine Weile mit den Fingern auf das Lenkrad und drehte sich dann um. »Was?« sagte er.

»Haben Sie mich nicht gehört?«

»Natürlich habe ich Sie gehört. Ich bin mir nur nicht sicher, ob ich es auch glaube. Ich dachte, Sie machen eine Computerzeitschrift.«

»Richtig.«

»Und?«

Sie starrten einander ins Gesicht.

Schließlich zuckte George die Achseln. »He, selbst Computerschluffis haben eine politische Meinung. Meine Leserschaft kommt aus den Südstaaten, die mögen eben keine Nigger. Kann ich nichts dafür. Sind Sie beleidigt, Clark?«

Fuller schüttelte argwöhnisch den Kopf. George hatte seinen Spaß. Erst volle Breitseite, dann sich entschuldigen. Verwirren. »Nichts für ungut.«

»Ich fürchte, mir wird nicht wohl dabei sein, solche Fragen zu stellen.«

»Warum nicht? Sie sind sicherlich sachdienlicher, wenn sie von einem *Brother* gestellt werden.«

»Einem ...? Mann, aus welchem Jahrzehnt kommen Sie eigentlich?«

»Oh, tut mir leid, wenn mein schlichter Südstaatenslang nicht dem Niveau von Noo Yawk entspricht. Formulieren Sie die Fragen auf welche Weise auch immer. Ob Jive Talk, ob Rap. Soll mir recht sein, solange ich die Antworten bekomme.«

Fuller trommelte wieder auf das Lenkrad. »Mir gefällt das nicht«, sagte er. »Das ist nicht das, was wir vereinbart hatten.« Er zündete sich wieder eine Zigarette an. »Sehr wahrscheinlich ist es sowieso nicht, daß ich ihm Fragen werde stellen können, aber falls ich doch die Gelegenheit bekomme, dann werde ich ihn verdammt sicher nicht fragen, was er von der Reinerhaltung der arischen Rasse hält.«

»Arisch? Wer hat was von arisch gesagt?«

»Sie sagten ...«

»Ich sagte *Rasse*, von arisch hab ich nichts ...«

»Sie meinten aber ...«

»Erzähl mir nicht, was ich meine, Junge.«

Fuller schlug aufs Lenkrad. »Verdammt noch mal«, rief er, »Sie versuchen bewußt ...«

»Sind sie versichert, Clark?«

Fullers Stirn legte sich in Falten. »Was?«

»Lebensversicherung, Sie wissen schon, falls Ihnen was passiert. Was ist dann mit der Kleinen?«

»Sicher bin ich versichert. Worauf wollen Sie jetzt schon wieder ...?«

George zückte seine Pistole. »Ich würde ja gern sagen, daß es mir leid tut, Clark.«

Fullers Augen weiteten sich. Dann sackte seine Kinnlade herab. »Was ...?« fragte er schlaff.

»Ich würde gerne sagen, daß es mir leid tut, aber das wäre gelogen.«

»Ich versteh nicht, was hier abgeht.«

»Kommen Sie, Clark, Sie sind doch nicht blöd. Wo wollen Sie heute hin?«

»Sie wissen, wo ...« Er hielt inne. Er drehte leicht den Kopf. »Jesses, das können Sie nicht ... aber ...«

»He, *ich bin Clark Fuller.* Ich weiß, es gibt ein Problem mit der Pigmentierung. Aber das ist nicht unüberwindbar. Wie auch immer, ich bin froh, daß für das Mädchen gesorgt ist, sie scheint doch ein niedliches kleines Bimbohäschen zu sein.«

Clark hatte seine Lippe fest eingesaugt. Als er sie wieder freigab, waren Zahnabdrücke darin eingegraben. »Sie sind ... nicht ... zurechnungsfähig«, stammelte er.

George lachte. »Aber wohl. Glauben Sie, ein Irrer könnte so eine Sache durchziehen?«

Fuller nickte, dann langte er nach dem Türgriff. Blitzschnell. Nicht schnell genug. Bevor er die Tür öffnen konnte, hatte George schon zweimal abgedrückt. Der Reporter sackte nach vorn. Er stieß ein tiefes Ächzen aus, wie bei einem etwas zurückhaltenden Orgasmus. Mindestens eine der Kugeln war ganz durch ihn hindurchgegangen. Sie war am Radioknopf abgeprallt und hatte das Gerät eingeschaltet. Irgendein Rap schallte durchs Wageninnere.

George steckte die Waffe in die Jacke zurück, blieb aber noch eine Weile hinten sitzen, bis das Gurgeln vorne aufgehört hatte. Fuller lag über dem Lenkrad, auf seine Arme gestützt. Er hätte auch eingeschlafen sein können. Die Schweinerei auf der Windschutzscheibe war kaum der Rede wert. Als er sich davon überzeugt hatte, daß keine neugierigen Passanten in der Nähe waren, langte George nach vorn und zog den leblosen Körper vorsichtig in den Fahrersitz zurück. Die Augen standen offen. George drückte sie zu. Er griff in Fullers Brusttasche und zog den Plastikausweis heraus, danach aus der Innentasche auch die Brieftasche.

Er inspizierte beides. Erfreut stellte er fest, daß das Foto auf dem Plastikausweis etwas unscharf war. In der Brieftasche fand er zwei Fotos von Annie, eines von der verstorbenen Frau – sie sah gut aus, wenn auch mit den üblichen Einschränkungen –, eine Amex-Karte, zwei Tickets für *Phantom of the Opera,* einen Presseausweis und einen Führerschein – beide mit viel besseren Fotos des Dahingeschiedenen – und eine Sammlung von Kreditkartenquittungen.

George klappte die Brieftasche zu und steckte sie in die eigene Tasche. Er beugte sich noch einmal nach vorn, um den Umschlag mit den Zeitungsausschnitten aus Fullers Hosentasche zu ziehen. Er sah auf seine Uhr und nickte. Alles lief nach Plan.

25

Am Morgen des Präsidentenbesuches mußte Leonard Maltman, als er das Empire State Building betreten wollte, seine Donuts inspizieren lassen. Sie wurden angegrabbelt und eingedrückt. *Präsident von explodierendem Donut getötet.*

»Jesses«, sagte er zu dem sonnenbebrillten Androiden an der Tür. »Ist es so schlimm?«

»Wenn Jesus Christus hier vorbeikommen würde, würden wir auch ihn durchsuchen.«

»Jesses.«

Leonard war nicht glücklich. Genausowenig wie seine Leute. Die meisten von ihnen hatten sich vor Beginn ihrer Schicht in der Kantine versammelt. Die Sicherheitsprozedur, die mit einem jeden Präsidentenbesuch einhergeht, war ihnen lang und breit erklärt worden, und sie hatten sie in der Theorie auch verstanden und akzeptiert, aber in der Praxis sah alles doch ein bißchen anders aus. Der Secret Service war hereingestürmt und hatte vollständig die Kontrolle übernommen. Für Diskussionen war kein Spielraum. Es gab nicht mal Spielraum für Smalltalk. Eisige Stille herrschte, blanke Bedrohung. Leonard geriet fast in Verzückung, als er dem Wachmann in der Eingangshalle ein paar Worte entlocken konnte. Je schneller dieser Tag über die Bühne gebracht war, desto besser.

Er hatte gerade an seinem Schreibtisch Platz genommen und angefangen, den Kopf über die Fingerabdrücke in seinem Lieblingsdonut zu schütteln, als ein ehrfurchtgebietender Mann in sein Büro marschiert kam. Er mochte in den Fünfzigern sein. Schlank. Selbstbewußt. Gutaussehend. Leonard faßte eine spontane Abneigung gegen ihn.

»Fred Troy«, sagte Fred Troy und bot ihm die Hand. »FBI.«

»Leonard Maltman, Chef des Sicherheitsdienstes.«

Fester Händedruck von beiden Seiten.

»Setzen Sie sich, Leonard«, sagte Troy. »Haben Sie was dagegen, wenn ich Sie Leonard nenne?«

»Das machen alle, Fred.«

Troy war nicht begeistert. Er blieb stehen. Stützte sich auf den Tisch. Seine Augen bohrten sich in die von Leonard. »Okay«, fauchte er, »nachdem wir somit für gute Beziehungen gesorgt haben, könnten Sie mir vielleicht erklären, warum zum Teufel Ihre Leute noch in der Kantine herumhängen? Wissen die, daß der Präsident kommt?«

»Natürlich wiss …«

»Na, dann holen Sie sie da raus!«

»Ihre Schicht beginnt erst um …«

»Schicht! Meine Fresse, Mann, es geht hier um den Präsidenten.« Troy zog sich einen Stuhl heran. »Waren Sie in der Armee, Leonard?«

»Ich war in der NY …«

»Das erste, was man in der Armee lernt, ist, sein Basislager, alle Zugänge und die Nachschubwege zu sichern. Das haben wir getan. Der Präsident wird hier unbeschadet eintreffen und unbeschadet in den 86. Stock kommen. Dieses Stockwerk, genau wie alle drüber, ist abgeriegelt. Soweit also ist er so geschützt, wie es nur geht. Was die Stockwerke darunter angeht, bin ich mir nicht so sicher. Ich wollte das gottverdammte Gebäude schließen lassen, aber das war nicht drin.«

»Über zehntausend Menschen arbeiten hier, Fred.«

»Davon red ich ja, und jeder von ihnen ist ein potentieller Killer. Wir haben sie alle durchsucht, als sie heute morgen hier ankamen, aber das war reine Show. Was mir Sorge macht, sind die Büros. Was da alles gelagert sein könnte!«

»Also na ja, ich würde doch nicht annehmen …«

»Leonard, wissen Sie noch, wie die IRA versucht hat, Maggie Thatcher in England umzulegen?«

»Vage, eigentlich kann ich …«

»Sie haben die Bombe in ihrem Hotel acht Monate, bevor sie dort abgestiegen ist, gelegt. Acht Monate!«

»Fred, der Besuch des Präsidenten steht erst seit ein paar Wochen auf dem …«

»Sie haben nicht ganz begriffen, worauf ich hinauswill, Leonard. Ich will, daß sich Ihre Leute in Bewegung setzen. Sie sollen jedes einzelne Büro durchchecken. Jeden Laden. Jede gottverdammte Öffnung, die sie finden können.«

»Sie werden nicht wissen, wonach sie suchen sollen, sie sind nicht ausgebildet für …«

»Herrgott, was sind sie denn, Wachmänner oder Affen? Gesucht wird nach verdächtig aussehenden, bewaffneten Personen! Ausländer mit größeren Mengen Sprengstoff! Ich will Einsatz sehen, sie sollen Blut und Wasser schwitzen da draußen!«

»Ihnen ist klar, daß es über sechshundertfünfzig Mieter in diesem Gebäude gibt. Fred, es hat allein dreiundsiebzig Fahrstühle hier.«

»Diese Fakten sind mir bekannt.«

Leonard stieß einen langen, resignierten Seufzer aus. »Möchten Sie es ihnen sagen?« fragte er matt.

»Nein.«

»Dacht ich mir.«

Troy erhob sich. Streckte wieder seine Hand aus. »Schön, mit Ihnen zusammenzuarbeiten, Leonard. Sie kommen dann nachher auch mit nach oben?«

»Wenn es sich zeitlich einrichten läßt, sicher.«

»Was ist mit den beiden Preisferkeln?«

»Den …?«

»Die zwei Wachmänner, die ausgewählt wurden, Dienst auf dem 86. zu machen.«

»Natürlich. Sam und Brian.«

»Ich will mich mit ihnen unterhalten.«

»Sie sind noch nicht da.«

»Erzählen Sie mir nicht, daß ihre Schicht noch nicht angefangen hat.«

Leonard nickte.

»Herrgott«, sagte Troy im Davonstürmen.

Leonard sackte hinter seinen Schreibtisch zurück. Er

linste in seine Donuttüte. Als er aufblickte, war Troys Kopf nochmal in der Tür aufgetaucht.

»Ich will diese Büros durchsucht haben«, sagte er gefährlich knurrend, »sofort!«

Oben auf der Plattform steckte Fred Troy einen Quarter ins Fernglas und begutachtete die sich unter ihm erstreckende Stadt. »New York, New York, so großartig, daß sie es gleich doppelt benannt haben«, sagte er.

»Kommt mir gar nicht so großartig vor.«

Troy hob den Kopf vom Fernglas und warf Mark Benedict, Michael Tates rechter Hand, einen kühlen Blick zu. »Sie scheinen mir ein verdammter Miesepeter zu sein«, meinte er. »Liege ich da falsch, Mark?«

»Nein, Sir, ich bin der geborene Pessimist.«

»Und wie verträgt sich das mit Michael Tates Yo-ho-ho-Philosophie?«

»Nur mit Ach und Krach, Mr. Troy.«

»Aber er beschäftigt Sie, weil er beide Seiten der Gleichung kennen will.«

»Nein, Mr. Tate kennt so ziemlich alle Seiten von allen Gleichungen.«

»Was ist dann Ihr Geheimnis, Ihre großartige Persönlichkeit oder Ihre feschen Seidenanzüge?«

»Ein bißchen von beidem vielleicht. Und die Tatsache, daß er mir vertraut, seit wir zusammen im Kindergarten waren.«

Troy nickte. »Verstehe. Damals schon das Netz geknüpft.«

Benedict lächelte. »Wer zuerst kommt, mahlt zuerst.«

»Sie scheinen sich sehr nahezustehen.«

»Kann man sagen.«

»Dann können wir vielleicht mal folgendes klären, Mark. Stimmt es, daß er jeden Morgen vor der Arbeit zweimal onaniert? Ist das wahr oder wieder nur irgend so eine Hippiespinnerei?«

»Nein, das dürfte so ziemlich stimmen. Er meint, daß er

so nicht den ganzen Tag an Sex denken muß. Stört nämlich beim Geldverdienen.«

»Jesses. Und Sie sind seine rechte Hand.«

»Nicht in diesem speziellen Fall.«

Troy wandte sich wieder dem Fernglas zu. Das Geld war aufgebraucht. Er suchte vergeblich nach einem weiteren Quarter, bekam dann einen von Benedict zugesteckt. »Auf Kredit«, sagte der.

»Apropos wer zuerst kommt, wo bleibt er denn?«

»Michael wird bald hier sein.«

»Vor dem Präsidenten, hoffe ich.«

»So sieht es das Protokoll vor«, sagte Benedict, »im Augenblick.« Er schlug den Kragen hoch, um sich vor dem Wind zu schützen. »Was für ein einsamer Ort, das hier.«

Troy antwortete nicht. Ein Dutzend Secret-Service-Agenten patrouillierte den 86. Stock. Zwei Wartungskräfte zimmerten eine Plattform zusammen und ein PR-Team von Magiform war damit beschäftigt, eine supermoderne Lautsprecheranlage aufzubauen. Dreißig Stühle waren vor dem Podium aufgestellt worden, zehn in einem Halbkreis und je zehn in Einerreihen links und rechts. Es war ein wahrhaft alberner Ort für eine Präsentation.

Troy trat vom Fernglas weg. »Orte wie dieser machen mich immer hibbelig. Hab unserem Mann schwer davon abgeraten. Keine Hintertür.«

»Sie sollten einen Fallschirm in Bereitschaft halten, für den Fall der Fälle.«

Troy lachte. »Ist alles erwogen worden.«

Benedict deutete unbestimmt über die Brüstung hinaus nach unten. »Haben Sie die Demonstration gesehen, die sich unten versammelt? Hastings Bandana und die Moravian Army of Christ.«

»Ja, ich weiß. Wir haben ein Auge drauf.«

Benedict nickte. »Ich hab auf dem Weg hierher eine Werbebroschüre von denen in die Hand gedrückt bekommen. Sieht richtig cool aus.«

Troy zog eine Augenbraue hoch. »Sie liebäugeln mit einem Beitritt?«

»Ich bin mein Leben lang rechte Hand gewesen. Sie werden nicht bestreiten wollen, daß es ein echter Aufstieg wäre, rechte Hand von Christus zu sein. Außerdem ist Michael der Geldgeber.«

»Er …?«

»Aus Steuergründen. Er findet es lustig, der Hauptsponsor einer Organisation zu sein, die es sich zum Ziel gemacht hat, die arische Rasse auszurotten. Hinzu kommt, daß er für alle Eventualitäten vorgesorgt haben möchte.«

»Sie meinen, er möchte sein Computergeschäft weiterbetreiben, falls dieser Haufen durch irgendein Wunder an die Macht kommt?« Benedict nickte. »Wird nicht die Tatsache, daß er weiß ist, seine Aussichten mindern?«

»Er ist bereit, sich notfalls zu verändern«, sagte Benedict.

26

Leonard war, wie alle großen Generäle in schweren Zeiten, fähig, über sich hinauszuwachsen. Sein Auftritt war inspirierend, seine Worte aufrüttelnd, sein Sinn für Loyalität und Patriotismus und die Sorge um das Wohl des Präsidenten erfüllten seine Männer mit Stolz und Tatendrang, und sie strömten aus der Kantine, begeistert, ins Gefecht ziehen und Großes leisten zu dürfen.

»Aber sicher, Leonard«, rief Bobby Tangetta von hinten, »im Traum vielleicht.«

Tatsächlich war es nicht ganz so gut gelaufen. Er hatte versucht, inspirierend zu wirken. Er hatte versucht, an ihren Stolz zu appellieren. Sie waren schlicht nicht interessiert. Hatten seine Rede mit Gähnen begleitet. Nun erkundigten sie sich nach Sondervergütungen. Wollten wissen, ob es ihnen nach Firmen- oder Gewerkschaftsrecht erlaubt wäre, Secret-Service-Leute, die ihnen dumm kamen, nach Strich und Faden fertigzumachen. Aber wenigstens rafften sie sich auf. Sie strömten aus der Kantine, höhnisch grinsend und nörgelnd zwar, aber immerhin bereit, die Strategie, auf die sie sich mehr oder weniger geeinigt hatten, so gut es ging zu befolgen. Leonard wußte, seine Leute wußten, und selbst Fred Troy wußte, daß die Suche nicht anders als oberflächlich sein und sich unmöglich auf alle der zahlreichen Büros im Gebäude erstrecken konnte. Aber darum ging es nicht. Es ging darum, daß gesucht wurde, und zwar so, daß es alle sehen konnten. Es ging ausschließlich darum, nicht den schwarzen Peter zugeschoben zu bekommen, falls etwas schiefging. Die Sorge galt nicht der Sicherheit des Präsidenten. Sondern der Erhaltung von Arbeitsplätzen im unwahrscheinlichen Fall einer Katastrophe.

Als die Truppen gerade ausschwärmten, kamen Sam und Nathan gemeinsam aus dem Fahrstuhl. Leonard blickte, aus einem Kaffeebecher schlürfend, vom einen zum anderen.

»Zwei von den Drei Stooges«, sagte er. »Wo ist Brian?«

Nathan schüttelte den Kopf. »Brian kommt heute nicht. Ihm geht's nicht gut.«

Leonard verdrehte die Augen. »O klasse. Ganz große Klasse. Nichts Harmloses, hoffe ich?«

Nathan zuckte die Achseln. »Ich hab ihn gestern abend gesehen. Er sah nicht gut aus. Er läßt sich vielmals entschuldigen.«

»Das ist verdammt groß von ihm.« Leonard leerte den Pappbecher, zerknüllte ihn, ließ ihn fallen. »Okay, ihr beiden, in mein Büro.«

Sie folgten ihm. Leonard zwängte sich hinter seinen Schreibtisch. Er riskierte einen neuerlichen Blick in seine Donuttüte. Dann verschloß er sie wieder. »Ich hab das Gefühl, daß da ein Stück Fingernagel in meinem Donut steckt. Manchmal hängt mir dieser Scheißjob wirklich zum Hals raus.«

Sam tippte mit einem Finger gegen die Tischkante. »Ich soll doch nach wie vor den Präsidenten treffen, oder?«

Leonard grunzte. »Sam, du solltest *nie* den Präsidenten treffen. Du bewachst ihn nicht mal. Du hast eine ausschließlich dekorative Funktion da oben. Dastehen. Klappe halten. Im Hintergrund bleiben.« Leonard hielt Nathan den Zeigefinger ins Gesicht. »Und du gehst auch mit hoch.«

»Aber ich …«

»Nichts aber. Brian ist nicht erschienen. Wenn ihr glaubt, daß ich noch so eine beschissene Lotterie abhalte, dann habt ihr euch geschnitten.« Leonard zog eine Schublade auf. Er wühlte eine Weile darin herum, dann brachte er zwei Anstecker zum Vorschein, die er über den Tisch kegelte. »Wenn du nichts sagst, sag ich auch nichts.«

Nathan nahm eins in die Hand. BRIAN HOUSTON, Empire-Sicherheitsdienst stand darauf. »Bist du sicher, daß das geht? Wenn sie dahinterkommen, werde ich wahrscheinlich erschossen.«

»Wenn sie dahinterkommen, können sie mich erschießen. Das geht schon klar, Nathan, mein Wort drauf.«

»Aber … ich mein, Gott, ich bin doch nicht mal überprüft worden. Was ist, wenn sich herausstellt, daß ich ein verrückter irischer Terrorist oder sowas bin?«

»Glaub mir«, sagte Leonard, »wenn du irgendwas Irisch-Terroristenhaftes an dir hättest, wär mir das aufgefallen.«

Nathan zuckte die Achseln. »Wie du meinst.«

Sie wandten sich zur Tür. Leonard rief ihnen nach. »He, Nathan, hättest du damals, als du mich im Park gerettet hast, je gedacht, daß das am Ende dazu führt, daß du einen ganzen Morgen mit dem Präsidenten verbringst?«

»Natürlich hab ich so 'nen Scheiß nicht gedacht«, sagte Nathan.

27

Die Wagenkolonne des Präsidenten setzte sich um zehn Uhr in Richtung Empire State Building in Bewegung. Der Präsident fühlte sich, abgesehen von den zweihundert Secret-Service-Agenten, den zweiunddreißig Motorradpolizisten des NYPD, seinen sechzig Mitarbeitern und fünfzehn Limousinen, einsam und verlassen. Abwechselnd blätterte er in seinem Redemanuskript und starrte mißmutig aus dem Fenster. Auf die gaffenden und winkenden Menschen draußen reagierte er nicht. Sie würden es ihm nicht übelnehmen. Sie würden seine konzentrierte Versunkenheit bemerken und erkennen, daß er über den chinesischen Bürgerkrieg respektive die Hungersnot in Uganda nachdachte. Sein Triumph bei den Vereinten Nationen hatte die Nachrichten am Abend zuvor beherrscht. Er war ganz groß. Und dann ganz klein. Er rief Tara an.

Tara und Slovenski teilten sich eine Limousine auf dem Weg zum Flughafen Dulles, der dreißig Minuten vom Weißen Haus entfernt war. Tara hatte an diesem Morgen bereits mehrere Stunden unter der Trockenhaube verbracht. Slo hatte mehrere Stunden angestrengt nachdenkend unter seiner Decke verbracht. Sie trug eine Sonnenbrille, obwohl die Sonne gar nicht recht gewillt schien, unter der bedrohlich grauen Wolkendecke hervorzubrechen.

Sie stand in Flammen. Heute würde sie ihn kriegen. Sie würde ein Baby bekommen. Einen Sohn für den Präsidenten. Sie würde nicht einmal bis Irland warten. Sondern ihn gleich im Flugzeug nehmen. Willkommen im Mile-high-Club!

Slo hielt ihr den Telefonhörer hin. »Für Sie. Der Präsident.«

Tara schüttelte den Kopf. »Ich bin nicht hier.«

Slo drückte den Hörer an seine Brust. »Ich kann ihm nicht sagen, daß Sie nicht hier sind, Tara. Er weiß doch, daß wir zusammen reisen, um Gottes willen.«

»Sagen Sie ihm, ich hätte Migräne.«

Slo legte den Hörer in ihren Schoß. »Sagen Sie's ihm.«

Sie verzog das Gesicht. »Danke«, bellte sie. Sie setzte die Sonnenbrille ab, dann nahm sie den Hörer in die Hand. »Darling«, sagte sie, während sie Slo sarkastisch zulächelte, »wie geht es dir?«

»Ähm«, sagte der Präsident, und das klang so niedergeschlagen, so ganz anders als der Mann, den sie kannte, daß sich ihre Haltung auf der Stelle änderte.

»Was ist los?« schnurrte sie.

Slovenski war so überrascht von diesem Umschwung, daß ihm der Mund offen stand. So konnte die sexuelle Phantasie, die sich schon den ganzen Morgen über in ihm aufgestaut hatte, das Weite suchen. Er hatte gewußt, daß es Wahnsinn war, sich derart in die Sache hineinzusteigern, aber er war dem hilflos ausgeliefert gewesen. Doch das ganze beleidigte Getue bis hin zur ausgewachsenen Gemeinheit konnte nicht die Tatsache verschleiern, daß die Frau noch immer verliebt war. Er schüttelte den Kopf. Sein Unterkiefer schlackerte durch die Gegend.

Er schnappte sich das andere Telefon. Rief seine Frau an. Die Kinder schrien im Hintergrund. »Tut mir leid wegen letzter Nacht«, log er. »Es war nichts zu machen. Zuviel Arbeit.«

»Ich weiß, Schatz. Geht's dir gut? Du fehlst mir jetzt schon, weißt du.«

»Du fehlst mir auch.«

»Ich fühl mich einfach so ...«, sagte der Präsident, »... allein.«

»Du bist nie allein«, flüsterte Tara. »Ich bin immer bei dir. Das weißt du doch.«

»Bist du das?« fragte der Präsident. »Es kommt mir nicht immer so vor.«

»Auch wenn wir manchmal streiten, Schätzchen: Du und ich, wir nehmen es gegen die ganze Welt auf.«

»Ich müßte dringend mal umarmt werden.«

»Ich umarme dich durchs Telefon.«

»Das ist nicht das gleiche.«

»Wir müßten dringend mal Ferien machen«, sagte Slo.

»Du hattest ja nie Zeit.«

»Ich weiß. Ich wünschte, du könntest mit nach Irland kommen. Es soll ganz herrlich sein.«

»Regnet es da nicht die ganze Zeit?«

»Würde dir das was ausmachen? Wenn du dafür mal wegkämst von allem?«

»Nein, würde es nicht.«

»Slo wird auf dich aufpassen, nicht wahr?« fragte der Präsident.

Tara warf einen Seitenblick auf Slo. Slo warf zurück. Ihre Blicke verkeilen sich ineinander. Die sexuelle Phantasie schoß durch die Nasenlöcher in Slovenski zurück.

»Natürlich«, sagte sie. »Ich bin in äußerst fähigen Händen.«

Slo wandte sich ab, damit sie nicht sehen konnte, wie er errötete. Sie plauderte weiter recht munter auf ihren Gatten ein, doch ihre Augen klebten an Slovenskis blutroten Ohren.

Zehn Minuten später geriet die Wagenkolonne des Präsidenten in einen Stau. Die Straßen in Midtown Manhattan profitierten von seinem höchst unpopulären Straßenverbesserungsgesetz, doch konnte alles Gefuchtele und Geschreie seiner Leute nichts an der Tatsache ändern, daß der Verkehr an dieser Stelle auf eine Spur reduziert war, und schon gar nichts daran, daß der Anhänger eines Lastwagens, der zu forsch in die Kurve gegangen war, sich quergestellt hatte. Ein Secret-Service-Agent klopfte mit schmerzlichem Gesichtsausdruck gegen das Wagenfenster. Als der Präsident es herabließ, sagte er: »Wir stecken fest, Mr. President.«

»Schon gut«, sagte der Präsident, »machen Sie sich keine Sorgen.«

Er war jetzt besser drauf. Das Gespräch mit Tara hatte ihm unendlich gutgetan. Er war nicht wirklich allein. Es fühlte sich nur so an. Nach der Empire-State-Geschichte würde er sofort nach Irland fliegen und mit ihr schlafen. Man konnte noch nicht einmal sagen, daß dies einen in der Weltgeschichte unerhörten Vorgang darstellen würde; irgendein irisches Problem gab es doch immer zu lösen.

»Wie liegen wir denn in der Zeit?« fragte der Präsident.

Der Fahrer blickte auf seine Uhr. »Wir haben noch eine halbe Stunde. Aber die werden sicher warten.«

Der Präsident bezweifelte das. Vielmehr rechnete er damit, daß Tate sich brüskiert geben und die Sache politisch ausschlachten würde. Er schaute aus dem Fenster. Der Secret Service hatte einen festen Kreis um seinen Wagen geschlossen. Er beugte sich vor, um einen besseren Blick auf die Straße zu bekommen. Menschen begannen sich um die Wagenkolonne herum zu versammeln. Jetzt sah er, daß er vor dem Kaufhaus Macy's zum Stehen gekommen war. Er hatte eine Idee.

Er öffnete die Limousinentür und stieg aus. Es dauerte ein paar Augenblicke, bis die Secret-Service-Leute merkten, daß er unter ihnen war, und auch das nur, weil die schaulustige Menge ein ziemliches Geschrei anstimmte.

»Mr. President, darf ich darauf hinweisen, daß der beste Platz für Sie sicherlich im Auto ist?«

»Dürfen Sie«, sagte der Präsident, »aber ich geh mal eben ein bißchen einkaufen.«

Er ging voran. Die in Panik geratenen Agenten bildeten rasch einen unförmigen Keil um ihn, während er den Bürgersteig betrat und winkend und händeschüttelnd dem Eingang von Macy's entgegenstrebte. Ein Wachmann blickte auf, als die Prozession durch die Tür kam.

Keneally ging direkt auf ihn zu. »Lingerie-Abteilung?« fragte er.

Der Wachmann starrte ihn an.

»Die Abteilung für Damenunterwäsche?«

Der Wachmann öffnete den Mund, bekam jedoch nichts heraus.

»Schon gut«, sagte der Präsident und marschierte weiter.

Vor einer Informationstafel blieb er stehen. Er musterte

die Liste der Stockwerke und Abteilungen. »Lingerie«, murmelte er. Und weiter ging's.

Erregt in ihre Ärmel sprechende Secret-Service-Agenten begannen auszuschwärmen.

Der Präsident machte die Rolltreppe ausfindig und schwebte nach oben. Secret-Service-Agenten stürmten die Treppe hoch, um das nächste Stockwerk vor seinem Eintreffen zu sichern.

Im zweiten Stock warf ihm eine junge Frau mit Namensschild einen flüchtigen Blick zu, als er von der Rolltreppe trat und weitergehen wollte. Er hielt inne.

»Lingerie?« fragte der Präsident.

»Marjorie«, sagte Marjorie.

»Schon gut«, sagte der Präsident.

Er marschierte weiter. Spürte die Lingerie-Abteilung auf. Blieb stehen. Die Agenten blieben auch stehen. »Warten Sie bitte hier«, sagte er.

»Mr. President, ich kann nicht zulassen ...«, wollte der befehlshabende Agent sagen, unterbrach sich jedoch, als er das muntere Lächeln aus dem Gesicht des Präsidenten weichen sah.

»Die Unterwäsche der First Lady«, sagte der Präsident, »ist allein Angelegenheit der First Lady.«

»Unbedingt«, sagte der Agent. Er breitete die Arme aus. Die immer noch von der Rolltreppe heranströmenden Agenten kamen zum Stehen.

»Danke«, sagte der Präsident knapp. »Wird nicht lange dauern.«

Kathleen Horne arbeitete seit fünfundzwanzig Jahren in der Lingerie-Abteilung. Falls es zum Thema Damenunterwäsche etwas gab, das sie nicht wußte, so war es zweifellos nicht wissenswert. Im Grunde war vieles von dem, *was* sie zum Thema Damenunterwäsche wußte, schwerlich wissenswert. Aber was soll's.

»Kann ich Ihnen helfen, Sir?« Sie hatte sich längst an all die Männer gewöhnt, die durch ihre Abteilung schlichen.

Durchschnittlich war pro Tag mit einem halben Dutzend Perversen zu rechnen. Lächelnd trat sie auf den Mann mit dem gepflegten Haar und dem schicken Anzug zu. Sie war sich noch nicht sicher, was von ihm zu halten war.

»Hi«, sagte sie mit breitestem Lächeln.

Sie blickten sich eine ganze Weile an. Der Präsident grinste, während er darauf wartete, daß der Groschen fiel. Er tat es nicht. Plötzlich verunsichert, machte ihn die Abwesenheit von Tara und Slo schon wieder hilflos, und während er in seinem Rücken die nervös wartenden Secret-Service-Agenten spürte, murmelte er: »Unter…wäsche … für … meine … Frau …«

»Haben sie irgendeine Vorstellung, welche Art von Unterwäsche Sie für Ihre Frau kaufen möchten?«

Der Präsident schüttelte den Kopf. »Was haben Sie denn?«

Kathleen spitzte die Lippen. »Im Sonderangebot habe ich heute morgen zum Beispiel Bügel-BHs, Mieder mit Formbügeln, Trousseau basques, Slips und Strumpfbänder, BHs mit Fiberfill-Einlagen, trägerlose BHs, Bodys mit Formbügeln und verstellbaren Trägern, Superstretch-Tangas, Strumpfgürtel, String-Tangas aus Spitze mit passendem Bustier, BHs mit Stickereispitze, Baumwoll-BHs, Glanz-Satin-BHs …«

»Es darf ruhig ein bißchen äh …«

»Sexy sein … ja, der Herr … Körbchengröße?«

»Pardon?«

»Die Körbchengröße …?«

»Tut mir leid, ich …«

»Wie groß sind ihre Brüste?«

»Oh …« Der Präsident dachte einen Moment nach. Er ließ seinen Blick über die geballten Reihen der Büstenhalter schweifen, die wie Körperwärmer für Skelette um ihn herum hingen. Er hob die Hände, spreizte sie. »Ungefähr so«, sagte er.

Sie eskortierte ihn zur Kasse. »Wenn er nicht paßt, bringen Sie ihn einfach zurück«, sagte sie, während sie den Body aus schwarzer Spitze, den sie gemeinsam nach zehnminütigem Handvermessen und Kopfschütteln ausgesucht hatten, einzupacken begann. »Sie sollten sich wirklich einmal nach den Maßen Ihrer werten Gattin erkundigen.«

»Wird gemacht.«

»Barzahlung oder Kreditkarte?«

Er wollte den Mund öffnen, hielt aber inne. Er klopfte seine Taschen ab. Ein Ausdruck gelinder Panik huschte über sein Gesicht. »Tut mir leid«, sagte er, »anscheinend hab ich kein ...«

Kathleen verzog das Gesicht. *Doch pervers.* Er hatte es geschickt verborgen. Einer von der raffinierteren Sorte. »Okay, Freundchen«, sagte sie, sich zu voller Größe emporreckend, »raus aus meinem Laden!«

Der Präsident versuchte es in der Gesäßtasche. »Da ist was, glaube ich ...«

»Hau ab, du kranker Hurenbock!«

»Ich sag Ihnen doch ... ich hab ...«

Kathleen drückte auf den Alarmknopf. Der Alarm war nicht viel mehr als ein etwas schrilles Telefonklingeln, aber es reichte, um die Sicherheitsleute in Bewegung zu setzen. Sie würden ihn innerhalb von Sekunden an die Luft befördert haben.

Sie blickte in Richtung Rolltreppe und staunte nicht schlecht, als sie fast fünfzig Männer in dunklen Anzügen und Sonnenbrillen auf sich zustürmen sah.

»Allmächtiger!« meinte sie.

Die Macy's Einkaufstüte fest im Griff, kletterte der Präsident auf den Rücksitz der Limousine. Die sichtlich erleichterten Secret-Service-Leute vergewisserten sich, daß er unbeschadet war, und verteilten sich wieder um den Wagen herum. »Was macht der Stau?« fragte er den Fahrer.

»Hat sich aufgelöst«, erwiderte er. »Abgesehen von dem, den wir jetzt verursachen.«

»Na gut, fahren wir. Wie spät sind wir dran?«

Der Fahrer zuckte die Achseln. »Wir haben schon angerufen. Verzögerung durch dringende Staatsgeschäfte.«

Der Präsident nickte. Er ließ seine Hand in die Einkaufstüte gleiten. Befühlte den Stoff. Fünfzehn Jahre war er jetzt verheiratet und hatte seiner Frau noch nie Unterwäsche geschenkt. Er schüttelte mißbilligend den Kopf. Es würde sich einiges ändern müssen.

Der Präsident winkte der Menge zu, während die Sirenen ihr Geheul erhoben und die Wagenkolonne sich wieder in Bewegung setzte. Die Unterwäsche noch in den Fingern, fragte er den Fahrer nach seinem Namen.

»Morgan, Mr. President, William Morgan.«

»Schon lange bei uns, William?«

»Fünf Jahre, Mr. President.«

»Verheiratet?«

»Ja, Sir, seit fünfundzwanzig Jahren.«

»Glücklich verheiratet, William?«

»Ja, Sir. Sehr glücklich.«

»William, wissen Sie, welche Körbchengröße Ihre Frau hat?«

»Sir?«

»Wissen Sie, welche Körbchengröße ihre Büstenhalter haben?«

Morgan begegnete dem Blick des Präsidenten im Rückspiegel. »Kann ich nicht behaupten, Mr. President.«

»Na, dann sehen Sie zu, daß Sie es herausfinden. Das gehört zu den Dingen, die ein Ehemann wissen sollte.«

»Sehr wohl, Mr. President.«

Es gehörte zu den Dingen, die Graham Slovenski herauszufinden im Begriff war.

28

Es herrschte beträchtliche Aufregung im Bereich des Empire State Building in den Minuten vor dem Eintreffen des Präsidenten der Vereinigten Staaten. Jeder konnte sie spüren, vom Sicherheitsstab des Empire, der Hunderte von Büros durchcheckte, bis zur Moravian Army of Christ, die sich von drei Reihen New Yorker Polizei auf dem Bürgersteig festgenagelt sah, von den durch die Bank Pferdeschwanz tragenden Maniform-Managern, die cocktailschlürfend die Aussicht vom 86. Stock bewunderten, bis hin zu Michael Tate selbst, der sich einen Stock tiefer in den Büros der Unternehmensleitung bei der Arbeit an einem komplexen Computerprogramm entspannte. Man konnte Keneally aus unzähligen Gründen verabscheuen, aber er war immer noch der Präsident der Vereinigten Staaten.

Selbst George Burley war erregt, doch war es bei ihm die eindeutig freudige Erregung darüber, den dichten Sicherheitskordon um den Präsidenten überwunden und es bis in den 86. Stock geschafft zu haben, wo sein Stelldichein mit dem Schicksal stattfinden würde. Mit dem richtigen Ausweis kam man doch überall hin. Er war früh eingetroffen, lange vor den VIPs. Seine äußere Erscheinung war tiptop, und er fühlte sich sehr zuversichtlich; die einzige brenzlige Situation hatte es beim dritten und letzten Sicherheitscheck gegeben, vor dem Fahrstuhl, der hoch zur Aussichtsplattform fuhr. Irgendein hochnäsiges Arschgesicht von Secret-Service-Agent hatte sein Foto ganz sorgfältig untersucht, doch George hatte vollstes Vertrauen in sein Make-up und seine Schauspielkünste gehabt, und wie konnte er es dem Mann auch übelnehmen, daß der einem Schwarzen nicht über den Weg traute, zumal angesichts des moravianischen Pöbels, der draußen gegen alles, was weiß war, hetzte. Wenn je das Schicksal seine hilfreiche Hand gereicht hatte, dann in diesem Moment. Der Agent sprach Clark Fullers Namen laut aus, während er seine Liste abcheckte, und daraufhin drehte sich dieser alte Mann zu ihm um: Sam McClintock. Obwohl ein ausgefuchster Geheimdienstler niemals jemanden auf Fürsprache eines niederen Wachmannes in die Nähe des Präsidenten lassen würde, war es in diesem Falle die letzte Bestätigung dafür, daß George koscher war, die der Agent gebraucht hatte. *Koscher*. George mußte sich bei dem Gedanken fast übergeben.

Sie fuhren zusammen hoch, Sam natürlich als derjenige, der die Knöpfe betätigte. George übergab ihm den Umschlag mit den dollargroßen Zeitungsausschnitten, den er Clark Fuller wieder abgenommen hatte.

»Ich denke, das sollte mehr als ein Ausgleich für Ihre Mühen sein, Sam«, sagte George.

Sam nickte. »Es ist schön, mal jemanden zu treffen, der sich für das interessiert, was ich zu sagen habe. Bin mein ganzes Leben hier gewesen. Bin jedem Präsidenten begegnet seit ...«

»Werden Sie ihm heute auch begegnen, Sam?«

Sam lachte. »Offiziell nicht, nein. Aber ich hab da meine Mittel und Wege.« Er steckte den Umschlag in die Jackentasche. George lächelte ihm wohlwollend zu.

Im 86. Stock angekommen, bekam George von Sam eine Führung. Es paßte ihm gut, nickend neben dem alten Mann herzugehen und sich dabei mit der Anlage vertraut zu machen und die Pferdeschwänze zu zählen, die er liebend gern über die Brüstung geschmissen hätte. Was hatte es mit den Computerfirmen bloß auf sich, daß so viele von ihren leitenden Angestellten es für nötig befanden, ihre Haare so lang wie ein Mädchen zu tragen?

Sam führte ihn zum Empire State Deli. Es war nicht viel mehr als ein Imbißstand. Sam bestellte zwei Becher Kaffee. George zog zwei Strohhalme aus einer Schachtel und trommelte geistesabwesend damit auf den Tresen.

»Du siehst ja verdammt schick aus heute, Marilu«, sagte Sam. Und das tat sie.

»Der Präsident kommt schließlich nicht jeden Tag zu Besuch«, sagte Marilu. »Das macht dann zwei Dollar.«

Sam zog die Augenbrauen hoch. »He, Marilu, seit wann läßt du mich denn den Kaffee bezahlen?«

»Ich kann den Kaffee nicht gratis ausschenken, nicht heute. Die würden mich sonst feuern. Du könntest höchstens einen Cocktail haben, den gibt's für Gäste umsonst.«

Sam durchsuchte seine Taschen, aber er hatte seine Brieftasche im Umkleideschrank gelassen. »Tut mir leid, Marilu, aber ich hab kein …« Er verstummte. Was redete er denn da? Er hatte einen Umschlag voll mit Barem in seiner Jackentasche. Er zog ihn hervor.

George, der damit beschäftigt war, Geheimagenten zu zählen, blickte sich in dem Moment um, in dem Sam den Umschlag aufriß. Blitzschnell war er zur Stelle und packte Sam am Arm. »Unterstehen Sie sich!« schimpfte er.

Verblüfft zuckte Sam zurück. »Was zum …?«

»Das Geld ist für Sie! Der Kaffee geht auf mich!«

Mit großkotziger Geste zog George ein Bündel Geldscheine aus der Tasche und blätterte drei Dollarnoten vor Marilu hin.

»Ich bestehe darauf. Spesenkonten sind eine wunderbare Sache, Sam.«

»Wenn Sie meinen.« Sam steckte den Umschlag grummelnd wieder ein.

Als sie wieder nach draußen gingen, kam Nathan aus dem Fahrstuhl und schlenderte auf sie zu. Sam musterte ihn eingehend. Sein Gesicht war grau. Er sah aus, als hätte er sich ein paar drei Wochen alte Teebeutel unter die blutunterlaufenen Augen geklemmt. Seine Haare wirkten schmierig. Die Uniform schien nicht zu passen.

»Alles klar?« fragte Nathan. Er sah George an, deutete auf dessen Revers.

»Hübsche Rose«, sagte er.

George blickte auf die strahlend rote Rose hinunter. »Danke«, sagte er.

Sam, der zur Zeit auch nicht gerade wie ein Ölgemälde daherkam, nickte nur und wies mit dem Daumen auf George. »Das ist Clark Fuller, er schreibt einen Artikel über mich für … tja, für wen eigentlich, Clark?«

»Praktisch für so ziemlich alle. *Time, Miami Herald,* Londoner *Times.*« George streckte seine Hand aus.

»Nathan Jones«, sagte Nathan Jones.

»Nicht Brian Houston?« fragte George.

Nathan war für einen Augenblick etwas perplex, dann folgte er Georges Blick auf das Namensschild an seiner Brust.

Nathan lachte. »Offiziell ja. Gab ein kleines Durcheinander. Sagen Sie's nicht weiter, ja?«

George lächelte. »Von mir erfährt es keine Menschenseele.«

Nathan ging weiter. Jedesmal, wenn er an Brian Houston dachte und daran, was dieser getan hatte, brach ihm der kalte Schweiß aus. Nathan hatte nichts gegen Homosexuelle, aber daß sich so einer an seinen Geschlechtsteilen zu schaffen machte, das kam ums Verrecken nicht in Frage. Er stützte sich mit verschränkten Armen auf die Mauer und starrte auf New York hinaus. Was war, wenn Brian eine ansteckende Krankheit hatte? Was war, wenn Lisa dahinterkam? Wo war Lisa? Und mit wem? Was machte sie mit ihm? Würde sie *das* bei einem völlig Fremden machen?

Hinter ihm kicherte jemand. Er drehte sich um. Zwei junge Burschen in schicken Anzügen, ungefähr sein Alter, sahen ihn an. Sie schlürften eine dunkelblaue Flüssigkeit aus ihren Cocktailgläsern. Sie waren bereits betrunken.

»He, klasse Uniform«, sagte der eine, Brillenträger, und kicherte erneut.

Nathan schürzte die Lippen. »Klasse Pferdeschwanz, du Arsch«, rotzte er heraus und stieß sich von der Mauer ab. Er betrat den Imbiß, während in seinem Rücken weitere Kichersalven explodierten. Marilu lächelte ihn an.

»Was darf's denn sein, *Brian*?«

»Oh, hat sich herumgesprochen, wie?«

Marilu zuckte die Achseln. »Willst du Kaffee, Tee oder mich?«

Nathan ignorierte die Frage. Er deutete auf ein Tablett

voller Gläser mit blauer Flüssigkeit. »Was ist das für'n Gesöff, das die da draußen trinken?«

»Irgendein Cocktail. Hab ihn von unten bekommen. Für die Gäste. Sei du *mein* Gast, greif zu.«

»Hast du das Zeug probiert?«

»Kleinen Schluck. Zieht ganz gut rein. Laß dich nicht von Leonard erwischen, der war vorhin hier und hat Feuer gespuckt.«

»Mach dir keine Gedanken um Leonard.«

Nathan hob ein Glas an, schnüffelte. Es roch ... irgendwie blau. Er nahm einen kleinen Schluck. Schmeckte eigentlich nach gar nichts. Er leerte das Glas und griff sich zwei neue. »Für Sam«, sagte er, »und den anderen Typen.«

Neuerliches Schulterzucken von Marilu. »Ich hab sie dir nicht gegeben, falls jemand fragt.«

Nathan nickte und kehrte zu seinem Platz an der Mauer zurück. Die Besoffenen hatten sich verzogen. Er stellte das eine Glas auf die Mauer und leerte das andere mit einem Zug. Dann hob er das zweite und stürzte auch das hinunter. Er kehrte zum Verkaufsstand zurück.

»Marilu«, sagte er, »diese Idioten haben die Drinks fallenlassen. Was dagegen, wenn ich noch zwei nehme?«

»Bedien dich, Nathan«, strahlte sie.

Nathan nahm ein Glas in jede Hand und balancierte dazwischen noch ein drittes. Draußen waren Sam und Clark Fuller dabei, ihren vierten Rundgang um die Aussichtsplattform zu beenden. Nathan entdeckte den glasigen Ausdruck in Fullers Augen. Rettung tat not.

»He, alter Mann, einen Schluck zur Feier des Tages.« Er hielt Sam ein Glas hin; der nahm es und begutachtete es mißmutig. George lehnte das Angebot ab. Er zog es vor, einen klaren Kopf zu behalten.

»Was ist das?« fragte Sam.

Nathan zuckte die Achseln und leerte sein Glas. »Es ist blau«, sagte er, indem er das eine Glas absetzte und das andere, von George abgelehnte, mit den Händen umschloß.

Sam protestierte. Und spuckte sofort aus. »Das trink ich nicht. Das ist Gift.«

»Das ist Raketentreibstoff«, lachte Nathan und nahm Sam das Glas ab. Er spazierte weiter. Sam bemerkte, als er ihm nachblickte, ein leichtes Schwanken.

Leonard Maltman sah es auch, als er mit Fred Troy zusammen aus dem Fahrstuhl trat. Nathan lächelte dümmlich.

»Ich helf nur, die hier zu verteilen«, platzte er heraus.

Fred Troy musterte ihn von oben bis unten. Es gefiel ihm nicht, was er da sah.

»Das ist Brian Houston, Fred … Sie erinnern sich, das Preisferkel.«

Troy nickte düster. Er stieß den Zeigefinger in Nathans Richtung. »Schaff die Gläser weg, Junge. Wenn ich dich noch mal mit einem Tropfen erwische, saust du diesen Schacht schneller runter als Spucke.«

Leonard bedachte Nathan mit einem übellaunigen Blick. Die Enttäuschung über den verlorenen Sohn.

Nathan sah bedröppelt zu Boden. »Tschuldigung«, murmelte er. »Ich bring sie zurück.« Er ging wieder zum Imbiß. Beim Betreten leerte er das eine Glas. Als er vor dem Tresen stand, das zweite. Dann stellte er beide ab.

»Geht's dir gut, Nath?« fragte Marilu.

Nathan wankte. »Ich bin jung«, sagte er, »und verliebt.«

»Oje«, sagte Marilu.

»Aber sie ist mir weggelaufen, und ich weiß nicht, wo sie ist.«

»O Nath.«

Nathan schüttelte den Kopf. Zuckte traurig die Achseln. »Sie hat mich nicht ein Mal hier besucht. Sie wär bestimmt stolz gewesen.«

Marilu biß sich auf die Lippen. Er sah aus, als würde er gleich anfangen zu weinen. *Und ich auch.*

Sie wollte zu ihm gehen und ihn umarmen, aber gerade als sie sich in Bewegung setzte, entlud sich der bisher größte Schwung von Besuchern aus dem Fahrstuhl. Als diese in den Imbiß strömten, verlor sie Nathan aus den Augen.

Der machte sich auf den Weg zur Toilette. Ihm war inzwischen klar, daß er betrunken war. Daß er sich nicht so viele Drinks hätte reinpfeifen dürfen. Er war von Haus aus auch eigentlich Biertrinker. Cocktails waren was für Frauen und Schwule ... *o Gott,* dachte er, *einmal erzwungener Sex mit Brian, und schon fang ich an, Cocktails zu trinken.* Er ließ das kalte Wasser laufen, bespritzte sein Gesicht. Er taumelte auf die Pinkelbecken zu. Eben wollte er loslegen, als die Tür aufging. Ein Mann trat ans benachbarte Urinal. Nathan erstarrte. Schlimm genug, daß er jetzt nicht pinkeln konnte ... *Aber was ist, wenn er spürt, daß ich vor kurzem ein homosexuelles Erlebnis hatte ... vielleicht ist er mir gefolgt mit der bestimmten Absicht ...* Nathan schaute nach links.

»Ööööööh«, stocherte er nach dem Namen, »sind Sie nicht, äh ... wie war noch ... Geldsack ... äh, Donald Trump?«

Trump, denn er war es, blickte nicht auf. »Tut mir leid, keine Autogramme.«

Nathan schaute genauer hin, um zu sehen, ob der andere lächelte oder nicht. Irgendwie nicht auszumachen, es war eins von den Gesichtern, auf denen ein permanentes Grinsen zu liegen scheint.

Nathan stützte sich mit einer Hand an der Klowand ab. Trump pinkelte locker vor sich hin. »Ich kann in Gegenwart von anderen Männern nicht pinkeln«, sagte Nathan.

»Ach«, sagte Trump.

»Geben Sie mir tausend Dollar«, sagte Nathan, »und Sie haben einen Freund fürs Leben.«

Trump trat zurück, zog seinen Reißverschluß hoch. »Freunde kann ich mir billiger kaufen«, sagte er. Und verschwand.

Nathan kam endlich zum Pinkeln. Er fühlte sich danach aber kaum besser. Er kehrte zum Waschbecken zurück und schaufelte sich noch mehr Wasser ins Gesicht. Er betrachtete sich im Spiegel. *Ich weiß, ich seh knackig aus, aber seh ich auch schwul aus?* Er beugte sich erneut übers Waschbecken, trank kaltes Wasser.

»Du bist 'ne alte Schwuchtel.«

Er blickte auf und sah Sid in einer der Kabinentüren stehen.

»Jesses.«

»Jesus hat nie so 'ne Scheißkrawatte getragen.« Michael Tate trat aus seinem Büro.

»Das können wir nicht wissen. Daß es nirgendwo erwähnt wird, muß nicht heißen ...« Mark Benedict kam seinem Freund und Arbeitgeber beim Knotenbinden zu Hilfe. »Es ist halt eines dieser Dinge, die jeder tun muß, Michael.«

»Und aus der Tatsache, daß ich mehr Geld habe als Keneally und genausoviel Macht, und aus der Tatsache, daß dies meine Party ist, sollte daraus nicht folgen, daß ich es mir erlauben kann, ohne Schlips aufzutreten?«

»Nein, wir müssen das Protokoll einhalten.«

»Warum?«

»Weil das Protokoll dazu da ist.«

»Du meinst, wir haben das Protokoll, weil es zum Protokoll gehört, ein Protokoll zu haben.«

»So ungefähr.«

Tate zischte mißbilligend. »Ich wußte doch, daß es einen Grund gab, warum ich die Welt verändern wollte.«

Er fuhr sich mit der Hand über den Nacken. Es fühlte sich komisch an: die Krawatte und dann noch die Abwesenheit seines Pferdeschwanzes. Er hatte ihn am Morgen abschneiden lassen. Sein Friseur hatte ihn behalten wollen, um ihn für einen wohltätigen Zweck zu versteigern. Tate hatte dem einen Riegel vorgeschoben. Ab in die Toilette damit.

Keneallys Leute waren überall. Nicht aber in dem kleinen Büro der Unternehmensleitung. Dort saßen nur Keneally und Tate; Keneally hinter dem Schreibtisch, *seinem*

Schreibtisch, und Tate auf dem Stuhl davor, so als sei er zum Vorstellungsgespräch geladen.

»Gefallen mir, die Haare«, sagte Keneally.

»Beziehungsweise ihr Nichtvorhandensein.«

Sie lächelten sich zu, hätten jedoch ebensogut knurren können.

»Wo stehen wir denn nun, Michael? In der Sache Sie wissen schon.«

Tate zuckte die Achseln. »Ich glaube nicht, daß sich meine Haltung geändert hat.«

»Sie wollen mich warten lassen bis zur Abstimmung.«

»Ich kann nur wiederholen, was ich Ihnen bereits sagte. Ich habe einfach noch keine Entscheidung getroffen.«

»Michael, Sie sind der reichste Mann der Welt. Sie treffen zehntausend Entscheidungen pro Tag. Und ich erinnere mich noch gut an Iowa.«

»He«, Tate zuckte erneut die Achseln, »damals war ich noch ein Kind. Jetzt geh ich, wissen Sie, mehr so in Richtung Staatsmann. Okay? Ich sehe jetzt mehr das große Ganze. Glauben Sie mir, Sie werden es als erster erfahren.«

»Vor Senator Broole?«

»Vor Senator Broole.«

»Ich will nichts anderes, als den Menschen das Leben ein bißchen zu erleichtern.«

»Das ist mir klar.«

»Finden Sie es richtig, daß Menschen sterben, weil sie sich keine ordentliche medizinische Versorgung leisten können?«

»So einfach ist das nicht, Mr. President.«

»Doch, Michael, das ist es.« Er erhob sich. »Okay. Es ist Ihre Entscheidung. Bringen wir diesen Scheiß hinter uns.«

Tate stand ebenfalls auf und öffnete die Tür. »Okay, ich bedanke mich für Ihr Kommen.«

»Das Vergnügen liegt ganz auf meiner Seite.« Keneally blieb stehen und hielt die Tür fest. Ihre Gesichter waren nur dreißig Zentimeter voneinander entfernt. »Ich weiß, daß Sie Ihre Entscheidung längst gefällt haben. Und ich gestatte Ihnen den kleinen Spaß, alle Welt zappeln zu lassen. Aber eins sage ich Ihnen, wenn Sie sich gegen mich stellen, dann reiß ich Ihnen richtig den Arsch auf.«

Tate lächelte. »Versuchen können Sie's ja.«

Oben wurden die mit den Pferdeschwänzen ebenso wie die mit den nüchternen Anzügen von einer beflissenen PR-Dame auf ihre Plätze gebeten. Einige folgten der Aufforderung mit ausgesuchter Behäbigkeit, andere hielten schnatternd und trinkend die Stellung, aber dann, als jemand Tate und Benedict aus dem Fahrstuhl treten sah, wurden blitzartig alle Cocktails abgestellt und alle Stühle eingenommen.

Fred Troy kam ihnen entgegen, als sie den Verkaufsstand passiert hatten und zwischen die Stuhlreihen traten. »Er ist auf dem Weg nach oben«, sagte er mit leiser, aber respektgebietender Stimme, »und wir liegen im Plan.«

»Was ist mit der Moravian Army of Christ?« fragte Benedict.

»Ist weniger eine Armee als ein lärmender Haufen, was die Sache aber eher noch schlimmer macht.«

Als Tate das Podium betrat, legte sich Stille über die kleine Zuhörerschaft, die einzigen Geräusche wurden vom kalten Wind verursacht, der durch die Lautsprecheranlage pfiff, und von jemandem, der sich offenbar in der Männertoilette übergab. Tate ließ sich fünf Minuten lang in freier Rede und mit eigentümlich hoher, quietschender Stimme eher ziellos über dies und jenes aus, sprach über die Einzigartigkeit von Magiform und dankte schließlich seinen Mitarbeitern, »ohne die all dies möglich geworden wäre.« Dafür gab es einen Lacher. Auf ein Signal aus dem Hintergrund hin straffte er sich sodann und sprach, indem er unbewußt eine tiefere, eine Kinovorschaustimme annahm, langsam ins Mikrophon.

»Meine Damen und Herren, der Präsident der Vereinigten Staaten von Amerika.«

29

Sam massierte Nathans Nacken, während dieser kotzte.

»Kannst du mal aufhören, an meinem scheiß Nacken rumzureiben?« flehte Nathan erschöpft. Da kam die nächste Ladung hoch. »O Gott«, stöhnte er. »Ich werd nie wieder was trinken.«

Sam schüttelte den Kopf. »Du solltest dich auf vernünftige Getränke beschränken.«

»Besten Dank. Das muß ich mir merken.« Er trank aus dem Wasserhahn. Gurgelte. Spuckte aus. »Du verpaßt den Präsidenten.«

»Ich verpasse die Rede des Präsidenten. Das ist etwas ganz anderes.«

Nathan hievte seinen Kopf aus dem Waschbecken. Er taumelte. Sam hielt ihn am Hemd fest. Nathan stützte sich auf den Beckenrand. »Komm, holen wir uns einen Kaffee.«

»O Gott«, sagte Nathan.

Sam nahm ihn am Arm. »Du mußt versuchen, ohne Hilfe und gerade zu gehen. Wenn die Jungs vom Secret Service dich durch die Gegend wanken sehen, lassen sie dich nicht vorbei.«

Nathan entzog ihm den Arm. Er atmete tief durch. Riß den Kopf hoch. Straffte die Schultern. »Okay«, sagte er, »gehen wir.«

Sam öffnete die Tür, und sie marschierten nach draußen auf die Aussichtsplattform. Angesichts all der Sonnenbrillen war es schwer zu beurteilen, mit was für Blicken sie von den Secret-Service-Leuten bedacht wurden, aber immerhin wurden sie nicht angehalten.

Fred Troy, der zur Linken des Präsidenten stand, beobachtete Sam und Nathan beim Betreten des Verkaufsstands, bevor er seine Aufmerksamkeit wieder dem Publikum zuwandte. Er hatte die Rede des Präsidenten gelesen, daher wußte er, daß sie nur noch ein paar Minuten dauern würde, und bisher lief alles bestens. Er durfte sich rühmen, hier einen einwandfreien Einsatz auf die Beine gestellt zu haben. Trotzdem war es immer noch ein übler Schauplatz, und die Hintertür-Problematik bereitete ihm nach wie vor Kopfschmerzen. Er hatte einen waffenbeladenen Hubschrauber draußen kreisen, aber der durfte nicht zu dicht rankommen, weil sonst die Rede im Lärm untergehen würde. Wenigstens war das Publikum lammfromm. Schon halb betrunken wahrscheinlich. Die Abwesenheit von Reportern, die sich um die besten Plätze prügelten, war ebenfalls von Vorteil; nicht, daß diese selbst gefährlich gewesen wären, aber das ganze Pressegewusel schaffte eine Ablenkung, die in der Vergangenheit schon von so manchen Protestlern ausgenutzt worden war. Diesmal gab es nur einen Reporter. Clark Fuller saß in der ersten Reihe, hatte einen Laptop im Schoß. Troy fragte sich, wie Fuller es geschafft haben mochte, sich diesen speziellen Job unter den Nagel zu reißen; das Gesicht war ihm nicht vertraut, weder vom Weißen Haus her noch von unterwegs. Er sah *fast* ein bißchen gediegen aus. Schicker Anzug, vorteilhaft ergänzt durch eine Rose im Revers, schwarze Schuhe, militärisch blankgeputzt. Allerdings versaute er den ganzen guten Eindruck dadurch, daß er immerzu mit einem gestreiften Plastikstrohhalm gegen seine Zähne trommelte.

Michael Tate lächele wohlwollend in die Runde. Es hatte ihm Spaß gemacht, die überraschten Gesichter seiner Angestellten zu sehen, als er *sans* Pferdeschwanz erschienen war. Bis zum Abend würde sich die Neuigkeit bis zur Westküste verbreitet haben. Es war zu bezweifeln, daß es am Ende der Woche noch einen einzigen Pferdeschwanz in der ganzen Firma geben würde. Dafür würden jede Menge Krawatten auftauchen. Er überlegte, ob er im Anschluß an die Rede des Präsidenten in einer symbolischen Geste seine Krawatte abnehmen sollte; es wäre dies ein Signal an seine Leute, daß er, obwohl eine gewisse Kompromißbereitschaft unverzichtbar war, im Grunde seines Wesens ein freier Geist blieb. Er war sich bewußt, daß die anderen Gäste, die Industriellen, die Börsenheinis, ihn genau beobachteten; in ihren Gesichtern erkannte er die eigentümliche Mischung aus Ehrfurcht und Verachtung, die ihm inzwischen so vertraut war. Ehrfurcht vor dem, was er erreicht hatte, Verachtung für sein Äußeres.

George Burley konnte die Rede des Präsidenten kaum hören, so sehr rauschte ihm das Blut durchs Gehirn. Es fühlte sich an, als stecke er in einem Windkanal. Oder als würde er durch den Abfluß einer Badewanne gesaugt. Der Inbegriff dessen, was er am Leben verabscheute, stand wenige Meter vor ihm. Er nahm die rosige Haut in sich auf, das warme Lächeln, die funkelnden Augen, die aufrichtige Vortragsweise, die saftige Intonation. *Oh, er sieht so prima aus.* Dieser Mann hatte nicht nur mitgeholfen, die größte Nation auf Gottes Erde zu zerstören, er hatte sich auch darauf verschworen, direkt oder indirekt, George selbst zu vernichten. Kein Wunder, daß er die Nummer eins auf seiner Todesliste war. George hatte die Liste auf dem Bildschirm vor sich, wenn auch natürlich in so kleiner Schrift, daß der Hippie neben ihm sie nicht entziffern konnte.

George trommelte die Nationalhymne auf seinen Zähnen. Dann legte er den Strohhalm auf dem Computer ab. Er hob das Revers seines Jacketts an und roch an der Rose. Er sog den Geruch ein. Segen der Natur. Dann bog er das Revers nach vorn, bis der Rosenstiel sowie drei giftgetränkte Dornen freilagen.

Ohne auch nur für einen Moment seinen Blick vom Präsidenten abzuwenden, knipste George vorsichtig, ganz vorsichtig, einen der Dornen ab und hielt ihn in der Handfläche. Dann nahm er den Strohhalm in die Hand und widmete sich wieder seiner geklopften Version der Nationalhymne.

Nathan lehnte am Imbißstand und nickte unbestimmt, als Sam ihn zum zweiten Mal fragte, ob er einen Kaffee wolle. Er hatte das Gefühl, daß die Anziehungskraft der Sonne auf seinen Kopf nachzulassen begann; er drehte sich jetzt nur noch drei- bis viermal in der Sekunde. Er wollte, daß Lisa kam. Er wollte, daß sie seinen Kopf hielt, daß sie seinen Kopf *an*hielt, daß sie ihm sagte, es werde alles wieder gut werden. Er wollte neben ihr im Bett liegen, er wollte weinen und sagen, was für ein Narr er gewesen sei, so viel zu trinken, und daß es wirklich nicht wieder vorkommen werde, und dann sollte sie ihn beruhigen und sagen: natürlich, Liebster, es ist alles in Ordnung. Ein Schweißausbruch kündigte weiteres Kotzen an, und er kämpfte dagegen an, *bloß jetzt nicht, hier vor den Augen des Präsidenten.* Der Präsident, der sogar noch mehr Macht hatte als Oprah. Würde er ihm helfen? Würde er einem vollgekotzten Iren helfen, seine verlorene Liebe wiederzufinden?

»Geht ihm nicht so gut, wie?« sagte Marilu, während sie einschenkte.

»Er ist wohlauf«, sagte Sam.

»Ich will nicht, daß er hier rumkotzt, falls der Präsident auf einen Kaffee hereinschaut.«

»Ihm geht's gut, Marilu.«

»Sieht aber nicht so aus.«

»Stimmt aber«, bellte Sam.

»Geht's dir gut, Nath?« fragte Marilu.

»Ging schon mal besser«, sagte Nathan.

»Ihm geht's gut«, bellte Sam.

»Okay, Mister, hab's verstanden.« Marilu schob die Becher über den Tresen. »Zwei Dollar.«

Sam verdrehte die Augen. Wieder klopfte er seine Taschen ab. Kein Geld – dann fiel ihm zum zweiten Mal das Geld ein, das Fuller ihm gegeben hatte. Er zog den Umschlag hervor. Klopfte nachdenklich damit gegen seine Hand. Das Geld war für Mary. Er brauchte jetzt nur zwei Dollar, aber wenn er den Vorrat einmal angebrochen hatte, dann würde er, das war ihm klar, schnell schmelzen.

»Das macht zwei Dollar«, wiederholte Marilu.

»Ich bin nicht taub«, keifte Sam zurück. Er riß den Umschlag auf und zog die Scheine heraus. Es dauerte eine ganze Weile, bis sich endgültig die Erkenntnis Bahn brach, daß das, was er da in Händen hielt, nicht mehrere tausend

Dollar waren, sondern wertloses Zeitungspapier. Er zählte zwei ab und legte sie auf den Tresen. Er starrte sie an. Marilu starrte sie an. Nathans müde Augenbraue zog sich in die Höhe. Sam blätterte die übrigen Schnipsel durch, breitete sie zwischen den Händen aus wie ein Kartenspiel, schüttelte den Kopf. Er sah Marilu an, dann Nathan, mit ungläubig-ängstlich geweiteten Augen. Ein tiefes Ächzen entfuhr ihm. Dann warf er das Papier in die Luft. Als es ringsum herabzuflattern begann, wandte Sam sich abrupt um.

»Sam?« Nathan stolperte ihm nach. »Sam? Was ist …?«

»Dieses Schwein«, knurrte Sam. Sein Gesicht war rot. Der Splitter in seinem Kopf zeigte sich für seine Stimmung empfänglich und begann zu pochen. Secret-Service-Agenten fuhren wie ein Mann herum, als Sam plötzlich im Eingang zum Verkaufsstand auftauchte und mit kurzsichtigem Blick die Zuhörermenge absuchte.

Der Präsident ließ ein letztes Mal seinen Blick über das Publikum schweifen; er versuchte immer mit so vielen Leuten wie möglich Blickkontakt herzustellen. Es war ganz erstaunlich, wie effektiv man dadurch jedwelcher Feindseligkeit den Wind aus den Segeln nahm. »Danke sehr«, sagte er, und alles stand auf, um zu applaudieren.

Während er sich erhob, ließ George vorsichtig den Dorn in den Strohhalm gleiten. Mit aller Behutsamkeit führte er diesen zum Mund. Er gab vor, in den Beifall der anderen einzufallen, peilte aber gleichzeitig sein Ziel an. Die Entfernung betrug kaum drei Meter. Es war fast schwerer, vorbeizuschießen.

Der Präsident stellte Blickkontakt her.

George holte Luft.

»Du Scheißer!« schrie Sam.

Im selben Moment, da der Präsident sich in seiner Überraschung ein wenig nach links drehte, blies Fuller.

Fred Troy verspürte einen Stich und fuhr sich mit der Hand ins Gesicht.

»Du Scheißer!« schrie Sam noch einmal und stürmte auf die vordere Reihe zu. Die Zuschauer gerieten in Panik, stoben auseinander, nach links, rechts, vorn und hinten und stürzten in ihrem Versuch, dem Verrückten zu entgehen, reihenweise über die Stühle. Sie sahen nicht, daß er keine Waffe hatte, sahen nicht, daß er ein harmloser alter Mann war, sie sahen nur einen Verrückten, der händefuchtelnd auf sie zugestürmt kam. Also ergriffen sie die Flucht. Secret-Service-Agenten warfen sich Sam in den Weg, während sie noch nach ihren Waffen griffen. Sam verschwand unter einem Haufen von Leibern. Michael Tate tauchte nach rechts ab. Fred Troy, auch er inzwischen mit gezogener Waffe, beförderte den Präsidenten aus etwaigen Schußlinien. Innerhalb von Sekunden war der Präsident hinter einem menschlichen Schutzwall verschwunden. Nathan stand hilflos am Imbißeingang, während Sam auf Händen und Knien dem Gewühle zu entkommen trachtete, dann aber mit dem Griff einer Pistole niedergestreckt wurde. Sein Kopf schlug mit einem entsetzlichen Krachen auf dem Zementfußboden auf.

Ein Secret-Service-Agent stieß Nathan zurück, als dieser Sam zu Hilfe eilen wollte. Nathan hob die Fäuste, doch eine Pistole an seiner Schläfe gebot ihm Einhalt.

»Bleiben Sie, wo Sie sind, Mister!« schrie der Agent, dem der Schweiß auf die Stirn und die zitternde Oberlippe trat.

Innerhalb von Sekunden war jede von Sams Körperöffnungen durchsucht worden. Ein Agent sprach in seine Manschetten hinein. »Der Verdächtige ist unbewaffnet«, sagte er.

Fred Troy, der seine ganze Erfahrung in die Waagschale warf, hatte die Situation nach wenigen Sekunden im Griff. Er trat ans Mikrophon. »Bitte, meine Damen und Herren, der Präsident ist außer Gefahr.« Er blickte hinunter zum Präsidenten, der sich gerade mühsam aus dem Gedränge der Anzüge schälte und einen zerknautschten und mitgenommenen Eindruck machte. »Es besteht kein Grund zur Panik. Wenn Sie sich bitte alle zum Fahrstuhl begeben würden, während wir hier die Situation unter Kontrolle bringen.«

Michael Tate stand langsam auf und klopfte sich ab. Er versuchte festzustellen, ob sein Abtauchen registriert worden war. Er war der reichste, vielleicht sogar der bedeutendste Mann der Welt, doch niemand hatte daran gedacht, *ihn* zu beschützen in dieser Krisensituation. Nicht einmal Mark Benedict, der seinerseits unter einem Stuhl hervorgekrochen kam. Soviel zum Thema Loyalität.

Die Gäste brauchten keine zweite Einladung, um sich davonzumachen. Die Magiform-Truppe stürmte wie ein Mann auf die Fahrstühle zu, hart bedrängt von den Industriellen. Sie alle hatten zu viel zu verlieren beim Sterben.

Als Tate sich von der Plattform entfernte, kam er an der Stelle vorbei, wo der Attentäter lag. Die Secret-Service-Agenten standen aufgebracht um ihn herum, die Schultern ein Stückchen weiter zurückgedrückt, das Kinn ein Stückchen weiter emporgereckt. Sie hatten gezeigt, was sie draufhatten, sie hatten den Präsidenten beschützt. Junge, was waren sie gut. Tate drängte sich vorbei, Benedict auf den Fersen. Sie erhaschten einen Blick auf den blutenden Mann in der Uniform des Empire-State-Sicherheitsdienstes.

»Hatte ich nicht gesagt, daß der alte Scheißer rausfliegt?« zischte er.

Benedicts Gesicht war kreidebleich. »Die Anweisung wurde erteilt.«

Dann war der Präsident da und sah sich Sam an. »Weiß irgend jemand ...?«

Leonard Maltman schwenkte einen Fuß in Sams Richtung. »Er ist ein Angestellter. War ein Angestellter. Er sollte heute in den Ruhestand treten. Tut mir leid, Mr. President. Er war ein bißchen senil; wir dachten, es sei eine nette Geste, wenn er Ihnen an seinem letzten Tag noch begegnen könnte. Wahrscheinlich hat er die Aufregung nicht verkraftet.«

Der Präsident brachte es fertig zu lächeln. »Ist ja nichts passiert«, sagte er. »Wenn überhaupt, dann war das Ganze ein Beweis dafür, wie gut mein Sicherheitsstab auf Zack ist.« Er wandte sich um und nickte den versammelten

Agenten zu. »Gut zu wissen, daß ich in zuverlässigen Händen bin.«

Fred Troy, der ihm nicht von der Seite wich, sagte: »Sehen wir zu, daß wir Sie hier rausbringen.«

»Unsinn«, lachte der Präsident. »Ein Schreck pro Tag reicht. Jetzt wo der offizielle Teil vorbei ist, können wir doch alle eine Tasse Kaffee trinken. Wie wär's, Leute?«

Die Secret-Service-Agenten lächelten ihrem Mann zu. Gute Arbeit. Laßt uns feiern, aber nie, niemals außer Dienst.

Der Präsident drehte sich um und führte sie zum Imbißstand. Die Agenten, Leonard, Tate, Benedict, alle folgten ihm.

George verweilte noch. Was für ein Kerl, dachte er, welch ein Führer. Ein Secret-Service-Mann berührte ihn am Arm.

»Kann ich Sie zum Fahrstuhl bringen?« fragte er.

»Nein danke«, sagte George. Er zückte seinen Presseausweis.

Nathan, dem Herz und Beine flatterten, kniete neben Sam nieder. Als er den Kopf des Alten berührte, hustete dieser ein wenig und seine Augen zuckten auf und zu. »Sam, bist du okay?« flüsterte Nathan. Keine Antwort. Die Augen waren wieder fest geschlossen. Ein dünner Blutfaden sickerte aus der Nase. »Hat jemand einen Arzt gerufen?«

Ein Secret-Service-Agent schüttelte den Kopf.

»Ja, könnten Sie es vielleicht mal tun?« schnaubte Nathan. Er bettete den Kopf des Alten auf seinen Schoß. »Ich glaube, er stirbt.«

Der Agent sprach in seinen Manschettenknopf. Dann legte er eine Hand auf Nathans Schulter. »Vielleicht sollten Sie lieber zum Fahrstuhl gehen. Wir kümmern uns um ihn.«

Nathan schlug die Hand weg. »Am Arsch«, zischte er.

George folgte der Menge in den Imbißbereich. Niemand beachtete die Zeitungsschnipsel, die auf dem Boden verstreut waren. Es war ein etwas tollkühner Akt gewesen, Sam kein richtiges Geld zu geben. Aber er war unentdeckt geblieben. Er hatte noch zwei weitere Dornen. Und er hatte noch etwa zwanzig Minuten, bis Fred Troy sterben und eine neue Panikwelle einsetzen würde. Wenn er ruhig blieb und den richtigen Zeitpunkt abpaßte, war vielleicht noch nicht alles verloren.

Nathan zog seine Jacke aus und bettete vorsichtig Sams Kopf darauf. Der alte Mann atmete. »Das wird schon wieder«, flüsterte Nathan. Er lehnte sich zurück. Er konnte es nicht mehr ertragen. Das alles hier. Sein Leben war auf der ganzen Linie fehlgeschlagen; was er auch anfaßte, es war nach kurzer Zeit verloren, kaputt oder vollgekotzt. Es war völlig klar, daß er, wenn er sich *jetzt sofort* über die Brüstung des Empire stürzte, nicht nur sich selbst umbringen würde, sondern auch die Person, auf der er landete, und garantiert würde dieser Tod wiederum in Elend, Verzweiflung, Bankrott, einer politischen Krise und Revolution in einem kleinen afrikanischen Land münden, Tausende würden sterben, vielleicht Millionen. Das war der Nathan-Effekt. Lisa konnte sich glücklich schätzen, mit einem gebrochenen Herzen davongekommen zu sein. Wie? Wen wollte er denn damit zum besten halten? Ihr Herz war nicht gebrochen. Es war diamanten. Nicht mal angekratzt. Neben seinem Ellbogen standen zwei Gläser. *Nie wieder trinken*. Ach ne. Und wer sollte *das* glauben? Sicher, er durfte die schlimmsten Augenblicke seines Lebens aufs Trinken zurückführen. Ebenso aber auch die schönsten. Nur die zwei Gläser. Zur Beruhigung. Damit er nicht an die Secret-Service-Agenten und ihre harten, kalten Blicke denken mußte. Er hob das erste Glas, trank die blaue Flüssigkeit weg, hob das zweite, trank es leer. Er sah den einzig noch verbliebenen Agenten an. »Sie können ruhig gehen und einen Kaffee mit dem Präsidenten trinken.« Er deutete auf Sam. »Ich glaub nicht, daß er türmen wird.«

Der Agent blieb, wo er war.

Zehn Minuten vergingen. Immer noch kein Arzt.

Drinnen strich George, einen Kaffee in der Hand, den Strohhalm in der Brusttasche, um den Präsidenten herum, während dieser mit seinen Agenten scherzte; es standen immer irgendwelche Leute zwischen ihnen. Er warf einen Blick auf Fred Troy: sein Gesicht war kreidebleich, der Schweiß stand ihm auf der Stirn. *Dauert nicht mehr lange.*

Der Präsident setzte seine Tasse ab. Er bedankte sich bei Marilu. Ein drei Meter breites Lächeln wuchs ihr ins Gesicht.

»Zeit zu gehen, schätze ich«, sagte der Präsident. Ein Dutzend Kaffeetassen wurde abrupt abgesetzt. George stieß einen unterdrückten Fluch aus.

Die Fahrstuhltür öffnete sich, und ein Mann im weißen Kittel trat heraus. Er hatte eine Ledertasche in der Hand. Er ließ die aus dem Imbiß strömende präsidiale Gesellschaft an sich vorbei und wechselte ein paar Worte mit Fred Troy. Dann ging er auf die Stelle zu, wo Sam lag. Nathan erhob sich schwankend.

»Scheiße, das wird auch Zeit«, sagte Nathan.

Der Mann beachtete ihn nicht. Er kniete neben Sam nieder. Öffnete seine Tasche, holte etwas heraus.

Nathan pöbelte von oben: »Wo ist die Trage?«

Der Mann sah den anderen Agenten an. »Welche Trage?«

Der Agent grinste. Der Mann im weißen Kittel ergriff Sams Hand.

Nathan verstand erst nicht. Dann fiel plötzlich der Groschen durch den frisch wabernden Alkoholnebel. Das war gar kein Arzt. Das war einer, der Sams Fingerabdrücke nahm.

Sämtliche Pferde gingen mit ihm durch.

Nathan schlug um sich. Sein DocMartens Stiefel erwischte den Abdrucknehmer seitlich am Kopf, so daß er eine Rolle rückwärts machte. Völlig überrascht trat der Agent mit erhobenen Händen auf ihn zu, um ihn zu beruhigen. Er hatte nicht mit dem wirbelndem Derwisch namens Nathan Jones gerechnet. Einmal, zweimal, dreimal. In den Magen, in die Fresse, in die Eier. Der Agent taumelte rückwärts, fiel über die bereits umgestürzten Stühle. Nathan blieb am Ball. Ließ einen Stuhl auf ihn niedersausen. Der Abdrucknehmer rappelte sich auf und griff in seine Innentasche. Auch er bekam einen Stuhl auf den Kopf und stürzte gleich wieder zu Boden. Seine Pistole glitt ihm dabei aus der Hand. Nathan war über ihm und schlug seinen Kopf auf den Zementboden.

»Euch ist alles egal! Alles scheißegal!« schrie Nathan.

Marilu erschien im Imbißeingang. »Nathan! Nathan nicht! Bitte!«

»Verpiß dich!« schrie er.

Er nahm die Pistole. Blickte sich verzweifelt um. Marilu sah den Wahn in seinen Augen; sie stieß einen kurzen Schrei aus und rannte zurück an ihren Stand. Nathan fuchtelte mit der Pistole. Er wußte nicht, was er tun sollte. Sein Atem ging schwer, seine Ohren rauschten. Er konnte Sid singen hören. Er sah Coolidges toten Kopf. Ihm war schlecht, der Alkohol drängte sich durch seinen Hals; er hielt sich den Mund zu, würgte. Er sah Brians Gesicht vor sich. Der Ekel fuhr ihm in alle Glieder. Gott, er hatte den Secret Service angegriffen. Er sah Lisas Gesicht vor sich, *ganz nah,* dann wurde es immer kleiner, bis es nur noch Stecknadelkopfgröße hatte, und dann war es ganz verschwunden. Und er wußte, daß sie wirklich verschwunden war, verloren für immer, denn falls es je auch nur die kleinste Möglichkeit gegeben hatte, daß der Präsident ihm helfen würde, so war sie in dem Moment vertan, da er den Secret Service angegriffen hatte. Das war mehr als nur ein Übergriff. Es war sein Ausreiseticket, und er würde nie wieder nach Amerika zurückkehren dürfen. Seine einzige Chance, seine einzige winzig kleine Chance war, *jetzt* zu verschwinden, wegzulaufen, weit weit weg, *raus aus dem Scheißgebäude, bevor sie mich in Ketten legen.* Irgendwie nach unten kommen, in der Menge verschwinden, dann auf irgendeine Weise *sie* aufspüren, dieses wunderschöne Gesicht wiederfinden. Er rieb sich verzweifelt die Stirn. *Lauf weg, los, lauf weg.* Er steckte die Pistole in seine Jackettasche. Hinter sich hörte er das Stöhnen des

Abdrucknehmers, der sich aufzurappeln versuchte. *Jetzt, bevor sie Alarm schlagen. Für Lisa.*

Nathan versuchte verzweifelt, seine Atmung unter Kontrolle zu bringen. Als er am Imbißstand vorbeikam, sah er, daß Marilu ihn beobachtete, ihre Augen auf Höhe des Tresens.

Er bog um die Ecke, wo die Fahrstühle waren. Eine Phalanx von Secret-Service-Agenten stand dort. Und der Präsident der Vereinigten Staaten. Nathan ächzte. Er konnte nicht einfach umkehren. Er mußte weitergehen. Ganz ruhig bleiben. Unauffällig verschwinden. Untertauchen.

Der Präsident drehte sich um, lächelte ihm zu. »Ah, hallo«, sagte er.

Nathan machte den Mund auf, doch es kam nichts heraus.

Der Präsident war an sowas gewöhnt. »Schon lange hier dabei?« fragte er. »Hab den Eindruck, daß das ein ganz wunderbarer Ort zum Arbeiten ist. Wie geht's dem alten Mann?«

Nathan warf einen Blick zurück. Der ganze Schrecken stürmte wieder auf ihn ein. Der alte Sam, am Boden liegend, im Sterben liegend, unbeachtet. »Er braucht einen Arzt«, sagte Nathan. Seine Stimme war dünn und brüchig.

»Ich sorge dafür, daß einer hochgeschickt wird«, sagte der Präsident.

Die Fahrstuhltür öffnete sich. Bobby Tangetta grinste heraus. Sein Blick heftete sich auf den Präsidenten.

Dieser bestieg mitsamt Gefolge den Lift. Fünf dunkle Sonnenbrillen funkelten auf Nathan herab. Ihn schauderte. Es kam ihm vor, als würde er vor einem Erschießungskommando stehen.

»Leider kein Platz mehr hier, mein Sohn«, sagte der Präsident. Er lächelte wieder. Es war noch Platz. Es war noch jede Menge Platz da. Es war nur, daß sie *ihn* nicht dabeihaben wollten. Er war ja nur ein Empire-Wächter. Und er war rot im Gesicht. Seine Augen starrten wild, und er roch nach Kotze. Nathan erwiderte das Lächeln.

»Nach unten«, sagte Bobby Tangetta.

Nathan trat einen Schritt näher. »Mr. President?«

»Hmm?«

»Darf ich Ihnen die Hand schütteln, Mr. President?«

Der Präsident sah zu seinen Secret-Service-Leuten hin. Nur einer von ihnen rührte sich, hob eine Hand ans Ohr, lauschte. *Der Abdrucknehmer*. Es hatte keinen Sinn. Es war alles vorbei.

Der Präsident trat einen Schritt vor und streckte ihm seine Hand entgegen.

Nathan drückte sie fest. Sie grinsten sich an.

Dann zog Nathan heftig, und der Präsident kam aus dem Fahrstuhl geschossen. Im selben Augenblick hatte Nathan die Pistole gezogen und preßte sie gegen den Hals des Präsidenten.

»Keine Sau rührt sich!« schrie Nathan.

Die Secret-Service- Agenten erstarrten mitten in der Bewegung. Sie rührten sich nicht. Keinen Millimeter. Ihre Aufgabe war es, ihr Leben zu geben, um den Präsidenten zu beschützen. Und nicht, den Tod des Präsidenten zu verursachen, indem sie ihn beschützten.

»Nath ...«, wollte Bobby Tangetta sagen.

»Halt's Maul!«

»Nathan ... tu das nicht ...«

»Halt die Schnauze, Bobby, halt einfach die Schnauze. Jetzt drück auf den Knopf. Drück auf den scheiß Knopf!«

Bobby drückte den Knopf. Die Türen schlossen sich. Der Fahrstuhl fuhr nach unten.

Und dann waren es nur noch zwei, die dort im kalten Wind vor dem Fahrstuhl im 86. Stock des Empire State Building standen. Der einsame, äußerst übellaunige Nathan Jones und seine Geisel Michael Keneally, Präsident der Vereinigten Staaten von Amerika.

Die Geschichte von Jesus Rodriguez

Das ist Jesus Rodriguez, dreizehn Jahre alt und noch nicht lange auf dieser Seite der Grenze, und er steht auf dem Dach seiner Schule und will fliegen.

Der Lehrer ist ein netter Mann, aber auch seine Geduld hat Grenzen, und das ist jetzt schon das dritte Mal in dieser Woche, daß er Jesus überreden muß, vom Dach runterzukommen.

»Jesus, warum willst du immer fliegen? Du bist doch kein Vogel.«

»Ich bin ein Vogel, ich bin ein Adler, stark und stolz«, sagt Jesus, aber der Lehrer versteht so gut wie kein Spanisch.

Er ruft Jesus' Vater dazu, der in der Schule als Hausmeister arbeitet. »Mr. Rodriguez, das kann so nicht weitergehen. Woher kommt das, diese Vogelbesessenheit?«

»Mister Grover, wir kommen aus einem abgelegenen Dorf. In dem Dorf gibt es viel Armut und wenig Hoffnung. Die Leute sind sehr abergläubisch. Vor dreizehn Jahren war ein großer Adler über dem Dorf, mehrere Tage lang flog er dort und jagte, und die Leute wußten, daß es ein Zeichen war, aber sie wußten nicht, ob ein gutes oder ein schlechtes Zeichen. In der Nacht, als Jesus geboren wurde, gab es einen großen Sturm, und viele Häuser wurden zerstört, aber als der Morgen kam, fand man den Adler tot vor unserem Haus. Seither heißt es, daß Jesus die Seele dieses Adlers hat und daß er große Dinge vollbringen wird. Darum steht er auf dem Dach von Ihrer Schule und will fliegen.«

Mr. Grover spuckt in den Sandkasten. »Und Sie glauben diese Adlergeschichte, Mr. Rodriguez?«

»Nein, Sir, ich glaube, daß es ein großer Haufen Schwachsinn ist. Aber Jesus, der glaubt von ganzem Herzen daran. Was soll ich machen?«

»Holen Sie ihn da runter.«

Jesus reckt seinen Schnabel in die Lüfte, schnuppert den Wind. Dann breitet er seine Flügel aus und fliegt.

Geradewegs nach unten. Er wird ins Krankenhaus gebracht, er hat ein gebrochenes Bein und zwei gebrochene Arme.

Später zieht Familie Rodriguez nach Osten. Jesus ist jetzt fünfzehn, ein kräftiger, hübscher Junge. Hat nicht viele Federn. Er ist nie länger als ein paar Monate in einer Schule, bevor sie weiterziehen. Es ist gar nicht so schwer, eine Arbeit zu kriegen, eine gute Arbeit dagegen schon. Mr. Rodriguez ist ein ehrgeiziger Mann, aber nicht so ehrgeizig wie seine Frau; sie haben noch einiges vor. Und Jesus auch. Mrs. Rodriguez ist eine schöne Frau. Sie hat nicht zugenommen wie so viele Frauen in ihrem Dorf. Sie möchte gern in der Parfümabteilung eines New Yorker Kaufhauses arbeiten. Mr. Rodriguez hat es mit Kursen in der Abendschule versucht, aber sie ziehen so oft um, daß er keine Prüfungen ablegen kann. Er arbeitet immer noch als Hausmeister, ein Halbjahr hier, das nächste ein Stück näher am Big Apple.

Jesus aber, der kommt eines Tages mit ganz verschrammtem Gesicht nach Hause. Zuerst will er seinem Vater nicht sagen, was los war; er schämt sich. Doch schließlich gibt er nach. »Sie haben mich geschlagen, weil ich Mexikaner bin«, sagt Jesus.

»Biste sicher, daß es nich' war, weil du'n Vogel bist?« Jesus zuckte die Achseln. »Ham mich geschlagen, weil ich'n mexikanischer Vogel bin.«

Mr. Rodriguez ist wütend, er hat sich das jetzt lange genug angehört, schon viel zu lange. Er schlägt zu, gibt Jesus eine Ohrfeige. Nicht doll, aber doll genug. »Laß mich in Ruhe, Hausmeister!« schreit Jesus.

»O ja, Mr. Vogel, du willst was ganz Besonderes sein. Du bist aber kein Adler, du bist'n scheiß Spinnvogel.«

»Wart's ab!« faucht Jesus. »Eines Tages zeig ich's euch.«

»Ja, ja, Mr. Spinnvogel. *That'll be the day*, wie der große Mr. Buddy Holly zu sagen pflegte.«

Jawohl, Jesus hat große Pläne.

Es kommt der Tag, da Jesus Rodriguez flügge wird. Er hat vier Jahre in Queens gewohnt. Hat fleißig gelernt. Er weiß, was er werden will. Mr. Rodriguez arbeitet immer noch als Hausmeister, aber in einer höheren Klasse von Hausmeistern, denn er ist bei der New Yorker Academy of the Performing Arts. Genau, da wo sie *Fame* gemacht haben. Für das Vorstellungsgespräch hatte er eine Nummer mit seinem Wassereimer einstudiert, die alle umgehauen hat. Hat ihm sogar einen mop-Auftritt in einem *Entertainment Tonight*-Dokumentarfilm eingebracht. Mrs. Rodriguez aber geht es nicht so gut. Sie hat schlimme Füße. Krampfadern. Mit der Parfümabteilung ist es nichts geworden. Sie arbeitet in einer Tierhandlung.

Jesus geht zum Rekrutierungsbüro der US-Luftwaffe. Er zeigt ihnen seine Zeugnisse, sie sind beeindruckt.

»Warum willst du Pilot werden, mein Sohn?«

»Ich möchte fliegen wie ein Vogel.«

»Willst du Amerika verteidigen?«

»Ganz bestimmt.«

»Bist du vorbestraft? Drogenabhängig? Ein Crackdealer? Hast du schon mal im Gefängnis gesessen?«

»Nein, Sir, ich bin ein guter amerikanischer Junge, der fliegen möchte.«

»Okay, mein Sohn, dann komm mal hier rüber. Wir wollen ein paar Tests machen. Kannst du die oberste Reihe auf der Tafel lesen?«

»Welche Tafel?«

»Die Sehtesttafel. Neben dem Bild von Präsident Clinton.«

»Welches Bild von Präsident Clinton?«

»Trägst du eine Brille, mein Sohn?«

»Nein, Sir.«

»Kontaktlinsen?«

»Nein, Sir.«

»Schon mal erwogen, eins von beiden auszuprobieren?«

»Nein, Sir, ich habe Adleraugen.«

»Mein Sohn, ich weiß nicht, was für ein Adler das ist,

dessen Augen du hast, aber er ist auf jeden Fall ein verdammt kurzsichtiger Bursche.«

Jesus Rodriguez ist deprimiert. Das einzige, was er wirklich machen will im Leben, kann er nicht machen, weil er schlechte Augen hat. Sicher, er kriegt eine Brille, sogar eine gute Brille, mit der man kilometerweit sehen kann, aber deshalb darf er noch lange nicht in die Airforce. Das Fliegen kann Jesus vergessen.

Eins aber weiß Jesus genau: Er wird nicht enden wie sein Vater, er geht nicht auf irgendeine scheiß Hausmeisterschule. Er ist nicht dumm, soviel steht fest. Er kriegt einen Job. Er arbeitet als Sachbearbeiter für die Regierung, sitzt am Schreibtisch in einem Büro, prüft Formulare. Aber auf lange Sicht ist das todsicher nichts für ihn. Er ist ein eingesperrter Vogel, ruhelos, gefährlich.

Nun gibt es nicht viele Menschen, mit denen Jesus darüber reden kann, daß er ein Adler ist, das steht mal fest. Hat genug Prügel eingesteckt, um das einzusehen. In letzter Zeit aber kommt er ganz gut zurecht, und da gibt es auch ein Mädchen im Büro, das sich in ihn verguckt hat. Und Lindsey, so heißt sie, ist ein Mädchen vom Lande, genau wie er, außer daß er natürlich ein Junge vom Lande ist, na, jedenfalls kommen sie eines Tages ins Gespräch, und sie verstehen sich wirklich gut. Sie gehen mal zusammen essen, dann gehen sie auch ein-, zweimal ins Kino und werden richtig gute Freunde. Dann, eines Abends, küssen sie sich plötzlich, und, hast du nicht gesehen, sind sie ein richtiges Liebespaar.

Jesus' Vater freut sich über diese Entwicklung, er denkt, jetzt wird der Junge ja wohl hoffentlich aus diesem Adlerscheiß rauswachsen, aber Mannomann, er kann sich auf eine Überraschung gefaßt machen. Lindsey, die fängt jetzt nämlich auch an zu reden wie ein Adler!

Jesus, der ist so glücklich wie noch nie im Leben. Lindsey zieht zu ihm. Sie bauen sich ein kleines Liebesnest. Zu Weihnachten schenkt er ihr einen Verlobungsring. Sie schenkt ihm auch was, verrät aber erst noch nicht, was. Sie fährt mit ihm raus in die Berge, rauf in ein Haus, das sie fürs Wochenende gemietet hat.

Und jetzt wird Jesus' Traum wahr.

Sie steigen zusammen in die Lüfte!

Es ist der Himmel auf Erden! Es ist Magie! Hoch über den wogenden Wäldern! Der Adler und seine Gefährtin, vereint!

Warum hat er nicht eher daran gedacht? Er liebt sie immer mehr. Nicht nur die Gabe der Liebe hat er ihr zu verdanken, sondern auch die Gabe des Fliegens.

Später erzählt sie ihm, daß sie das Drachenfliegen von ihrem Bruder kennt. Sie hätte eher daran denken sollen, aber sie hat auch ein bißchen Angst gehabt, daß Jesus die Idee verabscheuen, sie als künstlich ablehnen würde. Aber nein, nicht doch! Er ist der glücklichste Bursche auf Gottes Erde.

Jedes Wochenende, wenn sie's einrichten können, fahren sie in die Berge. Nicht in das Haus, das können sie sich nicht leisten. Sie kaufen sich einen kleinen Transporter, fliegen den ganzen Tag und fahren dann wieder nach Hause oder übernachten im Wagen, je nach Lust und Laune.

Bald aber reicht ihnen das nicht mehr. Sie wollen jeden Tag fliegen, das Warten aufs Wochenende macht ihnen schwer zu schaffen. Sie sind eingesperrte Vögel, und eingesperrte Vögel können nicht gedeihen.

An einem Montagabend verlassen sie das Büro, so wie jeden Tag. Der Transporter ist in der Nähe geparkt. Darin ziehen sie sich um, legen ihre Flugkleidung an, dann nehmen sie ihre Gitarrenkoffer in die Hand und machen sich auf den Weg zum Hotel Montrose, nur ein paar Straßen weiter. Sie bestellen sich einen Drink an der Bar, zwei Rock'n'Roller, die sich über Musik unterhalten, und dann, als sie praktisch Teil des Mobiliars sind, gehen sie ins Obergeschoß. Sobald sie sicher sind, daß keiner sie beobachtet, schleichen sie sich über die Treppe aufs Dach. Dort, in der köstlichen Brise, packen sie ihre Gleitflieger aus.

Sie sind nervös, klar, aber bis unter die Haarspitzen voll mit Adrenalin. Sie sind jetzt eine neue Art – Stadtadler. Anpassen und überleben.

Jesus hebt zuerst ab und verschwindet im Dunkeln. Lindsey wartet ab, aufgeregt, ängstlich und zur Flucht bereit, aber da sieht sie ihn durch die Nacht blitzen. Er hat es geschafft! Er ist majestätisch!

Schnell gesellt sie sich zu ihm. Die Winde sind ungewohnt, böig, jäh umschlagend, aber die Adler sind jung und kräftig und intelligent, und schon bald fangen sie an, sie zu beherrschen. Sie jagen einander zwischen den Wolkenkratzern, Turteladler, die jeden einzelnen Augenblick genießen.

Oh, wie sie das Fliegen lieben! Ein bißchen zu sehr vielleicht. Bald sind es zwei Abende pro Woche, dann drei, vier, fünf … Jesus Rodriguez und seine frischgebackene Ehefrau Lindsey fahren zwar auch noch manchmal aufs Land, aber immer seltener … die Stadt ist eine neue Herausforderung. In den Bergen war es die Freiheit, der weite Raum, der sie begeisterte, hier ist es der fehlende Raum, die Gefahr, der Sturz ins Ungewisse, der Wirbel aus seltsamer, giftiger Luft, der Reiz des Beobachtens. Sie sehen alles, während sie an all den Fenstern vorbeigleiten: spielende Filmstars, kochende Sitzungssäle, die Abwicklung von Drogendeals; sie sehen Sex, Sex, Sex in allen Variationen, sie sehen Liebe und Romantik, Haß und Betrug. Von Zeit zu Zeit werden auch sie gesehen, von einem einsamen mitternächtlichen Trinker auf seinem Balkon oder von einem Paar, das von den Sternen träumt; sie sehen eine

Schattengestalt über sie hinweghuschen, und sie denken, daß es wohl nur Einbildung war, und dann folgt gleich die zweite Gestalt hinterher, und diesmal winkt sie ihnen vielleicht sogar zu.

Irgend etwas ist mit Lindsey nicht in Ordnung. Die Kollegen bei der Arbeit stellen fest, daß sie lustlos, teilnahmslos wirkt, aber he, sie ist frisch verheiratet, gebt ihr etwas Zeit, sie fängt sich schon wieder. Jesus, der ihr so nahe ist, bemerkt es nicht, zuerst jedenfalls nicht. Dann fängt sie an, sich freizunehmen, Tage, ganze Wochen. Jetzt fällt auch Jesus was auf. Sie lebt nur noch für die Lüfte. Jesus ist Adler von Natur aus, aber auch er weiß, daß es so nicht weitergehen kann; sie brauchen das Geld, um in der Stadt leben zu können, und sie müssen in der Stadt leben, um ihrer geheimen Leidenschaft zu frönen.

Das geht jetzt schon ein paar Monate so. Lindsey spricht kaum noch. Schließlich stellt Jesus, der kein Freund von Auseinandersetzungen ist, sie zur Rede. Er sagt ihr, wie sehr er sie liebe und wie sehr er es liebe, mit ihr zu fliegen, aber irgendwas sei doch nicht in Ordnung, und sie solle ihm lieber schnell sagen, was. Zuerst will sie nicht, aber er dringt in sie, tagelang, und dann, mitten in einem hitzigen Wortgefecht kommt sie raus mit dem, was ihr auf der Seele liegt. Sie haben versucht, Kinder zu bekommen, aber Monat für Monat ist nichts passiert. Sie grübelt, ist unruhig, kann nicht warten. Sie geht zu ihrer Ärztin, die schickt sie weiter zu einer anderen Ärztin, und die sagt ihr, daß sie keine Kinder kriegen kann. Sie ist unfruchtbar.

Das trifft sie schwer. Das trifft jede Frau schwer. Jede Frau will Kinder haben, das ist klar. Tagsüber versinkt sie in tiefe, tiefe Depression; nachts erwacht sie zum Leben und steigt in die Lüfte, fliegt höher, weiter, näher, niedriger. Jesus folgt ihr so gut er kann, er ist ein Adler und kühner als alle anderen Vögel, aber wo Lindsey hinfliegt, das ist nicht kühn, das ist tollkühn. Er spricht mit ihr, er beschwört sie, er schreit, er weint, aber sie will nicht hören. Es ist das einzige, was sie noch hat.

»Du hast mich«, sagt Jesus, da wird sie ein bißchen nachgiebiger, und sie schlafen miteinander. Aber es ist nur eine Art Aufschub. In der nächsten Nacht ist sie ein Schatten vor den Neonlichtern des Times Square, sie landet kurz auf der Fernsehturmspitze des Empire State Building, dann schießt sie davon in Richtung Washington Square. Jesus muß hilflos zusehen, wie sie auf den Erdboden zurast, erst kurz über den Baumwipfeln den Wind auffängt und langsam wieder emporsteigt. Er hat Angst um sie.

Zu Weihnachten besuchen sie seine Eltern. Mrs. Rodriguez hält die Wohnung tadellos in Schuß, aber sie ist ihr nicht groß genug, liegt nicht in der richtigen Gegend, sie mag die Nachbarn nicht, und so ziemlich alle Nachbarn mögen sie nicht. Von ihren großen Plänen sind nur müßige Tagträume übriggeblieben. Mr. Rodriguez aber ist ganz glücklich bei Fame, die Wohnung stört ihn nicht, Mensch, sie ist besser als alles, was sie in Mexiko je hatten. Er ist froh, daß sein Sohn sich so gut gemacht hat und ein schönes Einkommen bei der Regierung bekommt. Er findet, daß sein Sohn ein rechter Überflieger sei. Damit liegt er nicht ganz falsch.

»Deine Frau da«, sagte er zu Jesus, als sie auf der Treppe zusammen eine Zigarre rauchen, »die ist nicht sehr glücklich. Kenn sie erst fünf Minuten, aber ich sag dir, sie ist nicht glücklich.«

Jesus zuckt die Achseln. »Ich hab alles versucht. Was soll ich denn noch machen?«

»Was sollst du noch machen?« stimmt Mr. Rodriguez zu. Wie so oft bei Vätern und Söhnen kommen sie besser miteinander aus, seit sie nicht mehr unter einem Dach leben.

»Was machst du, wenn Mama wütend ist?« fragt Jesus.

»Nun«, sagt Mr. Rodriguez und reicht die Zigarre weiter, »früher hab ich mich mit ihr an den Tisch gesetzt, und wir haben alles durchgesprochen. Das hat eine Weile gut funktioniert, aber irgendwann hab ich gemerkt, daß es nicht mehr so gut funktioniert. Da hab ich mir eine andere Strategie ausgedacht. Wenn sie sich jetzt beschwert, dann kriegt sie, paß auf, so, mit der flachen Hand eins übergezogen.«

»Und dann ist sie still«, sagt Jesus.

»Nein, aber ich fühl mich dann besser«, sagt Mr. Rodriguez.

»Fröhliche Weihnachten, Papa«, sagt Jesus.

»Fröhliche Weihnachten, mein Sohn«, sagt Mr. Rodriguez.

Jesus weiß den Rat seines Vaters zu schätzen, glaubt aber, daß er für seinen Fall nicht paßt. Er macht mit seiner Frau Urlaub in Mexiko, damit sie sehen kann, wo er aufgewachsen ist.

Urlaub kann man das kaum nennen. Das Dorf ist größtenteils ausgetrocknet und weggeweht. Ein paar Leute gibt es noch, die können sich an Jesus erinnern. »Du hast uns vielleicht Glück gebracht!« rufen sie und werfen mit Steinen. Einer trifft Lindsey am Kopf. Das hilft ihr auch nicht weiter.

Ostern kommt und geht vorbei. Die Nächte werden wärmer, sie fliegen bis zum Morgengrauen. Lindsey hat ihre Arbeit jetzt ganz aufgegeben, sie bleibt tagsüber zu Hause. Jesus hat keine Ahnung, was sie dann macht.

Eines Tages sitzt er beim Mittagessen in der Kantine und liest Zeitung, als er merkt, daß um ihn herum alles still wird. Er blickt auf und sieht einen Polizisten auf sich zukommen.

»Jesus Rodriguez?« fragt der Polizist und nimmt seine Mütze ab.

»Ja, Sir.« Jesus schaut von der Mütze zum Polizisten und wieder zurück zur Mütze. Jesus weiß, daß es nicht alle

Tage vorkommt, daß ein Polizist einem Mexikaner seinen Respekt bezeugt.

»Mr. Rodriguez ...«

»Mr. Rodriguez ist mein Vater. Ich bin Jesus Rodriguez.«

»Jesus Rodriguez, ich habe eine schlimme Nachricht für Sie. Ihre Frau, Lindsey Rodriguez – nun ja, Sir, wir haben sie vor einer Stunde gefunden. Sie ... nun ja, Sir, sie ist vom Dach eines Hotels in Downtown gefallen. Anscheinend war es Selbstmord.«

Jesus bleibt ruhig. Er nickt ganz langsam und jagt Reiskörner auf seinem Teller im Kreis herum. »Haben Sie irgend etwas bei der Leiche gefunden?«

»Einen Abschiedsbrief zum Beispiel? Nein, Sir.«

»Einen Gleitflieger zum Beispiel.«

»Ähm, nein, Sir.«

»Danke, daß Sie mich verständigt haben, Officer, das ist eine schreckliche Aufgabe.«

»Man gewöhnt sich dran.« Der Polizist setzt seine Mütze wieder auf. »Sir, haben Sie irgendeine Vorstellung, warum Ihre Frau das getan haben könnte?«

»Sie wollte fliegen«, sagt Jesus, und das ist die reine Wahrheit.

Später im Krankenhaus sind die Ärzte sehr nett. Einer nimmt ihn beiseite. »Es ging alles ganz schnell. Als sie auf dem Boden aufgeprallt ist.«

»Ja«, sagt Jesus. »Ich kann mir vorstellen, daß sie es bis zum letzten Moment sehr genossen hat.«

»Das gleiche gilt für das Baby«, sagt der Arzt, und Jesus' ohnehin gekühltes Blut gefriert zu Eis. »Elfte Woche, würde ich sagen. Es ist schrecklich, aber wahr: Es gibt Frauen, die werden einfach nicht damit fertig, schwanger zu sein.«

Jesus kehrt nicht zur Arbeit zurück. Er sitzt den ganzen Tag in seiner Wohnung. Er ißt nicht. Er sieht fern. Er fliegt nicht.

Sein Vater besucht ihn. Er bleibt mehrere Wochen. Er kocht für Jesus, redet ihm zu, versucht ihm alles so angenehm wie möglich zu machen, aber nichts von alledem kann Jesus aus seinen düsteren Gedanken reißen.

Er guckt sich Talk-Shows an. Er hat schon immer gewußt, daß Unmengen von absolut kranken Leuten durch die Gegend laufen, aber erst in den Talk-Shows sieht er sie richtig von nahem. Oben in den Lüften hat er sie auch gesehen, in ihren sich übereinander türmenden Gettos und ihren Penthouses. Aber Fernsehen – da hat man sie praktisch bei sich im Wohnzimmer. Er guckt ihnen zu und lernt die Menschen zu hassen.

Jesus hat seine Arbeit verloren. Die Miete ist fällig. »Jesus' Lebensgeister erlöschen immer mehr. Er läßt seinen Vater nicht mehr in die Wohnung, der hämmert gegen die Tür, aber Jesus kümmert sich nicht darum. Einmal schickt Mr. Rodriguez die Polizei zu ihm, nur um sicherzugehen, daß er noch lebt. Jesus ist höflich zur Polizei, aber er läßt sie nicht ein.

Eines Tages guckt er *Oprah* im Fernsehen. Nun ist unser Jesus noch nie jemand gewesen, der sich groß um Politik gekümmert hätte, schon gar nicht, nachdem sie ihn bei der Air Force nicht genommen haben. Trotzdem achtet er immer darauf, *Oprah* nicht zu verpassen; sie scheint weniger aus Plastik zu sein als die anderen. Heute ist der Präsident zu Gast, Präsident Keneally. Jesus ist schon versucht, abzuschalten, läßt den Apparat dann aber doch weiterlaufen. Zehn Minuten verbringt er damit, Stücke aus seiner Sesselpolsterung gegen den Bildschirm zu werfen. Viel Schaumgummi ist nicht mehr übrig, so oft hat er das schon gemacht. Wie orangener Schnee liegt es um ihn herum.

Er hört kaum zu, doch dann, ganz allmählich, fängt die

ruhige und beruhigende Stimme, diese selbstsichere und doch anteilnehmende Stimme an, zu ihm durchzudringen. Er hört eine Weile zu, wirft zwar immer noch ab und an eine Schaumkugel, aber schließlich läßt er es ganz bleiben. Der Präsident spricht über die Kriminalität in den Städten und davon, daß alle mithelfen müßten, sie zu bekämpfen; wenn jeder ein kleines bißchen beitrüge, dann würde das alles zusammen ein großes bißchen ergeben, und wenn wir dann alle großen bißchens zusammentäten, dann wären die schlimmsten Probleme vielleicht schon gelöst und unsere Kinder könnten wieder auf die Straße gehen, ohne erschossen, erstochen oder sexuell mißbraucht zu werden.

Am Ende der Sendung ist Jesus in Tränen aufgelöst.

Er weint sich in den Schlaf. Als er am nächsten Morgen aufwacht, strahlt die Sonne durchs Fenster und erleuchtet das gerahmte Foto von Lindsey, das neben seinem Bett steht.

Es ist ein Zeichen.

Er wird gegen das Verbrechen kämpfen. Er wird Streife fliegen. Er wird melden. Er wird festnehmen. Er wird abschrecken.

Jesus steht auf und ruft seinen Vater an, um ihm zu sagen, daß alles wieder in Ordnung sei. Dann macht er sich Eier und Schinken zum Frühstück.

Der Schinken ist schlecht.

TEIL DREI

Finale Belagerung

1

Alexis Mascaras Auftritt am vorigen Abend war nach allgemeinem Dafürhalten ihr bisher bester gewesen. Brillant, professionell, witzig, und das alles mit Wärme und Hingabe und ohne allzu viel Alkoholseligkeit. Wo zuvor noch eine Spur von Verzweiflung in ihrer Nummer gelegen hatte, ein Hauch Gefallsucht, schien sie jetzt vollkommen entspannt. Sicher, sie schlug immer noch über die Stränge, doch nicht mehr so sehr, daß man sich sorgen mußte, sie könne aus den Abgründen, in die sie sich warf, nicht mehr herausfinden. In ihren Augen stand ein Leuchten, und dessen Schein fiel auf Lisa. Lisa ihrerseits wirkte ziemlich aufgekratzt.

Nach der Show wurde aus Alexis sehr schnell wieder Alex. Lisa sah beifällig zu, wie er sich verwandelte. Sie hielten sich nicht erst groß mit Getränken auf, sondern gingen Hand in Hand gleich zum Elephant Strides, auf ihr Zimmer und ins Bett.

»Es ist einfach wunderbar«, sagte sie anschließend. »Als wenn mich jemand an einen Tropf gehängt hätte, der jede Zelle meines Körpers entspannt.«

»Nenn mich noch einmal einen Tropf, und ich kratz dir die Augen aus«, schnurrte Alex.

Sie schliefen zusammen ein, löffelartig aneinandergeschmiegt, und wachten vom Geschrei der Möwen wieder auf. Sie frühstückten auf dem Weg zum Hafen. Der Strand war nicht das, was man gemeinhin für postkartenwürdig hielt, daher ließen sie sich für ein paar Dollar von einem jungen Mann eine halbe Meile quer durch den Hafen zu einer kleinen Insel schippern, wo der Sand weich und weiß war und das Meer flach und ruhig. Sie schwammen, küßten sich, liefen durch den Sand, jagten sich gegenseitig, rangelten, stolperten, lachten und küßten sich noch einmal. Alles hochgradig albern, wenn man's genau betrachtet, aber mein Gott, junge Liebe halt.

Das Boot holte sie gegen Mittag wieder ab und tuckerte schläfrig zum Anleger zurück. Sie aßen Hummersalat in einem Restaurant an der Hauptstraße, dann schlenderten sie Hand in Hand zum Governor Bradford.

»Ich bin froh, daß ich dageblieben bin«, sagte Lisa.

»Ich bin froh, daß du froh bist. Ich bin froh, daß du geblieben bist.«

»Ich bin froh, daß du froh bist, daß ich froh bin ...«

»Okay, das reicht.«

Sie kniff ihn in den Hintern. Er tat lachend einen Sprung vorwärts. Lisa blickte die Straße hinauf. »Scheiße«, sagte sie, »aus unserem Plan, jetzt erst mal gemütlich einen Schluck zu trinken, wird wohl nichts.«

Alex folgte ihrem Blick in Richtung Governor.

»Gottverfluchter Mist«, sagte er. Menschenmassen drängten sich an den Schwingtüren. »Ich hab zwar gehört, daß drei Busladungen voller Tunten aus New York erwartet werden, aber ich dachte, nicht vor nächster Woche.«

»Vielleicht sind sie vorzeitig gekommen.«

»Das tun sie meistens.«

»Wollen wir es woanders versuchen?«

Alex schüttelte den Kopf. »Alexis Mascara kriegt immer einen Tisch«, sagte er bockig.

Als sie sich dem Eingang näherten, wurde deutlich, daß es sich bei den Leuten nicht um frischen Nachschub aus der Metropole handelte. Alex kannte die meisten von ihnen aus dem Ort. Einwohner, Ladeninhaber, Sommerurlauber. Sie ballten sich um den Eingang, weil die Bar voll war, und zwar nicht nur die Tische, sondern auch jeder Zentimeter dazwischen. Alle schauten auf den großen Fernsehapparat, der über der Bar hing.

Alex und Lisa drängten sich gegen die Menge im Eingang, doch es war kein Durchkommen. Alle starrten sie ins Halbdunkel und versuchten, einen Blick auf den Bildschirm zu erhaschen, zwischen den Köpfen der auf Zehenspitzen stehenden Leute im Inneren hindurch.

»Was ist los?« fragte Alex. »Wall Street zusammengekracht oder was?«

Ein massiger Typ aus dem T-Shirt-Laden drei Häuser weiter sagte, ohne sich umzudrehen: »Jemand hat den Präsidenten erschossen.«

Die Frau neben ihm, die ständig hochhüpfte, weil ihr das Stehen auf Zehenspitzen bei ihrer Größe nicht weiterhalf, drehte sich um. »Er ist nicht erschossen worden!«

»Offiziell vielleicht nicht. Sie haben es nur noch nicht verkündet.«

»O mein Gott«, sagte Lisa.

»Jesses«, sagte Alex.

Es war zwar nicht *ihr* Präsident, aber das spielte keine Rolle.

»Er wird als Geisel gehalten«, sagte die Frau. »Von irgendeinem Irren mit 'ner Kanone. Vier oder fünf sind es.«

»Irre mit Kanonen?« fragte Lisa.

»Geiseln.«

»Jesses«, sagte Alex, »wie hat er das denn geschafft?«

Die Frau schüttelte den Kopf. »Ich weiß es nicht. Man kriegt wenig mit. Es sind zu viele Leute hier. Ich versteh nur die Hälfte.«

Alex packte Lisa bei der Hand. »Komm, wir gehen durch die Küche.«

Er führte sie zur Rückseite des Gebäudes. Die Tür war offen, die Küche menschenleer. Sie liefen hindurch und drängelten sich in den Barraum, so dicht an den Fernseher wie möglich.

»Was ist los?« flüsterte Alex, an niemand Bestimmtes gewandt.

»Psst«, machten alle.

Eine Reporterin sprach in die Kamera. Sie hatte die adrenalingeweiteten Augen einer Person, die gezwungen ist, große Strecken von Redezeit mit einem Minimum an Informationen zu bestreiten. Sie hatte eine von Natur aus hohe Stimme, versuchte aber ihr möglichstes, um gemessen zu klingen. Die Einblendung verriet, daß es sich um *Katey Gettis, Channel 9 News Live* handelte.

»... nein, Martin, der Präsident traf um kurz nach elf hier ein zu einer privaten Zusammenkunft mit Michael Tate von Magiform und sollte dann eine kurze Rede halten auf der Aussichtsplattform ... das ist der 86. Stock ... des Empire State Building.«

»O mein Gott«, sagte Lisa. Sie preßte Alex' Hand zusammen. »Was ist?« flüsterte er.

Sie schüttelte den Kopf. Ihr Mund war plötzlich ganz trocken.

»Danach werden unsere Informationen etwas dünn. Was wir mit Sicherheit wissen, ist nur, daß eine Waffe ins Spiel gekommen ist, eine Quelle will wissen, daß es sich um einen unzufriedenen Angestellten handelt, möglicherweise einen Wachmann vom Empire, und daß der Präsident als Geisel genommen wurde. Zur selben Zeit gab es außerdem einen Zusammenstoß zwischen der Polizei und Mitgliedern der Moravian Army of Christ, die vor dem Gebäude demonstrierten. Es ist zu diesem Zeitpunkt nicht möglich zu sagen, ob diese beiden Vorfälle miteinander im Zusammenhang stehen. Selbstverständlich sind Ärzteteams ständig in Bereitschaft, aber wie wir hier auf Channel 9 gesehen haben, wurde vor etwa zwanzig Minuten allem Anschein nach eine Person aus dem Gebäude getragen und mit dem Krankenwagen fortgeschafft. Von Mitarbeitern des Präsidenten wird allerdings versichert, daß der Präsident selbst nicht verletzt worden ist und daß Verhandlungen aufgenommen worden sind mit dem ... äh, mit dem ... Mann.«

Ihre Augen wurden kurzzeitig von der Kamera weggelenkt.

»Katey, wie ist die Stimmung dort unten vor dem Eingang?«

»Martin, seit wir die Nachricht auf Channel 9 gebracht haben, sind die Menschen hierhergeströmt. Inzwischen sind es Tausende. Aus allen Büros, allen Geschäften ..., man kann sich vor lauter Leuten kaum noch bewegen. Die Stimmung ist natürlich geprägt von großer Betroffenheit und tiefer Besorgnis um das Wohl des Präsidenten. Die Menschen fragen sich, wie so etwas passieren konnte, vor allem nach den Mordversuchen auf den Präsidenten in der jüngeren Vergangenheit.«

»Obwohl man in diesem Fall noch nicht von einem Mordversuch sprechen kann.«

»Nein ... nein ... natürlich nicht ... wir müssen klarstellen, daß der Präsident noch nicht ... daß der Präsident *nicht* verletzt wurde und daß seine Leute offenbar sehr zuversichtlich sind, ihn lebend da rauszuholen.«

Eine Hand kam ins Bild, die ihr einen Zettel reichte. Sie überflog ihn rasch. »Ich habe ... in diesem Moment ... eine Liste der Personen erhalten, die sich noch mit dem Präsidenten im 86. Stock befinden ...«

»Und die stammt von ...?«

Sie linste auf das Papier, dann ins Off. »Ich weiß nicht, wer ... ja, sie stammt aus dem Büro der Geschäftsleitung des Empire State Building, die in engem Kontakt steht mit dem FBI, dem Secret Service und natürlich der New Yorker Polizei ... um diese Situation zu einem befriedigenden ... die Liste, äh, aus ihr geht natürlich nicht hervor, wer der Geiselnehmer ist ... er ... oder auch *sie* könnte eine der Personen auf der Liste sein ... Wir können in dieser Hinsicht zur Zeit nur spekulieren ... die Namen lauten ... Sam McClintock, Wachmann, Brian Houston, Wachmann, Marilu Henner, Angestellte beim Verkaufsstand ... Clark Fuller, Reporter bei Reuters, und zwei Secret-Service-Agenten.

»Gott sei Dank«, flüsterte Lisa.

»Er ist ein toter Mann«, sagte ein Mann mit einem Steinbockgesicht, der vor Alex stand.

»Wer?« fragte Alex. »Der Präsident oder der Geiselnehmer?«

»Beide«, sagte der Mann griesgrämig.

»O mein Gott«, sagte eine stämmige Frau mit Bäckerschürze. »Er war so ein schöner Mann.«

»Herr im Himmel, ich hätte nie gedacht, daß ich die Ermordung von zwei Präsidenten erleben würde.«

»Er ist noch nicht tot«, sagte Alex.

»Aber so gut wie«, sagte der Mann vor ihm.

»Du bist vielleicht ein Optimist«, sagte Alex.

»Realist, mein Junge. Da kommt er nicht mehr heil raus. Wenn jemand sich solche Mühe macht, ihn zu kriegen, dann läßt er ihn nicht wieder los.«

»Im Gegenteil«, sagte Alex. »Wenn er ihn nur umbringen wollte, dann hätte er das längst getan. Daß er ihn gefangenhält, läßt darauf schließen, daß er irgendwelche Forderungen hat. Politische. Finanzielle. Religiöse. Vielleicht alles zusammen.«

»Er hat ihn umgebracht. Sie haben die Leiche rausgeschafft.« Der Mann schüttelte den Kopf. »Sie rücken damit nur noch nicht raus, weil sie erst die Wall Street beruhigen müssen.«

»Quatsch«, sagte Alex. »Das kannst du gar nicht wissen.«

»Was weißt du denn überhaupt, du blöder Tommy-Arsch?« rief der Steinbock.

»Pssst«, machten die Leute um sie herum.

»Bitte«, sagte Lisa, »laß uns hier weggehen.«

Alex sah sie an: das blasse Gesicht, die plötzlich traurigen Augen, die kleinen Furchen auf der Stirn – wie sanfte Wellen auf einem Kinderbild. »Geht's dir nicht gut, Kleines?«

Lisa schüttelte den Kopf. »Nicht besonders.«

Er nahm sie wieder bei der Hand, und sie drängten sich zurück zur Küche und dann nach draußen. »Du darfst dir das nicht so zu Herzen nehmen, Liebes«, sagte Alex. »Denk dran, wir sind in Amerika. Hier machen sie aus jedem kleinen Drama gleich eine große Krise.«

2

Es war warm, trotz arbeitender Klimaanlage, und so war ein offener Knopf durchaus gerechtfertigt. Vielleicht auch zwei. Mit Sicherheit aber nicht drei. Tara mußte grinsen, als sie daran dachte, wie Slos Augen beim Zuprosten kurz zum hervorblitzenden Teil ihres Mieders rübergeschossen waren. Das Grinsen wurde noch breiter, als sie sich zum Nachschenken vorbeugte, dann plötzlich aufblickte und ihn dabei erwischte, wie er ihr in den Ausschnitt starrte. Er wurde natürlich ganz rot im Gesicht, aber er war sichtlich willig; sie waren allein, sie würden es tun. Und dann würde sie ein wunderschönes kleines Baby bekommen.

»Können Sie das bitte noch mal wiederholen?« sagte Kapitän Phillips.

Die Air Force One schwebte hoch über dem Atlantik, als der Crew die Nachricht übermittelt wurde. Ungeachtet der ausgefuchsten und Millionen Dollar teuren Kommunikationsapparaturen an Bord war es die persönliche Friseuse der First Lady, die die Meldung überbrachte, nachdem sie sich die Tatsache, daß ihre Chefin ein Arbeitsgespräch mit dem Stabschef des Weißen Hauses hinter verschlossenen Türen führte, dergestalt zunutze gemacht hatte, daß sie auf dem privaten Telefon des Präsidenten ihren Ehemann anrief, einen Washingtoner Fitness-Guru, der zufällig gerade CNN guckte, als die Nachricht von dem Geiseldrama eintraf. Die Friseuse verspürte nicht die geringste Neigung, die Neuigkeit an die First Lady weiterzuleiten. Sie wurde dafür bezahlt, Haare in Schuß zu halten, nicht dafür, geschichtsträchtige Bekanntmachungen abzusondern. Sie eilte auf der Stelle ins Cockpit.

»Ist das ein ernstgemeintes ›wiederholen Sie bitte‹, oder können sie einfach nur nicht glauben, was Sie hören?«

»Ich kann nicht glauben, was ich höre.«

»Nun, ich schwöre bei Gott, daß es die Wahrheit ist.«

Der Kapitän sah seine Crew an. Dann deutete er mit dem Daumen nach hinten. »Was machen sie gerade?«

»Trinken Cocktails.«

»Es ist doch noch früh am Tag.«

»Nicht in Irland.«

Er zerkaute seine Unterlippe. »Wer sagt es ihr?«

»Ein hoher Rang ist mit gewissen Privilegien verbunden.«

»Zum Beispiel Befehle zu erteilen?«

»Zum Beispiel Verantwortung zu übernehmen.«

»Irgendwie hab ich geahnt, daß du das sagen würdest.« Er schlug die Hände vors Gesicht. »Vielleicht sollten wir abwarten, bis wir es offiziell haben«, sagte er durch seine Finger hindurch. »Es hat keinen Sinn, unnötige Panik zu verursachen.« Die Crew schüttelte einmütig den Kopf. »Vielleicht sollten wir aber lieber nicht warten. Sie wird uns nie vergeben, wenn wir es ihr vorenthalten. Dann wäre das unser letzter Flug gewesen.« Er traf eine Entscheidung. Er räusperte sich. »Okay. Packen wir's an.«

Kapitän Phillips übergab an seinen Copiloten. Er klopfte seine Uniform ab. Gurgelte mit Mundwasser. Strich sich über die Haare und atmete tief durch. Er klopfte an die Tür der Präsidentensuite. Von drinnen war Gelächter zu hören. Graham Slovenski kam mit erhitztem Gesicht an die Tür. Er hielt ein Glas in der Hand. Seine Krawatte war gelockert. Die First Lady hatte es sich, wie der Kapitän bemerkte, mit untergeschlagenen Beinen auf einer Lederchaiselongue bequem gemacht; ein Paar schwarze Stöckelschuhe lag auf dem Boden herum.

»Uhnh?« sagte Slovenski.

»Mr. Slovenski, Sir«, setzte der Kapitän an. Die First Lady lächelte ihm zu. »Ich habe eine Nachricht für die First Lady. Mrs. Keneally. Ähm.«

Slovenski wandte sich um. Er lächelte. Die vergangenen zwei Stunden hatten sein Leben verändert. Auf der Fahrt zum Flughafen hatte sie die Augen aufgeschlagen und ihn angesehen, wie noch keine Frau ihn je angesehen hatte. Miranda sah ihn in ihrer Eigenschaft als Ehefrau und Mutter an – *liebevoll.* Doch Tara sah ihm direkt in die Seele, und das machte einen neuen Menschen, einen anderen Mann aus ihm. Während er bislang im Umgang mit ihr quälendes Ungeschick an den Tag gelegt hatte, zeigte er sich plötzlich redegewandt und offen. Während er sich bislang klein und unwürdig vorgekommen war, so entspannt wie ein Mann, der zum elektrischen Stuhl geht, war er jetzt groß, stattlich und voller Wärme. Nie hatte er die Gegenwart einer Frau so selbstverständlich genossen. Sicher, es war immer noch ein Schachspiel, klar, es mochte immer noch in einem Patt enden, aber was war es bereits jetzt für ein Match! Zwei Großmeister waren hier am Werk. Noch begnügten sie sich mit einem strategischen Verschieben ihrer Figuren auf dem Brett, aber das gemeinsame Ziel war sichtbar: Es war nicht unbedingt das Schachmatt des Königs, sondern das Herstellen einer einzigartigen neuen Vereinigung. Das Wann und Wo spielte dabei keine Rolle; worauf es ankam war, daß diese Vereinigung so unvermeidlich war wie der Sonnenaufgang, wie das Licht, das der Mond auf alle Verliebten dieser Welt wirft.

Tara faltete die Beine auseinander. Sie lächelte Slo erneut zu. *Er ist witzig, wenn er betrunken ist,* dachte sie. Sie sollte darauf achten, ihn nicht so betrunken zu machen, daß er am Ende nichts zuwege brachte.

Sie nickte dem Kapitän müde zu. »Ja natürlich, Herr Kapitän. Kommen Sie rein. Lassen Sie mich raten: Der Präsident schickt herzliche Grüße. Irland ist im Meer versunken. Es gibt Leben im Weltall.« Sie grinste Slovenski noch einmal zu und hob ihr Glas. »Etwas ganz Triviales, möchte ich wetten.«

»Leider nicht.« Der Kapitän straffte sich. »Jedenfalls dachte ich, daß ich es Ihnen mitteilen sollte. Wir haben, äh, etwas über Funk gehört, das den Präsidenten betrifft. Es ist mir nicht möglich, es Ihnen anders zu sagen als geradeheraus, Ma'am. Der Präsident wird von einem bewaffneten Geiselnehmer in einem Obergeschoß des Empire State

Building gefangengehalten. Seit etwa dreißig Minuten. Er ist unverletzt. Dennoch ...«

Alle Farbe wich aus Taras Gesicht. In Slos Gesicht blieb auch nicht viel übrig.

Tara erhob sich. Sie faltete die Hände. Ihre Zungenspitze kam zum Vorschein und befeuchtete ihre Unterlippe. »Gut. Ich danke Ihnen, Herr Kapitän. Bitte wenden Sie die Maschine und bringen Sie uns nach New York.«

»Ja, Ma'am.«

»Wir wollen keine Zeit verlieren.«

»Nein, Ma'am.«

Gott, sie ist königlich, dachte Slovenski.

»Ach, und Herr Kapitän?«

»Ma'am?«

»Lassen sie bitte Kaffee bringen«, sagte sie, »für Mr. Slovenski.«

Der Stabschef des Weißen Hauses fand sich auf eine Größe von etwa drei Zentimetern geschrumpft. *Königlich?* Er starrte sie an. Das Blut rauschte in seinem Kopf. *Eiskönigin.*

»Vergessen Sie den Kaffee«, fauchte Slo. »Lassen Sie mir einen Liter Eiswasser bringen.«

»Sehr wohl, Mr. Slovenski.«

Der Kapitän eilte von dannen. Slovenski warf einen bösen Blick auf die First Lady. »Ich bin nicht betrunken«, sagte er.

Tara zuckte die Achseln. »Dann tun Sie etwas. Mein Mann ist in Gefahr.«

»Was Sie niemals waren.«

»Was?«

»Nichts.« Slovenski stapfte aus der Suite. Draußen hatte sich die Nachricht bereits im ganzen Reisezirkus, der die First Lady nach Nordirland begleitete, verbreitet. Alle sahen ihn erwartungsvoll an. »Bleiben Sie bitte ruhig«, sagte er ohne Umschweife, »wir drehen um.«

Sein erster Anruf galt Vizepräsident Santos. Der VP, der den chinesischen Friedensgesprächen in Thailand beiwohnte, wußte noch weniger als er. »Ich fahr sofort zum Flughafen, Slo, aber ich bin eine knappe Tagesreise entfernt. Die Befehlskette ist in solchen Zeiten sowieso ein bißchen verwickelt. Sie sind der Mann der Stunde, Slo. Die Schlitzaugen wünschen ihm übrigens alles Gute. Das wird ihm Mut machen.«

Die Befehlskette war überhaupt nicht verwickelt. Slo hatte keinen Zweifel, daß Santos im geheimen erleichtert darüber war, so weit ab vom Schuß zu sein; dies war ein Spiel mit hohen Einsätzen, manch einer zog es sicherlich vor, gar nicht erst mitzuspielen. Das Eiswasser wurde gebracht. Er stürzte es restlos hinunter. Tara beobachtete ihn. Er sah ihr verzerrtes Gesicht durch den Boden des Glases. *Genau das, was sie ist: verzerrt und verdreht.*

In der folgenden Stunde führte er dreißig Telefonate. Er war kurz angebunden, er war schroff. Er war die Macht in Person.

Das Wichtigste war nicht der Präsident selbst. Der war außerhalb seiner Reichweite. Sein Schicksal lag in der Hand von Experten. Die zur Bewältigung solcher Krisen entwickelte Maschinerie war bereits in Betrieb, und sie war, wie er hoffen wollte, gut geölt. Das Wichtigste war die Stabilität des Landes. Es kam alles darauf an, Zuversicht und Autorität auch in Zeiten der Krise zu demonstrieren. Das amerikanische Volk zu beruhigen und auch die demokratischen Staaten in aller Welt; die Wirtschaft zu schützen und dafür zu sorgen, daß die Nation auf alle Eventualitäten vorbereitet war. Die Regierung in der Verfolgung des gemeinsamen Zieles zu einen, Machtkämpfe zu vermeiden und den Ausbruch von Panik zu verhindern. Dafür zu sorgen, daß er, was auch immer geschehen mochte, nach Rosenwasser duftete, wenn Bilanz gezogen wurde.

»Sie sind Michael immer ein guter Freund gewesen«, sagte Tara. Sie hatte sich inzwischen ebenfalls einen Liter Eiswasser bringen lassen. Sie trank es stetig aus einer Papptasse. Er bemerkte, daß ihre Hände zitterten. *Wie konnte ich nur so ein Narr sein*? Slo zuckte die Achseln. »Im

Ernst. Er hat nicht viele Freunde. Richtige Freunde. Er spricht mit Ihnen. Er vertraut sich Ihnen an, nicht wahr?«

Er zuckte wieder die Achseln.

»Sehen Sie? Ein wahrer Freund verrät nichts. Slo, er wird sterben, nicht wahr?«

Slo legte den Telefonhörer auf seiner Schulter ab. »Nicht, wenn wir es verhindern können, Tara.«

»Das ist das, was Sie der Presse erzählen. Mir müssen Sie die Wahrheit sagen. Er wird sterben.«

Ihre Augen blickten jetzt ganz weich. Tränen standen an der Schwelle. Obwohl es sich um eine Krisensituation handelte, begann er den Eindruck zu gewinnen, daß sie ein bißchen schizoid sei. Entweder das, oder er war ein elend schlechter Frauenkenner. Er nickte langsam. »Ich denke, mit dieser Möglichkeit müssen Sie rechnen.«

Er rief Fred Troy im Empire State an. Während er wartete, fing die First Lady an zu weinen. Er sah zu, wie die Tränen die Wangen hinuntertröpfelten. Sah ihre Schultern zittern. Er wollte ... Er riß die Tür auf. Drei Mitglieder ihres Modeteams waren draußen am Schnattern. Er winkte sie mit einer ungeduldigen Handbewegung heran. »Kümmern Sie sich um sie«, bellte er. Sie stürmten an ihm vorbei. Eine unbekannte Stimme meldete sich am Telefon.«

»Ich will Troy sprechen.«

»Ich fürchte, das ist im Moment nicht möglich.«

»Machen Sie's möglich. Sofort.«

»Wer ist denn da?«

»Hier ist Graham Slovenski, Stabs ...«

»Mr. Slovenski, Sir, entschuldigen Sie, ich hab Sie nicht erkannt ...«

»Holen Sie Troy ans Telefon.«

»Mr. Troy ist tot, Sir.«

»Um Gottes willen. Der Geiselnehmer ...?«

»Nein Sir, er scheint einen Herzinfarkt erlitten zu haben.«

»O Gott. Wer hat dann jetzt das Kommando?«

»Ja, Sir. Ich, Sir. Im Moment.«

»Und wer zum Teufel sind Sie?«

»Morton, Sir. James Morton. FBI, Assistant Director. New Yorker Büro.«

»Ja, natürlich, Morton. Wie ist die Lage? Fassen Sie sich kurz. Lassen Sie das Gesülze weg.«

»Es ist alles unter Kontrolle.«

»Sie meinen, der Präsident ist wieder frei?«

»Nein, Sir. Noch nicht, Sir.«

»Nun, das klingt nicht so, als sei alles unter Kontrolle, oder? Wie viele Geiselnehmer?«

»Das konnten wir bisher noch nicht feststellen, Sir.«

»Sind irgendwelche Forderungen erhoben worden?«

»Bisher nicht, Sir.«

»Was zum Teufel geht denn dann da ab, Morton? Sie verraten mir nichts.«

»Zur Zeit bewegen wir uns auf eine Verhandlungssituation zu, Sir.«

»Und was zum Teufel bedeutet das?«

»Nun, Sir, es bedeutet … tja, Sir, wir warten darauf, daß jemand ans Telefon geht.«

Slovenski holte tief Luft. »Ich bin so schnell wie möglich da.«

3

»Wer war's? Wer hat die scheiß Liste weitergegeben?«

James Morton, *Assistant Director* und Leiter des größten und meistbeschäftigten FBI-Außenbüros im Lande, war gar nicht glücklich. Er tigerte durch das Büro der Geschäftsleitung im Empire State Building und zeigte mit dem Finger auf alles und jeden. Das Phänomen des organisierten Chaos war ihm bekannt. Was er hier vor sich hatte, war unorganisiertes Chaos.

»Zu viele Leute! Viel zu viele scheiß Leute. Schmeißt sie hier raus!« Er schnappte sich FBI-Agent Mulder. »Sie! Ich hab Sie mit den Listen gesehen. Am Fotokopierer! Wie ist die scheiß Presse da rangekommen?«

»Weiß ich nicht, Sir. Ich hab alle Kopien Ihnen gegeben.«

»Sie sind ein Lügner, Mulder. Verschwinden Sie. Ich laß Sie in die dunkelste Ecke von Quantico versetzen, Ihre Mutter wird denken, daß Sie von Außerirdischen entführt wurden. Also, ab jetzt.«

»Zu Befehl, Sir.«

»Doyle! Wo ist Doyle?«

Doyle, einer von drei Stellvertretern unter Morton und der einzige, der gegenwärtig nicht im Urlaub war, stand hinter ihm. Er nahm seine Sonnenbrille ab. »Hier, Sir.«

Morton drehte sich um. »Requirieren Sie ein Büro. Lassen Sie das Telefon im 86. Stock ausschließlich mit diesem Büro verbinden. Ich will Direktleitungen zum Weißen Haus und nach Quantico. Ich will denjenigen, der für die Sicherheit im Empire State zuständig ist, hier sehen. Ich will wissen, wo das beschissene Geiselbefreiungskommando ist und warum es verdammt noch mal nicht hier ist. Ich will die Verhandlungsexperten hier haben, das Logistikteam, die Medienexperten, und besorgen Sie mir einen Verhaltensforscher, außerdem will ich ein Flugzeug da oben haben mit Wärmebild-Ausrüstung, und ich brauche einen Kaffee. Rufen Sie meine Frau an, sagen Sie das Mittagessen ab. Und lassen Sie dieses Stockwerk räumen, es sind zu viele Leute hier, die wir nicht gebrauchen können. Und schmeißen Sie diesen kleinen Scheißer Michael Tate raus. Er geht mir auf den Sack.«

Schieb doch gleich die ganze Verantwortung auf mich ab, dachte Doyle. »Ja, Sir. Was ist mit der Presse?«

»Alle erschießen.«

»Zu Befehl, Sir.«

Doyle eilte von dannen. Morton sah zur Decke hoch. Dort oben, der Präsident. Als er den Blick wieder senkte, sah er, wie Michael Tate unter heftigem Protest aus dem Büro der Geschäftsleitung geschleppt wurde.

Die Verbindungen standen innerhalb von dreißig

Minuten. Menschen, deren Gesichter von Panik erfüllt waren, fanden sich ein. Großer Ernstfall für alle.

»Irgendwas Neues von oben?« bellte Morton.

»Nein, Sir, keine Reaktion«, sagte Agent Blake.

»Versuchen Sie's weiter.«

»Doyle!«

»Sir!«

»Machen Sie die Telefonzentrale klar! Ich will hier keine Schleimanrufe von irgendwelchen Politikern haben! Keiner unterhalb von Slovenski oder VP Santos wird durchgestellt, ist das klar?«

»Die First Lady wartet auf Leitung drei.«

»Soll sich an ihren Rechtsanwalt wenden ...«

»Sir?«

»Beruhigen Sie sie, Doyle! Sie! Der Dicke da! Zu mir!«

Leonard Maltman saß auf einem Schreibtisch und sah elend aus. Zögerlich setzte er sich in Bewegung. »Es lief alles so gut«, greinte er.

»Ja, exakt bis zu dem Zeitpunkt, in dem der Präsident gefangengenommen wurde, genau vor Ihrer Nase! Was ist das überhaupt für ein Scheißladen, den Sie hier betreiben?«

»Das waren Ihre Agenten da oben!«

»Das waren nicht meine Agenten, die auf den Präsidenten geschossen haben!«

»Es ist nicht auf ihn geschossen worden!«

»Das wissen wir nicht, verdammt noch mal! Wo zum Teufel glauben Sie eigentlich, daß Sie noch mal einen Job finden auf diesem Planeten, mit so einem Fleck auf dem Lebenslauf?«

Leonard zog sich einen Stuhl heran und ließ sich draufplumpsen. »Das gleiche könnte ich Sie fragen.«

Morton ignorierte ihn. Mittlerweile hatten sich so viele erfahrene Sicherheitsbeamte von Secret Service, CIA und NYPD im Büro angesammelt, wie in der kurzen Zeit irgend aufzutreiben gewesen waren. Experten für Ton, Bild, Wetter, Psychologie, Psychiatrie, Informationspolitik, Streßmanagement und Catering warteten nervös auf Instruktionen.

Morton klopfte mit einer leeren Cola-light-Dose auf den Tisch. Es dauerte ein paar Minuten, bis alle still waren. »Meine Damen und Herren«, begann er, »Sie dürfen dies als die womöglich schwerste Krise der amerikanischen Geschichte betrachten. Als den entscheidenden Augenblick in unser aller Leben. Was wir in den nächsten Stunden, vielleicht auch Tagen, tun, das kann den zukünftigen Lauf der Welt bestimmen. Davon abgesehen, will ich die Lage nicht dramatisieren. Wir haben eine Belagerungssituation, und wir müssen sie so behandeln, wie wir alle Belagerungssituationen behandeln. Oberste Priorität ist, die Geisel lebend da rauszuholen. Wir müssen als feste Einheit auftreten und zusammenarbeiten, wir müssen unseren gesammelten Sachverstand koordinieren und ausrichten auf das Ziel, den Präsidenten zu befreien. Davon abgesehen, ist das hier keine Demokratie.« Er klopfte sich gegen die Brust. »Hier bleibt der Schwarze Peter hängen. Mein Motto ist: Keine Schleimscheißerei! Ich will klare Worte hören!«

Er hatte keine begeisterten Reaktionen erwartet. Sie hatten alle ihr eigenes Programm. Sie murmelten, sie nickten. Er schlug wieder auf den Tisch. »Okay«, sagte er, »jetzt wollen wir mal feststellen, was da oben los ist. Ton?«

»Damit gibt es Probleme. Es sind einfach zu viele Fernseh- und Radiosender, die vom Nachrichten-Übertragungszentrum aus senden. Die ruinieren unsere Geräte. Wir arbeiten dran.«

»Klasse. Guter Anfang. Dreht ihnen den Saft ab. Bild.«

»Das gleiche Problem wie bei den Audioleuten. Normalerweise hätten wir längst Parabolmikros und Lichtleitfaserkabel installiert, um eine interne Übertragung ins Kommandozentrum zu ermöglichen, aber wir kriegen so viele Interferenzen, daß kaum etwas Brauchbares dabei herauskommt. Wir haben den Wärmebildaufzeichner in einem Hubschrauber, und an den Bewegungen, die er registriert, erkennen wir, daß der Präsident am Leben ist. Von den anderen liegt einer am Boden, ob tot oder lebendig, ist nicht zu erkennen. Einer ist immer dicht am Präsidenten dran, das dürfte unser Geiselnehmer sein. Er ist einer von zweien in Empire-State-Uniform.«

Morton blickte auf seine Liste. »Okay. Das wären McClintock und Houston. Was haben wir über die beiden, Doyle?«

Doyle zündete sich eine Zigarette an. Inhalierte ausgiebig. »McClintock ist schon ziemlich alt.« Stieß den Rauch wieder aus. »Ist heute morgen ausgerastet, wollte auf den Präsidenten los. Er ist von Secret-Service-Agenten mit den gebotenen Mitteln aufgehalten worden. Soweit wir es beurteilen können, kann er danach nicht imstande gewesen sein, den Präsidenten als Geisel zu nehmen. Die Agenten, die beim Präsidenten waren, als er, äh, ergriffen wurde, haben Houston als den Geiselnehmer identifiziert.«

»Das deutet auf eine Verschwörung hin, oder?«

Doyle nickte. »Sieht so aus.«

Morton nickte in Richtung Leonard Maltman, der den Boden anstarrte. »Was ist mit denen? Was könnten sie gegen den Präsidenten haben?«

Leonard zuckte die Achseln. »Ich weiß nicht.«

»Haben sie sich über irgendwas geärgert?«

»Sam ... Sam McClintock – Michael Tate wollte ihn feuern. Die anderen Jungs haben mit Streik gedroht. Wir haben uns darauf geeinigt, ihn so lange dazubehalten, bis er den Präsidenten gesehen hat.«

»Okay, er könnte also sauer sein. Was ist mit Houston, was hat der für Probleme?«

Leonard zerkaute seine Unterlippe.

»Los, Leonard, wir sind alle Freunde hier. Es mag Ihnen unwichtig vorkommen, aber jedes Detail könnte von größter Bedeutung sein. Wie er arbeitet, wer seine Freunde sind, Disziplinarstrafen, Hobbys, politische Anschauungen, was er zu Mittag ißt, Herrgott, alles. Wir haben Leute hier, die ein psychologisches Profil danach erstellen können, wie er sich die Schuhe schnürt und den Schlips bindet.«

»Na ja«, setzte Leonard schwerfällig an, »das kleine

Detail, das ich im Auge habe, äh, ist folgendes. Ehm, das ist nicht Brian Houston da oben.«

»Ja, wer zum Teufel ist es dann?«

»Sein Name ist Nathan Jones.«

Ein halbes Dutzend Experten blätterten sich hektisch durch die Liste der Empire-State-Angestellten. Bald wandten sie Leonard ihre ratlosen Gesichter zu.

»Erzählen Sie uns lieber noch ein bißchen mehr, Leonard.«

»Brian Houston hat sich heute morgen krankgemeldet. Ich hab Nathan gebeten, für ihn einzuspringen.«

»Sie haben es nicht für nötig befunden, jemanden zu informieren?«

»Ich dachte nicht, daß das nötig sein würde.«

»Sie haben überhaupt nicht gedacht. Offenbar haben wir keinerlei Unterlagen über diesen Nathan Jones.«

»Nein. Können Sie auch nicht. Er ist erst seit kurzem bei uns.«

»Sie meinen, er ist gar nicht durchleuchtet worden von unseren Leuten?«

Leonard schüttelte den Kopf. »Wohl nicht. Wir sind mit unserem Papierkram ein bißchen im Rückstand.«

»Das heißt, *wir* haben gar nichts über ihn. Sie haben aber bestimmt Notizen vom Einstellungsgespräch. Bewerbungsunterlagen. Adresse.«

»Ich habe seine Adresse. Viel mehr aber nicht. Sehen Sie, es ist nicht so schlimm, wie Sie denken.«

»Ach nein?«

»Ich meine, er hat mir das Leben gerettet. Ich wurde im Park überfallen. Er hat ein paar Straßenräuber in die Flucht geschlagen.«

»Er hat also eine Neigung zur Gewalt.«

»Nein! Ich war ihm dankbar. Hab ihm einen Job besorgt. Er machte einen anständigen Eindruck auf mich.«

»Er machte einen anständigen Eindruck. Brillant. Er könnte wer weiß wer sein.«

Leonard zuckte hilflos die Achseln. »Schätze ja.«

»Also, was ist er für einer, 'n Schwarzer? War nicht *Nathan Jones* irgendein Motown-Song?«

»Supremes«, sagte Doyle, »aus der Zeit nach Diana Ross.«

»Nein, er ist nicht schwarz. Er ist weiß. Ire. Nordire.«

Morton verdrehte die Augen. »Großartig!« Die Hände in die Hüften gestützt, spuckte er Leonard praktisch ins Gesicht. »Es ist Ihnen gelungen, einen irischen Terroristen hier einzuschmuggeln, damit er den Präsidenten entführt! Wissen Sie, Leonard, wenn wir in Japan wären, hätten Sie schon dreimal Selbstmord begehen müssen, weil Sie so ein absoluter Spitzenversager sind!« Morton nickte Doyle zu. »Nehmen Sie Kontakt mit Scotland Yard auf, mit der nordirischen Polizei, Interpol, finden Sie raus, ob die was haben. Graben Sie alle irischen Solidaritätskomitees in der Stadt an. Stöbern Sie sämtliche Nachbarn im Umkreis eines Straßenblocks auf. Wir wollen alles wissen.«

»Schon unterwegs.« Doyle verließ den Raum.

»Leonard?«

»Yeah?«

»Würden Sie mir verdammt noch mal aus den Augen gehen?«

»Aber immer.« Leonard hievte sich vom Stuhl hoch und wandte sich zur Tür. Dann hielt er inne. »Wissen Sie, ich hab nur versucht, ihm zu helfen. Er schien mir ein guter Junge zu sein.«

»Klar doch, Leonard. Genau wie Lee Harvey.« Er schüttelte den Kopf, dann wedelte er mit dem Finger, um den entschwindenden Sicherheitschef aufzuhalten. »Nur eins noch: die Sache mit dem Selbstmord, das war nicht so gemeint, ja?«

Leonard nickte schwächlich. »Okay.«

»Jedenfalls nicht, bevor Sie die Grundrisse der einzelnen Stockwerke und die Zugangswege mit unseren Jungs durchgegangen sind. Danach können sie sich meinetwegen Ihre scheiß Rübe wegblasen. Alles klar?«

Leonard nickte trübe. Er schloß die Tür hinter sich.

»Bescheuerter Fettsack«, grunzte Morton. Er wandte

sich den versammelten Experten zu. »Was machen wir jetzt daraus?«

»Es ist von Vorteil, wenn er ein Terrorist ist. Dann hat er ein festes Programm. Bestimmte Forderungen. Besser als irgend so ein Psychopath.«

»Was ist, wenn er beides ist?«

»Tja, dann sind wir echt am Arsch.«

Die Tür ging auf. Morton fuhr herum, eine gepflegte Beleidigung auf den Lippen.

Ein Agent steckte seinen Kopf ins Zimmer. »Sir, der Fahrstuhl aus dem 86. kommt nach unten.«

4

Als der Fahrstuhl zum Stillstand kam, waren vierundvierzig Pistolen auf die Türen gerichtet. Herzen schlugen schneller oder langsamer, je nach Temperament. Schweiß brach aus. Schauer liefen über diverse Rücken. Finger preßten sich gegen Abzüge von M-16-Sturmgewehren und Heckler-and-Koch-Maschinenpistolen. Morton hielt seine Pistole mit ausgestrecktem Arm.

Das einzige Geräusch war das Ächzen der alten Maschinerie. Es schien eine ganze Ewigkeit zu dauern, bis der Aufzug zum Stillstand kam und die Türen sich langsam und quietschend öffneten; doch was dann sichtbar wurde, waren keine identifizierbaren Gestalten, sondern schemenhafte, durch das Sicherheitsgitter verdeckte Umrisse.

»Ruhig bleiben!« zischte Morton.

Das Gitter wurde zurückgezogen. Ein langer Augenblick folgte, in dem sich die Finger um die Abzüge spannten, ein Auseinanderdehnen der Vorgänge zwischen Erblicken, Erkennen und Verarbeiten.

Die beiden von Nathan Jones attackierten Secret-Service-Agenten drückten sich gegen die Rückwand des Fahrstuhls. Sie waren klug genug, keine abrupten Bewegungen zu machen. Angespannt starrten sie auf das Erschießungskommando. Der eine, der einen weißen Kittel trug, hatte eine verbeulte und blutige Nase, der andere hielt ein Auge geschlossen. Beide hatten sie feuchte Flecken auf den Schultern.

Einem kollektiven Seufzer der Erleichterung schloß sich nervöses Gelächter an. Einige Agenten traten eilig vor, um den beiden ehemaligen Geiseln aus dem Fahrstuhl zu helfen.

Morton drehte sich abrupt um. »Bringt sie in mein Büro. Sofort.«

Er reichte ihnen Pappbecher mit Wasser, während das Büro sich wieder füllte, die Spezialisten ihre Plätze einnahmen und ihre Kugelschreiber und Akten in Bereitschaft hielten. Morton sah sich die Gesichter der Agenten genau an. »Irgendwelche schwerwiegenden Schäden?« fragte er leise.

Die Agenten Calhoon und Mowbray schüttelten einmütig den Kopf.

»Stolz, Sir«, flüsterte Mowbray.

Morton nickte. »Stolz kann man wieder herstellen.« Er rückte etwas von ihnen ab und klopfte mit derselben alten Coladose auf denselben alten Tisch. »Okay, Leute, Informationen aus erster Hand. Ich werde die offensichtlichen Fragen stellen, danach können Sie in geordneter Reihenfolge mit Ihren speziellen Fragen nachhaken. Also, meine Herren, wie geht's dem Präsidenten?«

»Der Präsident macht einen guten Eindruck, Sir«, sagte Calhoon.

»Was ist mit dem Geiselnehmer?«

»Der hat nicht viel gesagt, Sir«, sagte Calhoon.

»Er hat Forderungen gestellt?«

»Nein, Sir.«

»Er hat Ihnen eine Botschaft mitgegeben?«

»Nein, Sir, er hat uns nur befohlen, in den Fahrstuhl zu steigen.«

»Und was haben Sie gemacht?«

»Wir sind in den Fahrstuhl gestiegen.«

»Haben Sie ihn gefragt, ob er Forderungen hat? Oder ob er etwas mitteilen will?«

»Nein, Sir.«

»Warum nicht, verflucht noch mal?«

»Er sagte, er würde uns die Köpfe wegblasen, wenn wir auch nur ein Wort sagten«, sagte Mowbray.

»Also haben wir kein Wort gesagt«, fügte Calhoon hinzu.

Morton saß auf der Kante des Schreibtisches. Er rieb mit einem Finger gegen seine Vorderzähne. Diese fingen an zu quietschen. Er hörte mit dem Reiben auf. »Wie schätzen Sie ihn ein?«

Mowbray blickte verlegen zu Calhoon hinüber, der daraufhin nickte. »Sir, er hat uns überwältigt, hat mich entwaffnet. Dann hat er den Präsidenten mitten aus fünf Secret-Service-Agenten herausgeholt. Ich würde sagen, daß er eine militärische Ausbildung hat, wahrscheinlich war er bei irgendeiner Spezialeinheit. Er ist gut, sehr gut.«

»Wir sind kein Fallobst«, sagte Calhoon.

»Er ist Ire«, sagte Mowbray, »vielleicht ist er ein Terrorist.«

Morton nickte. »Yeah. Das haben wir uns auch schon gedacht. Was hat er denn so zum Präsidenten gesagt?«

Calhoon sah Mowbray an. Mowbray nickte sacht. »Das konnten wir nicht verfolgen, Sir.«

»Wie, nicht verfolgen? Hat er den Präsidenten von Ihnen ferngehalten?«

»Nein, Sir, der Präsident war ganz in unserer Nähe«, sagte Mowbray.

Morton rollte mit den Augen. »Er hat Ihnen nicht etwa ein *Versprechen* abgenommen, oder?«

»Nein, Sir, so einfach ist es nicht.«

»Doch, natürlich, es ist so einfach. Spucken Sie's aus.«

Calhoon holte tief Luft. »Die Sache war die, Sir, daß Houston dem Reporter befohlen …«

»Clark Fuller.«

»Ja, Sir, Clark Fuller, Sir ... ihm befohlen hat ... na ja, Sir, Eistüten in unsere Ohren zu stopfen.«

Morton erhob sich von seinem Schreibtisch. »Sagen Sie das noch mal.«

»Tja also, Sir, er hat befohlen ...«

»Verdammt noch mal, ja, ich hab verstanden!« Morton warf die Arme in die Luft. »Was ist denn das für ein Hurensohn, ist der krank oder was?«

»Ich weiß nicht, Sir. Ich konnte absolut nichts hören, Sir. Ich weiß nur, daß er viel gelacht hat.«

Morton schüttelte den Kopf. Er sah sich in dem vollbesetzten Büro um. »Bei Gott, daran könnt ihr jahrelang rumanalysieren.« Er wandte sich wieder an Mowbray. »Er steht unter Drogen, was?«

»Das weiß ich nicht, Sir.«

»Zwei meiner Topagenten haben Eistüten in den Ohren, und sie glauben nicht, daß der Übeltäter unter Drogen steht?«

»Ich weiß nicht, Sir. Er schien jedenfalls seinen Spaß zu haben.«

»Eine gewisse Loslösung von der Wirklichkeit war wohl zu beobachten«, sagte Calhoon, »aber ich bin mir nicht sicher, ob das im Zusammenhang mit Drogen stand.«

»Okay, okay.« Morton ließ sich wieder auf der Schreibtischkante nieder. »Was ist mit dem Alten? Dem Wachmann. Hatten Sie den Eindruck, daß er mit Jones unter einer Decke steckt?«

»Jones, Sir?«

»Tschuldigung. Ja, sein richtiger Name ist Nathan Jones. Vorläufig.«

»Die meiste Zeit über war der Alte ... Sam? ... ohne Bewußtsein. Jones schien auf jeden Fall sehr besorgt um ihn zu sein; wir haben natürlich alles getan, was in unseren Kräften stand, um ihm zu helfen, sowohl vor als auch während dieses Vorfalls. Jones schien das nicht recht zu würdigen. Der Alte kam dann gegen Ende langsam zu sich, aber ... nein, Sir, ich glaube nicht, daß er was damit zu tun hat.«

»Hat er versucht, ihn davon abzubringen?«

»Ich weiß nicht, Sir, ich hatte Eis ...«

»Ja, gut. Ist mir bekannt. Dann also der Reporter, Fuller. Wie hat er reagiert?«

»Ruhig. Sehr ruhig.«

Morton schüttelte den Kopf. »Logisch ist er ruhig. Sitzt auf der Story des Jahrhunderts, der Schweinepriester. Dann ist da noch eine Frau. Marilu Henner. Was ist mit der?«

»Die ist hinter dem Verkaufstresen geblieben«, sagte Calhoon. »Sie hat die Eistüten rausgegeben. Sah verängstigt aus.«

»Kann ich mir vorstellen. Okay, Fragen aus dem Publikum sind freigegeben, danach wollen wir diese tapferen Männer einer ärztlichen Behandlung zuführen. Ach, und eins noch. Ich würde an ihrer Stelle die Sache mit den Eistüten nicht weitererzählen. Wirft kein günstiges Licht auf den Service.«

Cowbray und Calhoon nickten, dann blickten sie nervös der Versammlung entgegen.

»Auf geht's«, sagte Morton.

»Hat Jones sich in irgendeiner Weise auf Nordirland bezogen?«

»Nein, Sir.«

»Hatte er glasige Augen, irgendwelche Gesichtszuckungen?«

»Nichts dergleichen gesehen, Sir.«

»Sie sagten, er habe Sie entwaffnet. Hatte er Ihrem Eindruck nach noch weitere Waffen bei sich?«

»Soweit wir sehen konnten, nicht, Sir«, sagte Mowbray.

»*Wir*, Agent Mowbray? Haben Sie diese Frage schon besprochen?«

»Nein, Sir, aber ich glaube, wir haben so ziemlich dasselbe gesehen.«

»Machte er einen erregten Eindruck? Nervös? Aufgewühlt?«

»Ja, Sir.«

»Welches von den dreien?«

»Alles, Sir. Aber ich schätze, das galt für jeden von uns.«

»Machte er den Eindruck, als wolle er dem Präsidenten etwas zuleide tun, oder eher den Eindruck, daß er ihn nur als Geisel benutzen wollte?«

»Das kann ich nicht sagen, Sir«, sagte Calhoon.

»Trug er irgendwelche religiösen Abzeichen? Ein Kreuz? Einen Rosenkranz?«

»Hab ich nicht bemerkt, Sir.«

»Tätowierungen?«

»Seine Arme waren bedeckt, Sir.«

»Agent Mowbray, würden Sie sagen, daß die Eistüten in Ihre Ohren gesteckt wurden, um Sie zu demütigen, oder wurden sie mit Gewalt hineingestopft, um Ihnen Schmerzen zuzufügen?«

»Sie wurden hineingestopft, damit wir nichts hören konnten, Sir.«

»Hatten Sie den Eindruck, daß Sie daran gehindert wurden, etwas zu hören, das von Bedeutung war?«

»Nein, Sir.«

»Es sah also nicht so aus, als würden intensive Diskussionen stattfinden?«

»Nein, Sir.«

»Hatte Jones irgendwelches Kommunikationsgerät bei sich? Funk? Mobiltelefon?«

»Nicht, soweit wir sehen konnten, Sir«, sagte Mowbray.

Und so ging es fort und immer fort. Schließlich klopfte Morton mal wieder mit der Dose auf den Tisch. Die halbe Bürobesatzung machte sich eifrig Notizen. Er sah auf die Uhr. Seine Stimme klang bereits müde und rauh. »Meine Herren«, sagte er, »wir haben ein paar Entscheidungen zu fällen. Packen wir's an.«

5

Als die Belagerung in die fünfte Stunde ging, kam Amerika knirschend und quietschend zum Stehen.

In Washington versammelten sich alle Mitglieder der Regierung, die keine Handhabe für Intrigen in Abwesenheit des Präsidenten hatten, vor dem Fernseher. Der Supreme Court vertagte sich auf unbestimmte Zeit. In Detroit liefen die Fließbänder zuerst langsamer, dann gar nicht mehr. In den Krankenhäusern fanden Herztransplantationen statt, bei denen der Chirurg ein Auge auf dem zuckenden Muskel, das andere aber auf den jüngsten Entwicklungen im Empire hatte; Patienten bekamen ihre Mahlzeiten nicht geliefert. Ganze Schulen versammelten sich in den Aulas. Fabriken, Geschäfte und Büros machten einfach zu. In den Restaurants warteten schlemmerwillige Gäste auf die Bedienung, warteten und warteten. Die U-Bahnen donnerten leer und geisterhaft durch den Untergrund. Überall blieb der Verkehr stehen. Als sich die Nachricht an den Stränden von Miami verbreitete, strömten die Touristen zurück in ihre Hotels. In Birmingham, Alabama, erhob sich Jubel beim White Aryan Resistance, ebenso bei Hunderten von gleichartigen Organisationen, obwohl sie keine Ahnung davon hatten, daß einer der ihren in die Sache verwickelt war. In derselben Stadt richtete Grace Burley sich vorläufig in ihrem Fernsehsessel ein, eine Flasche Gin und eine Tüte Marshmallows in Griffweite. In Manhattan stand Annie Fuller vor der Petard School und weinte. Ihr Daddy war *nie* unpünktlich. Eine Lehrerin, die abschließen wollte, sah sie und nahm sie wieder mit hinein. »Alles in Ordnung, dein Dad wird bald hier sein«, versicherte sie der kleinen Waise.

Lisa und Alex gingen am Hafen von Provincetown spazieren. Etwas nagte an Lisa, und es war ausnahmsweise nicht Alex.

Es war *die* Gelegenheit für die Bundespolizei, sich ins rechte Licht zu rücken. Für das NYPD, dreißig Jahre schlechte Presse vergessen zu machen. Und für die schlechte Presse war es *die* Gelegenheit zu beweisen, daß ihre Freiheit es wert war, bewahrt zu werden, zu beweisen, daß sie den großen Fernsehsendern überlegen war, während die großen Sender beweisen konnten, daß sie dem Kabelfernsehen überlegen waren, und für alle drei war es *die* Gelegenheit, sich an unverhofften Werbeeinnahmen gütlich zu tun. Diese Sache war noch größer als O.J. Simpson. Größer als Nürnberg. Die Lindbergh-Entführung war im Vergleich dazu ein kleiner Geräuschfetzen, ein Wegwerfartikel. Jetzt wollte die Bestie gefüttert werden. Es lag so viel Geld auf dem Tisch, daß der Tisch schon längst zu klein geworden war.

Als die Fußsoldaten der FBI/Secret Service/CIA/NYPD-Fusion sich anschickten, die Straßen unsicher zu machen – respektive die Bürgersteige, denn die Straßen waren verstopft –, wurde ihnen zur Aufmunterung erst noch einmal das vertraute Bild eines in die Luft gehenden AD James Morton geboten. Mit rotem Gesicht und blitzenden Augen kam er aus seinem Büro geschossen.

»Wer hat seinen Namen weitergegeben?« schrie er. »Wer hat den scheiß Namen verraten?«

Alles schaute zu Boden.

»Undicht wie ein gottverdammtes vietnamesisches Boot … äh, Boat-People-Dings … Gottogott! Nathan Jones, Nathan Jones, Nathan Jones auf allen kack Sendern! Wer hat euch die Erlaubnis gegeben! Wenn ich dieser Sache auf den Grund komme, dann werdet ihr … ach, leckt mich doch alle am Arsch!« Er stürmte ins Büro zurück und knallte die Tür hinter sich zu.

Derart inspiriert schwärmten seine Männer in die Stadt aus.

Natürlich waren nicht alle Menschen auf der Höhe des Geschehens. Lucy Houston bereitete ihrem Bruder gerade das Mittagessen, als die Wohnungstür aus den Angeln gehoben wurde. Bevor sie auch nur den Mund aufmachen konnte, hatte das Einsatzkommando sie auf dem Boden festgenagelt, wo sie nur noch jämmerlich um Gnade flehen konnte. Brian, der im Bett lag und leise vor sich hinstöhnte, hielt es nicht für ausgeschlossen, daß der Aufruhr von den Kollegen aus dem Empire verursacht wurde, die gekommen waren, um ihn aufzuheitern; er hoffte nur, daß Nathan nichts über den kleinen Zwischenfall gesagt hatte. Dann flog auch seine Tür aus den Angeln, und aus allen Richtungen wurden ihm Pistolen unter die Nase gehalten.

Das Einsatzkommando hatte etwas zu beweisen. Obwohl zusammengesetzt aus Freiwilligen anderer FBI-Abteilungen – Gewaltverbrechen, Sondereinheit, Gruppe für Spezialoperationen – und einer gründlichen Ausbildung unterzogen, wurde es dennoch für nicht gründlich ausgebildet *genug* erachtet, um etwas so Wichtiges wie eine Geiselbefreiung zu bewerkstelligen. Dem Einsatzkommando war das Schicksal zugedacht, immer und ewig die zweite Geige hinter dem Geiselbefreiungsteam zu spielen. Und daher war es in diesem bedeutenden Augenblick der amerikanischen Geschichte von höchster Motivation erfüllt, die sich unter anderem dadurch Ausdruck verschaffte, daß Brian Houston so manchen Schlag einstecken mußte, als er ins Wohnzimmer geschleift wurde. Dort sah er Lucy, gefesselt und niedergehalten von zwei weiblichen Cops. Die Wohnung war im Begriff, auseinandergenommen zu werden. Für kurze Zeit vergaß Brian seine Schmerzen.

»Bitte nicht, bitte!« flehte er. »Ich sag's euch, ich verrat euch alles. Aber laßt die Wohnung heil.« Was sein Heim anging, war er nämlich etwas penibel.

Überrascht hielten die Durchsucher inne.

Brian ließ den Kopf hängen. »Im Video-Regal«, sagte er niedergeschlagen, »dritte Reihe. Frazier gegen Foreman.«

Mit neuerlich erhobenen Pistolen wurde nun gegen das Videoregal vorgerückt. Einer langte vorsichtig hinauf und deutete auf die Kassette.

Brian nickte. »Innen drin«, sagte er.

Der Agent schüttelte den Kopf. »Die mach ich nicht auf, das Scheißding fliegt mir womöglich ins Gesicht.«

»Mach auf, Frank, der wird doch keine Bomben in seiner eigenen Wohnung legen.«

»Woher weißt du das?«

»Los, Frank, mach das Scheißding auf.«

»Ja klar, und laß mir meine scheiß Hand abreißen.«

»Komm schon, Frank, sei nicht so'n großes Baby.«

»Leck mich, Alter, ich will später noch mal ein großes Baby kriegen. Mach du sie doch auf, wenn du wissen willst, was drin ist.«

»Du bist am dichtesten dran, ey.«

Der befehlshabende Agent schüttelte den Kopf. Er stieß Brian in die Arme eines anderen Agenten. »Scheiße«, bellte er, »wenn hier irgend etwas klappen soll, mußt du alles selbst machen.« Er trat aufs Regal zu und zog die Videohülle heraus.

Er wog sie eine Weile in der Hand. Nickte kaum wahrnehmbar. *Viel leichter, als eine Videokassette sein sollte. Schwer genug für Semtex. Zu leicht für selbstgemachtes.* Er blickte über die Schulter zu seinem Team. Sie beobachteten ihn mit grimmigen Gesichtern. Der Präsident wartete. Er öffnete die Hülle.

Er drehte sich um und sah Brian wütend an. »Was für ein Scheißspiel treibst du hier?«

»Tut mir leid«, sagte Brian.

Der Anführer hielt die Hülle so, daß alle hineinsehen konnten. »Scheißkoks«, sagte er und kippte den Inhalt aus. Eine weiße Wolke bedeckte im Nu den Teppich. »Aber ...«, stammelte Brian.

Der befehlshabende Agent bohrte Brian seinen Zeigefinger in die Brust. »Du weißt doch, warum wir hier sind?«

»Rauschgift«, sagte Brian matt.

Der Anführer schüttelte den Kopf. »Die Drogen kümmern uns einen feuchten Furz. Wir wollen wissen, warum du heute morgen nicht zur Arbeit gegangen bist.«

»Na ja ...«, tappte Brian im dunkeln, »ich hätte nicht

gedacht, daß das so ernst aufgefaßt würde ...« Er sah zu Lucy hinüber, die selbst reichlich perplex dreinblickte. »Was ist denn passiert?«

»Dir ist bewußt, daß Präsident Keneally in diesem Augenblick im Empire State Building als Geisel gehalten wird von jemandem, der deinen Namen benutzt?«

»O Gott.«

»Du kennst Nathan Jones?«

»O Gott.«

»Hat Nathan Jones mit dir zusammen ein Komplott geschmiedet, um den Präsidenten zu kidnap ...«

»O mein Gott, nein!«

»Was ist mit deinem Gesicht passiert, Brian?«

Er sah sich nach Lucy um. Diese schüttelte ganz sachte den Kopf. »Er hat mich zusammengeschlagen. Jones. Nathan Jones hat mich zusammengeschlagen. Hat mich beinahe umgebracht. Deswegen bin ich nicht zur Arbeit. Ich hatte keine Ahnung, daß ...«

»Warum hat er dich geschlagen, Brian? Ein Streit zwischen Verschwörern?«

»Nein, Gott, nein! Er ... ich möchte lieber nicht ...«

Der befehlshabende Agent griff sich eine Handvoll Pyjama nebst schlaffer Haut. »Brian, du bist nicht in der Position, etwas *nicht* zu *möchten*. Jemand hat den Präsidenten als Geisel genommen, und du bist die einzige Verbindung, die wir im Moment haben. Also rede, verdammt noch mal.«

Brian nickte. »Natürlich. O Gott, ich ... er hat versucht ... na ja, er hat versucht, sich mir sexuell zu nähern, Officer, ich hab mich geweigert ... er ist wütend geworden, hat mich fast umgebracht ... meine Schwester kann es bezeugen ...«

Der Anführer drehte sich um. »Er hat das in Ihrer Anwesenheit versucht?«

Lucy schüttelte den Kopf. »Ich hörte den Lärm von meinem Zimmer aus. Als ich ins Wohnzimmer kam, prügelte Nathan auf ihn ein. Ich hab versucht, ihn daran zu hindern, da hat er mich auch geschlagen. Er ist verrückt.

Unzurechnungsfähig. Wenn der den Präsident in der Gewalt hat, dann gnade Gott dem Präsidenten.«

Es dauerte fünf Minuten, bis die Wohnung gesichert war und man das Haus verlassen konnte. Als Brian und Lucy über den Bürgersteig geführt wurden, kam eine TV-News-Crew auf sie zugestürmt.

»Das ist Brian Houston! Das ist Brian Houston!« rief der Reporter. Ein winziger chinesischer Kameramann brachte sich in Stellung. »Channel 3 live aus Brooklyn! Das ist Brian Houston!« rief der Reporter.

Das Einsatzkommando drängte die Fernsehcrew zurück, während Brian und Lucy in einen Ziviltransporter verfrachtet wurden. Unbeeindruckt begann der Kameramann hochzuhüpfen, um irgendein halbwegs erkennbares Bild zu kriegen.

»Ist es wahr, daß Nathan Jones Ihr Liebhaber ist?« rief der Reporter.

»Nein!« riefen Lucy und Brian gleichzeitig.

James Morton hielt sich den Kopf und trommelte simultan auf seinen Schreibtisch ein. »Ein Schwanzlutscher also auch? Herrgott, das ist genau das, was wir noch brauchen konnten.« Doyle grinste zwanghaft. Morton spürte, wie seine Haare grau wurden. Wenn das alles vorbei war, würde er wahrscheinlich zum Albino geworden sein. Oder er könnte sich gleich neben Fred Troy legen. »Irgendwas Neues über Troy?«

»Wir warten noch.«

»Okay, was ist mit Jones? Irische Miliz oder Schwule Miliz?«

Doyle zuckte die Achseln. »Vielleicht beides. Jones hat seine letzte uns bekannte Wohnung im Village vor ein paar Tagen geräumt. Der Nachbar von unten meinte, er hätte sich von seiner Freundin getrennt. Sie hat ihn rausgeworfen und ist dann selbst abgehauen.«

»Er fährt also zweigleisig.«

»Sieht so aus. Der Nachbar hat keine Ahnung, wo Jones

hin ist, meint aber, daß das Mädchen in Richtung Cape Cod unterwegs war. Sie hat's ihm erzählt, und er mußte versprechen, es dem Freund nicht weiterzusagen. Dem Ex-Freund.«

»Findet sie. Sofort. Was hat der Typ über *ihn* gesagt?«

»Ruhig, Tendenz zum Saufen, es hat in den letzten Wochen ein paar Auseinandersetzungen in der Wohnung gegeben.«

»Hat er irgendwas zurückgelassen? Foto wär ganz hilfreich.«

»Nichts. Gesamte Habe ausgeräumt.«

»Was ist mit dem irischen Aspekt?«

»Nichts bisher. New York absolut null. Scotland Yard, Interpol haben auch nichts. Die nordirische Polizei sagt, daß er jedenfalls keine bekannte Figur ist, aber sie sind noch am Suchen. Haben 'ne Menge Akten durchzugehen.«

»Haben die keine Information-Database?«

»Ich bin mir nicht sicher, ob die überhaupt Computer haben. Sie melden sich bei mir.«

In einer Ecke des Büros betreute Agent Kipriskie die Direktleitung in den 86. Stock. Morton drehte sich zu ihm um. »Rührt sich was?«

Kipriskie schüttelte den Kopf.

Doyle blickte zur Decke. »Was zum Geier machen die da oben?«

»Eine Frage, die die ganze Welt brennend interessiert«, sagte Morton.

6

Arnie Mead steckte an der Columbus Avenue im Verkehr fest. Es war heiß und stickig, und irgendein Hurenbock hatte sein Radio geklaut. Er drückte fünf Minuten lang auf seine Hupe, nur für den Fall, daß noch nicht alle mitgekriegt hatten, daß er hier im Stau steckte. Arnie war Schuhverkäufer, aber sein Chef hatte ihn eher gehen lassen, wie auch alle anderen, weil sich heute kein Schwein für Schuhe interessierte. Geht nach Hause, guckt's euch im Fernsehen an. Als wenn es irgendeine blöde Seifenoper wäre. Arnie war sauer, allerdings auch wieder nicht so sehr, daß er das Angebot eines freien Nachmittags ausgeschlagen hätte. Der Präsident war ihm keine zwei Cents wert. Vielmehr ärgerte ihn, daß der Chef nicht im Traum daran dachte, ihm auch nur mal für fünf Minuten freizugeben, damit er die World Series gucken oder zum Arzt gehen konnte, weil ihm der Rücken von der Arbeit in *seinem* Scheißladen weh tat, bzw. wenn er das gnädigerweise mal durfte, dann mußte er die Zeit nacharbeiten. Manchmal hatte Arnie gute Lust, einen von den eleganten spitzen Schuhen des Chefs zu nehmen und ihm diesen tief in den Arsch zu stecken.

Arnie stieg aus dem Wagen. Nichts bewegte sich, soweit das Auge reichte. Er beugte sich zurück und drückte noch mal kräftig auf die Hupe. Er hatte Durst. Drei Straßen weiter gab es einen 7-Eleven, aber das Risiko ging er nicht ein. Wenn er zurückkäme, wären die Reifen weg. Arnie band seinen Schlips los und knöpfte sein Hemd auf. Es klebte am Körper. Er spuckte auf die Straße.

Okay, meinetwegen interessiert es mich auch ein bißchen. Am Straßenrand saß ein schwarzer Typ in seiner Limousine und hörte sich das ganze verdammte Drama im Radio an; Arnie konnte so eben das hastige Schnattern aufgeregter Stimmen durch das geschlossene Fenster hören, aber er verstand kein Wort. Er klopfte ans Fenster.

»He, Mister«, sagte er, »laß mal das Fenster runter, damit wir mithören können.«

Der Typ ignorierte ihn. Er hatte die Augen geschlossen, tat so, als würde er schlafen.

Arnie klopfte ein bißchen lauter. »Na los, mach auf. Ich möchte auch was hören.«

Keine Reaktion. Arnie klopfte noch einmal. Langsam wurde er sauer. Wenn der Typ keine Lust hatte, ihn mithören zu lassen, okay, aber so zu tun, als wenn er gar nicht da wäre, also ehrlich, das gehörte sich nicht. Nun war Arnie von Haus aus nicht gerade ein Experte in Fragen der Etikette, doch hier und jetzt war er sich ziemlich sicher, daß es so nicht ging. »Du brauchst mir nichts vorzumachen, ey. Ein einfaches *Nein* würde reichen.«

Arnie verlor langsam die Geduld. Er knallte seine Tür zu. In der Reihe vor ihm stieg ein Mann aus seinem Auto und streckte sich. Er blickte in Arnies Richtung. »Gibt's Probleme?«

»Gar nicht, aber dieser Mistkerl will mich nicht mithören lassen, was mit Keneally ist.«

»He, keine Panik. Gibt noch mehr Radios hier, meins läuft auch. Sieht so aus, als würde die ganze Welt nach Downtown fahren.«

»Darum geht's nicht«, keifte Arnie, »der Punkt ist, daß dieser Mistkerl mich behandelt, als wenn ich Luft wär.«

Der andere Fahrer trat an die Limousine heran und spähte durch die Windschutzscheibe. »He, laß doch den Typ schlafen, wenn er müde ist.«

»Der schläft nicht. Der tut nur so.«

»Laß ihn in Ruhe, Mann. Der macht dir doch nichts.«

»Mich regt das aber auf.« Arnie schlug gegen das Fenster. Keine Reaktion. »Wenn ich ihm jetzt das Radio abdrehe, ob er dann auch noch den Schlafenden mimt?«

Arnie streckte die Hand nach dem Türgriff aus.

»Tu's nicht, Mann«, sagte der Staugenosse. »Der hat das Recht, dich zu erschießen, wenn du seine Tür aufmachst. Vielleicht wartet er nur darauf.«

»Blödsinn«, sagte Arnie und riß die Tür auf.

Clark Fuller kippte zur Seite. Nur der Gurt verhinderte, daß er aus dem Auto fiel. So hing er zwischen Tür und Angel, während die letzten Blutreste auf den Asphalt tröpfelten.

»Siehste«, sagte der Autofahrer, »hab doch gesagt, du sollst ihn in Ruhe lassen. Jetzt steckste bis zum Arsch in Papierkram.«

Gar nicht weit entfernt steckten Stabschef Graham Slovenski und die First Lady mitsamt ihren jeweiligen Mitarbeitern, den Secret-Service-Agenten und der Polizeieskorte ihrerseits im Stau, kurz hinter dem Manhattaner Ende des Lincoln-Tunnels. Verkehrspolizisten mühten sich tapfer, den Weg freizumachen, doch die Prozession kam allenfalls im Schrittempo voran.

Tara sank in ihren Sitz zurück und starrte trübsinnig aus dem Fenster. *Während ich versucht habe, meinen Mann zu betrügen, hat jemand versucht, ihn umzubringen.* Neugierige begannen sich auf dem Bürgersteig zu versammeln. Sie wußten, wohin sie unterwegs war und warum. Sie schüttelten die Köpfe, sie zeigten mit den Fingern, sie rotteten sich zusammen und flüsterten.

Tara schlug von hinten gegen den Fahrersitz. »Können wir denn gar nichts tun?« rief sie.

Der Fahrer wandte sich um. »Wir tun schon alles, was wir können, Ma'am«, sagte er.

Slo war telefonisch mit dem Empire verbunden. Er hatte allerdings Schwierigkeiten, irgend etwas zu verstehen. »Was ist das da für ein gottverdammtes Geräusch?« wollte er wissen.

»Hubschrauber«, rief James Morton, »die kreisen über uns.«

»Ja, was ist denn damit gewonnen?« fragte Slovenski.

»Gar nichts, Sir, es muß höllisch laut da oben sein.«

»Tja, warum ziehen Sie sie dann nicht zurück?«

»Das versuchen wir, Sir, aber es sind ja nicht unsere. Die sind vom Fernsehen. Wenn wir sie verscheuchen, verklagen sie uns. Unsere Leute sind dabei, mit ihren Leuten zu reden.«

»Herrgott noch mal, Mann, dies ist ein nationaler Notstand. Sorgen Sie dafür, daß die verschwinden, sonst schicke ich ein paar Jäger hin und laß sie abschießen. Haben Sie mich verstanden?«

»Ja, Sir.«

»Und was zum Teufel ist sonst passiert? Hat der Geiselnehmer Kontakt aufgenommen?«

»Bisher nicht, Sir. Wir haben etwas mehr über ihn herausgefunden: Sein Name ist Nathan Jones, er ist Nordire. Er hat dort vor ein paar Jahren einen terroristischen Anschlag überlebt, dann aber kurz darauf einen Nervenzusammenbruch erlitten. Vor acht Monaten ist er in die Vereinigten Staaten gekommen. Wir, äh, haben außerdem Grund zu der Annahme, daß er ein militanter Bisexueller mit gewalttätigen Neigungen ist.«

Slo schüttelte den Kopf. Tara bemerkte es; sie runzelte die Stirn und linste zu ihm hinüber. »Was ist?« sagte sie.

Er legte einen Finger auf die Lippen. »Erzählen Sie mir mehr«, sagte er.

»Wir haben eine Aussage, nach der er vergangene Nacht in Brooklyn einen Akt homosexueller Notzucht begangen hat. Wir haben außerdem eine auf Video festgehaltene Zeugenaussage über eine Schlägerei, in die er zwei Nächte vorher im Anschluß an eine Bondage-Session mit einer jungen Frau im Chelsea Hotel verwickelt war.«

»Wieso ist die Aussage auf Video festgehalten?«

»Ehm, Sir, wir haben sie aus dem Fernsehen aufgezeichnet. Der Hotelgeschäftsführer ist von Channel 3 gekauft worden. Es war uns bisher noch nicht möglich, an das Mädchen heranzukommen, Sir.«

»Großer Gott, wo soll das bloß alles enden?«

»Ich weiß, Sir.«

»Gar nichts wissen Sie. Erst die Hubschrauber, jetzt die Zeugen, die von der Presse aufgekauft werden. Es ist der gottverdammte Präsident der Vereinigten Staaten, um den es hier geht. Gehen Sie los und schaffen Sie Ordnung. Brechen Sie jedes verdammte Gesetz, das Sie kennen, aber bringen Sie das in Ordnung.«

Slovenski knallte den Hörer auf.

»Was ist los?« fragte Tara.

Slo strich sich durch die Haare. Sie sahen sich an. Ihre Augen wirkten jetzt dunkler, das Licht darin brannte auf Sparflamme. »Kein Grund zur Sorge. Sie sammeln nur Informationen über diesen Mann, Nathan Jones.«

»Sagen Sie mir alles über ihn.«

»Lieber nicht.«

»Sagen Sie's mir. Ohne Beschönigungen.«

»Tara, was soll das bringen? Sie machen sich nur Sorgen.«

»Mach ich mir so vielleicht keine Sorgen? Sagen Sie's.«

Slo zuckte die Achseln. »Okay, also, Ihr Mann ist in der Gewalt eines schwulen nordirischen Bondagefreaks mit Neigung zur Gewalttätigkeit. Ist das ungeschönt genug?«

Tara biß sich auf die bebenden Lippen. »Slo, der große Diplomat«, flüsterte sie.

»Sie wollten es so haben.«

Slo griff erneut zum Telefon. Tara öffnete ihre Tür. Er legte das Telefon wieder aus der Hand. Sie stieg aus. Er folgte ihr.

»Was soll denn das jetzt werden?«

»Ich verschwinde hier«, fauchte sie. Sie wurde augenblicklich von Secret-Service-Agenten eingekreist. Prasselnder Beifall brandete unter den Passanten auf. Tara rang sich ein Lächeln ab, winkte kurz in die Menge. Dann marschierte sie los. Slo hinterher.

»Tara, würden Sie bitte ins Auto zurückkommen?«

»Und den ganzen Tag hier rumsitzen? Mein Mann ist in Schwierigkeiten. Ich muß zu ihm.«

»Wollen Sie *zu Fuß* gehen?«

Tara schüttelte den Kopf. »Natürlich nicht.« Sie trat auf den erstbesten Motorradpolizisten zu. Dieser starrte verdrossen auf die wachsende Menge und fuhr erschrocken herum, als Tara ihm auf die Schulter klopfte.

»Rutschen Sie nach vorn«, sagte sie.

»Pardon?«

»Rutschen Sie ein Stück vor, damit ich auch Platz hab.«

Er war rechtschaffen eingeschüchtert vom Anblick der First Lady in ihrem flaschengrünen Rock und Blazer. Er sah sich nach Unterstützung um. Die Secret-Service-Agenten hielten sich bedeckt, wußten selber nicht weiter, während die Motorradpolizisten sich ratlos ansahen und auf Anweisungen der Agenten warteten.

Tara klatschte ihm von hinten auf die Lederjacke. Er

rutschte nach vorn. Sie raffte ihren Rock hoch und setzte sich rittlings auf den Ledersitz.

»Weiter vor!« Sie versetzte ihm noch einen Klaps. Er rückte noch ein paar Zentimeter. Sie zeigte mit dem Finger auf sich. »Ich. Du. Motorrad. Bürgersteig. Empire State Building. Fahren wir.«

»Aber ich ...«

»Los!«

Mit einem verzweifelten Blick auf seine Kollegen ließ der Polizist seine Maschine aufheulen, bevor er sie behutsam in Richtung Bürgersteig steuerte. Die Menge, der es vorübergehend die Sprache verschlagen hatte, machte eiligst Platz. Als der Motorradfahrer dann Gas gab, klatschte erst einer, dann noch einer und dann noch einer, bis sich schließlich der Beifall wie eine *La Ola* ausbreitete und alle Passanten erfaßte.

Slo sah gebannt zu. *Sex auf Rädern,* war sein erster Gedanke. Bewunderung durchflutete ihn. Er würde sich in Erinnerung rufen müssen, daß er jetzt und für alle Zeiten mit ihr fertig war. Daß ihr Zauber ätherisch war, wenn nicht schizophren.

Der nächststehende Agent wandte sich hilfesuchend an ihn. »Sir?«

»Sir?« gab er heftig zurück, schlug dann aber sofort einen versöhnlicheren Ton an. »Die First Lady hat vielleicht nicht ganz unrecht, mein Sohn«, sagte er sanft. »Wer zuviel auf Formalitäten achtet, bekommt nichts geregelt. Laßt uns auf diese verdammten Motorräder steigen und zusehen, daß wir zum Empire kommen.«

Während sie das Empire ansteuerten, steuerte Michael Tate auf einen Nervenzusammenbruch zu. Er verbrachte eine gute Stunde damit, alle Leute anzuschreien, die ihm über den Weg liefen. Der Tenor seiner lautstarken Ausführungen war ungefähr: »Die haben mich aus meinem eigenen scheiß Gebäude rausgeschmissen! Das können die nicht machen, wir sind hier in Amerika!«, aber sie konnten es sehr wohl und hatten es getan, und sie würden ihn auch weiterhin von dem Gebäude fernhalten.

Mark Benedict versuchte ihn zu beruhigen, wie er es sein Leben lang getan hatte, und am Ende legte sich denn auch eine Art wütender Resignation über seinen Arbeitgeber; fünfzehn Minuten stilles Kochen, dann ein Ausbruch, dann vierzig Minuten Stille vor dem nächsten Ausbruch, und allmählich wurden die friedlichen Perioden immer länger. Nach ein paar Stunden wünschte Tate in seiner Suite allein gelassen zu werden – sie hatten die obersten drei Stockwerke eines sehr teuren Hotels requiriert. Benedict war erleichtert; das ganze Land war dabei, aus den Fugen zu geraten, irgend jemand mußte mal ein Auge auf die Geschäfte haben. Als er allein war, machte Tate eine Dose Mountain Dew auf, schaltete den Fernseher ein und rief Smedlin an der Westküste an. Da er nur den Anrufbeantworter erwischte, wählte er die Privatnummer.

Smedlin erkannte die Stimme nicht gleich und dachte zunächst, daß einer seiner Irren am Apparat sei. Dann mußte er über *dieses* Wort lachen und erinnerte sich daran, wer es gebraucht hatte.

»Michael, Entschuldigung, noch ein bißchen früh.« Er befühlte sein Gesicht. Während der Nacht hatte er Nasenbluten gehabt. Der Kopfkissenbezug hatte rote, mittlerweile getrocknete und bröckelig gewordene Flecken. In der Zimmerecke flimmerte der Fernseher.

»Hab ich Sie erschreckt?«

»Michael, Sie erschrecken mich immer. Also, was gibt es denn so Wichtiges, daß Sie mich um …«

»Mr. Smedlin, die bösen Männer sind gekommen und haben meinen Daddy gekidnappt.«

Smedlin räusperte sich. »Was?«

»Sie haben den Präsidenten gekidnappt.«

»Ich weiß. Ich hab den Fernseher an. Und dann noch in Ihrem Gebäude.«

»Meine *Erektion*. Mein Daddy, meine Erektion und ein paar Irre.«

»Und was fühlen Sie dabei?«

»Die haben mich aus meinem eigenen Gebäude rausgeschmissen.«

»Damit mußten Sie rechnen, Michael.«

»Ich *muß* mit gar nichts rechnen. Sie haben mich *rausgeschmissen*. Wie ein Stück Abfall.«

»Die sind in Panik. Sie müssen ...«

»Ich muß überhaupt nichts *müssen*. Ist denen denn nicht klar, daß ich mit einem Knopfdruck ganz New York stillegen kann?«

»Ich bin sicher, daß sie bei ruhiger Überlegung bedauern werden, Sie so behandelt zu haben, Michael, aber Sie müssen verstehen ...«

»Hören Sie auf mit ihrem *müssen*! Müssen, müssen, müssen. Können Sie nichts anderes sagen?«

»Michael?«

»Was?«

»Wir müssen jetzt Schluß machen.« Seine Nase hatte wieder angefangen zu bluten.

Am anderen Ende herrschte für eine Weile Stille. Dann: »Ich hatte doch recht mit den Irren, oder?«

»Ja, hatten Sie.« Er kniff den Nasenrücken zusammen, legte den Kopf zurück. »Die werden ihn umbringen, und Sie werden des Vatermords schuldig sein.«

Schweigen am anderen Ende der Leitung. Dann: »Wie meinen Sie das? Damit es Vatermord wäre, müßte *ich* ihn umbringen, und auch dann müßte er erst einmal mein *richtiger* Vater sein.«

»Ihr Gebäude. Ihre Angestellten. Ihr Vater. Sie sind dabei, ihn zu töten, Michael. Schlicht und ergreifend.« Jetzt fing es richtig an zu bluten. »Glauben Sie nicht, daß Sie etwas tun können, um ihm zu helfen?«

»*Helfen*? Er ist mein Feind. Er ist gegen alles, wofür ich stehe.«

»Aber er ist der Präsident der Vereinigten Staaten von Amerika. Und wir sind *Amerikaner*. Bedeutet Ihnen das gar nichts, Michael?«

»Ich bin mir gar nicht so sicher, ob ich noch Amerikaner bin. Ich hab da meine Zweifel.«

»Glauben Sie mir, Michael, Sie sind Amerikaner, dagegen können Sie gar nichts tun.«

»Aber wenn ich Afrika kaufe, oder Teile davon, dann wär ich doch Afrikaner, oder?«

»Gute Nacht, Michael«, sagte Smedlin. Er legte den Hörer auf und machte sich auf die Suche nach einem Handtuch.

Michael saß da wie vom Donner gerührt. Noch *nie* hatte jemand, der mit ihm telefonierte, einfach den Hörer aufgelegt.

7

Den späten Nachmittag verbrachten sie damit, auf einer menschenleeren Commercial Street spazierenzugehen. Alex wollte das Drama im Fernsehen unbedingt verfolgen, Lisa wollte es unbedingt verpassen. Sie sahen sich Schaufenster an. Die Geschäfte waren geschlossen.

»Mädchen, was ist denn in dich gefahren?« fragte Alex. Er massierte ihr beim Gehen mit beiden Händen die Schultern. »Uiii, so verspannt.«

»Es ist wegen Nathan. Ich mach mir Sorgen.«

»Hör zu, Kindchen, sicher, er arbeitet da, aber das tun Tausende von anderen Leuten auch.«

»Sie haben gesagt, daß ein regloser Körper abtransportiert worden sei. Ich hab ein ganz schreckliches Gefühl.«

»Du bist vielleicht eine Pessimistin. Ich will gar nicht darüber reden, daß ich hier links liegen gelassen werde, während du dir um einen Ex-Freund Sorgen machst.«

»Entschuldige, ich …«

»Ist er wirklich nur ein Ex?«

»Ja. Natürlich. Aber man macht sich immer noch Sorgen. Man fühlt immer noch mit.«

»Man hat immer noch nicht aufgehört zu lieben.«

»Hör auf, mir Dinge in den Mund zu legen.«

»Es ist die Aussicht, dir Dinge in den Mund legen zu können, die mich am Ball bleiben läßt.«

Sie langte ihm eine. Es war ein scherzhafter Schlag, und sie jagten sich hundert Meter weit über die verlassene Straße. Dann blieb sie plötzlich stehen, und der Trübsinn hatte sie wieder im Griff. »Du würdest es dir wirklich gern angucken, nicht wahr?«

»Na ja, weißt du, es ist halt einer dieser besonderen Momente. Erste Mondlandung. England wird Weltmeister. Kermit und Miss Piggy knutschen.«

Sie nahm ihn bei der Hand. »Elephant Strides. Nicht in einem überfüllten Pub.«

»Das ist in Ordnung, Liebes. Wir können's uns im Bett kuschelig machen, wenn du möchtest.«

Sie lächelte lieblich.

Alex hatte ausreichende Trinkvorräte in seinem Zimmer. Er ging in die Küche, um einen Kübel mit Eis zu füllen, dann zogen sie sich aus, schlüpften ins Bett und tranken auf ihrer beider Gesundheit. Auf dem Bildschirm war das Empire zu sehen, doch nach kurzer Zeit legten sich seine Hände auf ihre Brüste. Sie kicherte.

»Was ist?«

»Nichts. Hah. Nur daß ich früher überhaupt kein Gefühl in den Titten hatte. Aber das ... na ja, komm her und laß es dir erklären.«

Sie schlang die Arme um ihn, und sie küßten sich lange und innig. Sie fühlte, wie er hart wurde; sie nahm ihn in die Hand, begann ihn zu massieren. Sie öffnete die Augen, um ihn anzusehen. Ihr Blick glitt zum Fernseher.

Sie schrie auf.

»O Gott! O nein! O mein Gott, nein!«

Alex schoß rückwärts. »Was ...?«

Ihr Mund bewegte sich, doch es kam nichts heraus. Sie deutete auf den Bildschirm.

Alex sah hin. Ein Foto von einem zerschundenen und blutenden jungen Mann. Um ihn herum Polizisten. Er wurde durch einen Korridor geschleppt. »Lisa ...?«

Ihre Arme fuchtelten durch die Luft. »Mach lauter! Mach lauter!«

Er taumelte übers Bett und schnappte sich die Fernbedienung vom Nachttisch. In der Hektik drückte er auf den falschen Knopf, so daß plötzlich ein anderer Sender zu sehen war. Sie schrie ihn an. Er schaltete zurück.

»Okay, okay, alles in Ordnung ...!«

»Nichts ist okay! Schau doch ...!«

Endlich fand er den Lautstärkeknopf; Lisa hatte vier Finger im Mund.

»... das Bild, das einer Sonderausgabe der New Yorker *Daily News* entstammt, zeigt offenbar Nathan Jones, der für die Entführung von Präsident Keneally verantwortlich sein soll, kurz nachdem er von der Polizei vor zwei Tagen im Hotel Chelsea in Manhattan unter dem Verdacht sexuellen Mißbrauchs verhaftet worden war – wie sich Jones dem Polizeigewahrsam entziehen konnte, ist noch ungeklärt.«

»O mein Gott, o mein Gott«, weinte Lisa. Er schloß sie fest in seine Arme. Sie zitterte an seinem Körper. »Das ist er. Er war's. Er hat es getan. Alex, um Himmels willen, er war es. Nathan. Er wird sterben!«

»Lisa ...«

»Er ist durchgedreht! Durchgedreht, weil ich ihn rausgeschmissen hab! O mein Gott, es ist alles meine Schuld! Er hat den Präsidenten der Vereinigten Staaten entführt, weil ich genug von ihm hatte. Wenn ich ihm noch eine Chance gegeben hätte, wäre er jetzt noch am Leben!«

»Er ist noch am Leben!«

»Nein! Er ist so gut wie tot!«

»... aus Polizeiquellen verlautet, der aus Nordirland stammende Jones sei bisexuell veranlagt und als gewalttätig bekannt, sowohl Männern als auch Frauen gegenüber ...«

»O mein Gott!«

Die Getränke und die ständige Wiederholung der Meldungen halfen ihr, sich allmählich zu beruhigen. Sie blieben nackt. Er gab sich alle Mühe, keine Erektion zu bekommen, stand aber auf verlorenem Posten.

»Tut mir leid, Liebes.« Zum ersten Mal zeigte er sich, angesichts seiner unpassenden Körpersprache, ihr gegenüber schüchtern. »Es ist nicht mit Absicht.«

Sie umarmte ihn. »Macht nichts. Es ist reizend.« Und wieder umarmten sie sich und kamen dabei in Berührung, und dann liebten sie sich. Ganz langsam, hingebungsvoll, und eine halbe Stunde lang konnte sie jeden Gedanken an Nathan ausschalten, aber als sie den Höhepunkt erklommen hatte und die Erregung abgeflossen war, wurde sie erneut von der Angst überspült, und sie war noch schlimmer als zuvor. Sie klammerte sich an ihn, fröstelnd plötzlich, und flüsterte: »Das war das letzte Mal, daß wir miteinander geschlafen haben.«

Er hob ihr Kinn an. »Ich habe nicht die Absicht, dich wegzulassen.«

Sie lachte wehmütig. »Alex, Alex, siehst du denn nicht, daß alles vorbei ist? Daß es nie mehr so sein kann wie bisher?«

»He, du hast also einen berühmten Ex ...«

Sie griff nach seiner Hand und drückte sie ganz fest. Ihre tränenfeuchten Augen bohrten sich in seine. »Alex, bitte, hör mir zu. Mein Freund hat den Präsidenten der Vereinigten Staaten gekidnappt. Es kann gut sein, daß er ihn umbringt. Er selbst wird wahrscheinlich auch getötet. Man wird wissen wollen, wer er ist. Was ihn dazu gebracht hat, so etwas zu tun. Man wird mehr von mir erfahren wollen. Sie werden hinter mir her sein, bis sie alles an Druckerschwärze, alles an Videoband, was irgend geht, aus mir herausgepreßt haben. Sie werden mich fotografieren. Sie werden dich fotografieren. Sie werden zu deinen Vorstellungen kommen. Sie werden sagen: Dieser Typ in Frauenkleidern ist der Mann, für den Lisa Nathan verlassen hat. Dieser Mann in Frauenkleidern ist der Grund, warum unser Präsident umgebracht wurde. Und irgendwo wird es irgend jemanden geben, der dir die Schuld gibt und dich umbringen will. Und mich auch. Verstehst du nicht? Das ist das Ende.«

Alex schaute etwas überrascht drein. »Mädchen, dramatisierst du die Sache nicht ein bißchen?«

Lisa schüttelte heftig den Kopf. »Ich untertreibe noch, Alex. Wahrscheinlich wird es sogar noch schlimmer sein.«

»Herrgott«, sagte Alex.

»Ich weiß.«

Ihren jeweils eigenen Gedanken nachhängend, saßen sie minutenlang schweigend da. Alex legte ein gequältes Lächeln auf. »Na gut, dann muß ich eben für eine Weile auf meinen Auftritt vor den Lesben von Provincetown verzichten. Wow, mir bricht das Herz.«

»Alex, so einfach ist das nicht.«

»Ich weiß, Liebes.« Er beugte sich zu ihr rüber, küßte sie auf die Stirn. »Was machen wir denn jetzt?«

Ein ungläubiges Lachen entfuhr ihr. »*Wir* machen gar nichts.«

Er sah geknickt aus. Er öffnete den Mund; sie verschloß ihn wieder mit ihrem Zeigefinger.

»Es ist die Wahrheit, Alex, und du weißt es. *Ich* kann weglaufen. Ich kann versuchen, mich zu verstecken. Am Ende aber werden sie mich kriegen. Aber wenn wir hier und jetzt Schluß machen miteinander, dann kannst wenigstens du dein Leben weiterführen wie bisher. Du brauchst dich nicht mit in die Sache hineinziehen zu lassen.«

Er lächelte, doch es war ein Lächeln, das die Träne in seinem Auge verbergen sollte. »Lisa, Liebes, willst ausgerechnet du mir etwas übers *Brauchen* erzählen? Weißt du denn nicht, was *ich* brauche?«

Sie schüttelte den Kopf.

Er saugte seine Unterlippe ein. »Du Biest. Du zwingst mich noch, es auszusprechen.«

»Alex, laß ...«

»Ich *brauche* dich ...«

»O Gott.« Sie ließ den Kopf hängen. Es folgte ein langes

Schweigen. Als sie wieder aufsah, war ein Funkeln in ihren Augen. »Alex, du bist ein Prachtstück.«

»Ein Prachtstück bin ich nur, wenn du versprichst, daß wir nicht nach New York rennen, damit du dich wieder mit diesem Nathan zusammentun kannst.«

Sie schüttelte seine Hand. »Auf keinen Fall. Das wäre das letzte, was ich will. Ich habe ihn geliebt, Alex, aber ich werde nicht zulassen, daß er mich mit sich reißt. Das ist Vergangenheit. Er ist Vergangenheit.«

8

Allmählich kam das Büro der Geschäftsleitung wieder zur Ruhe – nach den Tiraden Mortons, dem Donnerwetter Slovenskis, dem Ausbruch der First Lady und dem verlegenen Erröten aller anderen. Schuldzuweisungen wurden vorgenommen und durch die Bank zurückgewiesen. Eine Zeitlang schien es, als gäbe es gar keinen in Gefahr schwebenden Präsidenten, sondern nur seine Untergebenen, die ihre Existenz zu rechtfertigen suchten.

Inzwischen wurde es, entgegen Mortons Anweisungen, wieder eng im Büro. Zu den Mitarbeitern des Präsidenten und den diensthabenden Sicherheitsleuten hatten sich Slovenski und Taras Crew gesellt, ferner eine Reihe von New Yorks geistigen Größen sowie deren Kollegen, die in stetiger Folge aus Washington angereist kamen. Experten für alles und jedes standen zur Verfügung. Das Wirrwarr von Ratschlägen und Meinungsäußerungen war ohrenbetäubend.

»Das ist ja wie zur Fütterungszeit im Zoo, verdammt«, steuerte Slovenski zum Aufruhr bei. »Wir müssen hier Ordnung reinbringen.«

Morton nickte. »Wir verfügen über ein bewährtes Krisenbewältigungsprogramm, aber das scheint sich völlig verflüchtigt zu haben, nur weil der Präsident betroffen ist.«

Slovenski, dessen Wut sich erschöpft hatte, nickte. »Ich möchte, daß Sie in diesem Zimmer jeden haben, den Sie brauchen, um diese Sache durchzuziehen. Anschließend werde ich dafür sorgen, daß Sie ungestört bleiben.«

»Ich hab sie schon alle beisammen. Es quatscht nur andauernd jemand dazwischen.«

»Jetzt nicht mehr.«

Morton deutete mit dem Daumen nach hinten. »Was ist mit der First Lady?«

Sie saß mit Kipriskie neben dem Telefon. Slo nickte ernst. »Sie kennt den Präsident besser als sonst jemand. Könnte nichts schaden, sie bei der Hand zu haben.«

»Aber nur, wenn sie nicht wieder so ausrastet wie vorhin.«

»Okay. Ich rede mit ihr. Sie geben mir eine Liste der übrigen, und dann kommen wir in die Hufe.«

»Es gibt erfahrenere Leute als mich, Mr. Slovenski. Dies hier wird vielleicht nicht so gut ankommen.«

Slovenski lächelte. »Ja, ich weiß. Aber zum einen kenne ich Ihren Background. Sie sind für solche Situationen so gut ausgebildet wie jeder andere, und dazu haben Sie noch praktische Erfahrung – in Kolumbien und Beirut, wenn ich mich nicht irre?«

Morton nickte beeindruckt. »Ja, Sir.«

»Zum anderen – glauben Sie, daß irgendeiner von den hochdekorierten Arschlöchern sich um diese Aufgabe reißt? Sie wollen dabei sein, sie wollen Ratschläge geben, vor allem aber gesehen werden, wie sie Ratschläge geben, aber die Verantwortung wollen sie nicht.« Er bohrte Morton einen Finger in die Brust. »Es bleibt an Ihnen hängen. Wenn der Präsident stirbt, ist es Ihre Schuld.«

»So einfach ist das?«

»So einfach ist das.« Er ließ seine Hand auf Mortons Schulter hinaufgleiten, drückte sie ein wenig. »So, und jetzt bringen Sie die Dinge zum Laufen. Wir haben genug Theater gesehen, sehen wir zu, daß wir den Präsidenten wieder nach Hause kriegen.«

»Jawohl, Sir.«

Slovenski wandte sich Tara zu. Er nahm sie am Arm und führte sie in eine ruhigere Ecke des Büros.

»Schlechte Neuigkeiten?« fragte sie mißtrauisch.

Er schüttelte den Kopf. »Nein. Keine Neuigkeiten. Das sind gute Neuigkeiten. Wir versuchen nur, Zug in die Sache zu bekommen. Wir stellen ein kleines Team von Experten zusammen, alle anderen fliegen raus.«

»Ich bleib hier.«

»Das ist auch in Ordnung. Wir brauchen Sie hier. Aber wir brauchen Sie nicht, damit Sie stören. Wir brauchen Sie nicht, damit Sie einen Koller kriegen, wenn es nicht nach Ihrem Willen geht …«

»Koller!«

»Sehen Sie?«

»Slo!«

»Ruhig jetzt. Es ist mein Ernst. Wenn Sie den Mund halten, können Sie bleiben. Wenn Sie stören, werfen wir Sie den Hyänen da draußen vor. Und das würde Ihnen nicht gefallen. Sie haben's ja gesehen, da draußen ist Rambazamba. Wie heißt es doch? – Gebt dem Publikum, was es haben will, dann kommt es sofort angelaufen …«

»Das ist ja wohl nicht gerade fair.«

»Das Leben ist auch nicht gerade fair. Sind wir uns einig?«

Sie nickte langsam. »Ist das wirklich Ihre Meinung über mich, Slo? Koller und Störungen? Im Ernst?«

Er wich ihrem Blick aus. »Manchmal«, sagte er.

Morton setzte sich an seinen Schreibtisch, um sein Team zusammenzustellen. Aus unguter Erfahrung wußte er, daß man auch zu viele Experten zur Verfügung haben konnte: Mit Unmengen von einander widersprechenden Ratschlägen war niemandem gedient. Bei wissenschaftlichen Projekten klar, je mehr desto besser, wie bei Apollo 13, wo man das Schäfchen ins Trockene bringen mußte; aber nicht hier. Hier war weniger mehr. Eine kleine, aber feine Truppe aufbauen, Störungen von außen ausschalten, eine Mischung aus Erfahrung, Instinkt und Glück dazugeben und sich bis zu einem erfolgreichen Abschluß durchbeißen.

Es war zum Verzweifeln.

Er inspizierte seine Liste. Sein Name stand oben, logisch. Doyle, sein Assistent, als Puffer zwischen ihm und diesen externen Kräften. Dann Slovenski. Er hatte die Macht, Dinge durchzusetzen. Mit ihm zu arbeiten, würde schwierig werden. Er würde sicherlich, ganz automatisch, immer das Kommando übernehmen wollen. Dann James Cameron, ein Psychologe aus der FBI-Abteilung für Verhaltensforschung; Morton hatte bereits beschlossen, daß Cameron zusätzlich als Chefunterhändler fungieren sollte. Er war schon bei der ersten Besprechung dabei gewesen. Er hatte nicht viel gesagt, aber das wenige hatte Hand und Fuß gehabt. Als nächstes schrieb er *Martin Dillon, Kommandeur der Geiselbefreiungstruppe* auf. Morton hatte einmal mit ihm zusammengearbeitet: eine Geiselnahme auf dem La Guardia war zum erfolgreichen Abschluß gebracht worden – drei befreite Geiseln, drei erschossene algerische Terroristen. Falls es je zu einer bewaffneten Aktion kommen sollte, würde es an Dillon sein, sie anzuführen.

Bevor er es realisierte, hatte Morton den Namen *Fred Troy* niedergeschrieben.

Er strich ihn wieder aus.

Was hätte Fred getan?

Er schüttelte den Kopf. Es spielt keine Rolle. Fred war tot, und die in vielen Jahren erworbene Sachkenntnis hatte er mit sich genommen.

Morton rief zu Hause an. »Es wird spät werden«, sagte er zu seiner Frau.

»Ich weiß. Doyle hat schon angerufen.«

»Natürlich. Hab ich vergessen. Sehr fähiger Mann.«

»Genau wie du.«

»Danke. Andrea, die Welt liegt auf meinen Schultern.«

»Was für ein Glück, daß sie so breit sind.«

»Was ist, wenn das hier in die Hose geht?«

»Dann kommst du nach Hause.«

»So einfach?«

»So einfach.«

»Wie geht's Rory?«

»Sieht fern.«

»Die Geiselnahme?«

»Die *Simpsons*. Du kennst ihn doch.«

»Eines Tages wird er es bereuen.«

»Das bezweifle ich.«

Für eine Weile schwiegen sie. »Wen liebst du?« fragte Morton leise.

»Oh, Mutter und Vater.«

»Sonst noch jemanden?«

»Tja, Rory natürlich. Meinen Bruder Tom. Onkel Marty.«

»Sonst niemanden?«

»Puh, mal überlegen. Den Präsidenten natürlich.«

»Natürlich.«

»Und dich. Versteht sich von selbst. Ist es richtig schrecklich da draußen?«

»Nein, es geht. Keine Sorge. Du hast schon recht. Schließlich bin ich, egal was passiert, nicht derjenige, der in Gefahr ist. Ich kann nach Hause gehen, ob er lebt oder stirbt.«

»Tu einfach dein Bestes. Wie immer.«

»Fragt sich nur, ob mein Bestes gut genug ist.«

»Bisher war es das immer.«

Doyle brachte ein Exemplar der *Daily News* mit. »Das müssen Sie sich angucken«, sagte er.

Morton sah vom Schreibtisch auf. »Nein, ich hab keine Zeit.«

»Ich glaube, doch.« Doyle legte ihm die Zeitung auf den Tisch. »Das ist unser Mann.«

Morton sah sich Jones gründlich an. Das war ja noch ein Knabe. Irrer, verzweifelter Blick; nun ja, den hätte *er* auch, wenn die Polizei ihn frühmorgens halbnackt aus einem

Hotel schleifen würde. »Okay. Besorgen Sie noch ein paar davon.«

»Das haben Sie ja anstandslos geschluckt.«

Morton zuckte die Achseln. »Mich kann nichts mehr schocken. Außerdem nützt es uns wenig, wenn wir wissen, wie er aussieht.« Er klopfte sich an den Schädel. »Entscheidend ist, was er hier drin hat.«

»Oder auch nicht hat«, sagte Doyle.

»Oder auch nicht hat«, stimmte Morton zu.

»Kaffee?« fragte Doyle.

»Klar.«

Doyle holte zwei Becher aus dem mittlerweile relativ ruhigen Bürovorzimmer. Dort waren nur noch ungefähr hundertfünfzig Experten damit beschäftigt, ihre Geräte aufzubauen.

Morton rückte mit seinem Stuhl nach hinten und streckte sich. Er nahm einen Schluck. Bitter. Er stellte den Becher zur Seite.

»Was ist mit Jones' Freundin?«

»Eine Stripperin. War sie jedenfalls. In einem Schuppen am Times Square.«

»Ich denk, die sind alle zugemacht worden.«

»Die meisten. Einige stemmen sich noch gegen die Sperrzonenbestimmungen. Sie hat in einem Laden namens Star World gearbeitet. Wird als nettes Mädchen beschrieben, hat die Kerle auf Distanz gehalten.«

»Alles klar. Die Hure mit dem goldenen Herzen. Aber jetzt ist sie Richtung Cape Cod verschwunden?«

»Vor ein paar Tagen. Vielleicht hat sie von seinen Plänen Wind bekommen. Alle Cops in der Gegend halten nach ihr Ausschau.«

»Haben wir von ihr auch ein Bild?«

»Müßte in den nächsten Minuten kommen. Die Jungs von der britischen Paßbehörde haben eins. Sie kommt auch aus Nordirland. Ist zur selben Zeit eingereist wie Nathan.«

»Bonnie und Clyde. Was ist mit dem Alten? Der Komplize. Sam McClintock?«

»Wohnt allein. Trinkt wohl ein bißchen. Frau ist senil, halb im Koma, lebt in einem Pflegeheim.«

»Wer bezahlt das?«

»Er hat 'ne Versicherung. Reicht aber nicht. Und die Sätze sind gerade erhöht worden. Sam war gar nicht glücklich drüber. Jemand von unten hat mir erzählt, daß er den Präsidenten darauf ansprechen wollte.«

»Na, versucht hat er's jedenfalls.«

»Aber hat er auch mit Nathan Jones darüber geredet, und sind sie wirklich Komplizen?«

»Das, Mr. Doyle, ist die Drei-Milliarden-Dollar-Frage.«

9

Sam war im Park. Mary schob seinen Rollstuhl. Es war ein sommerlicher Morgen. Ihr Pudel Trixie sprang verspielt um sie herum.

»Das ist ein Traum, oder?« sagte Sam.

Die Haare hinten zu einem Knoten gebunden, einen langen Rock und eine strahlend weiße Bluse tragend, summte Mary vor sich hin und schien ihn nicht gehört zu haben.

»Ich weiß, daß es ein Traum ist«, sagte Sam, »es ist ein schöner, warmer Tag, aber mir ist kalt.

Sie näherten sich einer Musikbühne. Paare saßen auf dem Rasen und machten Picknick. Beim Näherkommen bemerkte Sam, daß sie Sinatra zuhörten. Dem jungen Sinatra. Er sang »Blue Skies«.

»Das ist ein Traum«, sagte Sam wieder.

»Wie kommst du darauf, Liebling?«

»Wir hatten nie einen Pudel, und selbst wenn wir einen gehabt hätten, dann hätte ich ihn verdammt noch mal nicht Trixie genannt.«

Der Nebel in seinem Kopf begann sich zu lichten, als würde die holde Liberty persönlich ihn wegblasen. Er lag auf dem Rücken. Er hatte Kopfschmerzen. Die alten vertrauten Schmerzen, ja, aber dazu noch etwas anderes, eine Schramme oder so. Er zitterte. Jemand hielt seine Hand. Er zwang sich, die Augen zu öffnen. Sie flatterten, fielen zu, flatterten, öffneten sich. Er stellte den Blick ein: blauer Himmel und – eindeutig – der Empire-Wind. Er war gestürzt. Bei der Arbeit. Er hatte sich blamiert. Diesmal würden sie ihn garantiert rausschmeißen. Jemand hielt seine Hand und sagte *Geht's wieder, alter Knabe?*, als sei er der Hund von Jim Reeves. Er faßte den Mann ins Auge.

»Wie fühlen Sie sich?«

»Beschissen«, sagte Sam, fügte dann hinzu: »Mr. President.«

Der neben ihm kniende Präsident drückte Sam noch einmal die Hand, dann legte er sie sanft auf dessen Brust. »Ruhen Sie sich einfach noch ein bißchen aus, wir kriegen Sie schon wieder hin.« Er wandte sich um. Marilu hatte zwar in den vergangenen Stunden wieder etwas Zutrauen gewonnen, die Schwelle ihres Verkaufsstandes aber hatte sie noch nicht überschritten. »Könnten Sie ihm eine Tasse Kaffee oder Tee bringen, Marilu, irgend etwas Heißes?«

»Ja, Sir, sofort.«

Sam versuchte sich umzudrehen. Er stöhnte auf und sank zurück. »Entschuldigung. Bin ich gestürzt? Mir ist, als wäre ich von einem Lastwagen überfahren worden.«

»Sicher, Sie sind gestürzt.«

»Gott«, sagte Sam, »wie peinlich. Hab ich alles durcheinander gebracht? Nett von Ihnen, daß Sie sich um mich kümmern. Wissen Sie, ich hab alle Ihre Vorgänger kennengelernt. Irgendwann sind sie alle hier zu uns raufgekommen.«

»Das hat man mir erzählt, Sam.«

Marilu erschien mit einer Tasse Kaffee im Eingang. Der Präsident winkte sie heran. Sie trat zögernd auf die Plattform hinaus und schlug einen weiten Bogen um Nathan, um zu dem Alten zu gelangen.

Der Präsident half Sam beim Aufsetzen. Wieder stöhnte er, doch es war nicht mehr so schlimm wie beim letzten Mal. Er umfaßte die Tasse mit beiden Händen und nippte. »Mary wird sich Sorgen machen«, sagte er.

»Keine Angst«, sagte der Präsident. »Wir werden sie benachrichtigen.«

Sam lächelte. Er sah in die angespannten Gesichter ringsum. Der Präsident, gütig lächelnd. Marilu, mit großen Augen, sorgenvollem Gesicht. Nathan, bleich und ausgezehrt. Neben ihm ein Farbiger, den er nicht kannte, an einem Strohhalm nuckelnd.

»Es ist schön zu wissen, daß sich Leute um einen kümmern«, sagte Sam. »Aber Sie müssen sich keine Sorgen machen. Es ist noch ein bißchen Leben in dem alten Esel.«

Während Sam wieder einschlief, nahm Marilu, befeuert durch ihren erfolgreichen Ausflug an die frische Luft, Getränkebestellungen entgegen. Der Präsident wünschte Kaffee, Fuller Tee, und Nathan trank Orangensaft. Er hielt die Pistole fest an seine Seite gepreßt. Der Wind war im Verlauf des Nachmittags stärker geworden, aber es lag nicht an äußeren Umständen, daß Nathan sich straffhalten mußte.

Bisher hatte er nicht viel gesagt. Das meiste war betrunkenes Gemurmel gewesen, Variationen der Aufforderung, *das Maul zu halten, verdammt.* Von der Nummer mit den Eiscremetüten war George absolut begeistert gewesen. Ganz große Klasse. Er hatte sie auch richtig fest hineingestopft. Dann hatte Nathan die Agenten in den Fahrstuhl geschickt. Das war George ganz recht. Je weniger, desto besser.

Nathan war auf und ab gelaufen. Hatte mit der Pistole gefuchtelt. Hatte böse geguckt und mit den Füßen gestampft. Den Postkartenständer am Verkaufsstand hatte er zertrümmert. Die Pyramide der Empire State Building-Nachbildungen aus Plastik hatte er umgestoßen und dann den Hörer des ständig klingelnden Telefons von der Gabel gelegt. Er war an den Tisch mit den Cocktails getreten, hatte kurz überlegt, ob er sich ihnen hingeben sollte, dann einen Schrei ausgestoßen und den Tisch umgetreten. Überall zersplittertes Glas. Dann hatte er den Präsidenten gezwungen, fast eine Stunde lang mit der Pistole im Mund niederzuknien, während die Hubschrauber immer dichter kreisten.

Nathan hatte so einiges im Kopfe zu wälzen.

George Burley hatte sich inzwischen praktisch die Backen durchgebissen, so sehr mußte er gegen das Lachen ankämpfen. Das hier war einfach zu schön, um wahr zu sein. Den Präsidenten mit einem Strohhalm umzubringen, das war schon gut; aber einen anderen dazu zu bringen, einem die Arbeit abzunehmen, das war unbezahlbar. Es war immer seine feste Absicht gewesen, zu entwischen, aber er hatte sich nicht unnötig den Kopf über Fluchtmöglichkeiten zerbrochen. Den Job zu erledigen, das war die Hauptsache. Das würde jetzt – mit ein bißchen moralischer Unterstützung – dieses bescheuerte Jüngelchen übernehmen. Das Glück stand ihm zur Seite; nachdem der Niggerfarmer sein Auto sabotiert hatte, hatte er eine Zeitlang befürchtet, es könnte ihn verlassen haben, aber seitdem war ja alles sehr schön glatt gelaufen. Ein bißchen Glück und das taktische Geschick des Meisterterroristen würden ihn über alle Hürden tragen … Terrorist? Blödsinn – Freiheitskämpfer! Nein, nicht Freiheitskämpfer – Patriot! Er tat dies ja nicht für sich oder seine Familie – na gut, irgendwie schon, aber nicht in erster Linie –, sondern er tat es für sein Land. Für Amerika. In gewisser Hinsicht war es sogar traurig, daß dieser Junge den Job für ihn erledigen würde; er würde den ganzen Ruhm einsacken: für kurze Zeit verschrien, auf lange Sicht eine Legende. Mit dem Burley-Feiertag war es wohl Essig. Nathan-Jones-Tag würde es heißen.

Er fragte sich, was diesen schlappen Wachmann zu einer so irrwitzigen Aktion getrieben haben mochte. Wie großartig wäre es doch, wenn sie ein gemeinsames Motiv hätten! Aber wie köstlich auch, wenn ihre Gründe genau entgegengesetzt wären! Vielleicht tat er es ja, um gegen die schlechte Behandlung der Schwarzen seitens der Regierung zu protestieren. Oder weil er Kommunist war, oder Homosexueller. Bei näherer Betrachtung seines dürren Körpers und seines müden, gehetzten Blicks kam George zu dem Schluß, daß keiner dieser Gründe zutraf. Er tat es, weil er ein ewiger Verlierer war, ein Niemand, der sich endlich einen Namen machen wollte. Er hatte ein bißchen zu oft *Butch Cassidy* geguckt. Hatte sich zu sehr in *Dog Day Afternoon* hineingeschafft. Falls es das Timing hinkriegte, dachte George, könnte er auch Nathan noch einen vergifteten Dorn in den Nacken blasen, vorausgesetzt, der kleine Scheißer hätte den Präsidenten vorher erledigt.

George schaltete seinen Computer ein. Jetzt, wo die Hubschrauber verschwunden waren, konnte er ganz entspannt sein. Er hatte eben mit dem Tippen begonnen, als er Nathan auf sich zukommen sah. Mehr als *er wirkt so jung und stolz* bekam er nicht auf den Bildschirm, bevor Nathan ihm die Pistole gegen die Stirn drückte.

»Was zum Teufel tun Sie da?« fragte er mit undeutlicher Stimme, während er, wie von George beabsichtigt, die wenigen Worte las. Nathan hatte noch schwer mit seiner Diktion zu kämpfen.

»Ich dachte, es wäre in Ordnung, wenn ich mir Aufzeichnungen mache. Deswegen haben Sie mich doch hierbehalten, nicht wahr?«

Nathan nickte unbestimmt.

»Hätten Sie was dagegen, wenn ich Ihnen hin und wieder Fragen stelle?«

»Nein«, sagte Nathan. »Aber nicht jetzt. Noch nicht.«

»In Ordnung. Ich werde einfach alles beobachten. Ich bin sehr dankbar für die Gelegenheit.«

Nathan klopfte George mit dem Pistolenlauf auf die Schulter. »Sie können mein Boswell sein, ich mach den Dr. Johnson.«

George nickte. *Was redet er da? Boswell? Drei Engel für*

Charlie? »Es könnte auch für den Prozeß nützlich sein«, sagte er, eine Art Dokumentation zu haben.«

»Ach was«, sagte Nathan.

Marilu machte sich daran, den Verkaufsstand aufzuräumen. George tippte. Nathan stand neben dem nach wie vor knienden Präsidenten und drückte ihm die Pistole an die Schläfe. »Sie wirken gar nicht so groß, so auf Knien«, sagte Nathan.

Der Präsident wußte nicht, ob er lächeln sollte. Er nickte vorsichtig, gerade so viel, um Zustimmung zu signalisieren, aber nicht genug, um so an der Pistole zu ruckeln, daß sie ihm den Kopf wegblies.

»Wir müssen miteinander reden«, sagte der Präsident.

»Müssen wir«, sagte Nathan.

»Die Menschen werden sich Sorgen machen.«

»Das dürfte eine leichte Untertreibung sein.«

»Nicht nur um mich. Auch um Sie.«

»Ich glaube, die Waage wird letztlich zu Ihren Gunsten ausschlagen.«

»Wollen Sie mir sagen, warum Sie das hier tun?«

»Nein.«

»Haben Sie die Absicht, mich zu töten?«

»Nicht, wenn ich bekomme, was ich will.«

»Was wollen Sie denn?«

»Ich habe keine Ahnung.«

»Werden Sie die anderen freilassen?«

»Nö.«

»Lassen Sie wenigstens die Frau gehen.«

»Ein lobenswerter Vorschlag, zweifellos, aber politisch nicht korrekt. Ich sollte sie aus Gleichbehandlungsgründen bis zum Schluß festhalten. Wenn ich Ihnen sagen würde, daß ich in zehn Sekunden den Abzug drücke, was wären Ihre letzten Gedanken?«

»Wahrscheinlich müßte ich mich voll und ganz aufs Rückwärtszählen konzentrieren.«

Nathan lächelte.

Der Präsident fühlte den Lauf an seiner Schläfe zittern. Nathans Augen hatten rote Ränder und waren halb geschlossen.

»Okay, und wenn ich Sie auffordern würde, etwas aufzuschreiben, bevor ich Ihnen den Kopf wegblase. Was würden Sie schreiben? Ihren Nachruf.«

»Ich weiß nicht. Nichts Tiefsinniges. Daß ich meine Frau geliebt habe.«

»Wirklich? Das ist nett. Wirklich nett. Wie hat es sich angefühlt, einen Pistolenlauf im Mund zu haben?«

»Ich hab schon Schöneres erlebt.«

Nathan zog die Pistole vom Kopf des Präsidenten weg, dann schob er sich selbst den Lauf in den Mund. Sein Finger krümmte sich um den Abzug. »'s nach sahr anganahm«, sagte er. Für fünf lange Sekunden bohrten sich ihre Blicke ineinander. Nathans Finger begann den Abzug zu drücken.

Der Präsident wollte sagen: *Tun Sie's nicht*, aber er konnte nicht.

Nathan schloß die Augen, dachte an Lisa und drückte noch ein wenig fester.

Dann klingelte das Telefon.

Marilu, die den Hörer, ohne vorher zu fragen, wieder aufgelegt hatte, starrte das Telefon an, als hätte es sie verraten.

»Möchtest du, daß ich rangehe?« fragte sie.

Nathan zog die Pistole aus dem Mund.

»Sicher«, sagte er.

Marilu nahm den Hörer ab. »Verkaufsstand Empire State«, sagte sie.

George beugte sich über seinen Computer und kicherte.

Marilu hielt den Hörer am ausgestreckten Arm. »Es ist für dich«, sagte sie zu Nathan.

Nathan nickte langsam. Die Pistole nahm wieder die starre Position an seiner linken Seite ein. Er ging zum Telefon. Marilu ließ den Hörer in seine Hand fallen, als wäre er sehr heiß – oder die Hand.

»Jau«, sagte Nathan.

»Nathan Jones. Hallo. Hier ist James Cameron. Ich arbeite für das Federal Bureau of Investigation. Wie geht's Ihnen heut nachmittag?«

»Mir geht's ganz prima.«

»Und dem Präsidenten?«

»Dem geht's auch ganz prima.«

»Nathan, wollen Sie mir sagen, warum Sie das getan haben?«

»*For a bit of crack*«, sagte Nathan und legte auf.

10

»*For a bit of crack*«

James Cameron wandte sein dünnlippiges, hühnerschnabeliges Gesicht nachdenklich den übrigen Anwesenden zu. Seine Aussprache verriet nur winzige Spuren seiner ersten zehn Lebensjahre in Glasgow. »Das heißt, wir haben ein Problem«, sagte er mit ruhiger Autorität.

Morton trommelte mit einem Bleistift auf den Tisch ein. »Die Wörter schlimm und schlimmer drängen sich mir auf.«

»Es macht eine zügige militärische Lösung unumgänglich«, sagte Captain Martin Dillon. Er sah auf seine Uhr. Es war kurz nach 17 Uhr. »Der Plan steht, packen wir's an.«

Slo nickte. »Martin, wenn er auf Crack ist, was denkt er dann, wie wird er voraussichtlich reagieren?«

»Ich bezweifle, daß er *drauf* ist, wahrscheinlich kommt er gerade runter. Ein Crackrausch dauert nicht sehr lange. Wenn er drauf war, als er sich den Präsidenten gekrallt hat, und jetzt runterkommt, tja, dann wird er langsam reizbar. Sehr reizbar. Zunehmend irrational. Crackentzug geht Hand in Hand mit Gewalt, wenn man abhängig ist. Wenn er nach Crack verlangt, dann schätze ich, daß die Lage da oben ziemlich aus den Fugen gerät.«

»Können wir's riskieren, Leute da raufzuschicken?«

»Ich würd's tun.«

»Es handelt sich um den Präsidenten.«

»Ich weiß. Ich würd's trotzdem tun.«

Morton zeigte mit dem Bleistift auf Cameron. »Sie sind auch der Ansicht, daß die Lage sich verschlechtert?«

»Yeah, natürlich. Er ist schon jetzt irrational, und die Paranoia wird sich mit jeder Minute verstärken. Trotzdem wird ihm weiterhin klar sein, wen er da oben hat. Wenn es zu Gewaltausbrüchen kommt, werden sie sich wahrscheinlich zunächst gegen die verwundbarsten Personen richten, gegen die Frau oder den Reporter. Er wird noch realitätstüchtig genug sein, dem Präsidenten vorerst nichts zu tun. So gesehen, haben wir immer noch Zeit zu verhandeln, sofern der Präsident unsere oberste Priorität darstellt.«

Morton nickte langsam. »Natürlich tut er das. Aber dieser Wunsch nach Crack, das kann nicht alles sein, was er will. Das ist nur das Vorspiel, bis er mit der eigentlichen Forderung rausrückt, oder?«

»Davon kann man ausgehen. Es gibt unaufwendigere Wege, an Crack heranzukommen, als den Präsidenten zu entführen.«

»Wenn wir ihm also Crack geben, gewinnen wir Zeit. Stellen ihn ruhig.«

»Sicher doch«, sagte Dillon, »stellt die Psychopathen ruhig, gebt ihnen Crack.«

»Wir brauchen Zeit«, sagte Morton. »Ich habe keine Lust, einen vermurksten Angriff zu starten und den Präsidenten zu verlieren, weil wir überstürzt gehandelt haben.«

Slo nickte. »Okay, einverstanden. Aber wir können ihm kein Crack geben. Das kommt nicht in Frage.«

Morton sah Cameron an. »James?«

»Es würde ihn beruhigen. Er wäre high, aber nicht mehr so gefährlich.«

Dillon schüttelte heftig den Kopf. »Achtzig Prozent der Gewaltkriminalität in New York stehen im Zusammenhang mit Drogen. Daß wir Zeit dadurch gewinnen, daß wir ihn mit Crack versorgen, ist ein Trugschluß. Und ich kann es nicht billigen, irgend jemandem Crack zu geben.«

»Nicht mal, um den Präsidenten zu retten?«

»Das ist nicht der Punkt!« sagte Dillon.

»Das *ist* der Punkt! Die Sicherheit des Präsidenten genießt höchste Priorität!«

»Aber wir dienen damit nicht seiner Sicherheit! Glauben Sie mir! Es wird nicht funktionieren!«

Slovenski hob beschwichtigend die Hand. »Ich kenn mich mit Crack nicht besonders gut aus. Ist es das gleiche, wie wenn man einem Alkoholiker einen Drink gibt, damit er ruhiggestellt ist?«

»Nein«, geiferte Dillon, »es ist das gleiche, wie wenn man einem Pyromanen eine Schachtel Streichhölzer gibt, um ihn ruhigzustellen.«

»Okay.« Slo wandte sich an Morton. »Im Hinblick auf die öffentliche Meinung würden wir mit dem Feuer spielen.«

»Wer gibt schon einen Scheiß auf die öffentliche Meinung?« grummelte Dillon.

»Wir alle«, sagte Slo. »Und das müssen wir auch. Denken Sie daran, daß der Präsident einen entschiedenen Standpunkt vertritt, was den Umgang sowohl mit Terroristen als auch mit dem Drogenproblem angeht. Wir würden diesen Standpunkt untergraben, wenn wir diesen Kerl mit Crack versorgen. Selbst wenn wir ihn dann rauskriegen, wäre der Schaden irreparabel.«

»Was ist uns wichtiger, ihn freizukriegen oder die nächste Wahl zu gewinnen?« fragte Morton. »Wir haben es hier nicht mit einem Zehn-Millionen-Dollar-Deal zu tun, es geht nur um ein paar Bröckchen, um den Burschen glücklich zu machen, bis wir Martins Männer hochschicken können, um den Hurensohn zu erledigen.«

Slo schüttelte den Kopf. »In gewisser Weise wäre es besser, wenn es sich um einen Zehn-Millionen-Dollar-Deal handeln würde. Die Öffentlichkeit würde wissen, daß er diese Menge unmöglich aufbrauchen kann, geschweige denn, daß er eine realistische Chance hat, damit durchzukommen. Aber es hat etwas Niederes, ihm ein paar Brocken zu geben. Es läßt die ganze Sache irgendwie erbärmlich erscheinen. Es ist einfach nicht richtig, James.«

»Was schlagen Sie also vor? Er hat nach Crack verlangt, mit der versteckten Drohung, jemandem etwas anzutun, wenn er es nicht bekommt.«

»Aber es gab keine *konkrete* Drohung«, sagte Slo.

»Unterschwellig schon«, sagte Cameron.

»Unterschwellig am Arsch«, sagte Dillon. »Das *war* eine Drohung. Die ganze scheiß Aktion ist eine einzige Drohung. Er muß ausgeschaltet werden.«

»Okay«, sagte Morton. »Setzen Sie uns Ihren Plan noch einmal auseinander.«

Dillon erhob sich. Er ging um Mortons Schreibtisch herum zu einer der Wände, an der ein Plan des Empire State Building mit einem detaillierten Grundriß des 86. Stockwerks befestigt war. Er langte über den Tisch und schnappte sich Mortons Bleistift.

»Es geht hier«, sagte er ernst, »nicht gerade um die Invasion der Normandie. So simpel es klingt, so erfordert es doch nichts als absolute Professionalität, gutes Timing, Rücksichtslosigkeit und ein klein bißchen Glück.«

Er blickte auf, als sich die Tür öffnete. Doyle kam herein, gefolgt von der First Lady. Beide hatten Kaffeetassen in der Hand. Doyle merkte sofort, daß etwas im Gange war, und blieb abrupt stehen. Tara stieß gegen ihn und verschüttete ihren Kaffee.

»Um Gottes willen.« Sie schüttelte sich die heißen Tropfen von den Fingern. »Können Sie nicht …«

Doyle nickte Morton zu. »Sollen wir warten, bis …?«

Morton winkte sie herein. »Sie sollten beide wissen, was sich abspielt.«

Doyle ließ Tara vorgehen und schloß die Tür. Während er Platz nahm, sagte er: »Ich hab was Neues über …«

Morton hob die Hand. »Später«, sagte er. »Okay, Martin, fahren Sie fort.«

»Danke.« Er schaute auf seine Uhr. »In etwa einer halben Stunde wird es dunkel. Die Aussichtsplattform ist nachts gut beleuchtet, aber falls sich nichts weiteres ergibt, dürfen wir annehmen, daß Jones seine Geiseln in den Imbißbereich verlegen wird. Dort zu übernachten bietet sich einfach an.«

»Auch für einen Cracksüchtigen?« fragte Slo.

»Ja, selbst für einen Cracksüchtigen. Falls Sie sich je nachts auf dem Port Authority aufgehalten haben, werden Sie wissen, was ich meine. Von dort aus hat er immer noch die Fahrstühle im Blick, den Rest des Stockwerks aber nur noch eingeschränkt.« Er führte den Bleistift zur Karte. »Von unserem Stockwerk aus, hier, können wir ein Team über die Außenwand des Gebäudes hinauf in den 86. Stock schicken.«

»Kann man das machen, ohne Lärm zu verursachen?« fragte Slo.

»Ich werde veranlassen, daß sie Turnschuhe tragen«, fauchte Dillon.

Slo spreizte entschuldigend die Hände. »Natürlich«, sagte er.

»Die Lichter im 86. können von hier aus gesteuert werden. Sobald wir geeignete Stellungen um die beiden Zugänge zum Verkaufsstand erreicht haben, schalten wir das Licht aus und werfen ein paar Betäubungsgranaten, dann steigen unsere Männer mit der Nachtsicht ein und holen den Präsidenten raus.«

»Unsere Männer mit der Nachtsicht?« sagte Tara. »Ich darf wohl annehmen, daß das nicht Polizeibeamte mit einer Vorliebe für Karotten sind?«

Alle sahen sie an.

»Entschuldigung«, sagte sie, »ich bin wohl mit dem Fachjargon nicht so vertraut ...«

»Haben Sie den Film *Das Schweigen der Lämmer* gesehen, Tara?« fragte Slo.

»Klar.«

»Am Ende, wenn der Killer Jodie Foster durch den dunklen Keller jagt, da kann er alles sehen, während sie gar nichts sieht. Er trägt nämlich eine Nachtsichtbrille.«

Tara nickte. Ihr Blick heftete sich auf Dillon. »Hat Jodie

Foster ihn nicht trotzdem getötet, trotz der *Nachtsichtbrille*?«

»Darum geht es hier ja wohl nicht«, sagte Dillon.

»Nein?« sagte Tara. »Es geht darum, meinen Mann lebend da herauszuholen, nicht darum, eine Schießerei im Dunkeln anzufangen, Nachtsicht oder nicht Nachtsicht.«

»Tara«, sagte Slo verständnisvoll, »wir müssen etwas tun, und zwar schnell. Wir haben einen Cracksüchtigen da oben, der jederzeit durchdrehen kann.«

»Seit wann ist er denn cracksüchtig?«

»Oh.« Slo warf einen Blick in die Runde. »Sie waren vorhin draußen. Wir haben mit ihm gesprochen. Vor ein paar Minuten. Er ist ans Telefon gegangen.«

»Na, vielen Dank, daß ich das auch mal erfahre. Wie geht's meinem Mann?«

»Ihm geht's gut«, sagte Morton.

»Ganz prima«, präzisierte Cameron leise.

Tara durchbohrte beide mit bösen Blicken. »Was ist los? Was hat er gesagt?«

»Wir haben ihn gefragt, wie es dem Präsidenten gehe«, sagte Slo, »und er sagte, es gehe ihm ganz prima. Wir fragten dann, warum er das getan habe, und er sagte, er hätte es getan, ich zitiere: *for a bit of crack*. Das war alles. Dann hat er aufgelegt.«

Tara biß sich auf die Lippen. Sie schüttelte langsam den Kopf.

»Es wird alles gutgehen, Tara«, sagte Slo leise.

»Hat irgendeiner von euch trüben Tassen eine Ahnung, was *a bit of crack* ist?« fragte sie mit eisiger Stimme.

»Oh, ich denke, wir wissen alle, was *a bit of crack* ist«, sagte Dillon hochmütig.

»Zu Ihrer Information«, gab Tara schneidend zurück, »*a bit of crack* ist ein nordirischer Ausdruck für ›Spaß haben‹, ›Fez machen‹. Es hat nichts zu tun mit Kokaincrack.« Sie nickte in Slovenskis Richtung. »Ich dachte, Sie bereiten sich sorgfältig auf Ihre Auslandsreisen vor, Slo?«

»Nun ja ... ich ...«

»Oh, um Gottes willen«, sagte Morton. Er nahm Dillon

seinen Bleistift wieder ab. Trommelte damit auf den Tisch. Dann brach er ihn entzwei. »Wissen Sie das genau?«

Tara nickte. »Sie können's ja nachprüfen.«

Morton faßte Cameron ins Auge. »In welche Richtung verändert das die Sachlage? Zum Besseren?«

Cameron schüttelte den Kopf. »Einer, der so etwas zum Spaß macht? Sauber und gradlinig? Ein kalt kalkulierender Psychotiker. Dann lieber hundert Cracksüchtige.«

Sie verfielen vorübergehend in Schweigen. Dann klopfte Dillon mit den Fingerknöcheln gegen den Plan. »Ich würde nach wie vor sagen, daß wir es tun. Es hat sich in *der* Beziehung nichts geändert.«

Morton blickte in die Runde. »Wie ist die Meinung?« fragte er.

11

Nathan war nicht immer so jähzornig gewesen. Aber seit jenem kalten, dunklen und blutigen Tag bei Crossmaheart war etwas in ihm umgesprungen, hatte die Furcht, der Schrecken irgendein chemisches Ungleichgewicht verursacht. Man hielt sich lieber fern von Nathan Jones, wenn er die Beherrschung verlor.

Wäre er Amerikaner gewesen, hätte man ihn vielleicht in einen »Wut-Workshop« geschickt, damit er lernen könnte, damit umzugehen oder es sogar zu überwinden. Statt dessen hatte sein Dad, selbst ein eher lebhaftes Temperament, seinen Sohn zu bändigen versucht, indem er ihm ein paar Maulschellen verpaßte und ihn aufforderte, gefälligst erwachsen zu werden. Nathan hatte gelernt, sein Temperament zu akzeptieren und damit zu leben. Und nun, da die Nacht anrückte, erkannte er, daß er daran sterben würde.

Der dumpfe Schmerz heraufschleichender Nüchternheit dröhnte durch seine Knochen. Er sog die warme Abendluft tief ein und gestattete es sich für ein paar

Augenblicke, die glitzernde Aussicht zu genießen, bevor er fortfuhr, über seine Gefangenen und über seine Zukunft nachzudenken.

Daß es keinen Weg zurück gab, war offenkundig. Er konnte sich nicht einfach entschuldigen und hoffen, daß man schon Verständnis für ihn haben würde. Ihm stand zumindest eine sehr, sehr lange Gefängnisstrafe bevor. Wahrscheinlich erwartete ihn sogar der Tod, durch die Hand der Polizei, der Öffentlichkeit oder durch die anderer Gefängnisinsassen.

Er betrachtete die Pistole. Er hatte noch nie im Leben eine abgefeuert. Hatte noch nicht mal eine in der Hand gehabt, hatte es auch gar nicht gewollt. Sie war schwerer, als sie aussah. Mit einiger Anstrengung und Nervosität zog er das Magazin heraus und zählte die Kugeln. Acht.

Sie beobachteten ihn, und er wußte, daß jeder von ihnen, selbst Marilu, ihn in diesem Moment hätte angreifen und überwältigen können. Er hatte müde Beine. Die Arme taten ihm weh. Er spürte kleine schmerzhafte Stiche in den Augen.

Der Präsident saß mit durchgedrücktem Rücken gegen den Tresen des Verkaufsstandes gelehnt. Er führte irgendwelche Atemübungen durch. Fuller hantierte mit seinem Computer. Marilu stand müde hinter dem Tresen, zum Bedienen bereit. Sie hatten Sam reingetragen und in ihre Mitte gelegt; er schlief auf dem Boden, den Kopf auf einen zusammengefalteten Mantel gebettet. Sein Atem ging leicht, es war wohl die bestmögliche Erholung für ihn.

Nathan tippte mit der Pistole gegen das Knie des Präsidenten. »Was ist das denn, Yoga?« fragte er.

Der Präsident schüttelte den Kopf. »Nur Atemübungen. Als Kind hatte ich immer Panikanfälle, und durch die Übungen konnte ich damit einigermaßen fertigwerden.«

»Haben Sie jetzt gerade einen Panikanfall?«

»Nein, aber ich muß damit rechnen, daß es passiert. Es ist eine Präventivmaßnahme.«

»Prä-ven-tiv-maß-nahme.« Nathan ließ das Wort auf der Zunge zergehen. Er hielt die Pistole hoch. »Wie stehen

Sie zur Frage der Bewaffnung der Bevölkerung, Mr. President?«

»Offiziell bin ich dafür, die Anzahl und das Kaliber der Waffen zu reduzieren, die den Bürgern Amerikas zur Verfügung stehen dürfen.«

»Kann ich mir vorstellen.«

»Inoffiziell bin ich dafür, das Recht auf Waffenbesitz aus der Verfassung zu streichen.«

»Warum machen Sie Ihren inoffiziellen Standpunkt dann nicht offiziell?«

»Weil ich aus dem Amt fliegen würde, bevor ich den Vorschlag überhaupt zu Ende formuliert hätte. Die Amerikaner lieben ihre Waffen, so ist es nun mal.«

»Es würden wesentlich weniger Psychopathen mit Waffen durch die Gegend laufen, wenn Sie es durchsetzen würden.«

»Das ist richtig. Aber so wird's nicht kommen. Nicht, solange ich lebe.«

»Vielleicht müßte etwas Besonderes passieren, um die öffentliche Meinung zu ändern.«

»Vielleicht.«

»Fällt Ihnen irgendwas ein?«

Der Präsident rang sich ein angespanntes Lächeln ab. »Ist es das, worum es geht, die Verbreitung von Waffen?«

Nathan schüttelte den Kopf. »Nicht unbedingt. Es geht nicht unbedingt um etwas Bestimmtes. Vielleicht aber doch.« Er drehte die Pistole in der Hand. »Das ist nicht meine. Ich hab sie einem Ihrer Secret-Service-Agenten abgenommen. Wissen Sie, warum ich das getan habe, Mr. President?«

Keneally schüttelte den Kopf.

»Ich hab's getan, weil sie dem alten Sam keine ärztliche Behandlung geben wollten. Sie haben ihn niedergeschlagen und dann einfach da liegenlassen. Finden Sie das in Ordnung?«

»Nein, ich …«

»Nein, das find ich auch nicht. Da ist dieser alte Bursche, hat fünfzig Jahre lang hier gearbeitet, soll aber demnächst rausgeschmissen werden, gerät aus Gott weiß für einem Grund in Wut, und was passiert? Anstatt daß man sich um ihn kümmert, wird er, weil Sie hier sind, zusammengeschlagen. Ist das gerecht?« Er stieß den Präsidenten, bevor dieser noch antworten konnte, mit der Pistole. Schon braute sich wieder Zorn in seinem Innern zusammen, es war, als wenn ein Hammer gegen sein Gehirn pochte. »Ist es das?« fauchte er wider seinen eigenen Willen.

»Nein. Diese Agenten waren vielleicht etwas über …«

»Und das hat mich unheimlich wütend gemacht. Richtig arschwütend, und dann bin ich halt ausgerastet. Genau, das war's, ausgerastet. Schlicht und ergreifend. Und da sitzen wir nun.«

»Bisher ist noch nichts Schwerwiegendes geschehen, Nathan, wenn wir jetzt alle nach Hause gehen …«

Nathan lachte. »Aye. Wachen Sie auf. Wie soll das denn funktionieren? Sie begnadigen mich kraft Ihres Amtes, und ich gehe dann meiner Wege? Was wollen Sie denn sagen – daß es ein Unfall war, ein Mißverständnis?«

»Ich könnte …«

»Unter Zwang! Sie können mir jetzt das Blaue vom Himmel versprechen, es wär doch nur einen Scheiß wert.«

»Es gibt Zeugen …«

»Die stehen auch unter Zwang!«

»Es gibt Wege, Nathan, es gibt immer einen …«

»Ich will keine Wege!« Er schwenkte frustriert die Pistole über seinem Kopf. »Herrgott!« rief er. »Sie wissen, daß ich tot bin! Ich bin eine Leiche! Gucken Sie mich an! Riechen Sie mal! Ich fang schon an zu modern.«

George sah von seinem Computer auf. »Wenn Sie schon schimpfen, könnten Sie's vielleicht ein bißchen langsamer tun? Ich komm kaum noch nach.«

Nathan starrte ihn einen Moment lang an, die Pistole in seiner Hand zuckte unwillkürlich. Dann fing er heftig an zu lachen. »Na Mensch«, sagte er zum Präsidenten, »da hat mal einer Vertrauen zu mir. He, Boswell, der Spruch, daß man den Boten einer Nachricht nicht erschießt, wissen Sie, daß das großer Scheiß ist? Bei uns zu Hause werden die Boten am laufenden Band erschossen.«

George nickte. »Bote mit einem oder zwei o?« fragte er.

Nathan drehte sich wieder zum Präsidenten. »Wenigstens einer, an dem wir uns aufrichten können.«

Der Präsident nickte. »Bei Ihnen zu Hause, sagten Sie. Wo war das?«

»Erkennen Sie's nicht am Akzent?«

»Schottland?«

»Irland. Nordirland. Die kleine Ecke von Irland, die für immer britisch bleiben wird, jedenfalls bis sie beschließen, daß sie sich uns nicht mehr leisten können und uns den Swannee hinunter verscheuern.«

»Darum geht's also, Nordirland?«

Nathan dachte einen Augenblick nach. »Nein«, sagte er. »Könnte es aber.«

»Meine Frau hat sich heute morgen nach Nordirland aufgemacht.« Er runzelte die Stirn, versuchte sich zu erinnern, was sie da eigentlich wollte, außer seiner Nähe zu entfliehen. Slo hatte es ihm doch erklärt. Es war wegen ... wegen ... wegen ... »Sie will Spenden des Internationalen Fonds zugunsten Irlands überreichen.«

Nathan nickte.

»Der geht auf eine amerikanische Initiative zurück«, sagte der Präsident, einmal in Gang gekommen. »Läuft schon eine ganze Weile.«

»Ja, ich weiß, ihr bevormundet uns seit Jahren. Na ja, immer noch besser als in die hohle Hand geschissen. Was würde wohl passieren, wenn ich fordern würde, daß die irische Republik im Austausch für Ihr Leben alle Ansprüche auf die nördlichen Provinzen fallenzulassen habe?«

Der Präsident schüttelte den Kopf. »Kein Land der Welt würde auf eine solche internationale Erpressung eingehen.«

»Offiziell natürlich nicht, aber heimlich tun sie's doch alle. Jesses, ihr finanziert den ganzen Laden schon seit Jahren. Nutzen Sie alle geheimen politischen Kanäle, die Ihnen zur Verfügung stehen. Sagen Sie denen, ey, hör zu,

Paddy, das gute Leben ist jetzt vorbei, es sei denn, du gibst den Norden auf, laß die armen Protestanten in Ruhe, sonst lassen wir euch in eurem scheiß Regen stehen. Das könnten Sie doch, oder? Dann würde ich Sie freilassen, und Sie würden mich gehenlassen, wie Sie vorhin gesagt haben, alle wären glücklich und zufrieden, keiner Menschenseele wäre etwas zuleide getan, und ein paar in Irland wären sogar gerettet worden.«

»Nun«, sagte der Präsident, »wir könnten das sicherlich …«

Nathan fing an zu kichern. »Ich mach nur Witze, wissen Sie. Irland kümmert mich einen Dreck. Politik kümmert mich einen Dreck. Deshalb bin ich ja hier, im Land der Freien, wo mir dieser ganze Scheiß egal sein kann.« Nathan kratzte sich mit dem Pistolenlauf am Kopf. »Und sehen Sie sich an, was ich mit meiner Freiheit angefangen habe. Sitz mit dem Präsidenten am Lagerfeuer, den Tod vor Augen.«

»Na«, sagte George, »Sie sind vielleicht ein Pessimist.«

Nathan wandte sich vom Präsidenten ab und schlenderte auf den Reporter zu. »Und woher zum Teufel wollen Sie das wissen?«

George zuckte die Achseln. »Ich weiß gar nichts. Ich meine nur, wenn ich mir das hier noch mal durchlese, daß Sie einen ziemlich pessimistischen Eindruck machen.«

»Und was zum Geier sollte ich statt dessen machen? Ich hab den scheiß Präsidenten der Vereinigten Staaten entführt!«

»Okay, okay, das ist mir klar, ich weiß, Entschuldigung.« Er blickte auf seinen Bildschirm.

»Manche Leute kapieren einfach nichts!«, rief Nathan.

»Ich will nur sagen, wenn ich in Ihrer Lage wäre, in einer so schweren und offenbar hoffnungslosen Lage, mit dem fast sicheren Tod vor Augen …«

Nathan wedelte mit der Pistole. »Du bist in dieser Lage, Kumpel.«

»Ich weiß, ich weiß, aber ich bin es nicht, der die tödliche Waffe in der Hand hat. Was ich sagen will, ist: Wenn ich an Ihrer Stelle wäre, alles in der Hand hätte, vor allem, wir wollen uns nichts vormachen, den mächtigsten Mann der Welt in der Hand hätte, dann würde ich auch ein bißchen Spaß haben wollen.«

»Spaß?«

»Na gut, Spaß ist vielleicht nicht das richtige Wort. Aber den Mund aufmachen. Mir ein paar Dinge von der Seele reden. Einen Eindruck hinterlassen. Die Welt wissen lassen, warum ich hier bin, woran ich glaube, was ich will. Mehr würde ich gar nicht sagen wollen. Nicht jeder kriegt so eine Gelegenheit.«

Der Präsident warf einen Blick rüber. »Auf wessen Seite stehen Sie eigentlich?« fragte er. George zuckte die Achseln. »Ich stehe auf keiner Seite. Ich berichte nur, was geschieht. Und im Moment geschieht halt nicht viel.«

Der Präsident schüttelte den Kopf. »Es gibt hier welche, denen das ganz recht ist«, sagte er.

12

Alex war dabei, im Laden an der Ecke etwas zu essen zu besorgen, als die Cops reinkamen. Er trug einen seidenen Bademantel und ein Paar Latschen. Er hatte Salami, Käse und ein französisches Brot unter dem Arm und näherte sich gerade der Kasse, da zückte einer der Cops ein Blatt Papier und legte es dem Ladenbesitzer vor.

»Haben Sie das Mädchen schon mal gesehen? Im Ort? Hier drinnen?«

Der Besitzer Billy Ballard, eine ehemalige New Yorker Drag Queen, den Alex seit Jahren kannte, studierte das Bild, dann schüttelte er langsam den Kopf. Er warf erst dem Cop einen Blick zu, dann Alex, der – gegen seinen Willen – seine Augen *verdächtigerweise* abwandte.

»Niedliches Mädchen, was hat sie denn gemacht?«

»Das kann ich Ihnen leider nicht sagen, Sir. Sind Sie ganz sicher, daß Sie sie nicht gesehen haben?«

Billy schüttelte den Kopf. »Nicht in diesem Leben.«
Die Cops dankten ihm und wandten sich zum Gehen. Alex trat einen Schritt zurück, um sie vorbeizulassen. Der Anführer hielt auch ihm das Bild unter die Nase. »Wie ist es mit Ihnen?«

Alex versuchte, seine Hand vom Zittern abzuhalten, als er das Blatt entgegennahm. Es war Lisa, in der Tat, ungefähr fünf Jahre jünger und mit einer überaus fragwürdigen Frisur. Aber eindeutig Lisa.

Er schüttelte den Kopf und warf sich in die Brust: »Tut mir leid, *Frauen* kann ich mir nicht merken.«

Der Cop riß ihm das Blatt aus der Hand, und sie verschwanden, ohne sich bei ihm zu bedanken.

Alex legte seine Einkäufe auf den Tresen. »Also, die Cops heutzutage – keine Manieren«, sagte er.

»Aber hübsche Hintern. Trotzdem, Alex, erzähl *mir* alles über deine *Freundin.*«

»Welche Freun …«

»Alex! Ich bin's! Ich hab euch zusammen gesehen! Was hat sie getan?«

Alex legte sein Geld auf den Tresen. »Nichts. Besonderes. Danke, daß du …«

»War mir ein Vergnügen. Wie immer.«

Alex lächelte ihm zu und verließ den Laden. Draußen saßen die Cops in ihrem Streifenwagen. Alex glitt, ohne hinzusehen, im Dunkeln an ihnen vorbei. Als er zur Ecke kam und in Richtung Elephant Strides blickte, sah er am Ende der Straße die Neonlichter eines weiteren Polizeiwagens.

Lisa zog sich gerade an, als er ins Zimmer gestürmt kam. Er ließ die Lebensmittel umstandslos auf den Boden fallen. Der Fernseher lief noch, ein gepackter Koffer lag auf ihrem Bett.

»Du bist ja kreidebleich«, sagte Lisa.

»Da sind Cops am Ende der Straße. Cops waren im Laden.

Überall wimmelt es von Cops.«

Lisa nickte. »Ich hab mir schon gedacht, daß es ziemlich bescheuert war, meine Busfahrkarte hierher mit der Kreditkarte zu bezahlen. Aber da konnte ich natürlich noch nichts ahnen. Es ist nicht das erste, woran man denkt, wenn man vor seinem Freund wegläuft, wie sollte ich also beim Bezahlen ...«

»Lisa! Da sind Cops am Ende der Straße!«

»Ich weiß!«

»Was machen wir denn jetzt?«

»Ich weiß nicht!«

Sie ließ sich aufs Bett sinken, neben ihren Koffer. Sie legte ihre Hand darauf, zog an den Gurten. »Ich hab jetzt schon die Nase voll vom Weglaufen, dabei bin ich noch gar nicht losgelaufen.«

Er ging zu ihr, kniete vor der Bettkante. »Beantworte mir eine Frage.«

»Hab ich dafür noch Zeit?«

»Willst du dich stellen, oder willst du fliehen? Mit mir zusammen?«

Sie sah ihm in die Augen. »Ich will mit dir fliehen.«

Sie versuchten, das Elephant Strides über die Hintertreppe zu verlassen. Sie waren schon halb über den Hof, als sie den Cop sahen.Die Häuser in dieser Gegend waren so chaotisch hingesetzt, daß die rückseitigen Veranden der einen Hälfte praktisch direkt auf die Vorbauten der anderen führten. Der Cop stand im Hof schräg gegenüber vom Elephant Strides, beleuchtet vom schwachen Licht einer einzelnen Glühbirne, die an der Rückwand der Pension angebracht war, und kratzte sich am Kopf. Er war offensichtlich verwirrt ob der konfusen Anlage der Gebäude und mußte nun mühsam entscheiden, wo er als nächstes hingehen sollte oder ob er dort schon gewesen war. Alex zog Lisa hinter einen vom Sturm zerlegten Holzzaun, preßte ihr einen Finger auf die Lippen und zeigte auf den Cop.

Lisas Augen weiteten sich. »Sie sind tatsächlich überall«, flüsterte sie.

Der Cop trat von der Veranda und näherte sich der Vordertür des Mulberry Pie. Alex führte Lisa dicht am Zaun entlang zur Hintertür des Elephant Strides. Als sie eintraten, öffnete sich langsam die Küchentür. Sie blieben erstarrt stehen.

Jamie Blair, der Besitzer, lächelte ihnen zu. »Kinder, wie geht's?«

Alex und Lisa lächelten dümmlich zurück.

»Führt ihr den Koffer ein bißchen spazieren?«

Alex klopfte dagegen. »Haben Drogen gekauft. Für drei Millionen.« Er ging durch die Küche zum Flur. »Sagen Sie nichts weiter, okay?«

»Ich werd's allen verraten!« rief Jamie ihnen lachend nach.

»So sehen Sie aus!« rief Alex zurück.

Sie kehrten in Lisas Zimmer zurück. Sie lief zum Fenster und spähte hinaus. Ein Polizeiwagen stand etwa zwölf Türen weiter zur einen Seite, ein anderer etwas weiter zur anderen.

»Was machen wir jetzt?« fragte Lisa.

13

Marilu hatte ihr Schneckenhaus verlassen. Der Telefonhörer lag wieder neben der Gabel, so daß sie nicht mehr alle zehn Sekunden rangehen und höflich-bestimmt sagen mußte: *Nein, Mr. Jones ist zur Zeit in einer Besprechung. Er wird Sie zurückrufen.* So servierte sie also Hot dogs, Chips und Limo, und es wäre insgesamt recht gemütlich gewesen, wenn sie nicht alle den Tod vor Augen gehabt hätten.

Nathan lief auf und ab, doch nie so weit vom Präsidenten weg daß er ihn nicht beim ersten Anzeichen von Gefahr hätte aufs Korn nehmen können. Er trank große

Mengen Orangensaft, doch sein Mund blieb entschieden trocken. Der Hot dog schmeckte, als würde er auf Holz kauen, die Zwiebeln rutschten durch die Kehle wie peruanische Baumschnecken. Dennoch – sie würden wenigstens nicht gezwungen sein, um Nahrungsmittel zu verhandeln. Es war genug da, um sie bis zum Monatsende über die Runden zu bringen. Das Cholesterin würde sie wahrscheinlich eher erledigen als das FBI.

»Möchtest du, daß ich den hier anmache?« fragte Marilu jenseits des Tresens. Nathan drehte sich um. Sie hatte einen Minifernseher in der Hand. »Ich darf ihn eigentlich gar nicht hier haben, aber jeder braucht schließlich mal ein bißchen was Schönes.«

»Klar, schalt ein«, sagte Nathan, »wollen mal sehen, was die Welt bewegt.«

»Ist vielleicht nicht ratsam«, sagte George. »Sie wissen doch, wie die Journalisten sind.«

Nathan zuckte die Achseln. »Tja, wenn das, was ich höre, mir nicht gefällt, werd ich's an Ihnen auslassen, Boswell, als offiziellem Vertreter Ihres Berufsstands.«

Auf allen Kanälen – Gerede, Gerede, Gerede.

Kannst du mal aufhören, rumzuschalten und dich für einen Sender entscheiden?« sagte Nathan.

»Ich versuch nur, den besten Empfang zu finden, Nathan«, sagte Marilu verschnupft. »Wenn du meinst, daß du es besser kannst – bitte.«

Nathan schüttelte den Kopf. »Nimm halt einfach irgendeinen, Marilu, bitte.«

Marilu entschied sich für ABC News. Zu sehen war ein grauhaariger Moderator mit Supersonnenbräune, der einen Mann mit fleischigem Gesicht und roter Fliege interviewte. Die Bildunterschrift, die durchweg eingeblendet blieb, lautete *Abel Dershowitz,Nachrichtenanalytiker.*

»Dreh lauter«, sagte Nathan, »aber nicht so laut, daß wir das Geräusch des nahenden Todes überhören.«

Marilu drehte vorsichtig an einem kleinen Knopf, bis Nathan nickte.

»... was wir hier erleben«, teilte Abel Dershowitz gerade mit, »ist die Schaffung eines Schreckgespenstes des einundzwanzigsten Jahrhunderts. Diese Sache läuft erst seit ein paar Stunden, doch schon jetzt sind wir, dank der Geschwindigkeit moderner Kommunikationsmedien und dem ernsthaften Engagement der amerikanischen Bevölkerung, in der Lage, ein Persönlichkeitsprofil von Nathan Jones zu erstellen, das sowohl die Medien als auch den Mann auf der Straße mit Entsetzen erfüllt. Jones repräsentiert all das, was jedem anständigen Amerikaner, egal, welcher sozialen Schicht er entstammt, zuwider ist: Er ist Al Bundy, er ist Charles Manson, er ist My Lai, er ist O.J., er ist Michael Jackson. Im Kontrast dazu haben wir einen amerikanischen Präsidenten, der sich daran gemacht hat, den Lebensstandard zu erhöhen und die Steuern zu senken; er hat Amerika wieder stark gemacht, sowohl im Innern als auch nach außen, und er verfügt über ein enormes persönliches Charisma – es ist der klassische Showdown: Gut gegen Böse.«

»Al Bundy in doch aus so einer Sitcom, oder?« fragte Nathan.

Marilu sagte: *»Eine schrecklich nette Familie.«*

»Was redet er denn da für einen Scheiß? Bezeichnet er mich als Komiker, oder was'?«

»Es gibt Schlimmeres«, sagte George. »Immerhin hat er Sie nicht als psychopathischen Serienkiller bezeichnet.«

»Von My Lai hab ich gehört«, sagte Nathan. »Ich habe aber niemanden umgebracht. Und was hat Michael Jackson damit zu tun? Mit welchem Recht ...?«

»Es ist ein freies Land, Nathan ...«, sagte George, »und Ihnen steht es frei, zu antworten.«

»Psst«, machte Nathan.

»... ja, natürlich«, sagte der Moderator, »er scheint ein paar beträchtliche Persönlichkeitsprobleme mit sich herumzuschleppen.«

»Mehr, als eine einzelne Person verkraften kann. Seine Bisexualität zerrt ihn in die eine Richtung, seine Neigung, Frauen beim Sex Schmerzen zuzufügen, in eine andere, der Abbruch seiner Beziehung mit Lisa Mateer in wieder eine andere …«

»Und wir haben ein Bild von Lisa … die zur Zeit von der Polizei gesucht wird …«

Nathans Kinnlade sackte herab. Da war sie. Seine Lisa. Ein Foto. Jünger, als er sie in Erinnerung hatte. Schön, schön, wunderschön. So schön, daß es ihm die Tränen in die Augen trieb, und für einen Moment vergaß er, was sie gesagt hatten.

Er rieb sich mit der Pistole übers Gesicht, doch seine Reaktion war dem Präsidenten nicht verborgen geblieben. »O Gott«, sagte Nathan. Dann klinkte er sich wieder ins Geschehen ein. »Was reden die da, verdammt noch mal? Bisexuell? Schmerz zufügen … Jesses, was wollen sie damit sagen?«

»Von wollen kann keine Rede sein«, sagte George, »sie sagen es. Ist es wahr, Nathan? Sie haben 'ne Schwäche für Männlein und Weiblein?«

»Nein, Scheiße noch mal!«

»Vielleicht mögen Sie's nur nicht zugeben?«

Nathan ließ die Pistole hochschnellen. »Und wie ist es bei Ihnen?« wollte er wissen.

George schien nicht übermäßig beunruhigt. »Ich habe nichts zu verbergen, Nathan.«

Nathan wandte sich ab, wieder vom Bildschirm angezogen.

»… da ist also ein Einserschüler, der aus der Bahn gerät, nachdem er eine Schießerei in seiner Heimat Nordirland überlebt hat. Von der britischen Polizei haben wir erfahren, daß er wiederholt wegen Sachbeschädigung verurteilt worden ist. Nun, entgegen manchem, was wir in den letzten Jahren gehört haben, ist dieser Teil von Irland, den Terrorismus mal außer acht gelassen, im Grunde immer noch recht … na, sagen wir: schlicht gestrickt. Nathan Jones kommt also nach New York und wird von dieser Stadt verführt … sofort steht er vor einer Reihe von Problemen: seine unterdrückte Bisexualität macht ihm zu schaffen, er genießt einerseits die Freiheiten, die New York bietet, leidet andererseits unter schrecklichen Schuldgefühlen – wie geht er damit um? Zuerst manifestieren sich die Probleme in sexueller Gewalt gegenüber Frauen, was eine Zeitlang Erleichterung verschafft. Aber schon bald reicht das nicht mehr, er braucht noch etwas anderes. Dies ist der Ausgangspunkt von so manchem Serienmörder, und wer kann sagen, ob nicht auch Nathan Jones auf diesen Weg gekommen wäre … wenn sich ihm nicht heute morgen im Empire State Building eine einmalige Gelegenheit geboten hätte.«

Nathan war wie gebannt. Sein Mund bewegte sich, aber es kam kein Wort heraus.

»Ja, und dabei trat natürlich ein katastrophales Sicherheitsdefizit zutage. Was wird das für Konsequenzen haben, Alan?«

»Nun, zweifellos werden Köpfe rollen, Bob. Einer gehört, oder gehörte, Fred Troy, *Assistant Director* beim FBI, der mit Sonderauftrag ins Weiße Haus abgestellt war, zuständig für die persönliche Sicherheit des Präsidenten …«

»Und der, wie wir wissen, heute morgen am Schauplatz des Geschehens nach einem Herzinfarkt, wie zunächst vermutet wurde, gestorben ist.« Bob wandte sich zur Kamera. »Falls Sie sich gerade erst zugeschaltet haben, können wir Ihnen sagen, daß sich vor ein paar Minuten dramatische neue Erkenntnisse im Fall Fred Troy ergeben haben. Ken, können wir das noch mal einspielen?«

»Ich bin nicht bisexuell«, sagte Nathan müde.

Die eingeblendete Schrift kündigte *Larry Bond, Empire State Building* an. Larry war schwarz und zerfloß fast in seinem schweren braunen Mantel. Er las keuchend von einem Notizblock ab. »Meiner Quelle im Empire State zufolge ist Fred Troy, der FBI-Agent, der heute morgen vor unseren Augen auf einer Trage abtransportiert wurde – im Krankenhaus konnte später nur noch sein Tod festgestellt werden –, nicht wie zunächst vermutet an einem Herzinfarkt gestorben, ich wiederhole: nicht an einem Herzinfarkt; vielmehr wurden toxische Spurenelemente, irgendeine Art Gift, in seinem Körper gefunden. Möglicherweise hat Nathan Jones damit bereits sein erstes Opfer gefordert.«

»Meine Fresse«, sagte Nathan Jones, der Empire-Giftmörder.

Der Präsident sah zu ihm hoch. »Ist das wahr?«

»Ist was wahr?« bellte Nathan. »Daß ich bisexuell bin?«

»Ihre Sexualität geht nur Sie was an. Daß Sie ein Mörder sind. Ein Giftmörder.«

»Herrgott, sehe ich aus wie ein Giftmörder?«

»Darauf gibt es keine Antwort«, sagte George.

Nathan fuhr herum. Er bohrte die Pistole in Georges Mund. Ein Zahn brach ab. »Sie bewegen sich auf extrem schlüpfrigem Boden, Boswell. Es gibt verdammt ungünstige Momente für klugscheißermäßige Kommentare, und dieser gehört weiß Gott dazu.«

Nathan zog die Waffe wieder weg. Er wandte sich an den Präsidenten. »Ich habe niemandem etwas zuleide getan.«

»Ich spreche nur aus, was ich denke«, sagte George. Er pflückte einen Zahnsplitter aus seinem Mund und betrachtete ihn.

»Halten Sie einfach die Klappe!« schrie Nathan. »Wieso dürfen die so etwas tun? Das ist alles erfunden, von vorn bis hinten ...«

»Was ist mit dem Mädchen?« fragte der Präsident. »Lisa.«

»Ja, Lisa. Lisa. Das ist richtig. Als einziges.«

»Sie haben sich kürzlich von ihr getrennt?«

»Lisa. Ja.«

»Und sie ist es auch, die gemeint ist, wenn die von sexueller Gewalt gegen Frauen sprechen?«

»Um Gottes willen, nein! Nie im Leben!«

»Dann also eine andere?«.

»Nein! Nein! Nein!«

»Die haben's mit den Tatsachen also nicht so genau genommen«, sagte George. »Dann wollen wir mal Ihr Dementi hier richtig festhalten. Kurz zusammengefaßt:

Sie bestreiten alles. Abgesehen von der Entführung des Präsidenten haben Sie sich nichts vorzuwerfen.«

»Mir gefällt Ihre ... *Intonation* nicht.«

»Ich versuche, überhaupt nicht zu intonieren. Ich bin ein unparteiischer ...«

»Hören Sie auf mit dem Scheiß. Sie haben von Anfang an versucht, mich hochzunehmen. Beschränken Sie sich einfach aufs Beobachten und überlassen Sie anderen die Interpretation ...«

»Wie zum Beispiel den Leuten im Fernsehen. Nathan, ich will jetzt gar nicht klugscheißermäßig sein, aber wenn Sie wollen, daß diese offizielle Dokumentation exakt wird, dann müßten Sie langsam mal ansagen ...«

»Die Dokumentation kümmert mich einen Scheißdreck!«

»Tja, und gibt es auch was, das Sie nicht einen Scheißdreck kümmert?«

»Lisa!«

Da waren sie alle für eine Weile still. Sie schauten auf den Fernseher. Es lief gerade Werbung für eine Versicherung.

Zum ersten Mal streckte der Präsident die Hand aus. Vorsichtig, bloß keine plötzlichen Bewegungen, berührte er Nathans Arm. Die Pistole in Nathans anderer Hand blieb fest auf des Präsidenten Gesicht gerichtet. »Ist es das, was hinter der ganzen Sache steht, Nathan?« fragte er mit ruhiger, sanftmütiger Stimme. »Die Trennung von Ihrer Freundin?«

Nathan blickte auf den Bildschirm, dann hinaus in die Dunkelheit. Er gab sich alle Mühe, seine Stimme verächtlich klingen zu lassen. »Glauben Sie etwa, ich würde so etwas wegen einer Frau tun?«

14

Sie hatten einen Stadtplan, vom Provincetowner Tourismusbüro hatten sie eine Liste der Gasthäuser und ihrer Betreiber, und den nötigen Enthusiasmus hatten sie sowieso. Dies war der große Moment. Nicht ganz das gleiche wie oben mit dem Präsidenten im Empire zu sein oder Lee Harvey gefangenzunehmen, aber doch so ziemlich dieselbe Preisklasse, wie Jack Ruby die Waffe abzunehmen.

Officer Peter Cornwall hatte sechsunddreißig Adressen abgeklappert, sein Partner, Officer John Ardagh, achtunddreißig, und es waren immer noch ein paar hundert übrig. Es war Hochsaison, die Einwohnerzahl war zehnmal so hoch wie sonst, und die Hälfte davon waren Schwuchteln. Officer Cornwall konnte seine Abneigung gegen Schwuchteln ganz gut verbergen, mußte er praktisch auch, zumal Officer Ardagh eine war. *Eine Schwuchtel.*

Sie tranken Kaffee. Cornwall blickte die Straße hinauf. Ein weiteres Polizeiauto gondelte über die Kreuzung. Sämtliche Cops des Bundesstaates schienen in ihre kleine Stadt eingefallen zu sein.

»Sie ist ganz in der Nähe«, sagte Officer Ardagh. »Ich hab's im Urin.«

Cornwall verdrehte die Augen. *Im Urin.* Er sehnte sich danach, seinen Dienst in einer Stadt zu verrichten, wo er seinen Partner auch mal umarmen konnte, ohne daß alle gleich annahmen, daß sie *es miteinander trieben.*

Er ließ das Seitenfenster hinunter, um seinen leeren Kaffeebecher zu entsorgen, und lächelte der Frau zu, die sich durch die enge Lücke zwischen Wagen und Palisadenzaun hindurchzwängte. Dann versuchte er hastig, das Lächeln zurückzunehmen, als er sah, daß die Frau *Bartstoppeln* am Kinn hatte.

»Gottverdammich«, wollte er sich erregen, aber als Officer Ardagh ihn ansah, sagte er: »Gottverdammich, ist das warm.«

Nach einer Weile bemerkte Cornwall, daß der Schatten der *Frau* immer noch da war. Er steckte den Kopf aus dem Fenster und sah zu ihr hoch.

»Ma'am?« fragte er und verschluckte sich fast daran.

»Warum geht ihr uns an die Nüsse?«

»Wie bitte, Ma'am?«

»Ich sagte«, und sie schlug kräftig mit der Hand auf das Dach des Streifenwagens, »warum geht ihr uns an die Nüsse? Was soll die Schikane?«

Cornwall warf seinem Partner einen verwirrten Blick zu und schickte sich an, die Tür zu öffnen. Er bekam sie dreißig Zentimeter weit auf, dann schlug die *Person* sie ihm vor der Nase wieder zu, wobei sie auch noch gegen seine Schulter prallte.

»Jesses!«

»Jesses«, sagte Ardagh.

Cornwall drehte sich zu seinem Partner um, folgte dann seinem Blick. Die Straße belebte sich plötzlich. Sie kamen aus allen Richtungen. Frauen. Hundert Schichten Make-up. Ausladende Frisuren. Schrille Kleidung. Lippenstiftrote Wut. *Männer.*

Ein Stein polterte gegen die Motorhaube.

»Was zur Hölle ...«, rief Cornwall, die Hände schützend vors Gesicht gehoben.

Von draußen erhob sich ein Schrei. »Laßt Alex in Ruhe!«

»Laßt Alex in Ruhe!« wurde er von einem Dutzend Stimmen aufgenommen.

Ein weiterer Stein schlug auf der Haube auf, prallte gegen die Windschutzscheibe.

Cornwall nahm das Funkgerät zur Hand, sein Kopf nickte zählend mit. »Zentrale, hier ist Wagen elf, wir brauchen Hilfe. Wir sind in der Monument Road.«

»Hilfe ist schon unterwegs, Wagen elf. Welcher Art ist euer Problem?«

Cornwall holte tief Luft. »Wir werden von dreiundzwanzig kreischenden Queens angegriffen«, sagte er ernst. Er hörte keinerlei Reaktion, doch er wußte, daß sie sich kaputtlachten.

Alex und Lisa standen am Fenster und beobachteten, wie immer mehr Cops aus den Seitenstraßen herbeiströmten, um den Miniaufruhr niederzuschlagen. Die Anzahl der Queens war auf annähernd fünfzig gestiegen. Sie hatten den Streifenwagen gepackt und schaukelten ihn nun hin und her. Cornwall und Ardagh blieben drinnen sitzen. Die neu eingetroffenen Cops prügelten mit ihren Knüppeln auf die Queens ein, ohne aber auch nur das geringste auszurichten. Der Ruf ging aus nach weiterer Verstärkung.

Lisa faßte ihn am Arm. »Alex, und das alles mit einem einzigen Anruf?«

Alex zuckte die Achseln. »Das alte Mädels-Netzwerk. Sie mögen die größten Luder auf Erden sein, aber wenn eine der ihren bedroht wird, dann stehen sie zusammen wie *ein* Mann – oder eine Frau.«

»Aber ist das nicht ein bißchen übertrieben, alles nur wegen ...«

»He, sie lieben ihre Entertainer. Und wenn die Cops damit durchkämen, sämtliche Pensionen von Provincetown nach einer Queen ohne Green Card zu durchsuchen, was würden sie sich dann als nächstes rausnehmen? Ich mache mir hier nur einen kleinen Verfolgungswahn zunutze.«

Lisa lächelte. »Was für ein verrücktes Land.«

Alex nickte und griff sich wieder ihren Koffer. »Gehen wir.«

Sie wandten sich zur Tür, hielten aber inne, als von draußen ein metallisches Krachen und gleich darauf ein Jubelschrei ertönte. Sie eilten ans Fenster. Der Streifenwagen lag umgestürzt auf dem Dach, mitsamt den nunmehr kopfübersitzenden Insassen Cornwall und Ardagh; soweit Lisa im Licht der Straßenlaterne erkennen konnte, machten die beiden einen recht verschüchterten Eindruck.

Im Laufschritt ging es ein paar hundert Meter weit zwischen den Häusern hindurch, durch enge Gassen, Gärten, über Hecken hinweg. Ein halbes Dutzend Leute winkte ihnen unterwegs grüßend zu – es war halt diese Sorte Stadt.

Völlig außer Atem hielt Lisa Alex am Arm fest. Er blieb stehen. »Haben wir irgendeine Richtung, oder laufen wir einfach drauflos?«

Ersteres«, sagte Alex und legte wieder los.

Nach einem weiteren knappen Kilometer erreichten sie den Rand der Bebauung und stießen auf die aus der Stadt hinausführende Hauptstraße. Sie hielten kurz an, warteten, bis der Verkehr vorbei war, und liefen dann in den Wald, der sich auf der anderen Seite entlang der Straße erstreckte. Dort machten sie Rast.

»Na ja«, sagte sie müde, »die ersten hundert Meter war das ja ganz aufregend. Aber jetzt bin ich völlig erledigt.«

Alex nickte ernst. »Ich weiß. Mein Plan, unentdeckt bis zur Westküste zu laufen, funktioniert vielleicht doch nicht.« Dann faßte er ihr lächelnd unters Kinn. »Keine Angst, Mädchen, okay?«

Sie nickte. »Ich habe auch nicht den Wunsch, die nächsten sechs Monate *hier* zu leben.«

Er lächelte. »Der Verdacht kam mir gleich.«

»Du …«

Er legte ihr einen Finger auf die Lippen. »Ich bin in zehn Minuten wieder da.«

»Alex, was …«

Aber er war schon über die Straße hinweg verschwunden, und sie blieb allein zurück im mondbeschienenen Dunkel mit dem ständigen Knacken abgebrochener Zweige, was nichts anderes bedeuten konnte, als daß rundherum riesige wilde Tiere lauerten, die es auf sie abgesehen hatten.

Nach zwanzig Minuten war noch immer nichts von ihm zu sehen. Mit jeder Minute sank Lisa tiefer in sich zusammen, und als dann in dreißig Meter Entfernung ein Auto zum Stehen kam, lag sie zusammengekauert auf dem bemoosten Waldboden. Die Scheinwerfer huschten über sie hinweg, während ihre Lippen die zunderartigen Blätter schmeckten.

Sie versuchte die Luft anzuhalten, aber es war unmöglich; sie bekam kaum welche, erst recht konnte sie sie nicht anhalten. Dann wurden die Scheinwerfer abgeblendet. *Warum verstecke ich mich wie eine Verbrecherin? Ich habe nichts getan. Es ist mein gutes Recht, aufzustehen und zu sagen: Laßt mich in Ruhe.* Zum ersten Mal in ihrem Leben erwog sie, sich zu ihrem Geburtsland zu bekennen. *Das können Sie nicht machen mit einer britischen Staatsbürgerin! Wenn das die Queen wüßte!*

Sie hielt die Augen geschlossen und die Zähne zusammengebissen. Der Motor heulte einmal auf, dann wurde die Wagentür geöffnet und wieder geschlossen. Schritte. Eine einzelne Person. Und eine Stimme wie das Zischen einer Schlange: »Lisa!«

Sie öffnete die Augen, hob den Kopf. »Alex?« sagte sie leise.

Er rief noch einmal. Sie sprang auf und rannte ihm zwischen den Bäumen hindurch entgegen. Nach ein paar Augenblicken war sie auf der Straße. »Du warst eine Ewigkeit weg«, sie fiel ihm keuchend um den Hals.

Er küßte sie rasch, befreite sich dann und bugsierte sie auf den Beifahrersitz, bevor das nächste Auto vorbeikam. In weniger als einer halben Minute hatten sie sich auf den Weg gemacht.

»Tut mir leid«, sagte er mit einem Blick in den Rückspiegel. »Hat mich mehr Zeit gekostet, als ich dachte.« Dann schlug er mit der flachen Hand aufs Lenkrad. »Na, was hältst du davon?«

Sie brauchte gar nicht genau hinzuschauen. »Perfekt«, sagte sie, »wo hast du das her?«

Er lächelte stolz. »Von der Straße weiter unten. Seitenfenster eingedrückt, dann kurzgeschlossen. Meine Jugendjahre waren nicht gänzlich vergeudet, weißt du?«

»Du hast es *gestohlen?*«

Für ein paar Augenblicke blickten sie einander im Dunkeln an, bis seine Aufmerksamkeit von einem mit Fernlicht entgegenkommenden Wagen abgelenkt wurde. Dann fingen sie an zu lachen. Ein gestohlenes Auto – das war nun wirklich ihr geringstes Problem.

15

Es flogen buchstäblich die Fetzen. Lötlampen wurden eingesetzt, um das Entfernen der Fenster auf allen vier Seiten der Chefetage zu beschleunigen. Martin Dillons Elitetruppe aus fünfzig Spezialagenten, unterstützt durch drei SWAT-Einheiten, machte sich bereit. Dillon ging mit seinen Männern zum wiederholten Mal den Plan durch, obwohl da eigentlich nicht viel durchzugehen war. Alle kauten Kaugummi, die kantigen Kiefer mahlten rhythmisch, die Augen verrieten kalte Entschlossenheit oder hätten es jedenfalls getan, wenn man sie hinter den Nachtsichtbrillen hätte sehen können.

Tara war weiß. Weihnachtshaut, dachte Slo, der sie beobachtete, wie sie sich selbst umklammerte. Sie stand hinter den Schweißgeräten, nervös von einem Fuß auf den anderen tretend. Sie wandte sich um, als er zu ihr kam. Er reichte ihr eine Tasse Kaffee. Sie bedankte sich, die Tasse mit beiden Händen umfassend. Sie machte keinen Versuch zu trinken. Sie war bis unter die Haarspitzen mit Koffein gefüllt. »Was ist, wenn sie runterfallen?« fragte sie mit Blick auf die Fenster.

»Die Fenster?«

Die FBI-Leute. Sechsundachtzig Stockwerke sind eine ganz schöne Strecke.«

»Nicht, wenn man einen Fallschirm hat.«

»Die haben Fallschirme?«

»Die haben alles, Tara. Das einzige, worum sie sich Sorgen machen müssen, ist, von Souvenirjägern auseinandergenommen zu werden, falls sie unten landen.«

Sie rang sich ein dünnes Lächeln ab. »Ich hab das mit

Fred Troy gehört. Das ist ein schlechtes Zeichen, nicht wahr?«

Slo zuckte die Achseln.

»Es zeigt, daß er bereit ist, zu töten.«

»Davon mußten wir sowieso ausgehen. Ich weiß, es ist lächerlich, das zu sagen, aber versuchen Sie, sich nicht all zu viele Sorgen zu machen. Man hat mir versichert, daß die Leute sehr gut sind.«

Sie nickte unbestimmt. »Wenn Sie es sagen, Slo.«

»Sie sind es, Tara. Es sind die Besten. Die überlassen nichts dem Zufall. Sie wissen genau, wo Jones ist, wo er steht, in welchem Winkel er seine Waffe hält. Sie wissen, wo der Präsident ist, wo die anderen Geiseln sind, sie wissen, was gesprochen wird; Cameron hört mit, er kann Jones einschätzen, kann beurteilen, wann sein geistig-seelischer Zustand sich verschlechtert. Sie werden in ein paar Minuten bereit sein, loszuschlagen, aber sie sind auch in der Lage, über Stunden abzuwarten. Wenn der richtige Moment gekommen ist, gehen sie da rein und holen den Präsidenten raus.«

»Werden sie diesen Nathan Jones töten?«

»Nur wenn sie dazu gezwungen sind. Sie werden sicherlich auf ihn schießen. Aber da sind noch eine Menge Fragen, die beantwortet werden müssen. Wir wollen nicht noch mal Durcheinander erleben wie bei Lee Harvey. Verschwörung hier, Verschwörung dort. Fast vierzig Jahre her und immer noch Tagesgespräch. Von Zeit zu Zeit wird es ruhiger, und dann kommt so ein Idiot wie Oliver Stone und reißt alles wieder auf. Wir werden diesen Jones kampfunfähig schießen, diesmal schnappen wir ihn lebend, er beantwortet uns jede scheiß Frage auf dieser Welt, und dann sperren wir ihn für immer weg.«

Tara setzte ihre Tasse ab. Sie trat hinüber an die Stelle, wo einer der Arbeiter gerade einen Fensterrahmen entfernt hatte.

Sie spähte nach unten ins Neonlicht. »Irgendwie kommt es mir so vor, als ob die meisten Belagerungen über mehrere Tage gingen. Es gibt Verhandlungen, es gibt Forderungen, es gibt Kompromisse, es gibt Ultimaten.«

»Und Flugzeuge, die auf der Landebahn explodieren und alle töten.«

»Es erscheint mir nur so furchtbar überstürzt. Es dauert doch erst ein paar Stunden.«

»Tara, ich glaube, Sie unterschätzen, wie wichtig Ihr Mann für dieses Land ist, wie wichtig es ist, daß wir ihn lebend da rausbekommen, und zwar bald. Stellen Sie sich vor, Sie wären nicht seine Frau, und ich könnte mir denken, das haben Sie in den letzten Tagen schon getan ...«

»Was wollen Sie damit sagen?«

»Nun, Sie waren zuletzt nicht gerade intime Freunde.«

»Es war alles in Ordnung.«

»Sie waren im Kriegszustand, Tara.«

»Es war lediglich so, daß der Präsident und ich offiziellen Pflichten in verschiedenen Teilen der Welt nachzukommen hatten. Unsere Ehe ist so stabil wie ...«

»Tara, bitte, lassen Sie doch diesen PR-Quark. *Ich* bin's, ich weiß *Bescheid.* Was sollte denn das alles im Flugzeug?«

»Was alles?« Sie starrten einander eine Weile in die Augen. Sie war's dann, die den Blick abwandte. »Sie wissen nicht soviel, wie Sie glauben.«

Er schüttelte seufzend den Kopf. »Hören Sie«, sagte er, »lassen wir das. Stellen Sie sich nur für einen Moment vor, Sie seien nicht seine Frau, nehmen Sie die Emotionen heraus. Versuchen Sie sich zu erinnern, wie das Land in den siebziger Jahren aussah. Damals, als Nixon zurücktreten mußte, wissen Sie noch? Unsere Selbstachtung war weg. Wir hatten keinen Stolz mehr. Die Welt hat uns ausgelacht. Es hat Jahre gedauert, bis wir uns davon erholt hatten. Jetzt stellen Sie sich vor, was geschehen würde, wenn Keneally etwas passiert. Das ganze Land würde auseinanderfallen, in einen Zustand der Anarchie versinken.«

»Aber warum will ihn immer wieder jemand umbringen?«

»Das ist eben das Risiko der Erfolgreichen. Denken Sie an Ihre Schulzeit. An die Anführerin der Cheerleader, die immer die Schönste war, immer die besten Jungs bekam, freundlich und bescheiden war und alle Prüfungen mit Auszeichnung bestand. Sie haben sie bewundert, wollten unbedingt so sein wie sie. Aber ein ganz klein bißchen wollten Sie ihr auch eine reinhauen dafür, daß sie so perfekt war. Hab ich nicht recht?«

»Slo, ich war diese Cheerleaderin.«

»Äh, darauf kommt es jetzt nicht an. Was ich sagen will: Sie können jemanden bewundern, ihn sogar anbeten, doch ein kleiner Teil von Ihnen kann diesen Jemand auch dafür hassen, daß er so toll ist.«

Sie verabscheute sich selbst. Nach wie vor mußte sie an das eine denken: *Baby.* Daran, daß sie irgendwo ein verlassenes Büro finden und an Ort und Stelle miteinander schlafen könnten, und dann wäre sie mit einem reizenden kleinen Baby schwanger und bereit, die Nachricht zu verkünden, sobald der Präsident frei war. »Manchmal, wenn ich Sie ansehe, versuche ich, Ihre Gedanken zu lesen. Wissen Sie das?«

Slo hielt ihrem Blick stand. Er nickte langsam. »Ich kann nicht behaupten, daß mir das entgangen wäre. Gelingt es Ihnen?«

»Ab und zu, glaube ich.«

»Und was erkennen Sie dann?«

»Ach, ich glaube, das wissen Sie.«

Slo schwenkte seinen Blick zu den Neonlichtern unter ihnen.

»Wollen Sie etwas ganz Schreckliches hören, Slo?«

Er zuckte die Achseln. *Eigentlich nicht.*

»Vorhin hab ich mir vorgestellt, auf Michaels Beerdigung zu sein. Dem Staatsbegräbnis. Ich zog meine Jackie-Nummer ab, stark und ungebrochen, ich sah toll aus, so ganz in Schwarz, und ich gewann die Herzen der Nation.«

»Das ist ganz natürlich, Tara. Man spielt unwillkürlich die schlimmste Möglichkeit durch.«

»Aber das ist es eben. Mir machte es *Spaß.* Es machte

mir Spaß, im Mittelpunkt der Aufmerksamkeit zu stehen. Ist das auch natürlich, Slo?«

»Tara, Sie stehen unter enormem Druck, Sie wissen nicht, was geschehen wird, da ist es schon normal, daß Ihre Gedanken mal abirren.«

»Aber Slo, ich denke die ganze Zeit daran.«

Slo saugte an einer Lippe. Einer seiner eigenen. »Dann würde ich mal zum Seelenklempner gehen«, sagte er.

Morton starrte gerade auf den Plan des 86. Stockwerks, als Doyle in der Bürotür erschien. Er blieb nickend ein paar Sekunden stehen, bis sein Chef sich ihm zuwandte und sagte:

»Was ist?«

»Yeah«, erwiderte Doyle, »ich bin auch immer nervös, wenn ich das Leben des Präsidenten zu retten versuche.«

»Woher wollen Sie wissen, daß ich nervös bin?«

»Bleistifte hinter beiden Ohren. Ein relativ untrügliches Zeichen.«

Morton griff nach oben. Entfernte den einen Bleistift, ließ den anderen an Ort und Stelle. »Äh ja, nun«, sagte er und rollte den Stift auf dem Schreibtisch hin und her. »Was gibt's Neues?«

»Ich dachte, Sie würden vielleicht mal reinhören wollen. Dieser Reporter, Fuller, der läßt sich von Jones nichts erzählen.«

»Und was für einen Sinn soll das haben?«

Doyle zuckte die Achseln. »Er hat *Schneid*. Könnte ihn das Leben kosten.«

»Ein Reporter weniger, fällt das überhaupt unter Verbrechen? Was meint Cameron dazu?«

»Er hat ein breites Grinsen auf dem Gesicht. Die Sache macht ihm Spaß. Er guckt sich gerne an, wie Leute auf großen Druck reagieren.«

»Und wie schlägt sich unser Mann?«

»Ganz gut. Wahrt seine Präsidentenwürde.«

Morton lachte kümmerlich. »Was soll er auch sonst tun?

Wenn er zusammenbrechen und um Gnade flehen würde, wäre das entsprechende Tonband schon im Umlauf, bevor seine Tränen auf dem Boden aufträfen, und das wäre das Ende, dann könnte er sein Amt vergessen. Lieber sich den Kopf abschießen lassen, als für den Rest seines Lebens bemitleidet zu werden. Niemand will einen Feigling im Weißen Haus haben.«

Cameron tauchte hinter Doyles Ellbogen auf. »Was höre ich da von Feiglingen im Weißen Haus?«

»Sie haben scharfe Ohren, Cameron«, sagte Morton. »Wie ich höre, haben Sie Ihren Spaß.«

»Mehr als die da oben. Da gibt's ein paar heftige Diskussionen, und unser Auge am Himmel sagt, daß Fuller eben eine übergezogen bekommen hat. Wäre vielleicht nicht der verkehrteste Augenblick, um einzugreifen.«

»Ich dachte, Sie wollten bis zum Morgengrauen warten? Ist das nicht der Moment, wo die ihren Tiefpunkt haben sollen?«

»Im Idealfall – natürlich, aber wenn er anfängt, Leute zu verletzen, dann könnte die Sache innerhalb von Sekunden außer Kontrolle geraten. Ich würde jetzt an ihn rangehen, bevor sich die Lage weiter verschlimmert.«

Wir wollen nichts überstürzen«, sagte Morton.

»James, dies ist eine Situation, auf die der Spruch ›lieber spät als nie‹ nicht paßt. Ich meine, wir sollten sie jetzt rausholen.«

»Ihn rausholen«, sagte Morton, »er hat höchste Priorität.«

»Wie auch immer. Dillon ist bereit zum Losschlagen.«

»Ich hab das Gefühl, Dillon ist immer bereit zum Losschlagen.« Morton saugte Luft an. Noch einmal warf er einen langen Blick auf den Lageplan des 86. Stockwerks. Er griff nach seinem obersten Knopf, machte ihn zu, zog dann den Knoten seiner Krawatte fest. »Okay«, sagte er, »schicken wir sie also los, und dann können wir nur noch beten, daß alles gutgeht. Vielleicht sind wir schon wieder zu Hause, wenn *Letterman* anfängt.«

16

Der Adler schwingt sich zu den Wolkenkratzern empor. Es ist Der Schakal, Der Planet der Affen, Die drei Musketiere, es ist die Geburt einer neuen Legende. Jesus Rodriguez wird nicht einmal eine Pistole brauchen, seine beste Waffe wird die Überraschung sein; sein schneidender Verstand wird sie niederstrecken, sein Charme wird sie gefangennehmen, und seine psychologischen Tricks werden sie vernichten. Er ist der Herr der Lüfte, ein Adler unter Tauben. Am Morgen wird er die Schlagzeilen beherrschen.

Das wird er wahrhaftig.

Allen war mulmig zumute. Die Unterhaltung war versiegt. Das Telefon hatte aufgehört zu klingeln. Es war immer noch warm, aber sie fröstelten. Marilu hatte geputzt und geputzt und geputzt, bis nichts mehr an ihrem Stand zu putzen war, es sei denn, die Hot-dogs. Die Glassplitter waren aufgefegt, die Empiremodelle wieder ordentlich in Pyramiden aufgestellt; das Geschäft hätte jederzeit eröffnet werden können – allein, es fehlten die Kunden.

Nathan saß hohläugig da und spürte jeden einzelnen Muskel in seinem Körper, ein bohrender Schmerz, verursacht durch Streß und Müdigkeit und das ganze Gewicht der Welt auf schmalen, knochigen Schultern. Sam war aufgestanden, schlurfte, sich im Dienst glaubend, vor dem Stand hin und her und wunderte sich, daß keine Besucher da waren. Der Präsident machte seine Atemübungen, sofern er nicht Freundlichkeit verbreitete, für alle ein offenes Ohr hatte und rundum präsidial war.

George klappte seinen Laptop zu. »Dies hier«, sagte er zu Nathan, »ist die Ruhe vor dem Sturm.«

Nathan war unwillkürlich näher an den Präsidenten herangerückt. »Und was wollen Sie davon verstehen?«

»Eine ganze Menge, wenn Sie es genau wissen möchten. Ich hab ein Belagerungstraining mitgemacht, als ich bei den Marines war.«

»O Gott«, mokierte sich Nathan, »die Marines. Soll das heißen, daß Sie hier gleich eine ›Stirb langsam, Teil 4‹-Nummer abziehen?«

»Ich versuche nur, Sie von meiner Erfahrung profitieren zu lassen. Ich nehme an, daß Sie sich noch nie in so einer Situation befunden haben.«

»Ist schon ein paar Monate her.«

»Daher mögen Sie denken, daß dies ein ziemlich leicht zu verteidigender Platz ist. Man sieht von hier aus die Fahrstühle. Der Verkaufsstand hat zwei Eingänge, die man abdecken kann, und Sie sitzen so dicht neben dem Präsidenten, daß Sie ihm den Puls fühlen können, ohne sich zu bewegen.«

»Yeah, eine ganz akzeptable Lage.«

»Nein, das ist sie nicht. Sie ist schlecht. Armselig geradezu. Dieses ganze Stockwerk ist zu groß, als daß es von einem Einzelnen überwacht werden könnte. Die werden über die Brüstung und durch diese Türen gekommen sein, bevor Sie auch nur zu Ende geblinzelt haben. Es wird einen solchen Lärm geben, so viel Ablenkung, daß Sie gar nicht ans Schießen denken werden. Die aber schon. Sie werden sterben. Und der Präsident vielleicht auch. Wahrscheinlich wir alle.«

»Ja, und?«

»Sie wollen nicht sterben, Nathan.«

»Was?«

»Sie haben mich gehört. Der Präsident auch.«

Nathan zeigte mit der Pistole auf den Präsidenten. »Was haben Sie gehört?«

»Ich hab gehört, wie der Mann sagte, daß Sie nicht sterben wollen. Und das glaube ich auch.«

»Hab ich hier irgend etwas nicht mitgekriegt? Bin ich aus Versehen in die analytische halbe Stunde geraten? Was zum Arsch glaubt ihr beiden, wer ihr seid, daß ihr mir sagen könnt, was ich fühle?«

»Nun«, sagte der Präsident, »ich bin der Präsident, und ich mach das andauernd.«

»Und ich bin der Reporter, ich durchschaue Sie bis auf den Grund Ihrer Seele.«

Nathan lachte. »Habt ihr das einstudiert, während ich am Telefon war? Wißt ihr nicht, daß so eine Doppelnummer nicht funktioniert, wenn beide dasselbe sagen?«

»Wenn ich Sie wäre«, sagte George, »würde ich uns hier rausschaffen. Rauf in den 102. Stock. Der ist winzig. Dort sind Sie praktisch unangreifbar. Ein Fahrstuhl, eine Treppe.«

»Sie sind ja wohl sehr vertraut mit den Gegebenheiten.«

»Ich habe mich kundig gemacht. Das mache ich immer. Sich vertraut machen mit unvertrautem Gelände.«

»Was für ein Marine. Und was für ein Gottesgeschenk.«

»Ich sage Ihnen nur, was ich denke. Es liegt an Ihnen, was Sie daraus machen.«

»Ich weiß.« Nathan betrachtete argwöhnisch die ringsum verlaufende Brüstung, warf dann einen Blick zur Treppe. »Was für eine Rolle spielt es denn für Sie, ob diese Geschichte früher zu Ende geht oder nicht?« fragte er Clark. »Doch nicht etwa das Geld, das Sie erwartet? Die Tatsache, daß je länger dies dauert, desto mehr für Sie drin ist?«

George zuckte leicht die Achseln. »Geld ist nicht alles. Nur ungefähr achtundneunzig Prozent.«

Der Präsident war unbeeindruckt. »Er meint den Ruhm.«

»Es gibt einen Clash-Song«, sagte Nathan. »›Death or Glory‹. Kennt ihr den?«

Beide schüttelten den Kopf.

»Death or glory, just another story«, sang er. Sie starrten ihn an. »Das soll keine dramatische Aussage sein«, sagte er. »Ich hatte nur Lust zu singen.«

»Schön, daß Sie so entspannt sind«, sagte George. »Stehen Sie bitte nicht neben mir, wenn sie über die Brüstung kommen.«

»Oder neben mir«, sagte der Präsident.

Es folgte ein Moment, da sie sich alle nur gegenseitig anstarrten, drei Seiten eines Dreiecks, das allein durch Geographie, Resignation und Testosteron zusammengehalten wurde. Dann fingen sie an zu lachen – laut, schenkelklopfend, hysterisch. Unten schüttelte James Cameron den Kopf und fragte sich, wo da der Witz gewesen sein sollte, beziehungsweise: Selbst wenn es der beste Witz der Welt gewesen wäre, wie man in einer solchen Situation überhaupt lachen konnte.

»Leck mich am Arsch«, flüsterte er und nahm die Kopfhörer ab. »Sie fraternisieren.«

Der Adler kam von Osten, folgte dem Queens Midtown Tunnel, dann dem UN-Gebäude, dem Chrysler-Gebäude und der Grand Central Station, bevor er seinen Blick auf das Empire heftete. Die Luft war warm, aber zwischen den Wolkenkratzern gab es Böen, die Jesus zu scharfen Kurvenmanövern zwangen; der Motor bedurfte aller physischen Unterstützung, die Jesus ihm geben konnte. Aber er war Der Adler, der König der Lüfte, und er würde sich nicht von seiner alten Freundin, der Natur, aus dem Konzept bringen lassen. Der Motor stotterte, Jesus fiel zehn Meter tief, dann fing er sich, und er stieg wieder auf. Bald würde er landen, bald würde er das Recht Des Adlers vollstrecken.

Das Telefon klingelte. Marilu griff nach dem Hörer.

»Es geht los«, sagte George. »Sie werden in ein Gespräch verwickelt und merken nichts.«

Der Präsident sah zu den Fenstern hin.

Nathan blickte vom Telefon zu George, dann zum Präsidenten.

»Es ist für dich«, sagte Marilu.

Nathan sah den Hörer an. Er wußte, daß Fuller recht hatte. Im 102. Stock wäre es leichter, Widerstand zu leisten. Er hätte gleich dort hingehen sollen. Aber wollte er denn überhaupt Widerstand leisten? Wäre sicher einfacher, sich nicht zu rühren, sich töten zu lassen, dann wäre alles vorbei. Es gab keine Hoffnung. Es gab keine Zukunft. *No future.* Sid hatte das als Backing von »God Save the Queen« gesungen, und er hatte recht gehabt.

»Leg auf«, sagte Nathan. »Leg sofort auf.«

Er sah Fuller an. Wenn der Reporter recht hatte, was den 102. Stock anging, dann hatte er vielleicht auch in anderen Dingen recht: Daß es notwendig war, die Sache mit der Bisexualität richtigzustellen, auch die Sache mit der sexuellen Nötigung; daß die Leute wußten, daß er nicht der Buhmann für das einundzwanzigste Jahrhundert war, sondern nur ein irischer Junge mit Liebeskummer. Das konnte er der ganzen Welt sagen, und er würde nie eine bessere Gelegenheit finden, an Lisa zu appellieren, zu ihm zurückzukommen, als jetzt. Er war nie fähig gewesen, ihr zu sagen, was sie ihm bedeutete, jedenfalls nicht richtig. So wie die Dinge jetzt standen, würde er sterben, ohne es ihr je gesagt zu haben, ohne sie auch nur wiederzusehen, seine letzte Erinnerung an sie wäre ein im Fernsehen gezeigter alter Schnappschuß. Er wollte sie noch ein letztes Mal in den Armen halten. Ihr Haar riechen. Ihren Hintern fühlen. Ihre Lippen küssen. Das könnte er tun. Wie könnten sie ihm das abschlagen im Tausch gegen das Leben des Präsidenten?

»Okay«, sagte Morton, »es ist Zeit.«

Dillon nickte. Auf seiner Oberlippe zeichnete sich ein dünner Schweißfilm ab. Er setzte seine Nachtsichtbrille auf und trat ans nächste Fenster. Er wandte sich um und musterte noch einmal die ganze Chefetage. Dutzende von Agenten und Politakteuren sahen nachdenklich zu, wie sich die Rettungseinheit zum Aufbruch fertigmachte.

»Viel Glück«, sagte Morton.

Dillon nickte. Er hob die Hand. Er sprach in sein Funkgerät. »Okay«, sagte er mit kühler Autorität, »holen wir uns den Präsidenten.«

Im Eingang zu Mortons Büro sah Slo sich plötzlich Taras Hand halten. Sie fühlte sich überraschend klein und kalt an. Er drückte sie. Sie schmiegte sich an ihn, in den Winkel zwischen Arm und Schulter. Er ließ seine Hand an ihrem Arm hinuntergleiten, um sie zu halten.

»Es wird alles gut«, sagte er.

Auf allen Seiten des Empire erschienen ihre Köpfe in den Fenstern. Dann kamen die Oberkörper, lehnten sich hinaus, schossen Kletterhaken hinauf in den 86., warteten, zogen dann an den Seilen, um sicherzugehen, daß sie fest am Sicherheitszaun hingen. Eine Trefferquote von achtzig Prozent – überdurchschnittlich. Diejenigen, die verfehlt hatten, versuchten es noch mal, und diesmal klappte es. Dann waren sie im Freien, und ihre schwarzen Gestalten glitten aufwärts wie Spinnen in ihrem Netz.

Plötzlich gingen über ihnen die Lichter im 86. Stock aus.

Weiter, kam das Kommando.

Auge am Himmel: »Sir, da ist gerade was durch unseren Radar geflogen.«

»Ja und, was zum Teufel ist es?«

»Ich weiß nicht! Ein verdammter Riesenvogel!«

Innerhalb von einer Minute nach dem Ausstieg aus den Fenstern griffen die ersten Hände nach dem Sicherheitszaun. Schon begannen sie, die Köpfe noch unterhalb der Brüstung, den Maschendraht durchzuschneiden. Sie arbeiteten schnell und effektiv. Hand durchgestreckt, dann Schulter, Kopf, dann eine Rolle vorwärts und in Kauerstellung auf der Aussichtsplattform gelandet, die Koch-Maschinenpistole im Anschlag, die Nachtsicht eingestellt. Zehn, zwanzig, dreißig, vierzig, fünfzig Mann lauerten auf allen vier Seiten des 86. Stockwerks.

Sie schoben sich dem verdunkelten Verkaufsstand entgegen. Der erste Angreifer spähte, auf ein Knie gestützt, durch die Tür.

»Da bewegt sich was«, flüsterte er.

»Okay, okay«, zischte Dillon in sein Mikro. »Betäubungsgranaten sind bereit.«

Als Der Adler aus dem Osten herangesaust kam, das Visier auf den 86. Stock eingestellt, geriet er in ein weiteres Luftloch, das den Rahmen seines Gleiters durchschüttelte und den Motor erneut aufhusten ließ. Jesus hielt auf sein Ziel zu. Zuerst glaubte er, die Lichter spielten ihm einen Streich, denn er sah auf der Seite des Gebäudes Bewegung, wie von riesigen Ameisen. Dann wußte er, was es war – doch er würde nicht zulassen, daß man ihm zuvorkam. Bevor sie die Wand erklettert hatten, würde er schon sicher und geschickt auf der Aussichtsplattform gelandet sein und den Terroristen zur Aufgabe gezwungen haben. Er würde den Präsidenten retten. Er konnte Gestalten erkennen, die sich innerhalb des gläsernen Gebäudes auf dem 86. Stock bewegten. Er steuerte nach rechts, in der Erwägung, daß er von der anderen Seite kommend mehr Zeit hätte, sicher zu landen und sich für den Kampf vorzubereiten. Dabei wurde er von einer neuerlichen Böe erfaßt, und der Motor gab endgültig auf. Er fluchte, als der Gleiter in den freien Fall überging, doch würde er sich trotzdem nicht besiegen lassen. Er war jetzt zu schwer mit dem nutzlosen Motor, aber der Gleiter würde ihm noch genug Auftrieb verschaffen, um an sein Ziel zu gelangen. Er arbeitete an den Stützen, richtete sie so aus, daß die Luft in die richtige Richtung geschleust wurde. Es fiel ihm schwer, seine Arme waren nicht mehr so kräftig, seit er auf mechanischen Antrieb umgestellt hatte. Er hätte sich von Anfang an auf die Natur verlassen sollen. Während er sich abmühte, wieder auf richtigen Kurs zu kommen, blickte er, Orientierung suchend, zum 86. Stock. Er war verschwunden! Das Neonlicht, die knallige Verkaufsstandbeleuchtung – alles von der Nacht verschluckt! Er verlor jetzt an Höhe. Es war Zeit zu landen, auf gut Glück den undeutlichen Schatten, der die Aussichtsplattform darstellte, anzusteuern. Das Glück hatte ihm immer zur Seite gestanden, so auch jetzt: Der Motor war ausgefallen, so daß er sich lautlos nähern konnte. Die Lichter waren ausgegangen, so daß sein Anflug im Schutz der Dunkelheit stattfand. Er würde siegen.

Die erste Betäubungsgranate polterte über den Fliesenboden des Verkaufsstands. Irgendwo von drinnen hörten sie den angstvollen Aufschrei einer Frau, dann folgten die Blitze und Schläge von Druckwellen. Sie zählten bis fünf, dann schnellten sie durch die Türen und hielten nach den außer Gefecht gesetzten Opfern Ausschau – und nach dem Präsidenten.

Aus dem Nichts erscholl ein Ruf: *»Ich komme, Sie zu retten, Mr. President!«*

Und dann brach die Hölle los.

Ein ohrenbetäubendes Krachen ertönte.

Die Männer tauchten in Deckung, als etwas, das wie ein riesiger Vogel aussah, durch das Dach des Verkaufsstandes schlug. Einer von ihnen ließ noch im Sprung seine Koch aufblitzen.

Schreie gellten, als zerbrochenes Glas sich durch den Stoff der Kampfanzüge schnitt.

Funken stoben, als die Flugmaschine auf dem Boden aufschlug; der Motor sprang in Stücke, während Jesus durch den Tresen geschleudert wurde, Benzin spritzte heraus und entzündete sich mit mächtigem Zischen.

Der 86. Stock stand plötzlich in Flammen.

Die Welt, die von unten und oben, von links und rechts, von Norden, Süden, Osten und Westen aus zusah, hielt den Atem an.

17

»O mein Gott!«

Während die Schreie von brennenden Menschen in seinen Ohren widerhallten, riß sich Cameron den Kopfhörer weg und lief zu den Fenstern, wo Morton und die anderen sich die Hälse verrenkten. Unter dem Gesichtspunkt technisch ausgefeilter Observation ließ dieses Vorgehen zu wünschen übrig, war aber unter den gegebenen Umständen menschlich verständlich; alle Daten lagen in ihrem Zugriff, alle Geräusche, alle Infrarotbilder, alles, was der Satellit hergab, doch war das alles kein Ersatz dafür, den Kopf aus dem Fenster zu stecken.

»O mein Gott!« schrie Tara noch einmal, als die Flammen über den Rand des 86. Stocks züngelten. Hätte Slo sie nicht festgehalten, sie wäre womöglich in die Tiefe gestürzt.

»Er hat Sprengstoff!« schrie Morton. »Herrgott! Er hat den Präsidenten in die Luft gejagt! Warum wußten wir das nicht! Warum in Gottes Namen wußten wir das nicht!«

»Wir haben einen Scan gemacht!« kam eine panikerfüllte Stimme von hinten. »Haben alles abgetastet. Da war nichts, absolut nichts!«

Morton schrie in sein Mikrophon: »Martin! Martin! Können Sie mich hören? Martin! Was ist da los? Was ist mit dem Präsidenten? O mein Gott, das ist das Ende, wir haben ihn verloren!«

Keine Antwort.

Nur Rauschen.

Nathan und der Präsident waren gerade an der Treppe, die zum winzigen 102. Aussichtsstockwerk führte, als die Explosion den 86. Stock durchschüttelte. Die Druckwelle warf sie durch die Schwingtüren und gegen die Wand. Eine ganze Weile lang mußte Nathan um Atem ringen; als er ihn wiedererlangt hatte, wartete er auf die Schüsse, die ihn töten würden. Die Gewalt und Rücksichtslosigkeit des Angriffs hatte ihn überrascht. Den Präsidenten weiß Gott auch. Er lag auf dem Boden, hilflos nach Luft schnappend, alle Atemtechnik für die Katz.

Nathan rüttelte sich zurück in die Wirklichkeit. Er war am Leben. Die Pistole hatte er auch noch. Er drückte sein Gesicht gegen den feuersicheren Glaseinsatz in den Schwingtüren. Der 86. glühte. Er konnte keinerlei Bewegung im Halbdunkel ausmachen. Er war nicht mehr dazu gekommen, auch die Treppenlichter auszuschalten; das erwies sich jetzt als ganz günstig. Er eilte zum Präsidenten hinüber, bekam ein Revers zu fassen und zerrte daran. »Kommen Sie«, keuchte er, »es ist noch nicht vorbei.«

Der Präsident kam schwankend auf die Füße. Zum ersten Mal sah Nathan unzweideutige Angst in seinem Gesicht. »Willkommen im Klub«, dachte er, dann stieß er ihn zur Treppe.

Die Schwingtür ging plötzlich auf. Nathan wirbelte herum und sah eine schwarzuniformierte Gestalt mit einer Art Brille auf dem Kopf hineinstolpern; die Uniform hing in Fetzen, Blut tropfte heraus. Der Mann suchte Halt an der Wand. Nathan hob die Pistole und versuchte sich ruhig zu verhalten, doch der Präsident stolperte über eine Stufe und stieß einen kleinen Schrei aus, als er vornüber fiel. Der Mann sah auf, hob seine Waffe. Nathan schloß die Augen und drückte ab. Der Rückstoß schleuderte seinen Arm zurück.

Es war keine Reaktion zu hören. Als Nathan sich hinzusehen traute, wälzte der Mann sich am Boden, ein Bein mit beiden Händen umklammernd.

»Tut mir leid«, flüsterte Nathan. Er drehte sich um und half dem Präsidenten auf. »Gehen wir«, sagte er.

»Was ist mit den anderen …«, setzte der Präsident an.

»Die sind frei. Oder tot. Kümmern Sie sich nicht drum. Die sind's nicht, um die es hier geht.« Er gab dem Präsidenten einen leichten Stoß. Er hatte keine Ahnung, worum es hier ging. Sie begannen den Aufstieg.

George war vorübergehend in Panik. Alles war so gut gelaufen bis jetzt. Er hatte Nathan überredet, an einen weniger exponierten Ort umzuziehen, und er hatte vorgeschlagen, die Lichter auszumachen, um etwaige Invasionen zu erschweren. Vielleicht war er ein bißchen übereifrig gewesen. Nathan hatte ihn ans andere Ende des Verkaufsstands geschickt, um die Lichter auszuschalten. Der Stand lag dann plötzlich in völliger Dunkelheit, und er hatte sich den Weg zu ihnen zurück ertasten müssen – dumm nur, daß sie bereits losgegangen waren. Er verfluchte sich selbst für seine Blödheit – warum sollte Nathan auch auf ihn warten? Es war der Präsident, den es nach oben zu schaffen galt, nicht er oder Marilu oder der Alte.

Er hatte drei Viertel des Weges durch den Stand zurückgelegt, als er am Fenster einen Schatten sah, der für einen Augenblick die Sterne verdeckte, und da wußte er, daß der Angriff in vollem Gange war. Er rauschte in den Tisch mit den Miniatur-Empire-States, und als er gerade fluchen wollte, explodierte die erste Betäubungsgranate. Er hatte mit Betäubungsgranaten gearbeitet – na ja, gut, er hatte einen Kurs über ihren Gebrauch und Mißbrauch zur Hälfte absolviert –, daher wußte er halbwegs, was ihn erwartete; es war die andere, unbekannte Hälfte, die ihn plattmachte. Zusammengekrümmt blieb er für ein paar Momente einfach da liegen, wo er gerade war, dann rollte er seitwärts, um die Wand im Rücken zu haben, wenn die Schießerei anfing. Doch statt dessen öffnete sich die Hölle. Es gab ein mordsmäßiges Splittern, ein gewaltiges Krachen, und dann eine Explosion. Eine Stichflamme schoß über seinen Kopf hinweg. George stürzte zur Tür. Die brennenden Säulen auf dem Weg schienen ihm bereitwillig Platz zu machen; erst nach ein paar Sekunden nahm er ihre Schreie wahr.

George landete schweratmend auf den kühlen Fliesen. Das Schreien brach jäh ab. Alles, was er noch hören konnte, war das Knistern des Feuers. Er versuchte, rational zu denken: Die Explosion war laut gewesen, aber nicht so verheerend, daß sie sämtliche Männer, die zur Befreiung des Präsidenten gekommen waren, ausgelöscht hätte; irgendwo war irgendwas katastrophal schiefgelaufen. Wer immer das war da draußen, sie waren wahrscheinlich genauso überrascht wie George. Man würde beobachten, warten, sich neu gruppieren und zu entscheiden versuchen, was nun zu tun sei; wahrscheinlich in Panik, in der Überzeugung, daß der Präsident bei der Explosion getötet worden war. Und niemand wollte derjenige sein, der es als erster entdeckte, derjenige, der unwiderruflich mit diesem Vorfall in Verbindung gebracht, womöglich gar verantwortlich gemacht werden würde. George hatte immerhin den Vorteil zu wissen, wo der Präsident hinwollte.

Er erhob sich vorsichtig auf die Knie, sprang dann auf und rannte zu den Schwingtüren. Er spähte durch den Glaseinsatz. Die Treppe war beleuchtet – und leer. Er drückte die Tür auf und stolperte über den am Boden liegenden Agenten.

Der Agent wandte George ein tränenüberströmtes Gesicht zu; eine Hand klammerte sich an sein Bein, die andere glitt zu seiner Pistole. Er hob sie an, schien dann aber George zu erkennen.

»Keine Angst«, sagte er, das Gesicht verziehend, »bleiben Sie am Boden, bis die Verstärkungsmannschaften eintreffen. Sie sind jetzt sicher, Mr. Fuller.« Er legte die Pistole wieder aus der Hand.

»Ich weiß«, sagte George, »was ein Jammer, daß du es nicht bist.« Er stieß seinen polierten Schuh ins Gesicht des Agenten, dessen Kopf rückwärts gegen die Wand krachte. Benommen langte er nach seiner Pistole – eine von dreien, die er dabei hatte –, aber George hatte sich schon auf ihn gestürzt; er schloß seine Arme um den Kopf des Agenten, dann machte er eine ruckartige Drehung nach rechts und brach ihm das Genick.

George wischte die Pistole ab und ließ sie auf den toten Körper fallen. Er riß ihm die Nachtsichtbrille vom Kopf, erwog kurz, sie an sich zu nehmen, warf sie dann aber weg. Er würde sie nicht brauchen. Er ließ seine Hände über den Körper des Agenten gleiten, auf der Suche nach weiteren, kleineren Waffen. Er fand nichts, was er gebrauchen konnte, bis er auf die schußsichere Weste stieß. Nathan würde sicherlich nichts dagegen haben, daß er als Reporter sich schützen wollte … und selbst wenn er es täte, könnte er sie im schlimmsten Fall eben für sich selbst beanspruchen. Die Zeit wurde knapp. Er riß mit beiden Händen an dem Körperschild … als er sich löste, fühlte er sich merkwürdig an, zu weit, zu dick, *wozu sind denn die ganzen Schnüre?* Und dann wurde ihm klar, was er in der Hand hatte, und er wußte, daß Gott mit ihm war. Der große weiße Bursche da oben in den Wolken feuerte ihn an. Ein verdammter Fallschirm! Der war es wert, sich noch mal zwanzig Sekunden Zeit zu nehmen. *Und ihn dann als schußsichere Weste auszugeben!*

Sam schrie, als die B-52 in den 86. Stock krachte. Die Wucht des Aufpralls schleuderte ihn zu Boden. Er schlug sich gegen den Kopf, während die Flammen um ihn herumzüngelten. »Dad!« schrie er. »Dad!«

Überall brannten Menschen.

Das war der Tod. Er würde sein Leben nie leben können. Nie erwachsen werden. Nie mehr Mary wiedersehen …

Mary … Gott, Gott, o Gott … inmitten des ganzen Chaos, inmitten des Todes, inmitten einer Dunkelheit, die nur von zuckenden Flammen durchbrochen wurde, kam Sam wieder zu sich.

Er erinnerte sich an die Rede des Präsidenten.

Nathans Übelkeit.

Er hatte ihm einen Kaffee gekauft … das Geld, das falsche Geld, der Reporter, der ihn übers Ohr hauen wollte … was war dann passiert? Er war wieder in einen Feuersturm oben auf dem Empire State Building geraten. Seine Knochen taten ihm so weh. Aber warum? … Er stützte sich mühsam auf die Knie, hustete gegen den dichten schwarzen Rauch an … er kroch auf die Treppe zu … er würde es sämtliche fünfundachtzig Stockwerke zu Fuß hinunterschaffen, wenn es sein mußte, und es mußte sein. Er verspürte einen plötzlichen Drang, Mary zu sehen. Auf der Stelle.

Es hatte keinen Sinn, es mit dem Fahrstuhl zu probieren; wenn er darin steckenblieb, würde er langsam geschmort werden. Die Dunkelheit war kein Problem für ihn. Er kannte jeden Zentimeter des 86. Als der Rauch sich allmählich lichtete, zwang er sich zu einem gebückten Laufschritt und eilte der Schwingtür entgegen. Tief durchatmend stieß er sie auf und trat ins Licht. Ein Mann stand dort mit dem Rücken zu ihm und mühte sich, irgend etwas um seinen Oberkörper zu schnallen.

»Sehen Sie lieber zu, daß Sie hier wegkommen«, keuchte Sam. »Über die Treppe!«

Der Mann drehte sich um. Sam blieb stehen. »Sie …« Er hob die Hände, wackelte mit den Fingern, als griffe er nach … es kam, es war wieder da … »Du Hurensohn, du …«

Er warf sich auf Fuller, dessen Arme sich in den Ärmeln seiner Jacke verfangen hatten bei dem Versuch, sich so in den Fallschirm hineinzuzwängen, daß man ihn nicht als solchen erkennen würde.

Sie prallten von der Wand ab. George stolperte über das ausgestreckte Bein des toten Agenten, so daß sie alle beide zu Boden fielen. George landete oben, was Sam das bißchen Atem, das er noch hatte, vollends raubte. George rollte seitwärts weg und bekam endlich die Arme frei, während er sich hochrappelte. Als Sam sich aufrichten wollte, nahm George die Pistole des Agenten und schoß dem Alten zweimal in die Brust.

Mit einem Ausdruck äußerster Verblüffung im Gesicht setzte Sam seine Aufwärtsbewegung fort. Angestrengt richtete er sich auf, dann begann er mit beiden Händen seine Brust abzutasten. Hilflos sah er Fuller an, dann erregte etwas seine Aufmerksamkeit, und er wandte sich zur Treppe.

Eine Gestalt kam langsam um die Ecke. George wandte ebenfalls den Blick und schwenkte die Pistole.

Ein Lächeln, so warm, so wunderbar warm, legte sich auf Sams Gesicht.

Mary kam mit ausgestreckten Armen auf ihn zu, ihre Augen tanzten vor Lebendigkeit.

18

Sie waren Gefangene. Den Bus anhalten zu lassen hätte nur die Aufmerksamkeit auf sie gelenkt. Da hätten sie gleich aufstehen und rufen können: *He, seht mal, wir sind's, die Stars aus Funk und Fernsehen, Amerikas Meistgesuchte, mit einer Ausnahme.*

Der Trailways-Bus war komfortabel ausgestattet, was die Reise allerdings eher noch quälender machte: Leiden auf weichen Polstern mit tadelloser Klimaanlage. Auch daß der Bus über eine Beschallung verfügte, die jeden Passagier, ob es ihn interessierte oder nicht, hautnah am Geschehen im Empire teilnehmen ließ, war nicht unbedingt das, was Lisa und Alex sich einzuhandeln erhofft hatten, als sie den Wagen in Providence, Rhode Island, hatten stehen lassen, um sich nordwärts gen Boston zu bewegen. Sie waren nicht davon überzeugt, daß dieser Schlenker zurück irgend jemanden in die Irre führen würde, aber es war immerhin ein Versuch. Lisa trug eine tief ins Gesicht gezogene Baseballmütze, die ihr rotbraunes Haar fast, aber nicht vollständig verdeckte. Sie versprach Alex, daß sie es schneiden und färben lassen würde, sobald sie Boston erreicht hätten. Oder die dann folgende Station auf ihrer Reise. Während die Dunkelheit sich herabsenkte und die Ereignisse im Empire ihren Fortgang nahmen, konnte Lisa, in Alex' Arm gekuschelt, das Gesicht an seine Brust geschmiegt, sich immer weniger des Gefühls erwehren, daß sie sich gar nicht auf dem Weg nach Boston befanden, sondern auf einer Reise ins Nichts – *on a road to nowhere.* Nur daß sie keine Talking Heads waren. Sondern stumm vor Angst.

Der Bus war zu drei Vierteln besetzt. Die Luft war kühl und geschwängert von der gespannten Erwartung, die vierzig gänzlich unterschiedliche Menschen am Fernsehschirm kleben ließ. Die Ereignisse im Empire schienen einer regelrechten Dramaturgie zu gehorchen. Höhen, Tiefen, dramatische Pausen, trügerische Normalität, Augenzeugenberichte, dann plötzliche Ausbrüche von Aktivität. Alles das und ein sich steigerndes Gefühl nationaler Paranoia. Es erinnerte Lisa an die Geschichten, die sie über Orson Welles' Radiosendung *Der Krieg der Welten* gelesen hatte. Ganz Amerika war von Panik erfaßt; doch es wäre ein Wunder gewesen, wenn plötzlich eine Schauspielertruppe für alles verantwortlich gezeichnet hätte.

Der schlimmste Moment, der Moment, der ihr das Blut gefrieren ließ, der ganz Amerika erstarren ließ, ereignete sich, während ein Reporter gerade etwas eintönig von den Fortschritten, oder auch den ausbleibenden Fortschritten, in den Verhandlungen mit Nathan Jones berichtete. Es war ihm gelungen, Zugang zur Chefetage des Empire State zu erhalten, und er war, den Instruktionen seines Redakteurs folgend, darauf bedacht, die Nation hinsichtlich der Kompetenz des Krisenstabs zu beruhigen, der zur Rettung des Präsidenten zusammengestellt worden war. Nicht erlaubt war es ihm, von der bevorstehenden Rettungsaktion zu berichten, aus Sorge, daß Nathan Jones es mitbekommen würde, und so hatte er in bewundernswerter Weise seine Erregung unter Kontrolle gehalten, während vor seinen Augen das Geiselbefreiungsteam aus den Fenstern stieg, und war ungerührt mit seinen Ausführungen fortgefahren. Aber dann war die Explosion ertönt und seine Stimme erstarb, um gleich darauf von einem unbeschreibbaren Tumult ersetzt zu werden, der entstand, als Dutzende von ruhigen und beherrschten Experten völlig ausflippten. Kulinarisch gesprochen, war aus dem zuversichtlichen, festen amerikanischen Karamelkuchen ein angsterfüllter Wackelpudding geworden.

Lisa weinte leise an Alex' Brust, die Augen fest geschlossen. Auch andere Businsassen weinten, doch niemand von ihnen weinte um die verblichene Seele von Nathan Jones.

»Die Welt hängt von so albernen Entscheidungen ab«, flüsterte Lisa. »Man macht mit jemandem Schluß, und dann kommt so etwas dabei raus.«

»Psst«, hauchte Alex in ihr Ohr, »hör auf, dich dafür verantwortlich zu machen. Es ist nicht deine Schuld. Auf keinen Fall.«

»Aber wenn ich bei ihm geblieben wäre ...«

»Vergiß es, Kindchen. Du hast das Richtige getan. Und das weißt du. Es ist leicht, zurückzublicken und zu sagen: was aber, wenn. Du hast eine Entscheidung getroffen, die zu der Zeit die richtige war, und sie ist es auch jetzt noch. Du kannst nicht die Verantwortung für die Handlungen anderer Leute auf dich nehmen.«

Die folgenden neunzig Minuten über schwiegen sie. Die fast leere Straße wischte an ihnen vorbei. Lisa betrachtete die Lichter in den Häusern, dachte an Nathan und daran, wie sie all die Wochen damit zugebracht hatten, in einem Pub in Manhattan Woody Allen beim Klarinettespielen zuzusehen. Und Woody würde sich nicht einmal an ihn erinnern, diesen komischen kleinen Iren, der neben ihm am Pissoir von Michael's Pub gestanden hatte.

»Meine Damen und Herren, wir schalten um zum Empire State Building, wo Graham Slovenski, Stabschef des Weißen Hauses, eine Erklärung abgeben wird. Ähm, da kommt er.«

Der Fahrer fuhr an den Straßenrand und hielt an. Er stellte den Motor ab und blieb, das Kinn auf die zum Gebet gefalteten Hände gestützt, hinter seinem Lenkrad sitzen. Niemand beschwerte sich. Eine neuerliche Welle von Angst durchströmte Lisa wie ein atombetriebener Einlauf.

Seine Stimme war rauh, aller Emotion entkleidet. Lisa hörte das Knacken von tausend Blitzlichtern, als er ans Mikrophon trat.

»Ich werde eine kurze Erklärung verlesen. Hören Sie

bitte aufmerksam zu, ehm, ich werde anschließend keine Fragen beantworten.« Er holte tief Luft, die Ängste der gesamten Bevölkerung einsaugend. »Im Laufe des heutigen Abends wurde nach eingehender Diskussion auf Kabinettsebene und nach Einholung aller verfügbaren Expertenratschläge der Entschluß gefaßt, die Geiselnahme im Empire State Building gewaltsam zu beenden. Die Aktion wurde von einem Geiselbefreiungsteam des FBI durchgeführt. Wie Sie wissen, verfolgt der Präsident seit langem eine Politik des Nichtverhandelns mit Terroristen, und so erfolgte der Entschluß auch im Einklang mit dieser Politik. Die durch Observation des 86. Stockwerks, wo der Präsident festgehalten wurde, gesammelten Erkenntnisse gaben Anlaß zu der Erwartung, daß die Operation mit minimalem Risiko für das Leben des Präsidenten würde durchgeführt werden können.«

Er atmete erneut tief durch. Seine Stimme zitterte ein wenig bei den nächsten Worten. »Vor gut zwei Stunden wurde die Operation eingeleitet. Sie verlief vollkommen planmäßig, bis ein motorisierter Gleitflieger, dessen verstorbener Pilot noch nicht identifiziert werden konnte, die Luftüberwachung überwand, in den 86. Stock stürzte und dabei eine Explosion verursachte, bei der mehrere Männer des Befreiungskommandos und mindestens eine Geisel den Tod fanden. Dies brachte naturgemäß die laufende Operation etwas durcheinander, und in der anschließenden Verwirrung gelang es dem Terroristen, sich zusammen mit dem Präsidenten in den 102. Stock des Empire State Building zurückzuziehen; das ist eine weitere, kleinere Aussichtsplattform. Nach unseren derzeitigen Informationen ist der Präsident unverletzt. Ich wiederhole, der Präsident ist unverletzt. Im Augenblick versuchen wir, eine Verbindung zum 102. Stock herzustellen und die Kommunikation wieder aufzunehmen. Lassen Sie uns alle für einen glücklichen Ausgang beten. Ich danke Ihnen.«

Es folgte ein wahrer Hagel von Fragen, die aus dem Lautsprecher prasselten wie Riesenwellen, die auf einen Glasstrand niederbrechen.

»Oh, Gott sei Dank«, sagte Lisa laut.

Die anderen Passagiere brachen in Beifall aus. Ganz so hatte Lisa es nicht gemeint.

Slovenski und seine Leibwächter eilten zurück ins Empire und fuhren mit dem Fahrstuhl in den 85. Stock. Sein Gesicht war bleich, seine Kehle trocken, und er hatte Kopfschmerzen.

Morton empfing sie an der Tür. »Okay«, sagte Slo, »und jetzt raus mit der Wahrheit.«

»Sieben Tote vom Befreiungskommando«, sagte Morton grimmig.

»Was ist mit Dillon?«

»Er hat schwere Verbrennungen, wird aber überleben. Das, was passiert ist, wird er dagegen kaum überwinden.«

Slo nickte. Als sie hinüber zu Mortons Büro gingen, sah er Tara fest schlafend auf drei nebeneinandergestellten Stühlen liegen. Morton machte die Tür auf und ließ ihn eintreten.

»Zwei der Geiseln sind ebenfalls tot«, sagte Morton und setzte sich. »Die Frau, Marilu Henner, ist an Rauchvergiftung gestorben. Sam McClintock, der Alte – tja, als es die Explosion gab, haben einige vom Kommando anscheinend das Feuer eröffnet. McClintock ist ins Kreuzfeuer geraten.«

»Und jetzt sind sie im 102. Stock.«

»Yeah. Nathan Jones, der Präsident und wahrscheinlich auch der Reporter.«

»*Wahrscheinlich?* Jesses.« Slo schüttelte den Kopf. »Warum hat niemand daran gedacht, diesen Fluchtweg zu versperren?«

Morton schüttelte den Kopf. »Jetzt, wo es passiert ist, erscheint es natürlich offensichtlich. Hinterher ist man immer klüger«, fügte er kleinlaut hinzu.

»Unsere Aufgabe ist es, schon vorher klug zu sein, Mr. Morton«, fauchte Slo. »Warum hat man das nicht für relevant erachtet? Wir hatten die fähigsten Köpfe dieses

Gewerbes auf den Fall angesetzt, warum hat keiner von ihnen an etwas so Simples wie eine gottverdammte Scheißtreppe gedacht?«

»Es war nicht so, daß nicht daran gedacht worden wäre, Sir. Es wurde erwogen und dann aber unberücksichtigt gelassen.«

»Und aus welchem Grund?«

»Weil wir sie exakt dort hatten, wo wir sie haben wollten. Nämlich haargenau in der Mitte des Verkaufsstandes. Es war nur noch eine Sache von Umzingeln, Zugreifen und Befreien. Aber sie haben uns einen Strich durch die Rechnung gemacht.«

Slo nickte langsam. »Der Drachenflieger.«

»Nein, Sir, wir wissen noch nicht, welche Rolle der Flieger im Ablauf des Geschehens gespielt hat. Wir wissen bis jetzt nur, daß der Pilot tot ist. Jones und der Präsident waren schon umgezogen, bevor es krachte.«

»Sie wußten, daß sie sich fortbewegt hatten?«

»Nein, das wissen wir erst jetzt.«

»Und warum wußten Sie es zu dem Zeitpunkt nicht?«

»Nun ja, Sir, sie hatten die Lichter ausgeschaltet.«

»Und mit all unserer ausgefuchsten Technik konnten wir ihnen nicht im Dunkeln folgen?«

»Wir sind überrascht worden. Die Operation war im Gange. Unsere Männer waren gerade dabei, über die Brüstung zu klettern, als die Lichter ausgingen. Sie sind haarscharf entkommen, um ein paar Sekunden.«

»Sie wollen mir erzählen, daß der gewaltigste Militärapparat der Welt, die mächtigste Nation auf Gottes Erde, dadurch ausgetrickst worden ist, daß jemand irgendwelche gottverdammten Lichter ausgeschaltet hat?«

»Ja, Sir.«

»Mr. Morton?«

»Sir?«

»Die nächste Pressekonferenz können Sie übernehmen.«

19

Als er den 101. Stock erreicht hatte, war George nicht schlecht am Schnaufen. Seinen Mangel an Fitness schrieb er der Tatsache zu, daß er nach der Bombardierung seines Hauses ständig unterwegs gewesen war und keine Gelegenheit zum Trainieren gefunden hatte; und so war die Straffheit verschwunden, der Muskeltonus im Eimer, und der subtil abgestimmte Körperrhythmus durcheinandergeraten.

Wer ihn gut kannte, mochte sich allerdings fragen, ob George je mit irgendeinem dieser Attribute so recht glücklich gewesen war.

Vor den Stufen, die zum 102. Stock hinaufführten, machte George halt. Er schöpfte ausgiebig Luft und wartete, bis sein Herz zu rasen aufgehört hatte, dann spähte er vorsichtig um die Ecke. Die Treppe war frei. Er rief gedämpft: »Nathan Jones … Mr. President?«

Die Antwort kam prompt. Fast hätte er Nathans rauhe Stimme nicht erkannt. »Sobald jemand um die Ecke kommt, erschieße ich den Präsidenten. Das ist mein Ernst.« Die Stimme hallte im Treppenhaus wider. »Meine Pistole steckt in seinem Mund. Bleibt einfach weg. Laßt uns in Ruhe.«

George blieb dicht an der Wand stehen. »Nathan … ich bin's, Clark Fuller. Der Reporter.«

Es folgte ein kurzes Schweigen. Dann: »Was wollen Sie, Clark?«

»Ich möchte raufkommen.«

»Clark, Sie sind frei. Laufen Sie los und verkaufen Sie Ihre Story.«

»Die Story ist noch nicht fertig. Sie ist nichts wert, wenn ich nicht bis zum Schluß dabeibleibe.«

»Sie ist nicht *so viel* wert, wollen Sie sagen, wenn Sie nicht bis zum Schluß dabei sind.«

»Das auch. Kann ich raufkommen? Sie brauchen doch immer noch Ihren Bosley, oder?«

»Boswell. Boswell, Clark, um Gottes willen. Wo haben Sie eigentlich Journalismus studiert, Clark?«

»Columbia«, sagte George, selbst ganz beeindruckt.

»Und dann können Sie Boswell nicht von Bosley unterscheiden? Scheiße, Clark, kommen Sie hoch, das paßt ja auch wieder gut, daß ich einen scheiß ignoranten Reporter erwische, um mein scheiß verpfuschtes Leben aufzeichnen zu lassen. Kommen Sie rauf, Clark, zum letzten Countdown.«

George stieß sich von der Wand ab und stieg vorsichtig die Stufen hoch. Nach und nach kamen Nathan und der Präsident ins Blickfeld. Die Pistole steckte in der Tat im Mund des Präsidenten. George war fast geneigt, eine plötzliche Bewegung zu machen, um zu sehen, ob er den kleinen irischen Scheißer damit so erschrecken könnte, daß der dem Präsidenten den Kopf wegblies.

Aber nein, noch nicht.

Mit erhobenen Händen erklomm er die letzten Stufen. Das rundum eingefaßte 102. Stockwerk war weiß Gott klein. Geradezu *klaustrophobisch.* Er wußte bereits, daß die Aussicht atemberaubend war, aber ohne frische Luft wirkte sie irgendwie unwirklich. Man hätte auch im Theater sein können, die atemberaubende Szenerie ein gemaltes Bühnenbild.

»Sind Sie auch sicher, daß Sie niemanden bei sich haben, Clark?

»Bin ganz allein. Hab auch keine Lebenden da unten gesehen, die ich hätte mitbringen können.«

Nathan zog die Pistole aus dem Mund des Präsidenten und kam zum Treppenabsatz. Er spähte nach unten. Er winkte George herein. Dann drückte er ihm die Pistole in den Rücken. Er fühlte etwas Weiches. »Wie kommt es, Clark, daß Sie plötzlich aussehen wie das Michelin-Männchen?«

»Es liegen eine Menge Tote da unten, Nathan. Ich war so frei, einen davon um seine kugelsichere Weste zu erleichtern.«

»Das war höchst einfallsreich von Ihnen.« Er drehte

George um, öffnete seine Jacke und faßte hinein. Er zog einen Wulst von dünnem Stoff hervor. »Sieht nicht so aus, als könnte sie eine Kugel aufhalten«, sagte Nathan, der nicht imstande gewesen wäre, eine kugelsichere Weste von einer Heizdecke zu unterscheiden.

»Die machen sie heutzutage bemerkenswert dünn«, sagte George. »Hab ich mir jedenfalls sagen lassen. Ich werde hoffentlich nicht herausfinden müssen, wie sicher sie letztlich sind.«

Nathan nickte. »Sagen Sie mal, Clark«, fragte er, »haben Sie je den Schluß von *Butch Cassidy and the Sundance Kid* gesehen?«

Nathan bat um Stille, und er bekam sie. Eine Stunde Stille, die so still war, daß man sich die Ohren zuhalten mußte. Eine Stille, so tief, daß sie alles übertönte. Gedanken zerrüttete. Luft ansaugte und abgestanden wieder ausspie. Sie legte sich wie ein Tonnengewicht auf überlastete Schultern, sie pulsierte durch Blutgefäße und zerrte an müden Lidern.

Nathan konnte nicht mehr gerade denken. Er dachte in Kreisen. Gedanken traten auf und wieder ab, um wenig später erneut vorstellig zu werden, doch es war keiner darunter, der nach vorn führte, der einen Ausweg wies, eine Möglichkeit des Handelns. Und es war nicht nur einer, es waren Hunderte, und alle widersprachen sie einander.

Eins war ihm klar: Der Reporter hatte was auf dem Kasten. Er hatte den Angriff vorhergesagt und den Rückzug empfohlen. Er hätte sich davonmachen und wichtige Informationen weitergeben können, an welche Sicherheitsdienste auch immer, die unter Garantie da draußen lauerten; statt dessen hatte er sich entschieden, bei ihm zu bleiben, auf eigene, und zwar nicht unerhebliche Gefahr. Nathan kannte seine eigenen Grenzen: der Jähzorn, die gelegentlichen Anfälle von Irrationalität, die Emotionen. Er würde dies nicht überleben, das war klar, aber wenn er die Sache mit erhobenem Kopf, mit einer gewissen Würde hinter sich bringen wollte, dann würde er auf den unvoreingenommenen Ratschlag des Reporters hören müssen.

Nathan betrachtete Keneally, der jetzt mit hinter dem Kopf verschränkten Händen auf dem kalten Fliesenboden lag. Er war von dem Präsidenten enttäuscht. Er hatte erwartet, daß er mehr reden, sein viel gerühmtes diplomatisches Geschick einsetzen würde, um Nathan von der Sache abzubringen. Wer weiß, wenn er es halbwegs raffiniert angestellt hätte, vielleicht hätte er Nathan innerhalb weniger Stunden zum Aufgeben und zu tiefer Reue bewegen können; aber er hatte es vorgezogen, sich ganz in sich zurückzuziehen; seine Anwesenheit war eine fast abstrakte, er schien nur dazusein, um schikaniert und bedroht zu werden.

»Was meinen Sie?« Nathan stieß mit dem Fuß gegen das ausgestreckte Bein des Präsidenten. »Werden sie die Treppe stürmen und um sich schießen, so wie da unten?«

Der Präsident stützte sich auf einen Ellbogen. »Ich weiß nicht, was sie tun werden, aber Sie wissen vielleicht, daß ich die Politik verfolge, nicht mit Terroristen zu verhandeln.«

»Ich bin kein Terrorist«, sagte Nathan.

»Sie terrorisieren mich«, sagte der Präsident.

»Nur aus Versehen«, sagte Nathan.

»Wenn das alles ein Versehen war, Nathan, dann machen Sie dem jetzt ein Ende. Bevor einer von uns dabei draufgeht.«

»Bevor Sie dabei draufgehen, meinen Sie.«

»Nein. Ich will nicht, daß irgendeiner von uns stirbt. Ich will nur, daß wir hier heil rauskommen. Hier rausmarschieren und dann nach Hause zu unseren Lieben.«

Nathan schüttelte den Kopf. »Tja, Sie sind mir eine große Hilfe. Ich kann nicht zu ihr zurückmarschieren, deswegen bin ich ja hier.«

»Nun, dann finden wir sie eben. Wo ist sie denn?«

»Irgendwo in Amerika verlorengegangen.«

»Wir können sie finden, Nathan.«

Nathan wandte sich George zu. »Was ist mit Ihrem Computer passiert, Boswell?«

»Hab ihn im Feuersturm verloren. Aber keine Sorge«, er klopfte sich seitlich an den Kopf,»ist alles hier drin.«

»Sagen Sie mir, wie Sie es sehen. Komme ich Ihnen wie ein typischer Terrorist vor?«

»Sie kommen mir wie ein typischer *Patsy* vor.«

»Soll heißen?«

»Sie sind der Gelackmeierte. Sie sind nur eine Marionette, ob bewußt oder unbewußt, durch Gehirnwäsche, Gedankenkontrolle, Hypnose, was auch immer, Sie sind von äußeren Kräften in diese Situation hineinmanövriert worden.

»Clark, ich bin hier, weil meine Freundin mich verlassen hat und weil ich jähzornig bin.«

»Das glauben Sie. Ohne Zweifel dachte auch Lee Harvey, daß er auf eigene Faust handelte. Haben Sie *JFK* nicht gesehen? Nathan, da sind Mächte am Wirken, die stärker sind als wir alle, stärker als der Präsident. Finden Sie es nicht seltsam, daß der Präsident einen Termin an einem so abgelegenen Ort wahrnehmen durfte? Finden Sie es nicht seltsam, daß Sie so dicht an ihn rankamen, daß Sie ihm eine Pistole an den Kopf setzen konnten? Ist es nicht seltsam, daß bei dem Versuch, den Präsidenten zu befreien, so viel Feuerkraft zum Einsatz kam, daß ein ganzes Stockwerk dabei in Schutt und Asche gelegt wurde? Täuschen Sie sich nicht, mein Freund, Sie sind in diese Sache hineinmanipuliert worden, egal, was Ihr Gefühl behaupten mag.«

Nathan wandte sich an den Präsidenten. »Redet er nur einen Haufen Scheiße oder was?«

»Ich habe den Eindruck«, intonierte der Präsident gemessen, ganz im Stile einer Rede zur Lage der Nation, »daß Mr. Fuller der Theorie anhängt, wonach hinter allem, was es gibt, eine Verschwörung steckt. Damit kann man Zeitungen verkaufen, und damit kann man zweifellos auch viele Bücher verkaufen. Aber diese Theorie ist falsch.« Seine Augen huschten zu George hinüber. »Übrigens, Mr. Fuller, wer war Ihr Professor an der Columbia? Ich habe dort mehrere Freunde an der journalistischen Fakultät.«

»Und jetzt«, sagte George, »will er versuchen, meine Glaubwürdigkeit als Reporter zu untergraben. Hören Sie nicht auf ihn, Nathan. Die Tatsachen sprechen für sich. Er will sie einfach nicht wahrhaben. Aber im Grunde weiß auch er: Es gibt eine Verschwörung, und deren Ziel ist es, den Präsidenten ermorden zu lassen und einen anderen an die Macht zu bringen; und der Blödmann, der Sündenbock – der Patsy eben –, das sind Sie.«

Nathan hielt sich das Nasenbein. Irgendwas tat da weh. Außerdem hatte er Durst, es gab aber nichts zu trinken. Er schloß die Augen. Er sah Lisa – im Bett, allein.

»Nathan?« sagte George.

»Was ist?«

»Der alte Mann, Sam. Bevor ich die Treppe hochgekommen bin, habe ich seine Leiche gefunden.«

»O nein!« Nathan schüttelte heftig den Kopf.

»Er ist nicht in der Nähe der Explosion gewesen. Ich dachte, daß ihn vielleicht der Rauch erwischt hätte. Ich hab's noch mit Mund-zu-Mund-Beatmung versucht.«

»O Gott«, sagte Nathan.

»Aber es war zwecklos. Es war nicht der Rauch. Er hatte zwei Kugeln in der Brust. Nathan, begreifen Sie nicht? Die wollen nicht, daß einer von uns hier lebend rauskommt.«

20

Sie bewegten sich müde durch die graue Dämmerung, taubedeckte FBI-Agenten und Polizisten, die Leichen bargen, verbogenes Metall forträumten, Asche auffegten. Seit vielen Stunden war nichts mehr zu hören gewesen von oben.

Nathan Jones, der irische bisexuelle, sadistische Terrorist, George Burley, der Südstaatengentleman mit einer Schwäche für Mord und Totschlag, und Michael Keneally, der Präsident der Vereinigten Staaten und derzeit machtloseste Mann der Welt – sie alle lagen im 102. Stock und schliefen. In den frühen Morgenstunden kam es einfach über sie, nachdem ihr Gespräch versiegt war. Ihre Gehirne konnten schlicht nicht mehr, hatten die Jalousien zugezogen. Ihre müden Knochen hatten Auszeit verlangt. Die überlebenden Mitglieder des Befreiungskommandos hätten einfach die Treppe hochspazieren, Nathans Pistole nehmen und den Präsidenten und Clark Fuller befreien können. Ach, was heißt Kommando, jeder halbwegs anstellige Pfadfindertrupp hätte das erledigen können.

Aber die unten hatten alle eine Scheißangst.

Für sie gab es keine Ruhepause. Sie bewegten sich nur noch mit depressivem Schlurfen; ihre Augen glühten wund aus tiefen Höhlen; sie aßen, doch sie aßen nur Pappe; sie tranken, doch sie tranken nur rostiges Wasser. Sie hatten Scheiße gebaut, und zwar gewaltig.

»Das ist doch etwas, was eigentlich *ihm* passieren sollte«, sagte Cameron zu Morton, als sie auf ihrem dritten Rundgang durch den 86. Stock über einen Haufen Asche stiegen, »am frühen Morgen Depressionen kriegen. *Er* sollte jetzt auf seinem Tiefpunkt sein. Aber alles ist verkehrt rum.«

»Cameron, falls Sie mich damit motivieren wollen, stellen Sie's nicht sehr geschickt an.«

Morton blieb stehen, linste über die angekohlte Mauer nach draußen. Unten bestand der Verkehr immer noch zu hundert Prozent aus Stau. Diejenigen, die ihren New Yorker Mitbürgern vertrauten, schlossen einfach ihre Autos ab und gingen nach Hause. Die anderen schliefen in ihren Autos oder drängten sich auf den Bürgersteigen, um weitere Entwicklungen im Empire oder in der Verkehrsregelung abzuwarten. Die letzte Polizeischätzung besagte, daß sich dreißigtausend Menschen in den Straßen rund um das Empire State aufhielten. Über einhundert fliegende Händler waren angerückt, um sie zu versorgen. Unter denen, die auch noch die Nachtwache hielten, hatte es drei Schießereien gegeben, eine davon tödlich, eine Vergewaltigung und zahllose kleinere Diebstähle. Um dem Ansturm der Nachrichtenteams aus aller Welt Herr zu werden, war der Central Park in einen riesigen Hubschrauberlandeplatz verwandelt worden. Schon standen T-Shirts in einer verwirrenden Vielfalt von Stilen zum Verkauf, mit Slogans, die von *We Love Michael Keneally* bis zu *Knallt den Bastard ab* reichten.

»Im Moment«, sagte Cameron, »hält er alle Trümpfe in der Hand. Er hat den Präsidenten in einem hübsch abgeschlossenen Raum. Er ist sauer wegen unseres Angriffs. Er ist müde. Wenn er nicht von Anfang an paranoid war, dann ist er's jetzt garantiert.«

»Was machen wir also?«

»Wir warten noch bis Tagesanbruch. Dann rufen wir ihn an. Wir geben uns zutiefst zerknirscht und kriechen ihm ein wenig in den Arsch. Dann fragen wir ihn, was er will.«

»Und was ist mit dem Nichtverhandeln mit Terroristen?«

»Wird zu den Akten gelegt. Wir geben ihm, was er haben will.

Soweit es sich im Rahmen hält.«

»In was für einem Rahmen?«

»Keine Ahnung.«

Morton verdrehte die Augen, dann nickte er zur anderen Seite des ausgebrannten Verkaufsstands hinüber, wo Graham Slovenski ganz allein stand und auf die Stadt hinunterblickte. »Wir haben zwar jede Menge Probleme, aber wenn alles vorbei ist, können wir nach Hause gehen. Der da aber wird die Sache ausbaden müssen.«

»Und er wird dabei kein Stückchen sauberer werden.«

»Na ja, es war seine eigene Wahl. Ich schätze, man muß ihn dafür bewundern, daß er das auf sich nimmt. Er hat verdammt viel zu verlieren.«

»Und verdammt viel zu gewinnen.«

»Was Sie nicht sagen. Ich hab gerade ein millionenschweres Angebot für meine Version der Belagerung bekommen.«

»Jesses. Was haben Sie denen gesagt?«

»Na, was wohl? *Wenden Sie sich an meinen Agenten.*«

An der Westküste bekam unterdessen John Smedlin einen Anruf von einer niederen Charge bei Magiform, der ihn davon unterrichtete, daß sein Vertrag mit der Firma fristlos gekündigt sei.

Smedlin hatte keinen Vertrag mit der Firma, gleichwohl dankte er dem Mitarbeiter und rief dann Tate auf dessen Mobiltelefon an.

»Michael«, sagte er, »was ist los?«

»Sie können mich mal, Smedlin, Sie und Ihre ganze Bagage«, sagte Tate.

»Michael ...«

»Würde es Ihnen was ausmachen, mich nicht weiter zu belästigen, Smedlin. Ich bin beschäftigt. Ich habe jetzt eine Freundin. Ich brauch Sie nicht mehr.«

»Haben Sie nicht. Tun Sie wohl.«

»Wollen Sie mich einen Lügner nennen?«

»Ich nenne Sie einen verstörten Phantasten, Michael. Wenn ihre Freundin da ist, geben Sie sie mir mal. Kommen Sie, Michael, lassen Sie mich mit ihr sprechen.«

»Ich hab nicht gesagt, daß sie hier ist.«

»Aha.«

»Ich brauch Sie nicht, Smedlin. Sie sind krank. Sie haben mich schon viel zu lange mit Ihren kranken Ideen vollgestopft.«

Schweigen folgte. Ausgedehntes Schweigen.

Schließlich sagte er: »Mr. Smedlin?«

»Was ist?«

»Ich dachte, Sie wären nicht mehr da.«

»Doch, ich bin noch da.«

»Sie haben neulich einfach aufgelegt. Das hat mir gar nicht gefallen.«

»Das war keine Absicht. Ich hatte Nasenbluten.«

»Geht's Ihnen jetzt besser?«

»Nein. Gar nicht. Ich hab nachgedacht.«

»Worüber?«

»Darüber, was für ein Arsch Sie sind.«

»Wie bitte?«

»Sie haben schon richtig gehört. Sie sind ein Arsch. Ein fieser, kleiner Arsch.«

»Ich bin der mächtigste …«

»Arsch der Welt.«

»Was gibt Ihnen das Recht …«

»Und ich verbitte mir jegliche weiteren Anrufe von Ihnen.«

»Sie haben mich angerufen!«

»Sehen Sie! Sie verdrehen immer alles. Sie sind paranoid, Michael. Sie brauchen Hilfe.«

»Deswegen komme ich ja zu Ihnen.«

»Nein. Nein, das war einmal. Ich hab jetzt genug. Ich ziehe mich zurück. Hören Sie. Hören Sie mal genau zu. Dies ist das Geräusch meiner Kündigung. Zwanzig Jahre lang hab ich mich mit Widerlingen wie Ihnen abgegeben und mir ihren Schwachsinn angehört, und jetzt hab ich die Schnauze voll. Adios, Michael. Viel Glück. Die Welt ist ein Irrenhaus, und Sie sind genau der richtige Mann, sie zu beherrschen.«

Smedlin legte den Hörer auf. Dann prüfte er den Inhalt seiner Brieftasche. Und dann verließ er das Haus, um irgendwo noch ein bißchen Koks aufzutreiben.

Graham Slovenski hörte etwas knacken. Es dauerte eine Weile, bis er realisierte, daß es die Plastikhülle seines Handys war. Ein dünner Splitter fiel zu Boden. Er stieß ihn mit dem Fuß weg. Seine Hand war leicht blutverschmiert. *Entspann dich.* Er nahm den Apparat in die andere Hand. »Sind Sie noch dran?« bellte er.

»Ja, Slo, ich denk nur grade nach. Versuche es zumindest.« Vizepräsident Santos war direkt nach Washington geflogen. »Verdammt noch mal, mir ist der Gedanke zuwider, daß die ganze Welt uns wieder auslachen wird. Jimmy-Carter-Syndrom. Damals war's wenigstens noch der scheiß Iran, Tausende Kilometer von zu Hause weg. Aber das hier ist nicht mal mehr im Vorgarten, das ist mitten in der Wohnung, die Treppe hoch und Richtung Schlafzimmer. Dieser Scheißkerl Nathan Jones hat sich unsere Puschen übergezogen. Er trinkt unseren Kakao. Er wärmt sich die Hände an unserer Ehefrau.«

»Was schlagen Sie also vor?«

»Ich hab vollstes Vertrauen zu Ihnen, Slo. Und ich spreche im Namen des ganzen Kabinetts.«

»Ich biete meinen Rücktritt an.«

»Wird nicht angenommen.«

»Die Operation ist voll in die Hose gegangen. Irgend jemand muß gehen.«

»Der einzige Grund, warum die Operation in die Hose gegangen ist, war dieser beschissene Vogelmann. Sonst hätten wir Keneally jetzt frei. Niemand muß gehen.«

»Ich trete zurück, Sie kommen und übernehmen.«

»Auf keinen Fall. Ich werde hier gebraucht. Sie bleiben, wo Sie sind ...«

»Und erledige die Drecksarbeit.«

»Slo, es ist ein schmutziger Job. Aber einer muß ihn machen. Das ist Politik.«

»Das ist Dünnschiß.«

»Politik ist Dünnschiß, Slo. Das wissen Sie doch.«

»Und Sie glauben, daß Sie darauf bis ins Weiße Haus schwimmen können, ja?«

»Slo, kommen Sie. Sie sind müde. Wir sind alle müde. Das ganze Land ist zum Stillstand gekommen, und wenn wir es nicht bald wieder in Bewegung setzen, wird in den Straßen die Anarchie ausbrechen.«

»Und dafür werde ich am Ende auch noch verantwortlich sein. Recht herzlichen Dank.« Slo schaltete sein Gerät ab und schleuderte es gegen die Wand. Als die Einzelteile auf dem Boden aufprallten, gab er ihnen einen Tritt.

»Alles in Ordnung, Slo?«

Er drehte sich um, rollte mit den Augen. »Tschuldigung, Tara. Der Stabschef verliert die Nerven.«

Sie berührte ihn am Arm. »Sie sind auch nur ein Mensch.«

»Bin ich das?« Er deutete mit dem Daumen nach oben. »*Die* sind auch nur Menschen. *Die* tragen das Risiko. Wir spielen hier nur unsere Spielchen.«

Sie berührte beide Arme. »Slo, kommen Sie. Ich bin diejenige, die fatalistisch sein sollte. Es ist mein Mann. Meine Zukunft.«

Slo nickte langsam. Während seine Wut noch abklang, machte sich schon Lust bemerkbar, sie zu ersetzen. Sie hielt ihn ja praktisch in den Armen. *Verdammte Geilheit, in so einem Moment!*

»Slo, ich hab mir mal angehört, was dieser Nathan Jones so redet.«

»Ja, deprimierend, nicht?«

»Finden Sie? Ich hab noch nie einen Mann so über eine Frau sprechen hören. Er ist so verliebt.«

Er sah in ihr schönes Gesicht. »Tara. Es gibt zwei Arten von Liebe. Einmal die Liebe zum Ehepartner, ganz normale, anständige Liebe.« Er schüttelte den Kopf und blickte an ihr vorbei auf New York. »Und dann die Art von Liebe, die einen veranlaßt, loszuziehen und den Präsidenten der Vereinigten Staaten zu kidnappen. Liebe als Obsession. Paranoide Liebe. Schizoide Liebe. Liebe, für die keine Regeln gelten. Liebe, für die man alles tun würde.«

»Ach Gott.« Sie hielt ihn *noch immer.* »Haben Sie jemals so für eine Frau empfunden, Slo?« fragte sie.

Er erwiderte ihren Blick. »Haben Sie je so für einen Mann empfunden?«

Sie nickte zögernd, die Augen nicht von ihm lassend. Er spürte, wie eine wunderbare Wärme seinen ganzen Körper überschwemmte. Ausgehend vom Herzen. Vom Innersten seiner Seele. O Gott, er könnte …

»Ich liebe Michael so sehr.«

Und die ganze Wärme schoß aus seiner Nase heraus und verteilte sich über Manhattan.

Während Cameron sich wieder zur Chefetage aufmachte, um festzustellen, ob es der Abhörtruppe schon gelungen war, den 102. Stock anzuzapfen, ging Morton zur Treppe, die nach oben zum Präsidenten führte. Fast vierzig Beamte standen, saßen oder lagen mit angelegten Waffen da. Morton schüttelte den Kopf.

Doyle kratzte ihn am Ellbogen. »Möchten Sie was essen, bevor ich Sie über Fred Troy unterrichte?« Er bot ihm einen Hot-dog an.

»Möchte ich *etwa* was essen?« Er nahm ihn trotzdem und schloß die Finger um das Brötchen, um sie ein bißchen zu wärmen. Gleich darauf öffnete er sie wieder. »Danke«, sagte er, »für den kalten Hot-dog.«

Doyle zuckte die Achseln. »Ich mußte jemanden losschicken, um was zu besorgen. Es ist das reinste Irrenhaus da draußen.«

»Und hier sind wir in einem Meer der Stille. Okay. Was wissen Sie über Fred? Über das Gift?«

»Tja. Das Gift, das ihn getötet hat, ist identifiziert worden und stammt von einer Schlange.

Morton nickte langsam. »Yeah«, sagte er, »hatte ich mir beinahe schon gedacht.«

»Die nigerianische Slipperschlange ist eine der tödlichsten Giftschlangen der Welt.«

»Sie machen Witze, oder?«

»Nein, Sir. Sie ist eine der tödlichsten ...«

»Eine *Slipperschlange*?«

»Ja, Sir. Ich glaube, das ist die anglisierte Form eines nigerianischen ...«

»Was soll das heißen, Doyle, daß hier jetzt auch noch irgendeine scheiß Schlange unterwegs ist?« Er schaute sich mißtrauisch um. »Oder daß Fred gestern im Zoo war?«

»Nein, Sir. Sein Körper wies keine Spur eines Schlangenbisses auf. Der Pathologe fand eine kleine Einstichspur in Freds Wange, aber es war mehr ein Nadelstich als ein Biß. Sieht so aus, als hätte jemand eine Nadel benutzt oder einen Pfeil, um ihn zu vergiften.«

»Was meinen Sie mit *jemand*? Nathan Jones doch, oder?«

»Tja, Sir, das wäre die offensichtliche Schlußfolgerung.«

»Doyle, ich erkenne diesen Ausdruck auf Ihrem Gesicht. Sagen Sie mir, was Sie denken.«

»Nun ja, Sir, den Experten zufolge ...«

»Es gibt Experten für nigerianische Slipperschlangen?«

»Ja. Sir. Eine ganze Menge sogar. Und die führende Expertin auf diesem Gebiet ist Dr. Martina Crawford. Sie lebt normalerweise in Nigeria, war aber in den vergangenen sechs ... Entschuldigung, Sir. Sie hat mir gesagt, daß das Gift zwanzig bis fünfundzwanzig Minuten braucht, bis es wirkt.«

»Ja, und?«

»Tja, Sir, nach allem, was ich bisher rausgefunden habe, wäre es somit *möglich*, daß Nathan Jones das Gift verabreicht hat. Er war nahe genug an Fred Troy dran, gleich nachdem der alte Mann auf den Präsidenten zugestürmt ist. Aber Tatsache ist, daß nichts von dem, was wir über ihn wissen, auch nur den geringsten Hinweis darauf liefert, daß er zu solcher Raffinesse fähig wäre. Er scheint ja auch überhaupt keinen Plan zu verfolgen. Er stellt immer noch keine Forderungen. Es kommt mir fast so vor, als sei er aus Versehen dort oben.«

»Sie klingen ja beinahe verständnisvoll, Doyle.«

»Nein, das natürlich nicht. Aber ... die Schlange. Ich weiß nicht, das *schmeckt* irgendwie nicht nach ihm. Schlangengift zu entziehen, das erfordert eine gewisse Kunstfertigkeit, es zu verabreichen erst recht. So was macht man nicht in blinder Panik.«

Morton nickte nachdenklich. »Wissen Sie was, Doyle, ich glaube, ich stimme Ihnen zu. Wie kommt man überhaupt an nigerianische Slipperschlangen ran?«

»Es gibt strikte Importbeschränkungen. Die wenigen,

die eingeführt werden dürfen, gehen an Zoos oder Spezialgeschäfte. Man muß eine Lizenz dafür haben. In New York gibt es zwei Läden, die sich darauf spezialisiert haben. Ich hab schon ein paar Beamte losgeschickt. Es wird aber eine Weile dauern, Sir, bei dem Verkehrschaos.« Morton drehte sich um und sah zu den mit keiner Wimper zuckenden Scharfschützen rüber, danach zur Treppe, die in den 102. Stock führte. »Falls Sie andeuten wollen, daß eine weitere Person in die Sache verwickelt ist, dann muß diese Person von Anfang an mit hier oben gewesen sein. Und sie ist bereits entkommen.«

»Möglich.«

»Aber noch deutet nichts darauf hin, daß es sich um eine Verschwörung handelt.«

»Nein, Sir. Sogar der Vogelmensch war nur irgend so ein Verrückter aus Queens; soviel wir wissen, wollte er den Präsidenten retten.«

»Wir könnten es also mit zwei voneinander unabhängigen Anschlägen auf den Präsidenten zu tun haben, wenn wir davon ausgehen, daß niemand sich die Mühe machen würde, Gift aus einer nigerianischen Slipperschlange zu ziehen, nur um Fred Troy umzubringen.«

Doyle nickte. Eine Weile lang blickten sie einander düster an. Mortons Kehle war ganz trocken von den beißenden Rückständen des Feuers. Er schloß die Augen, rieb sie und warf geistesabwesend den Hot-dog in einen Papierkorb.

»Sind Sie gut in Mathematik, Doyle?`

Doyle zuckte die Achseln. »Es geht.«

»Dann sagen Sie mir doch mal, wie groß die Wahrscheinlichkeit ist, daß zwei verschiedene Männer zu dem Entschluß kommen, den Präsidenten umbringen zu wollen, und zwar genau am selben Tag, genau am selben Ort und genau zur selben Zeit?«

»Im Höchstfall knapp über Null.«

»Und wie groß ist die Wahrscheinlichkeit, daß die beiden Schweinepriester es während *meiner* scheiß Schicht tun?«

Morton stieß einen lauten, trockenen Hustenlacher aus und grinste Doyle grimmig zu. »Beschaffen Sie sich das Video, das die Magiform-Leute vom Präsidenten gedreht haben. Lassen Sie es minutiös absuchen, nach allem, was irgendwie ungewöhnlich ist. Sorgen Sie außerdem dafür, daß alle, die hier oben waren, noch einmal durchgecheckt werden – einschließlich Secret Service. Falls es einer von unseren Leuten ist, der hier mit drinsteckt, will ich ihm keine zweite Chance geben.«

»Halten Sie das wirklich für möglich?«

»Doyle, ich bitte Sie, nigerianische Slipperschlangen? Mich kann nichts mehr überraschen.«

21

Cody Rutteger, stellvertretender Leiter des City-Teils des *New York Newsday*, war gerade auf dem Klo und gönnte sich eine winzige Erholung, als er angepiept wurde. Er hatte keine Lust, schon wieder in eine Redaktionssitzung zu hetzen. Er trocknete Gesicht und Hände ab, setzte seine Zigarre wieder in Brand und betrachtete sich im Spiegel. Er konnte eine Rasur gebrauchen. Es würde nur fünf Minuten dauern, das könnte er arschklar noch schaffen, bevor er sich wieder in die Nachrichtenredaktion schleppte. Verdammt, er war jetzt seit vierundzwanzig Stunden ununterbrochen hier, hatte an drei Sonderausgaben mitgebastelt, es konnte sich also keiner beschweren, auch wenn es die Story des Jahrhunderts war. Matt Kelleger, sein junger Redaktionsassistent, steckte den Kopf durch die Tür. »He, Cody, Anruf für dich. Persönlich.«

Ja, sicher, persönlich waren die persönlichen Anrufe selten, sie waren nur ein Mittel, übereifrige Vorzimmerdamen zu umgehen. *Aber es könnte auch der Anruf sein, der die Story des Jahrhunderts einläutet.* Cody fluchte, schleuderte die halbgerauchte Kippe ins Pinkelbecken und lief eilig über den Flur. Er war ein kleingewachsener Mann, der sich um den Sitz seiner spärlich werdenden Haare nicht groß kümmerte und als einer der wenigen in seinem Gewerbe dem Alkohol noch immer innigst zugetan war.

»Rutteger«, sagte er, indem er den Hörer aufnahm und hinter seinen Schreibtisch schlüpfte.

»Cody? Eric Harleson.«

»Eric, lange nicht gesehen, alter Freund.« Eric? Eric? Eric? Er tippte Eric Harleson in den Computer. Die Info war sofort da. Stellvertretender Bezirksstaatsanwalt in Denver. Sie hatten sich bei den Maesterling-Serienmorden gegenseitig unterstützt, vor langer Zeit, als Cody noch aus dem Büro rausdurfte. »Wie lebt's sich denn so in Colorado?«

»Kann nicht klagen. Ich brauch wohl nicht zu raten, woran Sie gerade arbeiten?«

»Da liegen Sie richtig. Hektik wäre noch geprahlt.«

»Was gibt's denn Aktuelles?«

Verdammt, will der mich um Infos angehen? »Nicht viel los heute morgen ... Mensch, wie spät ist es überhaupt?« Cody murmelte einen Fluch vor sich hin. Er hatte seine Uhr auf dem Klo vergessen.

»Müßte kurz nach neun sein bei euch.«

»Gott, es kommt mir vor wie ... na ja, Sie wissen ja, wie das ist mit Nachtsitzungen. Also, was verschafft mir das Vergnügen?«

»Cody, ich hab die laufende Berichterstattung ein bißchen verfolgt, und da gab es ein Interview auf CNN, das sozusagen meine Aufmerksamkeit erregt hat.«

Cody holte Notizblock und Kugelschreiber aus der Schublade. Den Hörer zwischen Ohr und Schulter geklemmt, notierte er den Namen des Staatsanwalts, das Datum und die Uhrzeit. »Uhnh«, sagte er.

»Ja, ich meine, es ist wahrscheinlich nicht weiter wichtig, aber die haben da einen Bericht gebracht über einen Typen namens Brian Houston, er ...«

»Houston, klar, der Typ, dem Nathan Jones einen ablutschen wollte.«

»Tja, also, der kam mir irgendwie bekannt vor ... oder besser, nicht er selbst, sondern sein Name, beziehungsweise das ganze Szenario. Ich hab dann in unseren Akten nachgeforscht, und ich glaube, er ist es. Vor ungefähr sechs Jahren hatten wir's nämlich mal mit einem Brian Houston zu tun, über den zwölf Anzeigen wegen sexueller Belästigung eingegangen waren. In allen Fällen hatte er junge Burschen betrunken gemacht, sie mit nach Hause genommen, gewartet, bis sie schliefen, und dann oralen Sex bei ihnen versucht. Es waren nie Schwule, immer Heteros. Ich erinnere mich deshalb an ihn, weil es so aussah, als ob es ihm weniger auf den sexuellen Akt ankam als vielmehr auf die Prügel, die er hinterher bezog. Er hat die Stadt verlassen, bevor wir ihn vor Gericht kriegen konnten, aber ich schätze, daß er das ist da bei euch in New York.«

Cody schrieb so schnell mit wie er konnte. »Okay«, sagte er.

»Es hat mich nur nachdenklich gemacht wegen all der Hysterie, die in bezug auf diesen Jones entstanden ist. Wissen Sie, wenn er in diesem Fall nicht schuldig ist, dann ist er's in einigen anderen Fällen vielleicht auch nicht. Ich mein, sicher, er hat den Präsidenten entführt, aber vielleicht ist er nicht ganz der kranke Perverse, zu dem ihn einige machen wollen.«

»Sie sind Stellvertretender Bezirksstaatsanwalt, warum haben Sie sich nicht ans FBI gewandt?«

»Hab ich. Aber ich kenn doch die Feebies. Die schreiben einen Bericht, und der bleibt dann irgendwo liegen, bis ihn vielleicht in zwanzig Jahren ein Untersuchungsausschuß des Kongresses wieder ans Tageslicht befördert. Ich dachte mir, wenn ich Ihnen einen kleinen Tip gebe, dann dauert es vielleicht nicht ganz so lange. Sie sind so ziemlich der einzige Reporter, mit dem ich mich je verstanden habe, Cody. Der einzige, den ich kenne, der sein Wort gehalten hat.«

»Nun ja, äh, danke.«

»Der Hauptpunkt bleibt natürlich, daß er den Präsidenten festhält, trotzdem hielt ich es für meine Pflicht, etwaige Mißverständnisse auszuräumen.«

»Okay, Eric, betrachten Sie sie als ausgeräumt. Jede kleine Information verhilft uns zu einem vollständigeren Bild. Ich geb Ihnen einen aus, wenn ich das nächste Mal in Denver bin.«

»Machen Sie zwei daraus, und wir sind quitt.«

Cody ging zum Wasserfilter und goß sich einen Pappbecher voll. Er leerte ihn in einem Zug, füllte nach und ging damit zu seinem Schreibtisch zurück. An der Bedeutung der Story gemessen, war es trügerisch ruhig in der Redaktion. Viele hatten es wegen des Staus gar nicht zur Arbeit geschafft und arbeiteten entweder zu Hause oder waren noch zu Fuß unterwegs. *Scheiße.* Cody fiel die Redaktionssitzung ein. Er eilte zurück zum Klo und holte seine Uhr. Als er das Büro der Chefredaktion betrat, waren fünfzehn der leitenden Redakteure bereits um einen großen Tisch versammelt. Sie waren sehr still.

Cody hustete. »Entschuldigung, ich bin spät dran, ich …«

»Psssst!«

Cody folgte der Richtung des Psssst bis zu Tony Bradman, dem Chefredakteur, und von ihm bis zu dem Fernseher, der hoch in der Ecke hinter ihm aufgebaut war. Der Stabschef des Weißen Hauses, Graham Slovenski, war im Begriff, eine Presseerklärung abzugeben. Cody schlüpfte auf seinen Stuhl und zupfte den Auslandsredakteur Mark Goodyear am Ellbogen. »Was ist los?«

»Hör doch zu, dann weißt du's«, zischte Goodyear.

»Danke«, sagte Cody.

Er mußte dringend eine rauchen, aber das war hier nicht erlaubt. Er konzentrierte sich auf Slovenski. Auf seine Blässe, die schweißnasse Stirn, die zerzausten Haare und den offenen obersten Hemdknopf. Schnell wurde deutlich, daß Cody noch nichts verpaßt hatte; alle warteten mit angehaltenem Atem auf die Fortsetzung des Geschehens.

Slovenski hob seinen Blick von den Papieren, die er in

der Hand hielt, und richtete ihn auf das versammelte internationale Presseheer und über dieses hinaus auf die Masse der Normalbürger, die ihn erwartungsvoll anstarrte.

»Ich habe eine kurze Erklärung abzugeben. Ich bitte erneut um Ihr Verständnis dafür, meine Damen und Herren, daß im Anschluß keine Fragen beantwortet werden können. Wir sind in einem äußerst delikaten Stadium unserer Verhandlungen, und je eher wir diese fortführen können, desto besser. Uhm-hum ...« Er räusperte sich demonstrativ, um allen anzuzeigen, daß jetzt das Eigentliche folgte. »Wir haben heute morgen«, begann er und verfiel erneut in den schon bekannten monotonen Tonfall, »mit dem Präsidenten gesprochen. Er hat uns versichert, daß es ihm gutgehe, und auch, daß die zweite überlebende Geisel, Clark Fuller, weiterhin bei guter Gesundheit sei. Er hat uns alle dazu aufgerufen, Ruhe und Geduld zu bewahren, bis diese ganze Geschichte beendet ist. Wir haben auch mit Nathan Jones gesprochen, der den Präsidenten und Mr. Fuller als Geiseln hält. Er hat uns nunmehr zwei Forderungen übermittelt, gegen deren Erfüllung er bereit sei, seine Geiseln freizulassen. Es ist zum einen die Lieferung von zehn Millionen Dollar in nicht gekennzeichneten Eindollarnoten in den 102. Stock des Empire State Building und zum anderen die Möglichkeit, eine live gesendete Ansprache an die ganze Nation zu halten. Das Kabinett wird in Kürze zur Beratung über die sich ergebenden Optionen zusammentreten. Mr. Jones hat uns eine Frist bis heute mittag gesetzt, um auf seine Forderungen einzugehen. Ich danke Ihnen.«

Ehe die Sturzflut der von der Reporterschar herausgebrüllten Fragen über ihm zusammenbrechen konnte, war Slovenski schon von seinen Sicherheitsleuten verschluckt worden und ins Gebäude zurückgekehrt.

»Heilige Scheiße«, rief Chefredakteur Bradman, mit der linken Faust in die rechte Handfläche boxend, »wird Zeit, daß wir ganz groß ins Kabel einsteigen. Können wir bis zwölf noch eine Sondernummer rausbringen, und hätte das irgendeinen Sinn?«

Rund um den Tisch setzte eine Explosion der Wortmeldungen ein. Übereinstimmend lautete die Antwort ja, das könnten sie, und nein, das hätte es nicht. Keine Sau würde Zeitungen kaufen, alle guckten sie Fernsehen.

Bradman nickte zum anderen Ende des Tisches. »Cody, das ist jetzt offiziell. Ich hebe das Rauchverbot auf. Beehre uns mit deiner Meinung.«

Cody lächelte. Innerhalb von Sekunden hatte er sich eine angezündet. »Es ist unsere Pflicht, zu veröffentlichen. Wir haben bergeweise Material. Packen wir's an.«

Bradman nickte. »Ich glaube auch. Was sagen wir zu seinen Forderungen?«

Cody blies Rauch aus. Sie warteten. Er war schon beim *Newsday* gewesen, als die meisten von ihnen noch gar nicht schreiben konnten. »Mein Eindruck ist, daß sie kapitulieren werden. Scheiß auf den Nichtverhandlungs-Grundsatz. Sie werden die Kohle rausrücken. Warum auch nicht? Was soll er damit schon machen? Er kann doch nirgends hin. Und was schadet es, ihn ins Fernsehen zu lassen – was kann er schon sagen? Wie allgemein bekannt ist, haben sich gewisse Blätter vor ein paar Jahren dazu hergegeben, die Weltanschauung des Una-Bombers abzudrucken, jetzt ist das Fernsehen dran, seine moralischen Grundsätze mal kurz zu vergessen und gleichzeitig die Einschaltquoten zu erhöhen.«

Es herrschte allgemeine Zustimmung am Tisch. Sie widmeten sich alsdann den Einzelheiten des Layouts, der Überschriften und der Anzeigenplazierung. Als die Versammlung auseinanderging, schmiß Cody seinen Zigarrenstummel auf den Boden und trat ihn aus. Bradman saß noch an seinem Platz, irgendwelche Aufzeichnungen durchgehend. Er ging zu ihm. »Tony, ich hab hier was, das du wissen solltest.« Bradman sah auf und nickte knapp. Cody erzählte ihm die Geschichte über Brian Houston.

Bradman nickte noch einmal. »Ja, und?« sagte er.

»Das Publikum liebt Schurken, aber nur, wenn sie nicht zu schurkisch sind. Sie hassen O.J., aber sie lieben Ollie North. Sie hassen Michael Jackson, aber sie lieben Patty

Hearst. Was wäre, wenn sich Nathan Jones als ein gar nicht so übler Bursche erweisen würde? Im Moment steht er praktisch auf einer Stufe mit dem Antichrist. Wie wär's, wenn wir ein bißchen dagegen steuerten?«

Bradman verengte grüblerisch die Augen. »Wie denn?«

»So in der Richtung, da kommt ein junger Bursche voller Hoffnung nach Amerika, wird aber von Anfang an nur ausgenutzt und reingelegt, bricht unter dem Druck zusammen und tut etwas unglaublich Waghalsiges. Nathan Jones repräsentiert den Zusammenbruch der heutigen amerikanischen Gesellschaft.«

Bradman schüttelte den Kopf. »Cody, ich würde eher der Antichrist-Theorie zustimmen.«

»Und wenn ich beweisen könnte, daß sie falsch ist? Was ist eigentlich aus der altehrwürdigen Unschuldsvermutung geworden?«

»Jeder ist schuldig, Cody, uns interessiert nur noch der Grad der Schuld. Außerdem, entscheidend ist: Er hat den Präsidenten entführt. Das läßt sich ja wohl nicht leugnen. Zeig mir, wie sich das leugnen läßt, und ich ändere meine Meinung.«

Cody tastete schon nach einer neuen Zigarre, während er sich der Tür zuwandte. »Na ja, gut«, sagte er mit resignierter Stimme, »vielleicht bin ich einfach müde. Vielleicht suche ich nur nach dem Guten im Menschen.«

»Dafür bist du im falschen Beruf, Cody. Wirst wohl noch gnädig im Alter.«

22

Als Nathan den Hörer auflegte, sagte der Präsident: »Jetzt ist es endlich raus, daß Sie kriminell sind. Ein gewöhnlicher Terrorist.«

»Wovon reden Sie, verdammt noch mal?« sagte Nathan.

»Die Geldforderung. Vorher erzählen Sie mir den ganzen Quatsch von wegen, daß Sie ihre Freundin verloren haben. Ich hatte sogar eine gewisse Sympathie für Sie. Das ist jetzt alles zum Fenster raus.«

»Genau wie Sie, wenn Sie nicht die Klappe halten.«

Trotz dieses Wortwechsels lächelte Nathan. Er fühlte sich gut nach dem Schlaf. Erleichtert, aufzuwachen und nicht tot zu sein. Schockiert, aufzuwachen und die Waffe zu seinen Füßen liegen zu sehen. Überrascht, aufzuwachen und die anderen beiden ebenfalls schlafend vorzufinden. Es war ein warmer neuer Tag, die Sonne schien hell, die Aussicht war atemberaubend, und das einzige, was nicht dazu paßte, war sein bevorstehender Tod.

Fuller schlief noch, auf dem Boden zusammengerollt in Trenchcoat und kugelsicherer Weste. Er gab das entspannte Schnarchen eines sorglosen Menschen von sich.

Nathan steckte die Waffe in den Hosenbund und trat ans Fenster, um das Stadtbild zu kontrollieren. »Sie wissen doch gar nicht, was ich vorhabe, Mr. President. Vielleicht sollten Sie einfach mal abwarten.«

»Ich hab die Nase voll vom Warten.«

Nathan drehte sich zu ihm um. Es war das erste Anzeichen von Aufsässigkeit, das der Präsident seit Beginn der Geiselnahme zeigte. »Hoppla«, sagte Nathan, »wer ist denn da heute morgen mit dem linken Fuß zuerst aufgestanden?«

»Ich bin müde, mir tut alles weh, und ich will zurück in mein richtiges Leben.«

»Yeah, mir geht's genauso.«

»Ansprache an die Nation, das versteh ich, Nathan, aber nicht das mit dem Geld. Wie wollen Sie denn damit hier wegkommen? Mit einem Hubschrauber? Einem Bus? Einem Ferrari? Waren Sie noch nie im Kino, Nathan? Das klappt nicht. Man wird Sie töten.«

»Nein, Sir, man wird Sie töten. Haben Sie vergessen, was Clark gesagt hat? Es gibt eine Verschwörung gegen Sie, und ich bin ihr unfreiwilliges Werkzeug.«

»Das ist Blödsinn, Nathan. Ich bin der Präsident der

Vereinigten Staaten. Ich kenne meine Leute. Sie haben weder die Gerissenheit noch den Mut, noch die Intelligenz, um eine Verschwörung auszuhecken. Sie haben genug damit zu tun, ihren eigentlichen Job mehr schlecht als recht zu erledigen.«

»Sie wissen, was unten passiert ist.«

»Das bestätigt doch nur, was ich sage. Sie haben's vermurkst. Sind durchgedreht. In Panik geraten. Die mächtigste Nation der Welt wird von einem Pimpf mit Pistole erpreßt. Das ist keine Verschwörung, Nathan, das ist Hysterie.«

George war im Dschungel, umzingelt von Eingeborenen. Sie trugen Schurze aus Leopardenfell und Halsketten aus Tigerzähnen. Sie hatten Speere in der Hand, die sie gegen ihre Schilde schlugen, und sangen in einer Sprache, die George nicht verstand. George trug ein weites weißes Nachthemd über schlangenledernen Boxershorts und dazu flauschig rosafarbene Slipperpuschen. Er hatte eine zusammengerollte Ausgabe der *Computer Generations* in der Hand, die er den sich stetig nähernden Eingeborenen drohend entgegenwedelte. »Ich hab den Nippel nicht!« schrie George.

»Ich hab den Nippel nicht!«

»Er hat den Nippel nicht«, sagte der Präsident.

»Offenbar nicht«, sagte Nathan.

George blinzelte ins Tageslicht, sie waren über ihm, drangen auf ihn ein. Er rollte sich instinktiv zur Seite, Gesicht und Unterleib schützend.

»He, Clark, ganz ruhig«, sagte Nathan, »Sie hatten einen Alptraum.«

»Mal sehen, ob Sie den Unterschied erkennen«, fügte der Präsident hinzu.

Nathan sah ihn sich noch einmal genau an. Das war entschieden ein Wandel. Er würde ihn sorgsam beobachten müssen. Die frühere Zurückhaltung war einer nervösen Streitlust gewichen. Der Präsident hatte den ersten

Tag der Geiselnahme offenbar damit verbracht, eine Einschätzung der Beteiligten und eine Abschätzung seiner Optionen vorzunehmen, und jetzt war er zu irgendeinem Schluß gekommen. Den würde er ihnen schwerlich mitteilen, doch Nathan hatte das Gefühl, daß er im weiteren Verlauf der Ereignisse schon noch deutlich werden würde.

Der Präsident seinerseits sah sich Clark Fuller einmal genauer an, während dieser sich die Augen rieb. »Ich kann gar nicht fassen, daß ich eingeschlafen bin«, sagte George. »Gott. Was hab ich verpaßt?«

»Nathan hat zehn Millionen Dollar gefordert und die Möglichkeit zur Nation zu sprechen.«

George sah Nathan an und lächelte. »Ausgezeichnet. Und wie haben sie reagiert?«

»Sie denken drüber nach.«

»Aber wie wird die Antwort lauten?« fragte George den Präsidenten.

»Ich würde gern glauben, daß sie die Linie, nicht zu verhandeln, weiterverfolgen. Aber realistischer ist wohl die Annahme, daß sie sich drauf einlassen werden. Ich weiß nicht, was zum Teufel da unten passiert ist, aber sie werden das gleiche nicht noch mal probieren. Es geht nicht mehr nur darum, den Präsidenten zu retten, es geht jetzt vor allem darum, die eigene Haut zu retten. Die werden alles tun, um mich hier lebend rauszukriegen.«

»Ich bleibe bei meiner These, daß sie alles tun werden, um Sie hier tot rauszukriegen«, sagte George.

Der Präsident schüttelte den Kopf. »Sie sind ein richtiger Todesengel, Clark, wissen Sie das?«

»Ich nenne nur die Dinge beim Namen, Mr. President.«

»Sagen Sie mir eines, Clark.«

»Alles, was Sie wollen.«

»Ich will nicht allzu persönlich werden, aber mir fällt auf, daß Sie etwas mit Michael Jackson gemeinsam haben. Dem Sänger.«

George blickte vom Präsidenten zu Nathan und retour. »Was meinen Sie?«

»Diese Hautkrankheit. Die ungewollte Weißfärbung. Sie fangen an, abzublättern, Clark.«

Die Worte des Präsidenten durchfuhren ihn wie ein Speer. Er mußte gegen den ersten Impuls ankämpfen, sie sofort zu töten, alle beide. Er griff sich ins Gesicht, betastete vorsichtig seine Haut. Sie fühlte sich gut an. Der alte Jude hatte ihm versichert, daß das Make-up eine Woche halten würde.

»Grad um die Augen, Clark«, sagte der Präsident.

Nathan guckte genauer hin. »Tatsächlich«, sagte er.

»Clark«, sagte der Präsident ernst. »Sie können uns die Wahrheit sagen.«

»Ich weiß nicht, wovon Sie reden«, fauchte George.

Der Präsident betrachtete ihn mit bohrendem Blick. »Ich glaube doch.«

George bog seine Finger. Er war ein *Ninja*. Er konnte Nathan Jones blitzschnell mit bloßen Händen töten und sich dann um den Präsidenten kümmern. Wenn es sein mußte. Er saugte an seiner Unterlippe. Vorerst, beschloß er, würde er der Kraft seines Intellekts vertrauen, diese delikate Situation zu meistern. Das würde genausoviel Spaß machen. Wenn das nicht klappte, nun gut, dann mußte es eben sein. George bot dem Präsidenten ein mißtrauisches Kopfschütteln. »Ich glaube, Sie sollten etwas deutlicher werden, Mr. President, wir funken offensichtlich nicht auf derselben Wellenlänge.«

»Clark«, sagte der Präsident, »Sie haben sich einer Hautaufhellungsbehandlung unterzogen, nicht wahr? Sie möchten gern weiß sein.«

George setzte sich ruckartig auf. Er streckte dem Präsidenten seinen Zeigefinger entgegen. »Das ist Blödsinn.«

»Ich sehe den Beweis vor mir.«

George schüttelte den Kopf. »Für einen Präsidenten sind Sie nicht sehr zartfühlend oder auch nur diplomatisch.« Er wandte sein Gesicht ab und schniefte ein wenig, als müsse er Tränen zurückhalten; mußte er in gewisser Weise auch – nämlich Lachtränen. Er ließ seine Gesichtszüge entgleisen und seine Stimme zittern. »Sie hatten recht mit dem, was Sie zuerst sagten, wenn man davon absieht, daß es vor Sarkasmus nur so triefte.« Er vermied jeglichen Blickkontakt. Starrte zu Boden. »Ich kann nicht singen, ich kann nicht tanzen, und ich interessiere mich nicht besonders für Kinder, aber Michael Jackson und ich haben tatsächlich etwas gemeinsam, und zwar eine Pigmentstörung. Sie wird durch Streß verursacht. Im Moment befinde ich mich, wie Sie vielleicht zugestehen werden, in einer Streßsituation. Vielen Dank also, daß Sie darauf hinweisen und mich in Verlegenheit bringen.«

»Ich glaube Ihnen genausowenig wie Jackson«, sagte der Präsident, »Sie möchten weiß sein.«

George sprang plötzlich auf und stand dem Präsidenten Aug in Aug gegenüber. »Ich werde nicht zulassen, daß Sie mich und meine Rasse niedermachen!«

Der Präsident schüttelte den Kopf. »Wenn ich doch gar nicht weiß, zu welcher Rasse Sie gehören, Clark, wie soll ich sie dann niedermachen?«

Nathan fingerte an seiner Pistole. Ihm gefiel das alles gar nicht. Er war hier derjenige, der für Temperamentsausbrüche zuständig war, er war derjenige, von dem man erwarten durfte, daß er die Nerven verlor, aber statt dessen waren es seine Geiseln, die herumkeiften und ihn dabei völlig ignorierten.

Er wandte sich jäh ab und ging zum Telefon, dem einzigen modernen Gerät beziehungsweise sogar dem einzigen Einrichtungsgegenstand, der sich im 102. Stock befand. Als er den Hörer abnahm, wartete am anderen Ende schon jemand.

»Hallo«, sagte Nathan, »ist da der Zimmerservice?«

Der Präsident und Clark drehten sich um.

Am anderen Ende sagte James Cameron: »Nathan. Wir hatten noch keine Gelegenheit ...«

»Ich hab noch eine Forderung«, sagte Nathan.

»Selbstverständlich«, sagte Cameron.

»Da Sie es für angebracht gehalten haben, das Empire State Deli in die Luft zu jagen, fehlt es uns hier oben ein wenig an Nahrung.«

»Ich werde sofort jemanden schicken, der Ihnen etwas bringt«, sagte Cameron.

»Nicht doch. Sie stellen es in den Fahrstuhl. Ich will nicht, daß hier irgend jemand auch nur um die Ecke schielt. Ich möchte auch nicht, daß irgendwelche Mittelchen im Essen sind. Was ich esse, ißt auch der Präsident. Sobald ich mich auch nur ein bißchen schläfrig fühle, knall ich den Präsidenten ab. Verstanden?«

»Verstanden. Was darf ich Ihnen schicken?«

Nathan ließ den Hörer sinken. »Was wollt ihr essen?«

Der Präsident zuckte die Achseln. »Egal.«

»Clark?«

»Huhn«, sagte George im Einklang mit seinem neuerworbenen Kulturerbe, »und Mais.«

»Dreimal Hühnchen mit Mais«, sagte Nathan zu Cameron.

»Es kann ein bißchen dauern«, sagte Cameron, »da draußen ist die Hölle los.«

»Das kriegen Sie schon hin.« Nathan legte auf und wandte sich seinen Geiseln zu. »Und jetzt«, sagte er ruhig, »wollen wir mal wieder ein bißchen Ordnung herstellen.« Er zog seine Waffe aus dem Hosenbund. »Das ist die Pistole. Ihr seid meine Geiseln. Pistole. Geiseln. Geiseln. Pistole. Geiseln ungezogen – Pistole sie totschießen. Geiseln artig – Hühnchen und Mais und Freiheit. So, und jetzt versucht euch zu entspannen. Wir wollen die Sache nicht unerfreulicher machen als nötig.«

George setzte sich wieder. »Okay«, sagte er. Und mit müdem Lächeln zum Präsidenten: »Ich bin halt kein Morgenmensch.«

Der Präsident wandte sich ab, ging zu einem der Fenster und schaute auf die Stadt hinaus.

»Vorsichtig«, sagte Nathan, »Sie könnten erschossen werden.«

Der Präsident schüttelte den Kopf, drehte sich aber nicht um.

»Oh, das glaub ich kaum«, sagte er leise.

23

Informationen würden die Geiselnahme nicht beenden, aber Informationen würden ihnen immerhin eine Handhabe liefern, wo keine anderen Handhaben existierten. Es fiel ihnen einfach nichts Originelles mehr ein, was sie Nathan Jones sagen konnten. Sie versicherten ihm, daß alles gut laufe, es sei kein Problem, die zehn Millionen zusammenzubekommen; was sie ihm nicht sagten, war, daß das eigentliche Problem darin bestand, das Geld durch den Stau zum Empire State zu bringen. Man würde eine ganze Armee von vertrauenswürdigen Männern brauchen, um es durch die dichtgedrängten Massen zu schleusen, und wo sollte man diese Armee von vertrauenswürdigen Männern hernehmen? Eine Livesendung zu veranstalten war dagegen kein Problem; alle Welt gierte geradezu danach.

Morton lief auf und ab, tobte, schlug Türen zu, schmollte. Während Cameron versuchte, eine Beziehung zu einem Mann herzustellen, der sich abwechselnd schwatzhaft und einsilbig gab, verlangte Morton nach Informationen; Slovenski verlangte Informationen von Morton, und Tara verlangte Informationen von Slovenski. Keiner wußte etwas, aber jeder hatte das Gefühl, ein anderer täte es, irgend jemand wüßte etwas, sage es aber nicht weiter.

Der wortkarge Betreiber von Reptiles R Us in Washington DC wußte wirklich etwas, zeigte sich aber unwillig, damit rauszurücken, bis ihm angedeutet wurde, daß man jederzeit, wenn er es denn so wünsche, seine Importlizenzen der letzten acht Jahre genauer unter die Lupe nehmen könne; erst da war er bereit, sich zu erinnern, daß er vor ein paar Tagen eine nigerianische Slipperschlange verkauft hatte, und zwar an einen Mann, der in einem Motel in Georgetown wohnte. Er habe es keineswegs befremdlich gefunden, daß jemand, der sich in einem Hotel aufhält, eine Schlange kauft. Er sei auf alle Arten von sexuellen Vorlieben eingestellt. Der FBI-Agent zeigte ihm ein

Foto von Nathan Jones – doch nein, das war er nicht. Eine Beschreibung des Mannes konnte er nicht geben – aber die Bilder von seinem Überwachungsvideo konnte er zur Verfügung stellen.

Ein träger Bediensteter des Leichenschauhauses wußte ebenfalls etwas, war sich dessen aber nicht bewußt, jedenfalls eine ganze Weile lang. Ein Schwarzer, der am Tag der Präsidentenentführung umgenietet worden war – herrje, das war kein Dringlichkeitsfall. Clark Fullers Leiche steckte dreißig Stunden im Verkehr fest. Schließlich fing er so übel an zu riechen, daß die Leichenhallentruppe ihn auf eine Trage binden und einen Kilometer weit über den Bürgersteig transportieren mußte. Schnell stopften sie ihn in ein Kühlfach und setzten sich dann wieder vor den Fernseher. Niemand hatte Anspruch auf die Leiche erhoben, daher bestand keine Eile, aber schließlich kamen sie doch dazu, die Fingerabdrücke zu nehmen. Und was soll man sagen, er war doch tatsächlich vorbestraft! Ein Schuldspruch von vor acht Jahren; Clark Fuller hatte über eine politische Versammlung berichtet und sich geweigert, den Bürgersteig zu räumen, als er von einem Polizisten in aller Höflichkeit dazu aufgefordert worden war. Der Cop hatte alsdann seinen Knüppel gezogen und Clark in aller Höflichkeit zusammengeschlagen, um ihn anschließend wegen Widerstands gegen die Staatsgewalt festzunehmen.

Und dann war da noch Cody Rutteger, erstmals seit Jahren wieder draußen im Getümmel; er wußte wenigstens, daß er etwas wußte, er brauchte nur noch die Bestätigung dafür. Der altgediente Journalist hatte es im Gefühl: Sechs Stunden lang hatte er in einem Hauseingang gegenüber von Amie Kellermans Wohnung herumgelungert, dann, als sie endlich auftauchte, hatte er noch fünf Minuten gebraucht, um sie dazu zu überreden, ihm etwas über einen ihrer Kunden zu erzählen. Ihr Bild und die Telefonnummer waren in der aktuellen Ausgabe des Wochenmagazins *Screw* abgedruckt, daher war sie nicht schwer aufzufinden gewesen, nachdem der Geschäftsführer des Chelsea ihn einmal auf die richtige Fährte gesetzt hatte. Sie trug hochhackige Pumps, einen Lederminirock und eine blonde Perücke. Sie war nur zu gern bereit, für fünfzig Dollar die entsprechende Information auszuspucken; das war angenehmer als alles andere, was sie sonst während einer Nachtschicht auszuspucken hatte.

»Klar erinner ich mich an den. Na und?« gähnte sie. »Dem hab ich's besorgt.« Sie lachte. »Aus Versehen. Armer Junge. Ein Fall von schlechtem Timing, hat mehr bekommen, als er verlangt hatte. Mußte die Cops rufen.« Kopfschüttelnd betrachtete sie das Foto. »Was hat er denn ausgefressen, 'ne Bank ausgeraubt oder was?«

Cody fand das *saukomisch.* Als er ins Büro zurückkam, wurde dort aber noch viel mehr über ein Gerücht gelacht, das eben per Ticker von der Westküste hereingekommen war. Ein Psychotherapeut war mit einem Sack voll Tonbandkassetten bei der *Los Angeles Times* aufgekreuzt.

»Es ist Michael Tate«, teilte ihm sein Assistent Matt Kelleger atemlos mit. »Sie haben erst ein halbes Dutzend durchgehört, aber bisher hat er schon den Präsidenten ein Arschloch genannt und rumschwadroniert, was er machen will, wenn er erst an der Macht ist. Ich sag dir: Wir haben's hier mit einer *Verschwörung* zu tun.«

24

Lisa entschied sich gegen den spröde zurückhaltenden Ansatz. Es war nichts zu gewinnen dadurch, daß sie sich im Hintergrund herumdrückte und verdächtig aussah. Also stolzierte sie zur Rezeption und buchte mit redseliger Selbstsicherheit ein Zimmer. Sie schrieben sich unter dem Namen Mr. und Mrs. J.T. MacRandall, Heimatadresse Glasgow, ein. Niemand, der sie so schwungvoll das

Anmeldeformular hätte unterschreiben sehen, hätte ahnen können, daß ihr Inneres aufgewühlt war wie ein hochdruckbehandeltes Molkereiprodukt.

Ganz anders Alex, der sich in ihrem Rücken hielt wie ein eigensinniger Schatten. Er war etwas blaß. Während der Hotelangestellte auf seinem Computer nach einem Zimmer suchte, drehte Lisa sich um und warf Alex einen aufmunternden Blick zu. Es war deutlich zu merken, daß die Bedeutung des Geschehens endlich in sein Bewußtsein gesunken war. Im Radio während der Busfahrt hätte sich das alles noch genausogut auf jemand anders beziehen können, es war nur Gerede, über den Äther gejagt und für immer verschwunden. Beim Aussteigen in der South Station aber hatte er erleben müssen, wie ihm Lisa aus einer Extraausgabe des *Boston Globe* entgegenstarrte, und er war wie angewurzelt stehengeblieben. Lisa hatte ihn, gesenkten Blicks und mit tief in die Stirn geschobener Baseballmütze, weiterzerren müssen.

Das Boston Park Plaza war extrem teuer, aber sie hatten sich für die Vor-aller-Augen-verstecken-Nummer entschieden. Wer immer nach ihnen suchte, und das tat sicher alle Welt, der würde in irgendwelchen düsteren Absteigen suchen, notfalls unter jedem Stein, aber nicht in einem Hotel, das sich rühmen konnte, das Lieblingshotel des verstorbenen Präsidenten Clinton gewesen zu sein. Der Angestellte fragte nach ihrer Kreditkarte. Sie erklärte, beim Auschecken bar zahlen zu wollen. Er sah sie an, als käme sie frisch von einem fremden Planeten. »Ich benutze kein Plastik«, sagte sie, »es ist nicht wieder verwertbar.«

Nicht, daß sie pleite gewesen wären. Sie hatte haufenweise Bargeld in ihrer Reisetasche. Tausende von Dollar. Alles in dunklen, nach Sex stinkenden Kabuffs aus schweißigen Männerhänden geklaubt. Der Angestellte zuckte die Achseln und händigte ihr einen Schlüssel aus. Er würde es anderen überlassen, hinter dem Geld herzurennen, wenn es fällig war. Heutzutage – man brauchte nur an all die Rockstars zu denken – konnte man nie sagen, ob jemand wirklich Geld hatte oder einen nur verarschte.

Oben angekommen, ließ sich Alex aufs Bett fallen. Lisa holte ein paar Getränke aus der Minibar. Dann legte sie sich neben ihn und nippte, auf einen Ellenbogen gestützt, an ihrem Wodka mit Eis.

Alex bedachte sie mit einem angestrengten Blick. »Na, mach schon«, sagte er.

»Mach schon was?«

»Den Fernseher an. Gucken wir doch mal, was los ist. Und wenn sich herausstellt, daß es nur eine besonders lange Ausgabe von *Versteckte Kamera* ist, dann bring *ich* den Scheißer um.«

Lisa hievte sich auf die Knie hoch. »Bist du sicher, daß du nichts dagegen hast?«

Alex schüttelte den Kopf. Lisa griff sich die Fernbedienung vom Nachttisch. Sechsundvierzig Kanäle standen zur Auswahl, vierundvierzig davon berichteten live von der Entführung im Empire State. *Scooby Doo* – mit aktuellen Einblendungen – und *Mork vom Ork* hießen die Alternativen. Gerade wurden einhundert Männer in beigefarbener Uniform – jeder trug einen Sack mit einhunderttausend Dollar in gebrauchten Scheinen bei sich – von dreihundert Mitgliedern der Nationalgarde in Khakiuniform durch die dichtgedrängte Menschenmenge vor dem Empire eskortiert.

»Ts«, sagte Lisa. »Das klingt gar nicht nach ihm. Er hat sich nie für Geld interessiert.«

»Menschen können sich ändern. Es ist wie bei Ex-Freundinnen. Sie machen Schluß mit dir, und wenn du sie das nächste Mal siehst, sind sie mit einem Typen zusammen, den sie angeblich nie ausstehen konnten. Weißt du, was ich meine?«

»Ungefähr.«

»Dein Nathan hat sich nie was aus Geld gemacht, plötzlich will er zehn Millionen. Der ruhige, schüchterne, zurückhaltende Junge, plötzlich ist er der berühmteste Mann der Welt.«

»Eher der berüchtigste. Aber geschenkt.«

Unvermittelt rollte sich Alex auf dem Bett herum und auf die Knie. Er leerte seinen Whisky-Cola in einem Zug und griff dann nach seiner Reisetasche. »Okay, Mädchen, es wird Zeit.«

»Was, wof … ?«

Er hielt eine Schere hoch und legte sie aufs Bett. Nach erneutem kurzen Suchen brachte er eine Flasche mit Färbungsmittel zum Vorschein.

Das war ein Fehler.

Sie befanden sich zwar nicht im Auge *des* Wirbelsturms, aber immerhin im Auge *eines* Wirbelsturms. Weil sie sich ganz auf ihr eigenes Überleben konzentrierten, war ihnen nicht bewußt, wie sehr das Fieber die Nation gepackt hatte. Sie rechneten damit, daß ein gewisser Teil der vereinten Dienste für innere und äußere Sicherheit der Vereinigten Staaten auf ihre Fährte gesetzt worden war; dazu sicherlich das eine oder andere Suchkommando der einschlägigen Presse. Womit sie nicht rechneten, das war das Interesse von anderer Seite: von den Legionen der Schnüffler ohne Lizenz, der benebelten Kneipenhocker, die schon immer mal Columbo sein wollten, und der Lastwagenfahrer, die sich für Petrocelli hielten. Oder der Zimmermädchen, die schon immer mal in *Mord ist ihr Hobby* mitspielen wollten.

Maria Gonzales Conquistador Benitez, Alter zweiundvierzig, eine loyale und hochgeschätzte Hotelangestellte seit dreizehn Jahren, wußte instinktiv, daß mit dem Paar auf Suite 406 etwas nicht stimmte. Es war nicht nur die Schäbigkeit ihrer Kleidung oder das aufgesetzt Naßforsche ihres Verhaltens; daran war sie gewöhnt. Es war nicht mal die Verstohlenheit, die Heimlichtuerei, die sich hinter der Forschheit verbarg; das hatte sie Hunderte Male bei ehebrechenden Paaren gesehen. Es war ihre *Aura*.

Maria Gonzales Conquistador Benitez war eine Kapazität in Sachen Aura. Schon ihre Mutter, Gott hab sie selig, war eine Kapazität in Sachen Aura gewesen und hatte ihre Tochter gelehrt, sie zu lesen. Sie wußte genau, wann jemand etwas zu verbergen hatte. Als sie diese Mrs. J.T. MacRandall sah, wußte sie sofort, daß sie nicht nur die Unwahrheit sagte, sondern auch Angst hatte. Es war in ihren Augen zu sehen, in der Art, wie sie sich zur Seite wandte und ihr Gesicht halb hinter einem gespielten Gähnen versteckte, als Maria Gonzales Conquistador Benitez kam, um das Bett zu machen. Und in der Art, wie ihr Mann hastig den Fernseher ausschaltete, als sie das Zimmer betrat. Und wie er sich krummlegte, um ihr ein Trinkgeld zuzustecken, bevor sie überhaupt Hand an das Bett gelegt hatte. Jemand, der es dermaßen darauf anlegte, ein Zimmermädchen zu beeindrucken, der hatte mehr zu verbergen als einen Ehebruch.

In ihrer Pause saß Maria Gonzales Conquistador Benitez unten und las die aktuelle Ausgabe des *Boston Globe.* Sie war ziemlich identisch mit der Ausgabe, die sie zwei Stunden zuvor gekauft hatte, abgesehen von zwei neu hinzugekommenen Fotos. Eins von dem Kidnapper Nathan Jones, eins von seiner weggelaufenen Freundin Lisa Mateer. Sie deckte die Haare ab und studierte das Gesicht des Mädchens. Könnte es sein? Die Knochenstruktur war die gleiche, doch die Gesamtkontur war anders: kleiner und prägnanter auf dem Bild. Man konnte nicht sagen, wie alt das Foto war.

Abends dann, als sie sich unten vergewissert hatte, daß die MacRandalls ausgegangen waren, verschaffte sie sich Zutritt zu Suite 406. Nach wenigen Sekunden wußte sie, daß sie richtig gelegen hatte mit ihrem Verdacht. Keiner der beiden hatte sich die Mühe gemacht, die Koffer auszupacken. Selbst die ungehobeltsten weiblichen Gäste pflegten ihre Kleider aufzuhängen, damit sie nicht zerknitterten, doch hier standen die Reisetaschen verschlossen neben der Tür.

Sie hatten sich in der Minibar bedient, die Gläser aber waren gespült und abgetrocknet. Wer tat denn so etwas von sich aus? Niemand. Den Volltreffer aber landete sie im

Badezimmer. Im Abfalleimer entdeckte sie einen Berg abgeschnittener Haare und eine leere Flasche Haarfärber. Sie hielt eine Handvoll Haare hoch, ließ sie fallen und sah mit breitem Lächeln zu, wie sie in den Behälter zurückschwebten.

Sie sah ihr Spiegelbild an.

»Aha!« sagte sie.

Sie saßen beim Dinner; als geeignetes Restaurant hatten sie sich eine Bank auf dem Boston Common ausgesucht, als Menü Sandwiches: zwei Stücke Balsaholz mit einem Stück Kreide dazwischen, dazu etwas Vogelschißmajonaise.

»Ich bin nicht paranoid«, sagte Lisa. »Alle gucken mich an.«

»Logisch. Du bist eine schöne Frau.«

»Man kann nicht ewig weglaufen.«

»Viele Hände machen der Arbeit bald ein Ende.«

»Es ist doch bescheuert. Ich schiebe das Unvermeidbare nur auf. Ich sollte mich stellen.«

Sie warf ihr Sandwich in die Entsorgungseinheit neben der Bank. »Dabei hab ich überhaupt nichts getan, verdammt!«

Alex zuckte die Achseln. »Dann tu's halt. Betritt das Rampenlicht. Das Ende des einen Lebens, der Anfang eines neuen. Vielleicht macht es dir sogar Spaß.«

»Ich mag dieses Leben. Ich mag dich.«

»Ich mag dich auch. Wenn man mir etwas Zeit läßt, zum Beispiel ein paar Wochen, könnte ich dich vielleicht sogar lieben.«

Lisa sah ihn mit traurigem Lächeln an. »Ich glaube nicht, daß uns noch Wochen bleiben.«

»Dann laß uns das genießen, was wir noch kriegen können.«

»Was würdest du vorschlagen?«

»Einen gepflegten Fick.«

»Okay.

Alex drehte in nervöser Erwartung die Schlüsselkarte in seinen Fingern, als die Fahrstuhltür aufging. Lisa hatte ihre rechte Hand auf seinem Hintern in der Hosentasche. Sie traten aus dem Fahrstuhl, wandten sich nach rechts, blieben stehen. Ihre Suite lag am Ende des Flurs. Vor der Tür standen ein Zimmermädchen und ein Polizist. Das Zimmermädchen war schwer am Gestikulieren. Der Polizist nickte dazu. Dann hob er sein Funkgerät und sprach hinein.

Lisa und Alex traten in den Fahrstuhl zurück.

»Sieht so aus, als müßte der Fick noch warten«, sagte Alex.

»Uhuh«, sagte Lisa.

Alex rechnete sich aus, daß die Chance, je wieder mit ihr zu schlafen, etwa so groß war wie die, daß der Präsident unversehrt aus dem Empire State Building herauskommen würde.

25

Nathan war noch dabei, sich Mais aus den Zähnen zu pulen, als Clark Fuller sich an ihn heranmachte. Der Präsident, der am anderen Ende der Aussichtsetage stand und auf die Stadt hinausstarrte, hatte sich bereits seit mehreren Stunden ganz in seine eigene Gedankenwelt zurückgezogen. Einsilbigkeit hätte die Qualität seiner kommunikativen Anstrengungen nur ungenügend beschrieben.

»Der Mann macht sich große Sorgen«, sagte George.

Nathan nickte. »Sollte er auch.«

»Nicht hierüber. Wegen der Verschwörung, meine ich. Er ist der Typ, der erst mal alles abstreitet, dann weggeht und eine Weile darüber nachdenkt und sich schließlich hinstellt und eine völlig andere Meinung vertritt. Wie bei Bush und seinen Steuern.«

Nathan schüttelte bedächtig den Kopf. »Clark, ich will

ja nicht unhöflich werden, aber Sie reden sich wirklich einen Haufen Scheiß zusammen. Ich hab nichts dagegen, wenn Sie so was denken, aber daß Sie's mir auch immer gleich erzählen müssen, das nervt mich langsam.«

Und du nervst mich auch langsam. George sah auf seine Uhr. Fast sieben Uhr abends. Er hatte nicht damit gerechnet, daß es so lange dauern würde. Er hatte erwartet, daß er jetzt entweder tot wäre oder ein neues Leben begonnen hätte; statt dessen steckte er seit sechsunddreißig Stunden in einer Belagerungssituation, und die einzig erkennbare Entwicklung bestand im Abbröckeln seines Make-ups. Er würde die subtile, aber gezielte psychologische Kriegsführung, die er seit Beginn der Entführung betrieb, verschärfen müssen. George hatte einige Kurse in subtiler, aber gezielter psychologischer Kriegsführung absolviert.

»Tut mir leid«, sagte George, »es war nicht meine Absicht, Sie zu nerven.«

»Schon gut«, sagte Nathan. »Ich bin ein bißchen gereizt. Weiß der Himmel, warum.«

George lächelte. »Nun, vielleicht ist alles bald vorbei. Falls es Sie interessiert, ich finde, daß Sie sich sehr gut schlagen. Wenn ich mein Buch schreibe, werde ich hervorheben, daß Sie die ganze Zeit ruhig und entschieden waren. Man wird Sie möglicherweise als einen Irren darstellen, aber ich werde dem entgegentreten.«

Nathan nickte. »Sehr anständig von Ihnen.«

»Die Ansprache an die Nation – ein Geniestreich.«

»Finden Sie?«

»Hätte mir nicht besser einfallen können. Wenn ich Grund hätte, an so etwas zu denken.«

»Tja, na ja.«

»Wissen Sie schon, was Sie sagen werden?«

Nathan zuckte die Achseln. »Ich hab eine vage Vorstellung. Was sollte ich Ihrer Meinung nach sagen?«

»Oh, es steht mir nicht zu, da irgendwelche Vorschläge zu machen. Es ist ja nicht mein Podium. Ich würde sicherlich, wenn ich mit meiner Botschaft das Herz des amerikanischen Volkes rühren wollte, wenn ich vielleicht sogar die

Selbstwahrnehmung der ganzen Nation verändern wollte, nun ich würde sicher ganz anders vorgehen. Ich will Sie nicht mit meinen unausgegorenen Ideen belasten.«

Nathan reichte George eine Dose Cola light. »Hier«, sagte er. »Wir wollen essen, trinken und fröhlich sein, denn morgen sind wir vielleicht schon tot.«

George lächelte. »Das will ich nicht hoffen.«

Nathan zuckte die Achseln. »Es würde mich schon interessieren, was ich Ihrer Ansicht nach sagen sollte.«

»Ach, sicherlich nicht.«

»Doch, wirklich.«

»Ich möcht es bezweifeln.«

»Nein, ehrlich.«

»Glaub ich nicht.«

»Meine Fresse, Clark! Sagen Sie mir, was Sie denken. Deswegen sind Sie doch jetzt zu mir gekommen!«

»Bin ich nicht«

Nathan atmete tief durch. »Okay, okay, lassen wir das.« Er sah zum Präsidenten hinüber, der seinerseits herübersah und dann den Blick abwandte. »Sie sollten sich wieder mit ihm vertragen«, sagte er zu George.

»Ach«, sagte George kopfschüttelnd, »wir wollen lieber keine schlafenden Hunde wecken.«

»Sie meinen, Sie wollen in Ihrem Buch ein negatives Bild des Präsidenten zeichnen.«

George lächelte. »Sie müssen eine sehr schlechte Meinung von uns Journalisten haben.«

»Ich hab von allen eine sehr schlechte Meinung.«

George nickte. »Kann ich mir vorstellen.«

»Hauptsache, Sie schreiben, daß ich niemandem etwas zuleide tun wollte. Daß ich kein Terrorist war und kein Bisexueller und kein Sadomasochist. Daß ich einfach in eine Situation hineingeraten bin und versucht habe, das Beste daraus zu machen. Das werden Sie schreiben, nicht wahr?«

»Wenn Sie möchten.«

»Nicht wenn *ich* möchte. Wenn *Sie* möchten. Schreiben Sie es so, wie Sie es sehen.«

»Okay.«

»Wie sehen Sie's denn, Clark? Wie sehen Sie mich?«

»Ganz ehrlich?«

»Ganz ehrlich.«

»Ich glaube, daß Sie ein amerikanischer Held sind. Sie sind nur ein einfacher kleiner Mann von der Straße, aber Sie haben gesehen, was mit diesem Land nicht in Ordnung ist, und beschlossen, es zu ändern. Der kleine Mann hat nichts mehr zu sagen heutzutage, Politik und Gesetze werden von oben gemacht. Er hat keine Freiheit und gleichzeitig auch zu viele Freiheiten. Er kann sich nirgendwohin wenden, niemand hört ihm zu, niemand interessiert sich für ihn. Sie haben die Herausforderung angenommen, ich finde, das war die mutigste Tat des Jahrhunderts, und jetzt haben Sie die Möglichkeit, allen zu sagen, was Sache ist. Sie können Amerika von Grund auf umkrempeln. Ihnen werden mehr Leute zuhören als je einem Präsidenten. Das hier ist so groß wie Kennedys Beerdigung, die Mondlandung und O.J.s Fahrt durch LA zusammen.«

Nathan schüttelte den Kopf. »Und das von einem, der noch nicht mal darüber nachgedacht hat. Kommen Sie, Clark, was würden Sie sagen, wenn Sie zur Nation sprechen könnten?«

»Sie wollen wohl nicht locker lassen.«

»Ich habe Respekt vor Ihnen, Clark. Amerika liegt Ihnen offensichtlich am Herzen.«

»Das stimmt. Sehr sogar.«

»Ist das eigentlich selten bei Schwarzen? Ich bin Ire, ich habe in meinem Leben praktisch keine Schwarzen kennengelernt, aber ich bin in dem Glauben aufgewachsen, daß sie die Weißen alle hassen.«

George lachte sich kaputt, allerdings unmerklich, ganz tief innen. Er nahm den Strohhalm aus der Tasche und klopfte damit gegen seine Zähne. »Ich glaube, das stimmt auch. Sehen Sie, da sind einmal die arrivierten Mittelschichtsschwarzen, die die Weißen hassen, weil sie nie genauso erfolgreich sein werden wie sie, egal wie begabt sie sind. Und dann ist da die schwarze Unterschicht, der Abschaum der Gesellschaft. Ohne Ausbildung, ohne Arbeit, drogenabhängig und kriminell; mit jedem Augenblick ihrer nichtsnutzigen Existenz berauben sie die Nation ihrer Ressourcen. Sie hassen die Weißen ganz sicher. Die Weißen haben ihnen die Freiheit gegeben nach dem Bürgerkrieg; sie sind damals daran erstickt, und sie ersticken noch heute daran. Sie haben weder die Veranlagung noch die Einstellung, ihr Schicksal zu verändern. Es wäre besser für sie, wenn man sie nach Afrika zurückbringen und zwingen würde, für sich selbst zu sorgen.«

»Sie sind also eine Art Liberaler«, sagte Nathan. »Das sind starke Worte, zumal von einem Schwarzen.«

»Ich bin Realist. Ich sag nur, wie es ist.«

»Man muß also manchmal hart umgehen mit den Menschen, in ihrem eigenen Interesse.«

»Genau.«

»Und Sie meinen, das sollte ich der Nation erklären?«

»Es wäre ein Anfang.«

»Glauben Sie nicht, daß das einen ganz schönen Aufruhr geben könnte?«

»Vielleicht wäre das ganz gut so. Es muß einfach etwas passieren. Dieses Land geht den Bach runter. Man kann nicht mehr auf die Straße gehen wegen der Drogen und der Gewalt. Man kann sich nicht mehr mit einer Frau unterhalten, ohne Sorge haben zu müssen, daß man sich mit AIDS ansteckt, man kann nicht mal mehr sicher sein, daß es überhaupt eine Frau ist.«

»Und man kann nicht mehr zur Arbeit gehen, ohne entführt zu werden und gezwungen zu sein, tagelang oben auf dem Empire State Building an einer Pistole zu nuckeln.«

»Sie sind was anderes.«

»Ach ja? Vielleicht bin ich nur anders, weil ich derjenige bin, der Sie an der Pistole nuckeln läßt?«

»Sie sind anders. Sie sehen, was los ist. Sie hatten den Schneid, das zu tun, was jeder Amerikaner eigentlich tun möchte, wovor er aber zurückschreckt.«

Hinter ihnen klingelte das Telefon. Nathan stellte seine Dose ab und ging ran.

»Cameron«, sagte Nathan, »wie geht's Ihnen?«

»Gut. Ich ruf nur an, um zu sagen, daß das Geld sicher im Gebäude angekommen ist. Möchten Sie, daß wir es gleich zu Ihnen hochtragen? Es sind ungefähr hundert Taschen voll.«

»Ach, lieber nicht. Tun Sie's einfach in den Fahrstuhl und schicken Sie's hoch. Wir holen es dann selbst raus.«

»Nathan, der Aufzug kann nur ein paar Taschen pro Fahrt aufnehmen. Das kann Stunden dauern.«

»Na und?«

»Tja, ich dachte nur ...«

»He, sehen Sie's doch von der positiven Seite: So haben Sie mehr Zeit, einen neuen Angriff wie den da unten zu planen.«

»Ich hatte mich bereits dafür entschuldigt, Nathan.«

»Ich hab die Entschuldigung aber nicht angenommen. Sie wollten mich töten.«

»Nathan, wir ...«

»Was ist mit der Übertragung?«

»Das dauert ein bißchen. Wir müssen einiges an Geräten raufschaffen. Mikrophone, Satellitenschüssel, Mischpult, ein paar Tonleute, einen Sendeleiter.«

»Nein, keine Leute, danke sehr. Sie schicken mir ein Mikrophon mit dem Fahrstuhl hoch, ohne Kabel, ohne alles.«

»Nein, wir brauchen ...«

»Ein Funkmikro. Madonna benutzt so eins bei ihren Konzerten. Damit sie beim Singen tanzen kann. Ich habe nicht die Absicht zu tanzen, aber ich hätte gern so ein Funkmikro.«

»Okay.«

»Und denken Sie daran. Ich hab meine Leute da draußen. Die kontrollieren. Wenn Sie also glauben, Sie könnten mich reinlegen und zu zweieinhalb traurigen Figuren sprechen lassen, dann haben Sie sich ganz böse geschnitten.«

»Das würden wir nicht tun.«

»Was Sie nicht sagen.«

Nathan legte den Hörer auf. Er sah George an. »Wissen Sie«, sagte er, »ich bin noch nie vor großem Publikum aufgetreten. Nur einmal in der Schule, da hab ich bei einem Krippenspiel mitgemacht. Ich war einer der Hirten. Die Lehrerin hat mich aufgefordert, mit dem Singen aufzuhören, weil ich alle anderen durcheinandergebracht habe.«

»Es wird ziemlich nervenaufreibend sein«, sagte George.

»Ich fand gar nicht, daß ich so schlecht gesungen habe«, sagte Nathan.

26

Als die ersten Geldtaschen in den Aufzug zum 102. Stock geladen wurden, bekam James Morton ein flaues Gefühl im Magen.

Ein Übelkeitsgefühl gespeist aus Hunger, Angst, Panik, Austrocknung und dem Gewicht der Hoffnungen von Milliarden erwartungsvoller Menschen, das auf seinen muskulösen, aber wiederum auch nicht so muskulösen Schultern lag. Das Geld selbst machte ihm kein Kopfzerbrechen. Nathan Jones würde damit nichts anfangen können. Es war der reine Frust, geboren aus Hilflosigkeit, zum Ausbruch gebracht durch einen katastrophalen Fehlschlag und genährt durch die nagende Erkenntnis, daß er die Lage nicht mehr unter Kontrolle hatte. Falls das überhaupt je der Fall gewesen war. Die Zukunft, sofern es eine geben sollte, machte ihm Angst. Es war nicht so sehr die Sorge, ein posttraumatisches Streßsyndrom zu erleiden, die ihn umtrieb. Die Organisation verfügte über ein ausgezeichnetes PTSS-Therapieprogramm für Mitarbeiter. Darin einen Platz zu bekommen, war das Problem. Es würde, das war ihm klar, ein fürchterlicher Andrang herrschen, und zwar von Leuten, die noch vor achtundvierzig Stunden lieber verrückt geworden wären, als sich in therapeutische Obhut zu begeben. Es war einfach zu viel.

Vor langer Zeit, in einem anderen Leben, war Morton der keineswegs stolze Besitzer eines Buchhaltungsdiploms gewesen und hatte sich nur allzu bereitwillig von den Headhuntern des FBI einfangen lassen. Jetzt aber erschien ihm die Aussicht auf tödliche Langeweile in der Buchhaltung durchaus verlockend.

Er dachte an Troy: Was der wohl gemacht hätte? Wahrscheinlich hätte er sich nicht den ganzen Scheiß aufdrücken lassen. Er hätte gesagt: Das fällt nicht in meine Verantwortung, und hätte diese an eine höhere Stelle weitergereicht – an den FBI- *Director*, ans NYPD, ans Militär. Er hätte gesagt: Sie haben einen höheren Rang als ich, also zeigen Sie mal, ob Sie Ihr Geld wert sind. Aber er war nicht Troy, ihm fehlte der Schneid. Er hatte die Last auf sich genommen, während andere sich aus dem Staub gemacht hatten. Slovenski saß im gleichen Boot; es gab andere, die mehr Macht hatten als er, aber er war derjenige, der den Kopf hinhielt.

Doyle berührte ihn am Arm. »Was man mit dem Zeug alles machen könnte.« Er deutete auf das Geld.

Morton nickte unbestimmt. »Im Moment würde ich ein heißes Bad und eine Massage vorziehen.«

Doyle grinste. »Ich bin sicher, unsere aufgeschlossene Öffentlichkeit wäre davon total begeistert. Vielleicht hilft Ihnen das auf.« Er reichte Morton einen Umschlag.

Morton zog eine Schwarzweißfotografie heraus. Sie war körnig und verschwommen. Zu sehen war ein männlicher Weißer, hochgewachsen, mit gelocktem Haar, der an einer Ladentheke stand. Hinter ihm und zu beiden Seiten befanden sich einige Terrarien, in den Vordergrund ragte der Hinterkopf einer anderen Person.

»Der Schlangenladen«, sagte Morton.

»Reptilienfachhandlung in Georgetown, Washington. Vor ein paar Tagen. Soweit wir beurteilen können, ging die einzige nigerianische Slipperschlange, die im vergangenen Monat in diesem Land verkauft wurde, an diesen Mann.«

»Das ist nicht Nathan Jones.«

»Nein.«

»Aber woher sollen wir wissen, daß der Mann, hinter dem wir her sind, nicht schon lange eine Slipperschlange hatte?«

»Aus folgendem: Das FBI hat das Bild abgeglichen. Sein Name ist George Burley. Aus Birmingham, Alabama.«

»Alabama. Kacke.«

Doyle nickte. »Ex-Klan. Ex-Alles mögliche. Vielleicht ein bißchen zu rechts für den Klan.«

»George Burley.« Morton rieb sich die Augen. »George Burley. Woher kenn ich den Namen?«

»Oprah.«

»Oprah?«

»*Oprah.* Erinnern Sie sich an den Spinneranruf, den der Präsident bekommen hat? Fred ist an die Decke gegangen.«

»Ah ja. Richtig. Hatte das FBI ihn nicht ...?«

»Yeah. Sie hatten ihn schon. Dann ist er ihnen wieder durch die Lappen gegangen. Hat einen ihrer Agenten getötet und ist aus dem Krankenhaus geflohen. Hat bei Oprah angerufen, ist danach untergetaucht. Bis dahin.«Er tippte gegen die Rückseite des Fotos. »Er war unterwegs, um den Präsidenten zu töten, als das FBI ihn erwischte. Wir müssen davon ausgehen, daß er das immer noch vorhat.«

Sie stiegen in den Fahrstuhl, um in die Chefetage zurückzufahren. »Und wo ist jetzt die Verbindung zwischen ihm und Nathan Jones?« fragte Morton.

»Gibt es nicht, soweit man es bisher überblicken kann.«

»Nicht mal ein dünner Faden?«

Doyle schüttelte den Kopf. »Wir haben das PR-Video von der Rede des Präsidenten abgesucht. Da war kein George Burley. Alle, die bei der Veranstaltung anwesend waren, sind von uns erfaßt.«

»Dann ist also unsere schlimmste Befürchtung eingetroffen. Eine Verschwörung. Sam McClintock, Nathan Jones und dieser George Burley. Zwei davon haben wir hier, der andere läuft noch frei rum.«

»Sieht so aus. Und dann wäre noch die Rolle von Michael Tate zu beleuchten. Ein scharfer Keneally-Gegner, wie sich herausstellt, es ist sein Gebäude, es sind seine Angestellten. Er hat alles mögliche angedroht. Bis hin zum Völkermord. Will alle Computer Amerikas zum Absturz bringen. Immerhin gibt es eine Verbindung zwischen ihm und Jones. Eine Verschwörung. Schließlich doch.«

»Es wird alles immer verwickelter. Okay. Lassen Sie ihn auch festnehmen. Veröffentlichen Sie das Foto.«

»Das ist schon draußen.«

Der Fahrstuhl kam gerade zum Stillstand, als Morton losdonnerte: »Was zum Teufel soll das heißen? Ich hab keine …«

»Der Typ vom Schlangenladen. Jemand hat durchsickern lassen, daß Burley was mit dem Präsidenten zu tun hätte. Er hatte eine Kopie des Überwachungsvideos. Hat es für hunderttausend Dollar an Barbara Walters verkauft.

Morton warf den Kopf zurück. Er tat so, als würde er schreien, seufzte dann tief auf. »Vielleicht sollten wir diese beschissene Barbara Walters hier ranschaffen und sie mit Nathan Jones verhandeln lassen.«

»Sie hat sich schon angeboten. Ich wollte Sie nicht damit belästigen.«

»Gute Güte! Haben denn diese Leute überhaupt kein …?«

»Nein«, sagte Doyle, »haben sie nicht.«

Sie gingen gemeinsam in die Chefbüros. Morton warf wütende Blicke um sich. Er hatte den Befehl ausgegeben, die Zahl der Personen mit Zutritt zu diesem Stockwerk strikt zu reglementieren; jetzt sah es aber so aus, als seien es schon wieder doppelt so viele. Seine Befehle wurden anscheinend ignoriert oder von höherer Instanz zurückgenommen, oder aber die Leute vermehrten sich von selbst.

Als er durch das Chaos in die vermeintlich heiligen vier

Wände seines eigenen Büros stürmen wollte, bemerkte er, daß ihm jemand zuwinkte. Er blieb stehen und nickte dem Mann zu.

»Wer ist das?« fragte er leise.

»Mervyn Paul. Er ist der, der das Video analysiert.«

Morton nickte und ging voran. Paul hockte vor einem Schreibtisch, der unter dem Gewicht von zwei mit einem PC-Bildschirm und einem Sounddesk verbundenen Videorekordern ächzte.

»Mervyn«, sagte Morton, »was gibt's?«

»Dachte mir, Sie würden sich das vielleicht mal anschauen wollen.«

Er deutete auf den Bildschirm. Das Bild war eingefroren und zeigte den Präsidenten bei seiner Rede im 86. Stock. Hinter dem Präsidenten stand Fred Troy. Seine Augen waren wachsam, forschend, kalt; kalt wie er selbst jetzt, unten im Leichenschauhaus, von den Skalpellen des Pathologen aufgeschnitten, eine ausgehöhlte Schale. Morton fragte sich plötzlich, ob irgend jemand es übernommen hatte, Freds Frau zu benachrichtigen – Freds *Witwe.* Fred kam ja oft wochenlang nicht nach Hause wegen seiner Arbeit für den Präsidenten. Morton wußte, daß Martha damit ganz gut zurecht kam und ein selbständiges Leben führte; sie las viel, machte sich ihre eigenen Gedanken: eine unabhängige Frau. Er war mal zum Essen bei ihnen gewesen; sie hatten keinen Fernseher in ihrem Haus. Vielleicht wußte sie es noch gar nicht? Vielleicht erwartete sie in diesem Moment, wo sie hier auf Freds eingefrorene Gesichtszüge starrten, seine Heimkehr von einer 48-Stunden Schicht und hatte sein Essen schon im Ofen stehen? Wer hätte auch in dem ganzen Chaos, das seit Beginn der Entführung herrschte, daran denken sollen, sie zu verständigen? Sie schälte womöglich Kartoffeln, während ein Pathologe Freds Schädel öffnete, um das Gehirn zu sezieren. Raspelte vielleicht Karotten, während ...«

»Mr. Morton, Sir?«

Morton schüttelte sich. »Was?«

»Soll ich's laufen lassen?«

»Ja. Klar.«

»Ich hab das Band deutlich verlangsamt.« Er drückte auf den Pausenknopf und nahm einen Bleistift, um damit auf den Bildschirm zu zeigen. Die Stimme des Präsidenten klang träge, trauervoll, geisterhaft. Dann kam eine andere Stimme, schwächer in der Lautstärke, aber rauher, kehliger. »Das ist der Alte, Sam McClintock, kurz vor seinem Angriff auf den Präsidenten. Der Präsident blickt auf und ... da!« Er tippte erneut auf den Pausenknopf. »Sehen Sie Mr. Troys Reaktion: sein Kopf zuckt nach links, McClintock kommt von rechts ... dann, ein paar Bilder weiter ... Troys Hand geht nach oben, berührt seinen Hals. Er ist von irgend etwas getroffen worden. Dabei wurde er vergiftet.«

Morton nickte ernst. »Gibt's irgendeine Möglichkeit festzustellen, wo sich Nathan Jones genau in diesem Moment befunden hat?«

Paul saugte an seinen Lippen. »Sicher ... als McClintock auf den Präsidenten zugerannt kam, ist die Videokamera auf ihn umgeschwenkt ... da ist er ... da holen ihn unsere Leute von den Beinen ... und da ... ich frier's eben noch mal ein ... da ... im Eingang zum Verkaufsstand, da ist Nathan Jones.«

Morton studierte Jones' Gesicht, soweit es möglich war. Jones blickte in Richtung McClintock; eben jetzt schien sich ein Ausdruck von Ärger auf sein Gesicht zu legen. »Er sieht nicht aus wie jemand, der gerade versucht hat, den Präsidenten mit einem vergifteten Pfeil zu ermorden.«

Paul schüttelte den Kopf. »Der Pfeil hat den Präsidenten zwar verfehlt, aber nur knapp. Irgendeine Art von Gerät muß eingesetzt worden sein, um den Pfeil abzuschießen, und es muß klein gewesen sein. Ich möchte mal annehmen, daß ein zwei Meter langes Blasrohr aufgefallen wäre. Wer immer also den Pfeil abgeschossen hat, muß sehr dicht am Präsidenten dran gewesen sein. Ich würde sagen, Jones war viel zu weit weg.«

Morton sah Doyle an. »Was meinen Sie?«

Doyle nickte. »Ich stimme zu. Jones war es nicht.«

Morton nickte seinerseits. »Na schön. Danke, Paul, gute Arbeit. Wollen sehen, ob Sie auch noch rausfinden, wer diesen Pfeil abgeschossen hat.«

»Ja, Sir.« Breit grinsend wandte er sich wieder seinen Geräten zu.

Morton eilte ins Büro zurück.

»Das führt uns wieder zu Burley, nicht wahr?« sagte der ihm folgende Doyle.

»Sieht so aus.«

»Aber wie ist er reingekommen? Und wie ist er wieder rausgekommen?«

»Wie ist wer reingekommen?« fragte Tara Holmes-Boyce, First Lady. »Wie ist wer rausgekommen?«

Sie saß an Mortons Schreibtisch und las im *National Enquirer.*

Morton blieb in der Tür stehen. »Niemand«, sagte er.

»Niemand ist reingekommen, oder niemand ist rausgekommen?«

»Beides.« Morton schüttelte den Kopf. »Oder keins von beiden. Entschuldigen Sie, aber wir wollten gerade in Ruhe einige Dinge besprechen, wenn es Ihnen also nichts ausmachen würde … «

Tara stieß ihren Stuhl zurück und erhob sich. »Ich verlange von Ihnen, über die Vorgänge auf dem laufenden gehalten zu werden. Das ist mein Mann da oben. Er ist der Präsident der Vereinigten Staaten.«

»Das ist mir bekannt, Ma'am.«

»Ich hab gelesen, daß Außerirdische regelmäßig amerikanische Bürger entführen und wissenschaftliche Experimente an ihnen durchführen, bevor sie sie wieder auf die Erde zurückbringen. Glauben Sie, daß mein Mann von Außerirdischen entführt worden sein könnte?«

»Mich würde nichts überraschen, Tara.«

Tara nickte ganz langsam, dann kam sie hinter dem Schreibtisch vor. Gebieterisch schritt sie durch das Zimmer. Morton trat ein Stück zurück, um sie durch die Tür zu lassen.

Sie blieb stehen, und der Blick, den sie auf ihn richtete, hätte ein Immergrün zum Verdorren bringen können. »Nennen Sie mich nie wieder Tara, haben Sie verstanden?«

27

Georges Arme taten weh von der schweren Arbeit, aber seine trockene Kehle rührte von etwas anderem her: *Gierschlundkehle* hatte man das im Alten Westen genannt.

Der Präsident und er waren zusammen bereits 25mal zwischen Fahrstuhl und oberem Treppenabsatz hin- und hergehastet, wo Nathan mit lose vom Finger baumelnder Pistole die Errichtung eines Walls beaufsichtigte. Es handelte sich zweifellos um die teuersten Verteidigungssandsäcke der Weltgeschichte.

George hatte – innerlich natürlich – aufgelacht, als Nathan seinen Köder geschluckt und das Geld gefordert hatte. Wie unfein! Wie vorhersehbar! Wie traurig! Als die Säcke nach und nach eingetroffen waren, hatte George das nicht im geringsten berührt; es waren einfach braune Säcke, sie hätten genausogut mit alten Zeitungen oder toten Katzen gefüllt sein können. Aber dann war der Präsident gestolpert, ein Sack war aufgeplatzt und das Geld herausgepurzelt, und plötzlich war es nicht mehr etwas Abstraktes, Ungreifbares; es lag vor ihm auf dem Boden. Er hob ein Bündel auf, schnupperte daran, die Augen geschlossen. Er fragte sich, ob es vielleicht ein bißchen zu weit ginge zu hoffen, daß er es schaffen würde, erst den Präsidenten und dann Nathan Jones zu töten und sich schließlich mit ein paar Millionen Dollar auf und davon zu machen.

»Riecht gut, was, Clark?« meinte Nathan.

George öffnete die Augen. »Läßt sich nicht bestreiten.«

»Ein Vorgeschmack auf das, was noch kommt; wenn ihr Buch erst mal fertig ist und alles.«

George warf das Geld achselzuckend in den Sack zurück. »Das wird jedenfalls ehrlich verdientes Geld sein«, sagte er.

»Alle Wetter«, sagte Nathan. »Das nenn ich Charakterstärke.«

George verkniff sich eine ärgerliche Reaktion und wandte sich dem nächsten Sack zu.

»In allen Filmen, die von Entführungen handeln«, sagte der Präsident und wischte mit einem Arm über seine nasse Stirn, »kommt es nie vor, daß die Leute auch mal pinkeln müssen.«

»Müssen Sie etwa?« fragte Nathan. »Sie haben doch schon unten gepinkelt. Ich mußte extra aufpassen.«

»Nathan, das war gestern.«

»Ja, und?« Nathan wedelte mit der Pistole. »Machen Sie da in die Ecke.«

»Das kann ich nicht. Nicht hier drinnen. Ich bin der Präsident der Vereinigten Staaten.«

»Was schwebt Ihnen denn sonst vor? Daß ich Ihnen erlaube, mit dem Fahrstuhl nach unten zu fahren, wenn Sie mir Ihr Ehrenwort geben, daß Sie zurückkommen?«

Der Präsident zuckte die Achseln. »Ich muß pinkeln.«

George hievte einen weiteren Sack auf den Wall, dann sank er schweratmend darauf zusammen. Nicht vor Schwäche natürlich, sondern vor Müdigkeit, verursacht durch Schlafmangel und Dehydration. »Ich muß auch mal«, keuchte er.

Nathan blickte vom einen zum anderen. »Okay«, sagte er, »kein Problem.« Er hob die Pistole und richtete sie auf das der Treppe gegenüberliegende Fenster.

»Nicht!«

Nathan hielt mit ärgerlichem Blick inne. Der Präsident hatte plötzlich einen etwas roten Kopf.

»Was ist?«

»Bitte nicht die Fenster rausschießen.«

»Warum nicht, um alles in der Welt?«

»Weil es unten eine Panik verursachen würde. Man kann nicht wissen, zu welchen Reaktionen das führt.«

»Sparen Sie sich Ihre Kugeln auf«, sagte George, »vielleicht brauchen Sie sie noch. Nach meiner Schätzung haben Sie noch fünf übrig.«

»Yeah. Vier für Sie«, schnauzte Nathan, »eine für den hohen Herrn.« Er ging zum Fenster und spähte hinaus. Wäre er in der Lage gewesen, Vergleiche anzustellen, hätte er jetzt einen Ausblick von sage und schreibe 130 Kilometern bestaunen können, wären ihm die geographischen Einzelheiten des Panoramas präsent gewesen, dann hätte er New Jersey, Pennsylvania, Connecticut und Massachusetts identifizieren können. So aber mußte er beides bleiben lassen. Er sah eine unendliche Stadt, die zu erforschen er sich nie getraut hatte, und jetzt war es dafür sowieso zu spät. Er schüttelte kaum merklich den Kopf. Dann zerschlug er das nächstbeste Fenster mit dem Griff der Pistole.

»Da, bitte sehr«, sagte er zum Präsidenten, »ein Pinkelloch.«

Der Präsident rührte sich nicht.

Nathan lächelte. Er nickte George zu. »Was ist mit Ihnen, Clark? Wollen Sie Ihr Wasser abschlagen, oder wollen Sie es zurückhalten und nach der Befreiung verkaufen?«

»Ich glaub nicht, daß ich noch so lange anhalten kann«, sagte George.

Nathan zerschlug noch ein Fenster. Er winkte ihnen mit der Pistole zu. »Kommt schon, nicht so schüchtern.« Er zerschlug ein drittes Fenster. »Ich mach auch mit. Jungs, die zusammen pinkeln, halten auch anderweitig zusammen.«

George wälzte sich von den Säcken herunter und trat als erster an sein Fenster. Er zog seinen Reißverschluß auf. Der Präsident sah für einen Moment zu, dann folgte er rasch. Schließlich öffnete auch Nathan, die Pistole mit der anderen Hand festhaltend, seinen Reißverschluß und dirigierte seinen Penis vorsichtig durch das Loch im Glas.

Binnen kurzem pißten sie alle drei auf New York hinab.

»Das wäre ein schönes Foto für Ihr Buch, Clark«, sagte der Präsident. Es war das erste Mal seit längerem, daß er George direkt ansprach.

»Nicht wahr?« erwiderte George.

»Wenn die da unten den ganzen Dampf sehen«, sagte der Präsident, »kriegen sie genauso eine Panik.«

Plötzlich mußte Nathan lachen. Die Stirn gegen die Glasscheibe gepreßt, wand er sich in Zuckungen, während er es in die Luft hineinrieseln ließ.

»Was ist denn so witzig?« fragte George lächelnd.

»Nichts«, gelang es Nathan inmitten diverser Pruster herauszupressen. Wie sollte er ihnen auch sagen, daß dies das erste Mal in seinem Leben war, daß er in Gegenwart anderer Männer pinkeln konnte? *Welch ein Augenblick, das Pinkelproblem zu lösen!*

Auch der Präsident begann zu lachen. »Es ist einfach lächerlich.«

Sogar der mordlustige George entließ einen tiefen Seufzer, als die Erleichterung ihn umfing, und verfiel dann in hemmungsloses Kichern. »Darauf hab ich seit sechsunddreißig Stunden gewartet«, sagte er.

»Gottogott«, sagte der Präsident. »Ich dachte, ich explodiere.«

»Herr im Himmel!« schrie Nathan.

Der Präsident erstarrte; Nathan wirbelte herum, mit noch tröpfelndem Penis, aber angelegter Pistole. Die Fahrstuhltür ging auf. George ließ sich nicht beim Pinkeln stören.

Aber es war kein Angriff. Es war auch nicht noch mehr Geld. Es waren ein Kopfhörer und ein Funkmikro. Es war Zeit für Nathan Jones, zur Welt zu sprechen.

Cameron fragte zweimal nach, ob Nathan eine Kopie seiner Rede habe oder ob er sie von einem Stenographen festhalten lassen wolle. Zweimal bedeutete ihm Nathan, er möge Leine ziehen. Er verlangte lediglich dreißig Minuten Zeit, um sich zu sammeln; Cameron erwiderte, es würde mindestens diese Zeit dauern, bis die übertragenden Sender alle zugeschaltet seien.

»Auf wie vielen Sendern bin ich denn zu hören?«

»Es wäre leichter, die Sender aufzuzählen, auf denen Sie nicht zu hören sein werden, Nathan. Die ganze Welt hört zu. Um nur ein kleines Beispiel zu geben: Es wird eine Simultanübersetzung nach Nigeria gesendet.«

»Echt?«

»Kennen Sie Nigeria?«

»Hab davon gehört.«

»Heimat der nigerianischen Slipperschlange.«

»Klingt einleuchtend«, sagte Nathan.

»Die nigerianische Slipperschlange ist Ihnen bekannt?«

»Sollte sie das?«

»Sagen Sie's mir.«

»Cameron, wer von uns beiden hat jetzt den Überblick verloren? Wieso unterhalten wir uns über irgendwelche scheiß Schlangen?«

»Nur so. Smalltalk. Freundlichkeit.«

»Sie brauchen nicht freundlich zu sein. Es reicht, wenn Sie Ihr Ding auf die Reihe kriegen.«

Nathan streifte den Kopfhörer ab und begann grübelnd hin und her zu laufen.

In einer knackevollen Bar in Boston, vor deren Tür Polizeiwagen hielten, um das Viertel abzusuchen, holten Alex und Lisa sich ihre Drinks von der Theke ab und wühlten sich damit durch die Menge, bis sie vor einem großen Fernseher saßen.

In Birmingham, Alabama, saß Grace Burley dösend vor ihrem Fernseher, eine riesige umgekippte Packung Marshmallows auf dem Schoß, eine verschüttete Flasche Gin zu ihren Füßen.

In Brooklyn öffnete der bei vollem Lohnausgleich außer Dienst gesetzte Leonard Maltman eine Flasche Bier und verfluchte zum hundertsten Mal an diesem Tag seinen Ex-Untergebenen Nathan Jones.

Im McDade Funeral Home, der Leichenhalle, die zum selben Unternehmen gehörte wie das Cedar Nursing Home und von diesem nur einen Block entfernt war, wenn auch dankenswerterweise nicht in Sichtweite, lagen die Leichen von Sam McClintock und seiner Frau Mary Seite an Seite. Unter den Kränzen befand sich auch einer von der Frank-Sinatra-Nachlaßverwaltung.

Beim *New York Newsday* zündete sich Cody Rutteger eine Zigarre an und blies Rauch in den Nacken des Auslandredakteurs Mark Goodyear. Auf dem Bildschirm war das Empire zu sehen, und aus den Lautsprechern rieselte ein extrem salbungsvoller Kommentar; dann aber wurde umgeschaltet zu einem teuren Hotel in Midtown und gezeigt, wie ein schwerbewaffneter FBI-Trupp den deutlich widerstrebenden Michael Tate in Gewahrsam nahm.

In ihrer gemeinsamen Wohnung lagen Brian und Lucy Houston zusammen im Bett. Ihre gepackten Sachen standen im Flur. Sie hatten die Absicht, die Stadt zu verlassen, sobald das Schicksal des Präsidenten entschieden war, und sich einen Ort zu suchen, wo man Brian noch nicht kannte.

Auf der Chefetage lehnte Tara mit dem Rücken an Stabschef Graham Slovenski. Sie sahen ebenfalls fern. Tara hatte fürchterliche Kopfschmerzen. Slo hatte eine fürchterliche Erektion.

Im 86. Stock hielten die Scharfschützen des FBI weiterhin Wache. James Morton tigerte auf und ab, spuckte aus, tigerte auf und ab und spuckte aus. Doyle folgte immer einen Schritt dahinter und versuchte zu erahnen, wo sein Chef als nächstes hinspucken würde.

Im 102. Stock zertrümmerte Nathan ein paar weitere Fenster.

Ein Geräusch drang entfernt aus seinem Kopfhörer. Er setzte ihn wieder auf. »Was ist?« sagte er.

»Was ist denn los? Wir haben gehört, wie ...«

»Wir brauchen nur ein bißchen frische Luft«, polterte Nathan. »Frische Luft, verdammt noch mal.«

»Okay, okay!« sagte Cameron. »Nur die Ruhe. Wir sind jetzt gleich soweit. Alles klar bei Ihnen?«

»Alles klar.«

»Haben Sie irgendeine Vorstellung, wie lange Sie reden werden?«

»Nein«, sagte Nathan.

»Okay, das macht nichts. Kein Problem. Dürfte ich aber vielleicht eine kleine Bitte äußern?«

»Schießen Sie los.«

Cameron schluckte. »Es werden sicherlich auch Kinder zuhören. Könnten Sie darauf Rücksicht nehmen, was die Ausdrucksweise betrifft?«

»Ich bin doch kein scheiß Komiker«, fauchte Nathan.

Scheiße, doch, das bist du, dachte George.

28

Die Welt hielt den Atem an. Nathan holte Luft. Und dann stimmte er ›I'd Like to Teach the World to Sing‹ an. Seine Stimme war klar und kräftig, jedenfalls in seinem eigenen Kopf. Die erste Strophe war eine unliebsame Überraschung. Die zweite eine melodiefreie Peinlichkeit. Bei der dritten betätigte die Hälfte der Weltbevölkerung ihren Lautstärkeregler. Als er endlich fertig war, lächelte Nathan erst dem Präsidenten, dann Clark zu. Ströme von Schweiß rannen ihm übers Gesicht. Sein Kopf sah aus, als sei sämtliches Blut daraus entwichen. »Das wollte ich schon immer mal«, sagte er.

Er wischte sich mit einem Arm über die Stirn. Gab ein kurzes panikartiges Lachen von sich. »Ehm, wäre ein Plattenvertrag im Bereich des Möglichen?« Er kicherte. Riß sich dann zusammen. Hustete. »Was meinen Sie, für einen Plattenvertrag laß ich den Präsidenten frei, wäre das in Ordnung? Entschuldigung, ich mach nur Spaß. Ich weiß, es ist jetzt nicht die Zeit für dumme Witze, aber da haben wir den Salat, mein Timing war noch nie so besonders. Also. Auf geht's. Ich weiß, daß viele Leute da draußen zuhören. Ähm, falls Sie Eltern sind und Ihre Kinder mithören, he, machen Sie sich keine Sorgen, ich werde nichts Anstößiges sagen. Okay. Gut. Ich hab viel nachgedacht darüber, was ich sagen will. Na gut, so viel auch wieder nicht, aber, na ja, immerhin. Als erstes muß ich ein paar Sachen klarstellen. Ich habe zum Teil die Berichte über diese ... Sache verfolgt, und einiges von dem, was da über mich gesagt wurde, war nicht sehr nett. Erstens bin ich nicht bisexuell. Ich hab nichts gegen Bisexuelle, aber ich lege Wert auf die Feststellung, daß ich keiner bin. Nennen Sie mich meinetwegen altmodisch. Zweitens habe ich niemals freiwillig etwas mit Bondage oder irgendwelchem anderen abgefahrenen Sexkram zu tun gehabt ... tut mir leid, Kinder! ... Ich bin nur ein gewöhnlicher Mensch in einer ungewöhnlichen Situation. Drittens habe ich noch nie eine Frau geschlagen, ich nicht, nie im Leben. Viertens hatte ich nie die Absicht, dem Präsidenten etwas zuleide zu tun; die Tatsache, daß er jetzt hier ist ... tja, die hat sich einfach so ergeben. Aber es geht ihm gut, er ist gesund und munter ...« Nathan ging rasch zum Präsidenten und legte ihm einen Arm um die Schultern. »... er steht übrigens gerade neben mir ... sagen Sie hallo, Mr. President.«

Der Präsident beugte sich zu Nathans Funkmikro hinunter. »Ah ... hallo«, sagte er.

»Mr. President, können Sie unseren Hörern mitteilen, wie man Sie im Verlaufe dieser Entführung behandelt hat?«

»Ich bin gut behandelt worden. Ich bin gesund und zuversichtlich.«

»Haben Sie irgendeine Botschaft für die Menschen da draußen?«

»Nur die, daß sie sich keine Sorgen machen und Ruhe bewahren mögen, es wird alles gut werden.«

»Was ist mit Ihrer Frau?«

»Sie fehlt mir. Ich liebe sie. Dies ist für sie bestimmt schlimmer als für mich.«

»Wollen Sie etwas über mich sagen?«

Der Präsident zögerte und hob dann langsam eine Hand, schloß seine Finger um das Mikro und blockierte so die Übertragung. Nathan drückte dem Präsidenten die Pistole in den Bauch. Der Präsident hob den Kopf, um Nathan ins Ohr zu flüstern. »Ich würde gerne sagen, daß Ssie ein gottverdammter Hurensohn sind und daß ich hoffe, daß das nächste Befreiungskommando Ihnen die scheiß Rübe wegbläst.« Nathans Augen weiteten sich vor Überraschung. »Ich tu's aber nicht.« Er nahm die Hand vom Mikro und beugte sich wieder hinunter. »Wir sind hier in einer sehr angespannten Situation, und ich kann mir vorstellen, daß Sie alle da draußen denken, ich würde von einem wahnsinnigen Pistolero gefangengehalten. Ich muß aber sagen, daß Nathan Jones wirklich nicht so schlimm ist wie er hingestellt wird. In meinen Augen repräsentiert er, ohne etwas dafür zu können, ganz genau die Haltung der jüngeren Generation in Amerika. Den Frust, verursacht durch Arbeitslosigkeit, Drogen, Anpassungsdruck, mangelnde Ausbildung; diesen jungen Menschen fehlen die Moral und die Überzeugungen früherer Generationen, es fehlt ihnen an Orientierung, an gesellschaftlichen Vorbildern, die sie bewundern und denen sie nacheifern können ... alles das sehe ich in Nathan Jones.«

Nathan trat zurück. »Wow!« sagte er, »und das alles frisch aus dem Gehirnkasten. Danke sehr, Mr. President. Ich bin natürlich kein Amerikaner, aber ich glaube, wir haben verstanden, was Sie meinten. Ich habe außerdem noch Herrn Clark Fuller bei mir, einen Reporter, der zufällig in die Story seines Lebens hineingestolpert zu sein scheint. Clark ist ein nachdenklicher Zeitgenosse und hat, genau wie der Präsident, einige entschiedene Ansichten darüber, was mit dem heutigen Amerika nicht in Ordnung ist. Nicht wahr, Clark?«

George beugte sich zum Mikro hinüber. »Ja, ich ...«

»Danke, Clark, aber wenn wir jetzt alle drei hier rumdozieren, wäre das denn doch ein bißchen zuviel. Präsidenten halten Reden, Entführer stellen Forderungen,

Reporter berichten. Sicherlich werden wir eines Tages alles darüber lesen können.« Nathan drehte sich um und ging zu den zerschlagenen Fenstern. »Ich blicke auf New York, ich blicke auf Amerika, ich spreche zur Welt. Sie werden wissen wollen, wer ich bin und was ich will.« Nathan hielt inne, befeuchtete sich die Lippen. Er ließ einen Fuß über die Glassplitter schlurfen. Er holte noch einmal tief Luft. »Mein Name ist Nathan Jones, ich komme aus Crossmaheart in Nordirland. Ich hab mein Leben lang keiner Fliege etwas zuleide getan. Und ich habe den Präsidenten der USA aus Versehen entführt. Ich bitte um Vergebung. Ich bin kein Engel. Ich verliere leicht die Beherrschung. Es gab Gründe, warum ich dieses Mal die Beherrschung verloren habe, aber darauf kommt es jetzt vielleicht nicht mehr an. Worauf es ankommt, ist, daß ich jetzt hier bin, zusammen mit dem Präsidenten, und ich werde, egal, wie lange ich noch lebe, ob fünf Minuten oder fünfzig Jahre, nie wieder eine solche Gelegenheit kriegen. Als ich beschlossen hatte, daß ich diese Rede an die Welt halten wollte, habe ich mir immer wieder überlegt, welche Themen ich ansprechen könnte. Drogen. Umwelt. Rassismus. Einwanderung. Die irische Frage. Atomtests. Außerirdisches Leben. Alles zusammen oder nichts von alledem. Ich habe mir den Kopf zerbrochen. Habe versucht herauszukriegen, welches Thema mir wirklich am Herzen liegt.«

Es gab ein Geräusch, das sich für die Radiohörer ausnahm, als würden Millionen von Ameisen an einem Baum kauen – Nathan kratzte sich den Kopf zu dicht am Mikrophon. Er betrachtete den Präsidenten: Zur Öffentlichkeit mochte er wie ein besonnener Patriarch gesprochen haben, aber sein Gesicht, seine Augen verrieten eine zunehmend herablassende Haltung. Nathan fragte sich, was er wohl falsch gemacht hatte, woher der Wandel von stiller Diplomatie zu ausgesprochenem Haß rühren mochte. Er drehte sich zu Clark: Dessen Ausdruck war nicht viel anders; aber es lag auch noch etwas anderes darin – Eifersucht vielleicht?

Nathan schloß die Augen. »Und letzten Endes ist es

keins von diesen Dingen. Ich habe keine Forderungen, ich habe eine Bitte. Ich möchte nicht mit zehn Milliarden Menschen sprechen, sondern nur mit einem. Irgendwo da draußen ist eine Frau, die ich sehr liebe. Ich bin nur ein alberner, scheuer, wütender Narr, ich war nie in der Lage, ihr zu sagen, daß ich sie liebe. Ich wollte es immer. Manchmal hab ich es versucht, aber jedesmal hab ich nur die falschen Worte gefunden.« Er hielt inne, denn was jetzt passierte, war nicht vorgesehen gewesen. Er hatte dagegen angekämpft. Er hatte sogar gesungen und die Stimme wunderbar gehalten, aber jetzt war die Kontrolle weg – seine Stimme versagte. Wenn die Welt hätte sehen können, hätte sie eine Träne gesehen. Er schnaufte kurz durch. Er wollte jetzt nicht schlappmachen. Ein Wrack war er sowieso, aber er wollte kein erbärmlich brabbelndes Wrack sein. »Sie hat mich verlassen. Ich bin allein und verlassen, und ich liebe sie so wahnsinnig und weiß nicht, wo in aller Welt sie ist. Aber ich brauche sie. Ich brauche sie so sehr, daß es weh tut. Das ist es eigentlich, worum es hier geht. Um die schöne Lisa, die ich geliebt und verloren habe. Alles, was ich im Grunde will, ist, ihr das zu sagen, es ihr persönlich zu sagen. Können Sie mir helfen? Bitte? Können Sie sie finden? Nur damit ich ihre Hand halten und mit ihr sprechen kann, und dann laß ich Ihren Präsidenten frei, und Sie können mich erschießen oder aufhängen oder was immer Sie wollen. Ist das okay?« Es folgte eine lange Pause. »Das ist alles, was ich zu sagen habe. Danke sehr.«

Er nahm das Funkmikro ab und warf es durch eins der zerschlagenen Fenster. Er war klatschnaß. Er sah den Präsidenten an, der bedächtig den Kopf wiegte. »Ich verlange keinen Beifall«, sagte Nathan.

»Ich spende auch keinen«, sagte der Präsident.

Nathan nickte dem finster dreinblickenden Clark zu. »Was ist los? Sind Sie noch nie verliebt gewesen?«

»Sicher«, sagte George, »hab nur keine Veranlassung gesehen, es weltweit über den Äther hinauszuquaken.«

Nathan zuckte die Achseln. »Ich hab gesagt, was ich sagen wollte.«

Clark schüttelte traurig den Kopf. Was für eine Gelegenheit. Und so gnadenlos verbockt. Sie hätten Geschichte machen können«, legte er nach, »aber Sie machen eine Seifenoper daraus. Man stelle sich vor, Neil Armstrong setzt zum ersten Mal seinen Fuß auf den Mond. Ein kleiner Schritt ... und dann plärrt er ins Mikro: ›Gertrude, ich liebe dich so sehr!‹ oder was weiß ich wie seine scheiß Alte heißt. Oder man stelle sich vor, General MacArthur hätte gesagt: ›Tja, dann gehe ich jetzt, und eventuell komme ich mal wieder, falls wir genug Truppen zusammenkriegen und uns ein vernünftiger Plan für die Invasion einfällt.‹ Verstehen Sie, worauf ich hinauswill?«

Nathan warf einen Blick auf den Präsidenten, dann wieder auf Clark. Der Reporter wurde immer erregter. Er hatte seinen Strohhalm aus dem Jackett gezogen und ließ ihn jetzt zwischen zwei Fingern rollen. »Kein Grund, die Sache persönlich zu nehmen, Clark«, sagte Nathan.

»Ich hasse verpaßte Gelegenheiten, das ist alles!«

»Aus meiner Sicht war das keine.«

»Sie hatten die ganze Welt in ihren Händen!«

»Das ist ein anderer Song«, grinste Nathan. An den Präsidenten gewandt, fragte er: »Wie fanden Sie übrigens den Gesang?«

»Ungewöhnlich«, sagte der Präsident.

»Kindisch«, sagte George. Er hatte den Strohhalm inzwischen im Mund und bugsierte ihn mit den Zähnen mal in diese, mal in jene Richtung.

»Clark, ich dachte, Sie seien hier, um unparteiisch zu beobachten und zu berichten?«

George beachtete ihn nicht. Es war jetzt nicht die Zeit zu reden. Er dirigierte den Strohhalm nach links, dann nach rechts, und versuchte zu entscheiden, wer von beiden ihn mehr nervte, wer von beiden am wenigsten von einem um ein paar Sekunden verlängerten Leben profitieren würde.

Der Präsident.

Egal, wie sehr Nathan Jones ihn nervte, egal, was für eine Enttäuschung er war, er, George, durfte doch nicht vergessen, daß es sein vorrangiges Ziel war, den Präsidenten der Vereinigten Staaten zu ermorden. Erst sich um ihn kümmern, den Versager dann hinterher erledigen.

Der Präsident sah ihn überhaupt nicht an. Er beobachtete Nathan Jones. Er war nur einen Meter entfernt. Ein toter Mann.

»Clark, ich rede mit Ihnen«, sagte Nathan und riß George den Strohhalm aus dem Mund.

Georges Hand zuckte reflexartig dem Strohhalm hinterher, doch es war ein langsamer Reflex, so wie er ihn sich antrainiert hatte. Nathan schlug den Arm mit seiner Pistolenhand weg. »Passen Sie lieber auf, Clark, und ziehen Sie hier keine Fernsehseriennummer ab.«

»Du Scheiß ...«, setzte George an.

»Was ist los, Clark?« lachte Nathan und schwenkte die Pistole vor dem Gesicht des Reporters. »War das Ihr Lieblingsstrohhalm?«

George befeuchtete sich die Lippen. Er zählte bis zehn, sehr schnell. Dann zuckte er leicht die Achseln. »Tschuldigung«, und seine Stimme war ruhiger als ein zugefrorener See, »Sie haben mich überrascht.«

Das Telefon klingelte. Es war Cameron.

»Das war ja sehr wortgewandt«, sagte er, »sehr emotional.«

»Nicht wahr?« sagte Nathan.

»Wir sind alle sehr gerührt, Nathan. Jeder von uns ist schließlich mal verliebt gewesen.«

Nathan ließ das für ein paar Augenblicke sacken. »Lassen Sie das Arschgerede, Cameron. Ich will das Telefon nicht wieder klingeln hören, bevor Sie sie gefunden haben und mir mitteilen wollen, daß sie mit dem Fahrstuhl hochkommt, klar?«

»Klar«, sagte Cameron.

Während Nathan redete, umklammerte Lisa Alex. Sie versuchte die Tränen zu ersticken, die ihr in einem fort übers Gesicht liefen, aber sie war hilflos. Sein Hemd war durchnäßt. Er sagte kein Wort. Er wußte, wann er den Mund zu halten hatte, und dafür liebte sie ihn. *Nathan! Warum hatte er nichts gesagt? Warum hat er's nicht mir gesagt, statt der ganzen Welt?* Doch ihr war auch klar, daß sie ihm, hätte er's getan, wahrscheinlich nicht geglaubt hätte.

29

FBI-Agent Wallace Hardy stand fünf Monate vor seiner Pensionierung und hatte durchaus nicht die Absicht, einen Herzinfarkt zu riskieren, indem er irgendwelchen Schatten in der Innenstadt von Boston hinterherjagte. Nein, er hatte die Absicht, einen Herzinfarkt zu riskieren, indem er ein paar kühle Bierchen sicherstellte, zwei bis drei Hamburger und eventuell noch einen Liter Vanilleeis. Einige der alten Ideale, die man ihm in Quantico eingebleut hatte, waren doch schon deutlich im Begriff, sich zu verflüchtigen. Sicher, er war erst vor drei Monaten in Hogan's Alley zum Auffrischen gewesen, daher konnte er, wenn es sein mußte, jederzeit wieder den Topagenten raushängen lassen, aber wo doch seine Uhr so allerliebst am Ablaufen war, tat er halt sein Bestes, dafür zu sorgen, daß es garantiert nicht sein mußte.

Die Black Rose, gleich nebenan von der Faneuil Hall, war ein großer, gutbesuchter irischer Pub, in dem er von Zeit zu Zeit verkehrte. Man war hier auf Guinness und traditionelle Musik spezialisiert, und was er besonders schätzte, war die etwas derbe Atmosphäre. Nach ausreichendem Biergenuß war er manchmal imstande, sich vorzumachen, daß er wieder genauso jung sei wie alle anderen hier und alles aus dem Leben rauspressen könne, was drin war. Besoffen aus den Latschen zu kippen, das ist lustig, solange man jung ist; wenn man es in fortgeschrittenem Alter macht, wird es eher traurig. Er sah ihnen beim Rummachen zu und war neidisch. Manchmal sah er ihnen beim Rummachen zu und war verliebt. Meistens beides.

Er saß mit seinem Bud an der Bar. Als er reingekommen war, wurde Nathan Jones' Rede gerade im Fernsehen übertragen; hatte gerade noch den Schluß mitgekriegt. Jones' hohe, vor Emotionen zitternde Stimme hätte ihm fast eine Träne ins Auge getrieben. Dieses ganze Liebeszeug. Hardys Frau war vor einem Jahr gestorben, das kam jetzt wieder hoch. Als die dröge, monotone Stimme des Moderators, die im völligen Gegensatz zu seinem frischen, sonnenstudiogebräunte Gesicht stand, wieder einsetzte, brach ein höllischer Lärm in der Kneipe los, da Hunderte von Leuten den Fernsehkommentar ignorierten und zu eigenen Analysen dieser neuesten Entwicklung ansetzten. Er hatte sich vorher gefragt, wie Jones in einer irischen Kneipe ankommen würde, ob ihm eher Haß oder eher Unterstützung entgegenschlagen würde. Die Iren, das wußte er, verteilten ihren glühenden Patriotismus auf mehr als nur ein Land.

Der Barkeeper sagte: »So schlecht ist er nicht, wissense.«

»Lassen Sie sich nichts vormachen«, sagte Hardy. »Er weiß, was er tut.«

»Stellen Sie sich vor, so in ein Mädchen verschossen zu sein«, sagte der Barkeeper, einer der wenigen anwesenden Iren. »Gott steh ihm bei. Ich kenn das. Bin auch mal so sitzengelassen worden.«

»Und wen haben *Sie* dann entführt?« fragte Hardy.

»Niemanden. Hab aber ihrem scheiß Hund einen anständigen Tritt verpaßt.«

Er entfernte sich lachend, um am anderen Ende der Bar eine Bestellung entgegenzunehmen. Ein anderes Lachen, von hinten kommend, erregte Hardys Aufmerksamkeit. Als er sich umdrehte, stieß gerade ein fehlgeleiteter Ellbogen gegen ein Glas, das umkippte, über den Tisch rollte und zu Boden krachte. Eine junge Frau kicherte und bückte sich dann, um die Scherben aufzusammeln. Hardy versuchte, einen Blick in ihren Ausschnitt zu erhaschen, sah sich jedoch peinlicherweise von dem Begleiter der Frau dabei ertappt. Der Mann erhob sich leicht taumelnd, und Hardy befürchtete schon, er wolle rüberkommen und Ärger machen, aber dann beugte er sich nur zu der Frau hinunter und zog sie am Arm.

»Paß auf, Liebes«, sagte er. »Du schneidest dich noch.«

Die Frau kicherte erneut. »Vielleicht sollte ich das«, sagte sie und hielt eine häßliche Scherbe hoch. »Vielleicht sollten wir uns gegenseitig schneiden. Und Blutsbrüder werden. Oder Schwestern. Oder ... wie zum Teufel man das auch immer nennt.«

»Blutsgeliebte.«

»Blglbte«, sagte die Frau. Sie war ziemlich angeheitert. Der Typ ebenfalls. Hardy wandte sich grinsend seinem eigenen Getränk zu.

Ein anderer Barkeeper kam herbei und fegte die Scherben auf. Der Mann am Tisch entschuldigte sich und steckte ihm ein Trinkgeld zu. Wenig später kehrte der Barmann mit einem vollbeladenen Tablett zurück.

Sie erhoben ihre Gläser. »Auf uns«, sagte der Mann.

»Auf uns«, sagte die Frau. Sie stießen an, tranken und setzten ab. Zwei weitere Durchgänge folgten. Hardy warf einen Blick auf die Gläser. Sah nach Doppelten aus. Wozu die Eile, sie hatten doch so viel Zeit?

»Auf Nathan Jones«, sagte der Mann.

»Scheiß auf ihn«, sagte die Frau.

»Auf das, was er für uns getan hat.«

»Scheiße hoch drei.«

Sie stießen an, sie schütteten hinunter. Zwei weitere Durchgänge folgten.

»Wieviel Geld haben wir noch?« fragte die Frau.

Der Mann zuckte die Achseln. »Ungefähr dreißig Dollar.«

»Reicht das für die Drinks?«

Erneutes Achselzucken. »Spielt das noch 'ne Rolle?«

»Ja.«

»Ab sofort bist du für alle Bestellungen zuständig, Mädchen. Dir gehört die Bar. Dir gehört die verdammte Brauerei. Du hast ausgesorgt.«

»Könntest du auch haben.«

Der Mann schüttelte den Kopf. »Liebling«, sagte er, »ich will es auf eigene Rechnung schaffen. Weißt du, in zehn Jahren wirst du den Broadway entlanggondeln in deiner Limo, und wenn du dann eine müde alte Drag Queen aus irgendeinem billigen Schuppen schwanken siehst, dann denk mal kurz an mich. Denn ich werde sie dorthin getrieben haben, ich, der große Star, der alle anderen von der großen Bühne kegelt.«

Die Frau lächelte liebevoll. »Ich werde dich nie vergessen«, sagte sie.

»O doch.«

»Ehrenwort. Oder ich will tot umfallen.«

»Sag so was nicht.«

Er hob sein Glas. »Auf Präsident Keneally, den einzigen Mann, der zwischen uns kommen konnte.«

»Auf Präsident Keneally.«

Sie stießen an und tranken.

»Was wirst du anziehen?« fragte er.

»Wann, wo?«

»Für das Titelbild von *Time.*

»Spinnst du?«

»Mein voller Ernst. Oder *Playboy.* Oder *Guns and Ammo.*

»Hör bloß auf.«

»Ich hab mir für mich schon was Hübsches ausgedacht. Und zwar das rosa Teil mit den Pailletten, in dem ich ›Michelle‹ singe. Ich werde auf einem Bett hingestreckt liegen und spröde in die Kamera lächeln. Es wird in *Vanity Fair* erscheinen, und die Bildunterschrift wird lauten: *Alexis Mascara, Lisas Liebhaber: Er hat ihr beim Kotzeaufwischen geholfen.*«

Sie quietschte und schlug nach seiner Hand. Er kicherte. Dann tranken sie einen Schluck.

Hardy schlug seine Brieftasche auf und entnahm ihr eine Fotokopie, auf der eine junge Frau zu sehen war, die aufzuspüren sich einige seiner Kollegen praktisch den Arsch aufrissen. Er zog die Schultern hoch und hielt seine breiten Arme so, daß niemand sehen konnte, was er da hatte. Er studierte das Bild, dann drehte er sich lässig um und musterte die Frau hinter ihm. Eine nüchterne Person hätte das sicherlich sofort bemerkt, aber das Paar dort am Tisch war jenseits von Gut und Böse. Er starrte sie anderthalb Minuten lang an, dann widmete er sich wieder der Fotokopie. Gleiches Gesicht, andere Haare. Gefärbte Haare. Er nickte bedächtig. Er faltete das Bild zusammen und steckte es in die Brieftasche zurück. Er nahm einen Schluck Bier. Dann wuchtete er sich vom Barhocker und marschierte, erste Schweißtropfen auf seiner Stirn, ins hintere Ende der Kneipe, wo sich das Münztelefon befand. Er rief im Büro an.

Er war alter Hase genug, um nicht so dumm zu sein, auf Befehle zu warten. Er erstattete Meldung und legte auf. Die im Büro würden ihm nur sagen, er solle sich nicht rühren und auf das Einsatzkommando warten, das sie auf den Weg schickten. Ein Kommando, um den Ruhm zu ernten. Sie würden ihm sagen, daß er sich den Verdächtigen unter keinen Umständen nähern solle, weil sie wahrscheinlich Teil der Verschwörung seien. Sie seien vermutlich bewaffnet und äußerst gefährlich. Er solle sich von ihnen fernhalten. Die Verstärkung sei jeden Moment da.

Denkste. Das hier war sein Ding.

Er ging zurück zur Bar. Als er sich ihnen auf zwei Meter genähert hatte, zog er seine Waffe.

»Lisa«, sagte er leise.

Lisa drehte sich um.

»Keine Bewegung – FBI!«

Sie sahen ihn beide an. Sie schienen kein bißchen überrascht.

»Wird verdammt noch mal auch langsam Zeit«, sagte der Mann.

Es gab ein ziemliches Stuhlgequietsche, als sich die Gäste rundherum in Sicherheit brachten. Einige Frauen schrien auf. Ein Mann schloß sich ihnen an.

Lisa brachte ein nervöses Lächeln zustande. »Wir wollten nur noch ein letztes Mal einen draufmachen, bevor es ernst wird«, sagte sie.

Schweißüberströmt und mit bebenden Nasenlöchern schwenkte Hardy die Pistole von einem zum andern. Sie gehörten ihm. Sein Atem kam in flachen, schnellen Stößen, wie bei einem Elfjährigen, der zum ersten Mal raucht. »Keiner von euch beiden rührt sich!« bellte er.

In der Bar war es mucksmäuschenstill, abgesehen von der Stimme des Moderators, die jetzt um so lauter dröhnte. Lisa blickte um Hardy herum auf den Bildschirm. Sie begann zu lächeln. »Ich kann nicht glauben, was ich da sehe«, sagte der Moderator, »aber ich wünschte weiß Gott, ich wäre jetzt da unten. Es regnet Geld in Manhattan, Leute. Nathan Jones wirft Millionen von Dollar vom Empire State Building herunter.«

Alex schüttelte den Kopf. »Tja, vielleicht ist er doch gar kein so übler Kerl«, sagte er. »Trinken wir noch ein letztes Glas, Liebes – der Typ hier sieht nicht so aus, als würde er Gefangene machen.«

Alex griff nach seinem Glas. »Ich hab gesagt, ihr sollt euch nicht rühren!« knurrte Hardy. Trotz des Trainings, des jahrelangen Trainings, zitterte seine Hand. Er hatte Schweiß in den Augen. Er versuchte, das salzige Brennen wegzuzwinkern, aber es wurde nur noch schlimmer.

»Hör mal zu, Kumpel«, sagte Alex, »ich hab mir nichts zuschulden kommen lassen. Ich bin dabei, die Frau zu verlieren, die ich liebe, also mach dir nicht gleich in die Hose, wenn wir noch einen letzten Schluck zusammen trinken, okay?«

Der Mann streckte die Hand nach dem Glas aus.

Hardy drückte ab.

Alex wurde zurückgeschleudert.

Lisa schrie.

»Keine Bewegung! Keine Bewegung!« brüllte Hardy.

Lisa schrie und schrie und schrie, aber sie bewegte sich nicht. Sie sah Alex an und schrie, aber sie rührte sich keinen Zentimeter von der Stelle.

Hardy hielt die Pistole auf sie gerichtet, während er um den Tisch herumging; er stieß den umgestürzten Stuhl aus dem Weg und ließ sich langsam auf die Knie sinken. Er suchte den Mann nach Waffen ab, dann fühlte er nach seinem Puls.

Er fand weder das eine noch das andere. Er richtete sich auf. Er hielt die Waffe auf ihre Brust gerichtet.

»FBI«, sagte er. »FBI.«

30

Über fünfzehn Minuten lang hatte es jetzt schon Geld geregnet.

James Morton hielt, wie auch die Hälfte seiner Agenten, seine Hand aus einem der Fenster der Chefetage. Er fing ein paar vorbeisegelnde Dollarscheine auf, betrachtete sie grimmig und warf sie dann wieder raus.

Er bedachte Doyle, der am Fenster daneben zugange war, mit einem finsteren Blick. »Passen Sie auf, daß Sie nicht rausfallen«, sagte er.

Doyle verstand den zarten Hinweis und zog sich am Fensterrahmen zurück ins Zimmer. »So was sieht man nicht alle Tage«, erklärte er lahm.

Morton ließ ich hinter seinen Schreibtisch sinken. Auch Doyle setzte sich. »Was sagt man denn da unten?« fragte Morton.

»Nur ein Wort. Chaos.«

»Verständlich, sagte Morton. Seine Hilflosigkeit hatte einen neuen Höhepunkt erreicht. Oder Tiefpunkt. Nathan Jones hatte ihn von vorn bis hinten an der Nase herumgeführt. Diese jüngste Episode mit dem Geld war, das mußte er zugeben, absolut brillant. Es gab keinen besseren Weg in die Herzen der New Yorker als den durch ihre Brieftasche. Keiner von ihnen würde reich werden, dafür sorgte schon der Wind, aber die Aktion als solche reichte völlig.

Das und die Liebeserklärung vom Empire State hinunter. Genial. Da draußen tobten jetzt ungefähr zwölftausend Spezialagenten auf der Suche nach Nathans Ex-Geliebter durch sämtliche Bundesstaaten, und zusätzlich unzählige Millionen von Patrioten. Morton deutete zum anderen Ende des Zimmers, wo Slovenski versunken dasaß und Notizen auf einem großen gelben Schreibblock machte. »Was meinen Sie, Doyle – Situationsanalyse oder letzter Wille?«

»Falls er die Situation analysiert hat, dürfte es sein letzter Wille sein.«

Morton nickte. »Vielleicht könnte er gleich einen für mich mitformulieren.« Er ließ den Kopf in die Hände sinken. »Wenn man den Angriff oben und diese Robin-Hood-Nummer zusammenrechnet, dann dürfte Nathan Jones in diesem Jahr für mehr Todesfälle verantwortlich sein als die Freunde und Helfer in Harlem.«

An der Tür stand jemand und hüstelte. »Nicht jetzt«, sagte Morton.

Agent Kipriskie trat einen Schritt vor. »Sir, hier ist ein Cop, der meint, er hätte was für Sie.«

Morton seufzte. »Finden Sie heraus, was es ist, Kipriskie, ich kann mich nicht mit jedem Scheiß befassen, der hier langfließt.«

»Er will nur mit Ihnen persönlich reden, Sir.«

Morton ließ die Hände vom Gesicht fallen. »Verdammt noch mal, Kipriskie, bringen Sie ihn dazu ...«

Officer Linster McCreedy reckte seinen Kopf über Kipriskies Schulter. »Sie sollten dies wirklich aus erster Hand hören, Sir.«

Morton sah Doyle an und verdrehte die Augen. Ein Wichtigtuer. Traute der Befehlshierarchie nicht.

»Als ob wir nicht schon genug am Hals hätten«, sagte er. »Okay, Sie haben dreißig Sekunden, Officer. Was gibt's?«

McCreedy trat ins Zimmer. Als er den Mund aufmachte, ergoß sich daraus ein konfuser Redeschwall. Morton mußte ihm Einhalt gebieten. »Okay, okay«, sagte er, »Sie haben eine ganze Minute. Lassen Sie sich Zeit.«

McCreedy holte Luft. Er blickte angespannt von Morton zu Doyle und bemerkte dann erst Slovenskis Anwesenheit. »Oh«, sagte er.

Slovenski sah lächelnd auf und sagte: »Beachten Sie mich gar nicht, Officer.«

McCreedy nickte. Er berichtete ihnen von der Leiche im Auto.

»Ja, und?« sagte Doyle.

»Ja, wir haben dann also die Fingerabdrücke checken lassen.«

»Ja, und?«

»Ja, der Typ im Auto heißt Clark Fuller. Ich glaube, wir wissen alle, wer das ist. Vor zwanzig Minuten hab ich die Leiche zweifelsfrei durch den Leiter des New Yorker Reuters-Büros identifizieren lassen.«

Was an Farbe in Mortons Gesicht noch übrig war, entwich in diesem Moment. Er sah Slovenski düster an. »Scheiße«, sagte er, »Sie wissen, was das heißt?«

Slovenski nickte. »Abgesehen davon, daß Reuters es inzwischen in alle Welt verbreitet haben dürfte und wir mal wieder die scheißletzten sind, die es erfahren? Ja, natürlich weiß ich das, scheiße noch mal. Wir haben einen zweiten Killer da oben.«

Morton wandte sich an Doyle. »Lassen Sie Cameron kommen.«

Doyle nickte und erhob sich.

»Vielen Dank, Officer, das war ausgezeichnete Arbeit. Wenn Sie uns jetzt ...«

»Ich bin noch nicht fertig.«

»Tja, ich fürchte, ich hab jetzt keine ...«

Doyle blieb in der Tür stehen. »Was gibt's denn noch?« fragte er.

McCreedy drehte sich zu ihm um. »Ich bin noch einem anderen Bericht nachgegangen.«

Mortons Zunge schoß aus dem Mund, befeuchtete seine Lippen. *Wenn es schon mal Dollars regnet, dann muß es auch gleich schütten.* »Ja, Officer?«

»Ich hab manchmal so eine Art Instinkt, Sir. Irgendwas

spukte mir im Kopf herum, aber ich konnte es nicht greifen.« Er nickte unschlüssig zwischen den drei Männern hin und her, Aufmunterung heischend. *Auf die Schulter klopfen.*

»Sprechen Sie weiter«, sagte Slovenski.

»Sir, vor ein paar Tagen kam ein männlicher Weißer in einen Theaterzubehörladen in der Nähe vom Columbus Circle. Meril Steiner's Review. Der gehört einem alten Burschen, ist seit siebzig Jahren im Showgeschäft. Der Mann bittet Meril, ihm bei einem bestimmten Make-up zu helfen. Sagt, er müsse Shakespeare spielen und bräuchte ein schwarzes Aussehen. Soweit wir wissen, hat Meril nicht sehr viele Kunden, also nimmt er sich fast den ganzen Nachmittag Zeit, um den Mann schwarz zu machen. Kaum dreht er ihm den Rücken zu, da raubt der Typ den Laden aus und prügelt Meril zum Dank für seine Mühe noch halbtot.«

Morton zwickte seine Nasenspitze. »Und Sie glauben, daß vielleicht ...«

»Ich bin hingegangen. Ich hab ihm ein Bild von Clark Fuller aus der *Newsday* gezeigt. Das kannte er schon, es war das gleiche Foto, das der Typ ihm gegeben hat, damit er es als Vorlage für sein Make-up benutzt. Und er hat es sehr gründlich gemacht. Er ist ein Profi.«

»Wenn er so ein Profi ist, woher wissen Sie dann, daß er nicht nur ein bißchen Kapital schlagen will aus dem ganzen Tohuwabohu?«

»Sir, Meril wußte nicht mal, daß der Präsident entführt wurde. Er hält nichts von Radio oder Fernsehen, er lebt fürs Theater.«

Morton wandte sich an Doyle. »Wir wissen wohl, worauf das hinausläuft. Lassen Sie diesem Meril Steiner ein Bild von George Burley vorlegen, er soll ihn identifizieren.«

»Und dann?«

»Dann fangen wir an, in Panik zu geraten.«

Auf der anderen Seite des Flurs löschten sie ihre Titelseiten und entwarfen hastig neue. Er hatte von Anfang an recht gehabt.

»Cody«, sagte Tony Bradman, »du trägst einen ausgesprochen selbstgefälligen Gesichtsausdruck mit dir herum. Den hab ich nicht mehr gesehen, seit Sugar Ray von seinem Rücktritt zurückgetreten ist, um Hagler zu schlagen.«

»Und diesmal hab ich nicht mal tausend Eier drauf gesetzt. Hätt ich vielleicht machen sollen.«

Bradmans eine Hand hielt Codys Schulter umklammert, die andere hantierte mit einem Feuerzeug, das dazu ausersehen war, Codys Zigarre anzuzünden. »Houston war gut, die Prostituierte war noch besser. Mehr hatten Woodstock und Winebarrel auch nicht, um Nixon zu stürzen. Ich hätte dir gleich folgen sollen. Jetzt regnet es Geld, und er hat der Welt ein Stück Romantik zurückgegeben. Laß uns groß damit rauskommen, Cody, richtig groß. Er ist Robin Hood *und* Kevin Costner, er ist Romeo und Julia, Donny und Marie. Er ist …«

Ein Redakteur kam an die Tür und sagte: »Das ist gerade von Reuters reingekommen. Clark Fullers Leiche ist in der Columbus Avenue in einem Auto aufgefunden worden. Wer immer mit da oben beim Präsidenten ist, es ist todsicher nicht Clark Fuller.«

Bradman drückte noch einmal nachdrücklich Codys Schulter. »Achte drauf, daß Nathan einen besonders großen weißen Hut kriegt.«

Lisa zitterte. Lisa schluchzte.

Sie warfen ein Tuch über seine Leiche.

Sie legten ihr Handschellen an. Sie durchsuchten sie. Sie schleppten sie zu einem Auto und von dem Auto zu einem Hubschrauber.

Als sie oben waren, versuchte sie sich hinauszustürzen. Aber sie hielten sie fest.

»Es hat nicht mal irgend jemand gesagt, daß es ihm leid tut«, rief sie.

Die FBI-Männer starrten sie an. Markige Kinne und Sonnenbrillen. »Bleiben Sie einfach ruhig, Miss«, sagte einer.

»Er wollte nur was trinken«, schluchzte sie.

»Es war nicht zu vermeiden«, sagte ein anderer.

»War es wohl!«

Sie kniff die Augen zu; immer noch flossen die Tränen, Tränen so heiß wie die Blutstropfen, die ihr einer der Barkeeper vom Gesicht gewischt hatte, als sie in der totenstillen Kneipe saßen und auf die anderen FBI-Agenten warteten.

Sie sah Alex' tote Augen.

Sie wollte ihn noch ein letztes Mal im Arm halten.

Sie erlaubten es ihr nicht.

Sie schrie und stürzte wieder zur Tür.

Aber sie hielten sie fest.

31

Nathan Jones schmiß die größte Runde aller Zeiten. Niemand wurde reich dabei, aber nicht wenige wurden betrunken. Überall in Manhattan leerten sich die Wohnblocks, verwaisten die Büros, schlossen sich die Gitter der Geschäfte. Es war Silvester und Mondlandung in einem, es war eine hochgradig verschärfte Konfettiparade. Selbst der Stau störte nicht mehr gar so sehr. Das Leben des Präsidenten war jetzt irgendwie weniger gefährdet, das jedenfalls schien Nathans Freigebigkeit, schien die Emotionalität seiner Liebeserklärung zu versprechen. Die Stadt hatte in düsterer Depression gelegen, jetzt strahlte ein Licht für sie. Die Leute waren vom Kino her an Happy-Ends gewöhnt, der Wohlfühlfaktor war alles entscheidend, und jetzt sah es in dieser Hinsicht sehr vielversprechend aus. Nathan Jones spielte tadellos mit.

Der Geldwall, der aus ungefähr fünf Millionen Dollar bestand, blieb unberührt auf dem Treppenabsatz liegen. Seit seiner Rede war Nathans Selbstsicherheit gewachsen. Er kümmerte sich nicht mehr um den Schutzwall. Er wußte, daß sie keinen weiteren Angriff starten würden. Sie würden sein Mädchen finden. Er hatte sich eine Scheibe von Sid abgeschnitten. Hatte es auf *seine* Art gemacht. Er dachte nicht an die Zukunft. Er dachte an Lisa und war aufgeregt; aber es war jetzt nicht mehr die panische Erwartung des bevorstehenden Todes, das hatte er hinter sich; sondern es war die Ungewißheit, die ein Wiedersehen mit der Frau, die er liebte, mit sich brachte. Er rang um Worte; die ersten Worte waren die alles entscheidenden. Er würde sich natürlich entschuldigen müssen, daß er sie bis ganz nach oben ins Empire State Building hatte schleppen lassen, wo sie doch bestimmt von ihrem neuen Job voll in Anspruch genommen wurde. Sie wußte ja, daß er leicht erregbar war, sie würde ihm schon verzeihen. Um die Wahrheit zu sagen: Sie selbst war auch ganz schön impulsiv. Er kannte sie gut genug, um mit einiger Gewißheit sagen zu können, daß sie vermutlich schon nach kurzer Zeit bereut hatte, ihn verlassen zu haben. Sie war nur zu stolz, zu dickköpfig, um es sich einzugestehen. Im Laufe der kommenden Tage und Jahre würde sie es einsehen, und dann würde sie es ihm sagen, wenn sie ihn im Gefängnis besuchte – oder an seinem Grab. Aber er würde es in jedem Fall hören, und er würde ihr vergeben. Nathan war jähzornig, aber nicht nachtragend. Jedenfalls nicht lange. Nicht auf ewig.

Fünf Millionen Dollar als Wache an der Treppe, der Rest immer hübsch aus dem Fenster.

Gegen seinen Willen genoß George das Gefühl, es wegzuwerfen. Das taten sie im Grunde doch alle, jeder auf seine Weise. Wären es fünfhundert oder sogar fünftausend gewesen, George würde untröstlich gewesen sein, doch fünf Millionen waren eine so obszön große Summe, daß er es kaum zur Kenntnis nahm; es war als Geld unwirklich, reine Narretei.

Nathan hatte besonders großen Spaß. Er mußte sich abreagieren. »Auf geht's!« schrie er mehr als einmal, als die Dollarscheine in die Atmosphäre hinausschossen. »Nach Hause zu Muttern!«

Der Präsident verhielt sich sehr, nun ja, *präsidial.* Er hätte es vorgezogen, unten auf der Straße zu stehen und dort das Geld zu verteilen wie ein römischer Senator. Er zog immer nur einen Dollarschein aus dem Bündel, gab ihn frei, pulte dann den nächsten heraus. Für jeden Schein brauchte er sechs Sekunden. Wenn es nach seinem Tempo gegangen wäre, hätte man die ganze Aktion auf dreihundertsiebenundvierzig Tage veranschlagen müssen.

»Ich weiß nicht, worüber Sie lachen«, sagte der Präsident. »Die meisten werden im Meer landen.«

»Einige aber nicht. Miesepeter.«

Nathan schaufelte eine weitere Handvoll durch das kaputte Fenster. »Mach jemanden glücklich!« rief er.

»Jeder Dollar, den wir aus dem Fenster werfen, steht für ein Schulbuch, das fehlen wird«, sagte der Präsident, während er den nächsten Schein hervorpulte. »Jeder Dollar bedeutet weniger Geld für soziale Zwecke.«

»Blödsinn«, sagte Nathan. »Ich bring nur ein bißchen Glück in ihr Leben.«

Der Präsident schnaubte. »Das ist nicht Glück. Das ist Gier.«

Nathan nickte nach links. »Clark, wie kann man einem Mann, der Millionen von Dollar auf seinem Konto hat, begreiflich machen, was so etwas für uns Habenichtse bedeutet? Sie sind der Reporter, sagen Sie's uns.«

George zuckte die Achseln.

»Sie haben keine Ahnung, wie es da draußen ist«, fuhr Nathan fort. »Die Leute haben ganz gern mal ein paar Dollar mehr in der Tasche.«

Der Präsident fummelte einen weiteren Schein aus dem Bündel und schickte ihn auf die Reise. Er sprach mit fester Stimme, wütend, aber ruhig. »Nicht, wenn sie sie aus dem Rinnstein klauben müssen.« Er stieß mit dem Finger in Nathans Richtung. »Maßen Sie sich nicht an, mir etwas über meine Landsleute zu erzählen. Sie – wir – sind ein stolzes Volk, wir lassen uns mit solchen billigen Tricks nicht übertölpeln. Sie haben ja keine Ahnung. Sie wissen nichts, Sie sind ein Nichts. Es wird Zeit, daß wir diese Farce beenden.« Er pulte trotzdem den nächsten Dollarschein hervor, warf ihn dafür aber noch etwas verächtlicher nach draußen.

Nathan hob die Waffe und richtete sie auf den Präsidenten. »Ich glaube tatsächlich«, sagte er langsam, »daß wir da soeben ein Stück Rückgrat entdeckt haben.«

Es gab zwei Belagerungen. Nathan, der Präsident und George befanden sich im Zentrum der einen, James Morton und Graham Slovenski im Zentrum der anderen. Der größere Druck lag wahrscheinlich auf der zweiten. Alle Beteiligten waren schmutzig und müde. Nathan, der Präsident und George standen unter unmittelbarerer Bedrohung, doch auf lange Sicht gesehen war Mortons und Slovenskis Zukunft mindestens ebenso trübe. Hohn, Haß, Kreuzigung erwarteten sie, und das war noch optimistisch gesehen. Was Morton jetzt überhaupt nicht gebrauchen konnte, das war ein psychologischer Berater, der mit einer Handvoll Dollar in der Tür auftauchte und eine gewisse Melodie pfiff.

»Sie sind der Vierte, der das versucht, Cameron. Hören Sie auf damit. Es war beim ersten Mal schon nicht komisch.«

Cameron deutete ein Achselzucken an. »Was war hier unten denn inzwischen los?«

Morton holte einen Bleistift hinter seinem Ohr hervor, mit dem er unwillig auf den Tisch eintrommelte. Cameron sah kein bißchen angespannt aus. Morton hielt das für eine Topsauerei. Er stieß den Bleistift in seine Richtung. »*Sie* werden dafür bezahlt, jede Nuance zu analysieren, jedes Zögern, jede Pause. *Sie* haben die Befugnis zu verhandeln, hinzuhalten, Druck auszuüben, ihn zu überzeugen, daß er sich freiwillig, ohne weitere Verluste an Menschenleben, ergibt. Sagen *Sie* verdammt noch mal *mir*, was los ist!«

Cameron straffte sich. »Immer sachte, James«, sagte er ruhig.

Morton sah ihn wütend an. »Ach, Scheiße, Cameron. In allen Lehrbüchern, in all diesen scheiß Lehrbüchern, steht keine einzige scheiß Zeile über einen beschissenen liebeskranken Robin Hood. Meine Fresse, als nächstes kriegt der Scheißkerl womöglich noch irgendeinen Preis für besondere humanitäre Verdienste.« Er rollte mit den Augen. »Tschuldigung«, sagte er.

Doyle erhob sich von seinem Stuhl und bedeutete Cameron, sich zu setzen. »Ich hol Kaffee«, sagte er. Er fragte Cameron nicht, ob er auch einen wolle.

»Also?« fragte Cameron.

»Die übliche Mischung aus Schwachsinn und harten Fakten. Kommt drauf an, wo Ihre Interessen liegen. Wir hatten Dreamworks am Telefon, die wollen Nathan Jones einen Plattenvertrag anbieten. Wir haben die Identität von George Burley bestätigt bekommen.«

»Gottogott.«

»Ich weiß. Und wir haben Lisa aufgespürt.«

»Tatsächlich?«

»Jau. Sie wird mit dem Hubschrauber aus Boston eingeflogen.«

Cameron lächelte. »Wenigstens einmal etwas Positives. Wird auch allmählich Zeit, daß es vorangeht.«

Irgendwie gelang es Morton, die Oberlippe, und nur sie allein, zu kräuseln. »Die Sache hat allerdings einen Haken«, sagte er. »Sie war mit ihrem neuen Geliebten zusammen, als wir sie gefunden haben.«

»Das wird Nathan gar nicht gefallen. Aber er muß es ja nicht erfahren. Nicht sofort.«

»Nein, muß er nicht. Aber es bedeutet, daß wir uns irgendwie darauf verlassen müssen, daß Lisa mitspielt.«

»Gibt's einen Grund, der sie daran hindert?«

Morton zuckte leicht die Achseln. »Einer von unseren Jungs ist etwas übereifrig gewesen.«

»Das kommt vor. Was war denn, hat er sie gefesselt? Ihr eine gescheuert?«

»Dem Geliebten das Gehirn weggeblasen.«

»O Gott. In der Tat etwas übereifrig.«

»Er ist streng nach Vorschrift vorgegangen.«

»*Ziemlich* streng, wie's scheint.«

»Der Typ wurde aufgefordert, sich nicht zu bewegen, griff aber trotzdem nach … na ja, er griff nach einem Glas Wodka, wie sich herausstellte, aber es hätte wer weiß was sein können.«

»Und Sie haben den Verdacht, daß dies Lisas Bereitschaft zur Zusammenarbeit beeinträchtigt haben könnte?«

»Drücken wir's mal so aus: Wie würden Sie reagieren, wenn Sie sich erst mal Teile des Gehirns Ihrer Frau aus den Haaren pflücken müßten, bevor Sie zur Arbeit gehen?«

Cameron nickte. »Eher unwillig.« Er holte tief Luft und blies sie aus dicken Backen wieder aus. »Wir haben also ein wenig Arbeit vor uns.«

»*Sie* haben ein wenig Arbeit vor sich.«

»Mit Ihrer Unterstützung, James«, sagte Cameron schroff.

Morton drehte sich zum Fenster um. Immer noch segelten Dollarscheine vorbei. Seine Lider waren plötzlich ganz schwer; er rieb sie mit Daumen und Zeigefinger. »Ich hab keine Unterstützung mehr übrig, James«, sagte er leise. Wenig später erfuhr auch Slovenski von der Geschichte mit Lisa. »Verdammt! Verdammt! Verdammt noch mal!« polterte er und stürmte aus Mortons Büro.

Doyle kam mit dem Kaffee durch die Tür. »Haben Sie ihm die gute Nachricht überbracht?«

Morton nickte.

»Was hat Cameron denn gesagt?« fragte Doyle, indem er die Becher absetzte.

»Er meint, daß Nathan Jones drauf und dran ist, aufzugeben. Er hätte von Anfang an nur nach einem Vorwand dafür gesucht. Wahrscheinlich liebt er das Mädchen gar nicht, er braucht nur einen Ausweg. Das eigentliche Problem heißt nicht mehr Nathan Jones, sondern George Burley.«

Doyle nickte. »Soweit wir erkennen können, ist er nicht bewaffnet.«

Morton schüttelte den Kopf. »Soweit wir erkennen können, trägt er keine Uzi, keinen Raketenwerfer und keinen zwei Meter langen Speer mit sich herum. Was wir nicht erkennen können ist, ob er noch immer mit dem Gift der nigerianischen Slipperschlange ausgerüstet ist.«

»Was machen wir also?«

»Wir bitten den Herrgott um Rat und Beistand.«

Tara fand ihn vor Wut kochend in einem verlassenen Flur. Als sie sich ihm näherte, schlug er mit der Faust gegen die Wand.

»Slo?« sagte sie leise.

Er wandte sich um. Er sah aus, als wolle er gleich in Tränen ausbrechen. Sie nahm ihn in die Arme. »Slo?«

Sie standen engumschlungen. Er drückte sie fest an sich.

Und dann küßte er sie, und seine Zunge huschte in ihren Mund hinein. Und in jedem einzelnen Moment des himmlischen Glücks wartete er darauf, daß sie sich losreißen, ihm eine knallen und ihn verhaften lassen würde. Und jeden einzelnen Moment hindurch schrie sie innerlich auf gegen das Schuldhafte und Abgeschmackte dieser Nummer, aber ihr Körper ließ sie nicht davon ablassen.

Ihre Hände tasteten hinter seinen Rücken, fanden einen Türgriff und drehten ihn. Das Büro war nicht verschlossen. Aber verdunkelt. Sie zerrte ihn hinein.

Selbst im Dunkeln konnte sie erkennen, wie sich seine hellen Augen schockiert weiteten. Als er den Mund aufmachen wollte, legte sie ihm einen Finger auf die Lippen.

»Einmal«, sagte sie. »Einmal und dann nie wieder. Abgemacht?«

»Abgemacht«, sagte er.

George sah auf seine Uhr. Bald würde es dunkel werden – und Zeit zu handeln.

32

Es war Mitternacht, und das Gewitter, das um das Empire State Building tobte, war bösartiger als alle, an die man sich hier erinnern konnte. Meteorologen hätten vermutlich darauf hingewiesen, daß es so ungewöhnlich nun auch wieder nicht war, doch es machte definitiv einen ungewöhnlichen Eindruck. Als würde Gott eine passende Atmosphäre für den dramatischen Höhepunkt schaffen wollen. Oder der Teufel.

Zu Füßen des Gebäudes kauerten sich die Bewohner der Stadt, noch immer in Sommerkleidung, zum Schutz gegen den Regen aneinander. In New York hatte es nie so etwas wie den Londoner »Blitz spirit« gegeben, doch jetzt war es soweit: absolut Churchill-mäßig ging es zu, abgesehen davon, daß einige das enge Beieinander für Taschendiebstahl und heimliche Fummeleien nutzten. Wer hochzublicken wagte, sah die Blitze um die Obergeschosse des Empires tanzen und ließ sich Schauer in die Nase rieseln; alle wußten, daß es in dieser Nacht zu Ende gehen würde. Später würden sie zu ihren Kindern sagen können: *Ich war dabei.* Und die Kinder würden einen Scheiß drauf geben, aber das wird selten berücksichtigt beim Bestreben, in die Geschichte einzugehen.

In der Chefetage war alles ruhig. Trügerisch ruhig. Die Befehle waren erteilt. Das Konzept war, alle Aufmerksamkeit auf einen einzigen Punkt zu konzentrieren, und dieser einzige Punkt saß schluchzend in Mortons Büro, tropfnaß vom Regen, verängstigt vom Spießrutenlauf durch die keifende Menge vor dem Gebäude und jetzt eingeschüchtert von den sturen FBI-Agenten – nicht etwa weil sie sie anschrien, sondern weil sie sie nicht anschrien. Sie waren nett. Außergewöhnlich nett. Und das machte alles nur noch schwieriger.

Sie hatte sich geschworen, sie in keinster Weise zu unterstützen.

Und jetzt haßte sie sich selbst, weil Alex bereits ganz weit weg war, wie aus einem anderen Leben oder aus einem zerflossenen Traum. Er war tot. Da war das Blut auf ihrer Bluse. Und dennoch schien es unwirklich. Wenn sie versucht hätten, es zu leugnen oder zu rechtfertigen, dann wäre der Ofen aus gewesen; sie hätte den Rolladen zugemacht und sich einfach in ein Wachkoma zurückgezogen. Aber sie hatten sich nett verhalten. Sich vielmals entschuldigt.

»Der betreffende Agent ist suspendiert worden«, sagte James Cameron, offenbar der verantwortliche FBI-Agent hier. »Er mußte seine Marke abgeben. Er wird nicht mehr für uns arbeiten. Ich weiß, das ist ein schwacher Trost.«

»Ja«, sagte Lisa. »In der Tat.«

Es waren noch zwei weitere Männer im Zimmer. Der eine hatte sich als James Morton, FBI, vorgestellt, der andere war Graham Slovenski, der Stabschef des Weißen Hauses. Sie erkannte ihn natürlich wieder. Aber wenn sie nicht gewußt hätte, wer er war, hätte sie ihn nicht für den mächtigsten Mann im Raum gehalten; diesen Eindruck machte eher Morton, der aufmerksam beobachtend im Hintergrund saß, halb im Schatten. Nur gelegentlich beugte er sich vor, nicht um etwas zu sagen, sondern nur, um sie noch etwas eingehender zu betrachten. Einesteils fand sie das zermürbend, andernteils aber auch beruhigend.

»Sie wissen, worum wir Sie bitten werden«, sagte Cameron. Seine Stimme war eigenartig schrill, eine Mischung aus Freundlichkeit und Feindseligkeit, wie die eines Medizinprofessors, der sich nebenher als Kummerkastentante betätigt.

Lisa nickte.

»Und wie ist Ihre spontane Reaktion?«

»Daß Sie sich verpissen sollen.«

Cameron nickte. »Was empfinden Sie für Nathan Jones?«

Lisa schüttelte langsam den Kopf. Sie wischte mit dem Handrücken quer über beide Augen. »Ich hasse ihn«, sagte sie.

»Ist das wirklich das, was Sie fühlen?«

»Ja.«

»Oder hassen Sie ihn nur, weil er Sie in diese Lage gebracht hat?«

»Nein, es ist grundsätzlich.«

»Wenn also nichts von alledem hier geschehen wäre und Sie ihn auf der anderen Straßenseite entlanggehen sehen würden, was würden Sie tun?«

»Ich würde ihn ignorieren.«

»Warum würden Sie das tun? War er nicht lange Zeit Ihr Freund?«

Lisa nickte. »Aber ich wollte nicht mehr.«

»Und der einzige Weg, Schluß zu machen, obwohl Sie gefühlsmäßig immer noch stark engagiert sind, besteht darin, *endgültig* Schluß zu machen. Und es nicht in der Schwebe zu belassen.«

»So ungefähr.«

»Sie haben also immer noch Gefühle für ihn, wenn es auch Haßgefühle sind?«

»Ja«, sagte sie achtsam. »Scheint so.«

»Okay, das ist verständlich. Sie haben sich, aus welchen Gründen auch immer, von ihm getrennt, Sie empfinden immer noch etwas für ihn, aber Sie wollen Ihr Leben neu ordnen.«

Lisa nickte. Sie sah zu Morton hinüber. Er ließ keine Reaktion erkennen; sein Gesicht war leer, spiegelte weder Ermutigung noch Tadel.

»Gut, betrachten wir's mal so rum: Sie gehen spazieren und sehen Nathan auf der anderen Straßenseite. Plötzlich zieht jemand eine Pistole und hält sie ihm an den Kopf. Wie würden Sie reagieren?«

»Was spielt das für eine Rolle?« Sie schloß die Augen.

»Ich hab die Nase voll von diesem Scheiß. Ich geh nicht da hoch.«

»Das verstehe ich. Okay. Ich möchte nur wissen, wie Sie in einer solchen Situation reagieren würden.«

Eine Träne brach sich Bahn. Sie schüttelte sie ab. Schniefte, sah Morton an. »Ich bin müde. Ich hab genug von diesem ganzen Scheiß. Es hat nichts mit mir zu tun.«

»Beantworten Sie einfach die Frage«, sagte Cameron.

»Ich will aber nicht! Meine Fresse, euer scheiß Präsident ist da oben gefangen, und ihr belästigt mich hier mit irgendwelchen hypothetischen Fragen. Ich mein, Herrgott, kein Wunder, daß er immer noch da oben ist, wenn das die Art und Weise ist, wie ihr solche Sachen angeht.«

»Wer hat irgend etwas Hypothetisches gesagt?«

»Sie.«

»Wann denn?«

»Hören Sie auf, mich durcheinanderbringen zu wollen. Sie haben diesen ganzen Scheiß erzählt von wegen, wenn Nathan eine Pistole am Kopf hätte, was würde ich dann tun ...«

»Nathan hat eine Pistole am Kopf.«

»Ja klar, der Präsident hat ihn ja als Geisel genommen.«

Cameron schüttelte den Kopf. Er sah Morton an, dann Slovenski. Wenn es mit der Absicht war, seinen Worten Schwere zu verleihen, dann mit Erfolg. »Lisa, die Wahrheit ist, daß wir uns schon seit einiger Zeit keine Sorgen mehr wegen Nathan machen. Er hat was Schlimmes getan, aber er ist nicht der Topterrorist, für den wir ihn zunächst gehalten haben.«

»Nein, weiß Gott nicht.«

»Dafür ist es aber leider so, daß die sogenannte zweite Geisel, Clark Fuller, gar nicht Clark Fuller ist. Sein richtiger Name ist George Burley, und er wird gesucht wegen Mordes an zwei FBI-Agenten. Wir glauben, daß er die Absicht hat, den Präsidenten umzubringen.«

Lisa sah ihn an, wartete darauf, daß er lächelte oder zwinkerte oder irgendwas. Sie sah die beiden anderen an. Steinerne Mienen.

»Ja, und?« sagte sie.

»Und wir glauben, daß Nathan in genauso großer Gefahr ist wie der Präsident.«

»Das kann ich auch nicht ändern.«

»Aber doch.«

»Es ist nicht mein Land. Es ist nicht mein Präsident. Es ist nicht mein Freund. Sie haben mir genug angetan. Ich will nicht, daß das hier weitergeht. Ich will nach Hause.«

Cameron schüttelte den Kopf. »Sie wissen, daß das nicht möglich ist. Sie sind ein kluges Mädchen. Sie haben sich Ihre Gedanken gemacht: Egal, was passiert, Ihr Leben wird nie mehr so sein wie vorher. Aber Sie haben es in der Hand zu entscheiden, ob es sich zum Besseren wenden oder ob es zur Hölle auf Erden werden wird. Sie können wählen, ob Sie Jackie Onassis sein wollen oder Mrs. Lee Harvey Oswald.«

»Mrs. Onassis ist tot.«

»Sie wissen, wie ich es meine. Wir würden nicht so etwas von Ihnen verlangen, wenn Sie nicht unsere letzte Hoffnung wären. Wir haben bereits einen schlimmen Fehlschlag erlitten, noch einen können wir uns nicht leisten. Wir glauben, daß Nathan den Präsidenten freilassen wird, wenn er die Gelegenheit bekommt, mit Ihnen zu reden.«

»Dann geben Sie mir das Telefon.«

»So einfach ist es nicht.«

Sie schloß die Augen und schluckte schwer. »Okay. Passen Sie auf. Ich werde mit ihm reden. Das ist das eine Zugeständnis. Ich werde sogar nett sein, das ist das zweite. Aber ich will nichts mehr mit irgendwelchen Waffen zu tun haben. Und ich will nicht sterben.«

»Sie werden nicht sterben ...«

Ein kurzes Husten kam aus Mortons Richtung. Er schlug die Beine auseinander, erhob sich, kam zum Schreibtisch herüber und setzte sich auf die Tischkante. Er starrte sie, nachdenklich nickend, eine halbe Minute lang an. Als er zu sprechen anfing, war seine Stimme ruhig, gemessen, unheimlich.

»Lisa, ich will Ihnen unsere Lage erklären. Da oben ist

ein Mann, der im Begriff ist, den Präsidenten zu töten. Und da ist ein anderer Mann, der uns angekündigt hat, daß er den Präsidenten töten wird, falls irgend jemand außer Ihnen versuchen sollte, nach oben zu gelangen. Indem wir Sie hinaufschicken, schlagen wir also zwei Fliegen mit einer Klappe.«

Verwirrung funkelte in Lisas Augen. »Müßten Sie nicht sagen, eine Fliege mit einer Klappe?«

Morton schüttelte den Kopf. »Wir geben Ihnen eine Pistole mit. Wir möchten, daß Sie George Burley erschießen.«

Wenn sie einmal nein gesagt hatte, sagte sie notfalls auch tausendmal nein.

Schließlich bat Graham Slovenski, sie unter vier Augen sprechen zu dürfen. Morton sah Cameron an, dieser zuckte die Achseln. Okay, meinte Morton, und sie ließen sie weinend zurück, mit auf die Brust gesacktem Kopf und wirr ins Gesicht hängenden Haaren.

Als sich die Tür geschlossen hatte und sie vor neugierigen Blicken abschirmte, lockerte Slovenski seine Krawatte und setzte sich auf Mortons Platz auf der Tischkante. Dann beugte er sich zu Lisa und griff ihr unters Kinn; er strich ihr die Haare aus dem Gesicht.

»Wissen Sie, Sie werden sehr hübsch aussehen auf all den Titelseiten der Zeitschriften.«

Lisa verdrehte die Augen. »Sicher doch.«

»Nein, wirklich.«

»Aye.«

»Sagen Sie mir eins: Erscheine ich ihnen als ein Mann, dem Sie vertrauen könnten?«

Lisa zuckte die Achseln. »Ich kenne Sie nicht. Vielleicht sind Sie ganz okay.«

»Natürlich. Warum sollten Sie auch. Aber ich möchte Ihnen etwas erzählen. Ein Geheimnis. Etwas, das ich noch keiner Menschenseele erzählt habe.«

»Lieber nicht.«

»Ich möchte aber. Hören Sie mich bitte an, okay?«

»Okay.«

»Auf einer rein persönlichen Ebene hätte ich nichts dagegen, wenn der Präsident stirbt.«

»Oh.« Lisa drehte sich um. Schatten hinter der Scheibe.

»Weil ich nämlich in seine Frau verliebt bin, seit ich sie das erste Mal gesehen habe. Sie ist eine unglaubliche Frau. Die Liebe, die ich für sie empfinde, ist so tief in mein Herz gegraben, daß, falls ich sterbe und jemand anders mein Herz bekommt, dieser Jemand sie ebenfalls lieben wird, und er wird keinen blassen Schimmer haben, warum.«

Lisa nickte. »Ich bin nicht sicher, ob ich …«

»Gibt es irgendwo tief im Innern Ihres Herzens noch Liebe für Nathan?«

»Ich glaube nicht.«

Slovenski nickte. »Vielleicht nicht. Das passiert nicht jedem.« Er saugte seine Unterlippe ein. Auch er sah zu den Schatten hin. »Lisa, manchmal muß man das persönliche Glück zurückstellen. Es gibt Dinge, die wichtiger sind. Der Präsident ist wichtiger. Man muß das Ganze sehen. Ich weiß, Sie sind keine Amerikanerin, wahrscheinlich ist Ihnen Amerika überhaupt scheißegal. Es gibt furchtbar viel hier, das im Argen liegt. Aber es ist mein Land, und ich liebe es. Und wenn ich eins genau weiß, dann das, daß er ein verdammt guter Präsident ist. Wenn ihm was passiert, dann fällt dieses Land auseinander. Dann versinkt es in Anarchie. Hunderttausende von Menschen werden sterben. Es wird Rassenkrieg geben, Bürgerkrieg, alle Arten von Krieg, die Sie sich nur vorstellen können. Weil nämlich das eine, das uns alle zusammenhält, die amerikanische Flagge, verbrannt und zerfetzt sein wird. Das kann ich nicht zulassen. Und Sie auch nicht.«

Lisa hielt seinem Blick stand. »Doch, kann ich«, sagte sie. Sie war imstande zu erkennen, wann sie es mit väterlich gönnerhaftem Arschgerede zu tun hatte.

Unvermittelt gab Slovenski ihr eine Ohrfeige. Sie fiel vom Stuhl. Weniger von der Wucht des Schlages als vor Überraschung. »Sie Scheiß …«, rief sie.

Er hielt ihr den ausgestreckten Zeigefinger entgegen. »Jetzt hören Sie mal zu, Fräulein, ich hab allmählich die Schnauze gestrichen voll von Ihnen. Unser ganzes Land hängt am seidenen Faden, weil Sie Knatsch mit Ihrem Ex haben.«

Lisa zog sich auf die Knie hoch. »Ich hab keinen Knatsch ...«

Er ließ sie nicht ausreden. Er stand auf, bückte sich und zog sie hoch. Er packte sie an den Schultern. Sehr fest. Sie spannte sich an und wartete auf weitere Gewaltakte, wohl wissend, daß er gerade erst losgelegt hatte. Sein Gesicht näherte sich ihrem auf wenige Zentimeter, und zischend begann er zu reden: »Ich werde folgendes tun. Ich werde Ihnen eine Pistole besorgen. Ich werde Ihnen zeigen, wie man sie benutzt. Und dann werde ich Sie in den Fahrstuhl stecken und nach oben schicken, ob es Ihnen gefällt oder nicht. Und von da an sind Sie auf sich gestellt. Es ist mir scheißegal, wen Sie erschießen. Erschießen Sie Nathan, wenn Sie ihn so sehr hassen. Tun Sie mir einen Gefallen und erschießen Sie den gottverdammten Präsidenten. Erschießen Sie George Burley, wenn Sie wollen. Aber tun Sie *irgend* etwas, anstatt hier rumzugreinen wie ein verzogenes kleines Mädchen.«

»Ihr habt Alex umgebracht!«

»Es tut mir leid! Es ist geschehen! Ich kann ihn nicht wieder lebendig machen! Aber Sie können uns wieder lebendig machen! Sie müssen es!«

Ihre Blicke bohrten sich ineinander. Eine halbe Minute lang. Und länger.

Dann lockerte er seinen Griff. Sie drehte sich etwas von ihm weg, rieb sich die Wange, wischte ein paar Tränen ab. Dann drehte sie sich zurück und landete einen exzellenten rechten Haken genau unter seinem Auge.

Slovenski ging zu Boden.

»Das war für Alex«, sagte sie.

33

Georges Plan war vergleichsweise simpel. Nathan von seiner Pistole trennen. Ihn dann erschießen. Den Präsidenten der Vereinigten Staaten zwingen, seiner verbrecherischen Gesinnung abzuschwören, und ihn dann durch eins der Fenster werfen, damit er tief unten auf dem Bürgersteig zu Brei zerplatzte. Danach wollte er mit dem Fallschirm sein Glück versuchen.

George war überglücklich. Alles hatte so wunderbar geklappt. Er näherte sich dem Höhepunkt einer der größten schauspielerischen Leistungen der Neuzeit. Es war geradezu eine Schande, daß niemand da war, sie zu dokumentieren – ein echter Clark Fuller zum Beispiel. George grinste beim Gedanken an den Reporter, der wahrscheinlich immer noch in seinem Auto verfaulte. Den Menschen in New York war ja alles scheißegal. Der könnte da ein Jahr lang liegen, und sie würden es immer noch nicht merken. Vielleicht könnte er, sobald er wieder auf festem Boden war, mal eben hinspazieren und checken, ob der Wagen noch zu gebrauchen war. Er könnte damit nach Alabama zurückfahren; das Blut würde inzwischen ja wohl getrocknet sein. George rief sich zur Ordnung. Ein bescheuerter Plan. Die Schwarzen hatten die Räder und den Motor und das Radio garantiert schon längst gestohlen, den Wagen bis aufs Gerippe – höhöhö – geplündert.

Der Präsident stand vor einem der zertrümmerten Fenster und schaute hinaus. Er war schon ganz feucht vom hereinwehenden Regen. Nathan stand auf der anderen Seite der Plattform, das Gesicht auf Höhe eines weiteren Lochs im Fenster und ebenfalls bereits klatschnaß. Er wandte sich andeutungsweise um, als George zu ihm trat.

»Praktisch das einzige, was mich noch wachhält«, sagte er.

George nickte.

»Immer noch froh, daß Sie dabeigeblieben sind?«

George zuckte die Achseln.

»Die werden Ihnen bestimmt einen Orden verleihen.«

»Das bezweifle ich«, sagte George.

»Was für Auszeichnungen gibt es denn bei euch? Den Pulitzer-Preis? Hat nicht Hemingway so einen gekriegt? Und der Typ von *The Killing Fields?*« Nathan lächelte. »Na, egal. Es ist fast vorbei. Ich spüre es. Dann können Sie losziehen und sich ans Geldverdienen machen.« Er nickte zum Präsidenten hinüber. »Was macht er denn da? Wählerstimmen zählen?«

George schüttelte den Kopf. »Er schaut zum Himmel. Er glaubt, daß es das ist, wo er hinkommt. Aber da täuscht er sich. Er wird zur Hölle fahren.«

»Das ist aber ein bißchen tiefgründig.«

»Es ist die Wahrheit.«

Nathan nickte. »Aye. Nehmen Sie nur schön Ihre Tabletten, Clark.«

Nathan sah sich den Reporter genau an. Er machte überhaupt keinen guten Eindruck. Was für Hautprobleme er auch immer haben mochte, sie gerieten allmählich völlig außer Kontrolle. Er blätterte richtig ab. Vielleicht mußte er wirklich Tabletten dagegen nehmen, genierte sich aber, es zu sagen. Nathan beschloß, nicht weiter darauf rumzureiten. Er hatte ja bereits mitgekriegt, wie empfindlich Clark in der Beziehung reagierte.

Das Telefon klingelte.

Nathan blickte erst George, dann den Präsidenten an. Bedachte beide mit einem leichten Kopfnicken. »Tja«, sagte er, »es ist wohl soweit.«

Der Präsident nickte. George reagierte gar nicht. Nathan eilte zum Telefon. Er nahm den Hörer ab, preßte ihn für einen Moment gegen seine Brust und holte tief Luft.

»Hallo?« Bei dem Geheul des Windes mußte er sich anstrengen, etwas zu hören.

»Nathan, hier ist James Cameron. Wir schicken Lisa im Fahrstuhl hoch. Wir möchten, daß Sie dafür den Präsidenten runterschicken.«

Nathan nickte. »Das mache ich. Wenn es an der Zeit ist. Schicken Sie sie hoch.«

Er legte den Hörer auf. Er drehte sich zum Fahrstuhl. »Sie schicken sie hoch«, sagte er.

George trat hinter ihn. »Passen Sie auf«, sagte er, »es ist wahrscheinlich ein Scharfschütze.«

Nathan schüttelte den Kopf. »Das würden sie nicht tun.«

Trotzdem hielt er die Pistole schußbereit in der Hand und richtete sie auf die Tür. Gemeinsam sahen sie zu, wie sich das Licht der Fahrstuhlanzeige in Bewegung setzte.

»O Gott«, flüsterte Nathan, »mach, daß sie es ist.«

»Drücken Sie auf jeden Fall zuerst ab«, sagte George.

»O Gott«, flüsterte Nathan, »bin ich nervös.«

»Zielen Sie aufs Herz«, sagte George.

»Ich hatte mir ausgedacht, was ich sagen wollte«, flüsterte Nathan, »aber jetzt hab ich's vergessen.«

Das Licht stieg immer höher. Er hielt die Pistole auf die Fahrstuhltür gerichtet. Warf einen Seitenblick zur Treppe. Dort rührte sich nichts.

George lief es kalt den Rücken hinunter. Das Adrenalin brauste. Er wollte den Mund aufmachen und *Hahahaha!* schreien.

Nur noch Sekunden.

Nur noch eine Sekunde.

Der Fahrstuhl kam zum Stehen.

»Er wird Sie töten«, sagte George.

Schweiß lief in Nathans Augen. Er blinzelte dagegen an. Seine Hände zitterten.

Die Tür glitt auf ... eine Person war drin, noch vom Sicherheitsgitter verdeckt ... Jesses, dunkle Haare ... Nathan schnappte nach Luft, sein Finger krampfte sich um den Abzug.

Das Gitter begann zu ...

»Schieß!« rief George.

Nathan drückte den Abzug fester.

»Nathan!« kreischte Lisa, als sie ihn erblickte. Sie duckte sich zurück, schlang schützend die Arme um den Kopf. »Nicht schießen! Nicht schießen!«

Nathan riß die Pistole weg. »O mein Gott!« rief er. Er

stieß heftig Luft aus, seine Knie zitterten. »O Gott, Lisa, ich hätte beinahe ...«

Lisa löste sich von der Fahrstuhlrückwand. Sie trat behutsam auf die Aussichtsplattform, dann erstarrte sie erneut, als ein mächtiger Blitz über den Himmel zuckte.

»O Gott«, sagte Nathan.

»O Gott«, sagte Lisa.

»O Gott«, sagte George und versetzte Nathan einen Handkantenschlag in den Nacken.

Nathan schrie überrascht auf, taumelte nach vorn und fiel auf einen der Geldsäcke. Lisa blieb mit offener Kinnlade stehen. Kurzzeitig vergaß sie, daß sie ...

George warf sich auf Nathan und schlug seinen Kopf auf den Betonboden. Dann trat er auf seine Hand und nahm ihm die Pistole ab. George hob den Kopf, sah den Präsidenten an, der wie gebannt am Fenster stand, dann Lisa, die sich noch immer nicht vom Fahrstuhl wegrührte. Nun endlich konnte George sein *ahahahahahahaha!* anstimmen. Er fühlte sich wie Captain Hook.

Für ein paar Augenblicke blieb er so stehen: triumphierend. Wie Tarzan mit einem Fuß auf dem Löwen, den er gerade erlegt hatte.

Er sah den Präsidenten an. »Nun?« sagte er.

Er hatte ein bißchen damit gerechnet, daß der Präsident auf ihn zustürmen würde, um ihm zu gratulieren – dann wäre es um so lustiger gewesen, ihm die Pistole in die Fresse zu rammen –, aber er blieb unbewegt am Fenster stehen. Als er zu sprechen begann, war seine Stimme trocken und emotionslos, weder dankbar noch erleichtert. »Der Reporter wird zum Helden«, sagte er. »Gut gemacht.«

»Zur Hälfte richtig«, sagte George.

»Reporter?« fragte der Präsident.

George lächelte. »Sie wissen es, oder?«

Der Präsident nickte. »Hab's erraten. Schon vor einer Weile.«

»Was hat mich verraten? Die Niggerhaut, nicht wahr?«

»Die Stimme. Der Anruf bei *Oprah.* Hat lange gedauert, aber schließlich bin ich drauf gekommen.«

»Dann haben Sie ja eine gewisse Befriedigung. Das ist gut. Denn jetzt werde ich Sie töten.«

»Das hab ich mir gedacht. Aber nicht nur mich. Uns alle, nehme ich an.«

George nickte. »Aber Sie sind die Hauptattraktion. Das wird *meine* Befriedigung sein.« Er rammte erneut seinen Fuß in Nathans Rücken. »Eine Weile lang dachte ich ja, daß unser Nathan hier das für mich erledigen würde, aber ich hatte ihn gleich zu Anfang für ein Weichei gehalten, und bei dieser ersten Einschätzung hätte ich mal bleiben sollen.«

Lisa trat vor. »Bitte«, sagte sie, »Sie tun ihm weh.«

George riß scheinbar erschrocken die Augen auf. »Ach herrje. Das tut mir aber leid.« Er trat noch einmal kräftig zu. Nathan stöhnte. George grinste und musterte sie abschätzend von oben bis unten. »Du bist also der Grund für den ganzen Aufstand. So ein dürres kleines Luder?«

Lisa nickte.

»Es wär ja beinahe rührend, wenn es nicht so jämmerlich wäre. Alles zu riskieren, nur wegen so einer billigen Tussi. Du brauchst gar nicht so ein Gesicht zu machen, sonst mach ich dir ein neues.«

Lisa versuchte sich den Verdruß aus dem Gesicht zu wischen. Mit kaum erkennbarem Erfolg. »Lassen Sie ihn gehen – Sie wollen doch nur den Präsidenten.«

»Ich will alles, Fräulein, und ich bekomme auch alles.« Er hob die Pistole. Er richtete sie auf Lisas Brust. »Möchtest du noch ein Gebet sprechen oder so?«

Sie schüttelte den Kopf.

George nahm seinen Fuß von Nathans Rücken und deutete auf ihn hinunter. »Leg dich doch hierher neben deinen Geliebten. Es wird bestimmt rührend aussehen, wie sich eure Hirnmasse im Tode vereinigt.«

Sie bewegte sich nicht.

»Sofort!«

Ihre Pistole steckte hinten im Bund ihres Rocks, verdeckt durch die Jacke. Es war keine Gelegenheit gewesen, sie zu zücken. Sie hatte damit gerechnet, daß es irgendeine

Art Wiedersehensszene mit Nathan geben würde, unter deren Deckung sie dann zur Aktion hätte schreiten können, aber es war alles viel zu schnell gegangen. Sie war schließlich kein Cop. Vielleicht mit dem entsprechenden Training, der entsprechenden Erfahrung, aber ... Jesses, einfach so zu sterben, ohne es auch nur versucht zu haben. Die Waffe war auf sie gerichtet, sie konnte es nicht wagen, schnelle Bewegungen zu machen. Es war nicht unbedingt wahrscheinlich, daß er ihr erlauben würde, sich vor dem Erschießen noch mal am Hintern zu kratzen. Sie machte ein paar Schritte, dann ließ sie sich langsam nieder, bis sie neben Nathan kniete. Er drehte sich um und blickte zu ihr hoch.

»Es tut mir leid«, flüsterte er.

»Es wird dir immer leid tun«, sagte sie.

»Wie wär's mit einem Versöhnungskuß?« fragte George.

Nathan sah Lisa an. Ihre Augen wurden etwas weicher. »Lisa?«

»Aber Beeilung, bitte«, sagte George, »die Zeit drängt.«

Sie nickte sacht. Nathan hievte sich mit schmerzverzerrtem Gesicht auf die Knie. Er legte seine Hände auf ihre Schultern. Sie legte ihre Hände um seine Hüften.

Er zog sie an sich. Sie küßten sich. Umarmten sich.

»Aaaach«, sagte George.

Sie wandte ihr Gesicht zur Seite, preßte es in seinen Nacken; ihr Mund bewegte sich, sie flüsterte.

»Aaach ja«, sagte George, »süße Nichtigkeiten, traurige Abschiede.«

»Ich hab hinten eine Pistole im Bund«, flüsterte Lisa.

»Was?« sagte Nathan.

»Ich hab eine Pistole in meinem scheiß Rockbund.«

Donner rollte über den Himmel, während sie sich noch fester umarmten und Nathans Hand auf die Suche ging.

»Okay«, sagte George schroff. »Das reicht. Ich hab eure kleinen Herzen wieder froh gemacht. Und jetzt bitte Seite an Seite.«

Nathans Hand stieß auf Metall. Er ließ sie dorthin gleiten, wo George nicht hingucken konnte, rieb seine Bartstoppeln an Lisas Hals und warf einen Blick über seine Schulter. Es hatte keinen Sinn, selbst wenn er den Überraschungseffekt für sich verbuchen konnte – die Pistole war auf ihn gerichtet. George hatte schon zu lange gewartet, er wollte jetzt Blut sehen.

»Hinlegen!« bellte George und stieß den Pistolenlauf gegen Nathans Ohr. »Legt euch hin!«

Nathan ließ sich nieder. Jetzt oder nie.

»Was sind Sie, Clark?« Der Präsident kam rasch vom Fenster herüber. »Ein Psychotiker oder ein Patriot?«

George wandte sich dem herannahenden Präsidenten zu, ohne seinen Pistolenarm zu bewegen. »Was?« sagte er.

»Was sind Sie, ein armer Irrer oder ein guter amerikanischer Junge?«

»Bleiben Sie, wo Sie sind, verdammt!«

Der Präsident kam immer näher. George stieß Nathan zu Boden und wirbelte herum. Die Pistole richtete sich auf die Brust des Präsidenten. »Ein Schritt noch, Mr. President, und Sie sind ein toter Mann.«

Der Präsident ging lächelnd weiter. »Oh, das ist allerdings eine Möglichkeit, die ich nicht in Betracht gezogen hatte.«

»Ich schwöre bei Gott!«

Der Präsident blieb stehen. Er breitete die Arme aus. »Tun Sie's, Clark! Deswegen sind Sie doch hier, oder?«

Ein Licht stieg auf in Georges Auge. »Jetzt kapier ich«, stieß er hervor, »Sie wollen sterben! Sie wollen ein Märtyrer sein! Damit alles, was Sie als Präsident erreicht haben, nämlich genau gar nichts, vergeben und vergessen ist und man sich an Sie nur noch als Amerikas große weiße Hoffnung erinnert, grausam dahingemeuchelt in strahlender Blüte.«

»Ganz recht«, sagte der Präsident.

»Und Sie glauben, weil ich das merke und nicht will, daß Sie so in die Geschichte eingehen, werde ich Sie nun doch nicht töten?«

Der Präsident zuckte die Achseln.

»Nicht schlecht ausgedacht! Aber bluffen Sie niemals einen Bluffer, Mr. President! Sie werden sterben, weil ich es so bestimmt habe! Es ist nicht die Nachwelt, die mich interessiert. Ich weiß, daß man bis zum Erbrechen irgendwelche scheiß Straßen nach Ihnen benennen wird! Aber das ist mir scheißegal! Alles, was mich interessiert, ist Amerika, und Sie haben geholfen, es kaputtzumachen!«

»Nun«, sagte der Präsident, »dann hab ich ja doch was erreicht.«

»Oh, und dann auch noch Witze machen. Dem Tod ins Gesicht lachen, wie?« George schüttelte betrübt den Kopf. »Sie sind kein Stück komisch. Aber Sie können es sein. Bevor Sie sterben, möchte ich, daß Sie mir die Nationalhymne vorsingen, Mr. President. Und zwar laut und aus vollem Herzen. Wahrscheinlich ist sie gespielt worden, als Sie geboren wurden, und jetzt sollen Sie sie singen, wenn Sie sterben.«

Der Präsident sah George in die Augen. Dann schüttelte er den Kopf. »Ach nein, ich glaube nicht«, sagte er.

George lächelte. Er rammte dem Präsidenten den Pistolenlauf in die Brust.

Der Präsident taumelte rückwärts.

»Singen Sie!« rief George.

»Schießen Sie, Clark. Schießen Sie mich tot.«

»Das ist zu einfach«, rief George. Er sprang den Präsidenten praktisch an. Er packte ihn am Revers und zerrte ihn zum Fenster.

Nathan rollte sich, die Waffe noch immer versteckt haltend, auf den Rücken. Ein Blitz zuckte unmittelbar über ihnen und blendete sie alle für einen Moment. Er rieb sich die Augen.

George drängte den Präsidenten ans Fenster. Dann schob er ihn durch das Fenster und hielt ihn hinten am Jackett gepackt. »Sing jetzt!« rief George. »Sing!«

Der Regen trommelte dem Präsidenten ins Gesicht. Er öffnete den Mund, mußte schlucken.

»Singen! Los! Singen!«

Nathan war aufgesprungen, schlich mit angelegter Waffe auf George zu. »O Gott«, murmelte er. »O Gott.«

Lisa kam hinterher, hielt sich an seiner Jacke fest. »Oh, bitte Gott, nicht!« sagte sie, während der Wind durch sie hindurchpfiff.

Der Präsident begann zu singen. Langsam, brüchig.

»Lauter!« schrie George gegen den Wind an. »Schneller!«

Der Präsident erhöhte das Tempo. Er verschluckte sich an Wind und Regen, mußte husten. »Ich kann nicht ...«

»Sing, du Scheißer!« schrie George.

Nathan hielt ihm die Pistole an den Hinterkopf. »Jetzt singst du, du Schwein!«

George drehte sich erschrocken ein Stück weit um. Hatte sich aber gleich wieder im Griff. »Ahah-ahaaha«, lachte er, »warum sagst du nicht gleich: laß ihn los!« Er wieherte noch einmal auf und ließ den Präsidenten los, der mit einem Aufschrei vornüber in den Sturm kippte. Nach drei Vierteln des Weges fing George ihn wieder auf und zog ihn zurück. Lachend rief er Nathan zu: »Schieß doch!«

Nathan drückte ihm die Pistole noch fester in den Nacken. »Ich erschieß dich! Ich tu's!«

»Schieß! Jawohl, erschieß mich!« lachte George erneut und schüttelte den Präsidenten. »Ich hör dich nicht mehr singen!« schrie er.

Nathan sah sich verzweifelt nach Lisa um, die daraufhin ans Fenster hechtete und sich zwischen dem Rahmen und George hindurchzwängte. Ihre Hände gruben sich in das durchnäßte Jackett des Präsidenten, während George losließ, sich gleichzeitig blitzschnell umdrehte und Nathan seinen Ellbogen in den Magen stieß. Nathan brach zusammen, die Pistole fiel ihm aus der Hand.

»Nathan!« rief Lisa. »Ich kann ihn nicht halten!«

Der Präsident hing zu drei, praktisch vier Vierteln aus dem Fenster.

George lachte wieder, als Nathan bäuchlings auf seine Pistole zu rutschte. Immer weiter lachend drehte er sich zu

Lisa um, die ihrerseits halb aus dem Fenster hing, während sie sich an dem mächtigsten Mann Amerikas festklammerte.

Als Nathan die Hand nach der Pistole ausstreckte, drückte George den Abzug durch.

Nichts passierte.

Er drückte noch mal ab.

Wieder nichts.

Er sah die Pistole an. Schüttelte sie. Er richtete sie wieder auf Nathan. Drückte sechsmal ab.

Nichts.

»Nathan!« schrie Lisa.

George sah zu ihr hin. Dann sah er Nathan an. Er öffnete die Arme. »Na?« sagte er.

Nathan drückte ab.

George taumelte rückwärts, griff sich an die Brust. Mit einem leisen Schrei sank er zu Boden.

Nathan sprang ans Fenster. Er griff über Lisa hinweg nach dem Präsidenten. Indem er *ihn* rettete, würde er sie retten. Seine Finger gruben sich in den dünnen Stoff bei dem Versuch, einen richtigen Halt zu finden. Er verzog das Gesicht, er zerrte mit aller Kraft, er schrie gegen den Schmerz in seinen Rippen an. Und er rettete sie.

Er zog sie zurück durchs Fenster, und dann lagen sie alle klitschnaß auf dem Fußboden im 102. Stock des Empire State Building.

34

»Willst du mich heiraten?

»Ich *hasse* dich .«

»Das war nicht die Frage.«

»Ich *hasse* dich.«

»Es ist alles deinetwegen passiert.«

»Es war *meine* Schuld?«

»Nein. Aber es ist passiert, weil ich dich liebe. Ich wollte gerade um deine Hand anhalten, als du weggelaufen bist.«

»Nathan ...«

»Willst du mich heiraten?«

Der Fahrstuhl wurde langsamer, hielt an.

Das Drama war zu Ende, aber die Kakophonie der Geräusche ließ das Gegenteil vermuten. Der Sturm näherte sich seinem Höhepunkt. Ein Donnerschlag ging in den nächsten über, die Blitze am Himmel lieferten sich wütende Gefechte. Unten auf der Straße griffen die Menschen nach den Dollarscheinen, die sich unter ihren Händen in Matsch auflösten.

Es war dreißig Minuten her, seit sich Lisa hatte überreden lassen, in den Fahrstuhl zu steigen. Von gespannter Erwartung zu sprechen wäre grob untertrieben gewesen. Graham Slovenski stand mit verschränkten Armen und vornübergeneigtem Oberkörper hinter der Linie der Scharfschützen. James Morton daneben. Sie hatten hilflos dem oben aufgeführten Drama lauschen müssen, hatten vergeblich versucht, aus dem bizarren, durch das Wunder der Lichtleitfasertechnik zu ihnen dringenden Originalmix aus Schreien und Donnerschlägen, Schüssen und Blitzen, Singen und Schluchzen schlau zu werden. Jetzt beobachteten sie das Fahrstuhllicht.

Inmitten der Reihe der Scharfschützen begann jemand »Stormy Weather« zu pfeifen.

Normalerweise wäre längst eine scharfe Rüge erfolgt, doch sie lagen schon zu lange dort, zu lange unter höchster Nervenanspannung, zu lange im Rampenlicht, mit steifen Fingern am Abzug. Von Zeit zu Zeit hatte Morton beobachten können, wie der eine oder andere von ihnen Übungen mit dem entscheidenden Finger veranstaltete – biegen, strecken, biegen, strecken – und fast hätte er lauthals lachen müssen: Aerobic für die ganz Faulen.

Das Pfeifen brach jäh ab. Das Licht hatte sich in Bewegung gesetzt.

Die bereits überaus straffen Schützen strafften sich

noch ein bißchen mehr: Fünfzig Schußwaffen wurden angelegt.

»Tja«, sagte Slovenski in Mortons Ohr.

»Tja«, sagte Morton.

Der Fahrstuhl erreichte den 86. Stock. Die Tür glitt auf. Das Sicherheitsgitter wurde zurückgezogen.

»Keine Bewegung!«

Der Aufforderung hätte es nicht bedurft. Nathan und Lisa standen steif da, mit erhobenen Armen.

»Keine Bewegung! Rührt euch ja nicht!«

Sie mußten sich das durchaus nicht zweimal sagen lassen. Die ersten Agenten setzten sich vorsichtig in Bewegung.

Nathan nahm sie genau in Augenschein; er bemerkte den Schweiß, der ihnen auf der Stirn stand, die breiten Schultern; zwei von ihnen zitterten, und mit ihnen ihre Pistolen. Nathan versuchte durch die Nase zu atmen.

»Raus! Raus!«

Sie traten vor. Die Beine wurden ihnen weggezogen, sie wurden auf dem Betonboden festgenagelt und durchsucht.

Morton ging um die Phalanx der Schützen herum und kniete neben Nathan nieder. »Wo ist der Präsident?« fragte er.

Nathan drehte den Kopf zur Seite. »Er ist noch oben.«

»Ist er …?«

»Ihm geht's gut. Er wollte sich noch ein bißchen sammeln.«

»Und Fuller …?«

»Den hab ich erschossen.«

Morton nickte. Er erhob sich, atmete tief durch, wandte sich den Schützen und Slovenski zu. »Sieht so aus, als sei alles in Ordnung mit ihm«, sagte er mit vor Emotion zitternder Stimme.

»Oh, Gott sei Dank«, sagte eine weibliche Stimme. Er drehte sich um und sah, daß es die First Lady war. Tränen liefen ihr über die Wangen, und sie war im Begriff, zusammenzubrechen, doch Slovenski fing sie auf und hielt sie in seinen Armen. Aber nur für einen Moment. Morton sah, wie er für einen Augenblick die Augen schloß, dann aber die Arme durchstreckte und sie sanft von sich schob.

»Es ist vorbei«, sagte Slovenski, »Sie haben ihn wieder.«

Tara nickte, wischte sich übers Gesicht. Sie hob eine Hand an seine Wange, tätschelte ein bißchen. Er ließ sie los. Sie nickten sich gegenseitig zu, dann drehte sie sich zu Morton um. »Soll ich hochgehen?« fragte sie.

Morton schüttelte den Kopf. »Nicht, bevor wir das Terrain gesichert haben. Wir haben so lange gewartet, jetzt kommt es auf ein paar Minuten auch nicht mehr an.«

Der Präsident fuhr sich mit den Händen durchs feuchte Haar, strich es zurück. Er stand am Fenster und ließ sich das Gesicht vom Regen waschen. Dann rieb er es trocken und kämmte den Dreitagebart nach Hautschuppen und Schmutz durch. Anschließend wandte er sich dem auf dem Bauch liegenden George Burley zu. Ein dünnes Blutrinnsal führte von seinem Körper weg und versickerte nach einem halben Meter, genau neben der nutzlosen Pistole. Der Präsident hob sie auf. Einen Augenblick lang wog er sie in der Hand, dann nahm er das leere Magazin heraus. Aus seiner Hosentasche holte er die Kugeln, die er entnommen hatte, während Nathan Jones und George Burley schliefen. Er steckte sie zurück und ließ das Magazin wieder einschnappen. Dann legte er die Pistole auf den Boden.

Der Präsident klopfte seinen Anzug ab, korrigierte den Sitz seiner Krawatte und stieg dann über die Geldsäcke auf dem Treppenabsatz. Er war hundemüde, hielt sich aber kerzengerade mit durchgedrückten Schultern. Für einen Moment faßte er nach dem Geländer, um Halt zu gewinnen, dann ließ er es wieder los und begann den Abstieg.

Beim ersten Anzeichen von Bewegung auf der Treppe schalteten die Scharfschützen sofort wieder auf Alarmbereitschaft um. Sie warfen sich zu Boden und hatten die

Waffen ausgerichtet, als der Präsident um die Ecke kam. Er blieb stehen und sah sie an, und sie sahen ihn an.

»Guten Morgen, meine Herren«, sagte der Präsident. Tut mir leid, daß ich Sie so lange aufgehalten habe.«

Und sie schrien und jubelten, klatschten und sangen. Tara mittendrin, in seinem Arm. Slovenski bekam eine Umarmung ab. Morton blieb im Hintergrund, völlig ausgelaugt. Er eilte hinunter in die Chefetage, kämpfte sich durch die Flut der Gratulanten. Er versuchte, den einen oder anderen Befehl an den Mann zu bringen, doch in der allgemeinen Erregung, der freudigen Erwartung, demnächst einen lebenden, atmenden Präsidenten zu Gesicht zu bekommen, dachte niemand mehr an Sicherheit, und so blieb sein Ansinnen unbeachtet.

Morton betrat sein Büro und machte die Tür hinter sich zu. Er setzte sich an seinen Schreibtisch und griff nach dem Telefon, um seine Frau anzurufen.

Es war besetzt.

Der Wind heulte weiterhin durch den 102. Stock des Empire State Building. Dennoch waren die Jubel- und Feiergeräusche aus dem 86. Stock deutlich zu vernehmen. Für eine Weile konnte George Burley, während er langsam das Bewußtsein wiedererlangte, nicht ausmachen, was für Geräusche das waren. Er drehte sich langsam vom Bauch auf den Rücken. Er stöhnte. Er betastete seine Brust und sah auf seine Hand: Blut. Er wollte die Hand an seinem Mantel abwischen, aber der war durchgeweicht. *Ich sterbe,* dachte er. Er berührte den Boden neben sich. *Ich liege in meinem Blut. Ich habe versagt.* Dann sah er wieder seine Hand an, doch jetzt war es gar kein Blut, sondern Wasser. Regen, der durch das zerschlagene Fenster gedrungen war. George befühlte vorsichtig seine Brust; er hatte ein Loch im Hemd; da war Blut, aber es schien nicht … er riß das Loch weiter auf, starrte auf die Wunde. Eine faltige

Schramme, einen guten Zentimeter tief in seine Brust gerissen. Sie war blutig und alles, sah aber gefährlicher aus, als sie war; jedenfalls war sie nicht lebensbedrohend, soviel war klar. Er war in einem Erste-Hilfe-Kursus in der Abendschule gewesen, hatte zwar nur drei von sechzehn Lektionen besucht, aber das reichte.

George stützte sich behutsam auf die Knie. Er fühlte sich ein bißchen wackelig, aber jedenfalls *lebendig*.

Gott hatte ihn beschützt!

Er wußte nicht, wie oder warum, aber Gott hatte ein Auge auf ihn gehabt. Hatte ihn am Leben erhalten, damit er seine Mission erfüllen konnte.

Er wußte, was nun zu tun war. Er riß sich den Mantel vom Leib. Er suchte den Fallschirm nach einem Schußloch ab, konnte aber keins finden. Dann lief er zur Treppe und lauschte: jetzt erkannte er das Geräusch. Sie sangen die Nationalhymne. George spuckte die Stufen hinunter. Sollten sie doch. Er hatte ihnen gezeigt, wozu er fähig war, und er konnte es jederzeit wieder tun. Wenn das Gottes Wille war.

George bückte sich und legte die Hände auf einen der Geldsäcke. Er schleifte ihn zum Fenster, demselben Fenster, an dem er gerade noch den Präsidenten gezwungen hatte, seine eigene Version der Nationalhymne zu singen. George mußte grinsen bei dem Gedanken daran. Schon summte er sie selbst vor sich hin.

George machte sich keine Sorgen wegen der Schwere des Geldsacks.

Er machte sich keine Sorgen wegen des Sturmgeheuls oder der Blitzschläge.

Gottes Krieger hatte auf dieser Welt nichts zu befürchten.

Er hievte den Sack auf das Fenstersims, packte ihn fest mit beiden Händen und warf sich dann hinaus in den Sturm.

Einen zweiten Jack Ruby würde es nicht geben.

Nathan wurde von siebenundvierzig Secret-Service-Agenten aus dem Empire State Building hinausgetragen. Er trug eine kugelsichere Weste, einen Sturzhelm und Handschellen; sein Mund war zugeklebt, seine Füße in Ketten. Als er aber ins Freie gelangte, konnte er dennoch etwas hören: Die Leute schrien Beifall. Er wußte nicht genau, was das bedeutete, aber es war auf jeden Fall besser als in die hohle Hand geschissen.

George Burley überließ sich dem Sturm.

Er stürzte hinab, er zog die Reißleine, er schwebte.

Er lachte meckernd. Der Wind warf ihn hin und her wie eine Flickenpuppe, doch er lachte und lachte.

Er sang die Nationalhymne, und er sang immer noch, als der Blitz ihn traf. Dann schrie er. Er brannte, brannte lichterloh.

Aber er starb nicht. Der Regen tauchte ihn in Wasser, der Wind kühlte ihn, Gott wies ihm den Weg.

George landete auf dem Dach eines koreanischen Deli. Es war eine köstlich weiche Landung.

George lachte und lachte und lachte.

Er warf den Fallschirm von sich, kletterte vorsichtig runter auf die Straße und machte sich auf den Weg. Den Geldsack trug er über der Schulter. Überall feierten die Menschen. Er gesellte sich zu ihnen. Fremde traten auf ihn zu, um ihm einen Drink anzubieten. Er nahm dankbar an.

»Er lebt!« schrie ein Betrunkener.

»Nicht mehr lange!« schrie George, aber der Betrunkene war nicht umsonst betrunken und verstand ihn nicht.

George blieb stehen, schnürte den Sack auf und entnahm ihm ein paar tausend Dollar. Er drückte dem Betrunkenen ein Bündel Scheine in die Hand. »Fröhliche Weihnachten!« rief er und warf sich den Sack gackernd wieder über die Schulter.

George suchte sich ein Hotel. Er zahlte gleich bar. Die Leute guckten komisch.

»Sir, Ihre Augenbrauen sind ...?«

»Verbrannt, ich weiß. Meine Wohnung ist ausgebrannt. Blitzschlag. Deswegen nehme ich ja das Zimmer hier.«

George eilte nach oben. Das Zimmer war spartanisch eingerichtet, aber er brauchte es auch nur für zehn Minuten. Die Niggerhaut abwaschen und dann mitsamt der Kohle das Weite suchen.

George sang, während er sich unter der Dusche abschrubbte.

Das Make-up ging schwerer ab, als er gedacht hatte. Er stellte den Gesang ein. Er schrubbte noch einmal. Und noch einmal.

Als er anfing zu bluten, stieg in George die Erkenntnis auf, daß die Niggerhaut sich nicht zu verabschieden gedachte.

Mit einem schmerzerfüllten Schrei sank er auf die Knie und begann zu weinen.

Der Blitz hatte ihn nicht getötet. Er hatte lediglich seine Haut und das Make-up zu einem immerwährenden Tattoo verschmolzen. George schlug mit den Fäusten auf den Boden der Dusche ein.

Gott hatte weiß Gott ein Auge auf George.

Und Gott lachte sich kaputt.

New York Newsday 5. April

Rückblick

eine gelegentliche Kolumne
von CODY RUTTEGER, ehemaliger City-News-Redakteur

Heute morgen bin ich mit dem Taxi zum Empire State Building gefahren. Na und, werden Sie sagen, das hat in dieser Woche doch jeder gemacht.

Es geht natürlich um den fünften Jahrestag *jener* Entführung. Sie werden erfreut sein zu hören, daß alle Originaleinschußlöcher nach wie vor am Platz sind, liebevoll gehütet von begeisterungsfähigen jungen Wachmännern. Die Originalwachmänner sind längst nicht mehr im Dienst, sondern genießen – dank der Einkünfte aus ihren Buchverkäufen – das Leben an irgendwelchen exotischen Stränden. Im Verkaufsstand (doch, der ist wiederaufgebaut worden) habe ich sechsundvierzig Bücher gezählt, die in irgendeiner Form von der Entführung des Präsidenten handeln. Er selbst hat natürlich seine Version der Ereignisse noch nicht in Druck gegeben, allerdings wird allgemein vermutet, daß der neueste Film von Steven Spielberg, der Oscar Anwärter *National Anthem*, die Billigung des Weißen Hauses erfahren hat. Auch die First Lady hatte wenig zum Thema zu sagen gehabt – zu jedem Thema übrigens, seit der kleine Michael jun. geboren wurde. Neben dem offiziellen Soundtrack des Spielberg-Films können Sie auch die CD-Version des Sondheim-Musicals *A Day at the Empire with George* erwerben; Sie sollten jedoch nicht erwarten, die Melodien auf Anhieb mitsummen zu können. Zum Verkauf stehen ferner acht Dokumentarvideos, drei Kalender, Puppen von Nathan & George sowie eine Virtual-Reality-Entführungs-Ausrüstung (325 Dollar!). Empire State Buildings aus Plastik gibt es für 3 Dollar 25.

Das mit Abstand meistverkaufte Buch ist *I Did It My Way* von Nathan Jones, und wie mir von einem Mitarbeiter anvertraut wurde, erwartet man einen neuerlichen Verkaufsschub durch diesen Jahrestag und auch durch die Veröffentlichung der Scheidungsfotos in der kommenden Ausgabe der Zeitschrift *People.* Die Verkaufszahlen von Lisas Buch *He Did It His Way* sind dramatisch eingebrochen seit der Pleite mit ihrer Fernseh-Talkshow. Amie Kellermans *Beaten and Bound: My Night with Nathan Jones,* eine überraschend anspruchsvolle Lektüre, verkauft sich gut; dagegen scheint *Secure to the End,* das Buch des ehemaligen Empire-Sicherheitschefs Leonard Maltman, wie Blei in den Regalen zu liegen, und man gewinnt den Eindruck, daß das Verkaufspersonal es nur noch aus Höflichkeit auslegt. Dafür weigert man sich hier, Brian Houstons *Suck It and See* vorrätig zu halten. *Shield of Honor* von FBI-Director James Morton hat seine Stärken auf dem Gebiet der Fakten und Zahlen, tut sich aber schwer, wo es um Spannung und Emotionen geht – man will sich angesichts des Themas schon fragen, wie das überhaupt möglich ist, erinnert sich dann aber, daß Morton ursprünglich aus dem Buchhaltungswesen stammt. Sehr viel vergnüglicher liest sich dagegen James Camerons *Conversations with Nathan,* wenn es auch kontroverse Ansichten darüber gibt, wie der Chefunterhändler des FBI die Geschehnisse mit einer solchen Genauigkeit auch im Detail rekonstruieren konnte, nachdem ja alle Tonbänder versehentlich gelöscht worden waren, zumal wenn man sich die enorm lange Zeit vor Augen führt, die er benötigte, um sich von seinem Zusammenbruch zu erholen – zeitweilig konnte er sich nicht einmal mehr an seinen Namen erinnern.

Der Großteil der Bücher befaßt sich verständlicherweise mit dem Leben des George Burley und der Fahndung nach seiner Person. Das Verschwinden dieses Mannes, der nach wie vor als Staatsfeind Nummer eins gilt, hat nicht nur die Strafverfolgungsbehörden vor zahlreiche Rätsel gestellt, sondern auch das Interesse der Öffentlichkeit gefesselt, was bei der ausgesetzten Belohnung von einer Milliarde Dollar nicht weiter verwunderlich ist. Die Mitchell-Kommission war zu dem Ergebnis gekommen, daß George vom White Aryan Resistance ins Ausland geschmuggelt wurde, doch von seiten des FBI bestehen weiterhin Zweifel an dieser Theorie. Wenngleich man inoffiziell glaubt, daß George entweder kurz nach seiner Flucht vom Empire an seinen Verletzungen gestorben oder aber ertrunken ist, nachdem er mit seinem Fallschirm ins Meer hinausgetrieben wurde, bleibt es bei der offiziellen Verlautbarung, daß er frei herumlaufe und daß man sich vor ihm in acht nehmen sollte. Das FBI hält es für nützlich, einen nationalen Buhmann zu haben.

Und dann sind da natürlich noch diejenigen, die behaupten, ihn gesehen zu haben. Einer seiner ehemaligen Kollegen vom Flughafen in Alabama will ihn auf dem Empire State Building beim Besuch einer der Entführung gewidmeten Ausstellung gesehen haben. Eine Bluessängerin aus New Orleans behauptet, eine sechsmonatige Affäre mit George gehabt zu haben, und hat sich zum Beweis einem Lügendetektortest unterzogen. Es ist jedoch sehr viel wahrscheinlicher, daß George längst nicht mehr so aussieht wie der George, der uns von den Titelseiten zahlloser Bücher und Zeitschriften entgegenstarrt. Das FBI nimmt an, daß er sein Äußeres radikal verändert hat.

(Fortsetzung auf S.64)

ENDE